LA CONDESA DE CAYAGUANCA

Salvador Tovar Mengíbar

Novela histórica

ISBN-13: 978-1-63065-126-8

PUKIYARI EDITORES
www.pukiyari.com

"La verdadera tragedia de envejecer consiste en que allá, dentro de nosotros, sigue un eterno muchacho que no registra el paso del tiempo".
—Álvaro Mutis
Escritor colombiano

Índice

UNO

—¡Olaaaya! ¡Olaya Beltrán! —gritó la noble con voz agria y temblorosa. Nadie, sin embargo, respondió a su llamado, agravando aún más su habitual irritabilidad—. ¿Dónde te has escondido, maja? ¡Vamos! ¿Por qué no me respondes? ¿Acaso te has olvidado de que ya es hora de servirme el desayuno? ¡Vamos, respóndeme ya! —la anciana continuó gritando, regañando cada vez con mayor estridencia y enojo; aún a sabiendas de que esos gritos excesivos, además de ser innecesarios, le exacerbaban la irritación crónica de su garganta.

Como era ya su costumbre diaria, la condesa se había despertado malhumorada bajo el elegante dosel. Luego que sus ojos se despabilaron a medias, tomó la campanilla de bronce que mantenía sobre su mesa de noche y, agitándola frenéticamente, llamó de nuevo a su sirvienta. Olaya tampoco se apareció y la noble volvió a agitar la mohosa campanilla con mayor furia y más crudos improperios.

Esa era la fase inicial de un rito amargo, diario y perenne que, saturado de agrios y muy a menudo soeces insultos, se prolongaba a lo largo del día hasta que, metida en su cama, muy temprano por la noche, se dormía finalmente.

Sin embargo, esas tormentas verbales se interrumpían brevemente durante la visita quincenal que el anciano párroco de la villa, don Eduardo Santofimio Caicedo, le hacía para escuchar su confesión sacramental. Al final de ese ritual religioso, por demás farisaico, la astuta penitente, fingiendo franciscana humildad y falso arrepentimiento, se comprometía a no reincidir más en su pecado mayor: el cruel trato sicológico que propinaba diariamente a la paciente Olaya. Ésta estaba ya cansada de escuchar sus promesas, pero un sentimiento de culpa la conminaba a continuar sirviéndola; era tal vez porque le recordaba a su difunta abuela cuando estaba ya cercana al viaje sin regreso; o a lo mejor la aguantaba simplemente por no perder el empleo.

Pero una vez la condesa había recibido la comunión sacramental y el sacerdote se había marchado, las promesas de reforma de su conducta eran desechadas nuevamente en el cesto del olvido y volvía a escucharse su voz agria y apabullante.

Era obvio que la anciana utilizaba su lenguaje culto y altisonante no solamente como lazo de comunicación sino también como látigo amedrentador. Como si con ello pudiera engrandecer su encumbrado linaje, a expensas de la humilde y rústica sirvienta. O quizá esos rudos desplantes e infantiles rabietas no eran sino el producto de una agravada mortificación interior causada por una soledad aparentemente irremediable y su aislamiento social. A ese ostracismo al que, tres años antes, ella misma se había sometido al morir su inolvidable cónyuge, don Terencio del Vivar y Garcimarcos, conde de Cayaguanca.

Era ésa una tibia mañana de medio abril en la Villa de Cayaguanca. El reloj de la torre de la iglesia parroquial tañía pausadamente ocho campanadas. Mientras tanto, la luz solar se introducía paulatinamente por las celosías medio—cerradas de los ventanales; la lóbrega alcoba de la condesa se colmaba de luz y la noble dama se despertaba al nuevo día.

En esa época, la villa era un asentamiento primordialmente rural con una población de unos cinco mil habitantes. Fungía como capital de la provincia del mismo nombre desde 1821, año en que la República de El Redentor había obtenido su independencia de España.

—Te doy exactamente veinte segundos y ¡ni uno más! —volvió a rugir la dama a sabiendas que Olaya, una esbelta mestiza de escasos veintiún años, se encontraba en la cocina preparando el desayuno de su patrona. Más que para apresurar su confección, parecía como si el propósito inconfesado de la condesa fuese mantenerla en un estado de zozobrante sumisión. Su agobiante conducta le servía para recordarle a Olaya que era ella, achacosa como parecía estar, la que daba las órdenes e imponía los más pueriles criterios dentro de lo que ella insistía en llamar con ridícula vanidad: su *castillo condal*.

A su muy encumbrada dueña, que más parecía una verdadera anciana por su semblante y actitud déspota e intransigente que por su edad cronológica, no le importaban un bledo las risitas burlonas y mal disimuladas que su arrogancia y lenguaje rimbombante, por demás ya desusado en esa época, suscitaba entre las vecinas de su entorno. Las había adivinado a través de los abanicos multicolores y los negros velos de las envidiosas mujeres de Cayaguanca. La condesa, sin embargo, nunca había querido darse por enterada. Con ese fin, en las muy raras veces que asistía a la iglesia, luego de desmontarse de la silla de ruedas a la puerta principal del templo, apoyada en su bastón, caminaba orgullosamente erguida por la nave central hasta llegar a su reclinatorio, el cual todavía ostentaba el blasón familiar y su nombre y el de su finado esposo.

Olaya apareció finalmente empujando una mesita rodante sobre la que se asentaba un tazón de peltre lleno de agua fría hasta la mitad. Lo acompañaba un jarrón de barro horneado lleno de agua hirviente.

—Muy buenos días le dé Dios, señora condesa —saludó la fámula con voz jovial mientras ponía una toalla limpia y doblada sobre el regazo de su augusta patrona. La dama se quedó viéndola con un rictus de altivo desprecio que Olaya, para su fortuna, no atisbó.

—Hasta que San Juan agachó el dedo no te acordaste de que yo existía, ¡mujer insolente! —gruñó la patrona sin dignarse contestar el respetuoso saludo de su empleada. Ésta puso el tazón sobre la toalla sin comentar sobre el regaño y luego comenzó a verter el agua caliente sobre la fría hasta que la dama con una señal de su mano le ordenó el cese y comenzó a lavarse las manos. La sirvienta dio media vuelta y luego se dirigió a la cocina.

—Orita le traigo su desayuno —anunció al salir.

Minutos más tarde regresó empujando la misma mesita rodante que portaba una taza de humeante café de color canela oscuro, un platillo con una naranja pelada partida en rodajas y dos panecillos tostados partidos por la mitad y embadurnados con mantequilla.

La condesa puso el lavatorio sobre la mesa de noche mientras secaba sus manos, Olaya se dirigió a la ventana con el propósito de abrir las cortinas y celosías de la ventana principal.

—¡Deja esas cortinas quietas! —ordenó su ama—. Ya no quiero que el sol entre por mi ventana porque me basta la luz eléctrica —añadió. Luego preguntó—: ¡Ah! Y ¿dónde habéis puesto mis espejuelos?

Olaya se quedó viendo a la anciana y luego dijo socarronamente con su típico candor campesino:

—¡Pero si'ay mesmo los tiene colgándole del pescuezo, pué!

—En el correcto castellano que tú *nunca* aprenderás —espetó la patrona sarcásticamente—. Se dice: *Penden de su cuello, señora condesa.*

—Sí, señora —asintió Olaya con voz apocada.

—¿Cómo te dije que se dice? ¡Repítelo en este mismo instante! —le ordenó altanera.

—Penden de su cuello, señora condesa —repitió la fámula con voz apenada.

—¡Muy bien dicho! —aplaudió inusitadamente la patrona—. Pero… ¿no os habéis olvidado de algo que siempre acompaña mi desayuno?

—No, señora —dijo la sirvienta—. Es decir, nu'esque se mi'haiga olvidao, vaá; si no qui'ay el *Diario Latino* ya no le vino porque ya no le va a venir más…

—¿Qué decís, mujer desvergonzada? —preguntó escandalizada.

—Pues quiay ya no le va a venir más, vaá… ¡*nunca* más! —replicó Olaya seriamente.

—¿Cómo que ya no me vendrá nunca más? Según mis cuentas y si la memoria no me falla, la suscripción está pagada hasta el último día de junio próximo. Ve a buscar el libro de registro de gastos. Es el empastado de color verde con espalda roja. ¡Tráemelo enseguida!

La sirvienta fue directamente hacia el consabido mueble que, además de ostentar el noble escudo heráldico, estaba blasonado con figuras de fieros leones y sables entrecruzados, tenía un cúmulo de gavetas cerradas, ahítas de documentos amarillentos y algunos ya obsoletos.

Retornó apresuradamente con el susodicho cuaderno de contabilidad.

—Sí, señorita —dijo la dama frunciendo el ceño para poder ver más claras sus balances y anotaciones—. De acuerdo con mis cuentas, la suscripción a *Diario Latino* vence el 30 de junio de este año de 1932. Eso quiere decir que me quedan todavía dos meses y medio.

Mientras su patrona inspeccionaba las cuentas, Olaya se mantuvo callada, recogiendo el plato y las migajas, pero dejando la taza que permanecía medio vacía.

—¿Es que los señoritos Pinto se han vuelto tan ladrones y sinvergüenzas como el resto de la gente de esta desvergonzada nación? —preguntó encolerizada. Sus ojos ardían en sulfurada cólera.

—No, pues'ay supongo yo que tuaviya no, vaá —dijo la sirvienta a media voz.

—Pues, supones bien, pero ¿cómo explicas que mi periódico no me haya sido entregado esta mañana como ha sido la costumbre desde hace muchísimos años?

—Es quel supremo güebierno ya proybió tós los periódicos *comunistas*, vaá...

—¿Y desde cuándo el *Diario Latino* es un periódico comunista?

—Ende que mi general Martínez lo disponió así, vaá —replicó Olaya mientras miraba el cielo raso para esquivar la mirada inquisitiva de su ama.

—¿Y quién diablos es *tu* general Martínez, se puede saber?

La pregunta, más que absurda, era ociosa y maliciosa; pues la condesa sabía cabalmente que el militar mencionado era el que, cinco meses atrás, con la congruencia de subalternos ansiosos de poder político, había dado golpe de estado al gobierno democráticamente elegido y del cual él había sido su vicepresidente. Para esa fecha, los oficiales involucrados en la rebelión ya lo habían elevado a la jefatura del estado.

—El nués mi general, vaá —explicó Olaya—, peruesque ansina lo manda la nueva ley quiá a los señores melitares ay se les tiene que decir ansina, pué: *Mi* general Menéndez, *mi* capitán Rompecocos, o *mi* teniente Pasarraya —añadió riéndose de su propia bufonada.

—¡Te prohíbo que utilices ese sucio lenguaje de puta de cuartel en mi presencia! ¿Me habéis entendido? —rugió soezmente la condesa—. ¡Ay, si la madre España todavía tuviese un rey que gobernase estas provincias bárbaras! Su majestad ¡jamás les hubiese permitido tantos abusos y tantos atropellos inauditos!

Tomó el último sorbo de café y por poco se atora pues la cólera le obstruía la garganta. Olaya se mantuvo muda por algunos instantes. Ella no entendía ni de provincias ni de reyes y se limitaba a repetir lo que decían a diario las vendedoras de la plaza de mercado y lo que su taimado pretendiente secreto le comentaba arteramente.

—¿Entonces esta mañana no tendremos periódico por órdenes de tu descojonado general? —preguntó la noble crudamente, aunque con justo enojo.

—No, señora, digo sí, señora condesa.

—¡Vamos, mujer, defínite! ¿Habrá o no habrá periódico?

—No le yegó su favorito, pué, pero le yegü'el otro —dijo Olaya con aire inocente.

—¡Ah! ¡*El Diario Gráfico*! ¡Tráelo enseguida!

—No, señora, es el…

—¿*El Heraldo de Hoy*? —interrumpió esperanzada la condesa.

—¡Tampoco! —exclamó Olaya, sonriendo infantilmente, como si jugaran a los acertijos.

—¡Demonios! ¿Es que te has propuesto volverme loca? —preguntó enfurecida.

—Es el *Pro-Patria*, señora —anunció Olaya con actitud triunfante.

—¿El *pro-queeeeé*? —preguntó la anciana con voz agria y furibunda.

—Pue'sí, señora, ansina mesmito como l'oye. Es el *Geraldo Pro-Patria* —afirmó la inculta sirvienta. Luego agregó—: Y con la ventaja qui'ay se lo van a trer *de choto*…

—*Heraldo*, querrás decir, ¿no? ¿Y me lo traen de qué?

—De choto, vaá o que no tiene que pagar ná, pué…

—Os he prohibido una y mil veces —dijo la condesa agitando su índice amenazador—, que en mi presencia te expreses en tu lenguaje vulgar. En este castillo se debe hablar siempre con propiedad y corrección; es decir, en un buen castellano, sin adulteraciones ni modismos. Bueno, ahora tráeme enseguida ese maldito pasquín. Quiero ver qué sarta de mentiras esos desgraciados nos quieren hacer creer, o más bien hacernos tragar, —añadió sarcásticamente.

—Pero l'único, vaá, es que si lo quiere ler pues ay va tener que soltarles un peso de contribución mensual pa' la lucha contrel comunismo, sigún dice el señor güebierno, vaá.

—Pero ¿no dices que ese periodicucho es gratis?

—Sí, es gratis… Peru'ay que pagar un peso pa' poderlo ler, vaá…

—¡Al demonio con semejante argucia! Ve y arroja ese pasquín al cesto de la basura. ¡Vamos! ¿Qué esperas?

—Eso no se puedi'haser, señora condesa. Ya lo proybió el señor güebierno.

—¡Y vuelves con tu maldito *señor* gobierno! Con eso ¡tú no me asustas, mujer! Como dijo Luís XV, *la loi ¡c'est moi*! O sea que, en mi casa, la que manda soy *yo*. ¡Eso es todo! —declaró la orgullosa condesa.

—Pues, a lo mejor ese señor, *don* Luís Decimoquinto —replicó la joven inocentemente—, a lo mejor no sabiya que la contribusión anqu'és voluntaria; es también obligatoria, vaá.

—Pero ¡qué descaro el de esos malparidos! —comentó la dama soezmente.

—Pues'así mesmués, señora condesa —dijo la criada tajantemente—. Esués lo qui'han dicho los que tienen el sartén por l'agarradero, vaá —añadió con voz resignada.

—¡Me habéis arruinado el apetito! —se quejó amargamente la noble—. Si el tal general de marras quiere mi dinero…

—¡Bendito seya Dios, pué! —la interrumpió la sirvienta con aire burlón—. Si'ay se lo comió tó y ni siquiera se dio cuenta cuando se lo tragó… Y'otra cosa; mi general no se yama *Demarras*, vaá, sino Martínez.

—Cómo diablos que se llame, ¡me importa un maravedí! Pero te repito, si ese generalote quiere mi dinero tendrá que venir a pedírmelo él mismo.

Olaya acercó sus labios diminutos y carnosos al oído de su patrona. Sus ojitos abiertos, enmarcados por la piel morena clara de su carita de luna, brillaban suplicantes.

—Tenga cuidado —le susurró precaviéndola—. Más vale que pague el cochino peso; porquiay yoyí desir en el mercado, vaá, quiay órdenes de afusilar a todos los estranjeros quiay vienen juyendo diay de porayá, vaá; diay de por esos laos, de su mesma tierra creybo yo; mesmo diondiusté viene, pué.

—Y a mí ¿por qué habrían de fusilarme? —preguntó la noble en voz queda. Olaya se limitó a encogerse de hombros. La condesa continuó—: Yo no vine huyendo, ni tampoco llegué ayer. Regresé a América hace muchos años —dijo y se sonrojó súbitamente—. Es decir —se corrigió, perturbada por algún motivo secreto—, llegué a este país a principios del siglo, cuando tú aún colgabas en los cojones de tu padre —añadió obscenamente.

—Puesí, vaá, —asintió Olaya aún no convencida—, peruay la podriyan 'jecutar, vaá, por negarse a pagar el peso. Y siasté se les pone arisca y cosiadora como las yeguas resién paridas —agregó sentenciosamente—, hasta la podriyan torturar. ¿Y'asté quiere perder la salú y la vida sólo por un cochino peso, señora condesa?

La patrona observó de reojo y con curiosidad a su sirvienta. Ésta continuó:

—¿Es quiasté tuaviya nuá óido que solamente en los pueblos de los Lizalcos y de los Nalguizalcos los melitares ya se troncharon a más de veinticinco mil indios en una semana?

—¿Se los qué…?

—Los 'jecutaron a tós, pué; comuay se dice, a puritita sangre friya, vaá…

—Según el periódico —interrumpió la condesa—, y las noticias que he escuchado por la radio, los que murieron a manos del ejército eran comunistas que dirigía un tal Agustín…

—Sí, sí, el Agustín Farabundo Martí y el Alfonso Luna —apuntó la joven.

—¡Exactamente! —dijo la patrona trayendo a la memoria los relatos publicados en el *Diario Latino*—. Sin embargo —agregó orondamente—, yo nunca conocí a ninguno de ellos. Y, por supuesto, nunca he tenido algo que ver con esa gente. Es más, no supe de su existencia hasta que vi sus fotografías en el periódico. Fue allí donde también leí que los habían ahorcado después de haberlos fusilado y mutilado. ¡Qué inhumanidad tan grotesca la vuestra! Comunistas o no ¿cómo pueden ensañarse con los cadáveres de quienes ya han sido juzgados por la justicia divina? —preguntó gravemente indignada.

—Ay, señora condesa, es questos melitares diaquí del Redentor, vaá, ya no se tientan los *compañeros* pa' matar un cristiano —alegó Olaya, usando el término aceptable que los campesinos redentoreños usan para referirse a los testículos—. ¡Pogres los dos, vaá! ¡Que Dios los'haiga perdonado! —añadió mientras se santiguaba con el dedo índice.

—Tienes razón, mujer —asintió la patrona, santiguándose también.

—Y esos hombres —dijo la fámula refiriéndose a Luna y Martí—, nueran creminales como los melitares deciyan. Eyos eran muy queridos por los pogres, las gentes de los campos, pué, y los trabajadores de los pueblos. Y tuaviya tienen muchos seguidores por todas partes, vaá. Peroy, poroy —agregó cautelosa—, ay se tienen questar cayaditos, mesmo como los poyitos asustados se meten debajuel alela gayina; porque si dicen piyo—piyo, los melitares vienen y les quiebran el pico…

—Bueno, a mí estos militares no me asustan —afirmó la condesa con voz altanera—. Al fin y al cabo, yo soy miembro de la nobleza española y continúo siendo más que súbdita leal al rey, aunque se encuentre destronado y exiliado. Y sigo siendo fiel a nuestro caudillo, el marqués de Estella, don José Antonio Primo de Rivera —agregó ufanamente.

—Peru'eso lo sabe sol'usté. Los melitares di'aquí del Redentor no le van a crer qui'usté's uña y carne con esos señorones españoles, vaá.

—¿Por qué no, dime, por qué no? Además, yo nada tengo que ver con esos zarrapastrosos comunistas o republicanos; que para el caso da lo mismo.

—Peruesque a la señora siolvida que los melitares redentoreños, unque seyan guadruados de l'escuela melitar son meros analjabetos y pior que yo… ¡más quiatravesados!

La condesa levantó el mentón en un gesto despectivo.

—Y ay cuando l'oigan hablar ansina —continuó la sirvienta, —como la señora habla de dificultoso yatravesao, vaá; ay mesmo van a crer que les estáblando en ruso. ¡Yay sí se la van a tronchar!

Mejor será qui'usté pague el peso, señora, ¡Créygamelo, le va convenir!

—¡Está bien, lo pagaré! —dijo la patrona de mala gana—. Y gracias por el consejo que me has dado —agregó en forma desacostumbrada. —¡Ve y dale a ese hijo de puta de *tu* general su maldito peso! Y tráeme enseguida el pasquín. ¡Ah! Y no se dice *analjabeto*, sino a—nal—fa—be—to. Estoy cansada de decirte que tienes que aprender a hablar correctamente.

La condesa sabía que la cantidad requerida para leer el periódico pro—patrista era de suyo insignificante, aún sin tomar en cuenta el monto de su propia liquidez financiera. Lo que le irritaba sobremanera era el burdo subterfugio de la dictadura militar para recaudar fondos con los cuales llevar a cabo su agenda política. Pero ¿qué podría hacer ella para enderezar ese entuerto? ¡Nada, en absoluto! Era evidente que Olaya tenía sobrada razón pues su condición de extranjera le impedía tomar partido y mucho menos expresar públicamente sus opiniones sobre la situación política que sufría su desdichado país anfitrión. En ese sentido cualquier comentario negativo le podría crear problemas en cualquier país del mundo. Tendría pues que aceptar el consejo de la sirvienta.

Olaya regresó al instante con el pasquín. Con insolente curiosidad lo había abierto y sus ojos habían sido ya cautivados por la fotografía retocada de un hosco y lampiño militar que ocupaba las dos páginas centrales.

—¡Pero siestés el mero—merito! —exclamó Olaya con marcado e inusitado entusiasmo—. ¡Mírelo, ay señora condesa, mírelo! ¿Nués verdá que este viejo siestá *requetegalanote*?

La condesa miró de reojo el retrato del tirano y al instante hizo una mueca de disgusto.

—¿*Requetegalanote?* —dijo sonriendo despectivamente—. ¡Qué mal gusto tienes! Ese infeliz me parece un indio salvaje con cara de asesino, ¡si habré visto alguno!

—Con cara de asesino, sí —asintió la sirvienta—. Perues que a yo me gustan mucho los melitares y me gustan verlos en sus unijormes llenos de botoncitos de puroro.

—¿*Puro oro?* ¡Jajajá! —se mofó desdeñosa la condesa—. ¡Pura *mierda* diría yo! —añadió soez. La sirvienta no hizo caso a la insólita hilaridad y a la acostumbrada vulgaridad de su patrona pues continuaba embelesada con el retrato del cruel dictador.

—¡Ah! Yesta foto tan chula de mi general habrá quenmarcarla pa' ponerla ay mesmo en la mese centro de la sala.

—¡Primero tendrías que pasar por encima de mi cadáver! —la interrumpió la condesa con súbita y tajante indignación—, antes que permitiros hacer semejante estupidez. Si tanto te gusta ese chafarote, como vosotros llamáis a vuestros militares… pues ¡guárdala dentro de tu braga! —añadió groseramente—. Pero en mi salón de recibo ¡jamás! ¿Me habéis oído?

La furia de su ama atemorizó el espíritu normalmente apacible de la fámula. Las obscenidades que la condesa solía proferir a menudo ya no le causaban ni sorpresa ni reprobación. Sin embargo, Olaya no se atrevía a repetirlas ni en la soledad de su alcoba.

—La señora condesa no quiere entender —dijo con voz amonestadora—, quesés lórden del señor güebierno, vaá… Mire, leiga lo que disiaquí, ay mesmito debajue la foto de mi general: *"Los suidadanos que espongan esta fotografiya del Salvador de la Patria así'én sus hogares como en las vetrinas de sus comercios, serán reconocidos como fieles patriotas liales. Aquellos que no lo hicieren sufrirán el merecido castigo por su 'ruin deslealtá'"* — leyó con voz grave y solemne.

—¡Pero esto es increíble! ¡Es inaudito! ¡Es intolerable! — protestó vehemente la condesa.

—Pero ¿porqué, señora condesa?

—Ni siquiera el retrato de nuestras nobilísimas majestades, el rey don Alfonso XIII y la reina, doña Victoria Eugenia, han sido desplegados dentro de este castillo…

—Pues hay mesmo los podiya poner *a los tres juntos* —sugirió Olaya en voz tan baja que, para su fortuna, la patrona no la oyó.

—…Muy a pesar de la lealtad incondicional —continuó la condesa—, que Terencio y yo siempre les hemos profesado.

—Mire, señora, ¿qué le cuesta ponerlo en la sala? Ay pa' cuando ese apangado del Gonzalo venga a dejar el perióquido se dé cuenta de que la señora condesa y yo mesma semos patriotas cabales. Y de los meros liales al señor presidente, vaá…

—¡Ah! Pero ¿tú lo conoces?

—¿Al señor presidente?

—No, al Gonzalo... ¡a *ese* majadero...! —dijo despectivamente.

—¡A'pue'sí, señora! —admitió la sirvienta, mientras temblaba interiormente—. Desdiace ya algún rato ay mianda tuerciendel ala, vaá —añadió con aire coqueto.

—¿Qué queréis decir con eso de que *mianda tuerciendo el ala*?

Las mejillas de Olaya se ruborizaron. Bajando la cabeza, confesó en voz baja y con risita de gazmoña sorprendida:

—Puesesque, dizque, pues que mianda enamorando, vaá; yayó ese baboso puesay me gustunpoquito, vaá... —Sus manos se habían juntado apretadamente mientras las hundía en su ombligo, meciendo el cuerpo de un lado a otro. Era, y es todavía, una demostración de que la joven estaba románticamente interesada por un mancebo.

—En el buen castellano que tú *nunca* aprenderás, —comentó su ama nuevamente con agudo sarcasmo—, se diría: *Ese caballero me pretende y él me gusta.*

—El caballero me pretende y él me gusta —repitió pausadamente.

—Y ¿desde cuándo lo conoces?

—Ya desdiace cuatro meses, vaá. Es decir, desde la mesma fiesta del Nacimiento del Santo Niño, vaá. Ese diya él miayudó a cargar dos canastos que traiba yenos de verduras.

—Aun así, cuando el tío ese venga, hazlo pasar —ordenó la patrona—. Quiero mandarle un buen recado a su general —agregó con voz seria y amenazante.

—¡Ay no, no, no, señora condesa! ¡No se vayatrever, por favor! —imploró Olaya con las manos juntas en actitud de exaltada súplica.

—Y ¿por qué no?

—Porquél es apenas un pogre soldadito quiay mesmo lo tienen pues de mero dragoniante, vaá. 'Unque ya está bastante mayorcito paresos menesteres, creibo yo. Él soluase lo que sus jefes liordenanq quiaga yay luan ponido a repartir los perióquidos y a cobrar las contribuciones voluntarias que son obligatorias, vaá.

—Bueno —prometió la condesa con voz condescendiente—. No le diré nada. Aun así, quiero conocerlo en caso de que se extravíe alguna pieza de mi valiosa vajilla.

—¡Que Dios se lo pague, señora! —dijo Olaya agradecida.

—¡Ah! Y no se te olvide. Hazle saber al padre Santofimio que si no viene a confesarme dentro de tres días ¡no volverá a ver un solo duro de mi bolsillo!

—Ay señora, se miabiya olvidado contárselo. El padre Eduardo ya se jué pa' la mesma capital. Ay despuesito que le celebró asté la última misa aquí en su capilla.

—Y ¿a qué demonios se fue a Santimonio? —preguntó la dama con aire indignado como si hubiera gozado del derecho de estar enterada del motivo de los ires y venires del párroco.

—¡Y yo qué vuá saber! —dijo la moza encogiéndose los hombros—. Pero sigún oyí decir diay mesmo siba embarcar pa'l extranjero, vaá.

—¿Por qué no se habrá despedido de mí? —inquirió extrañada la patrona.

—¡A saber! —comentó Olaya con indiferencia.

—Y ¿no te has enterado de su fecha de regreso?

—Yo creibo que ya no güelve más porque yay cura nuevo, vaá…

—¿De veras?

—Sí. Y uno bien joven, galanote, cachetón y chapudo, pero con una barba bien espesa yay disen en la plazel mercado que la tiene llen'e liendras —mintió descaradamente la fámula pues no le constaba la certeza del chisme de los cáncanos.

—Bueno pues, en ese caso, me esperaré a que el padre Santofimio regrese; si es que regresa —dijo la condesa un poco malhumorada—. Porque no me apetece tener que confesarle mis pecados de vieja a un sacerdote joven.

—Como quiera la señora —dijo Olaya pretendiendo indiferencia. Ciertamente le hubiera gustado conocer de cerca al joven sacerdote, pensó.

Como si adivinara los pensamientos ocultos de la sirvienta; súbitamente, la condesa cambió de opinión.

—No, no, ve y dale el mismo recado a ese cura joven para que se vaya habituando a obedecer mis órdenes. Cuando regreses quiero que me prepares un baño…

—Pero no miha'dicho qué quiere di'almuerzo. ¿Pollo sudado o sancocho de carne de cuche?

—¡No, nada de eso! —interrumpió la condesa haciendo un gesto de asco—. Hazme unos chiles rellenos, pero no con carne de marrano sino con carne de res…

—Ahora, déjame leer el maldito pasquín. ¿Dónde has puesto mis espejuelos?

—Le cuelgan del… —comenzó a decir Olaya.

—¡Del cuello, bribona! ¡No lo olvides! —exclamó la anciana interrumpiéndola, pero con una inusitada sonrisa en su agrio semblante. La sirvienta se asombró al observar ese insólito gesto de regocijo en el rostro perpetuamente adusto de su patrona. Sin embargo, y a pesar de que la extraña sonrisa le había agradado, ocultó su asombro haciendo un mutis veloz hacia la cocina, aunque sus deberes matinales ya habían terminado.

¿Qué mosca liabrá picao?, se preguntó sonriente.

Luego de lavar los platos y utensilios usados en la confección del desayuno se dio cuenta de que el balde donde echaba la basura estaba ya repleto de desperdicios. Salió al patio trasero a vaciarlo en un receptáculo más grande, el cual sacaría luego a la calle para su recolección. De pronto percibió algunos silbidos ya conocidos que procedían del otro lado del muro. Supuso al instante que se trataba de su adorado dragoneante que había venido por un breve galanteo o talvez para robarle un besito. Se acercó a la puerta metálica y descubrió la estropeada copa de un sombrero de junco. Su dueño se escondía agazapado tras la franja metálica. Al instante concluyó que se trataba de su padre que llegaba a visitarla, pero fingió no reconocerlo.

—¿Qué le pasa al cabayero que no quiere enseñar la car'e siguanaba? —preguntó conteniendo la risa.

—Y ¿quién crés que soy, pué? —preguntó el visitante—. ¿No crés que yo podriya ser el mesmo dianche en calzoniyo? —agregó guasonamente. Los ojitos de Olaya se humedecieron de júbilo. Pero antes de que el visitante se levantara, los secó con la esquina de su delantal.

—¡Ve pué! —exclamó fingiendo sorpresa—. ¡Siés el mesmo tat'e mi alma!

El padre, con el rostro un poco demacrado pero curtido por el polvo y bronceado por el sol abrasador del trópico, pasó su brazo a través de la intrincada malla y alcanzando una de sus trenzas, la tiró tiernamente. Ella estrujó su mano con cariño y luego la besó con devoción filial. El rostro aguileño y sus ojos diminutos y azules contrastaban con su pobre indumentaria.

—Y ¿comuestá mi dulce Olayita? —preguntó con voz zalamera.

—Pues, poray bien, tata, y ¿comuest'usté y comu'están los de porayá?

—Pues yo bien y los del montón puesay trabajando —replicó el progenitor cínicamente—. Pero como yo no soy del montón, vaá, pues ay' paso bendingando y chotiando. Usté sabe, que Dios hiso el trabajo pa' castigar a los pecadores —dijo riéndose.

—¡Ve pué! En la dotrina deciyan quel pior castigo del Santo Dios es el mero injierno.

—Peru'esu'és cuand'uno ya'stirado *las de batir lodo*, vaá —dijo el padre jocosamente—. Si el trabajo no juera castigo —añadió cínico—, y si los ricos creyeran quel trabajo es güeno, los pogres nos muriríyamos dihambre. Por eso yo, Liandro Beltrán Erazo, ¡nunca peco!

—¡Nunca trabaja! —dijo la hija en tono de reproche—. Y ¿comuase pa' mantener a todas las muchachas a las qui'usté si'arrima, pué?

—¡No seya mandada, m'hija! —la interrumpió airado—. Y ya quihablamos de *las muchachas*, ¿comu'está la vieja cascarrabias de su patrona? —preguntó curioso.

—Pues'ay bien. Siempre quejándose de las dolamas, vaá. Ya ni se las creybo, vaá. Orita ay se quedó leyendo el *Pro—Patria*. Ojalá'y se quede dormida pa' que no me siga jodiendo.

Ni por un momento se hubiera atrevido Olaya a imitar el elegante lenguaje de la condesa y mucho menos a repetir sus acostumbradas obscenidades. El padre, muy chapado a la antigua, ya estaba suficientemente enfadado porque su hija había abandonado el lar familiar y aún no estaba ni casada ni preñada como todas las de su edad y condición. Aunque Olaya se avergonzaba a menudo de su crasa ignorancia, prefería aparentarla, aún ante su patrona.

Hablar apropiadamente con sus amistades, tan humildes como ella, estaría delatando su tan vergonzosa circunstancia de ser sirvienta de ricachones y culpable del imperdonable pecado de arribismo. En su mayoría, los campesinos cayaguancatecos siempre solían actuar muy orgullosos; por lo tanto, preferían el trabajo independiente donde ellos podían ser amos y dueños de su propio destino. Temían sufrir, además, el trato humillante que los ricos daban a sus empleados domésticos.

Pero Olaya no era tan simple ni tan ignorante como gustaba fingir. En ese mismo día inolvidable en que abandonó la casa de la difunta abuela se hizo el firme propósito de triunfar a cualquier precio. Sin embargo, no sabiendo cómo lo realizaría, se mantuvo siempre a la expectativa. Durante el primer día de trabajo la condesa la condujo por las numerosas habitaciones y rincones del castillo, incluyendo el de la bien surtida biblioteca que el conde y su esposa habían adquirido a través de muchos años.

—¡Uyuyuy! —exclamó la nueva sirvienta, sorprendida al contemplar los cuatro escaparates atiborrados de volúmenes, algunos de ellos raídos y bastante viejos.

—¿Cuántos libros tiene, señora? —preguntó mirándola con sus asombrados ojitos color café.

—No tengo idea de cuántos libros acumuló mi difunto esposo. Y nunca se me ha ocurrido contarlos —contestó la patrona con desgano. Tuvo la clara intención de mencionarle los nombres de algunos de los autores, pero, suponiendo que para su nueva sirvienta esa información carecería de importancia, decidió no mencionarlos—. Después de que laves la ropa y prepares el almuerzo, ve y limpia el polvo de estos estantes y también desempolva los libros, que mucho lo necesitan —le indicó. Quiso en ese momento indicarle que podía tomar y leer todos los libros que quisiera. Pero de inmediato lo consideró innecesario porque Olaya apenas podía leer. Además, de acuerdo con la opinión entre los pudientes con quienes ella se había relacionado, los campesinos redentoreños eran muy reacios a educarse por sí mismos.

Olaya, sin embargo, se trazó en ese mismo instante un serio plan para auto—educarse: Tomaría *prestado* un libro por semana y leería por lo menos un capítulo cada noche antes de dormirse. Eso sí, mantendría su plan en secreto para que la condesa no se enterara de sus sueños ni se mofara de su deseo de superación.

—Y ¿cuándo se va regresar pal valle, pué? —preguntó Leandro con aire casual—. Ya el Chema Serrano me la pidió pa' casamientoy'hasta me dio cincuenta pesos pa' qui'ay usté se merque las donas y los otros bolados pa'l casorio, vaá.

—¿Y'asté le recebió el pisto, al Chema? —inquirió indignada la hija—. ¡Y'ay sin antes preguntarme a yo si queriya casarme o no! —protestó amargamente.

El viejo pensó recriminarle su irrespetuosa insolencia, pero decidió no hacerlo en ese instante para no amargar el encuentro.

—Pues comusté tuaviya nués mayor dedá, vaá —dijo con una extraña mezcla de soberbia y autoridad—. Y como yo soy su mero taita, pues yo soy el quihase las disisiones, vaá. Y ya le diji'al Chema quiasté se va a casar con él —añadió tajantemente.

Olaya, sin embargo, no estaba dispuesta a permitir que nadie, incluyendo a su querido padre, decidiera por ella en algo tan fundamental en su vida como el matrimonio.

—Tan pronto veya al Chema —le dijo seriamente—, miacel favor y le degüelve los cincuenta pesos. Porque yo tuaviya no me quiero casar. ¡Ni con el Chema ni con ningún autro! —afirmó concluyente.

—Peruesque, mijita, yo ya me gasté casi toduel pisto en algunos bolados, vaá.

—¿*Bolados*? ¡Jú! —dijo Olaya entre dientes—. ¡Se lo gastó en la cama con las put…!

—¡No se manche los labios disiendo groseriyas, m'hija! —la riñó severamente.

—Pero si'esa palabra ya nu'és una groseriya —protestó la joven—. Y nu'ay mi ama las dice a cada rato, pué. Yeya es una católica que sigún me dijo se va a volver diabética.

—Es que las mujeres estranjeras, mija, son debotas, sí, peruay del diente pajuera. Mi papa, o seya su tatita, vaá, ay me deciya que tós los estranjeros qui'han venido son herejes o judiyos solapados y que nuay que confiar en eyos.

—Perueso seriya antes —dijo la hija convencida de la religión de su ama—, porque la señora es muy debota de la Virgen del Carmen.

Pero Leandro continuó escéptico:

—Yueóido que muchos deyos hastacen pauto con el mesmo dianche pa' poder yegar a tener pisto a montones. Y debe ser verdá porquiay uno los ve yegar pelados, con una mano alante y l'otra atrás; y yal año o dos años después yan mercado su mula con todo y alabarda de cuero curtido. Y diay mesmo les caye la prole desde el estranjero de no sé diónde y tós resultan acomodados después diun par diaños. Por eso dicen que nuay pierde que ese pisto se los da el mesmo demonio. Pero cuando se mueren tienen qu'entregarles sus ánimas y sus cuerpos pa' que se quemen por toda leternidá, vaá —concluyó Leandro, santiguándose.

—¡Avemaría Purísima! —exclamó la hija, también santiguándose. Luego añadió—: Pero yo no creibo que la señora condesa tenga pauto con el dianche. Le visto comulgar un sinfín de veces y sé que las hostias se las traga pues yo las he visto bajándole por el gaznate. Porque yueóido también que los que tienen pauto con el Maligno botan las hostias, vaá, porque no las pueden pasar por el galiyo.

—¡Apuesí! 'Tonces su patrona sí es cristiana di'adeveras, vaá, —concluyó Leandro.

—Ya qui'habló de pisto, apá, —dijo Olaya en tono serio a su padre—, yo mesma se lo vua dar pa' quiay usté se lo regüelva al Chema.

—Puesiansina mesmo *asté* lua desedido, vaá; puesay se lo vuá tener que regolver y con el dolor de mi alma vuá tener que desirle la merita rialidá, vaá —dijo el campesino a media voz; sintiéndose sumamente humillado por la terquedad de su hija—. El pogre Chema… —agregó con aire derrotado, pero con la intención de hacerla sentirse culpable—, estaba pué… ¡tan elusionario!

A Olaya ya no le interesaba saber del infortunio sicológico de su antiguo pretendiente y por ese motivo prefirió callar su comentario. Pero al momento cambió de idea y expuso sus razones.

—Mire apá, yo qui qui'usté m'entienda bien clarito —dijo Olaya categóricamente—, cuando yo me case me vua casar enamorada, o ¡di'al tiro no me caso...! Y'ay puede que me quede pa' vestir santos y a desnudar bolos, vaá... Y'aura, apá, hágam'el favor, d'irse a la casa parroquial a decirle al sacristán que se traiga al señor cura a confesar a la condesa porque ya merito le toca. Y le dice que, si el padre no viene pronto, ella dijo que ya no veriyan ni'un solo centavo más deya. O seya pues qui'ay se van a quedar sin las limosnas que ella les da y eya les da buen pisto —agregó orgullosa de la generosidad de su ama.

—¿Tanto les da esa vieja condenada? —preguntó Leandro con aire desconfiado.

—¡Uy, apá! Sieya pa' liglesia no repara en la cantidá. Yeya mia dicho queso luhaceya ansina porque siay se yega a morir de noche; cuando llegue al cielo, las puertas van estar serradas, vaá. Perua eya, por todas esas limosnas San Pedro le vaser el gran cachetazo de dejarla colarse por debajituel zaguán del cielo.

Leandro rio de buena gana al enterarse de la confiada esperanza de salvación eterna de la condesa. Al reír dejó ver su blanquísima dentadura postiza recién estrenada y la cual había sido el regalo de Olaya en su cumpleaños número cincuenta y cinco.

—Al rato me voy pal mercado —agregó la hija mientras hurgaba en el fondo del bolsillo de su delantal—. Pues'ayá mesmo nos aincontramos, apá. Ay le doy un cuiz pa' quiay se merque una chancaca y una tas'e cushusha —añadió la poniéndole una monedita en la bolsa pechera de la raída camisa.

—¡Qui'ay Dios le pague, m'hija! —dijo su progenitor agradecido y luego se marchó.

La hija, al terminar sus quehaceres y aprovechando que la patrona se había quedado dormida, abrió *La Tía Tula* de Unamuno y terminó de leer el último capítulo que en la noche anterior la tiranía del sueño le había impedido terminar. Apuntó el título del libro y el nombre del autor en su lista de libros ya leídos. Hasta ese día ya había completado veinticinco tomos. Cuando llegara la oportunidad comenzaría a utilizar su mejorado lenguaje, se dijo alegre y triunfante.

Regresó el libro al estante y tomó *El Ingenioso Hidalgo Don Quijote de la Mancha* de Cervantes, el cual no se había decidido a leerlo todavía por su voluminosa apariencia.

DOS

Leandro, haciendo el papel de mensajero de ocasión, martilló la aldaba del portón de la casa parroquial. Un joven lampiño, blanco, alto y de aspecto huraño, abrió el portón al instante. Vestía una sotana negra muy exigua; tan corta que apenas le tapaba las rodillas, dejando sus piernas peludas al descubierto, lo mismo que sus pies descalzos. Obviamente, se trataba de un seminarista, concluyó el mensajero. La absurda sotana, sin embargo, lo hacía aparecer un poco raro, si no muy ridículo.

—¿Qués lo que querés? —preguntó hoscamente al campesino. Sin esperar la respuesta, agregó desdeñoso—: Te advierto que hoy no se atiende a nadie ni para casamientos ni para bautizos. Ni hay tampoco limosna para los pordioseros.

El mensajero fingió sonreír mientras ardía encolerizado.

—Veya, siñorito, antes que na' —replicó mirando directamente a los ojos del joven—, asté no pué ser un cura de verdá, porque habiya visto un cura chuña.

—¿Y por qué no? —preguntó el joven en tono desafiante—. El mismo Jesús, nuestro Señor, caminó *descalzo* por las calles de Jerusalén... ¡y con una pesada cruz a cuestas!

Leandro rio despectivamente.

—¡Ah, perueso jué ayén los tiempos di'upa! Porqu'en esos entonces nuabiyan sapatos tuaviya y ni siquiera siusaban los caytes! —replicó el mensajero con ironía y luego agregó con obvio enfado—: Pero los curas que yue conocido los he visto siempre bien calsaditos, vaá, con zapatos de charol o con sandalias de fino cuero curtido, vaá. Yademás, yo y'stoy bautizado, confirmado y requetecasado... ¡estoy viudo!

—¡Válgame Dios! —dijo el joven levantando los brazos con enfado—. Si este *indio* ...

—Ni tampoco soy indio ni limosnero ¡grandijueputa! —le espetó procaz e iracundo.

—¡Medí tus palabras, jincho pendejo! —le advirtió desdeñosamente el ensotanado—. ¿Es que no sabés que estás en la puerta de la casa de Dios? ¿No lo sabés? ¿Ah?

—¡Pues'ay demi'usté mesmo el ejemplo, *señorito!* —rezongó Leandro en alta voz—. Yue venido a pedirle a su jefe que vaya a confesar y a pasarle los santos olios a la mesmísima condesa de Cayaguanca, antes questire la pata —agregó altanero.

—¿Quién está gritando groserías en la puerta? —preguntó desde el oscuro interior una voz masculina con marcado acento extranjero.

—Un jincho atrevido y vulgar que deberíamos lavarle el hocico con agua bendita y jabón de lejía —replicó el seminarista mintiendo.

Súbitamente, el padre de Olaya se sintió avergonzado de su tosquedad. Cabizbajo se quitó el alicaído sombrero. Estiró el cuello, tratando de averiguar por sí mismo quién era el que hablaba desde el fondo del oscuro corredor. Él conocía al padre Santofimio, el párroco de Cayaguanca. Habiendo escuchado uno que otro de sus encendidos sermones, sabía que su voz era débil y vacilante… y que a veces se tornaba difícil entender el lenguaje de sus peroratas amenazantes de la venganza divina y los latinajos con que los aderezaba.

Ese nués el padre Eduardo, se dijo Leandro. Para su sorpresa, un joven sacerdote, robusto y rubicundo, con una tonsura que parecía cubrirle toda la cima del cráneo, apareció de pronto ante él. Sus ojos ostentaban rasgos dulces, casi melancólicos, por encima de su barba que parecía más negra por la blancura de su vestimenta clerical. Su persona a Leandro le pareció simpática y afable.

—¿A quién buscas, hijo mío? —preguntó el religioso amablemente, pero con el típico timbre de voz arrogante de los peninsulares.

—¡Asté mesmo, padre! —replicó el mensajero y enseguida preguntó de sopetón—: ¿Esusté pariente de la señora condesa?

—¿*Condesa*? —inquirió el sacerdote con aire de mofa y sorpresa—. ¿De qué condesa me hablas, hijo mío?

—Ah, pues, de la mesma condesa de Cayaguanca, vaá —dijo Leandro.

Creyendo que se trataba de alguna persona enajenada con delirios de grandeza, el cura preguntó pícaramente:

—¿La *condesa* de Cayaguanca? ¿Habrá obtenido esa mujer su título nobiliario por correspondencia? —preguntó y luego se carcajeó.

—No, padre Santiago —apuntó el mancebo ensotanado—, según me decía el padre Eduardo, esa señora es una condesa auténtica. Es una anciana muy rica y muy educada pero muy hosca y muy excéntrica. Él la confesaba en su casa dos veces al mes. Aunque se dice que fue el general Miguel Primo de Rivera quien le aconsejó permanecer algunos años más en El Redentor después de la muerte de su esposo, el apodado *Conde del Jiquilite*.

—¿El conde del jiqui… qué? —preguntó el cura con extrañeza mientras examinaba de reojo las facciones y la indumentaria humilde y raída del campesino.

—Del jiquilite. Creo que en España lo llaman azul índigo, si no me equivoco —explicó el joven dando orgullosa muestra de su erudición.

—¿Aquí en Cayaguanca se cultivaba el índigo? —inquirió el cura.

—Sí, padre. Esta villa fue famosa en el mundo entero por razón del añil. Tanto así que el rey de España le confirió el título de *Conde de Cayaguanca* al astuto agricultor de origen español que dio comienzo a las plantaciones, organizó su proceso y promovió la exportación al exterior. El último conde que heredó su fortuna era uno de sus descendientes.

—¡Qué interesante historia! —exclamó el sacerdote; luego se rascó con mucho ahínco su poblado mentón.

—Además —añadió el joven—, la explotación se llevó a cabo por más de un siglo y terminó, desgraciadamente para los redentoreños, cuando un químico alemán logró producir la tinta sintética. Cayaguanca perdió entonces el monopolio del añil natural y, por supuesto, su fuente de riquezas para la provincia y para la República de El Redentor.

—Gracias, Rodrigo, por la información, —dijo el cura y en seguida se dirigió al padre de Olaya—: Y ¿cuál es el problema que aqueja a la condesa del jiquilite, hijo mío? —preguntó burlonamente. El joven, mientras tanto, hizo mutis hacia el interior.

A Leandro le molestaba que mocosos, aunque vistieran sotana, le irrespetaran sus canas llamándole '*hijo mío*'. Pero no protestó porque la amable presencia del sacerdote lo había dejado atónito, además de haberle inspirado un genuino respeto. Aunque el cura no era muy alto, lo parecía. Era probablemente del mismo tamaño que él, excepto en la gordura, pensó el campesino. Su frondosa barba, sin embargo, a todas luces parecía postiza.

—La señora condesa me mandó a que le dijiera que ya le toca confesarse —se limitó a decir con voz mesurada. Se cuidó de espetar la amenaza de represalia económica que su hija había mencionado.

—Y ¿por qué no la has confesado tú mismo? —preguntó el cura con sorpresiva picardía mientras rascaba nuevamente su mejilla, pero hacia abajo. De repente, algo se reventó detrás de la oreja. La sección izquierda de la barba se deslizó súbitamente; dejando al descubierto el rollizo y rosado cachete del religioso.

Leandro se asustó al instante y al mismo tiempo se asombró por el insólito accidente. El cura, sin embargo, no se inmutó ni quiso darse por enterado.

—Con barbas como la suya, padrecito, tós los barberos se van a morir diambre, vaá —comentó con sorna el campesino. El sacerdote se quedó viéndole fijamente y pensativo.

—¡Vaya! —dijo sorprendido—. Veo que tienes buen sentido de humor y eso me agrada sobremanera. ¿Y trabajas en el campo? O, más bien, ¿a qué te dedicas? —preguntó enseguida con inusual interés.

Por primera vez en su vida Leandro se sintió avergonzado de declarar abiertamente que ya no trabajaba. Pero más que avergonzado se sentía aturdido por el insólito interés que el cura extranjero demostraba hacia su persona. Nunca alguien ajeno a su familia se había preocupado por su oficio y mucho menos por alguna de sus múltiples necesidades. Recordó al instante el consejo de su difunto abuelo: *"Cuanduay te viás en un aprieto, ay mesmo tiacés de las tripas corazón"*. Ajustó su raído sombrero mientras miraba fijamente a la enhiesta montaña desnuda contra la cual, casi cuatro siglos antes, el invasor español había fundado el Pueblo del Santo Niño Dios de Cayaguanca en el Valle de los Techonchos. El campesino se quedó callado, pensando brevemente en la respuesta que debía dar.

— Pues, veya padre —dijo finalmente—, yuay trabajo en las milpas yen los cañales, vaá; puesay desherbando, aporcando o cortando caña. En lo que seya, vaá; peroy poroy, pues ay mero ando gosando y chotiando porquestoy *di'asueto*, vaá. (Muchos años antes había escuchado esa extraña palabreja en los labios de Amelia Mena, maestra de Olaya, cuando quería indicar que en ese día no habría clases en la escuelita rural. Y nunca antes había encontrado una oportunidad propicia para usarla.)

—¿Con que, de asueto, ¿eh? ¡Muy interesante! —dijo el cura sonriendo complacido.

Rodrigo apareció súbitamente con una tumbilla, una especie de maleta fabricada con cáscaras de caña brava trenzadas. Se plantó groseramente entre el cura y su interlocutor interrumpiendo la conversación.

—Creo que debo empezar mi viaje de regreso al seminario, padre Castelar —dijo con voz apresurada—. Los pasajeros ya están subiéndose a la camioneta de las doce. Como usted ya sabrá —agregó crípticamente—, debido a *la situación* tan mala quiay en todas partes no creo prudente viajar en la próxima que sale hasta las cuatro de la tarde.

—Tú ya eres un adulto y puedes tomar tus propias decisiones —dijo el cura—. Cuando tú quieras marcharte, hazlo. ¡Ah! Se me olvidaba agradecerte por tus servicios y espero hayas encontrado un sobre con algún dinero que dejé para ti en tu cuarto. Tu ayuda me ha sido muy valiosa para asentarme en esta parroquia. Te deseo muchos éxitos en tus estudios.

—Gracias, padre, y sí, ya encontré el sobre. ¡Que Dios le pague su generosidad! —dijo Rodrigo—. Pues sabe que me hubiera gustado quedarme hasta más tarde, pero tengo miedo de que esa carcacha que ponen para el viaje de las cuatro se quede atascada por el camino y nos deje varados en medio de la oscuridad. Ya me pasó una vez yendo de Ilodeoro para Santimonio. Gracias a Dios, las carreteras de por allá son menos peligrosas y más pasables que las de por estos lados.

Leandro no había olvidado el crudo insulto del altanero seminarista a su persona y se aprovechó de la ocasión para desquitarse.

—No será quiay no quiere viajar de noche porque le tiene miedo al Cipitiyo o a la Siguanaba —dijo irónicamente, aludiendo a los míticos espíritus que poblaban invisibles el folclor redentoreño.

—Pues verás que no le temo ni a los espantos ni a los muertos —replicó Rodrigo con voz y actitud de bravucón—, pero sí a los vivos y especialmente a los avivatos y mañosos como el burro que en el prado viste —añadió con satírica rudeza.

En deferencia al sacerdote presente, Leandro pretendió no entender la no tan sutil alusión al humilde cuadrúpedo. El seminarista se dirigió luego hacia el interior de la casa cural y de allí retornó inmediatamente con un par de zapatos nuevos, negros y lustrosos, colgándole de sus hombros. Tomó afablemente la mano del sacerdote y la besó respetuosamente.

Leandro, mientras tanto, observaba en silencio la despedida del joven.

—Vete ya, Rodrigo —le aconsejó el sacerdote—. Espero volver a verte a fines de año cuando regreses en vacaciones.

—No, padre, yo siempre vengo a Cayaguanca para las festividades de julio y agosto. —dijo Rodrigo—. ¿Quién puede aguantar la odiosa algarabía y los tumultos de las fiestas de agosto en Santimonio? Deme su bendición, por favor. ¡Adiós, padre! — añadió y se marchó.

—¡Que Dios te acompañe, hijo mío, y te lleve con bien! —le deseó el párroco.

Rodrigo corrió hacia el ómnibus que, abrumado por el peso de los viajeros y la carga de abultadas maletas y de sacos repletos de cereales, doblaba pesadamente la esquina. Al correr, la humilde tumbilla golpeaba sus muslos escasamente cubiertos por la sotana.

—¡Buen muchacho! —dijo el cura—. Lástima, que siendo tan pobre ostente tanta altanería —añadió moviendo su cabeza con aire de reproche.

—Sí, pretensiosos son estos hiju'e'púchicas —comentó Leandro despectivamente—. ¡Ni siquiera tienuna valijecuero! Sinuay una tombiya de cañabrava, vaá. Pero ya se cré que ¡el mesmo Santo Papa questén Roma!

—Esos, sin embargo, son los que llegan a obispo —apuntó Castelar riéndose—. Y dime ¿andas en busca de trabajo?

—¿Y por qué me lo pregunta, padre? —inquirió Leandro sorprendido—.¿Será quiay me va a ofreser una chamba pero de qué podriya ser? —preguntó esperanzado.

—Bueno… pues… —titubeó Castelar con cierta reticencia, como si tratara de encontrar los vocablos apropiados—, porque da la casualidad de que nuestro sacristán de planta está enfermo y muy grave, por cierto. Por ahora necesito a alguien que me ayude en la sacristía, me sirva de acólito durante la misa, mantenga aseado el sagrado recinto y ejecute otras tareas. Y algunas veces para que le dé una mano a la cocinera en sus quehaceres.

—Pues poray mesmo bierastémpesado, padre —interrumpió Leandro con picardía—, porque yo pa' darles una mano a las cocineras soy requeteducho, vaá. Perueso sí, vaá —añadió—. Yo tuaviya nuentiendo el latín, vaá; y lúnico que oido y miaprendido es ese latinajo que dice *apretavis covis encogeritatis sambumbia…*

—¡Eres verdaderamente increíble! —dijo el cura carcajeándose—. Y ¿sabes? ¡Me caes muy bien! ¿Dónde aprendiste ese latín tan enrevesado que acabas de recitar?

—Eso me luenseñó mi agüelo, que en paz descanse y que mi Dios ay me lo tenga en su santa gloria, vaá. Él me desiya que con esas palabras sagradas sespantaban esos espantos qui'ay se liaparecen áuno en los caminos riales en las noches cuandestá muy escuro porque nuay luz de luna y por el friyo quiace todas las estrellas sian arropado con las nubes.

—Comprendo —dijo Castelar—, pero hasta ahora no me has dicho tu nombre.

—¡Ay qué clarito se ve qui'usté nués de poracá de Cayaguanca, vaá! —exclamó Leandro sonriendo—. Por estos lados preguntamos: *'¿Cuál es su gracia?'*.

—Está bien, te lo voy a preguntar en cayaguancano —dijo el cura.

—¡Y pior poray! —le aconsejó Leandro seriamente—. ¡Tenga mucho pero mucho cuidado, padrecito! Nunca le vaya decir *cayaguancano* a un *cayaguancateco*, anquiay le tome un poquitue más tiempo, vaá. Es bien peligroso, vaá; ay hasta lo podriyan agarrar a machetazos, porqu'esu'és como una put…. ¡mesmo com'un insulto, vaá! —Leandro se sonrojó al pensar que había estado a punto de ser decir una vulgaridad. El sacerdote, sin embargo, no se inmutó.

—¡Dios mío, qué quisquillosos sois! —exclamó el cura sorprendido. —Bueno ¿y cuál es tu gracia en *ca—ya—guan—ca—te—co*?

—Liandro Beltrán Erazo, pa' servir a Dios y'asté. ¿Y cuál es la suya?

—¿La mía qué?

—Ah, pues, ¿cuál va'ser? La gracia suya di'usté, pué…

—¡Ah, sí, sí, claro! La *gracia* mía es Santiago Castelar y Alarcón, para servir a Dios y a ti, cuando Dios lo quiera y sea menester.

—¿Y cuándo empiezo?

—Ahora mismo, si quieres… O mañana… No, no, preferiría que comenzaras hoy mismo… A menos que tengas algún inconveniente…

—No, nu'ay ningún inconveniente. Peru'ay dentradita tiene quenseñarme ese bolado de cómo decir la misa, y todos esos otros bolados, vaá…

—¡No, no, señor mío! —exclamó sorprendido—. ¡La Santa Misa la celebro yo…!

—Ah, puesieso lo sé yo —dijo Leandro—. Lo que tiene quenseñarme es cuándo lihago el chilinguiniado; cuándo le paso las cosas del altar y cuándo es que le tengo que meniar el jumo y tó loquiusté ya sabe, vaá.

—Leandro —apuntó el cura con amable sonrisa—, olvidaba preguntarte algo muy importante. Ojalá que no te ofendas por eso. ¿Sabes leer? ¡Espero que sí!

—Veya, padre, la verdá es que diacorrido, diacorrido, comuay luacen pues los mesmos uneversitarios que ya sian gadruado, puesansina mesmo no, vaá —respondió el campesino y luego añadió—: Pero yo leygo libros; yay de vez en cuando, vaá, hasté comprado los perióquidos puesay pa' saber comuandan los bolados de la política, vaá…

—Lo comprendo perfectamente —interrumpió el sacerdote.

—Porquiayó esa jodienda sí me gusta, vaá —agregó

Leandro—. Ay perdone, padre, peruesque yuestoy acostumbrado hablar sólo con los piones de las fincas ónde yuaveses trabajo. Yay se miolvida quiustés un cura quiay que respetar… vaá.

—Vamos, hombre, no hay nada que perdonarte, te comprendo... Ven —añadió, tomándolo por el brazo—, te daré un manual de ayudar al celebrante de la misa. Lo lees esta misma tarde, después del almuerzo. Así te enterarás de tus futuras obligaciones.

—Aura que dice almuerzo, miacabo diacordar que yo tengo quiaincontrarme con….

—¿Alguna novia, picarón? —interrumpió el sacerdote sonriendo.

—No, padre, eyés mija; miúnica hija.

—¿Solamente *una*? ¿No es eso algo insólito por estos lugares?

—Bueno, dije 'miúnica hija,' porquiay tengo también tres cipotes.

—¿Tres, solamente? ¿Pero todos adultos y casados, supongo?

— Pues, adúlteros no sé, puesí, digamos que dos deyos y'están casados por liglesia yuno quiayestá medio amancebado, vaá.

—¡Qué hombre más divertido eres! —dijo Castelar tratando de cerrar la puerta.

—Déjeme besar su mano, padrecito —imploró Leandro con los ojos humedecidos por las lágrimas de agradecimiento. El cura extendió su mano con una mueca de curiosidad en su rostro sonriente y un beso efusivo lo sacudió a tal grado que su barba postiza se soltó del todo cayéndole sobre el pecho. Castelar encontró jocosa su situación, aunque un poco irritante pero no dio ni excusa ni explicación. Simplemente se limitó a doblar el manojo peludo y poniéndolo debajo del brazo se adentró en la casa cural.

Leandro enseguida enfiló hacia la plaza del mercado donde su hija lo esperaba. Olaya había permanecido apoyada contra el único pedazo de pared no utilizado como estante para desplegar mercancías y anuncios. Aguardaba impaciente la llegada del autor de sus días y con la mente saturada de presagios funestos. Sus temores no eran infundados. En esos aciagos días, como el lector se enterará más adelante; los campesinos pobremente vestidos o andrajosos, aunque nunca hubieran delinquido, eran catalogados como delincuentes por las mal llamadas 'autoridades'. Los secuaces de la férrea dictadura, incrustada ya en el poder por la fuerza de las armas, catalogaban a *todos* los campesinos como comunistas potenciales. Los creían enemigos, secretamente envidiosos de las riquezas y propiedades de sus amos, de los grandes cafetaleros, de los opulentos y avaros latifundistas y de otras clases privilegiadas como la alta burocracia. Más aún, los obreros y trabajadores de fábricas sufrían la misma saña cuando se atrevían a organizarse para defender sus derechos.

En su impaciencia, Olaya llegó hasta sospechar que la tardanza de su padre se debía a que la llamada Guardia Cívica, originada por gobiernos anteriores pero convertidos por la dictadura en pelotones de torturadores y asesinos, ya lo había arrestado por algún motivo baladí o por simple capricho de los que, con insolente desfachatez se hacían llamar 'autoridades garantes de la ley y del orden'. Su sospecha la llevó hasta pensar que nada de raro tendría que ya estuviera cavando la sepultura donde sería enterrado después de haber sido fusilado. Esa posibilidad grotesca era harto conocida y ciertamente muy temida por la mayoría de los redentoreños, en particular por los desposeídos.

Los esbirros de la dictadura militar se ufanaban de sus macabras hazañas con descarado sarcasmo. Habían llegado hasta el grado de alardear con cruel insolencia que el gobierno de Martínez era tan generoso que ofrecía empleo, sin remuneración por supuesto, a los infelices que estaban a punto de ser fusilados, asignándoles el *trabajo* de cavar sus propios sepulcros.

Los ojitos de Olaya brillaron de júbilo al advertir la silueta del viejo y de su maltratado sombrero moviéndose entre las mesas abarrotadas de productos a la venta y los clientes cargando con los ya adquiridos. Luego su amado padre se perdió entre una numerosa recua de mulas que pacían tranquilas mientras disfrutaban su descanso. Finalmente, Leandro apareció por entre los rabos de las acémilas que azotaban furiosas las moscas impertinentes.

¡Vaya pué, siay mesmo viene!, pensó regocijándose. *Ya no vuá tener que mercar vestidueluto*, añadió riéndose complacida y con el corazón sosegado.

El padre se detuvo ante la moza a recobrar el aliento y sin decir palabra secó el sudor de su frente con la manga de su camisa.

—¿Yónde siabiya metido, por amor de Dios, apá? —preguntó

Olaya enfadada—. ¡Debiya tener piedá de yo, apá! Ay me teniya con las tripas más retorcidas quiuna coyunda.

—Es quel señor cura me detuvo en la mesma case la parroquia, vaá —replicó Leandro muy ufano y luego añadió jactanciosamente—: Yesquél ay miacaba de empliar diasistente general de la sacristiya, con sueldo mesiado yasta con derecho a recebir las indulugencias que le dan al Santo Papa cuandofiseya la misa, entrieotros beneficios.

— Tata, ¿*cuándo* va dejar de echar tantos *cuentos de camino rial*? —preguntó Olaya con desaliento y escepticismo. Aunque adoraba a su padre, la hija ya no era una niña ingenua tan fácil de engañar. Leandro no contestó la pregunta capciosa de su hija pues estaba tratando de hallar la respuesta adecuada.

—Cuando y'uera cipotiya —continuó Olaya—, yo le creiba todas las guayabas qui'usté m'echaba porque yuera bereca, y poreso mesmo los cipotes de lescuela se riyan de yo yay me deciyan que yo nu'era de Santa Teresa sino de *Santa Terenga*.

—¡Pero ya no me chupo el dedo, apá! ¡Ni bebo leche en pacha! —advirtió la hija seriamente.

—¡No güelva a desir quiay su tata es un mentiroso; mesmo como siasté juera una cipota malcriada! —la amonestó severamente.

—¡Pues entonces dejiusté de decirme tantas mentiras pa' que yo güelva a crerle, pué! —replicó la hija un poco enfadada.

— Pues esta vez sí va tener que crerme, mi Olayita —afirmó el padre—. Siastay me dijuel padre que si yo queriya quiay podiya confesar a su patrona —añadió seriamente.

—Ve, pué, ¡yay sigue fanjarroneando! —dijo Olaya con enojo.

—Pues diorita mesmo enalante ay vua tener que quedarme con el pico bien serrado, vaá; porquiasté ya no confiya en su apá. Y ¡quiay Dios me libre si le güelvo a contarlialgo más! —amenazó con paternal reproche, molesto por el persistente escepticismo de Olaya.

—¿Yónde se va a quedar a dormir esta noche, pué? —preguntó ella para desviarse del tortuoso tema de la credibilidad de su padre—. Si'ay viene cuando yesté un pocuescurito, vaá; ay lo vua meter en la cabayeriza porquiay sí se pué quedar, vaá. Peruayí se va tener questarse bien cayadito, pa' que la condesa no lo vayoyir y lueche pa' la caye, vaá.

—¿Y qui'hago si los cabayos ay se ponen a relinchar y no me van a dejar dormir?

—¿Cuáles cabayos, apá? Siayí soluay monturas viejas y cachivaches.

—Ah, güeno, pué. Peru'es'que…

—Asté no se puede quedar a dormir en cualquier parte, vaá, y menos debajo diuna mesa de la plaza —interrumpió la hija en un susurro de precaución—. Es quioy mesmo, ay que tener mucho cuidado a ónde uno se va quedar a dormir.

—¡Ah, pué! ¿Tonces, la cosa sigue bien jodida también por'estos laos?

—¡Uy! ¡Está *bien* jodida la cosa! —reiteró Olaya con prudente voz baja—. Ay noches que cuand'oigo las descargas de fusileriya, sé que es que están tronchándose a un cristiano y me dan ganas de yorar porque el muerto o los muertos podrían ser usté o mis hermanos. Yu'ay me persino hasta doce veces temblando de culequeriya. Y diay le rezo un rosario a la Virgen del Carmen por las almas del Purgatorio y por las almas de los cristianos que el ejército sestá tronchando esa mesma noche. Ay con lo del toque de queda, la ley marcial y el estaduesitio, tieniuno que acostarse tempranito cuando las gallinas siacuestan.

—Pero por yo ya no siafane más, mija —afirmó el progenitor, tranquilo y ufano—, quel señor cura me dijo que me va a dar posada en la case la parroquia.

—¡Ve pué! ¡Y sigue con la mesma bayuncada!

—¡Es qui'asté no quiere crerme, mi Olayita! —se quejó Leandro con voz suplicante.

—Mire, le vuá a contar como jué: Yo juí a darle la razón quiusté me dio p'al Padre Eduardo. Peruay mesmo me salió otro padre; uno cholotón, chele, mesmo como su patrona y bien contento yabla sáitamente como luace eya mesma, y así de galán.

—¿Y qué pasó? ¿Qué le dijo el padre? —preguntó Olaya aún con tono escéptico—. Pero dígame la verdá sin andar con rodeyos locos de mula sin amansar…

—Pues, ansina que le di su razón, ay me preguntó siandaba buscando chamba, y que si sabiya ler y yo le dije quiay me las aventaba un poco. Yay nos cáimos requetebién, vaá.

La hija observaba al padre con un extraño semblante que reflejaba duda y desazón porque realmente no sabía si creerle o no.

—Yayí mesmo, mire ¡se lo juro, por Diosito Santo! —continuó Leandro—, él me dijo que si yo queriya quempesara a trabajar hoy mesmo, porque dijo qu'el sacristán está grave con los friyos y las calenturas.

—¿'Tonces, es verdá lo del trabajo —preguntó la hija, casi persuadida del candor de su padre.

—¡Se lo juro por esta santa cruz qu'es la puritita verdá! —afirmó Leandro y luego dio un sonoro beso a la cruz formada por sus dedos pulgar e índice.

Súbitamente, Olaya se sonrojó. Trató de disimular su angustia volviendo el rostro hacia la pared. Gonzalo, un hombre fornido, cuarentón de apariencia mestiza, insólitamente alto y de tez morena, vistiendo uniforme de fatiga azul y sin ninguna insignia militar, caminaba con paso marcial en dirección hacia el padre y la hija. Tras él venían cinco soldados; dos de ellos con sus armas listas a disparar y los otros dos portando sendos y enormes tambores que de repente comenzaron a tocarlos con vigoroso entusiasmo, creando un horripilante estruendo con su bombororonbonbón capaz de despertar hasta a los difuntos en el cementerio. Olaya pensó que ya le había llegado la hora de las crueles definiciones. El envanecido dragoneante, sin embargo, pasó de largo, portando un rollo de papel entre sus manos. Luego se encaramó a una de las mesas del mercado que los soldados habían vaciado abruptamente de todos sus canastos y pailas de madera llenas de mercancías. Tras un gesto hosco del mentón de su cara avinagrada, los tambores redoblaron nuevamente su estruendo. Con un gesto imperioso de su mano, Gonzalo detuvo el tamboreo y tomó enseguida un megáfono que traía uno de los soldados. Como por arte de magia, el mercado entero enmudeció, con la hilarante excepción de los irreverentes pedorreos de las numerosas bestias de carga que tranquilamente descansaban en la vecindad.

El dragoneante con la típica teatralidad de orador militar comenzó a leer el mensaje que portaba en la hoja de oficio:

"Ciudadanos: El Supremo Gobierno de Salvación Nacional

que presido, hace saber a toda la población redentoreña que: Considerando que a pesar del patriótico esfuerzo de nuestra gloriosa Fuerza Armada de la República de El Redentor, quedan todavía algunos minúsculos focos de comunistas apátridas, asesinando personas, destruyendo e incendiando propiedades a lo largo y ancho del territorio nacional.... En virtud de la fausta autoridad que me confiere el artículo duodécimo, inciso "A" de nuestra Constitución Nacional reformada en enero 3, de 1932, decreto lo siguiente:

Primero) Se hace obligatoria la cooperación incondicional de todos los ciudadanos nacionales y de los ciudadanos extranjeros que se amparan bajo la protección de nuestras leyes y de nuestro bravío ejército nacional.

Segundo) Por lo anteriormente expresado y en firme cumplimiento de la gran misión histórica que me he trazado para salvar a nuestra nación de los macabros designios del comunismo internacional; solemnemente ordeno a todos los ciudadanos y extranjeros a delatar a todo sospechoso de actividades subversivas y también a todos los sospechosos de albergar o expresar ideas u opiniones contrarias a la democracia imperante en nuestra comunidad o de propalar calumnias contra el heroico ejército y otras autoridades legítimamente constituidas.

Tercero) Con el propósito de estabilizar y pacificar el país, ordeno la prolongación del Estado de Sitio y la Ley de Emergencia Nacional que regula el toque de queda en todas las poblaciones con un número mayor de mil habitantes.

Firmado,

General e Ingeniero Maxiliano Eterno Martínez, Presidente de la República de El Redentor y Representante del Dios Universal. Divúlguese el presente edicto por bando público y a través de la prensa hablada y escrita en todo el territorio nacional. Dado en la Casa Parda, en Santimonio, a los veinte días del mes de abril de 1932".

—¿Hasta cuándo va a durar ese endemoniado estaduesitio? —preguntó furioso el aprendiz de sacristán—. No lo dijo, ¡el muy desgraciado! —se quejó en voz baja.

Olaya puso dos dedos de su mano sobre los labios de su progenitor y le aconsejó en voz baja:

—¡Cáyese, apá, quiay lo pueden oyir!

Mientras tanto, Gonzalo descendía majestuosamente de su improvisada tribuna con el aire prepotente de vana autosuficiencia que ostentan los que se saben temidos y obedecidos, pero no admirados ni respetados. Luego continuó su marcha hacia otras secciones de la villa en compañía de soldados y tambores, aturdiendo a los infortunados que cruzaban su camino.

Durante la lectura del bando oficial, Olaya había permanecido semioculta tras la espalda de su padre. Al finalizar la perorata, el padre se dio vuelta y la contempló por un instante con una mirada seria pero inquisitiva. Luego la increpó con sospecha y típica ironía campesina:

—Yo creibo quiusté le tiene miedo al desgraciao soldadote ese. Y si no, ¿porquiusté ay sianda escondiendo detrás de yo como si juera una gatuemonte, pué?

—¿De quiábla, apá? —preguntó ella pretendiendo no entender la queja de su padre.

Éste se enfureció por la insólita pregunta.

—¿Es quiasté le da vergüenza o no quiere quese soldadote engreido la veya junto a su tata? —inquirió ofendido.

—¡Cáyese ya, apá, porel amor de Dios! —suplicó la moza en voz queda haciendo caso omiso de la sospecha paterna—. Estos desgraciaos no se tientan los compañeros pa' matar —agregó con voz plañidera.

Leandro montó en súbita cólera.

—¡Ah, sí! —dijo con el semblante airado—. Ay muchos d'eyos que se sienten muy pencones, pero sólo cuando tienen un'arma en la mano. Pero siay se la quitan, ¡ay mesmo se cagan de miedo! —añadió rabioso el campesino.

Olaya cambió abruptamente el tema de la conversación.

—Ah'pué, 'tonces, ¿de verdá que va a trabajar de sacristán con el nuevo padre. ¿Cómo dijo que se yamaba? —preguntó.

Leandro se rascó la cabeza después de levantar su raído sombrero.

—Creybo que me dijo se yamaba Santiago…

—¿Santiago qué?

—Pues del apelativo meramente no miacuerdo —confesó cándidamente—. Pero usté no le cuente a su patrona que su apá es el nuevo sacristán —suplicó con aire misterioso—. Ay mejor aspérese cuando la váyamos a confesar. Le vua pedir al padre Santiago que me la presente. Y cuando yeguemos, usté ay'si'hace la terenga; como qui'usté ni me conoce, ni sabe mi nombre, ni mi'ha visto nunca, vaá.

—Puésiusté ansina me lo pide, puesansina mesmo luaré —le aseguró la hija sonriendo—, unquia la verdá es que yo nunca esperé verlo en la companía diun cura… —agregó con cierto dejo de escepticismo.

Leandro se despidió con un beso en la tersa mejilla de su amada hija y partió en silencio al lugar de su nuevo trabajo de aprendiz de sacristán. Olaya retornó a su puesto a recibir las órdenes de la encopetada patrona mientras pensaba si su padre le había dicho la verdad. Pero su forma de hablar de la bondad del nuevo párroco la consolaba y la alegraba saber que su padre tendría además de un empleo remunerado, un techo bajo el cual dormiría y la protección que le prodigaría la casa parroquial. Si Leandro mentía pronto lo sabría. Por lo tanto, era justo darle el beneficio de la duda y esperar que todo se resolviera por sí sólo.

TRES

—Entra y siéntate ya —ordenó afablemente el padre Santiago Castelar a Leandro Beltrán Erazo mientras le señalaba una silla de madera colocada frente a él y a su lado izquierdo. El neófito sacristán había permanecido callado y de pie al lado de la puerta, esperando la invitación del cura para ingresar al despacho parroquial. Con su estropeado sombrero girándole nervioso entre las manos, observaba con mucha curiosidad los objetos que yacían sobre el pequeño escritorio de pino sin pintar, entre ellos un globo terráqueo, parecido, aunque más grande, al que tenía la maestra Guardado sobre un estante de libros.

Obedeciendo la amable sugerencia, el campesino entró en puntillas como si temiese que el roce de sus toscos caites contra los lustrosos azulejos del piso denunciara la humildad de su presencia. Una vez adentro continuó callado y circunspecto, de pie frente al escritorio tras del cual se sentaba su nuevo patrón.

—Siéntate, hombre, y descansa los pies —insistió el sacerdote señalándole la misma silla—. Vamos a formar un equipo de trabajo ¿no?

—Puesasí mero lo creibo yo, vaá —titubeó Leandro.

—Por lo tanto —prosiguió el sacerdote—, no necesitamos formalidades innecesarias. Y si no te molesta, pues, hasta podrías tutearme, si así lo prefieres.

Leandro se quedó estupefacto. Confundido, más que nada. Simplemente, porque no podía creer lo que oía: Un ministro de Dios, investido con el poder de negarle la gloria celestial por toda la eternidad le sugería que él, un campesino más que pobretón, casi analfabeta, podría *tutear* a un sacerdote. Con típica malicia campesina, Leandro comenzó a sospechar las magníficas, aunque, indudablemente muy insólitas intenciones del clérigo. Pero no se atrevió a renunciar a la feliz oportunidad de poder escapar de la cruel penuria que agobiaba sus magras carnes ya entradas en decenas de años.

—Mire, padre —dijo Leandro con la mirada cabizbaja—, yo mesmo juí criado muy alantigua, vaá. Yo no creibo quiay miacostumbrariyatutiarlo o a vosearlo asté.

—¿Y por qué no? —preguntó Castelar extrañado por la reticencia de su empleado.

—Porquiustés pa' yo el que representa aquí en la tierra al mesmísimo Jesucristo questáyárriba, vaá. Yay mal me vendriya que yo me quisiera igualármele asté. Ay lo vua yamar 'señor cura', y'usté me puede decir Liandro, a secas. Eso sí, me vua sentar porque ya mestán doliendo las caniyas y las patas destar parado.

—¡Claro, ya te lo dije, siéntate! —repitió el cura mientras le miraba fijamente—. ¿Sabes que me gusta tu forma de ser y de proceder? Por el tenor de tu respuesta —agregó—, me parece; no; no me parece; estoy segurísimo de que tú eres un hombre honrado a carta cabal. Esa forma tuya tan sincera de hablar y de conducirte me augura el agradable presagio de que tú y yo vamos a ser muy buenos amigos.

—¡Que Dios loyga! —dijo Leandro en tono esperanzado—: Güeno —añadió—, yo soy amigo del que me respeta o me brinda suamistá, vaá; pero parel que traté joderme la vida, soy comuel espino, que si me lo meneya ¡luespino!

—Esa es, amigo mío, la actitud natural de todos los humanos; sean cristianos o herejes —comentó el cura—. Pero ese es también el proceder instintivo de la bestia, que no puede comprender el valor espiritual de la misericordia que nos mueve a perdonar a nuestros semejantes; que es, a la vez, la base misma de la caridad cristiana.

Mientras el sacerdote hablaba, Beltrán observaba sus elegantes gestos con respetuosa admiración. Su contenido silencio indicaba claramente que se empeñaba en comprender los intrincados postulados de ese santo varón que, por alguna razón, o a lo mejor por un defecto de su dentadura, ceceaba al hablar.

—Pero no hablemos, por ahora, del mensaje de Jesucristo y de sus sabias enseñanzas —prosiguió el cura y luego preguntó—: ¿Habéis oído hablar alguna vez sobre Cuba?

—¿Sobre Cuba? ¡Ah, sí! Pues'ay ni sé niónde queda, vaá; peruna sobrina miya se casó con un ricachón cubano, comerciante de maderas finas asigún oyí desir; deciyan quiay veniya juyendo de su páis y diún ditador apeyidado Machado, o alguansina parecido, vaá.

—Y ¿hablaste alguna vez con ese señor cubano?

—Pues viera, asté, que no —dijo Leandro—. Y nuesque nuaiga podido, vaá —agregó con aire de disgusto—, porque a yo no me gusta aparecerme ónde no mian envitado, vaá.

—¡Tienes razón! La dignidad personal se debe proteger siempre —interrumpió Castelar.

—Porque yo sé —continuó el campesino—, que cuando los pistudos ay lo ven áuno yegar a su casa, así humilde, pobre y remendao, mesmo como yo, puesay ya siafiguran quiuno va parondeyos nomás quia mendingarles pisto o gayos, vaá.

—¿*Pisto o gayos?* ¿Qué son esas cosas? —preguntó el cura frunciendo el ceño, muy confundido porque los vocablos de Leandro eran todavía desconocidos para él.

—Ay, perdone, padre, perués que a yo ay se miolvida quiusté nués de poracá, vaá. Puesesque nosotros le decimos pisto a los biyetes y a las monedas quesiusan pa' mercar cosas y a los trapos y yusados les decimos *gayos*.

—¡Ah, sí, ahora entiendo! Dinero y ropa usada quieres decir, —dijo el cura sonriendo—. Bueno es saberlo. Pero volviendo a Cuba: allí nació un gran hombre, un gran patriota y a la vez un gran poeta llamado José Martí.

Los ojos del campesino brillaron con marcado interés. El nombre de Martí no le era desconocido, aunque por motivos muy diferentes. Decidió averiguarlo con maña sutil.

—¿Yay por casualidá, ese pueta no seriya pariente de Farabundo Martí? —preguntó Leandro, ligeramente esperanzado. —Él jué un muchacho redentoreño muy respetado y querido por los trabajadores destos alrededores, diay de dentruijuera de Cayaguanca —explicó.

Castelar ignoraba en absoluto a quién se refería Leandro.

—Es muy posible —dijo con indiferencia—. Al fin y al cabo, ambos tenían el mismo apellido; lo cual indica que su linaje también provenía en parte de mi amada España —añadió con voz nostálgica.

—Perués que Agustín nuera d'España sino diaquí mesmo, deste país —interrumpió el campesino orgullosamente—, y él jué un gran revolucionario hasta la muerte; es decir hasta que los melitares lo troncharon a balazos y diay luorcaron pasigurarse que estaba muerto. Pero yo creibo quiónde quiera que su alma esté; él sigue y seguirá luchando por nosotros los pogres redentoreños.

—También José Martí, además de ser un fecundísimo poeta, fue un incansable luchador independentista y murió, espada en mano, en una prolongada guerra a muerte por obtener la emancipación de su patria todavía gobernada por España. Mis antepasados también lucharon a muerte para liberarse, primero de la ocupación árabe. Esa lucha por la liberación les tomó más de cinco siglos, pero lo consiguieron. Siglos después, la tiranía impuesta por el ejército de Napoleón. El derecho a la libertad, hijo mío, es un derecho tan sagrado como el derecho al alimento mismo. Nuestros cuerpos se nutren de pan y de agua y nuestras almas de la libertad que respiramos. La libertad es el aire que sustenta nuestra existencia misma. Por eso la libertad, aunque no la podemos ver ni tocar, nuestras almas sí la pueden sentir en su entorno. Patrick Henry, un héroe de la guerra de independencia de los Estados Unidos, al ser capturado por tropas enemigas se le exigió colaboración de traidor. Él replicó: "¡Dadme la libertad o dadme la muerte!".

—En ese injundio sí que luapoyeo, padre —dijo Leandro—, porque los que luchan por los demás, son los que son verdaderos hombres y no como los cobardes que solo siarman pa' proteger a los ricos esplotadores yeyos mesmos pacerse ricos a costiyas de la miseria de los que trabajamos de sol a sombra.

—Poderoso caballero es don dinero, decimos en España —acotó Castelar, citando al sabio Francisco de Quevedo—.¡Y tú lo has dicho muy bien! —aplaudió—. Esos héroes que luchan por defender o proteger a los humildes no pueden ser ni perversos ni egoístas. Es por eso que debemos admirar su grandeza espiritual y honrarlos siguiendo fielmente su ejemplo.

—Sí, padre, ay tieniusté razón —dijo Leandro—. Esos sí son los hombres de gran valiya, vaá. Anquiaquí en El Redentor, darliún viva a nuestro Martí es lo mesmo que sentenciarse áuno mesmo al paderón, vaá. Yen la tumba, ya nuay remedio —agregó pucheroso. La voz del campesino se había tornado sentenciosa y su timbre emocionado indicaba el grado de firme convicción en sus ideas, por muy rudimentarias que ellas fueran.

—Gracias a Dios que en El Redentor gozamos de un gobierno respetuoso de los derechos de los ciudadanos —comentó inocentemente el cura español.

—¡Ya quisiéramos, padre! —replicó el campesino, furioso por el exabrupto del cura.

—¿Quieres decir que la situación política en este país está muy mala?

—Ay padre, mala, requetemala y… ¡requetepior!

—Yo entendía que los redentoreños estaban contentos con el gobierno recién instalado.

—¿Contentos? ¡Que güeno juera! Yo se quiusté no me va chiviar, vaá; y poreso ay miatrevo a decirle que luan malinformado. También quiero decirle que nuestro Martí sí era un patriota de verdá y por estos alrededores esos hombres puesay se dan muy escasos.

—Si tú lo dices, no lo dudo —dijo Castelar y luego añadió riéndose—: Y no te preocupes yo no sería capaz de *chiviarte* en ese aspecto. Sin embargo, el motivo por el que traje a colación el tema de José Martí es porque él escribió un pequeño gran poema que dice así:

"*Cultivo una rosa blanca en junio como en enero*
Para el amigo sincero que me da su mano franca;
Y para el cruel que me arranca el corazón con que vivo,
Cardo ni ortiga cultivo, cultivo una rosa blanca…".

—¡Qué chulo que escrebiya ese pueta Martí, vaá y que bien enspirado que se poniya! —aplaudió Leandro con manifiesto entusiasmo.

—Ciertamente; un bardo muy inspirado y también muy coherente —asintió el cura—. Pero lo más importante del poema es su mensaje cristiano. Tú lo puedes comprender, ¿o no?

—Ah pues, claro, padre —afirmó el campesino—. Lo quel queriya decir era quiay que perdonar hastal que nos arranqu'el corazón con que vivimos; o seya, la vida mesma, vaá.

—Tienes una asombrosa capacidad de análisis, lo cual no me sorprende; pues tienes, además, una mente extraordinaria. Es más, me parece que, a tus años, conoces muy bien el alma humana y, en cierta forma comprendes su conducta.

—Güeno, padre —dijo Leandro sonrojándose por el elogio—, pues, yo no sé si tengo toduesо quiasté que tengo, vaá, perueso sí a yo ay mia gustado 'prender muchas cosas de memoria yay sem'estaba acordando una puesiyita, que viene al caso, diun pueta champín.

—¿*Champín*? —preguntó Castelar frunciendo el ceño.

—Champines les decimos a los de Guatemayán. Es decir, quiay ansina les decimos porque eyos nos dicen *guanajos* a nosotros, los redentoreños. Pero como l'iba diciendo, ese pueta champín hisún poema frentiala tumba del general Justo Rufino Barrios qui'habiya muerto en una bataya tratando de riunir a su patria desmembrada a punte bala, vaá. El pueta era conservador yabiya cáido preso poraber escrebido en contra de Barrios quera liberal. Los liberales liberaron al pueta, pero pavergonzarlo le pidieron que lisiera lorasión júnebre. 'Tonces cuando estaban frente a la tumba, el pueta dijo:

> *"No vengo a tu sepulcro a escarnecerte*
> *ni yega mi palabra vengadora*
> *Nia la viuda nial güérjano que yora nia*
> *los friyos despojos de la muerte...*
> *Ya no puedes herir ni defenderte; ya tu saña pasó; pasó tu hora*
> *Solamente listoria tiene agora el derecho*
> *a condenarte o alsolverte.*
> *Yo que de tu implacable tiraniya una víctima juí;*
> *yo quen miencono*
> *Quisiera maldecirte todaviya;*
> *no olvido quiún instante en tu abandono* `
> *Quesistengrandeser la patria miya...*
> *Yen nombre de esa patria, ¡te perdono!".*

—¡Bravo, bravísimo! —aplaudió el cura—. Y ¿cómo se llamaba ese poeta?

—Era di'apeyido *Cerna*, vaá. Pero del nombre no mi'acuerdo.

—Ese poema —añadió el padre—, lleva un mensaje muy

similar al de José Martí y concuerda, a la vez, con el mandato de Nuestro Señor Jesucristo que debemos perdonar a nuestros enemigos y como Él mismo lo sugirió: ¡dar la otra mejilla!

—Yo creibo quesués lo más defícil diaser, padre —dijo Leandro con franqueza.

—En efecto —comentó el cura—, el instinto primario de supervivencia de la bestia es el primero que aflora a la mente en nuestra conducta diaria. Mayormente cuando nos sentimos ofendidos por injurias a nuestra persona o a alguno de los nuestros. Porque, al fin y al cabo, eso es lo que somos en esencia, bestias salvajes; con la única diferencia que a nosotros los humanos se nos ha otorgado el don de la gracia divina. ¡Ese maravilloso don, ese regalo de Dios que tan insensatamente lo despreciamos!

—Tiene usté razón, padre —comentó el campesino sentenciosamente—, porquiay como meros brutos también lo desperdiciamos.

—Veo que te gusta el bello arte de la expresión poética y que además comprendes el claro mensaje que motiva al trovador.

—¡Favor quiasté miase, padre Santiago! —replicó Leandro.

—Sin embargo —agregó el sacerdote—, en este preciso momento no nos es posible dedicarnos a gustar de tan delicioso tema porque tenemos la obligación insoslayable de cuidar de nuestra salud mediante la alimentación y de trabajar para merecerla. Ese es otro regalo que Nuestro Señor nos hace cada día. A propósito: ¿ya almorzaste?

—No, padre, peruesque estoy tan imocionado, vaá, por este favor quiusté miase de darmiún trabajo decente yonrado quiastaura la tripa no mia comprometido, vaá.

—Antes que nada, quiero que te vistas decentemente, como corresponde a una persona que trabaja en el sagrado recinto —dijo el sacerdote—. Y créeme, Leandro, que no es mi intención ofenderte, pero en el cuarto que hemos preparado para ti, encontrarás allí algunas prendas de ropa: camisas, zapatos, pantalones, calcetines y ropa interior; y una navaja para que te afeites.

—¡Que Dios se lo pague, padre Santiago! —exclamó Beltrán sumamente emocionado y agradecido por la generosidad del cura.

—Comprendo que son *gayos*, como vosotros les llamáis.

Pronto tú podrás comprarte ropa nueva con tu propio *pisto* —dijo el sacerdote; sonriendo al comprender que ya comenzaba a utilizar el lenguaje vernacular redentoreño.

—Miagüelo me deciya quial cabayo regalado no se le busquel colmiyo —dijo Leandro alegremente—. Yusté, padrecito —agregó lisonjero—, es más güeno quel pan. ¡Que Dios le pague su bondá y que se la pague bien pagá, vaá! —Los ojos azules claros y aún vivaces del tosco campesino se humedecieron de agradecimiento. Convenientemente, los del cura se dirigieron hacia la ventana que daba a la calle.

—Eres un buen hombre —dijo Castelar mientras observaba atento a través de la estrecha ventana protegida por gruesos barrotes los espesos y oscuros nubarrones que, cubriendo el cielo de la villa de Cayaguanca, presagiaban lluvia tormentosa—. Dios me ha compensado ya con la bondad de tu presencia. Ven conmigo, te mostraré el cuarto donde dormirás mientras trabajes en la parroquia. Allí también podrás ducharte para sofocar el calor…

Al poco rato, cura y campesino se encontraron frente a la cocina. Leandro se sentía como en zapatos ajenos, porque además de que en realidad lo estaba, era ésta la primera vez que se deshacía de sus burdos caites y vestía zapatos fuera de la iglesia. En esa época lejana, aún era costumbre entre los campesinos cayaguancatecos calzarse solamente durante el transcurso de la misa y al terminarse ésta, guardaban los zapatos en sus alforjas con el fin de que les durasen el mayor tiempo posible.

—¡Todo miá quedao muy bien! —exclamó complacido el aprendiz de sacristán mientras se apretaba el cinturón—, sólo que el pantalón me queda un pocuancho diaquí mesmo de la pretina, vaá; porquiay parese —agregó guasonamente—, quel *difunto* pues era más gordo que yo. Peruay me quedan bien si miaprieto el cincho, vaá.

El sacerdote no quiso decir que las ropas donadas al sacristán habían sido suyas.

—Es que el *difunto* ya ostentaba la panza voluminosa de Sancho y los sesos vacíos del Quijote —replicó risueño; burlándose de sí mismo y aludiendo al manchego escudero y a su hidalgo patrón de la famosa obra de Cervantes—. Pero podrías buscar un sastre remendón. Ahora entremos a la cocina, quiero que conozcas a María Delfina Chávez, la cocinera.

Delfina, como la llamaban sus parientes y conocidos, era una mujer cincuentona, rolliza y de agradables facciones de color canela. En ese instante se encontraba cocinando las típicas tortillas de masa de maíz que siempre acompañan las comidas de los cayaguancatecos, sin importar clase o condición social. Palmeaba ella las bolas de masa finamente molida hasta formar gruesos discos que colocaba subsecuentemente sobre una plancha circular de barro cocido, llamada *comal*, bajo el cual ardían varios leños secos.

Al notar la presencia del cura y de Leandro, Delfina secó sus manos robustas en la falda de su delantal. Sin dejar de atender el comal, extendió su mano al recién llegado.

—Liandro Beltrán Erazo —dijo él apretando la mano húmeda de la robusta fémina.

—¡El gusto es miyo! —dijo ella con remilgo—. Ay me puede yamar María o Delfina, comusté quera —agregó, mientras levantaba y volteaba tres tortillas en proceso de cocción.

Castelar explicó:

—Leandro trabajará para la parroquia como sacristán. Pero como vivirá con nosotros, te ruego le cambies la ropa de su cama todas las semanas; le sirvas sus tres comidas diarias y que te encargues de lavar su ropa y remendársela si fuese necesario.

—Sí, padre Santiago, siará mesmo comusté lordena —prometió María Delfina. Y dirigiéndose al nuevo empleado, le dijo—: Aquí se va a sentir muy bien, don Liandro, mesmo como si ay estuviera con su mesma familia, vaá. ¿Ya almorzó?

—Precisamente, a eso veníamos —indicó el sacerdote—, pero quiero pedirte que nos sirvas el almuerzo en el comedor grande.

—¡Comusté mande, padre Santiago! —respondió Delfina—. Y ¿cuándo va a regresar el padre Eduardo? ¡Sabe, padre, que ya lu'estoy echando de menos!

—Según entiendo, el padre Santofimio ya no regresará más a Cayaguanca —informó Castelar en tono serio—. Ya la arquidiócesis de Santimonio y la diócesis de Suchindondo lo mandaron a retiro por una súbita y misteriosa enfermedad que dice que le aqueja y también, ¿por qué no decirlo? Por su avanzada edad. Por cierto, ya se encuentra en viaje de regreso a su patria…

—¿De veras, padre? Y ¿cómo dicen quiay se jué porquestaba malito de los ñirgües? —preguntó la cocinera con semblante pesaroso.

—Sí, se encontraba muy nervioso cuando se fue a Santimonio, —dijo el cura—. Pero me acaban de informar por teléfono que esta mañana precisamente el padre Eduardo Santofimio se embarcó en el puerto Libertad para Cartagena de Indias.

—¿Para la India, padre? ¡Ve pué! —se quejó Delfina poniendo el revés de sus manos sobre sus amplias caderas—.¡Pero si él deciya quera de Colombia!

—Sí, ciertamente —dijo Castelar—, pero debo explicarte que hay dos Cartagenas en el mundo. Una está localizada en España y la otra en Colombia. Ambas ciudades son también puertos y las distinguimos dándole el nombre de Cartagena de Indias al puerto colombiano.

—Ah, ve pué —dijo la sirvienta satisfecha con la explicación del cura—. Y yo que créiba quiay lu'habiyan mandado pa' la India; yay sigún dicen, eso queda bien requetelejos, vaá.

—Sí, Delfina, la India queda muy, muy lejos —afirmó el sacerdote—. Pero ya pronto el padre Santofimio se reunirá con su familia en la ciudad de Medellín, de donde es oriundo y que según yo entiendo está localizada cercana a Cartagena.

—Liagradesco, padre, que me luaiga esplicado payostar más tranquila, vaá —dijo Delfina—. Ya dentro diun ratito vastar el almuerzo yay mesmo se los sirvo —prometió.

Leandro no se atrevió a probar la comida hasta que observó cómo el sacerdote tomaba los diferentes utensilios de mesa. Audazmente trató de imitarle, pero falló en su propósito y se sintió tan mortificado como si tuviera dos manos zurdas. Pero tenía mucha hambre y decidió en silencio que era preferible claudicar que sucumbir.

—¿Asté no liofende que yuagarre la comida con los dedos, vaá? —preguntó precavido y con cara dura, aunque un poco avergonzado.

—¡A mí no! —respondió el cura sin ambages—. Cada quien come como puede. Y para que te enteres —agregó—, hasta hace cien años el tenedor no había sido inventado, aunque la cuchara ya había estado en uso desde hacía mucho tiempo. En otras palabras, que la gente ha comido con los dedos a través de todos los siglos. La invención de los utensilios de mesa no ha mejorado ni empeorado la especie humana. Anda y come como te sientas más cómodo, por ahora. Luego te enseñaré cómo tomar y usar la cuchara, el cuchillo y el tenedor.

El neófito sacristán se felicitó en silencio por su buena suerte. *Este curita, más que un santo, es un verdadero sabio*, se dijo en su pensamiento.

—No sabe cómo liagradesco, padre —dijo él en voz alta—. A yo nunca menseñaron cómo agarrar ninguno destos volados, vaá. Pues comuay nunca teniyamos pisto de sobra pa' mercarlos, puesay los frijoles sancochados y molidos los echábamos entrue las tortillas y yansina les decimos *pupusas*.

—Y la sopa, ¿cómo la beben? —preguntó Castelar.

—Güeno, pué, cuando lay, qués muy relanciado, vaá, pues la bebemos de loriya mesma del cajete de morro, vaá.

—Ah, ya entiendo. Eso sí, y en *esto* definitivamente soy tajante —comentó Castelar con candorosa vehemencia—, me repugna sobremanera ver a la gente comiendo y hablando al mismo tiempo o bebiendo con los cachetes atiborrados de comida. ¡Me da asco! Lo mismo me sucede cuando escucho sorber, particularmente cuando se hace en forma escandalosa.

Leandro comprendió al instante la indirecta casi directa y se hizo el propósito de no sorber y mantener el pico cerrado mientras tuviera los cachetes atiborrados por el alimento. El almuerzo había sido todo un éxito culinario a pesar de los limitados insumos para el menú.

Santiago Castelar gustaba de meter los frijoles fritos y molidos en la tortilla enrollada al estilo del taco mejicano, lo cual había aprendido de una costumbre similar en Guatemayán. El comensal, que no perdía un solo detalle de los movimientos de su fino anfitrión, se dijo calladamente: *¡Ajá! Asíes mesmo cómo se comen los frijoles ayá en España*. Pero no trató de imitarlo. Se limitó a comentar:

—¡Qué güeno qu'estaba el almuerzo!

—¡Ciertamente! Y me alegra mucho que te haya gustado —comentó el cura mientras limpiaba sus labios y el mentón con la servilleta—. No hay duda que Delfina cocina muy sabroso y sabiamente condimentado. Nunca imaginé que las comidas de los cayaguancatecos fueran tan deliciosas. Y a propósito, algunos acostumbran dar gracias y antes de consumirla, eso me parece tan prematuro como absurdo. ¿No te parece, Leandro?

—Pues ay parece quiusté tiene razón, padre —asintió el campesino, no muy seguro de haber comprendido el razonamiento del sacerdote.

—Yo prefiero dar gracias al Todopoderoso en forma personal al terminar de ingerir mis alimentos. De manera pues que, si tú también lo acostumbras, puedes hacerlo en silencio mientras yo hago lo mismo —explicó Castelar.

El clérigo juntó las manos en actitud piadosa, las colocó bajo su mentón y luego dobló su cabeza hacia abajo. Leandro lo imitó al dedillo. Mas, no se puso a dar gracias por el alimento consumido sino a maravillarse de la forma tan amable y respetuosa, y por demás insólita, con que el cura actuaba hacia su persona. Y, naturalmente, le agradaba sobremanera la manera tan digna y tan cordial con que lo trataba, sin importarle la humildad de su origen. Más aún, sin reparar en el hecho de que él era un campesino rústico y carente de tacto.

—Ven —dijo el sacerdote levantándose y poniendo la servilleta doblada sobre la mesa—, quiero darte ahora mismo el manual de ayudar a misa.

Leandro lo imitó con garbo y luego le siguió como perrito faldero. Al entrar a la sacristía, dobló a medias su rodilla y se santiguó farisaicamente.

—En estas gavetas —dijo el cura—, se guardan las sagradas vestiduras una vez hayan sido lavadas y planchadas.

—Padre —interrumpió el aprendiz—, yuay me he fijado quiaveses los curas yevan ropa blanca ensime las sotanas, vaá, peruenotras ay la llevan de colorado o de verde.

—¡Magnífica observación, hijo mío! —dijo Castelar con voz de aprobación—. El uso de cada color está prescrito, es decir, ordenado, de antemano por la sagrada liturgia.

—¿Por la qué?

—Por la sagrada liturgia —repitió Castelar paciente—. Es decir, algo así como diríamos *nosotros los abogados*, el código de procedimiento en una corte de justicia. Bueno, por… por… decirlo así… —titubeó el cura con las mejillas de pronto sonrojadas.

El campesino no se percató de la repentina desazón del cura porque la luz interior en la sacristía era muy tenue y sus rostros estaban cubiertos por una penumbra. Sin embargo, el súbito silencio hizo pensar a Leandro que algún problema perturbaba la mente de su patrón.

—¿Le pasalgo, padre? —preguntó Leandro con aire preocupado.

—¡No! ¡No es nada de importancia! —contestó el cura, soltando un suspiro profundo—. Es que de repente sentí que, bueno, como si ya me faltara el aliento, pero, no te preocupes —añadió tratando de restarle importancia a su desconcierto—. Como te decía, la liturgia nos enseña cómo debemos conducir los servicios divinos; de tal forma que haya uniformidad en todas las iglesias. Este libro te enseñará cómo ayudar al sacerdote en las distintas ceremonias que se realizan —añadió ofreciéndole un ejemplar de pasta roja y obviamente envejecido.

—Perusté mestaba esplicando el volado de los colores, vaá.

—Ah, sí, claro. Bueno, usamos distintos colores no por capricho o por frivolidad...

—¿No? —interrumpió Leandro un poco confundido.

—¡No, señor! —contestó el eclesiástico categóricamente—. Cada color representa, por decir así, las diferentes etapas y emociones de nuestras vidas, alegría, dolor, esperanza, luto… etcétera; y por las cuales también pasa la Santa Madre Iglesia. Las celebraciones con sus respectivos colores simbólicos llevan el propósito de reflejar ante los fieles, en forma coherente y correlacionada, el paso de Jesucristo por la Tierra. Por ahora, eso basta. Tendrás que aplicarte con ahínco para que aprendas lo más rápido posible porque no tenemos mucho tiempo para prepararte debidamente —sugirió.

—Pero, padre, yo yastoy muy viejo pa' prenderme todos esos volados porquiayó ay se miasen muy dificultosos, vaá.

—¡Pamplinas! —exclamó el cura con aire molesto y luego preguntó con desazón—: ¿No me digas que ya estás acobardándote? O ¿arrepintiéndote?

—Pues sí y no, vaá —respondió Leandro con cierta duda—. Es

decir nuesque ya mestoy arrepintiendo, vaá. Peruesque me da miedo que me va costar muchas horas de estudeyo y yo ya nuestoy acostumbrao a forsarme tanto el celebro, vaá.

—¡Horas de estudio y también tesón y disciplina, amigo mío! —afirmó el clérigo—. Sin embargo, no debes olvidar que sin esfuerzo y dedicación no se puede obtener nada de lo que es importante en nuestras vidas. Déjame relatarte un caso muy pertinente y muy ejemplarizante: Renoir, un famoso pintor francés, recién fallecido, contrajo en su juventud una incurable y dolorosa artritis reumatoide. No obstante sufrir esa enfermedad, él continuó pintando sus geniales obras maestras. ¿Sabes lo que hacía? Antes de comenzar a pintar se amarraba el pincel a la mano y así ejecutaba sus famosos cuadros. Eso nos indica que todo es posible para el hombre cuando se quiere progresar y llegar a triunfar.

Leandro, al escuchar esa historia tan ejemplar se sintió avergonzado de su indolencia.

—¡Pues habrá quiaser la cacha, vaá! —exclamó dócil y decididamente.

—¡Bravo, bravo! —aplaudió el cura—. Ven conmigo, te voy a enseñar un método que yo siempre he usado y que facilita, en forma extraordinaria, el poder recordar lo aprendido. Y es extremadamente sencillo: Tienes que escribir todo lo que leas, o, por lo menos, las partes más complicadas y los datos más importantes.

—¡Ay padre, ay meru'está la dificultá, vaá —exclamó descorazonado el aprendiz—, ¡porque yo no sescrebir! —agregó en tono quejumbroso.

—¿*Cómo* que no sabes escribir? Pero tú me dijiste que sabíais leer —dijo el cura con obvio disgusto—.¿Ya no te acuerdas? O ¿es que me estabas mintiendo?

—¡No, padre, nunca lementido! —protestó Beltrán con aire ofendido—. Güeno, pué, yo ler si puedo y escrebir, también lo pueduaser, vaá, pero con letras de molde.

—Por ahora será suficiente —dijo Castelar—. Mira, hijo mío, yo prefiero a alguien como tú, humilde pero honrado, que a un sinvergüenza que ostenta títulos de educación formal. Aquí tienes lápiz y papel. Vamos, ¡a vencer o a morir! —añadió el cura con voz estimulante.

—Peru'antes, tengo quir a trerme a la panzona, mi dulce compañera —dijo Leandro.

—¿Pero no me habías dicho que eras viudo? —preguntó el cura claramente enojado.

—Sí, viudo, pero de la madre de mis hijos. Yeya jue la que se murió, vaá —agregó el aprendiz con sorna, y añadió enseguida: —A esta compañera ya la teniya yo dendiantes de conoser a la dijunta Emeteria ¡Que Dios me la tenga en su gloria!

—¡Que Dios la haya perdonado! —recitó el cura, elevando los ojos al cielo.

—Peru'ésta compañera ay tuaviya está mesmo como si juera nuevesita.

—¡Acabáramos! —protestó el cura—. Yo te ofrecí el trabajo porque creí que estabas libre de obligaciones conyugales. Aunque si estuvieras casado por la iglesia pues no habría ningún inconveniente, pero ¿amancebados? ¡No, señor, eso sí que no! —agregó tajante.

Leandro se quedó pensativo.

—Bueno —continuó Castelar—. ¿Y porque no vas a por ella mañana temprano y los caso al terminar la misa? ¡Y sanseacabó! —añadió impaciente

—Mañana ya seriya demasiado tarde porque sigún veyo esta noche sí vayover duro, y mesmo diacantarazos, vaá, y siay se me moja ¡se me va a podrír la condenada! Además, padre Santiago, yo nuestoy hablando de ningunembra de carne y güeso sino de mi guitarra quiay siempre miacompañado porónde quiera que yue andado.

—¿*Guitarra*? ¿Hablabas de una guitarra? —rio el cura de buena gana—. Me estabas tomando el pelo, truhán, y ¡ya me habías enfadado!

—¡Perdóneme, padre Santiago!

—Nada tengo que perdonarte, hijo mío. Ve y trae tu famosa *panzona* antes de que se te pudra —agregó riéndose.

CUATRO

En esa temprana tarde de abril, Olaya Beltrán se encontraba muy afanada destusando los elotes y cortando las puntas de las vainas de los ejotes verdes que acompañarían el menú de la cena de la condesa y, claro, de la fámula también, aunque ésta comía siempre en la cocina después de haberle hecho compañía a su patrona en el comedor.

Al otro lado de un muro de ladrillos rojos que limitaba la propiedad de la condesa, varias aves de corral se disputaban tenazmente con una manada de cerdos las tusas y los olotes que Olaya lanzaba por encima del muro, segura de que pronto las atraparían con sus voraces hocicos y ávidos picos. Los porcinos, como de costumbre, estaban hambrientos y por ese motivo, espantaban furiosos a las gallinas en una lucha desigual en la que las aves de corral llevaban las de perder. La sirvienta sonreía complacida al escuchar los aleteos y las alharacas de gallinas y chillidos de los cerdos peleándose a mordidas entre ellos mismos por las viandas enviadas por un cielo en extremo generoso; cargado ya, sin embargo, de amenazantes cúmulos. Abstraída en su humilde tarea, la hija no vio llegar al autor de sus días. Y si lo hubiera visto, no lo hubiera podido reconocer al momento. Con el dinero que le quedaba de lo que Chema le dio para el ajuar de novia de Olaya, Leandro se había comprado un elegante sombrero nuevo de jipijapa, adornado con su pluma de pavo real. Para llamar la atención de su hija, el padre tosió. La joven, aunque advirtió la presencia del extraño no volvió el rostro y si lo hubiera hecho, tampoco lo hubiera reconocido.

—¿Busca alguna persona o es quiay seliá perdido algo detrás destas casas? —se limitó a preguntar con desinteresada ironía.

Leandro enronqueció la voz:

—Aquíando buscando a la siñora condesa de Cayaguanca. ¿Es usté mesma, pué? —preguntó socarronamente.

—¡Claro que no, siñor! —exclamó la sirvienta riéndose—. Las condesas no destusan elotes ni pelan ejotes porquiay se les partiriyan las uñas. Yo soy la criada de la condesa y ella nunca ha recibido a náiden *detrás* del castillo. Ay déjeme asté su trajeta, y yo liaviso cuando puede venir a vesitarla, vaá.

—'Tonces —dijo Leandro, tratando de contener una risa impertinente—, vayorita mesmo yavísele a su patrona quiay acaba de llegar a su puerta diatrás na menos que el *Conde de Cayaguanca* y que venga ya a recebirme.

La joven giró súbitamente su cabeza y fijó sus ojitos negros en la faz del desconocido.

—¡Ve pué! ¡Siés usté, mi papá chulo!¡Jesús María y José! —exclamó maravillada—. ¡Pero ¡cómo se ve de catrín y galán yasta con ropa almidonada y planchada! —añadió. Luego de ponerse de pie, sacudió de su delantal los pelos de los elotes que se habían adherido y se aproximó al muro con paso rápido.

—¡Pero siés usté el mesmo Ramón Novarro! No, yo creybo que se parece más al Tito Guízar, anquiasté está más chiquito quél.

—¿Ansinés que se yama ese puerco unijormado quiay lianda tuersiéndole el ala asté? —inquirió el padre completamente ignorante de la identidad de los galanes fílmicos que su hija había mencionado. Leandro ya había presenciado ocasionalmente algunas películas que, exhibidas en cines al aire libre tenían como propósito primario la propaganda comercial de analgésicos, bebidas alcohólicas o de cervezas y gaseosas. Pero nunca se había interesado en conocer los nombres de los actores y las actrices del cinematógrafo.

—¡Ve, pué, apá! Si Ramón Novarro y Tito Guízar son los quiasen las películas del cine. En Méjico, creibo yo. ¡Ya quisiera yo quiuno deyos juera mi novio!

—¡Primero tendriyan que vérselas con yo! —le advirtió el padre—. No quiero que se me vaya a casar con ningún estranjero diotro páis y se vaya del Redentor pa' siempre y ¡nunca más la güelva ver! —agregó indignado y prematuramente afligido.

Olaya decidió cambiar de tema ante la clara imposibilidad de casarse con un astro del celuloide.

—Bueno ¿y quiandaciendo metido en esos gayos planchados y almidonados, pué? ¡Vaya! ¡Yasta con sombrero nuevo! —exclamó acercándose al muro. Al ver a su padre de cuerpo entero su boca se abrió de oreja a oreja en sorprendida admiración.

El progenitor se ruborizó ante la coquetería inocente de su hermoso vástago.

—Güeno, es que... —trató de explicar el origen de su ropa limpia y ajena, pero ella le interrumpió.

—¡Uyuyuyuy! Miren pué, siastanda con zapatos y ¡mesmos de charol! —Los ojitos de la moza brillaban de asombro mientras sus negras pupilas parecían escaparse de sus órbitas—. Apá, ¿y diónde sacó tanto pisto pa' tanto lujo, apá? —preguntó intrigada.

—Lúnico que yué mercado es el sombrero panamá —confesó Leandro cabizbajo y avergonzado por el origen del dinero—. Lo demás, me lo dio el padre Santiago porque dice qui'úno no debestar ni chuco cuanduestá entrue liglesia, vaá.

—Yay mesmo tiene razón el señor cura —asintió la hija.

—Ansina mesmo lo creibo yo también —afirmó su padre.

—Yo no conocí al señor conde —comentó la hija—, pero sigún los fotos quiay tiene la señora, usté y él hubieran parecido meros chachos. Siasta teniya los ojos zarcos, mesmo como los diusté, vaá, yera así, bien parecido el viejo, ¡gualito comusté, pué!

A Leandro no le agradaba recibir piropos de las mujeres.

—Yuay sólo vine a yevarme a mi panzona —dijo sonrojándose de nuevo—, quiay la dejé escondida en el matorral de tu vecina junto con un tanate diotros boladitos, vaá.

—¿Y el padre Santiago hasta lo va a dejar tener guitarra? —preguntó Olaya escéptica.

—Si juél mesmo el que me dijo me la trajiera pa' la casa parroquial, vaá. Yademás, yo sé —agregó esperanzado—, que cuanduay el padre mioiga tocando y cantando unas de esas canciones quiayó me gustan y otras que yo mesmue componido, ay sí que se valmirar de yo de verdá, ¡y de lo ducho que soy con la panzona!

—Venga a ponerme una serenata una noche destas pa' darle celos a ese reapangado del Gonzalo —sugirió Olaya con destellos de malicia femenina en su mirada.

La sugerencia de la hija encolerizó al padre.

—¿Ansínés que se yama ese soldadote mal encarado? —preguntó Leandro agriamente—. ¡Olvídese de ese desgraciao, mija! Yo pausté quiero un príncipe, pero diadeveras —agregó presumido.

—¿Un príncipe comu'el Chema Aguilar? —preguntó Olaya con sonrisa irónica.

—Güeno, el Chema nués un princesito, vaá —admitió Leandro—. Peruélés un hombre trabajador y honrado que la quere bien, vaá —añadió sentenciosamente—. Y no comuesos asesinos quiasen de matar gente indefensa su cochino oficio y ¡pa'su maldita ganancia!

Olaya entendió claramente la enconada alusión y solamente se limitó a decir:

—Pues ay me vuentrar, vaá, porque la señora condesa yestará esperando su tasite chocolate.

—Y yo tengo quirme a empesar el estudeyo del libro diayudar la santa misa; pa' quel padre Santiago no me tenga que regañar —dijo él despidiéndose.

Luego de besarse mutuamente las mejillas a través de la reja, padre e hija tomaron cada cual su camino. Tras sacar su tanate y la lira del matorral, Leandro la trinó allí mismo con apasionada ternura y entusiasmo. *¡Véngase con yo, pansonsita, pué!*, dijo Leandro al lírico instrumento, y luego lo besó cariñosamente como si hubiera sido una hermosa hembra.

Esa tarde, cuando sus ojos estaban ya cansados de leer y repasar el primer capítulo del *Manual del Sacristán y del Monaguillo*, tomó su guitarra, la trinó y comenzó a arrancarle aquellas tiernas y apasionadas notas que por tantos largos años habían compartido. Su sonido era aún sensiblero y melodioso, aunque un poco destemplado por el uso diario y continuo a través de muchísimos años. El instrumento lo acompañó al cantar las *Cuatro Milpas* mejicanas con la lealtad acostumbrada. Leandro luego decidió hacer un alto a sus actividades musicales y tratar de dormir un poco. Apenas había cerrado los ojos cuando alguien llamó a su puerta.

—¿Mandiusté? —preguntó lánguidamente.

—La cena yestá servida y el padre luestá esperando —le informó una voz femenina.

—¡Dios se lo pague! —dijo Leandro dejando la cama—. Ay mesmo me voy pal comedor.

Santiago Castelar leía un periódico tabloide esparcido sobre la mesa cuando el nuevo sacristán entró al comedor.

—Güenas noches, padre Santiago —dijo y se mantuvo de pie.

—Buenas noches, Leandro. No pareces tener hambre, ¿o sí? —preguntó el cura.

—Si, padre, tengo hambre, y mucha, vaá; peruay le traje un regalito y siasté quiere se lo vuatrer aura mesmo.

—¿No puede esperar hasta mañana?

—¡No, padre, no puésperar! —respondió Leandro, sonriendo pícaramente. Y luego se marchó con paso acelerado. Regresó momentos después con una botella de licor nacional.

—Le merqué esta botellita de *Alma de Caña*. Dicen qués el mejor guaro estilado qui'ay en el páis. Ojalá que no liofenda, vaá, —añadió recatadamente.

—Y ¿por qué habría de ofenderme? Al contrario ¡mil gracias! Bueno ¿te gustaría que nos tomáramos ya una copa para despertar aún más el apetito?

—¡Pues ya como que pa' luego es tarde, vaá! —asintió Leandro con sediento entusiasmo.

—¡Ujujujuh! —exclamó el cura tratando de recapturar el aliento—. Sí, ciertamente es… bastante robusto, pero no tan fuerte, diría yo, como el que se bebe en Guatemayán.

—¿Ustiá probado el guaro de los champines? —preguntó sorprendido el campesino.

—Claro que lo he probado! Por eso sé que es más robusto.

—¿Ayá en España lo venden?

—No, no, Leandro; es que yo residí por dos años en Guatemayán antes de que me trasladaran a El Redentor, es decir a Cayaguanca.

—¡Ah! Yay vivió en el pueblón de Guatemayán? Mian dicho que esa población es más mayor que la de Santimonio ¿esués verdá? —preguntó con curiosidad.

—Sí, efectivamente —dijo Castelar—, la ciudad capital de Guatemayán es mucho más grande que Santimonio, pero yo no estaba sirviendo allí sino en Xelajú, una muy pequeña pero muy bonita ciudad de occidente, cercana a la frontera mejicana. Está situada en una región montañosa; muy hermosa, muy fresca y muy placentera.

El apetito del sacristán se había incrementado súbitamente. Deprisa tomó la cuchara y trató de tomarse la sopa, pero la encontró muy caliente y desistió de su empeño.

—Tomemos una copa más y luego cenamos —sugirió el párroco.

—¡Luacompaño! —dijo Leandro entusiasmado.

—Aquí en Centroamérica —comentó el cura—, me he acostumbrado a cenar al caer el sol. En España, sin embargo, acostumbramos a cenar alrededor de las diez de la noche.

—¿A las diez de la noche, disi'usté? —preguntó Leandro muy extrañado—. Pues'aquí mesmo en Cayaguanca —agregó muy ufanamente, pues los embriagantes humos del alcohol comenzaban a transformar su personalidad en una más asertiva—, a esas horas yestamos en el segundo sueño. Esués siesque estamos durmiendo íngrimos solitos, vaá —agregó con socarronería. El rostro del cura, en vez de celebrar la picardía de su comensal, de pronto se tornó taciturno. Leandro se avergonzó por haber incomodado a su patrón.

—Parece qu'el señor cura siá quedao perdido en la escurana de sus pensamientos —comentó Leandro con aire preocupado.

—¡Ah, sí, ciertamente! —respondió el sacerdote con voz sorprendida—. Es que de repente un problema que me agobia enormemente asaltó mi memoria y es muy probable que nunca le encontraré solución —explicó a medias, pero en tono muy grave.

—Miagüelo me desiya quen la vida nuay mal que no tenga remedio, vaá —replicó el sacristán en tono filosófico.

—¡Sí, excepto la muerte, por supuesto! —apuntó solemne el cura—. Comamos, pues, y bebamos que mañana moriremos, como decían los comilones romanos para justificar los excesos de su insaciable glotonería.

Los dos comensales atacaron los sabrosos manjares que María Delfina preparaba a la perfección no obstante la habitual insuficiencia de insumos en su alacena. El apetito leonino que el aguardiente había suscitado en sus estómagos no les permitía decir palabra alguna, excepto expresiones monosilábicas de placer epicúreo y de sincera apreciación a los bocados que saboreaban.

Ni siquiera comentaron sobre la lluvia que en ese momento castigaba los entejados y se filtraba por las ubicuas rendijas y los diminutos poros en el barro cocido de las tejas, bañándoles de suave y agradable frescura.

Una vez saciada el hambre, nuestros personajes volvieron al diálogo. Leandro abrió la partida:

—Aura questá yoviendo —dijo—, miacabo diacordar de mis muchachos; los *pogres* quiaurita mesmo ayaestán en las desmontas y preparando sus sembradiyos —luego agregó con alivio—: Gracias a Dios questiaño el iverno les ha empesado bien temprano.

—Comprendo que te compadezcas de ellos, pero llamarles *pobres* no me parece que sea el término apropiado —comentó Castelar y luego agregó—: *Pobres* son los que no tienen cómo ganarse el pan y ni siquiera pueden abrigar la esperanza de ganárselo. Créeme, amigo Leandro, la miseria económica, desgraciadamente, es, en estos momentos, un problema enorme y muy generalizado en todo el mundo. Hasta en los países considerados prósperos hay millones de seres humanos muriéndose de hambre y millones de otros *afortunados* que sobreviven de la caridad pública —añadió en tono sarcástico.

—Tiene usté razón, padre. Esue vivir de limosnas —dijo el sacristán—, pues ay debe ser muy triste, vaá. Talvez a yo me criaron muy orguyoso, vaá, peruay sí que me doleriya hastel alma si tubiera quir por las cayes, mendingando la caridá de la gente.

—Sin duda alguna, debe ser muy triste y doloroso, amigo mío —convino el sacerdote.

—Gracias a mi Dios, mis tres hijos, Mateo, Néstor y Emeterio, y mija siempre han cumplido con la obligación de darme de comer cuando los vesito, vaá. Yaveses ay me pasan trapos queyos yanusan. Pero ellos son mi mesma sangre, pue, y eso nues una limosna, vaá.

—Ciertamente que no... Pero la limosna no debe darse sólo por mezquino interés o por obligación; y mucho menos con la malsana intención de ofender al que la pide porque el que viste al desnudo y da de comer al hambriento simplemente está cumpliendo con un mandato divino —comentó seriamente el sacerdote.

—Aura que me dijueso miacordé diuna puesiyita que menseñó

mi'agüelito que en paz descanse, cuando yuera un cipotiyo, vaá, y quiay mesmuabla de dar la limosna.

—¿Y qué dice ese famoso poema de tu abuelo?

—Güeno, ya no mi'acuerdo de tó, vaá, sólo di'una partecita que dice: *"Yel aturdido mundo no persibe quien en esa limosna gana más, Si el méndigo injeliz que la resibe o la mano piadosa que la da..."*.

—Y el mismo poema —dijo Castelar—, añade otras palabras muy sabias: *"Oye, hija mía, cuando el pobre toca, de puerta en puerta mendigando pan; nos lo pide por Dios y el Dios que invoca es el mismo que a todos pan nos da! También la caridad en su eficacia da una limosna y la reciben dos; El que la pide, un pan que su hambre sacia y el que la da, la bendición de Dios"*.

—¡Ay, padre Santiago, como quiusté teniya el mismo agüelo que yo!

—O, por lo menos, el mismo libro de poemas —apuntó Castelar—. Pero ¿no es cierto que es tan maravilloso que tú y yo, hasta el día de ayer éramos perfectos extraños y procedentes de diferentes continentes, de diferentes naciones, y sin menospreciar tus raíces, de disímiles estratos sociales, estemos conviviendo y nos podamos comprender tan bien?

—Ansina mesmo lo veyo yo —respondió el sacristán con igual emoción—. Anque yo no tengo ese talento galán de palabra quiusté tiene, quiabla tan gonito y tan correito, vaá.

—Vamos, Leandro, tú y yo nos comprendemos a las mil maravillas y sin tener que hacer esfuerzo alguno. Y no me gusta oírte menospreciando *tu* propia forma de hablar.

—¡Ay padre! Es que nosotros los del campo semos tan atravesaos, vaá —se quejó muy amargamente el campesino con sus ojos zarcos humedeciéndose por la emoción.

—¡Olvida toda esa insensatez y de una vez por todas! —sugirió el cura y luego preguntó con inusitada vehemencia—: ¿Es que Dios ha ordenado, acaso, que todos sus hijos *debemos* de expresarnos exactamente igual? —Luego agregó—: Todas esas infames argucias para diferenciar y desdeñar culturas diferentes han sido inventadas por los imbéciles que nunca han podido sustraerse de sus estrechos cánones puristas y tradiciones racistas, diría yo.

—Asiés, padre —trató de interrumpir Leandro, pero el clérigo continuó impertérrito.

—El idioma castellano, que mis antepasados españoles aportaron a esta América se mezcló con las lenguas indígenas más que por imposición oficial por una simple necesidad. De esa enorme amalgama de vocablos y conceptos nació ese colorido lenguaje con el que tú mismo tan… tan claramente te expresas. Tu forma peculiar de utilizar y de enunciar las palabras no le resta mérito a la precisión de tus expresiones y conceptos. Es más, en España, donde algo similar ocurrió en varias ocasiones y hace ya muchos siglos, se hablan todavía diferentes dialectos en cada región y en las provincias y si nos comprendemos mutuamente es simplemente porque nosotros aprendemos el español como vía expedita de comunicación. Y, nadie en este mundo consulta una gramática antes de ponerse a hablar.

—¡Pues'ansina mesmu'és, creibo yo, vaá! —convino Leandro—, perues que a nosotros los del campo, mesmo como yo, pué, ay nos han hecho crer, más bien, vaá, nos han metido entre ceja y ceja quiablamos mal porque semos todos ignorantes y semos ignorantes porque semos brutos de nacimiento por lerencia que yevamos de nuestros agüelos indios que sigún ellos *todos* eran brutos diadeveras.

El sacerdote, mientras escuchaba la queja de su sacristán, movía la cabeza de lado a lado indicando su absoluto desacuerdo con esa absurda teoría.

—Yes más —añadió Leandro—, ay nos lo dicen bien claramente que no merecemos ni siquiera limosna y mucho menos compasión. Yay lúnico que los ricos yel güebierno nos ofrecen son las migajas; perueso sí, con ¡mucho palo, mucho machete y muchas balas!

—Ese argumento de que son brutos de nacimiento por la herencia indígena es, a mi juicio, otra desatinada insensatez —afirmó Castelar.

—¡Pal buen entendedor, los gestos de desprecio son más claros que las mesmas palabras, vaá! —apuntó el sacristán con amargura y claro desparpajo.

—Para tu información —comentó el cura con enojo—, ya se ha establecido sin lugar a dudas que cuando los europeos llegaron a América, los logros científicos de los Mayas, los Toltecas y los Incas superaban a los de Europa. Y fue la crasa ignorancia de la que adolecían los representantes de la iglesia y la desmedida avaricia de los conquistadores las que llevaron a destruir esos logros en las hogueras de la superstición y de la codicia.

Mientras Castelar hablaba, el campesino observaba atónito sus ademanes y escuchaba atento todas sus elocuentes palabras, aunque no lograba comprenderlas en su totalidad.

—Esa conducta, por demás aberrante —prosiguió Castelar—, además de ser el crudo producto de una religiosidad mal entendida fue también azuzada por la mezquina ambición de las riquezas materiales y la idea estúpida de que para su obtención era necesario aniquilar el orgullo, las creencias y la autoestima de las poblaciones indígenas.

—¡Lo ve, padre! Ay no le entendí ni'una palabra —se quejó el campesino mortificado.

—Eso nada tiene nada de raro —dijo Castelar—. Simplemente estaba pensando en voz alta y en términos históricos y filosóficos que solamente los eruditos podrían entender. En efecto, trataba de comprender la naturaleza de tus quejas —agregó con actitud compasiva—. Estoy seguro de que tú estás enterado que todas las profesiones tienen sus propios vocabularios, los cuales son incomprensibles para los que no han sido educados o entrenados en ellas, como en la medicina, por ejemplo, y sus numerosas ramas.

—Eso siés cierto, vaá —apuntó Leandro—, porquiasten la mesma abricultura, vaá; ay palabras quiay quesplicárselas a los asoliados y no porqueyos seyan brutos, vaá.

—¿Asoleados? ¿Quiénes son? —preguntó Castelar extrañado.

—¿Los asoliados? Ansina mesmo les decimos a las gentes de los pueblos grandes.

—Y ¿por qué motivo los llaman así?

—Apués, porque como no les gusta ponerse sombrero, puesay el sol les sancocha el celebro, vaá… Pero comuay decíyamos, pues ay naiden pué saberlo tó, vaá.

Al sacerdote le pareció de suyo simpático el término usado por Leandro, pero no hizo ningún comentario al respecto.

—¡Ah! Pero que conste —añadió—, que no estoy en contra de las normas que rigen el idioma. Las acepto como pautas, no como preceptos inviolables. Ahora, los que no han tenido la oportunidad de aprenderlas, no por ello se van a quedar mudos por completo.

—Yay mesmo yuestoy diacuerdo, padre, pero también pienso que si cadáuno quiere poner sus propias reglas pues ay sí que nunca vamos a poder entendernos.

—El lenguaje, amigo mío, es un instrumento que utilizamos para comunicarnos con nuestros semejantes y es también parecido a una espada y a un machete. ¿Cuál crees tú que es la función primordial de ambos?

—¡Cortar algo, supongo yo!

—¡Exactamente! Cortar caña o cortar cabezas. La espada representa el lenguaje del que ha gozado de una educación superior y el machete el lenguaje del que, por diferentes razones, nunca la tuvo. Lo importante de esta lógica comparación es que nos enseña que ambos lenguajes llenan funciones básicas para los seres humanos.

El fuerte nepente ingerido había abierto las esclusas que frenaban las inhibiciones que limitan la cordura. No, no estaban enteramente beodos, pero sí definitivamente expansivos. Sólo que algunos de los secretos fielmente guardados, otrora inconfesables o reprimidos en lo íntimo de sus corazones, comenzaban a desbordarse incontenibles. Castelar se agachó momentáneamente y su rostro se tornó pálido. Después de respirar profundamente, retornó al dialogo.

—Mi... querido... Leandro —dijo con voz titubeante—, hay algo muy, pero muy importante sobre mi persona que tú deberías saber.

—Güeno, siay me quiere contar dialgún amoriyo desos bien sombriyos o tenebrosos, vaá, pues yo soy... todóidos, vaá —aseveró el campesino insolentemente.

—En realidad, es algo peor que un amorío pasajero. Es una culpa amarga que lacera y atribula mi pecho constantemente. Por mucho tiempo he querido confesarla, pero solamente quiero y debo hacerlo a oídos amigos y comprensivos.

—¿Y yo tengo quióirsela y diay perdonársela? —preguntó Leandro intrigado.

—Escucharla, sí, perdonármela quizá sólo Dios pueda, ¡si le pluguiera! —respondió Castelar con visible amargura.

—Güeno pues, ¡desembúchela! —dijo el aprendiz de sacristán acomodándose en la silla—. ¿Qu'és lo quiay tanto liaqueja, pué?

—¡*Yo no soy sacerdote,* soy un impostor! —declaró el español tajantemente.

Leandro en vez de asombrarse ante la insólita revelación, se echó a reír.

—A yo —dijo con sonrisita burlona—, miabiyan dicho que el *Alma de Caña* es el mesmo diablo pa' sacar verdades; peruasté, padrecito, luagarrado comua torero corneado y panzarriba.

—No, Leandro, no es el aguardiente el que me obliga a hacerte esta amarga confesión. Esto que te diré es la verdad y nada más que la verdad. Yo no soy cura, yo simplemente estoy suplantando a mi hermano. ¡Él sí *era* sacerdote!

En ese preciso instante alguien tocó insistentemente a la ventana del comedor. Castelar se puso de pie cogido de la mesa. Con tambaleante paso se dirigió al balcón.

—¿Quién es? —preguntó hoscamente sin abrir la ventana.

—El padre Crespo de Arcatago —respondió con premura una voz masculina.

—¿*Quién*? —preguntó Castelar nuevamente, pues no recordaba haber oído su nombre.

—Soy el padre Miguel Crespo, cura párroco de la villa de Arcatago. Vengo de Santimonio y necesito posada por esta noche. —Y luego añadió—: Me urge entrar, señor, porque está comenzando a llover reciamente y parece que va a ser un diluvio de toda la noche.

—Vaya al portón y con mucho gusto lo acomodaremos —dijo el confesado falso cura con voz gangosa. Luego dirigiéndose a Leandro le ordenó—: Corre y dile a Delfina que le abra el portón al padre Miguel y le prepare la cama en el cuarto de huéspedes. ¡Ah! Y que le informe que me encuentro sumamente agripado y que por esa razón no puedo hablar con él esta noche. Leandro, a pesar de su beodez, corrió a cumplir el encargo de su patrón.

El nuevo día amaneció claro, húmedo y fresco. La ventana entreabierta del cuarto del sacristán dejaba entrar la brisa aún preñada de rocío y la luz intermitente de un ardiente sol matinal que jugaba al escondite con las nubes errantes. Brisa y luz despertaron al campesino. Se incorporó en el instante en que alguien tocaba a su puerta.

Al abrirla, Santiago Castelar lo saludó con un efusivo "buenos días" a pesar de su cabeza adolorida por los excesos de la noche anterior.

—¡Báñate rápido, hijo mío! —le ordenó con premura, pero amablemente—. ¡Ah, y ponte ropa limpia! —agregó.

—Y ¿por qué tanta priesa, padre? —preguntó Leandro, aunque ya no se sentía seguro si era apropiado continuar llamándole *padre* cuando era muy probable que Santiago Castelar no lo fuera. Pero su desinteresada bondad hacia él era la de un verdadero padre y por lo tanto le debía obediencia, respeto y discreción, se dijo a sí mismo. Y se propuso también guardarle el secreto que le había confiado.

—El padre Miguel ha convenido en celebrar la santa misa de las ocho. Yo le serviré de monaguillo. Tú, mientras tanto, observarás todo lo que yo haga y así aprenderás mejor tus futuros deberes en el altar.

Faltando un cuarto para las ocho, Leandro se presentó en la sacristía.

—El padre Crespo está enterado de que estás en vías de aprendizaje —dijo Castelar—. Veamos cómo te queda esta sotana y a propósito ¿cómo se llama esta camisola blanca? —preguntó seriamente.

—Apué, esta se llama… el sobrepeyiz.

—¡Bravo, bravísimo! —aplaudió el falso cura—. ¿Y esta banda blanca que el sacerdote oficiante acaba de besar y poner sobre sus hombros y alrededor del cuello?

—Pues yo creybo quesa se yama l'estola…

—¡Genial! ¿Y la banda blanca que lleva en su mano izquierda?

—Ese es el… el… ¡manípulo!

—*¡Muy bien!* ¿Y la vestidura blanca que le llega hasta los pies?

—¡El alba!

—¿Y el cordón con que la ciñe?

—¡Esés el… el síngulo!

—¡Increíble! ¿Y la vestidura ovalada que le cubre el pecho y la espalda?

—¿La casuya? —titubeó Leandro no muy seguro de la corrección de su repuesta. El falso sacerdote le dio un par de palmaditas en la espalda en tácita señal de aprobación. La primera prueba había sido todo un éxito.

Terminada la misa, curas y sacristán desayunaron juntos. Aunque al párroco de Arcatago le pareció un poco insólito que Castelar entrenara como sacristán a una persona carente de la cultura y del refinamiento necesario para esa tarea; además de los conocimientos generales sobre las variadas funciones eclesiásticas; se cuidó, sin embargo, de emitir criterios no solicitados al respecto. Se limitó a comentar soslayadamente que era una verdadera lástima que el antiguo sacristán, don Secundino Ábrego, quién había servido en dicha función en tres parroquias anteriores, y por largos años en la de Cayaguanca, estuviera tan gravemente enfermo. Tan discreto como era, el cura visitante tampoco preguntó por la naturaleza de la enfermedad que lo aquejaba.

—Cuando lo visite, padre Santiago, le agradecería muchísimo le hiciera saber mis más fervientes deseos de que se reponga muy pronto —suplicó—, y con ese propósito estaré recordándole diariamente en mis oraciones.

—Con mucho gusto le transmitiré su mensaje —prometió Castelar y luego pidió que se le disculpara pues se sentía resfriado y quería recostarse de nuevo.

Pasado el mediodía, llegó un joven procedente de la villa de Arcatago quien, montado en un viejo jamelgo, tiraba de un hermoso alazán ensillado para transportar al padre Miguel. La villa de donde él procedía era una pequeña pero muy importante población del nororiente de la provincia de Cayaguanca. Su importancia radicaba primordialmente en el hecho de que dicha villa se encontraba inmediata a la frontera con la República de Hibueras y en medio del pujante intercambio comercial que tanto negociantes hibuereños como redentoreños efectuaban allí. Valdría recalcar que, a pesar de la importancia mercantil de esa población, el gobierno central no había construido todavía una carretera que permitiera el tráfico vehicular. Por tanto, en esa época, todas las mercancías y personas viajantes hacia y desde Arcatago se transportaban sobre lomos de mulas y, a menudo, sobre las espaldas de las bestias más abundantes y baratas, caritativa o despectivamente llamadas *seres humanos*. Ese estado de bochornoso subdesarrollo era contrastado con la presencia de un campo de aterrizaje aéreo en la vecina población hibuerense de Valladolid. Aunque sería honesto observar que el transporte aéreo era el único medio disponible a los hibuereños que visitaban otros lugares de su país.

—Ojalá que no les llueva por el camino —dijo Castelar observando los negros y densos nubarrones que se movían amenazantes hacia el oriente.

—Si les yueve dentro diún par dioras —apuntó Leandro con el aire sereno del que sabe exactamente de lo que está hablando—, ay van a tener quesperarse a que baje el nivel de las aguas del Sumpulo, vaá...

—Asiés —respondió el ayudante del padre Crespo—, siesta tarde yueve, ay vamos a tener que pasar la noche en el pueblo de Flores. Esta mesma mañana cuando veníyamos vadiándolo, este cabayo por poquito semiaoga porquen ese momento bajaba la creciente de las yuvias torrenciales dianoche. Y no lo van a crer, pero el alazán además de ser bien juerzudo es requeteinteligente. Cuanduay se dio cuenta de quel riyo sestaba poniendo más jondo, el muy condenado lo cruzó caminando sobre las patas traseras.

Todos se maravillaron de la astucia del alazán espoleado por la imperiosa necesidad de la supervivencia.

—Entonces, estoy seguro que no me equivoqué al llamarlo *Cónsul,* para que fuera tocayo del famoso caballo de Calígula, a quién el enajenado emperador romano nombró su cónsul o magistrado —exclamó el padre Crespo alegremente.

—Muy apropiado su nombre, o el apodo diría yo —comentó el ibérico—, mas, por lo que oigo, ese río Sumpulo debe ser muy grande y peligroso o ¿no es así?

—Bueno, no, vaá; por lo regular, es una quebrada tranquila y poco profunda, pachita ... como decimos los redentoreños —explicó el padre Miguel—, pero cuando llueve sobre las montañas adyacentes a la frontera hibuerense, todos los arroyos que de ellas bajan, fluyen estrepitosas hacia el cauce del Sumpulo. Entonces éste se hincha y comienza a rugir y a bramar y se oye como si fuera la estampida de mil caballos desbocados. El río se torna en espectáculo magnífico y brutal, pero ¡ay del cristiano que sea atrapado por su corriente!

El falso sacerdote se maravilló de la audacia del caballo en su lucha por la supervivencia.

Luego que los arcatagüeños partieron, Leandro siguió a su empleador hacia la sacristía y éste le recomendó continuar sus estudios en el manual tan pronto terminara algunas pequeñas tareas que estaba a punto de detallarle. El campesino las llevó a cabo hábilmente.

A la hora de la cena, los dos se limitaron, inicialmente, a realizar comentarios sobre el mortal peligro que correrían los viajeros que tuvieran la osadía de desafiar la furia ciega de los ríos desbordados y que habitualmente parecían tranquilos.

—Antes que se me olvide —dijo Castelar—, quiero que sepas que le hice saber a *tu* condesa que a las siete de esta noche iré a confesarla. ¿Te gustaría acompañarme?

—Vaya pué, y ¿por qué no m'iba a gustar? —respondió Leandro con brillo picaresco alegrándole los ojos—. Y'ojalá —agregó con sorna— que la lista de los pecados deya no seya muy larga, vaá, porquiacuérdese, padre, que el toqu'e queda empieza a las nueve en punto.

—¡Vamos, hombre, no exageres! —reprochó el impostor—. ¿Cuántos pecados puede cometer una anciana encerrada en la vitrina de cristal que debe ser Cayaguanca?

—Pues muy pocos, vaá, o talvés ninguno —replicó el sacristán—. Anque comu'ay dicen que los pecados no son sólo diayción o diomisión sino también de pensamiento.

—Tienes razón —convino Castelar—. Y en términos legales, la intención de cometer un crimen se llama *mens rea* y es un prerrequisito esencial para condenar al reo.

Leandro continuó seriamente:

—Cuántas cosas malas qui'ay sólo las pensamos, pero quiay nos coloradeyan de la merita vergüenza, vaá. Y que, si las hiciéramos pues ay mesmo nos pondriyan en la cárcel o contrel paderón, vaá.

—¡Y este mundo sería todavía peor de lo que ya es, amigo mío!

—Ansina mesmu'és la cosa —asintió Beltrán.

—Pero volviendo a tu señora condesa: ¿dices que nunca la has visto?

—¡Asiés, nunca le conocido! —mintió parcamente el

sacristán—. Y se guardó de decir que su hija trabajaba como sirvienta para la anciana aristócrata, como también que la había visto varias veces; a cierta distancia, por supuesto, cuando hacía sus entradas triunfales por la puerta mayor de la iglesia y que la había oído hablar, regañando airadamente a Olaya.

—Entonces ¿quién te dijo que vinieras a llamarme?

—Ayba yo pasando frentìal castiyo, vaá, cuanduna cipotona, ¡chula la condenada! me salió al paso —mintió Leandro de nuevo—. Dijo queyera la sirvient'e la condesa y me pidió que viniera a decirle al señor cura que juera a confesar a su patrona. Pero yo creiba quel padre Eduardo tuaviya estaba en Cayaguanca. Y también metivuqué pensando que la señora ya se estaba petatiando, vaá. Y poreso jué qui'ay me vine bolandito avisarle.

—Sin embargo, no parece que se trataba de un caso de emergencia pues si así hubiese sido ya me hubieran llamado de nuevo, ¿no lo crees?

—Sí. Ansina mesmo pienso yo también —convino Leandro.

Castelar y su asistente llegaron a la puerta principal del pomposamente llamada castillo condal, una vetusta casona de paredes inusualmente altas que, obviamente, había conocido tiempos mejores. Tenía, sin embargo, el portal más amplio y elegante de toda la villa.

Como era costumbre en esa época, bajo su alto techo entejado se guarecían algunos campesinos prematuramente llegados al mercado del fin de semana y procedentes de pueblos aledaños y distantes. Los acompañaban sus caballos, sus burros y sus mulas. Todas las mesas estaban repletas de una gran diversidad de cereales, de jarcia, de frutas, de ropa lista para vestir y de enormes bateas repletas de pescado seco y oloroso a la sal del mar. Las mesas y algunas alforjas nuevas y vacías, listas para ser colmadas con vituallas.

Atados a los altos pilares que sostenían el portal, robustas y flacas acémilas y algunos caballos de mediana estatura, pero de elegante porte rumiaban tranquilamente. El paisaje vespertino se mostraba gris y marcadamente sombrío. Los rayos de sol desaparecían paulatinamente tras el lejano horizonte occidental que limitaba la sierra de Cayaguanca. El peso agobiante de los negros nubarrones amenazantes se hacía sentir sobre los hombros de los cuerpos y sobre el silencio de las almas.

CINCO

La joven fámula no tardó en abrir. Chillaron dolorosos los goznes del portón al rodar.

Olaya examinó con detallada picardía al sacerdote visitante y luego a su propio padre. Leandro, en señal de respeto, se quitó su elegante panamá, pero la hija ignoró completamente su presencia.

—¡Ay, ve pues, si es el padre! —exclamó Olaya asombrada, tomando su sombrero.

—Santiago Castelar y Alarcón —dijo el falso cura—. Y este caballero que me acompaña, es mi asistente, *don* Leandro Beltrán Erazo…

—¿Cómo me dijo que se llama usted, padre? —preguntó ella solícita.

—Santiago Castelar y Alarcón. La señora condesa me mandó llamar hace unos días para su confesión, ¿mensual?

—¡No, padre, es quincenal! —corrigió la sirvienta—. Pero pase, pase, por favor. Enseguida le avisaré a la señora que usted acaba de llegar —añadió.

Con velada intención, Olaya cerró la puerta tras de sí. Castelar se dio cuenta del portazo en las narices de su humilde ayudante. Dirigiéndose a la joven la increpó:

—¡Un momento, señorita! Dije claramente que Leandro es mi asistente. ¿Por qué motivo le has cerrado la puerta, dejándolo afuera? —preguntó con aire ofendido.

—Es que la señora prefiere confesarse en privado —contestó la sirvienta excusándose.

—¡Estoy de acuerdo! —dijo el confesor—. Pero Leandro debe entrar conmigo o los dos nos quedaremos afuera —añadió, obviamente enfadado.

—¿A qué se deben esos gritos? —preguntó la aristócrata desde la sala contigua.

—El señor cura acaba de llegar, señora. Y trae compañía —anunció Olaya.

—Hazlos pasar a la sala, niña, ¿qué esperas? —dijo la noble mientras ingresaba a la antesala. Luego se apareció en el estrecho vestíbulo. Vestía una larga y negra túnica, más negra aún por la magra luz que les alumbraba.

Sobre sus erguidos hombros, llevaba una larga mantilla blanca de indescriptible pero fino material que le cubría hasta los pies y realzaba la negrura de su largo traje de seda. Su pelo, pintando profusas canas, peinado hacia atrás y terminando en un moño atado sobre la nuca, le pronunciaba aún más sus finos pómulos y proyectaban la noble ternura de sus ojos brillantes, a todas luces zarcos, a pesar de la tenue penumbra que envolvía el recinto.

—Debías haber encendido *todas* las luces —dijo la dama dirigiéndose a su fámula, con el fingido enfado, típico de su estirpe—, o no podremos vernos los rostros —añadió. Pero su voz había perdido por el momento el acento agrio acostumbrado.

De pronto aumentó la luz. Todos sonrieron ante las mutuas y definibles apariciones.

—Señora condesa, yo —comenzó el falso cura a explicar la confrontación tenida a la entrada con Olaya.

—No tenéis nada que explicarme, señor cura, excepto que veo que os habéis afeitado vuestra frondosa barba ¿no es así? Y me gustaría saber la razón —la condesa agregó con el objeto de aparecer casual y amigable.

—En efecto, usía —respondió Castelar—. Tuve que hacerlo porque en este clima tan caluroso de Cayaguanca, demasiado pelambre, particularmente en el rostro y alrededor del cuello, es muy incómodo. ¡Es una tortura permanente!

—¡Tenéis sobrada razón! —asintió la dama—. Y este *guapo* caballero, ¿es acaso vuestro padre? —preguntó con obvio interés.

—No, usía —respondió el cura, sonrojándose, mientras seguía de reojo a Olaya, quien luego de colgar los sombreros de los visitantes, hacía mutis hacia el interior de la casa—. Es mi nuevo sacristán y lo he invitado a que me acompañara en la visita. Permitidme presentároslo, él es don Leandro Beltrán *y* Erazo...

—¡A sus órdenes! —dijo el campesino con garbo y aplomo;

mas, ignorante de la etiqueta apropiada, y a la vez anonadado por la augusta presencia de la condesa, ni siquiera trató de besar su mano. El brazo extendido de la dama se quedó en el aire esperando el consabido ósculo. Castelar salvó el momento tomándola entre la suyas y en contra de todo protocolo, puso delicadamente el filo de sus labios sobre las delgadas falangetas. Ella se ruborizó al instante por la obvia falta de tacto del sacristán.

—Mi nombre es María Teresa Águeda Agustina del Rosario Sagrado de Valadés y Alarcón, viuda de del Vivar, Condesa de Cayaguanca ¿y el vuestro? —preguntó lánguida.

—Santiago Castelar y Alarcón, Canónigo Mayor de la Orden de San Benito del Santo Monte Palomar —respondió el falso sacerdote.

—Hacedme el favor de pasar a la sala —dijo la condesa afablemente mientras Leandro, mofándose de la anfitriona, se decía en silencio: *¡Esta condenada vieja tiene más nombres y apelativos que el Almanaque Bristol y el catecismo del Padre Ripalda juntos!*

—¡Tomad asiento, por favor! —dijo mientras se sentaba sobre una acolchonada silla de ruedas.

Luego que los tres estuvieron sentados, Castelar preguntó intrigado:

—Os oí decir, señora condesa, que *Alarcón* es uno de vuestros nobilísimos apellidos.

—Sí, en efecto —afirmó orgullosa María Teresa mientras agitaba con desenfado la campanilla con la que llamaba a su sirvienta—. ¿Por qué me lo pregunta, vuestra señoría?

—Porque en varias ocasiones oí decir a mi tío, es decir al tío que nos crió después que perdimos a nuestros padres en un malhadado accidente, que teníamos una parienta cercana en América de nombre María Teresa Alarcón. Bueno, probablemente se trataba de otra persona con un nombre similar —explicó Castelar.

Olaya se presentó en ese preciso momento, involuntariamente interrumpiendo la conversación.

—Perdón, ¿me llamaba la señora? —dijo.

—Sí, *querida* —respondió la condesa mostrando una inusitada afabilidad hacia la fámula—. Prepáranos suficiente chocolate de cacahuete mientras el padre escucha mi confesión.

—Como la señora ordena —replicó Olaya y seguidamente se dirigió a la cocina.

—Estoy segura —agregó la dama dirigiéndose a Castelar—, que vuestra señoría aún no ha gustado de esta delicia cayaguancateca y quiero ser yo la primera en ofrecérosla.

—Tiene razón, usía; nunca la he probado. Y es muy generoso de vuestra parte, pero ¿de qué fruto o semilla se fabrica esa bebida? —preguntó Castelar intrigado.

—Del cacahuete —intervino su sacristán.

—¿Cacahuete?

—Sí —explicó Leandro con inusitado aire didáctico—. Es que aquí los redentoreños le desimos cacahuete al cacao de la tierra y que también le desimos *maní*, vaá. Peruay parece que sólo en Cayaguanca lo preparamos como si juera chocolate.

Al marcharse a la cocina, Castelar, siguió ávidamente con los ojos a Olaya, pero sí con sobrado disimulo. La condesa mientras tanto se puso de pie.

—Mientras *mi niña* prepara el chocolate ¿por qué no vamos a la capilla para que escuche mi confesión, padre Santiago? —preguntó dejando la silla y tomando el bastón.

—¡Por supuesto, usía! La acompañaré —respondió el falso canónigo, liberándose de su extraño pero justificado embeleso. Luego, le susurró a su sacristán—: Espérame aquí, por favor.

Al hacer mutis el confesor y su penitente, Leandro se levantó para ir en busca de su hija, pero luego considerando que era prematuro, y talvez inoportuno, desistió de su intención y volvió a sentarse. Luego comenzó a cavilar sobre su encuentro con la noble dama.

¡Nuestá tan mal l'ancianita!, se dijo a sí mismo, sonriendo. Pero al instante concluyó que la condesa no parecía realmente una anciana y que ella, justo como él, tendría a lo más unos cincuenta y cinco años. Su cabello, sin embargo, parecía más plateado que el suyo; más que todo alrededor de las sienes. *Si no juera tan remilgada*, pensó, *se veriya más chula con sus güesos envueltitos en carnita, vaá, pa' tener ónde hincarle los dientes*, se dijo sonriendo. *¿Cuántos pecadazos lestará confesando al padre Santiago?*, se preguntó intrigado. En ese momento hubiera dado la

mitad de su vida por conocer uno solo de los secretos íntimos que los ojos de la dama, aún vivaces, encerraban misteriosos. *¡Ah, si yo mesmo juera cura! Pero pensándolo bien ¿pa' que dianches, pué?*, concluyó desconcertado.

El sonido del aldabón de la puerta principal cortó abruptamente la secuencia de sus profundas cavilaciones. Leandro decidió no acudir al llamado. Al fin y al cabo, pensó, él no trabajaba como sirviente de la condesa, aunque su hija sí lo era, pero en ese instante estaba ocupada en la preparación del chocolate cayaguancateco. Quienquiera que fuese el que llamaba tendría que regresar más tarde, concluyó indiferente. Pero el llamado se repitió y cada vez con mayor insistencia. Finalmente, el sacristán decidió abrir. El mancebo que llamaba al viejo portón era nada menos que el soldadote *de plomo* que, supuestamente, pretendía a Olaya. Y el militar ignoraba que Leandro era su padre.

—Quiero hablar aura mesma con la vieja de tu patrona —anunció bruscamente.

—Veya pué, queso sí vestar bien defícil, vaá —respondió Leandro secamente.

—¿Y por qué vastar defícil? ¿Es qu'esa maldita vieja yestiró las de batir lodo?

—No, nués eso —explicó el sacristán—, lo que pasa es que *yo no tengo* patrona.

—Entonces ¿qué *mierdas* estás haciendo aquí? —gruño soez el visitante—. ¡Dejate ya de tantas babosadas! —agregó furioso.

Leandro permaneció callado; limitándose a levantar los hombros con indiferencia.

El inoportuno visitante se hinchó de cólera.

—¡No tiagás el payaso conmigo! Yo sé que vos sos uno de sus choleros, —continuó agriamente el supuesto pretendiente de su hija—. O ¿es que querés que te abra más ojales a balazos en tu camisa? —le espetó amenazante, haciendo el obvio gesto de sacar el arma de la chuspa que colgaba del cinto.

Al sacristán se le ocurrió la vengativa intención de recordarle al dragoneante las virtudes de su progenitora. Recordando las palabras amonestadoras de su hija, desistió.

—La condesa no lo puede atender orita no lo puede atender orita, vaá, porqui'ay sestá confesando —explicó entre dientes.

—¿Ansina de gravestá esa maldita vieja?

—¡Ansina mesmo, como loye! —afirmó dolosamente el sacristán.

—Ah, pues, siés así, ay vuelvo mañana; siés que no le da el patatús final esta noche —dijo riéndose cínicamente—. Ay decile a l'Olaya, que no siolvide de lo que le prometió a su soldadito de chocolate —ordenó el soldado con un pícaro guiño del ojo.

Leandro, sintiendo arderle todas las entrañas, cerró la puerta maldiciendo la existencia del patán. Al regresar a la sala se encontró con su patrón y la condesa ya sentados.

—Gracias por atender la puerta —dijo María Teresa dulcemente—. ¿Alguien que me buscaba, don Leandro? —preguntó afablemente.

—No —dijo el sacristán sin pestañear—, erun vendedor de camotes... Pero ya se jué —añadió alegre e indiferente.

—La señora condesa tiene una hermosa capilla —dijo Castelar, dirigiéndose a su sacristán—, pero los cuadros y las estatuillas de sus santos necesitan limpieza y retoque y ella me ha pedido que tú vengas a hacerle ese trabajo. Perdóname, pero ya te comprometí y le dije que tú lo harías con mucho gusto.

—Peru'es'que yo… —Leandro trató de explicar su ignorancia del proceso requerido.

—¡No hay pero que valga! —le interrumpió Castelar con un guiño de reojo.

—¿Y cuándo comienzo, pué? —preguntó el campesino fingiéndose estar convencido, aunque secretamente felicitándose por haber encontrado una magnífica oportunidad para tratar a la condesa íntimamente y verse a la vez con su querida hija. *¿Pero tendré que decirle queya es mija?*, se preguntó perturbado.

—Bueno, me agradaría que fuera lo más pronto posible —dijo la dama—. Ya el padre Castelar me ha prometido celebrar una misa en mi capilla antes que termine el mes de mayo, que como vosotros sabéis ese es el mes dedicado a Nuestra Santa Madre, la Virgen María. Podría comenzar mañana si tuviera tiempo y estaría de más añadir que será muy bien remunerado. ¡Os lo aseguro!

—Haremos todo lo posible para complaceros, usía —prometió Castelar.

—Muy bien. Entonces, mientras Olaya nos llama al comedor,

os invito a una copa —dijo la condesa.

—¡Encantado! —exclamó el canónigo—. ¿Y tú? —preguntó a su sacristán.

—¡Lo mismo digo yo! —replicó Leandro alegremente.

—Esta botella de güisqui escocés —explicó la dama mientras la extraía de un pequeño armario donde se adivinaba una surtida colección de botellas llenas de licor en posición inclinada—, nunca había querido abrirla porque fue la última de un lote que compró mi esposo antes de caer en cama. Y el médico le prohibió las bebidas alcohólicas.

Mientras hablaba, escanciaba el costoso nepente en tres elegantes copas de tallo alto y ella misma las sirvió a sus visitantes. Terminando los placenteros brindis, Olaya entró secándose las manos en su delantal.

—La señora condesa y sus huéspedes ya pueden pasar al comedor —anunció con la parca soltura de un mayordomo inglés.

Tanto la patrona como el progenitor se asombraron de la propiedad del lenguaje de la sirvienta. Ambos, sin embargo, callaron y discretamente ocultaron su asombro.

—¡Vamos, vamos, amigos míos! —dijo la condesa jovialmente, aunque secretamente perturbada—, que el chocolate de cacahuete debe tomarse lo más caliente posible.

Ya sentados a la mesa, la condesa pasó la azucarera de fina loza al supuesto clérigo.

—¿Cuánta azúcar sería necesaria para este tipo de chocolate? —preguntó Castelar.

—Media cucharadita es suficiente —respondió María Teresa—. Creo que dejarlo un poquito amargo realza su sabor ¿no lo creéis así, don Leandro? —preguntó con remilgo.

—Pues, veya, señora, quiayó me gusta más sin azúcar; es decir amargo, vaá; ansina me gusta también el café, purito amargo, vaá, —respondió el sacristán muy halagado de haber sido tomado en cuenta por la orgullosa condesa.

—¡Ah! eso me recuerda —apuntó Castelar con el aire de un gran erudito—, que según el filósofo Nietzsche, el verdadero hombre prefiere las cosas amargas y por eso mismo gusta de la mujer porque 'amarga es hasta la mujer más dulce.' Eso es, según ese filósofo —añadió un poco arrepentido de su exabrupto literario; al observar, al instante, un obvio enojo, indicativo de desaprobación en el semblante de la condesa.

—¡Padre Santiago! —le increpó ella airadamente—. Me sorprende sobremanera que vos, un canónigo de la Santa Madre Iglesia, hayas caído en pecado mortal al leer las obras de ese infame ateo. ¿Es que acaso no estaba enterado que *todas* sus obras han sido puestas en la lista de los libros prohibidos por el Santo Oficio? —preguntó indignada.

—Sí, usía —respondió el interpelado valientemente—. Y confieso haber leído algunas otras de ese autor, tales como *Más allá del bien y del mal*; *El Crepúsculo de los Ídolos, ¿Por qué soy tan Sabio? Meditaciones Inoportunas, Humanos demasiado humanos, El Anticristo,* y *Así habló Zoroastro,* de la cual acabo de citar.

—Espero que hayas tenido una razón poderosa para leerlas o que hayas obtenido de antemano el debido permiso de vuestro confesor —añadió la condesa todavía ofendida.

—Sí, en efecto —mintió Castelar—. En verdad, mi único propósito en leer esas obras era enterarme de sus perversas doctrinas en caso de vérmelas con algún librepensador ateo de esos que pululan por todas partes y quienes acusan a la iglesia de oscurantismo histórico y de ser enemiga de la ciencia y de la filosofía en general. Además, todos los libros que he leído, tanto de Nietzsche como de otros escritores prohibidos, fueron previamente aprobados por mis confesores y guías espirituales —se disculpó falazmente.

—Bueno, pues, en ese caso, os ruego disculpéis mi abrupta reprimenda —dijo María Teresa afablemente—. Veo que vuestros motivos eran realmente sanos y, por ende, loables.

—Es más —agregó Castelar con voz aún resentida—, durante mis años de filosofado y teologado, me especialicé en la exégesis de las doctrinas patrísticas que son las raíces y las bases mismas de la filosofía cristiana. Y me agrada haberlo hecho porque en esa forma soy capaz de enfrentarme a nuestros enemigos.

—Ya os dije que no tienes que darme más disculpas, amigo mío —dijo la condesa en tono amable—. Volviendo al tema prosaico del azúcar —añadió—, yo trato de usar lo menos posible porque, a mis años, temo volverme diabética.

—¿*Diabética?* —preguntó el sacristán extrañado—. ¿Esués una enfermedá?

—Sí, Leandro —respondió el falso cura—. Es una terrible enfermedad que resulta de la deficiencia funcional del páncreas que no produce suficiente insulina para utilizar el azúcar circulante en la sangre. Es, en definitiva, una enfermedad muy peligrosa que puede causar la muerte repentina o el deterioro paulatino de casi todas las funciones vitales del cuerpo. Sin embargo, no creo que esta sea la ocasión más apropiada para hablar de esas cosas tan tristes como son las enfermedades y la muerte. Usía se ve tan jovial y, ¿por qué no decirlo? tan llena de vida y de juventud —añadió zalamero.

—Ansina mesmo la veyo yo támbién —apuntó Leandro sonrojándose—. Sí, se ve muy galana, anqui'ún poco pechita, vaá. Peru'ay ya se est'ácercando l'aura del toqu'e queda, padre Santiago —agregó con voz afligida.

—Pero si apenas son pasadas las ocho —se quejó la anfitriona. —No podrías quedaros una hora más ¿no? —preguntó en tono de ferviente súplica.

—¡Claro que sí podemos, alteza! —dijo Castelar—. Nos quedaremos media hora más para que hagamos reminiscencias de nuestra patria lejana —añadió nostálgico.

—¡Ah, no! Eso sí me resulta muy doloroso —respondió la condesa en tono plañidero, —porque me recuerda que no puedo retornar a mi España, dejando solo a mi Terencio aquí en Cayaguanca. Mejor hablemos de algo que no se refiera a la patria lejana.

—Por supuesto, usía —prometió el falso sacerdote—, esquivaremos todos esos temas penosos. Y ahora que recuerdo, no te he preguntado, Leandro, ¿cuándo comenzó el toque de queda y las demás restricciones a la ciudadanía?

—Puesay ende que Martínez dio el golpe destado al presidente Araujo, vaá —declaró el sacristán—. Ya pusieron la ley marcial, el estaduesitio, el toquequeda y la ley mordaza pa' cerrar los perióquidos, vaá… Juén los últimos diyas de diciembre pasado…

—Sí, ciertamente —dijo la condesa—, porque hasta mi periódico favorito, el *Diario Latino*, fue cerrado recientemente y de allí en adelante nos han obligado a comprar los pasquines de propaganda política que los militares llaman el... el...

—*El Geraldo Pro-Patria* —apuntó Leandro—. Yen el bando quiandaban echando ayer, ay dijieron quel estadu'e'sitio vaseguir por tiempo indejinido, o seya ¡hasta que San Juan agachel dedo, vaá!

Olaya entró al comedor, recogió los utensilios de la mesa y se marchó a la cocina sin decir una sola palabra. El cura la siguió pertinaz pero disimuladamente por el rabillo del ojo. Esta vez, la mirada lasciva de su patrón no pasó desapercibida para el padre de la joven.

—¡Pero qué niña tan, tan simpática, tan hermosa y tan discreta es vuestra doncella! —afirmó el falso cura sin rodeos, refiriéndose a Olaya—, además de que prepara muy sabroso el chocolate de maní... Supongo que, aunque parece que procede de humilde cuna, ostenta cualidades inocultables. Además de ser muy femenina, se ve muy ¡*muy* atractiva!

Leandro sintió que la sangre le hervía en las venas y la saliva amarga se le agolpaba en la garganta. Al instante vino a su memoria la extraña confesión que Castelar le había hecho al calor del aguardiente. *¿Será queste hijuepúchica nués cura en realidá; yademás de ser estranjero, ¿ay vandar arrastrándolelala a mi cipota?*, se preguntó en silencio.

—En efecto —comentó la patrona—, además de ser bonita, es una niña muy fiel, muy honesta y muy inteligente. También es muy eficiente y muy trabajadora. Oportunamente le haré saber que vuestra merced ha quedado sumamente complacido con su comportamiento. ¿Os gustaría tomar otra taza de chocolate? —preguntó enseguida.

—¡Ciertamente! —aplaudió Castelar—. Pero solamente si usía y Leandro me hacen el honor de acompañarme.

—Con mucho gusto —dijo la condesa—. ¿Y usted, don Leandro?

—Puésabe quiayo también me gustaría otra tasita, vaá —respondió ufanamente el sacristán, porquen realidá estaba delicioso el chocolate quiso mi... la señorita Olaya.

—¡No se diga más! —dijo la anfitriona y agitó la campanilla.

Al aparecer Olaya, la condesa le informó muy animada:

—A todos nos ha encantado tu delicioso chocolate y nos

gustaría tomar otra tacita.

—Con mucho gusto, señora, enseguida las serviré —dijo la sirvienta haciendo una discreta venia y luego se marchó a la cocina.

—Yo me he propuesto —continuó la dama en voz baja—, a que Olaya aprenda a utilizar el idioma castellano con propiedad y me parece que mi empeño ya está comenzando a dar resultados positivos. Al fin y al cabo, cuando la recibí, era un verdadero diamante en bruto. Y yo la he ido puliendo poco a poco dentro del límite de mis capacidades.

—Tarea muy encomiable, diría yo, y muy digna de una nobilísima española —aseguró Castelar—. Y muy de acuerdo, también, con el precepto divino de enseñar al que no sabe. ¿No tiene padres vivos o hermanos? —preguntó tratando de no indicar marcado interés.

—Creo que sí —dijo la condesa—, tiene algunos hermanos en Santa Teresa, una aldea distante de Cayaguanca que pertenece al municipio de Cantasque. Parece que su *padre* se ha vuelto un vago sin oficio ni beneficio. Aunque Olaya nunca me lo ha confesado, sospecho que ocasionalmente él viene a visitarla; seguramente para que le proporcione dinero para costearse el sustento ordinario y otras necesidades. ¿Cómo podría ese *pobre* hombre darle a su hija una educación completa y enseñarle las normas gramaticales que rigen el buen uso del idioma; si, estoy más que segura, ¡que ni siquiera él mismo las conoce! —argumentó la dama retóricamente.

El padre de la bella sirvienta sintió el deseo de gritar a todo pulmón que él no era ningún vago; y que si su hija le daba dinero algunas veces era porque le nacía de su buen corazón ser generosa con su progenitor; y que él nunca se lo había pedido y mucho menos exigido. Sin embargo, calló al concluir que no era prudente protestar porque si lo hiciera tendría que revelar el secreto frente a todos.

—Pues ambas han sido muy afortunadas —comentó Castelar—, pues tanto usía como Olaya han sido bendecidas por Dios. Porque a vos, señora, se os ha propiciado la ocasión para practicar la caridad cristiana y a Olaya la oportunidad de servir a tan distinguida dama y de pulirse en un hogar de suyo tan honorable.

—Y hay algo que se debe decir —apuntó la aristócrata—, que hoy en día, es muy difícil encontrar servidumbre respetuosa, honesta, y hacendosa. Y esta niña posee todas esas cualidades que yo siempre he requerido de mi servicio para sobrellevar mi amarga soledad.

Las palabras favorables de la dama calmaron el ánimo enardecido del campesino. Sintió, sin embargo, el vehemente deseo de confesar que esa señorita de la que hablaban era su hija y que era él, Leandro Beltrán Erazo, era el que le había inculcado todas esas virtudes por las cuales era elogiada. Pero calló mordiéndose los labios. Como si se tratara de otra persona, el sacristán opinó en forma vaga:

—De quiay gentionrada y buena, lay por todas partes, vaá. ¡Eso se sabe! El proglema es quay quincontrarla, vaá; porquiaveces ónde menos se piensa ¡ay mesmo salta la liebre!

El peninsular no quiso darse por aludido, aunque sintió vívida la punzada.

—Según me han informado, usía lleva ya muchos años en América, especialmente en Cayaguanca —dijo él, sagazmente cambiando el tema.

—Así es —dijo la noble con un dejo de melancolía—, volví a América en 1904.

—¿Volvió? —Castelar preguntó extrañado.

—Sí, volví, porque yo nací en Méjico; lo mismo que mi hermano mayor. Siendo yo todavía muy pequeña, nuestra familia fue robada por los protegidos de Porfirio Díaz e injustamente expulsada por su dictadura. Y tuvimos que marcharnos a España. Al llegar nos instalamos en Madrid, aunque la riqueza de mis padres consistía principalmente en unas tierras muy feraces cercanas a Sevilla y una casa en la playa, en las afueras del puerto de Bilbao, en Vizcaya. Ambos murieron cuando yo apenas comenzaba mi adolescencia y tuvimos que ser criados por una familia perteneciente a la rancia aristocracia madrileña y con quien mi padre había tenido varios negocios en Méjico. Cuando apenas tenía diecisiete años, su único hijo se enamoró de mí y al llegar a la mayoría de edad nos casamos en contra de la voluntad de sus padres pues no deseaban ver a su retoño casado con una *criolla americana*. Muy pronto después, di a luz un par de gemelos. Antes de cumplir los dos años, nuestros lindos pequeños, Terencio de los Ángeles y Venancio de los Santos, nos fueron plagiados por la nodriza y su amante. Aunque pagamos todo el enorme rescate que los criminales secuestradores nos habían exigido, nunca volvimos a ver a nuestros adorados pequeños. Injustamente, mis suegros me culparon de haber permitido el secuestro. De esa fecha en adelante, mi vida se convirtió en una horrenda pesadilla.

La condesa balbució las últimas palabras con los ojos inundados en lágrimas. Los dos visitantes comprendieron al instante que la repentina evocación de esos amargos recuerdos había afectado su presencia de ánimo.

El falso canónigo le dio su inmaculado pañuelo mientras le sugería:

—Por favor respire profundo y trate de calmarse. No es menester, usía, que os torturéis evocando esas facetas de vuestro pasado que son tan dolorosas.

—¡Ah, no! —respondió ella secando sus lágrimas—. ¡Tenéis que escuchar mi relato a como dé lugar! Será como un catártico que elimine todo el amargo veneno que me dejó la viudez y que, en mi soledad, ha emponzoñado mi alma —agregó decididamente.

—Está bien —dijo Castelar—, proseguid pues. —Y luego se dirigió oblicuamente a su silencioso sacristán—: Estoy seguro de que Leandro tampoco pondría objeción alguna. —El aludido hizo una mueca silenciosa confirmando las palabras de su patrón.

—Finalmente —la condesa continuó—, al ver la actitud negativa de mis suegros hacia mí, exigí a mi esposo, Terencio Fernando del Vivar y Gonzaga, que nos marcháramos de España. ¡Al infierno si hubiese sido necesario! Terencio tenía a la sazón un tío materno dedicado a la industria del añil en Cayaguanca, y quién, repetidamente, le había pedido que emigrara a América a hacerse cargo de su empresa. Aprovechamos finalmente la oferta y al llegar a Cayaguanca nos enteramos de que el tío, don Justo Gonzaga y Avidal, se encontraba sumamente enfermo. Murió pocos meses después. Mi esposo heredó el título nobiliario, las tierras y el negocio del añil que sufrió irreparable quiebra cuando un químico alemán inventó la tintura artificial. Terencio sufrió mucho por la pérdida de su negocio, aunque las tierras heredadas, afortunadamente, fueron vendidas a buen precio. Su salud decayó terriblemente cuando supo que sus padres no sólo habían derrochado su herencia, sino que también habían despilfarrado lo que yo había heredado de mis padres, excepto las propiedades en Vizcaya y Andalucía. Antes de morir, mi Terry me hizo jurar que nunca volvería a España mientras los suyos vivieran. Y he cumplido ese sagrado juramento. Ahora que estoy vieja me he enterado que mis suegros y mi hermano ya fallecieron, pero no puedo dejar abandonado a mi adorado Terencio en el cementerio de Cayaguanca, donde quiero ser enterrada junto a él. Hace dos años, Inocencia, la anciana sirvienta que estuvo con don Justo por varias décadas, falleció repentinamente y el padre Eduardo me mandó a Olaya, explicando que se trataba de una niña huérfana, carente de familia. La recibí con la condición de que viviera en casa conmigo, como Inocencia lo había hecho, y que no saliera sino para ir a la plaza de mercado o a la iglesia. Luego me enteré que tenía padre y hermanos viviendo en el campo. A veces se me ocurre que ella es la única amiga que tengo en este mundo y la quiero como a la hija que nunca tuve, aunque, naturalmente, tiene que hacer todas las tareas propias de su empleo. Debo confesar, sin embargo, que a veces soy muy, no, soy demasiado despótica con ella. Olaya, para mi fortuna, posee la paciencia proverbial de Job y no se altera por mis continuas rabietas y caprichos. Si no fuese por ella me sentiría mucho más solitaria y más deprimida hasta el grado horripilante de desear mi propia muerte.

—Pero, usía —comentó Castelar—, todavía luce joven y lozana y aún podría volverse a enamorar y, ¿por qué no, hasta a casarse?

—¿Enamorarme yo? ¿Por segunda vez? ¿A mis años? ¡Vamos, qué insensatez decís! Y perdonadme el lenguaje —dijo la condesa con el rubor tiñendo de carmín sus mejillas.

—Ay si miopinión vale —acotó Leandro ufanamente—, yo también la veyo ansina de joven. ¡Y diadeveras que tuaviya se ve muy chula! —agregó seriamente.

—¡Qué par de malvados trúhanes sois vosotros dos! —exclamó la dama con júbilo muy disimulado—. Tratando de hacerle creer a una pobre *anciana* que aún puede excitar deseos y pasiones en algún hombre —añadió fingiendo enfado.

—¡De ninguna manera, usía! —protestó su paisano—.

Recuerde que San Agustín nos predicó que era más cristiano quemarse en la hoguera del amor matrimonial que arder en las llamas del infierno al que nos puede llevar el pecado de la concupiscencia. Además, la edad en años se puede ocultar con una actitud positiva y un semblante alegre y la convicción de sentirse joven y vital. Debéis adoptar una visión optimista de la vida, de todo y de todos los que os rodean —agregó en tono de orador sagrado.

La condesa pretendió no escuchar o no comprender la última frase del falso cura.

—Dios en su infinita sabiduría —suspiró emocionada—, tendrá compasión de mi alma que ha vivido y sufrido un infierno aquí en la Tierra.

—Ciertamente, hay que confiar en su infinita misericordia —aconsejó Castelar—. Y me gustaría veros comulgar este domingo en la misa de ocho —sugirió seguidamente.

—¡Ah! ¿Es que no habéis traído la Sagrada Hostia? —preguntó la penitente.

—No, no la traje —admitió el falso cura—. Pero, como os lo repito, quisiera veros pronto en la iglesia. Es tiempo ya de terminar esa vida conventual que, según entiendo, habéis llevado por muchos años y que, evidentemente, os hace mucho mal. Y en diciendo esto, debemos marcharnos. Hemos gozado de una velada maravillosa en vuestra gratísima compañía. Y fue un gran honor haberos conocido. ¡Que Dios os guarde!

Leandro estuvo presto a besar la perfumada mano de la condesa.

—¡Que pasiuna feliz noche! —dijo muy ufano.

—Os espero mañana temprano, don Leandro —musitó la condesa dulcemente.

—¡Yaquiestaré! —predijo él contentísimo—. Se lo promete Liandro Beltrán Erazo —añadió abriendo la puerta para su patrón.

Al salir a la calle, Santiago y Leandro se encontraron con una Cayaguanca tan callada y tan tétrica que más parecía su propio derruido cementerio. El cielo y las estrellas se habían escondido tras inmensos y negros nubarrones que ya casi a nivel de las torres gemelas de la iglesia parecían estar a punto de volcar su pesada carga sobre la apacible villa. A menudo, raudos y relámpagos deslumbrantes rasgaban las entrañas de la oscuridad, mientras los paliduchos bombillos de la endeble luz eléctrica se rendían inermes al abrumante y pertinaz asedio de las sombras. Los truenos estrepitosos no se hacían esperar. Apresurados por la amenazante premura del diluvio que se amenazaba inminente, el falso sacerdote y el sacristán se mantuvieron callados en su apresurada marcha. Pronto y oportunamente se encontraron frente al portón de la casa cural. Los goznes chirriaron en agonía y en complicidad con los ladridos distantes de los perros hicieron huir el silencio sepulcral de la tenebrosa noche cayaguancateca.

—Padre Santiago —expuso Leandro mientras cerraba el portón—, yo como quiay nue podido entender el voladuese del trabajito que tengo quiacerle a la…

—Por ahora no te preocupes, hijo mío —le interrumpió Castelar—, que yo mañana te explicaré con lujo de detalles mientras tomamos el desayuno. ¡Buenas noches!

SEIS

Tan pronto cerró el portón, Olaya caminó a la sala con la intención de averiguar cuál era la opinión que su patrona se había formado de su padre. Pero lo hizo con mucha astucia para ocultar su íntima relación sanguínea con el sacristán.

—¡Qué galán y quiapuesto está ese padre Santiago, especialmente metido en esa sotana blanca! —suspiró la joven, a sabiendas del comentario que su exabrupto causaría.

—¡Niña! —gritó indignada la condesa—. ¿Cómo te atreves a hablar de ese sacerdote como si fuese un vulgar mancebo? Ese hombre se debe enteramente a su iglesia y debe ser visto por todos, especialmente por nosotras, como lo que es: ¡un santo varón!

—Pues sí, señora, yueso luentiendo, vaá, peruesque ese *santo varón* está muy chulo, vaá. Y yo lo veyo como si juera el mesmísimo joven del poema del *Seminarista de los ojos negros* de Ramos Carrión —replicó Olaya con astuta picardía; sin darse cuenta de que al hacerlo hablaba demasiado. Su patrona, sin embargo, no prestó atención inmediata a su insólita muestra de su erudición.

—¡Acabáramos! —dijo indignada—. Tienes que guardarle respeto a su investidura y nunca poneros resbalosa con él... Pero lo cierto es que el sacristán también se ve, muy, muy bien. ¡Lástima que maltrate tan bárbaramente el idioma castellano! —agregó con un dejo de tristeza.

—¿Sí? ¿De verdá que le cayó bien el... *viejito* ese? —preguntó con fingido desinterés.

—¡Pues, a la verdad, sí! —admitió la condesa sin ambages; a la vez que se preguntaba de dónde habría sacado a colación la historia del poema del trágico seminarista. *¿Lo habrá aprendido en la escuela?*, se preguntó pensativa.

—¡Ay señora! Pero siese viejito yestá curcuchito y con los cachetiyos pechitos.

—Digamos que está muy delgado, lo cual, aunque muchos no lo quieran creer, es algo muy saludable. Mi Terencio pesaba doscientos kilos cuando murió y puedo afirmar sin ninguna duda que fue su excesiva gordura la que le dañó mortalmente su corazón.

—¿Tan gordo estaba el conde? Pero en esa foto de las bodas se ve bien delgado.

—Esa fotografía fue tomada a principios de este siglo. En esa época su madre ya le insistía en que comiese hasta la saciedad y, naturalmente, al llegar a su mediana edad ya comenzó a engordar como si fuera marrano alistado para el matadero. Tanto, que en los últimos diez años ya no podía caminar una simple cuadra sin fatigarse ¡mi pobre Terry!

—Peruésque la gente dice que estar gordo es señal de buena salú —recalcó Olaya.

—¡La ignorancia, hija mía! ¡La maldita ignorancia es la raíz de todos los males! Los hombres, por lo general, nos prefieren delgadas. Nosotras también los preferimos delgados, aunque musculosos. Ah, por cierto, el padre Santiago te encontró muy bonita y dijo que te encontraba ¡muy femenina! —añadió; haciendo un inusitado guiño picaresco que sorprendió sobremanera la astuta sirvienta.

—¿A yo? Digo ¿a mí? ¿Pero no me acaba de decir la señora que el padre Santiago nués un hombre vulgar sino un santo varón?

—¡Dije que es un *santo*, no que fuera ciego! —rezongó María Teresa con picardía—. Bueno, es lógico suponer que muchos sacerdotes, si no todos los que son viriles, sufren terriblemente al ver mujeres hermosas y saberse moralmente impedidos de echarles un simple piropo. Por eso no le reñí cuando hizo cálidos elogios de ti.

El rostro de Olaya se tornó rojo, no tanto por la cruda mención de la natural virilidad del sacerdote como por el hecho de que él hubiese dicho cosas tan bonitas de ella.

—Y también quiero felicitaros —añadió la condesa con inusitada amabilidad—, por haber usado un lenguaje muy apropiado ante nuestros huéspedes. Me gustaría, sin embargo, que no solamente lo hicieras frente a ellos o frente a mí, sino frente a todo el mundo.

Olaya agachó la cabeza remilgadamente.

—Es quiayó no me gustablar ansina pues porquiay se riyen de yo —dijo sonrojándose.

—¡Esa es una excusa muy estúpida! —gritó enfurecida la patrona—. Los únicos que talvez se mofarían de ti por hablar correctamente serían los ignorantes, los envidiosos y todos esos haraganes que nunca han querido aprender el uso correcto del idioma.

Olaya, no sabiendo qué decir, permaneció callada.

—Tráeme la silla de ruedas, para irme a la cama —ordenó la patrona.

***

Minutos después de llegar a la casa parroquial, la lluvia comenzó a caer profusamente sobre Cayaguanca y el frío húmedo que portaba el profuso aguacero comenzó a filtrarse a través de los vetustos y porosos entejados. Leandro se arropó completamente con las sábanas todavía olorosas a jabón para no dejar que el rocío se le pegara en la cabeza y lo constipara. Mientras esperaba la caída del velo del sueño pensó en su preciosa hija y en las halagüeñas palabras de elogio pronunciadas por la patrona.

—¡Que Dios bendiga a la señora condesa por la bondá quia tenido pa' mi cipota! —Oró agradecido y luego se santiguó, aunque con dificultad porque se lo impedían las sábanas que lo envolvían de pies a cabeza. Luego meditó sobre la opinión equivocada de la condesa que lo creía un haragán que vivía de las dádivas de su hija. Esas palabras le habían hecho mucho daño; sin embargo, comprendía que María Teresa hablaba así porque ignoraba la verdad. Y los piropos del cura los perdonó porque Olaya se veía realmente muy bonita y su lenguaje... *¡Carajo! ¿Yónde luabráprendido esa condenada, pué?*, se preguntó maravillado.

A la mañana siguiente, terminada la misa y luego de atacar vorazmente un delicioso y típico desayuno cayaguancateco consistente en guineos fritos y frijoles molidos y refritos, acompañados de las tortillas hechas en el día anterior y tostadas al comal, Castelar explicó el método correcto de limpiar estatuillas de fina cerámica y las litografías oscurecidas por el polvo, la humedad y la mugre acumulada por el transcurso del tiempo. Una vez el falso clérigo hubo terminado las instrucciones, Leandro aprovechó para comentar oblicuamente:

—Ese escribidor quescribió que las mujeres son muy amargas anque seyan las más dulces' tiene quiaber conocido muchas deyas, creibo yo, vaá.

—No, Leandro. ¡En absoluto! La cruel ironía de su caso es que según escribió Isabel, su propia hermana, y también su primera biógrafa, el filósofo Nietzsche murió siendo *virgen* ¡y a los cuarenta y seis años de edad!

—¿Entonces nunca?

—¡No, nunca, nunca! —interrumpió Castelar molesto por la impropiedad implícita en la pregunta—, pero su formidable obra literaria y filosófica compensó su timidez sexual; la cual se debió, en gran parte, a su manifiesta constitución enfermiza y a la resultante debilidad física. En efecto, Nietzsche murió debilitado por la tuberculosis.

—¿Yeso qués, padre? —preguntó el campesino,

—Creo que tú la conoces por *tisis* o consunción. En todo caso, esa es la enfermedad que Nietzsche contrajo en los campos de batalla donde sirvió como enfermero; después de que, por su constitución endeble, fue rechazado para servir como soldado. Aunque no comparto enteramente sus ideas filosóficas, las cuales me parecen en extremo radicales, debo reconocer que él era un hombre idealista y definitivamente nunca fue un cobarde.

—Yusté, padre Santiago ¿de *verdá* quiusté nués cura? —le espetó la pregunta con su característica franqueza campesina.

—Ya veo —dijo Castelar—, que no te has olvidado de la confidencia que te hice la otra noche. Y no te lo reprocho porque yo, en tu lugar, hubiera hecho la misma pregunta.

—Puesesque yuestado pensando pues quia lo mejor ay seliabiyan subido asté los humos del alcol, vaá, hastel mesmo tabancue losesos de la cabeza y...

—Y tú no me lo querías creer, ¿no es cierto? Aunque no sabías si hacerlo o no.

—¡Pues pa' que se lo vua negar, vaá! —dijo Leandro con

resolución—. Elasunto de la barba postisa ya me teniya con el ojo al Cristo, vaá, y que Dios me perdone por mentar su nombre en vano. Y diay luego lo que me dijió, pué. Pero yuay le pedí a Dios que juera yo el etivucado, vaá, porque como yo estaba más bolo quiasté. Pues a lo mejor, yo liabiya óido mal, vaá.

—Pues no, señor; no me oíste mal. Ese terrible secreto es, para mi desgracia, una cruel, espantosa e innegable verdad —afirmó Castelar nuevamente—. Aunque me absuelve y me consuela reconocer que, aunque sí hubo engaño de mi parte; mi decisión de aparentar lo que no era y aún no lo soy, no fue con un propósito perverso.

—Puesiusté mesmo lo dice ¿quién soy yo pa' decirle cómo vivir, vaá?

—Sin embargo, estoy segurísimo de que te gustaría enterarte de todas las circunstancias sórdidas de mi secreto, ¿no es cierto? —preguntó Castelar mirando al sacristán con picardía.

—Bueno, pué, ¿por qué vua decir que no? Si usté tiene confianza en yo, yuay le prometo que me yebaré su secreto con yo mesmo hasta la mesmísima tumba.

—Bueno, pues, entonces déjame contarte…

—Usté dirá pué…

—Mi hermano Emilio y yo éramos gemelos…

—Ah, sí, chachos…

—¿Ustedes llaman chachos a los gemelos? —Castelar preguntó en tono burlón—. Bueno, pues, Emilio y yo, no solamente nacimos *chachos* sino también idénticos.

—¿Idénticos? ¡Ah, sí, dentistas! —interrumpió Leandro ufanamente creyendo haber comprendido el significado del vocablo.

—¡No, no, no! Esa palabra quiere decir dos bebés muy parecidos, como dos gotas de agua… En todo caso, mi hermano y yo éramos tan increíblemente idénticos que ni siquiera nuestros mismos padres podían diferenciarnos…

—¿Y comuasían entonces sus papases pa' saber quién era quién, pué?

—Llegó el momento en que tuvieron que atarnos unas cintas de diferentes colores en los tobillos para diferenciarnos. Luego, cuando ya crecimos, nuestros padres, antes del accidente que los llevó a la tumba, nos vestían con ropas de diferentes colores; oscura para mi hermano y clara para mí. Al quedar huérfanos, esa práctica la continuaron nuestros padres adoptivos. Pero nuestro asombroso parecido, no era solamente en nuestro semblante físico sino también en nuestros gustos, aversiones y preferencias; hasta el punto de que ambos elegimos la carrera eclesiástica...

—¿La carrera de qué?

—¡El oficio de cura! —explicó Castelar con impaciencia—, se llama así: —*La carrera eclesiástica.* Así que, con ese propósito ambos ingresamos al Seminario Mayor de la Sagrada Orden de San Benito del Santo Palomar en Lovaina, Bélgica. Sin embargo, al comenzar la última fase del teologado, o sea ya muy próximos a ordenarnos como sacerdotes, yo decidí abandonar el seminario y regresé a Madrid con la intención de estudiar la carrera de abogado. Luego me inscribí en la famosísima Escuela de Leyes de la Universidad de Bolonia, en Italia. Una vez graduado, volví a Madrid. Después de obtener mi licencia profesional, monté mi propio bufete y ejercí la profesión por algunos años. ¿Me habéis entendido? —preguntó en tono de duda al observar el ceño arrugado del sacristán.

—Pues la verdá, no sé, vaá —dijo Leandro—, es decir que luiba entendiendo tó, vaá; peruay me perdió cuando se montó en el bufete, vaá. Porque yo memontado en cabayos, bueyes, vacas, burros y mulas yasten terneros, cabras y marranos; pero nunca he conocido ni nunca me montado en un bufete... ¡ni vivo, ni muerto, vaá...!

—¡Vamos, sí que eres chistoso! —se rio Castelar de buena gana—. ¿De veras que nunca habías oído la palabra *bu-fe-te*? Pues, así se llama una oficina de...

—¡Diabogados! —concluyó Beltrán interrumpiendo a su patrón.

—¡Exactamente! —dijo el falso cura con impaciencia—. Emilio, mi hermano chacho, mientras tanto había sido ordenado y enviado como misionero a una parroquia en la ciudad de Xelajú en Guatemayán. Al poco tiempo de haber llegado entró en contacto con la familia de un alto funcionario de la embajada española. El demonio lo hizo prendarse locamente de Amelia Ferrer, hija única del diplomático español y quien le correspondió con la misma pasión malsana y desmedida. Mi pobre hermano, naturalmente, sufrió un cruelísimo calvario tratando de arrancar de su corazón esa malhadada relación; por demás ilícita y pecaminosa. Pero la hembra lo buscaba tercamente y lo asediaba de mil maneras. Estaría de más agregar que los padres de la doncella, al enterarse del impúdico romance, se opusieron rotundamente a la absurda relación. Para separarlos, el padre logró su traslado a Tokio, la capital del Japón, llevándose consigo a su apasionada heredera.

—Esués meramente la ventaja de tener bastante pisto, vaá —comentó Leandro con aire de envidia—, porquiay uno se va pondiuno quera, vaá y'enún santiamén.

—Sí, así mismo es —afirmó Castelar—, *pisto* y posición, o más bien, excelentísimas conexiones. Pero de nada les valieron sus lazos de amistad con los amigos influyentes en el gobierno español. Ni las severas amonestaciones, ni las amenazas de castigo corporal, ni la enorme distancia entre ellos, ni el océano mismo, pudieron destruir ese amor impúdico y soberbio. Tan pronto pudo, Amelia se fugó de la embajada en Tokio y disfrazada de marinero escapó del Japón al puerto mejicano de Guaymas en un barco mercante brasileño y de allí a la ciudad de Méjico para acercarse más a los brazos prohibidos de Emilio; mientras tanto, él no dejaba de suspirar angustiado por su amor ilícito y lejano.

—¡Es queso siés bien duro, padre! —exclamó Leandro trayendo a la memoria las propias experiencias de sus años mozos—. Cuanduayuno siaincapricha con unembra o lembra con uno, vaá; ¡Ave María Purísima! Sieso es mesmo, como la mesma mate la dormilona quiay siagarra a las rajaduras diun peñón yay sólo seliarranca a machetazos; ¡porquesque nuay juerza en este mundo que la pueda separar sin picarla en pedasitos! Pero, ¡sígale, padre! —sugirió con sumo interés el sacristán.

—Mi hermano —continuó Castelar—, no sabiendo qué hacer, acudió a mí... ¡A mí, Dios Santo! Me pidió que viajara a Guatemala y me trasladara a Xelajú, donde fungía como párroco coadjutor, a poner nuestras inteligencias juntas y a buscar una solución a su terrible problema. Al llegar, Emilio me informó haber recibido carta de Amelia, comunicándole que ya se encontraba en Méjico y le exigía abandonar inmediatamente los hábitos para poder contraer matrimonio porque se encontraba embarazada. ¿Qué podía hacer él? O ¿qué podía hacer yo? Juntos buscábamos en nuestras cabezas una solución que no fuera simplemente lógica sino también perfectamente factible. Lo único, sin embargo, que se me ocurrió en esos momentos fue que Emilio debía renunciar de una vez por todas al sacerdocio u olvidarse de la joven. Pero ¿cómo optar por la segunda opción si ella ya se encontraba embarazada y ambos estaban absolutamente obcecados en su malhadado propósito? El asunto se puso más difícil aun, cuando el gobierno guatemayano, debido a las manipulaciones secretas del padre de Amelia, prohibió por dos años el traslado de mi hermano a cualquier parte o parroquia fuera del país. El pobre Emilio, en efecto, se convirtió en prisionero no solamente del amor sino también del gobierno *champín*, como tú lo llamas. Mi hermano había concebido en su mente enamorada una estratagema que, como es de suponer, a primera vista me pareció disparatada. Sin embargo, pronto concluí que su plan, a pesar de ser insólito, era realizable. Dicho plan consistía en que yo me hiciera pasar por él. Es decir, que, vistiendo su sotana, suplantara su persona y tomara su puesto en la coadjutoría. Al principio yo me resistí a ser partícipe de ese burdo engaño, pero luego accedí cuando ella le hizo saber que se encontraba en avanzado estado de embarazo y que, si mi hermano no se unía a ella, se quitaría la vida junto con la del hijo que llevaba en su vientre. La única seria dificultad, aparte de mi objeción de hacerme su cómplice, era que él llevaba una frondosa barba como la que yo tenía puesta el día en que tú y yo nos conocimos. Pero conseguimos una barba postiza igual a la de mi hermano en una tienda de efectos teatrales. Luego Emilio me hizo una relación sucinta pero detallada de todos los procedimientos y tareas diarias; así como de los nombres del personal con los que compartía a diario. En los primeros días la suplantación fue un poco engorrosa pero cada vez que yo cometía un error u olvidaba algo importante, yo fingía cansancio o dolores de cabeza y alguna que otra vez me quejé de episodios de amnesia temporal para justificar mis aparentes errores. Todos los que trabajaban en la parroquia se comportaron en extremo comprensivos y, para mi fortuna, todos creyeron a pie junto mis solemnes mentiras.

—¿Yusté por qué no se casó coneya y diay aceitó al chichí

como si él juerijo diusté mesmo? —preguntó el aprendiz de sacristán.

—¿Aceitó el chichí? ¿De qué demonios me estás hablando?

—Cuandu'uno liofrecen e le dan una cosa, uno laceita o la deja. Y el *chichí* es el mesmo cipotiyo cuando está pues, recién nacido, vaá.

—Tú quieres decir que por qué no me casé con ella y acepté la paternidad del bebé.

—¡Así mesmo, sáitamente! —afirmó Leandro, agregando con ironía—: Pues, como poray dicen las malas lenguas, quial cura que Dios no le dio hijos, el diablo le trái sobrinos.

Castelar se rio de buena gana, muy a pesar suyo.

—Sí, ciertamente, así dicen las malas lenguas. Pero yo había dejado una hermosa novia en Madrid con la cual estaba a punto de casarme cuando recibí el urgente llamado de mi hermano. Incluso, dos semanas antes de viajar a Guatemayán ya habíamos celebrado el compromiso y también habíamos ya fijado la fecha de la boda. Además, yo no estaba enamorado de Amelia, aunque fuera tan bella como mi hermano la describía.

—Apuesí, la cosa se liabiya ponido de color diormiga, vaá ¿Y quisusté, pué?

—Como ves, acepté suplantarlo. O sea, me hice pasar por mi hermano por más de dos años. Mientras tanto, él se casó en Méjico y regresó a Madrid con su amada.

—¡Ustiso un sacreficio bien grande por suermano! —aplaudió Leandro.

—¿Lo crees así realmente? —preguntó Castelar.

En ese instante, la campana del viejo reloj de la iglesia parroquial tañó lúgubre pero claramente diez sonoras campanadas.

El falso sacerdote consultó su reloj de bolsillo y luego dijo en tono apresurado:

—Es mejor que te vayas ya a la casa de la condesa. Haz todo lo que ella te ordene y sigue mis instrucciones. Más tarde, después de la cena, reanudaremos nuestro relato. No olvides tu promesa de guardar silencio absoluto sobre lo que te he contado —dijo.

—¡Pierda cuidado, padre Santiago! —replicó el sacristán enfáticamente—. Mi boca yestá seyada pa' siempre, vaá; mesmo comuna tumba cerrada y como siyestubiera ensementada, vaá.

¡Mire, ay se lo juro por esta cruz!

***

Leandro salió presuroso, sumido en el mundo profundo de sus propias cavilaciones sobre la increíble confesión de su patrón. Atravesó la plaza de mercado sin hablar con nadie y sin responder siquiera a los acostumbrados saludos de los extraños con quienes se cruzaba en su apresurado paso. Tampoco se posaron sus ojos en las variadas mercancías ofrecidas por una docena de locuaces y persistentes vendedoras que lo invitaban a comprar sus productos. Caminaba presuroso hacia el castillo condal a limpiar y pulir las imágenes y las estatuillas de los santos que, según la fe que alegaba profesar, velaban solícitos desde sus mansiones celestiales por todos los infelices mortales que todavía pernoctaban en las tétricas posadas terrenales donde el dolor y la angustia eran sus constantes y asiduos hosteleros.

Su misión, pensaba él, mientras sus charolados zapatos esquivaban hábilmente las heces de aves, de porcinos, de equinos y vacunos que contaminaban las calles empedradas de la villa, era acorde con su nueva y exaltada posición de sacristán y *secretario* del señor cura párroco. El hecho de que Santiago Castelar no fuese en realidad un sacerdote era un secreto entre ellos dos y el Altísimo; y si a Él no parecía importarle, ¿por qué tenía que importarle a él mismo, siendo que él era un pobre y simple pecador? Se sentía tan orgulloso de tener trato directo con esas cosas sagradas y misteriosas que, aunque se escapaban a su limitada comprensión, inundaban los poros de su alma de la esperanza y de la fe maravillosa que le aseguraba la promesa del paraíso eterno más allá de la muerte. Al punto de aproximarse al portón condal, Leandro vio venir al dragoneante conocido por el nombre de Gonzalo, el envanecido pretendiente de Olaya, que caminaba altanero y ufano en dirección contraria. El campesino bajó humildemente su mirada y continuó su marcha sin importarle la onerosa presencia del hosco militar. Al cruzar los caminos, los dos continuaron en sus sendas como si jamás se hubieron visto o conocido.

El dragoneante también lo reconoció. Recordó haberlo visto a la puerta del castillo de la vieja tacaña; y unos días antes, acompañando a Olaya. Pero también recordó que cuando lo vio junto a ella, vestía ropas que más parecían andrajos; llevaba caites sucios y el pedazo de un viejo sombrero cubriéndole la cabeza. *Aura este jincho hijueputa ay va muy catrín, muy emperifoyado en ropas finas, calzando zapatiyas de reluciente charol yasta trái un elegante sombrero panamá. ¿Jú? ¿A qué se deberá ese cambio tan drástico y tan repentino deste hijo de la gran puta? ¡Umm! Esto sí que me güele muy, muy mal y tengo que averiguarlo orita mesmo,* se dijo decidido y dio media vuelta sobre sus talones.

Desenfundó el arma y gritó a todo pulmón:

—¡Paratiay, viejo cagado!

Leandro supuso o fingió que no era a él a quién el soldado se dirigía en términos soeces, vulgares y ofensivos. Viendo que el alto portón del castillo se encontraba a unos pocos pasos de distancia, el campesino continuó impertérrito su marcha, sintiendo, sin embargo, que las dos piernas habían adquirido un enorme peso y se habían entumecido por un súbito terror.

—¡Es a vos, viejuemierda, a quién lestoy hablando! ¡Paratiay mesmo ónde vas! —rugió el valiente militar con su típica actitud rudamente despectiva y prepotente con que siempre se dirigía a todos los infelices que él consideraba ser sus seres inferiores.

A pesar de haber escuchado la orden perentoria y soez, el sacristán mantuvo sus pies en movimiento, aunque menos veloz y más precavido, pretendiendo todavía que no era a él a quien ordenaban con gritos denigrantes que se detuviera. La puerta salvadora de la patrona estaba allí tan cerca de su alcance, a escasos cuatro metros de sus manos. *¡Ojalá quiay l'Olaya siapure abrir!,* se dijo a sí mismo con anhelante angustia. *¡Ayúdame, Dios mío!,* imploró en silencio.

Súbitamente, el repentino estallido de un disparo rasgó los aires, aunque se hizo escasamente perceptible debido al bullicio de la plaza de mercado. Los pájaros que posaban sobre el tendido del telégrafo y de la luz eléctrica volaron despavoridas y en diferentes rumbos, seguramente en busca de un lugar más pacífico y menos peligroso para descansar sus alas. El proyectil pegó contra el aldabón del castillo y al rebotar atravesó la oreja izquierda del sacristán.

Percibiendo súbitamente que algo líquido y caliente bajaba por el cuello de su camisa, Leandro, vacilante y aprehensivo, tocó el lóbulo de su oreja izquierda con la yema del dedo y al verla constató que estaba manchada de rojo carmesí. El primer pensamiento en asaltar su mente fue que la hora fatídica de la muerte le había llegado por fin. Mientras aguardaba a que su vista se nublara en las sombras de su postrera agonía y luego llegaran las tinieblas del más allá, alzó los ojos suplicantes y contritamente imploró por la remisión de sus pecados. Luego, intuyendo desesperado el desenlace final, se arrodilló sobre el mugriento suelo y después de quitarse el nuevo sombrero lo colocó solemnemente sobre su corazón.

Ante las miradas atónitas de los transeúntes allí presentes, el agresivo militar caminó muy despacio, pistola en mano y con el dedo índice sobre el gatillo. Cuando percibió el rojo líquido que manchaba el hombro izquierdo de la camisa del sacristán, él también supuso que lo había herido mortalmente y decidió darle allí mismo el tiro de gracia. Sin embargo, no podía comprender por qué el supuesto moribundo no rodaba por el suelo como todas y cada una de sus innumerables víctimas lo habían hecho en el pasado.

—Si tenés arma, ¡soltála ya! Y si no, ¡poné las manos sobre la cabeza, viejo cabrón! —le gritó vulgarmente.

El preciado sombrero ensangrentado cayó frente a las rodillas temblorosas del sacristán cuyas manos se posaron prontamente sobre sus rizadas canas. Aunque a prudente distancia, dos o tres curiosos osadamente se aproximaron a la víctima y al victimario; a observar, silenciosos y amedrentados, las trágicas peripecias del suceso y de su lógico desenlace.

—¡Que quede claro, suidadanos! —rugió el valiente militar, dirigiéndose con voz estentórea a los allí presentes—, que jué lautoridad la que jué agredida por este comunista ateo y agente de las Rusias. Y es por eso que me lo vuá yevar arrestado a ónde van a parar todas las ratas de su maldita calaña de traidores 'pátridas. Ustedes, señores, han sido testigos de que estinmundo comunista trató de asesinarme a mansalva y ¡con alevosía y ventaja!

Leandro había permanecido paralizado por el miedo a ser ejecutado ante aquella turba de espectadores callados y acobardados. Gonzalo cogió la manga de la camisa y retorciéndola le gritó amenazante:

—¡Te levantás diay, hijueputa cagado, y me caminás despacito con las manos sobre la cabeza! O ¡te quiebro el culo diún balazo!

En ese preciso instante, Olaya abrió el portón, abocándose repentinamente a la insólita e inesperada escena. Colgaba de su codo un humilde canasto vacío. Era obvio que se iba a la compra diaria de vituallas para los alimentos de su patrona. Ella detectó al instante la roja mancha de sangre en el cuello y en el pecho de la camisa de su padre.

—¿Qué liás hecho al sacristán? —balbuceó la joven con vehemente aflicción, pero sin revelar el secreto de ambos. Luego se agachó a buscar la herida en la cabeza de su padre. Gonzalo palideció de cólera.

—¿Es que no ven que este pobre hombre se está desangrando? —preguntó Olaya al grupo de curiosos que continuaba silentes y atemorizados—. ¡Por caridá, vayan ya a yamar a un dautor! —les suplicó vehemente; pero, haciendo caso omiso a su ruego, nadie se atrevió a moverse. Luego trató de levantarlo por el brazo. La sangre de su progenitor tiñó de rojo carmín las florcitas blancas impresas en su blusa celeste.

El patán uniformado con un brutal empellón lanzó a Olaya contra la pared, gritándole como energúmeno:

—¡Quitate diay, gran puta! Es que vos ni siquiera sabés que este maldito comunista asesino aquí mesmo me quiso matar sólo porque soy militar. Pero yo me defendí y luerí primero. Y si no me crés; preguntale a cualquiera destos honrados ciudadanos quién de los dos jué el primero en disparar.

—¡Canalla, mentiroso, embustero! —le espetó la joven enfurecida—. ¿Y conqué tiba disparar, pué? ¿A ver, óndestá el arma? ¡Decime! ¿Ondestá el arma con quél tiba a disparar? —preguntó airada mientras recogía del suelo el fino sombrero de su padre.

—¡Queeeé! Ahora le vas a crer a este viejo hijueputa y no a *mí* ¡que soy l'utoridá! Y además yo tengo derecho a defenderme. ¿O no? —agregó insistiendo en su mentira.

—¡Pero vos estás mintiendo, cagado! —le gritó Olaya—. Y lo que vos no sabés, gran cerote —agregó llorosa—, es qu'este pobre viejo que has herido, ¡es mi tata! Y enseguida abrazó tiernamente a su progenitor como si su cuerpo pudiese servirle de escudo protector.

—Ah, ¿sí? ¡Pues'aquí ónde me ves yo soy la mama de Tarzán! —respondió irónico el agresivo dragoneante, para recalcar su escepticismo—. ¿Vos crés que yo soy tan pendejo en crerte? —preguntó Gonzalo con sorna.

—¡Me criás o no, él es mi apá! —insistió la joven.

—Ah, ¿sí? ¿Es que yo estoy choco diambos ojos? Este viejo los tiene zarcos y el cuero chele. Y vos, ¡sos prieta, chata y trompuda como todos estos malditos indios!

—¡Peruél es mi tata, ay lo quedrás o no! —replicó coléricamente la sirvienta—. Y si lo vas a arrestar, ¡pues ay me vas a arrestar a yo también porque yo ¡me vuir con él!

—¡Este viejo cabrón se va con yo y *solo*! —rugió el representante de la autoridad. Luego le ordenó con desprecio—: Y vos, ¡andate a choleriarle a la vieja puta de tu patrona!

—¡Yo me vuir con ustedes! —insistió Olaya con vehemencia—. Comuay sé que lo vas a matar —agregó—, ¡puesay tendrás que matarme a yo también!

Leandro, como todos los vecinos y curiosos presentes, continuó guardando temeroso silencio. Pronto, soldado y prisionero, con la hija plañidera a la zaga, llegaron al muro de roca que protegía el portón mayor del fatídico cuartel.

—Traigo a este prisionero por asonada comunista —informó el dragoneante al cabo jefe de la guardia de la puerta interior.

—Yáisa muchacha tan chula ¿también la trái por bien 'sonada', *mi coronel*? —preguntó el centinela inadvertidamente, pero con voz lasciva.

—¡No dejés entrar a esa puta! —ordenó soezmente al subalterno—. ¿Miás óydo, gran huevón? Y si no se va dentro diún minuto, agárrenla a patadas y ¡la mandan a la mierda!

—¡Sí, *mi coronel*! —respondió el soldado mecánicamente y luego hizo una mueca de asco y aburrimiento.

—¡Cerrate el hosico, comemierda! —le advirtió crudamente y en voz baja el compañero de banca—. ¿No sabés quél no quiere que náiden sepa la mera *verdá*, pué?

Olaya no puso atención al cuchicheo entre los soldados. Pero en ese instante concluyó que para salvar a su padre tendría que remover cielo y tierra. *Pero ¿por dónde empezar?*, se preguntó desesperada.

—¿Cómo podriya hablar con el señor comandante del cuartel? —preguntó plañidera y con voz temblorosa a uno de los centinelas.

—Mirá, chula —dijo el soldado burlonamente mientras devoraba su cuerpo con lascivas miradas—, si me regalás ese sombrerito y también me prometés 'compañarme esta noche a darnos un *paseíto amoroso* por las oriyas del Tamulgasco, ay te podriya presentar ¡hastal mesmo general Martínez!

—¡Malditos, desgraciados! —dijo Olaya en voz baja y enseguida se marchó a paso rápido en dirección al castillo condal. En verdad, caminaba sin un rumbo premeditado, como si estuviese sumergida en un trance sonámbulo. Se preguntaba con apabullante angustia cómo daría la infausta noticia a su ama. *No, a lo mejor no, ¡no seriya prudente!*, se aconsejó. *La condesa se pondriya furiosa, violenta y grosera, yay empiorariya la situación que yastá pior que desesperante.* Y, entonces, ¿qué haría? ¿Cruzarse de brazos? ¡No! ¡Eso nunca jamás! No mientras la vida de su padre estuviese en peligro. Pero, aparte de la condesa, ella no conocía persona alguna en Cayaguanca de suficiente prestancia que pudiera ayudarle a sacar a su padre de la cárcel antes de que lo ejecutaran o lo torturaran hasta dejarlo al mismo borde de la muerte. Olaya continuó su paso lento, cavilando sobre cuáles hilos mover o qué pasos dar para salvar a su padre de una muerte segura. Porque eso era lo más probable que ocurriría: lo liquidarían después de haberlo torturado salvajemente. *¿Quién, Dios mío, ¿quién, ¿quién?*, se preguntó aterrorizada. Los crueles espolones de su zozobra horadaban hasta el meollo de su mente núbil e inocente. Atrapada entre las crueles garras de su insólita angustia, Olaya se imaginaba la peor de las suertes para su amado padre. Hubiera sido absurdo hasta pensarlo en circunstancias diferentes, se dijo. Pero dado el ambiente de macabro terror que producía la indiscriminada represión política reinante en todo el país desde la caída del gobierno legítimo y la asunción violenta e ilegal de una despiadada tiranía militar; la aniquilación ignominiosa de cualquier ciudadano se había convertido en una posibilidad tan cierta y tan real como inmediata. Sin embargo, Olaya no se daba por vencida, aunque su alma y su pensamiento se ahogaban en un azaroso mar de violentas tempestades y de cavilaciones impotentes, cada vez más lúgubres y cada vez más trágicas. *¿Qué lestarán haciendo orita esos desgraciados a mi pobre apá?*, continuó preguntándose horrorizada. *¿Luestarán interrogando o talvez, ay luestarán torturando pa' que les diga quienes son los otros comunistas quiandan con él? Pero comuél nuanda con náiden, pueseguro que no va a decir ná. Yay lo volverán a torturar una y mil veces más, ¡hasta que el pogre se muera de dolor. ¡El pogrecito de mi apá! ¿Qué hago, qué hago, Dios mío! ¡Virgen del Carmen, ilumíname! ¡San Antonio de los Anonos, indicame qués lo que debuacer!* La horrible zozobra le quemaba las sienes y el puñal de la angustia horadaba profundamente su joven corazón y continuaba preguntándose sin hallar respuestas. *¿Le estarán puyando los ojos con las uñas de los dedos, o estarán metiéndole agujas en las yemas de los dedos; o estarán apagando las brasas de los cigarros contra su pecho? Yay como no puede decir ná, lo torturarán más pa' que diga la verdá, pero ¿qué verdá les puede decir? ¿Qué verdá podriya decirles sí él nunca siá metido en ná, ni siquiera en las campañas de lelepsión del dautor Araujo se quiso meter? ¿Lestarán ensartando clavos en las plantas de los pieses, o lestarán machacando los güevitos y martiyándole la palomita? ¡O ay le estarán metiendo yerros calientes por el hoyu'el...!* ¡Ah, qué barbaridades las que se me vienen a la mollera!*, se reprochó avergonzada de las vulgaridades que afloraban a su mente angustiada. Sin embargo, enseguida se preguntó más desesperada: *¿Y si ya lo picaron a machetazos y si ya luicieron una gran chanjuaina para el almuerzo de los chuchos mastines quiay mantienen encerrados en el cuartel? ¿Qué puedo hacer, Diosito miyo, ¿qué puedo hacer?*, imploró por la enésima vez.

La azorada muchacha continuó zozobrando a la deriva en el mar proceloso de su terrible angustia. *¡Ay, Diosito santo!*, imploró de nuevo. *¿Cómo puedo yo pensar en tantas bajesas yen tantas trocidades, si, talvez luestarán curando; lestarán limpiando las heridas y lestarán dándole cafiaspirinas pa'l dolor y poniéndole* *esparadrapo en lerida o talvez una curita... Yay lestarán diciendo que nues nada, que nuay peligro d'infeyción ni de tuétanos ni de la cangrina qui'ay se lave l'oreja con criolina o con permanganato todas las mañanas y queseche un poquitu'e tintura di'aritmética; no, no, no, di'aritmética, no; de... di'árnica; o de mertiolato.*

Su desesperación vehemente, sin embargo, no la dejaba en paz mientras consideraba la situación crítica en la que podría encontrarse su padre. Particularmente a la luz de algunos horripilantes rumores sobre la macabra ergástula que circulaban entre las gentes de la villa y que tenían mucho de cierto. *Desos asesinos*, continuó diciéndose, *¡nada, nada bueno se puesperar! Esos valientísimos melitares como dise mi pogre apá, no son sino un atajue cobardes; crueles alimañas quiay sensañan en las gentes humildes; en las pobres víctimas indefensas, amarradas, vendadas, vencidas, desnudas, heridas y sangrando y desgarrándose a gritos por el suplicio cruel a que los someten, con o sin motivo. ¡Sólo por el placer de causar dolor!* Cierto, ella nunca había presenciado ninguna de esas horrendas fechorías, pero se lo había oído relatar en voz queda y muy temerosa, a los que habían perdido alguno de sus familiares: hermanos, hijos, padres, esposos, madres, nietos. Los que caían en las garras y mazmorras del ejército casi nunca sobrevivían para contarlo. Era muy bien sabido que algunos de los torturadores habían confesado cínica y ufanamente su participación en esos atropellos. *¿Y mis hermanos?*, pensó de repente. *¡Ah, sí, ¡claro!* Correría a San Luis y a Cantasque y les avisaría a sus tres hermanos que su apá estaba en la cárcel por los malandrines uniformados. *No, no; mejor no les avisaría, porque era muy probable que todos se vendrían a tratar de salvar al viejo de la muerte y caerían también las garras de las hienas martinistas ¡Y todos perecerían y ella sería la única responsable de la aniquilación de la familia entera! Pero entonces ¿qué hacer? ¿A quién acudir? Ah, y sí, ¡voyir al jués de paz! Pero ¡pa' lo que sirven esos juesecitos! Los diantes del golpe militar ya jueron remplasados por cobardes sobalevas de la maldita dictadura y no sirven más que paser simulacros de indagación. Sí, los juesesitos di'aura, acobardados por los militares, son muy duchos en levantar actas de las defunsiones y denumerar los golpes, las quemaduras, la trayectoria de las balas y la profundidad de los* machetazos que tienen los cadáveres que aparecen a la puerta o en las inmediaciones del camposanto. Y los juesesitos, miándose de miedo, obedecen tó lo que liordenan los melitares, declarando descaradamente que los muertos siabiyan suicidado, matándose ellos mismos a machetazos. Y ay mesmo yaman al cura pa' que vaya a resarle los responsos y los misereres.

De repente, Olaya detuvo su paso; y dándose un golpe en la frente recapacitó como si hubiera despertado de una horrenda pesadilla. ¿Al señor cura? ¡Ah, pues claro! ¡Qué gran idiota, qué gran bruta que soy!, se reprochó ásperamente. ¡Tengo quir ya avisarle orita al padre Santiago! ¡Antes de que seya demasiado tarde! Al fin y al cabo, mi apá estempliado en la parroquia. Recién entrado sí, es cierto, pero se trata diun caso ¡de vida o muerte!

Olaya sintió su acongojado corazón palpitándole de nuevo en la cavidad pectoral acostumbrada. Cierto que era solamente un minúsculo rayo de esperanza el que vislumbraba.

En realidad, se dijo, con actitud positiva, anques solamente un rayito, nuay duda que estes la única posibilidá diayuda que me queda y tengo quir a buscarla ya mesmo y en este mesmo instante. Y pa' luego ¡yes casi demasiado tarde!

Para no perder el sombrero de su padre en la carrera que planeaba comenzar, se lo puso en la cabeza y lo haló hacia abajo hasta cubrirle las orejas. Luego tomó un fuerte impulso y comenzó a correr precipitadamente como alma que lleva el diablo a la zaga. La canasta que colgaba de su codo golpeaba sus caderas. Ocasionalmente, las largas enaguas de sirvienta gazmoña se le enredaban en la punta de sus sandalias. Sin detenerse por un instante, levantó la sección frontal de la falda para evitar caer de bruces. Después de arar en cuatro patas las calles empedradas de Cayaguanca llegó finalmente, sudorosa y jadeante, al portón de la casa cural. Tomó rápidamente el aldabón y martilló duramente la vieja puerta, agrietada por el tiempo y descolorida por el sol y las lluvias. Y golpeteó y golpeteó de nuevo sin descanso hasta que escuchó una voz de mujer que gritaba:

—¡Ya voy, ya voy, ya voy!

—¿Qué le pasa? —preguntó Delfina, extrañada por la premura del llamado—. ¿Es que la condesa ya cáido grave y ya quiere que le den la extremunción? —continuó inquiriendo, aprovechando que Olaya había enmudecido tratando de recobrar el aliento.

—¡No, no, nues eya! Es ¡el sacristán! —balbuceó Olaya con voz jadeante. Debilitada por la carrera, apoyó su cuerpo sudoroso contra el marco del portón.

SIETE

—¡Que Dios haiga perdonado a don Secundino; era tan bueno y tan cabayeroso y tan culto y tan educado! —exclamó la cocinera, elevando los ojos mientras se santiguaba. La joven detuvo el incesante jadeo para explicar.

—No, no, señorita Delfina, si nués don Secundino —aclaró la joven en un grito—. Es… ¡Don Liandro! —la agobiaba también la testarudez de la cocinera.

—Pero, señorita Olaya ¿cómo va'ser don Liandro? Siesta mañana ay lo vide alora del desayuno. Yestaba ¡tan yenito de vida!

—¡Por favor, por favor, óigame! —suplicó la joven impacientemente—. Don Liandro nuestá enfermo ni muerto, pero como si ya luestuviera, vaá; puesay se lo acaban de yevar preso ¡pa' la mazmorra del cuartel! —agregó y prorrumpió en llanto.

—¿A quién se llevaron preso? —preguntó el falso cura desde el pasillo interior.

—¡A… su… su… sacristán, padre, a… su sacristán! —balbució Olaya.

—¿A *Leandro*? ¿A la cárcel? Y ¿por qué?

—Por favor, padre, vaya y hable con el comandante del cuartel ¡Pero ya! ¡Tiene quir ya! ¡Antes de que lo maten! —imploró la hija.

—Pero, niña, ¿qué horrendo delito podría haber cometido ese hombre para merecer la pena de muerte? —preguntó Castelar en tono escéptico. En ese momento se arrepintió de haber empleado a una persona completamente desconocida y sin pedir referencias. *¿Habrá tratado de robar algo en la casa de la condesa?*, se preguntó abrumado, pero en silencio.

—¡No, padre, siél nuá cometido ningún delito! —dijo Olaya arreciando el llanto. Temía acertadamente que el sacerdote sospechara que su padre era realmente un ladrón o criminal.

—Pero si hará escasamente media hora que salió de aquí rumbo a la casa de tu patrona —aseveró Castelar mientras pensaba que Olaya, con ojos tristes e inundados en lágrimas, se parecía muchísimo a la venerada imagen de la Dolorosa—. ¡De veras que no comprendo! —añadió, ruborizándose por su inescrupulosa liviandad.

Intempestivamente, Olaya, luego de poner a un lado, la canasta y el sombrero se arrojó a los pies del sacerdote, gritando con voz desgarradora:

—¡Por amor de Dios, padre Santiago, sólusté puede salvarlo, sólusté! ¡Por piedá, vaya *orita* mesmo! —Sus lágrimas mojaron el ruedo de la sotana y las sandalias; y ablandaron aún más las fibras de su corazón.

—Quizá pueda ayudarlo —dijo Santiago, aunque dudaba seriamente de la efectividad de su intervención—. Pero primero debo estar enterado de los cargos que le han hecho; o si el delito que se alega fue realmente cometido por Leandro o si solamente sospechan de él… O si él ya confesó su culpabilidad. —Sus sólidos conocimientos de procedimiento criminal en otras latitudes habían aflorado prestos a su pensamiento.

—Pero siél nuá cometido ningún delito padre. ¡Ninguno! ¡Se lo juro, él nua hecho nada malo, padre! —Olaya reiteró vehemente la inocencia de su progenitor.

—¿Cómo es posible que arresten a un individuo que no está acusado de algún crimen, o no es sospechoso de haberlo cometido, o no ha sido descubierto *in fragranti*? Es decir, en el momento de cometer el delito.

Sus preguntas no encontraron respuesta. Las dos mujeres no sabían qué contestar.

—¡Yo también le suplico que vaya a ver qué puediacer por él! —masculló Delfina.

—Iré al momento —prometió Castelar—. Aunque estoy más que seguro que se trata de un error de las autoridades —comentó todavía indeciso. Era obvio que él desconocía la horrible situación de absoluta injusticia que desangraba al pueblo redentoreño.

Delfina, a pesar de su ignorancia, comprendió que el cura, por el hecho de estar recién llegado a Cayaguanca, debía ser adecuadamente informado de la amarga realidad que vivía la población humilde de El Redentor.

—Ay, padrecito —dijo ella bajando prudentemente la voz—, en este páis nuay necesidá diuno haber cometido un delito pa' que lo metan en la chirona y diay luafusilen cuando les dé las ganas de matar. Con sólo conquiáuno no le caiga bien a cualquiera desos desgraciados en unijorme, es más que sujiciente pa' quiáuno luenvuelvan como tamal.

—El soldado que se lo llevó —reportó Olaya ya un poco sosegada—, le metió un balazo en una oreja yay dijo que se lo yebaba preso porque mi... porque el sacristán disqués agente comunista de Rusia y quiay había tratado de matarlo a balazos. Y cmanduáuno le cuelgan á'uno ese sambenito de *comunista,* es porquiáuno ya lo tienen sentenciado a muerte.

—¡Avemaríapurísima! —clamó Delfina llorosa—. ¡Por amor de Dios, padre, haga algo orita mesmo pa' salvarlo! —imploró vehementemente de nuevo.

—¡Qué lío, Dios Santo! —exclamó Santiago confundido—. Bueno, iré a ver qué puedo hacer por Leandro —dijo por fin—. ¡Ojalá no sea demasiado tarde! —agregó temeroso.

Ante la pareja de soldados que custodiaban la entrada del cuartel, el cura se dirigió al que le pareció ser el de mayor edad; aunque su faz tenía el sutil encanto del granito sin pulir.

—¿Podría comunicarme con el señor comandante? —inquirió respetuosamente.

—¿De parte de quién? —preguntó el centinela jefe.

—De parte del Canónigo Santiago Castelar...

—Orita liavisamos, padre —dijo y luego se dirigió a uno de sus subalternos—. Andá, vos, Canales, yavisále a mi coronel Castaneda quiaquí lo busca el señor cura.

Al momento regresó el mensajero.

—Que pase, manda decir mi coronel. Véngase con yo —agregó con respetuosa deferencia.

Al entrar Castelar, el oficial se puso de pie. Con el dedo índice le señaló una tosca silla de madera.

—Siéntese, hágame el favor —dijo secamente. El cura notó que el coronel era alto, delgado y de tez blanca, en contraste con la tez oscura de la mayoría de los soldados.

—¡Muchas gracias! —replicó el falso canónigo seriamente—. Pero lo que vengo a tratar con usted es un asunto muy grave. No creo que necesite ponerme cómodo.

—Como usted guste —dijo el oficial—. A ver, ¿de qué se trata? —preguntó muy atento, alisándose su bigote medio cano.

—Se me acaba de informar que mi nuevo sacristán ha sido herido por un soldado y que luego de detenerlo fue conducido a la cárcel.

—¿Y sabe usted de qué delito se le acusa? —preguntó el coronel mientras observaba displicente el exterior del cuartel a través de una estrecha ventana circular que más parecía una claraboya de barco mercante.

—Que yo sepa ¡de ninguno!

El oficial se dio vuelta inmediatamente con el rostro indignado.

—¿Insinúa usted que nuestras autoridades arrestan a ciudadanos sin razón o sólo por capricho?

—No, señor, yo no insinúo eso, simplemente…

—Coronel —interrumpió el alto oficial.

—No coronel…

—¡No, no, no! Se dice: "Sí o no, *mi* coronel". Esa es la forma prescrita por la nueva ley constitucional que indica cómo los ciudadanos *civiles* deben dirigirse a sus *superiores*, los ciudadanos militares. Y particularmente a los oficiales de mi alto rango. Pero continúe. ¿Qué es lo que el señor cura quiere de mí? —preguntó el militar con fingida cortesía.

—Pues, yo quiero pedirle que deje en libertad a mi sacristán bajo mi responsabilidad; es decir mientras se hacen las averiguaciones del caso. Su nombre es Leandro Beltrán Erazo y recién comenzó a trabajar en la parroquia.

—¿Y usted? —preguntó sonriendo—. Supongo que los curas también tienen nombre.

—¡Claro, *mi* coronel! ¡Qué torpe he sido! —se disculpó el ibérico siguiéndole como borrego la corriente humillante y paranoica del nuevo régimen—. Mi nombre es Santiago Castelar y le ruego me disculpe por no identificarme al momento de entrar…Comprenderá usted que la situación de Leandro me tiene muy preocupado.

—¡Ordenanza! —rugió el oficial.

Al instante se apersonó el soldado apostado a la puerta del espartano buró.

—Mande, mi coronel —dijo erguido y con teatralidad marcial.

—Vaya por un tal… ¿cómo dijo que se llama?

—Leandro Beltrán Erazo —repitió el cura ansioso y esperanzado.

—Tráigame ese prisionero y el agente que llevó a cabo su arresto.

—¡Enseguida, mi coronel!

El oficial se dirigió al sacerdote:

—¿Por qué no me hace el favor de sentarse? —sugirió con cierta afabilidad—. Quiero demostrarle cómo se hace justicia en la *nueva* República de El Redentor. Su acento me indica que usted es extranjero, ¿español, no es cierto? —preguntó, seguro de la respuesta.

—Sí, en efecto, soy ciudadano español. ¿Lo duda acaso?

—No, pero tiene un extraño dejo… de… de…

—¿De champín? —preguntó Castelar con una leve sonrisa.

—Sí, sí, exactamente —dijo riéndose el coronel—. ¿Supongo que habrá vivido por un largo tiempo en Guatemayán?

—Por un par de años solamente.

—¿En la capital?

—No, en Xelajú. Estuve como párroco coadjutor de la parroquia del Espíritu Santo. Pero nunca pensé que se me hubiera pegado el *cantadito*, aunque ya me ha ocurrido en otras latitudes —agregó sonriente.

—Vea usted: yo estudié dos años en la escuela militar guatemayana y a mí también se me pegó el *cantadito* champín, Y mucho más que a usted, por supuesto.

Castelar se rio muy a pesar suyo.

—Espero no haberlo ofendido —dijo—, pero creo que el redentoreño me parece mucho más discernible y mucho más pegajoso.

—De acuerdo —dijo el coronel extrayendo de su gaveta una cajetilla de cigarrillos—, pero uno no se da cuenta hasta que va más allá de las fronteras patrias. ¿Fuma? —preguntó ofreciéndole la cajetilla semi-abierta.

—¡No, gracias! No fumo.

El coronel se tomó su tiempo en encender el pitillo. Después de lanzar al aire un par de bocanadas de humo, dijo muy orondo:

—Bueno, pues, antes que nada, quiero manifestarle mi profundo enojo por lo que en su país le han hecho al general Primo de Rivera. Es que es ¡realmente bochornoso el trato grosero que le han dado a ese distinguidísimo militar! —agregó con voz indignada.

El falso canónigo estaba a punto de dar su opinión al respecto cuando alguien tocó a la puerta.

—¡Adelante! —ordenó el coronel.

—Aquiestá el prisionero, Leandro Beltrán Erazo y el agente que luarrestó —dijo el ordenanza cuadrándose militarmente.

Castelar se puso de pie sorprendido por el macabro semblante de Leandro. Por poco no logró reconocerlo. Su cara tenía el tétrico aspecto de una papaya madura aplastada por una aplanadora de asfalto. Los ojos húmedos, vidriosos y enrojecidos, las mejillas y los labios sanguinolentos e hinchados le daban el aspecto de un sucio cadáver abandonado al sol y a la intemperie. Sus manos, atadas apretadamente por los pulgares con delgadísimas hebras de cáñamo, le temblaban contra la espalda. El ojo derecho lo tenía cubierto por un coágulo con estrías rojas, sangrantes y supurantes de sanguaza que colgaban de los pelos de la ceja. Estaba descalzo y su ropa ensangrentada, mugrienta y estrujada le daba el repugnante aspecto de un delantal de carnicero al final de un día afanado.

El comandante, acostumbrado a ver diariamente este tipo de esperpentos fabricados por su *nueva justicia* militar, no se inmutó ante el espantoso semblante del sacristán.

—¿Cuál fue el delito que lo llevó a usted al arresto de este ciudadano? —preguntó al subalterno que permanecía de pie, erguido frente al prisionero, pero al otro costado del escritorio del oficial. Su porte era hosco y su semblante visiblemente malhumorado.

—Miamenazó con un arma de fuego, mi coronel —mintió cínicamente Gonzalo—, y yo le disparé primero y luerí en la oreja. Diay nos agarramos en un combate diacuerpo a cuerpo y al fin logré dominarlo. Yay mesmo luarresté frente diún montón de suidadanos que miaplaudieron y hasta le dieron vivas a lutoridá yal supremo gobierno democrático de mi general Martínez por ser quien los protege de los perversos designios del comunismo internacional —agregó Gonzalo sin pestañear.

—¡Pero eso es imposible! —intervino Castelar airadamente—. Leandro no porta arma de ninguna clase ¡ni siquiera un simple cuchillo!

—¡Habráse visto la cara dura destos curitas diorita! —gritó Gonzalo fingiendo cólera—. ¡Ay podriyan vender hastal mesmo Jesucristo pa' defender a su caterva de comunistas 'pátridas y traidores!

Castelar no hizo comentario alguno y el coronel solamente preguntó serenamente:

—¿Y dónde está el arma con que el prisionero trató de herirlo o de matarlo?

El cura creyó adivinar en el tono del comandante un sutil escepticismo en contra del falaz aprehensor.

—Mi coronel *sabe* —dijo éste en tono de reproche—, que todas las armas confiscadas a los comunistas terroristas y a los maleantes son puestas bajo la custodia del sargento Cepeda.

—¿Qué respondés a esas acusaciones? —preguntó el comandante a Leandro.

Con mucha dificultad el adolorido prisionero formó un pequeño hueco a un lado de su boca entre los labios amoratados e hinchados y contestó con voz gangosa:

—¡Yo nunque disparadunarmejuego entuá mi vida…!

—¡Miente este comunista desgraciado! —gritó con saña el acusador.

—¿Y cómo supo usted que su atacante era comunista? —inquirió Castelar.

Con ojos llenos de ira, el dragoneante miró al cura.

—Ay le registré la cartera y no teniya la foto oficial de mi general Martínez —respondió indignado—, como lo manda la nueva constitución política de El Redentor y sus adendas. Y comuay la cargamos todos los que semos patriotas de verdá…

El coronel Castaneda se sonrió levemente.

—Bueno —dijo—, yo tampoco cargo esa famosa fotografía. Y de acuerdo a su razonamiento, yo también sería comunista ¿o no?

Gonzalo no respondió. Su comandante caminó nuevamente hasta la estrecha ventana.

—Señor Canónigo —dijo secamente—, llévese de una vez a su querido sacristán y le ruego que acepte mis disculpas por el acendrado celo patriótico de los miembros de la tropa; ya que algunas veces se exceden en sus obligaciones. Usted como español sabe muy bien qué difícil es hacer justicia. Lléveselo y vigílelo porque en el futuro podría causarle muchos dolores de cabeza. Digamos que por esta vez todo queda perdonado —agregó sin volverse hacia el cura o hacia Leandro.

Castelar lo tomó por el brazo y le ayudó a salir del cuartel después que el centinela de la oficina de Castaneda soltara el apretado cáñamo que ataba sus dedos pulgares. Caminaron a paso lento hacia la casa cural.

—Parece que el comandante no creyó ni una sola palabra a ese monigote uniformado —comentó el falso clérigo con enojo y sospecha, una vez se encontraron fuera del alcance de los oídos de la soldadesca—. Pero ¿no te diste cuenta de la altanería que ese *simple* soldado exhibió ante el comandante? Me pregunto ¿cómo puede un soldado sin rango como él entrar en la oficina del jefe sin saludarlo militarmente? En realidad, esa descortesía me dio la impresión de que allí hay gato encerrado… También podría ser que los miembros del ejército redentoreño no conocen la disciplina ni tampoco la cortesía militar.

Leandro permaneció callado mientras el falso cura hablaba; asintiendo únicamente con movimientos de cabeza porque se sentía desfallecer de un momento a otro y además le dolían demasiado los cachetes para realizar el esfuerzo de hablar.

***

Mientras tanto, el *dragoneante* Gonzalo se encaraba a su jefe.

—¿Cómo pudiste dejar libre a ese cabrón comunista? —preguntó rabiosamente.

El comandante se sentó en su silla mecedora al lado de la ventana y encendió uno de sus cigarrillos con deliberada lentitud.

—Mirá, Chacal —dijo, señalando a su iracundo subalterno con el dedo índice—, si vos te cagás aquí en tu *trabajito* y luego te vas, yo tendré que seguir oliendo tu mierda, ¿no es así? Por eso es que, de hoy en adelante, cuando tengás que deshacerte de algún pobre diablo sospechoso, primero me das aviso y solamente luarás si *yo* te concedo el visto bueno, pero *¡por escrito!* ¿Está eso lo suficientemente claro? —preguntó tajantemente.

—Qué se miace que vos ya le tenés miedo al qué dirán, ¡cobarde *mica polveada!* —respondió Gonzalo usando el denigrante apodo adquirido por Castaneda en sus años de cadete. Luego se dejó caer sobre la silla del comandante—. Si me repetís una vez más ese apodo de *Chacal,* vuatener que coserte el hocico ¡a balazos! —agregó amenazante.

—Y yo que creía que te gustaba el apodito ese. Porque, ¿sabés? Te cae como anillo al dedo —dijo Castaneda, agregando socarronamente—: Tanto que debían de habértelo puesto en la pila del bautismo. Pero claro, ¿cómo iban a tener tus papis las facultades de clarividencia? —preguntó irónico y luego soltó una carcajada, celebrando su cruel sátira.

—¡Andátia la mierda, güevón! —respondió el Chacal soezmente. Su eterna predilección por los vocablos crudos era su característica habitual. Su constante lenguaje obsceno reflejaba su obvio complejo de inseguridad. Se imaginaba que utilizando esa clase de términos y un lenguaje cargado de improperios ocultaría su hostigante desequilibrio sexual. A la vez, ese complejo de inseguridad se traducía en continuas y aberrantes crueldades hacia a todos sus semejantes que cruzaban su paso.

—Cómo se ve —dijo el comandante—, que ustedes los capitalinos no conocen a la gente campesina. Aquí han muerto ya muchísimos soldados y solamente porque nunca se quisieron dar por enterados de que los cayaguancatecos son duros y vengativos y te pueden cortar no sólo el pescuezo sino también hasta los…

—¡Uyuyuyuy, qué miedo me da! —le interrumpió el Chacal con voz afeminada—. ¡Ayayayay! ¡Se me está aflojando el culo como si juera de mantequiya! Mirá, si ese viejo desgraciado se cagó ¡tan pronto le apretamos los güevos! —agregó soezmente y luego soltó una grotesca y sonora carcajada que resonó por todo el ámbito del cuartel.

—¿Cuántos hijos crés vos que tiene ese viejo desgraciado, como vos lo llamás? ¡Diez, por lo menos! Y si uno de ellos tiene los güevos rayados, cuando averigue que vos quisiste matarle al tata, vendrá a venadiarte.

—¿Y cómo me van a matar? ¿Con miradas crueles o a groseros pañuelazos? —se burló el Chacal—. Mirá, Castaneda, con esa buena verqguiada quioy le dimos; ese viejo cagado se vir caminando con las nalguitas bien juntitas ¡cómo putiya quinceañera! Y ¿quién se vatrever contra yo y mis buenas pistolas?

—Ay terminarán friéndote tus preciosos coyoles. Yo quisiera compartir tu asqueroso optimismo.

—No, si nués mi optimismo lo que tenés que compartir conmigo sino la filosofiya que nos mueve a nosotros los militares *patriotas*, —le interrumpió el falso dragoneante.

—¿*Filosofía de patriotas?* ¿De qué carajos mestás hablando?

—El general Martínez está convencido de que el nuevo líder alemán quiaescrito un libro que no miacuerdo como se llama peruay nos ha dado la receta exacta pa' mantenernos en el poder; tanto que el mismo general mizo que mi'aprendiera el volado de memoria…

—¿Y qué dice ese *volado* filosófico? —preguntó el comandante en tono de burla.

—Pues dice algo, más o menos, así: *El empleo regular y perpetuamente constante de la violencia es el requisito esencial para el triunfo de nuestros propósitos.*

—Ah, sí; yo ya conozco esa crasa estupidez —dijo Castaneda despectivamente—. Esa es una de las grandes pendejadas escritas por un cabito austriaco, de nombre Adolfo Hitler, en su mamotreto titulado *Mi Lucha*. No veo por qué el general Martínez le da importancia a ese payaso que nunca pasó de cabito.

—Porque ya fue electo primer ministro nada menos que por el congreso alemán. ¿Y sabés por qué? Porque tiene un partido político bien organizado; con tropas de choque dispuestas a jugarse la vida por el cabito ése. El gobierno de mi general y muchos otros gobiernos de América y de Estados Unidos, pronto van a ayudarlo a imponer su idiologiya, no solamente en Alemania sino también en l'Uropa, en El Redentor y en el mundo entero.

—El parlamento alemán fue acobardado por los rufianes seguidores de Hitler, pero no creo que todos los alemanes sean tan estúpidos como para secundar al cabito y a su partido de hampones, a menos que lo hagan bajo amenazas a muerte —afirmó Castaneda—. En todo caso ¿qué tienen que ver ese patán con nuestro país?

—Mi general quiere que tan prontuacabemos con todos los comunistas, organicemos el Partido *Pro-Patria* egsáitamente comuel partido nacional-socialista de Hitler y pareso ha tráido un grupo despañoles falangistas que son expertos en las tioriyas y las práticas de los *nazis* para que nos aconsejen qués y cómo lo debemos hacer.

—Por mí pueden traer todos los expertos falangistas que quieran, pero eso de nada les servirá. Lo que mi general debe entender es que los alemanes son, en su mayoría, gente culta e instruida; en cambio, nuestro pueblo tiene noventa y siete por ciento de analfabetas y tres por ciento de analfabetas funcionales ¡como vos! —añadió mordazmente—. No logro entender, cómo mi general Martínez pueda pensar que esos expertos españoles puedan cambiar nuestra triste realidad abismal.

—Pues pa' que lo sepás, yastá dando buen resultado. Y anquiay a vos no te guste —dijo Aguirre con altanería—. Y el general ya está buscando un coronel alemán para que dirija la escuela militar y ya prontito lo va a encontrar.

—¿Cómo es eso de que está dando resultado? —preguntó escéptico el comandante.

—Vos sabés que apenas he estado cinco meses aquí en Cayaguanca —replicó el Chacal—, y bajo mis órdenes ya se han rializado más de mil doscientas capturas. Y casi todos han sido despachados al infierno después de intensos interrogatorios…

—¡Sí, sí, ya lo sé! Y tendré que ordenarle a la alcaldía —agregó con ironía mordaz—, que ensanchen ya el cementerio municipal para que quepan todos tus futuros muertitos. Es decir, todos los quiay dejás a la puerta del camposanto como al viejo sacristán…

—Pero da la casualidá, ¡carajo! que esos podridos muertitos mian dejado una lista de alrededor de tres mil sospechosos potenciales, o sea valiosas fichas de inteligencia.

Castaneda no pudo contener su risa escéptica.

—Esas fichas de *inteligencia* —señaló despectivamente—, no son más que las mentiras que tus víctimas inventan en los momentos de desesperación tratando de librarse de torturas peores. Yo no les concedería ni el uno por ciento de credibilidad; y no veo qué utilidad podría tener el capturar, torturar y matar más gentes inocentes innecesariamente.

Sus razonamientos irritaron aún más a su colega.

—¡Sí, sí! Vos te burlás de mi astucia, de mi inteligencia y de mis logros innegables —dijo el Chacal—, porque vos tuaviya nuás entendido la importancia de las tareyas questado rializando en esta jedionda provincia. Yanque te duela, las pienso continuar hasta que mi general me mande parotro lado, ónde quiera que se nesesiten mis servicios.

El comandante dirigió su mirada al cielo raso de su oficina para no tener que mirar la cara de desfachatez de su compañero de escuela militar. Le hastiaba hasta su presencia y le ardía el alma no saber cómo deshacerse de él por la vía legal ni a quién consultar.

—Cuando el ministerio de guerra me informó —dijo Castaneda nostálgico—, que venías para acá en una misión muy especial, yo me alegré porque recordaba que vos y yo fuimos buenos amigos en la escuela militar, aunque no éramos de la misma tanda. Pero últimamente me he dado cuenta que los humos del poder de que gozás se te han subido hasta el tabanco y tu sed de sangre ya ni te dejan recordar esos años de pinche cadete.

—¡Vos siempre tan sentimental, mica pendeja! Yes esa estúpida mentalidá tan podrida la quiay que borrar de las mentes de los oficiales de la juerza armada. Ya siacabaron los yoriqueyos, coronel; orés el poder absoluto por lo que tenemos que luchar y lo lograremos obtener ¡a como dé lugar! ¡Yesés la merita consigna de mi general Martínez!

—¿Para qué carajo luchar más? Si yestamos montados en el potro. Si lo tenemos todo, incluso el poder completo, absoluto, omnímodo. ¿Qué más, decime, podemos obtener? ¿Qué más *deberíamos* buscar? —preguntó el comandante.

—Mi general quiere que obtengamos y nos afiansemos *del poder absoluto,* pero no para un rato, vaá, sino ¡pa'siempre! —afirmó el falso dragoneante, cínica e inequívocamente.

Su interlocutor movió la cabeza de un lado para otro, denotando su incredulidad.

—¿Y para eso tenemos que matar a medio mundo? —preguntó

irónicamente.

—Podés crerlo, ¿no? Esués exactamente lo que vamos hacer. Acabar con toditos y esos malparidos comunistas 'pátridas quioy sioponen o los que siopongan a nuestro control absoluto, tantuaura comuen el futuro. Porque ese control absoluto servirá a nuestros hijos, a los hijos de nuestros hijos y sus descendientes, vaá. Porque, como lo dijo mi general Arce, 'mientras dure la república, el ejército mandará por encima de *todos* los poderes.

—Perdonáme, Chacal, por tratar de corregir e ilustrar tu perenne ignorancia histórica. El general Arce ¡nunca dijo eso! —replicó Castaneda—. Lo que él dijo fue que 'mientras durara la *República Federal de las Provincias Unidas del Centro de América,* la única misión del *Ejército Federal* sería garantizar su existencia. Pero la federación se desintegró y el ejército federal como tal se extinguió completamente. Nadie puede ahora arrogarse esa promesa hecha por nuestro héroe epónimo para justificar nuestros actos de sadismo y vandalismo.

—A mí no me vengás con sermones políticos. Yuay sólo obedezco las órdenes de mi general Martínez y siél me manda eliminar a todos sus enemigos, pues ¡lo seguiré haciendo!

—¿Y vos crés que la gente se vaguantar todos esos crímenes por mucho tiempo? ¡Habrá una reacción que podría convertirse en revolución!

—Por eso mesmo es muy importante que mantengamos control absoluto sobre todo el mundo. Pa' que nadie siatreva a levantar la cabeza y decir esta boca o este culo es miyo. Es más, mi general cree qui'una vez los tengamos a todititos muertos, o cayados bajo nuestras botas, vamos a ver a los grandes inversionistas estranjeros peliándose por gosar del derecho a montar fábricas y negocios en El Redentor; seguros comuestarán de quiaquí ya nuabrán ni comunistas alborotadores ni sindicatos metiches entorpeciendo el progreso económico del páis. Y nosotros, los militares, les garantizaremos el orden y la paz social paquiobtengan buenas ganancias y las *compartan* con nosotros…

—Tu plan suena en extremo atractivo, pero le falta realismo —advirtió el comandante.

—¿De que rialismo miablás? ¡Si el mañana yastaquí! Te'stoy hablando de los planes de mi general ¿O es que vos también crés lo que dicen los comunistas quia mi general se le han perdido algunos torniyos en el tabanco?

—¡Dios me libre, Chacal, ¡Dios me libre! ¿Pero vos crés que con matar cientos de miles de campesinos y obreros nos vamos a ganar el respeto y el agradecimiento del pueblo y que podremos mantenernos en el poder mientras continuemos matando a todos lo que se nos pongan por delante o nos critiquen? ¿Es que no podés ver, carajo, que con nuestra crueldad estaremos ganándonos un odio enraizado y la eterna enemistad de los familiares de todas las víctimas que hemos sacrificado?

—¡Mimporta un pedo el odio y la enemistad de todos esos comunistas cagados! —interrumpió soezmente su interlocutor.

—Y cuando la hora de la venganza llegue —Castaneda continuó sentenciosamente—, acordate no más de lo que le pasó al último Zar de todas las Rusias y a toda su familia… Hace catorce años fueron fusilados uno a uno a pesar de haber tenido millones de soldados bajo su mando.

El Chacal hizo un gesto de absoluto desprecio a las objeciones de su comandante. Éste continuó impertérrito:

—Cuando la copa de sus iniquidades se derramó, ya nadie pudo o no quiso defenderlo. Temo que nosotros vamos a perecer en ese mismo trillado camino. Y alguien dijo que los que ignoran los errores históricos los cometerían de nuevo —añadió.

—¡Ay mesmo es óndestá tu error! Conseguir el poder es purita caquegato, coronel —aseveró el subalterno—. Cualquier sargento con un pelotón bien adiestrado puede dar un golpe destado y quedarse en el poder por un par diaños. Pero el plan maestro de mi general contiempla que pa' quel ejército se mantenga en el poder permanentemente tiene que haber un clima de constante terror colgando sobre las cabezas no solamente de los políticos y de los descontentos sino de toda población cevil. Como lespada mesma de Aristóteles, ¡así mesmo!

—¡De Damocles quedrás decir!

—¡Esués! Del Damóqueles ese. Peruel truco estriba en tener a todo el mundo en un estado de constante sobresalto y temor y que todos se sientan como si meramente tuvieran el culo prestado. Pa' que nunca en su puta vida siatrevan a conspirar contra nosotros —añadió en su habitual lenguaje chabacano.

—¿Y si se atrevieran a rebelarse a pesar de todo nuestro control y represión? Mirá, ¿es que a vos nunca se te ha ocurrido que los civiles también tienen coyoles bien colgados y que peliarán; y ojalá que esté equivocado, pero una guerrilla bien adiestrada y con amplio apoyo del pueblo nos haría trizas en menos de cinco años.

—Mirá, ya me cansé destar hablando puras mierdas con vos, —dijo colérico el Chacal, añadiendo—: Ya vide claramente que vos no querés entender. Hastorita ya nosemos tronchado a más de cien mil indios y jinchos y a sus cabecillas comunistas, yeso en sólo cinco meses que lleva el gobierno de mi general. Él nos'a dicho claramente que, si hay que ronchar UN MILLÓN, lu'haremos sin contemplaciones de ninguna clase. ¿Quién nos lo va a impedir? Decíme, ¿quién, papito?, ¿quién? Si ya tenemos el apoyo de los gringos, de los ingleses y de mi general Ubico y su ejército ques bien juerte en Guatemayán. En cuanto a ese viejo Beltrán que vos acabás de soltar; ay les vir a contar a todos sus cheros jinchos comunistas de las bromitas que licimos y la soberana apaliada que le metimos y ya verás que ninguno desos jediondos va a tener el valor de volver a decir ¡este culo es miyo!

—Acordate también —dijo Castaneda tratando de moderar la vehemente fiebre fratricida de su compañero de armas—, que el triunfo es un mal consejero y que siempre caminamos, o nos deslizamos y nos caemos sobre la misma sangre que hemos derramado. Charles Talleyrand, el ministro consejero de Napoleón Bonaparte, le advirtió al emperador que con los yataganes erguidos todo se puede hacer menos sentarse en ellos.

—¡Ya dejate de tanta pendejada, mica polveada! ¡Ah, y volviendo al curita ese!

—A propósito del curita, Chacal —dijo el comandante rascándose el bien afeitado mentón—, no me acuerdo si me dijo su nombre.

—¿No te lo dijo? —preguntó el jefe de sicarios con extrañeza. Luego sacó una libreta de apuntes de la bolsa pechera de su camisa—. Se yama, aquí mesmo está, *Emilio Castelar*. Y ya te dije varias veces que dejés de yamarme por ese maldito apodo. ¡O te va a costar caro!

El comandante no puso mayor atención a la amenaza de su colega porque conocía su carácter de cobarde altanero.

—Ahorita me acuerdo; sí me dio su nombre. Me dijo que se llamaba *Santiago* Castelar…

—¿Santiago? ¡No jodás! No, no, es Emilio, mirá aquí lo tengo registrado en la lista de los pasajeros del lunes pasado. ¡Ayestá, *Canónigo Emilio Castelar*…

—¡Qué raro! —dijo Castaneda recordando la escena—. ¡Podría jurar que el nombre que me dio fue Santiago!

—*Emilio* era el nombre qui'apareciya en la lista de pasajeros de la camioneta y cuando pasé lista, ese fue el nombre al que me respondió. ¡Ah! Y'ay otro detalle; talvez no tenga importancia, pero el día en yegó tráiba una barbota larga y frondosa mesmo como la quiusaba el mesmo Matusalén. Y ¿por qué se labrápiado? Me pregunto simplemente —masculló Aguirre en tono suspicaz.

—Bueno —interrumpió el comandante—, tomando en cuenta el calor bárbaro que hace aquí en Cayaguanca llevar barba es más que un verdadero martirio. Y, además, como estuvo dos años en Guatemayán, pues supongo que allá se acostumbró al clima fresco de Xelajú.

—Pues quizás tengás razón. En todo caso me gustariya darmiuna vueltecita por la casa parroquial y averiguar siesés en rialidá la verdadera razón.

—Mirá, Aguirre, si lo vas a hacer solamente por joder al cura; no lo autorizaré ni hoy, ni nunca —amonestó seriamente el comandante—. No quiero meterme en más líos ni tampoco meter al gobierno en mayores problemas; ni causarle a mi general más dolores de cabeza con la iglesia. ¿Sabías que el arzobispo era uña y carne nada menos que con el presidente que tumbamos? Y el nuevo embajador que mandó mi general a la Santa Sede en Roma tuvo que suplicarle al papa reinante Pío XI que obligara al arzobispo a ofrecer una declaración diapoyo al general Martínez. Y la hizo, pero a regañadientes. ¡Ah! Y nuestro embajador informó que el papa solamente accedió cuando fue enterado de que somos un gobierno *anticomunista*. Y no fue fácil lograrlo pues el pontífice sabía que desde Martínez hasta el último oficial de la fuerza armada somos de filiación masónica. Cuando se llegue a saber que fuiste vos el que apalió al viejo cura Santofimio y al sacristán lo tiraste a la puerta del cementerio creyendo que estaba muerto, los curas van ir con el chisme al arzobispo. Y me acusarán en un tribunal de guerra por mi papelito de alcahuete de tus crímenes.

—¿Y de qué te quejás? Nos dio buen resultado, ¿no? El cura colombiano Santofimio ay quedó tan escarmentado que prefirió que lo retiraran y largarse para su Colombia…

—Sí, Chacal, pero también acordate que tanto va el cántaro al agua…

—¡Ya no te priocupés más, miquita! Tan pronto acabe aquí con todas esas sabandijas comunistas que sioponen a los planes de mi general, miarranco pa' la capital. Yayá seguiré aplastando las cabezas de todos sus enemigos porqueyos son también *nuestros* enemigos —aseguró Aguirre mientras abría la puerta de la oficina del comandante—. ¡Ya me cansé de hablar mierdas con un retrasado mental! —exclamó justo antes de cerrarla de un tirón.

El comandante hizo un rudo gesto de desesperación y trituró agriamente la colilla del pitillo a medio fumar.

—Este maldito Chacal cada día está más y más sediento de sangre —se dijo con impotente amargura.

Muchas veces Castaneda había considerado informar a sus superiores dentro del ejército sobre los desmanes del sanguinario Chacal. Sin embargo, nunca lo había hecho pues temía que fuese inútil, además de ser muy peligroso para su carrera, puesto que el coronel Osmón Aguirre, su hermano gemelo, montaba guardia permanentemente a la puerta de la oficina presidencial. Era el brazo derecho del desequilibrado dictador y según las malas lenguas gran parte de la nefasta política de cruel represión, persecución y exterminio de los enemigos, reales o imaginados, de la atroz dictadura, eran sugeridas, si no dictadas nada menos que por el Chacal Osmón. Y era de tal manera su eficiencia que ningún oficial del gobierno podía entrar al *sancta sanctorum* presidencial sin el consentimiento del cancerbero. Castaneda había sido informado que el Chacal Osmán había recibido órdenes terminantes de concluir la cruenta represión en Cayaguanca y de regresar al cuartel del *Zúngano,* cuya burda fama radicaba en el hecho de que desde sus torres y murallas se podían vigilar y controlar los accesos al palacio presidencial, denominado *Casa Parda*, en supina y empalagosa imitación de la *Casa Blanca* imperial. Pronto lo vería partir, pero sus tropelías no serían olvidadas ni por sus víctimas todavía vivientes y probablemente hasta por él mismo, se dijo esperanzado. Más adelante veremos cuán equivocado estaba el comandante.

***

Leandro Beltrán y Santiago Castelar regresaron finalmente a la casa parroquial; adolorido el primero pero rescatado de un trágico final; y el segundo feliz de haber realizado prácticamente un milagro. Delfina y Olaya habían aguardado impacientes su retorno dentro del recinto de la iglesia. Mientras los esperaban, se habían mantenido rezando a todos los santos de su devoción; implorando por la pronta liberación del sacristán. Olaya, sin admitir su estrecha consanguinidad, era la que más ansiaba un resultado positivo; y Delfina, enterada también de la brutalidad del régimen era guiada por un sentimiento de solidaridad humana.

Al escuchar el golpe seco del portón al cerrar, ambas féminas se estremecieron. Luego de verse mutuamente los rostros atónitos; se levantaron velozmente de los reclinatorios y mientras corrían hacia el interior de la casa cural rogaban al mismo cielo que las personas que recién habían llegado fuesen el padre Castelar y Leandro. La voz del cura, resonando alborozada, les indicó claramente que su presta intercesión ante el comandante tuvo el éxito tan ansiosamente deseado pues el sacristán regresaba con vida.

OCHO

—Dios miyo! —exclamó Olaya mientras corría—, yo creo que jué mi gran San Antonio de los Anonos el que miso el milagrazo de rescatármelo con vida. Gracias, Dios miyo, ¡por escuchar mis súplicas y las de San Antoñito! —añadió piadosamente agradecida.

Delfina no quiso aceptar que sus súplicas y plegarias hubieran sido en vano.

—Yo creibo —rezongó con voz ofendida—, que juél Santo Cristo de Esquipulas, vaá, el que nos hizo el cachetazo comuél es el proteutor de los torturados y de los que van a ser 'jecutados.

La hija se abalanzó a abrazar a su padre sin comprender los crueles dolores que sufría el infortunado sacristán en su cuerpo en ese momento, a consecuencia de la horrenda tortura infligida. El disfrazado de sacerdote se extrañó sobremanera por la solícita devoción, aparentemente filial, que la joven demostraba a Leandro. Sin embargo, calló discretamente su extrañeza. Se limitó a advertirles que no tocaran su cuerpo porque él había sido golpeado brutalmente y también que era urgente llamar a un médico para que lo examinara.

—Yo vuir a yamar aurita mesmo al dautor Peña Trejo —dijo Delfina—. Ese médico, padre Santiago, esesiés un verdaderuángel de la caridá y de la medecina, vaá. ¡Yo mesma vuir a decirle que venga ya a ensaminar a don Liandro! —agregó y desapareció al instante.

El sacristán fue luego conducido a su cama por el cura y la hija.

—Hijo mío, trata de no hablar —le aconsejó Castelar paternalmente—. A menos que sea absolutamente necesario ¿me oyes? Y trata de descansar y de dormir si te es posible —añadió en voz baja.

Minutos después apareció el joven galeno.

—Fernando Peña Trejo —dijo secamente, ofreciendo su mano al supuesto sacerdote—. Ya Delfina me ha impuesto de las causas que originaron los traumas del paciente.

—¡Es un honor conocerlo! —respondió Castelar efusivamente—. No habíamos tenido el gusto, y me apena mucho que nuestro encuentro tenga lugar en tan tristes circunstancias.

—De alguna manera hubiéramos tenido que encontrarnos, padre —dijo Peña Trejo—. Bueno, pues, voy a examinar a don Leandro ahora mismo. Primero habrá que despojarlo de todas esas ropas ensangrentadas. Las señoritas ya pueden proceder a desnudarlo —dijo, abriendo su maletín de visitas médicas a domicilio.

—¿*A desnudarlo yo*? —protestó la cocinera horrorizada—. Yo nunque desnudado a ningún hombre, ¡y nunque visto un hombre desnudo, tampoco! —El brillo de sus ojos cafés reflejaba claramente su extrema indignación de virgen mojigata.

—Pues ya es hora de que empiece, mi *señorita* —la riñó el médico sentenciosamente—, porque pronto habrá necesidad de mujeres valientes que no se desmayen ni ante la desnudez de un ser humano ni ante la sangre de los heridos.

—Me va a perdonar, dautor —confesó Delfina contritamente—, pero yo no tengo las tripas tan juertes paresos menesteres…

—¡Pues nuay necesidá de que la niña Delfina luaga! —dijo Olaya con aire molesto—. ¡Yo mesma lo vuaser! Ay déjenos solos, vaá —añadió, cerrando la puerta tras de sí.

Castelar se maravilló del carácter decidido de la joven sirvienta y se extrañó más aún de la devoción que nuevamente demostraba hacia el sacristán. Atribuyó su coraje a tener que bregar con los caprichos y las enfermedades, reales o imaginarias, de la condesa, pero guardó sus observaciones para sí y una vez más no hizo comentarios al respecto.

—Le agradezco que haya venido inmediatamente —le dijo al facultativo en voz baja—. No sé qué daños físicos habrá sufrido Leandro a manos de esos perversos torturadores. Ruego a Dios que no tenga lesiones internas o permanentes; aunque se ve tan traumatizado.

—Por lo general —explicó Peña Trejo—, al comienzo de lo que esos criminales llaman el primer interrogatorio o sea la fase de ablandamiento que hace que las víctimas se llenen de pavor y empiecen a confesar hasta los delitos que nunca han cometido; esas bestias sin alma se limitan a darles puñetazos, latigazos y patadas. Luego los torturan quebrándoles los dedos, manos y piernas; como le sucedió a don Secundino Ábrego, el antiguo sacristán.

—¿A *nuestro* antiguo sacristán? —preguntó la cocinera sobresaltada.

—¿De veras que ustedes no lo sabían? —preguntó el galeno frunciendo el ceño—. Pues sí, después de torturarlo durante toda una noche, lo dejaron por muerto a la misma entrada del cementerio. Pero sobrevivió, por lo menos para contarlo, gracias a que esa noche llovió a cántaros toda la madrugada.

—¡Qué barbaridá! —interrumpió Delfina horrorizada.

—La lluvia abundante —continuó Peña Trejo—, lo mantuvo vivo. Secundino, sintiéndose sediento, abrió oportunamente la boca para que le cayera agua dentro del cuerpo y evitar así morir deshidratado pues por la golpiza estaba afiebrado…

—¿Y qué clase de daños le habían hecho? —preguntó Castelar.

—Sus brazos —respondió el médico—, estaban inmóviles porque los habían quebrado con almáganas durante las múltiples sesiones de tortura. Y ahora está agonizando porque también le destrozaron el hígado y el páncreas. Tiene rasgados el recto y el colon y también le arrancaron con tenazas el falo y los testículos, ¡los malditos! —agregó el médico furioso.

—¡Avemariya'purísima! —exclamó Delfina santiguándose, sin saber exactamente a qué órganos corporales se refería el doctor.

—Dios mío, ¡qué crímenes tan horrendos! —dijo Santiago con voz enardecida—. Yo me pregunto ¿qué clase de fieras o qué clase de seres sin respeto a la vida, sin sentimientos, sin respeto a sus semejantes, son esos que se amparan en el uniforme que visten y en las armas que portan para cometer todas esas inauditas fechorías?

—Vea, señor canónigo —dijo el doctor en forma apologética, —mi único hermano es militar. Se llama Redentor y ostenta el rango de capitán mayor. Cuando viene a visitarme, yo le exijo que, si quiere entrar a mi casa, primero se despoje de su uniforme manchado de sangre fratricida Y lo hace; pero aun así le siento el aliento fétido a carroña humana.

Olaya emergió del cuarto de Leandro con un rollo de ropas sucias y ensangrentadas.

—Doctor —dijo con voz temblorosa y compungida—, siusté lordena, le lavaré las heridas y las costras de sangre quiay tiene ya pegadas a la piel.

—En este momento, no —dijo el médico—, laváselas después que lo haya revisado. Poné a hervir una olla grande llena de agua y mientras hierve, sacás un rollo de gasa de mi maletín.

Cuando el galeno entró al cuarto de Leandro, dejó la puerta abierta. Delfina se sonrojó al observar el cuerpo desnudo de Leandro.

—Vuá preparar café pa'l dautor y parusté —dijo y desapareció rápidamente. Castelar entró al cuarto a observar las auscultaciones del galeno en el cuerpo postrado del sacristán.

***

Mientras tanto, María Teresa Alarcón, condesa de Cayaguanca, emergía de la bañera sin la ayuda que Olaya acostumbraba a proporcionarle. Salió con una toalla cubriendo su enflaquecido talle. Sus ampulosos senos, sin embargo, se insinuaban por encima de la cobertura como si estuvieran prestos a escapar de su aprisionamiento. Mientras secaba sus largos y ondulados cabellos, su mente zozobraba en un mar de extraños presentimientos y de preocupantes conjeturas. En primer lugar, la inusitada tardanza de Olaya la intranquilizaba. No teniendo una explicación a la mano, no quería tampoco pensar que su sirvienta se había quedado en el mercado enredando chismes con alguna de sus amigas por un rato tan largo; ni mucho menos que estuviera conversando burdas necedades con el tal Gonzalo. Además, esa hermosa y soleada mañana, después de haber gozado de una noche de sueño profundo y restaurador, sentía el inusitado deseo de dar un paseo por la villa. Decidió, pues, que tan pronto Leandro llegase lo llevaría a la capilla para darle las estatuillas y cuadros que debía refaccionar. Y por la tarde lo invitaría que la acompañara a dar una caminata hasta el diminuto parque de la villa, situado a pocas cuadras del castillo.

Le sorprendió sobremanera que, en esa bella mañana, después de su baño, y sin siquiera pensarlo, había rociado profusamente su cuerpo con agua de colonia y agua de rosas. Esas fragancias habían sido por muchos años perfumes abandonados en el botiquín de la *salle de bains,* como ella pomposamente llamaba a su cuarto del baño; creyendo, puerilmente, que, al denominarlo con el término francés, la acercaba una vez más al lejano París. Era tan hermoso ese día, se dijo, y sus renovados bríos era también tan extraños y tan intensos. Sentía además un aguijoneante deseo de vivir que parecía que el alma, sedienta de libertad, se escapaba de su cuerpo por entre los poros de la piel, todavía erizada por el frío del agua.

Asomándose a la ventana que abría al traspatio observó con desmayo cuán mustio, vacío y abandonado parecía el otrora frondoso jardín donde por las tardes había paseado del brazo de su difunto Terencio. Le entristeció contemplarlo y encontrarlo como ella, carente ya de pretéritos regocijos y de futuras esperanzas. Y más aún, de razones para recuperar una vez más esas gratas emociones perdidas. *Es la época más propicia para las siembras*, se dijo a sí misma en tono de reproche, y de alguna manera, de renovada esperanza. *Es pues*, agregó entusiasmada, *el momento apropiado para replantar el huerto con toda clase de hortalizas, de albahacas, de verbenas, de tomillo y de cilantro, y ¿por qué no? hasta de rosas.* Sí, claro, lo llenaría de muchísimas rosas; rosas rojas, blancas y amarillas, de azucenas, de nardos y gladiolos, de jazmines, de begonias, de narcisos, de jacintos y claveles, de lirios, y hasta de campánulas, de violetas, de tenues margaritas y amapolas. Y ¡claro! de hortensias... *Ah, no, no ¡de hortensias, no!*, exclamó sobresaltada recordando súbitamente el antiguo mito que pronosticaba que la mujer que plantaba esa flor se quedaba solterona de por vida y ella definitivamente ya no quería quedarse viuda para siempre. Habría que llenar ese olvidado espacio de su castillo con una policroma y exuberante profusión de pétalos y de perfumes excitantes. Y permitiría que miles de mariposas raudas y caleidoscópicas, con alas tenues e inconstantes, volaran y revolotearan inquietas dentro de ese florido y renovado edén y sus alrededores. Dejaría también que los pajarillos inquietos y presurosos volaran a su libre albedrío y entraran a picotear y a libar la dulce miel que guardarían celosos los tiernos y sedosos cálices de las flores. ¡Eso haría inmediatamente! Convertiría el amplio patio trasero, por tantos años un yermo estéril y olvidado, en una feria lujuriosa de aromas y colores palpitantes. La vehemencia de su euforia llegó a tal extremo que, sin proponérselo, empezó a cantar una jota aragonesa, memorizada en su lejana juventud.

> *"Mozos garridos de la montaña,*
> *Dejad alegres vuestras cabañas;*
> *La jota henchidos de amor cantad;*
> *¡El orbe entero retozará!*
> *Los cantos de mi tierra*
> *Son melodías*
> *Que en la paz como en la guerra*
> *Dan alegrías...*
> *Larán, larararán, larán, larararán*
> *Lan larararán, larán lan larán...".*

Esa fue también la jota preferida de su esposo y siempre la cantaron a dúo mientras él la acompañaba tocando las notas vibrantes en el piano. Se sorprendió en extremo y le maravilló muchísimo al reconocer que su memoria aún guardaba fielmente la letra y esa música de tiempos alegres y lejanos y hasta le pareció escuchar la voz del amado haciéndole eco a su canción. Recordó de pronto haber aprendido a bailar, subrepticiamente, el chotis de los chulapos madrileños en los brazos de un apuesto rival de su futuro esposo. Sonrió con leve picardía al recordar que siempre que el conde la había invitado a bailarlo, ella se había estremecido al traerle a colación ese momento de frívola, aunque inocente infidelidad.

Suspiró nostálgica y luego retornó a sus cavilaciones sobre las urgencias de ese feliz momento. Estaba más que segura que Olaya se sorprendería, tal vez más que ella misma, de verla nuevamente de pie, sin la silla de ruedas y sin el bastón que utilizaba como muleta de paralítica. Y, claro, se sorprendería aún más, al saber que se había dado un baño completo sin temor a caerse y sin que su solícita asistencia se hubiese tornado imprescindible. *Pero ¿dónde se habrá metido esa maldita muchacha?*, se preguntó de nuevo disgustada y muy impaciente. *¡Ah! y ¿dónde andará ese* *guapo sacristán que me prometió estar aquí antes de las once?* Luego se preguntó con resignación: *¿Será que el cura tuvo alguna emergencia fuera de Cayaguanca y por ese motivo Leandro vendrá retrasado?*

Abriendo la ventana que daba a la calle, escuchó en ese instante la campanada de la media hora que se diluía en la distancia. Escuchó también con desagrado la sorda cacofonía que armaban las carretas tiradas por bueyes y los camiones que llegaban a la plaza a recoger o a entregar mercancías. Consultó la hora en el enorme reloj del comedor. Eran las doce y media de la tarde. Aunque nunca se había preocupado en demasía por las tardanzas ocasionales de las sirvientas; en el caso particular de Olaya, una joven por demás honesta, juiciosa y discreta, estaba segurísima que algún motivo muy poderoso la detenía en algún lugar de la villa. Y, como el lector bien lo sabe, la condesa estaba en lo cierto. *Pero ¿qué podría estar haciendo por allí esa niña, y por tanto tiempo?*, se preguntó por enésima vez, aunque más que enojada con aire de preocupación. *¿Y qué otra cosa puedo hacer que no sea esperar?*, se dijo a sí misma con desesperada resignación.

Indudablemente no había alternativa. *Cuando Leandro llegue le pediré que vaya en busca de Olaya*, se dijo. *Pero ¡qué grandioso y oportuno sería tener un empleado varón permanentemente!*, continuó cavilando. *Pero creo que todos los hombres*, reparó reticentemente, *son irresponsables. A lo peor, pronto trataría de abusar de dos mujeres indefensas. Talvez, sería mejor contratar una sirvienta más. Alguien que se hiciera cargo de la cocina y del aseo de la ropa de las tres.*

Su mente continuó rumiando la peregrina idea de que un empleado más en el castillo la haría sentirse mejor protegida y, naturalmente, más segura. Sin embargo, no se atrevió a preguntar con quién estaría mejor protegida, pero sí concluyó que en el caso de que una de sus sirvientas tardara en regresar; tendría, al menos, a alguien que le hiciera compañía. Y también tendría a quién mandar a buscar a la empleada que retardara su regreso. La idea era genial, pero eso implicaría un mayor desembolso de su dinero. Si bien era cierto que no había una absoluta necesidad de un tercer empleado, no era menos cierto, alegó consigo misma, que tenía derecho a disfrutar del producto obtenido de las ventas de sus antiguas chacras del olvidado añil y terrenos aledaños. Además, el apreciable caudal heredado de su difunto esposo continuaba creciendo en las bóvedas del Banco Central Redentoreño, casi todo representado por bonos de ahorro de los Estados Unidos de América. Ciertamente, aunque esa rica nación sufría aún los embates de la depresión económica que había afectado a todas las naciones del mundo, su gobierno continuaba siendo muy estable y sus obligaciones crediticias gozaban aún de la confianza de los inversionistas en todos los mercados bursátiles del mundo.

María Teresa comprendía también que no podría gozar de su fortuna más allá de la tumba, porque no era posible ni transferirla ni llevársela a ese más-allá arcano. Y más aún, era su opinión que tanto se puede pecar de necio despilfarro como de insulsa tacañería; aunque estas transgresiones no aparecieran contempladas en el siempre olvidado Decálogo de Moisés.

Sin duda alguna, se dijo a sí misma con tibia convicción, *contratar un nuevo sirviente me permitirá que Olaya se dedique exclusivamente a mis asuntos personales. Ah, pero en ese caso tendría que elevarla a la categoría de ama de llaves, o a la de dama de compañía, aunque para ese elevado cargo, la pobre muchacha no tiene ni la educación ni el refinamiento necesario. Pero el excelso Don Quijote*, se dijo a sí misma mofándose de su propio ingenio, *había prometido a su fiel Sancho la gobernación de la Ínsula de Barataria, muy a pesar de que el escudero estaba en las mismas penosas circunstancias que su fiel Olaya. Y si a Don Quijote le había parecido apropiado elevar a su humilde caballerango a la alta posición de gobernador de una isla ¿por qué yo no podría promover a mi mucama a la posición de ama de llaves y ama de compañía a la vez?*, se preguntó pensativa.

Al fin y al cabo, negarles oportunidades a los humildes por falta de educación había sido siempre el sutil pero cruel pretexto utilizado por los ricos y pudientes para mantener a los nacidos en la pobreza en condiciones de permanente atraso, miseria y sumisión. *¿Por qué*, se preguntó en tono filosófico, *no se puede evaluar la calidad de la persona por su lealtad y discreción en el desempeño de sus deberes? ¿Cuántos hay que poseen numerosos pergaminos, pero se comportan como verdaderas bestias salvajes?* Y Olaya Beltrán se había conducido tan fiel y tan discreta en el desempeño de sus funciones que se había hecho acreedora a toda la gratitud y la generosidad de su patrona. El premio óptimo sería elevarla a la categoría de ama de compañía con las funciones colaterales de ama de llaves, por supuesto. Y luego, si fuese necesario, contrataría también un ama de llaves. La noble dama, mujer al fin, estaba más que segura que todas las viejas chismosas e hipócritas de sus vecinas se morirían de envidia al enterarse por las fuentes siempre abundantes de la sempiterna chismografía diaria que la envidiada condesa se daba el gran lujo y postín de tener un séquito por servidumbre. Le preocupaba, sin embargo, que Olaya no tratara de continuar hablando correctamente a toda hora y volviera a su lenguaje vulgar en forma inesperada. Y se preguntó, por fin, ¿por qué súbitamente sentía en su corazón tanta abundancia de caridad y más aun de optimismo altruista; y por qué esa mañana le había amanecido el corazón henchido de indescriptibles exuberancias y alegrías; más que inusitadas, ya por muchos años olvidadas ¿Por qué se agolpaban en su mente tantos planes tan optimistas que un día antes los hubiera calificado de necios, irrealizables o absurdos? Le asaltó un extraño temor: ¿Estaría enajenada? Y si lo estuviera, se rio entre dientes, esa sería la más grata sensación que había experimentado en mucho tiempo. Sí, ciertamente, por muchos años no había gozado de esa inefable emoción tan dulce y placentera, tan envolvente e indescriptible, de una sutileza extraña y misteriosa que precipitadamente bogaba por los vertiginosos ríos de sus arterias, produciéndole calor de vida y de entusiasmo. Talvez ¿sería el nuevo aire de la primavera que respiraba el que le causaba ese sutil ardor intoxicante que le hacía sentirse veinte años más joven y más lozana...?

Asomándose al ventanal, fijó sus ojos en un punto distante en el horizonte y comenzó a preguntarse con temor si sería a lo mejor el amor que, de nuevo, aunque otoñal y tardío, tocaba atrevidamente a la puerta entreabierta de su corazón. *Pero ¿amor a quién?*, se preguntó con pícara sonrisa, pero no osó darse una respuesta precisa; quizá por cobardía, o acaso por temor a la agonía del naufragio.

Hacia la una de la tarde, la condesa concluyó que era muy probable que Olaya, en un arrebato de fogosa pasión, se hubiese fugado con su dragoneante. No podía comprender, sin embargo, cómo una hermosa muchacha, aunque humilde pero decente y honrada, se enredara románticamente con un pobretón soldado, que, aunque no lo conocía sino por señas; lo había imaginado tosco, vano, promiscuo y, particularmente, engañador de niñas castas e ingenuas como *su* Olaya. Pensó también que a lo mejor el recelo gratuito que sentía por el mancebo era fruto de una oscura y malsana envidia a la juventud, a su capacidad de soñar el futuro que es negado a los que se acercan más a su final; y a su capacidad de *amar sin presentir* como rezaba el tango de Gardel; o talvez era su oculta preocupación, casi maternal, que de repente había sentido por su joven criada. O a lo mejor, era el amargo e impotente rencor que había percibido muchas veces hacia los jóvenes, simplemente porque ellos disfrutaban aún de la opción inefable de la vida futura y del anhelo asequible, y quimérico a veces, de pretender conquistar el mundo entero a cualquier precio. Porque había que admitirlo, se confesó a sí misma con diáfana sinceridad, que en el otoño de la existencia los temores del desenlace final se tornaban cada día más ciertos, más vehementes, más tenebrosos, más punzantes y crueles. Y esas impiedades malévolas que sentimos hacia los que nos seguirán a la tumba corrompen la visión y la percepción cabal de los impulsos que los motivan. Vemos como progresivamente se disipa la suave tersura de nuestra piel; con pavor descubrimos en el espejo la estela mustia en el semblante y cómo paulatinamente se va aflojando el ropaje que envuelve nuestros cuerpos que apenas pueden cargar el alma abrumada de gratos y de ingratos recuerdos. La juventud, sin embargo, puede ser recuperada, aunque sea en pequeñas trizas. Puerilmente se consoló a medias; engañándose a sí misma. Escuchó de repente un fuerte ruido en el portón principal.

—¡Es ella, es *mi* Olaya! —exclamó emocionada e inusitadamente feliz por su regreso—. ¡Estoy en la cocina preparándome algo de comer! —le gritó alegremente y sin recurrir una vez más a la consabida amonestación cargada de escarnios y de humillaciones.

La atribulada sirvienta atravesó rápidamente el caserón y se enfrentó a su empleadora. Ni una sola palabra salió de su boca pálida y marchita. Solamente un llanto profuso se escapó a borbotones de sus ojos enrojecidos.

—¡Ese vil dragoneante te violó o trató de violarte! —conjeturó al instante la condesa, refiriéndose a Gonzalo. Olaya movió la cabeza violentamente en medio de sus amargos sollozos para indicarle que su patrona se equivocaba; que aquella no era la causa de su llanto.

—¡Ya sé! Ese maldito te violó y luego trató de matarte para que ¡no lo denunciaras!

—¡No, no, se-se-señora co-condesa! —balbució la fámula entre gemidos—, ¡pi-pi-pi-pior que...queso! —Y continuó su angustiado llanto.

—¡Vamos, mujer! ¿Qué podría ser peor que eso? —preguntó con extrañeza y ya al borde de la impaciencia—. Habla de una vez y dime ¿por qué lloras así con tanta emoción? Y ¿qué fue lo que te hizo o trató de hacerte ese desgraciado?

—¡Trató de matar a don Leandro! —gritó su sirvienta encolerizada.

—¿*Al sacristán?* —preguntó escéptica la condesa

—¡Sí, sí, se-se-ñora, al sa-sa-cristán! —afirmó Olaya con voz y llanto entrecortados—. Se lo vuá contar todito —añadió—. Pero primero déjeme quitarme esta ropa ensangrentada.

La noble dama hizo algo que en otras circunstancias jamás hubiera hecho. Pero éstas, pensó ella, eran de un carácter peculiarmente extraordinario. Por lo tanto, siguió a su fámula hasta su humilde alcoba y solícita le ayudó a despojarse de la ropa manchada de costras de sangre, estrujada y hedionda a sudor, mientras Olaya la ponía al tanto de todos los horripilantes pormenores de la captura, de las torturas y del feliz rescate. Su narración fue tan vívida y tan escalofriante que sus detalles hicieron temblar de asombro y de rabia a la condesa, a la vez que horrorizarse hasta la náusea. Luego, después de ducharse, juntas se prepararon un almuerzo ligero y María Teresa, insólitamente, invitó a la joven sirvienta a sentarse a la mesa en su augusta compañía.

—¡Ay, yo no sé si debo, vaá! —contestó la sirvienta, humilde e indecisa, ante la extraña y por demás sorprendente invitación.

—Aquí la que manda soy yo —protestó la patrona en tono ofendido—. Y yo te ordeno que traigas tu plato a la mesa para que comamos juntas. En realidad, quiero proponerte un *buen* negocio, —agregó con aire de misterio.

Olaya no sabía cómo escapar de su asombro.

—¿*Proponerme* un buen negocio? ¿A yo? —preguntó con asombro e incredulidad—. ¿No será que la señora se jué al patio sin ponerse el sombrero? Yay se le recalentó el tuétano de los sesos —inquirió con el ceño fruncido.

—¡Vamos, no seas testaruda y malagradecida! ¡Siéntate acá conmigo! —insistió.

La joven se sentó a la mesa como se le había ordenado, pero dejó su nalga derecha fuera del elegante asiento como si no estuviera muy segura de la inusitada invitación.

—Eso sí —dijo seriamente la condesa—, ¡Siéntate bien y pon las dos posaderas sobre la silla! Y no te sientas incómoda que todas las *amas de compañía* comparten con sus patronas por igual. Aunque con ciertas y específicas diferencias —añadió poniendo su mano sobre el brazo de Olaya. Ella no rechazó el gesto que le pareció maternal, a la vez que insólito, y le vino el deseo de acariciar la piadosa mano, pero se abstuvo discretamente.

—¡Por favor, señora condesa, orita no miable de negocios! —suplicó Olaya—. Ya tuve hoy demasiadas emociones —explicó con aire indolente.

***

—Tengo la plena seguridad —informó el doctor Peña Trejo a Castelar—, de que lo peor que le sucedió a don Leandro fueron los azotes que le propinaron en la espalda, en los brazos y en las piernas. ¡Ah! y claro, ese bárbaro latigazo que le reventó la ceja derecha pero que por un milagro no le afectó directamente el ojo. Por una semana, más o menos, tendrá que dormir sobre el estómago. Como tiene también algunas desolladuras en la piel del torso, éstas deben ser cubiertas diariamente con vaselina y gasa para no permitir que la piel se adhiera a las sábanas. Para su fortuna, don Leandro, sus órganos genitales no presentan ninguna lesión.

—¡Gracias a Dios que no le convirtieron en eunuco! —exclamó Castelar.

—Lo cual es un poco extraño pues es por ahí donde esas bestias usualmente siempre comienzan el horrendo proceso de la tortura.

—¿Y por qué razón, doctor?

—Porque todos instintivamente sabemos la gran estima que tanto los hombres como las mujeres sentimos por esas partes de nuestro cuerpo que, al fin y al cabo, son los símbolos de la reproducción y la preservación de nuestra especie —continuó Peña Trejo seriamente—. Y me atrevería a conjeturar, que este nuevo episodio de la barbarie militar no tenía por objeto interrogar al detenido sobre alguna sospecha sino castigarlo para obligarlo a confesar y aclarar alguna sospecha del interrogador.

—Concuerdo totalmente en su opinión —dijo Castelar—, pues, realmente, Leandro no representa ningún peligro para la seguridad del estado. Aunque yo creo que me presenté en el cuartel justo cuando los torturadores planeaban atormentarlo aún más.

—¡De acuerdo! Unos dos golpes más y pudieron haberle ocasionado no solamente lesiones internas sino también hemorragias internas que podrían haberle causado la muerte en un par de horas. Afortunadamente eso no ocurrió, amigo mío.

—No trato de vanagloriarme, doctor, pero es muy probable que mi intervención haya sido muy oportuna… Gracias, claro, a que Olaya vino corriendo a informarme de su captura y de los peligros a los que estaba expuesto.

—¡No tengo la menor duda! —afirmó el galeno—. Eso demuestra la gran importancia de tener amigos que estén dispuestos a intervenir aún a riesgo de sus vidas y de su salud. ¡Qué lástima que el padre Eduardo no haya hecho nada por rescatar al pobre don Secundino!

—A lo mejor no se enteró a tiempo —comentó Castelar—. Pero yo me pregunto, y me angustia sobremanera no saber qué responderme: ¿Qué es lo que buscan estos criminales con todas esas atroces fechorías? —El médico se quedó pensativo. Castelar prosiguió—: Se ensañan con gente humilde y me atrevería a opinar que la mayoría de las víctimas son totalmente ajenas a las causas políticas y a sus conflictos.

—¿Qué es lo que buscan, pregunta usted? —inquirió el galeno—. Ellos están tras el poder omnímodo, el poder absoluto; a la vez que mantener un control total sobre la población y sus finanzas mediante el terror constante ¡Eso es obvio! Buscan obtener mayores prebendas escudándose tras un mendaz patriotismo que no es sino la máscara de su ambición de lucro.

—Pero, según yo entiendo, los militares en El Redentor ya gozan del poder absoluto. Y parece que no existe líder alguno que se atreva a desafiarles abiertamente o a enfrentárseles. Bueno, por lo menos eso es lo que yo he sido enterado hasta ahora.

—Eso es precisamente lo que han logrado con sus matanzas y torturas: ¡Una absoluta paz de cementerio! No hay liderazgo opositor porque la dictadura ha cerrado todos y cada uno de los espacios políticos. Cuando he encarado y cuestionado a Redentor sobre la barbarie tan notoria del ejército y sus secuaces incondicionales, su única explicación, —aunque a todas luces absurda, en mi opinión, —es que la población entera debe ser sometida a una disciplina férrea como si el país fuera un cuartel, o una cárcel cuyas rejas van de frontera a frontera. Redentor también argumenta con vehemencia que solamente así podrá nuestro país obtener el progreso.

—¡Valiente teoría! —exclamó Castelar, interrumpiendo al médico—. Aunque no es muy nueva ni muy original. En la vapuleada Italia esa modalidad ya fue implementada por Benito Mussolini. Y se llama la doctrina del *fascismo*. La premisa básica de esa teoría es que todos los trabajadores deben someterse a la voluntad de los empresarios y éstos a la voluntad del líder nacional. Es probable que el nuevo régimen en El Redentor esté dirigido por alumnos del Duce —sospechó el cura.

—No me extrañaría en absoluto —dijo el médico, y luego agregó—: Sin embargo, hay rumores de que el general Martínez sufre de alucinaciones y delirios de grandeza y he oído decir que ya se ha proclamado ser un *Dios* y sus adláteres le rinden adoración como si realmente fuera una verdadera divinidad. Yo creo que esta coyuntura está siendo usada por los que controlan los medios de información oficial para endiosarlo y mangonearlo a su antojo. Los militares, quienes en su gran mayoría son analfabetas funcionales, siguen las directivas del dictador sin hacer objeciones porque los ha hecho dueños y señores de vidas y haciendas y hacen de la saña su método de gobernar.

—Tuve la oportunidad de observar de cerca la política de Mussolini durante mis cuatro años en Bolonia —dijo Castelar—. Y fui testigo de los desmanes de sus hordas rufianescas, apodadas *camisas negras*. Puedo asegurarle que esas circunstancias que se sufrían en Italia eran idénticas a las que se está sufriendo el pobre pueblo redentoreño.

—Es muy probable —convino el galeno.

—*Il Duce* también ha demostrado evidentes rasgos de locura, más que todo de una crasa megalomanía. Recuerdo que forzó al parlamento a decretar una multa substancial a todos los varones mayores de edad que permanecieran solteros, con excepción de los que tenían la obligación de continuar célibes; como nosotros, los sacerdotes.

—Bueno, hasta ese extremo nuestro divino *Jehová* criollo no ha llegado todavía porque conformamos ya una nación superpoblada; pero se dice que los miembros de su gabinete tienen que beber a diario unos brebajes azules preparados por el general. Ese enajenado alega que las sustancias secretas de su pócima mantienen a sus esbirros unidos al plano astral de donde él proviene y les concede la sabiduría necesaria para gobernar...

—¡O probablemente sólo para obedecer! —comentó Castelar.

—¡Sí, es muy probable! Debe de tratarse de alguna doctrina esotérica o algo por el estilo. De acuerdo con mi hermano, Martínez los tiene convencidos de que una vez nuestra nación haya logrado implantar una paz social absoluta, los inversionistas extranjeros vendrán raudos a montar fábricas y *todos* los redentoreños saldrán beneficiados.

—Eso es lo que los ingleses llaman *pie in the sky*, o sea, biscochos colgando del cielo o perros amarrados con chorizos —dijo Castelar con ironía y luego preguntó—: Y aunque eso fuera realmente cierto, pero ¿a costa de tanto sufrimiento? Y también podría suceder que una vez la mano de obra resulte más barata en un nuevo país *pacificado,* sus dueños trasladarían allí sus fábricas y negocios y los pobres trabajadores redentoreños quedarían sin el pan y sin el queso, o, mejor dicho, sin salarios y peor aún, sin libertades ni derechos.

—Efectivamente, a mí ese argumento me suena hueco y sin fundamento racional —dijo Peña Trejo—. ¿Cómo puede ser la represión la base del progreso? Para mí, la justicia es la única fuente y base del progreso, de la paz y del bienestar ¿O no es así? —preguntó el galeno.

—¡Tiene usted toda la razón, doctor! —dijo el español—. Pero recuerde que el maestro del cinismo político por excelencia lo encontramos en Nicolás Maquiavelo, quien aconsejaba a los príncipes gobernantes en su época que era preferible ser temidos antes que ser amados o respetados. Y que con ese fin debían mantenerse en posesión de enormes ejércitos y el correspondiente arsenal mortífero.

El doctor Peña Trejo sonrió levemente con aire incrédulo ante lo expresado por el falso sacerdote.

—Supongo que los consejos de Maquiavelo fueron apropiados y muy convenientes para los tiránicos Médicis, particularmente en las condiciones feudales del siglo décimosexto, pero recuerde usted que, según su paisano, Ortega y Gasset, este es el siglo de las masas. Yo creo que ya es tiempo de que sus intereses dejen de estar supeditados a los intereses mezquinos de los estamentos del poder que aún están controlados por minúsculos grupos como el ejército de El Redentor. Y mientras este ejército malvado considere al pueblo su principal enemigo, y viceversa, no podrá haber paz en El Redentor.

—¡Estoy absolutamente de acuerdo, doctor! —afirmó Castelar.

—Es más —prosiguió Peña Trejo en vena profética— una política de desarrollo que se basa primariamente en la fuerza de las armas y en la prepotencia de una burda soldadesca deshumanizada e ignorante, jamás podrá crear un desarrollo económico permanente. La guerra abierta de insurrección que necesariamente se incubará contra la injusticia y la vasta corrupción oficial destruirá todos esos quiméricos logros económicos. El pueblo sufrirá eventualmente una pobreza aún más aciaga y la descomposición social resultante será mucho más difícil de corregir. Es más, un país tan pequeño como El Redentor, tan exiguo en recursos económicos, ¿qué necesidad tiene de un ejército suntuario y parasítico cuya existencia misma empobrece y destruye más al pueblo que alega defender y proteger?

—Nunca había pensado en esos términos tan obvios —dijo Castelar—. Siempre creí que la institución armada de un país, incluyendo el vuestro, además de ser una entidad necesaria, era en sí un crisol de patriotismo y un medio para inculcar en la mente joven del ciudadano-soldado la devoción cívica, la lealtad a la patria común; así como sus deberes para sus conciudadanos; la defensa de los intereses comunes y de las instituciones en general.

—Yo también fui educado dentro de esa arcaica mentalidad —dijo Peña Trejo—. Pero eventualmente llegué a la conclusión de que los ejércitos siempre han necesitado de una sucesión de conflictos o de una guerra tras otra para justificar y asegurar su existencia. En otros casos, y como alternativa, crean condiciones propicias para mantener a la sociedad que los sustenta y los tolera en un estado de permanente zozobra como en nuestro desgraciado país. Si El Redentor fuera una potencia imperialista como los Estados Unidos o Inglaterra, seguramente podríamos aceptar el enorme presupuesto de guerra pues éste serviría para subyugar y exigir tributo a las naciones subyugadas. O tal vez para proteger las ganancias y las inversiones hechas por nuestros capitalistas en esas desdichadas naciones.

—Pero vuestra nación no vive de la explotación de otros pueblos —apuntó Castelar.

—¡Exactamente, ni existe una mínima posibilidad remota de que algún día lo pueda hacer! —rugió Peña Trejo—. Es más, somos ya una nación hipotecada y sojuzgada. Y estancada en los retretes de los grandes intereses norteamericanos y británicos. ¿Para qué demonios entonces nuestros payasos uniformados se gastan el patrimonio nacional en orgías de sangre que manchan sus ridículas charreteras carnavalescas mientras no hay un solo hospital a lo largo y ancho de la provincia de Cayaguanca? ¿Y cómo es que piensan crear condiciones óptimas para interesar a los inversionistas extranjeros si mantienen al pueblo desnutrido, vulnerable a toda clase de epidemias y enfermedades; y, sobre todo, ignorante con un noventa y ocho por ciento de analfabetismo?

—Permítame decirle que sus puntos de vista gozan de una lógica irrefutable —dijo Castelar—. Y, además, me parece que usted está debidamente enterado de la realidad de vuestro país, particularmente de las necesidades de su pueblo. Ojalá todos los médicos tuvieran ese coraje y esa clara mentalidad que usted demuestra tener ¡Creo que vamos a llevar nos muy bien! —agregó efusivamente.

—¡Siento mucho desilusionarlo, padre Santiago! —dijo el facultativo seriamente—. Y, por favor, no lo tome a mal pero no quiero que usted me considere su amigo ¡y mucho menos que se lo diga a alguien fuera de su entorno!

El cura se sorprendió de esa aseveración aparentemente, insultante.

—Entre menos nos veamos, padre —continuó Peña Trejo a modo de explicación—, le aseguro que su vida estará mejor protegida. No quiero su sincera amistad porque eso le perjudicaría enormemente. ¡Créamelo, por favor!

—¡No comprendo por qué! —dijo Santiago.

—Vea, padre, la única razón por la que aún no me han aniquilado es por mi cercano parentesco con Redentor y debido a su alto rango militar.

—¡Me resisto a creerlo! —exclamó Castelar con escepticismo.

—Es más —añadió Peña Trejo—, estoy más que seguro que si Redentor muriera antes que yo, nos enterrarían a los dos juntos ¡aunque yo todavía estuviera vivo! Definitivamente téngalo por seguro.

—Me es difícil creer lo que me dice —comentó seriamente el supuesto canónigo—, pero no dudo de sus aseveraciones y le agradezco su sinceridad.

—¡Cuídese, padre Castelar, cuídese! —le aconsejó el médico mientras estrechaba su mano—, que tanto usted como yo y el noventa y nueve y por ciento de los redentoreños estamos caminando sobre arenas movedizas. Ahora mismo le daré instrucciones a Delfina con respecto al cuidado que se le debe dar al señor Beltrán. ¡Ah! Y ¡gracias, por la taza de café! —agregó sonriente—. ¡Adiós!

—¿Y sus honorarios? —preguntó el párroco.

—Digamos que es mi contribución anual a su parroquia. ¡Ah! olvidaba decirle que si don Leandro se empeorara o no respondiera a los medicamentos que le he recetado, me lo hagan saber inmediatamente. ¡Le deseo que tenga un buen día! —dijo levantando su sombrero para despedirse.

***

Mientras almorzaban, Olaya terminó de relatar a su patrona todos los pormenores de la tragedia sufrida por Leandro, pero nuevamente evitó revelar su nexo sanguíneo. Por el llanto entrecortado con el que inicialmente había aderezado sus explicaciones y detalles, muchas porciones del relato habían permanecido confusas en la mente de la condesa. Su inusitado interés por saber toda la historia sobre las vicisitudes del campesino metido a sacristán la había conducido al borde de la histeria. Para su sosiego, la sirvienta satisfizo completamente su curiosidad y, eventualmente, ambas lograron apaciguarse.

NUEVE

—Me gustaría hacerle una pregunta —dijo Olaya con sorprendente propiedad.

—¡Hazla, niña, hazla! —ordenó María Teresa con interés maternal.

—¿Qué quiere decir la palabra *tistículo?* ¿Es esa palabra una groseriya?

—¿Una grosería? No, no propiamente. Pero la palabra no es *tistículo* sino *testículo.* ¿A quién se la has oído?

—Al doctor Peña Trejo. Dijo que se los habían arrancado al otro sacristán y que era probable que por esa crueldad que le hicieron se va a morir muy pronto.

—¡Qué horror, Dios mío! Entonces a ese pobre hombre lo dejaron *inútil* para toda la vida. ¡Dios mío, qué saña! ¡Qué crueldad tan inaudita, tan bestial, tan horripilante!

—Pero ¿qué es eso? —insistió Olaya.

—En España, la gente inculta y vulgar se refiere a esas partes íntimas del varón como *cojones* o *huevos.* Según oí decir a mi Terry, que Dios en gloria lo tenga, aquí en América, es decir, en El Redentor, también les llaman huevos.

—¡Jú! ¡Ya mioliya que esuera una gran vulgaridá! —dijo la sirvienta sonrojándose y bajando la cabeza abochornada.

—¡Ninguna vulgaridad, niña, ninguna vulgaridad! *Testículo* es el término correcto, aunque su nombre científico es *gónada* y ¿a que no sabéis cómo se llama propiamente el órgano que está allí, bueno, pues, encima de los testículos?

—Ah, pues eso sí lo sé —dijo Olaya con aire de triunfo, pero ruborizándose una vez más hasta los ojos mientras rehuía la mirada de su patrona.

—¿Ah, lo sabes? ¡Pues dímelo!

—Puesen lescuela, las cipotas; mis compañeras, pué, le deciyan la *paloma,* siera la de los hombres. Y la *tortolita,* siera la de los niños, vaá. ¡Ah! Y mi agüelita le decía *piripipío.*

—Permíteme informarte que el nombre correcto de ese órgano masculino es *pene,* aunque también lo llaman *falo.* Ya se trate de adultos o de menores. Y ¿sabéis cómo se llama eso que nosotras llevamos escondido entre las piernas?

La sirvienta se sintió extremadamente incómoda por lo desusado de la pregunta pues nunca había tocado ese tema, de suyo tan escabroso, con ninguna otra persona, ni siquiera con su difunta abuela.

—Pues yué óido —dijo cabizbaja y avergonzada—, que mis agüelitos le deciyan el *cochomiel, el bollo,* o el *cusuco.* Perueóido también que los hombres le dicen *pupusa o cocho.*

—¿*Pupusa? ¿Cocho?* No sé por qué a los hombres les gusta usar términos que denotan comestibles —dijo indignada la condesa—, pero su nombre correcto es *vulva.* Aunque a mi Terry, que Dios en la gloria lo tenga; *en mi presencia* la llamaba *bollo...*

—¿*Bulba?* —preguntó Olaya extrañada—. ¡Nuncabiya óido esa palabra!

—¡*Bulba,* no! La palabra es: VULVA —dijo la condesa disgustada; haciendo énfasis en la pronunciación labidental de la letra 'v.' ¿No me digas que en la escuela nunca te enseñaron los nombres de las partes del cuerpo humano?

—Pues no, vaá —dijo Olaya—, porque la maestra nos enseñaba unas fotos de cuerpos diombres o de mujeres, todos desnudos, vaá, pero ninguna mostraba ninguna desas partes que la señora condesa acaba de mencionar, vaá…

—Y ¿nunca preguntaste a la maestra por qué esas partes no aparecían en esas fotografías?

—¡Ay no, señora condesa! Ayí ni yo ni naiden siatreviya a preguntar esas cosas porque teniyamos miedo de que la máistra nos agarrara a reglasos por *malcriadas.*

—No me extraña, niña —dijo María Teresa sonriendo—, porque en mi *civilizada* España nos sucedía lo mismo. Nos mostraban fotografías idénticas a las vuestras. En alguna ocasión, malhadada, por cierto, tuve la valiente osadía de preguntar a nuestra maestra por qué razón nos mostraban fotografías de eunucos y mujeres mutiladas.

—¿Y qué respondió la máistra? —inquirió Olaya, sin haber comprendido la pregunta que su patrona había hecho.

—Su respuesta —dijo la condesa con aire de resentimiento—, fue mandarme a casa para que mi madre me enseñara lo que era el pudor.

—¿Yeso qués?

—El pudor es el recato que las mujeres debemos observar al vestirnos, no mostrando las partes íntimas de nuestros cuerpos más que a nuestros esposos; o mencionarlas a la ligera en presencia de extraños. O hablar de las funciones corporales como orinar y defecar.

—Yo sé qué es orinar, pero nunca habiya óido la palabra *defecar* —dijo Olaya aún más ruborizada.

—Orinar es expulsar el líquido de la vejiga y defecar es expulsar los residuos sólidos de los alimentos que han procesado los intestinos. ¿Comprendes ahora o quieres que sea más explícita? —preguntó María Teresa.

—Ya nuay necesidá. Ahora ya comprendo el significado de esas palabras. ¡Muchas gracias por la explicación! Pero parece que a la señora se liolvida el *pudor* cuanduay se pone brava —comentó de soslayo la sirvienta.

—¡Ciertamente, se me olvida! —admitió la noble candorosamente—. Pero tú no me debías ni reprochármelo ni reñirme por ello. Cuando grito palabras obscenas lo hago como un catártico que me libera de la infame cólera que me está ardiendo por dentro. Pero, es muy cierto que tanto en vuestras escuelas como en las nuestras en vez de darnos explicaciones útiles nos reñían y nos avergonzaban sin razón. Y también nuestros padres eran culpables de no enseñarnos todas las palabras correctas sobre las partes de nuestros cuerpos.

—Señora, ¿y quiénes que son los 'unucos? —preguntó Olaya

—Los *eunucos* —corrigió la condesa—, son hombres que han sido castrados.

—¿*Castrados?* —preguntó la ingenua sirvienta—. Y'eso ¿qués?

—Creo que vosotros les llamáis *capados,* aunque ese término se debe aplicar sólo en el caso de los animales.

—Ah, sí —dijo Olaya evocando algo del pasado—. Y ¿paqué capan a los hombres?

—Anteriormente castraban a los sirvientes que trabajaban dentro de una mansión para evitar que violaran y/o embarazaran a la esposa, a las hijas de los patrones o a los demás miembros de la servidumbre.

—¡Qué barbaridá! —exclamó Olaya, horrorizada.

—Ciertamente, era una imperdonable barbaridad —convino ésta y continuó—: pero lo más horrendo fue también que castraban a los niños que cantaban en el coro de la iglesia para que no perdieran la voz aguda de las sopranos.

—¿Y la iglesia lo permitía? —preguntó Olaya porque temía haber escuchado mal.

—Me apena reconocer que la iglesia lo autorizó por muchos siglos y ojalá que Dios haya perdonado a los que permitieron cometer ese horrendo crimen. Al crecer, esos hombres eran estériles y aunque se hubieran casado no pudieron procrear una familia.

—Entonces, un hombre castrado ¿no pué tener hijos?

—Si la castración es total, no es posible. Según yo entiendo, el efecto de la castración es irreversible. Ahora, si le cercenan el pene y los testículos, la víctima ni siquiera sentirá el deseo de acostarse con una mujer.

—Y si le quitan un testículo, pero le dejan el otro y el pene; entonces ¿sí puede?

—Con un solo testículo y el pene, el hombre puede embarazar una mujer; pero si ya ha perdido el pene, ya no hay posibilidad alguna. Aunque sintiera el deseo no podría efectuar el acto sexual.

—¿Es bueno o vale la pena saber todu'eso? —preguntó la sirvienta.

—Sí, ciertamente, el conocimiento de nuestros cuerpos y cómo funcionan debería ser enseñanza obligatoria en todo el mundo —afirmó la condesa—. ¡Lástima que la hipocresía de las sociedades y la cobardía de los gobiernos sean los que priman en todas las escuelas!

Olaya encogió los hombros. Su patrona continuó:

—En todo caso, tú debes aprender a pronunciar las palabras correctamente y también quiero que a partir de hoy leas todos los editoriales del pasquín de los militares. Subrayas todas las palabras que te sean desconocidas y luego buscas su definición en el diccionario. Estoy segura que hay uno, aunque un poco viejo en la biblioteca.

—¿*Leer yo el Pro-Patria,* señora condesa? ¡Yo no quiero leer nada ni saber nada desos malditos! —protestó vehementemente la campesina, casi a punto de llorar.

—Comprendo tu indignación y también que te sientas furibunda contra esos rufianes.

—¡Mialegro que lo comprenda! —dijo Olaya con sorna.

—¡Porque yo también lo estoy! —le aseguró la patrona—. Pero mis órdenes tienen que ser obedecidas. Además, *querida*, es para tu propio bien. Y para que te enteres, ése fue el método que me enseñó mi padre para lograr un perfecto dominio del castellano.

—Peruesque…—comenzó a decir Olaya.

—¡No hay *peruesque* que valga! —interrumpió la patrona riéndose de su bufonada—. Yo sé que esos editoriales son muy aburridos. No tengo duda al respecto, pero hay que reconocer que están escritos en un lenguaje muy culto, un poco altisonante, sí; muy posiblemente con el propósito de darse ínfulas o tal vez para que muy pocas personas los puedan comprender. No me extrañaría que los autores fuesen periodistas mercenarios pues no creo que tu generalote sea tan instruido como para escribir en esa forma tan elocuente, tan elegante y precisa; aunque digan solamente una solemne sarta de mentiras y necedades.

—¡Ay, señora condesa! —suplicó Olaya—, yo nunca he tenido paciencia para leer editoriales y hasta las noticias de los asesinatos y de accidentes de camiones y camionetas me ponen a dormir. Y ahora quiere que los lea ¿todos los diyas? —preguntó con desazón.

—Todo es cuestión de disciplina y de hábito, hija mía. Debes acostumbrarte a leer todo lo que te caiga en las manos, no solamente editoriales sino libros de los grandes escritores de España: Cervantes, Zorrilla, Baroja, Calderón de la Barca, y Unamuno, etcétera… Y de los escritores de América, por supuesto; aunque yo nunca he leído ninguno. Digo libros que te instruyan y te den ese donaire de persona culta y erudita en todas y cada una de las corrientes filosóficas de la época por lo menos… En todo caso, en mi biblioteca podrás encontrar casi todos los autores que te he mencionado.

—Peruesque yo, comusté sabe, yo no pasé del tercer grado porque en Cantasque, ay mesmo siacababa l'escuela. Sólo los que tenían pisto veniyan astudiar del cuarto al sexto grado aquí en Cayaguanca.

—Lo sé, lo sé, y no te culpo —continuó la ibérica sin darse por vencida—, sé muy bien que eres un diamante en bruto.

—¡Pues tanto como bruta no soy! —rezongó Olaya con aire ofendido.

—¡No, chiquilla, no he dicho eso! —dijo la condesa con voz maternal—. Quiero decir que eres una joya preciosa aún sin tallar y sin pulir. Estoy más que segura que lograré hacer de ti una verdadera ama de compañía que será culta y sabrás expresarte en forma inteligente sobre cualquier tema. Y para que pronto puedas hacerte cargo de mi correspondencia y de todos esos variados deberes apropiados a *tu nueva posición.*

La bien intencionada sutileza de la condesa sólo sirvió para confundir aún más a la pobre Olaya.

—Ay, señora condesa —dijo en humilde reproche—, yay no sé de quésquiusté mestáblando, vaá… Ya van dos veces que me dice que ya soy dama o ama de *compañía…*

—¡*Dama de compañía!* —corrigió María Teresa al instante.

—Pero si yo soy solamente una sirvienta, señora.

—¡Lo sé, hija mía, lo sé! Pero ya decidí promoverte a *da-ma-de- com-pa-ñía,* —silabeó la noble con gran entusiasmo. La indulgente intención de la condesa enrojeció de cólera a la sirvienta. Abochornada de su enojo, puso la cabeza entre sus manos.

—O seya —musitó con voz tristona—, quiaura vua tener que cocinarle, lavarle la ropa, hacer la compra en el mercado, limpiar la casa, escrebirle las cartas y lerme tós los cochinos editoriales del *Pro-Patria.* Y toduso ¿por los quince riales que me paga al mes?

—¡No, no, no! Veo que aún no me has entendido. Si conoces alguna señora o niña que esté buscando trabajo y quiera trabajar para mí; y por supuesto, alguien en quien *ambas* podríamos confiar; dile que venga y la recibiré como sirvienta para la cocina y el aseo del castillo. Y luego conseguiremos otra que le ayude.

—Ah, ¿sí? ¡Y yo que le he servido por tanto tiempo ay me vua quedar sin chamba y sin antigüedá, vaá! —protestó Olaya con enojo, pero cabizbaja.

—¡Claro que no, mujer! —replicó la condesa enfadándose.

—¿Entonces? —preguntó Olaya con voz altanera y resentida.

—Tú serás la supervisora de la servidumbre. Es decir, una combinación de ama de llaves y dama de compañía. Yo te indicaré cuales serán tus funciones y obligaciones, a la vez que todas las responsabilidades y autoridad acordes con tu nuevo rango. O sea que, desde hoy, ya podrás sentarte a la mesa conmigo, sea que haya huéspedes o no… Ah, pero, antes que nada, tendrás que comprarte ropa más adecuada.

—Señora condesa, yo no sé siés usté la questá delirando con los friyos y calenturas del paludismo o soy yo la terenga questá soñando —dijo la neófita ama de compañía con obvia incredulidad lógicamente justificable.

—Comprendo que te parezca insólito que de repente salga yo con una idea como ésta, y también que la creas descabellada. Pero, aunque te parezca extraño y no lo creas, esta mañana he llegado a la conclusión que mis días ya están contados y por lo tanto de hoy en adelante, quiero vivir una vida más cómoda y más holgada de acuerdo a mis posibilidades.

—Bueno, la señora sabrá lo que quiere y también lo que puede conseguir con su pisto, vaá. Peruay me parece quiusté está 'sagerando bastante cuando dice que sus diyas yastán contados… Como si yestuviera pa' petatiarse, pué; digo, ¡muriéndose, pué, vaá.

—Estoy de acuerdo que no me estoy muriendo, precisamente, pero ya no soy una pollita y mis años no han pasado en vano —admitió la condesa con inusitado candor—. Pero es que esta mañana amanecí tan… tan descansada, tan alegre, tan vital y tan contenta que me puse a pensar en la vida estúpida y estéril que he llevado y vivido hasta ahora. Exactamente, como una vieja reclusa, amargada e histérica que descargaba la hiel de mis humores malignos en una chica tan buena, tan paciente y tan fiel como tú.

—¡Ay señora condesa, favor que miace! —dijo Olaya agradecida. Luego añadió con su típica franqueza—: Pues, pa' decirle la verdá, miles de veses usté ay miá hecho sentir muy humiyada, vaá; y tan miserable quiasta mian dado ganas de quitarme el delantar y diay tirárselo en la cara. Pero yo nunca tuve una mamá porque la que me dio la vida se me murió cuando yuera tuaviya una chichí. Yusté se parece tanto a mi agüela que me crió y quera así mesmo comusté de muchas cascarrabias, ansina gualita quiusté, pué. Y yo sentiya quiusté era una señora buena, pero questaba amargada por esa soledá en que viviya. Y me quedé también porquiusté me cayó requetebién ende que miaceitó como su criada. Yuay me cayado las cóleras que me daba y le perdonado sus palabrotas yasta los insultos, vaá.

—¿Dices que me has *perdonado*? —preguntó la condesa consternada a la vez que sorprendida por el candor insolente de su dama de compañía. Pero rio de buena gana.

De pronto oyeron que alguien llamaba al portón. Olaya acudió y, al abrirlo, sus ojitos trataron de escaparse de sus órbitas. Era nada menos que José María Serrano, su valiente, y aún ilusionado, ex prometido. Olaya tuvo miedo que la patrona decidiera venir a ver quién había llamado a la puerta, pero ésta tenía otras tareas en mente y no se apareció.

—¡*Chema!* —exclamó la joven sorprendida pero veladamente disgustada—. Y ¿vos qué puercas andás haciendo por Cayaguanca? —preguntó fingiendo interés en la respuesta.

—¡Pues'ay mesmo vine a trerte! —respondió el pretendiente secamente.

La joven sintió de repente que el rubor y la cólera le habían encendido el rostro

—¿A yo? —preguntó airadamente—. ¡Ve, pué, ni que ya juera mujer tuya o alguna de tus yeguas! —exclamó. Su mordaz sarcasmo hirió el orgullo del enamorado, aunque él de antemano ya había presentido el rechazo.

—¡Puesí! ¡Es a *vos* es a la que vine a buscar, vaá! —respondió con rabia mal disimulada—. Pa' que lo sepás, yablé con don Liandro yay te pedí pa' que siás mi esposa, vaá, como lo manda la ley de Dios. Y tu tata ya me dijo que sí, vaá. Y también ay le di cincuenta pesos pa' quiay vos te merqués las donas. ¿No te los ha dado? ¿O tuaviya nua venido por aquí? O ¿no lu'hás visto, pué?
—José María disparaba las preguntas una tras otra como

ametralladora en arduo combate, con el rencor, íntimo y disimulado, de alguien que está consciente que la hembra prometida por el padre ya no sería para él como lo había soñado. Se negaba a pensar, sin embargo, que Olaya ya se sentía liberada de las tradicionales cadenas familiares. Era evidente, pensó con amargo dolor, que la mujer que fue el gran amor de su vida desde su adolescencia había sido seducida por la vida urbana o talvez por otro hombre; probablemente culto y muy adinerado. Era obvio que el campo había perdido su atractivo lo mismo que la obediencia debida a la autoridad paterna que la retuvo hasta entonces.

—Puesí, vaá; mi tata ya me los dio —mintió Olaya inexpresivamente—. Yorita mesmo te los vua degolver, vaá. Porque a yo naiden me pidió consentimiento ni pa' casarme con vos ni con cualquier'otro, vaá.

—¿Es que pa' vos la palabr'e'tu'taita no sirve pa' ná? —preguntó Chema; sabiendo de antemano la respuesta y también que la batalla estaba ya irremediablemente perdida.

—Mirá, vua tener que decirte la verdá pa' quiay ya no perdás el tiempo ni tiagás más esperanzas con yo —dijo Olaya mirándole fijamente a los ojos con la frialdad de un sólido témpano—. Sí, mi apá ay vinuel otro diya yay me contó que ya miabiya prometido a vos en matrimonio, pero yo le dije clarito que tiba devolver el pisto porque meramente, porque yo… ya…

—¿Por qué vos ya no me querés? —interrumpió el mancebo con tristeza y rencor.

—¡Puesí, así sáitamente es la cosa, vaá! —replicó la joven fríamente y en voz calculada.

Sintiendo atragantársele las palabras, los ojos de Chema se encendieron al instante con destellos de iracundo despecho.

—Porquiay seguro —dijo con voz agria y temblorosa—, que yestás enamorada dialgún niño catrín diaquí de Cayaguanca. Pero mirá, Olayita, vos te vas arrepentir diaberme despreciado. Estás etivucada si crés qui'uno desos ricachones se va casar con una pobre cholera como vos. Esos desgraciaos solo quieren *joderte el hoyo* y si salís panzona, ay te vas'ir pa' onde tus hermanos pa que te criyen el chino bastardo y que te lo mantengan mientras vos andás putiando como peperecha barata o talvez choleriando por cuatro riales en Santimonio. Algún diya te vas acordar de mis palabras, Olayita, ¡ay mesmo te vas acordar de yo! Pero ya vaser ¡demasiado tarde! —profetizó él en el paroxismo de su ira y de su impotente amargura. Luego bajó la cabeza; avergonzado de su lenguaje tan procaz y de haber hecho tan horrendos vaticinios al calor de su cólera. Olaya se resistió a responder con igual saña las crueles palabras de su antiguo pretendiente.

—Pues sí, yo siempre miacordaré de vos —prometió ella con voz suave y triste pero ecuánime—, porque yo sé que vos *sos* un hombre bueno, trabajador y cabal. Y yo sé también que vos te merecés una mujer buena, trabajadora yonrada que te quiera de verdá y quiay te dé tós los hijos que vos quedrás, vaá. Y ya no te priocupés por yo, porque yo ya no soy una simple cholera. Aura soy una *dama de compañía* —agregó con inusitado orgullo.

—¡Pues de verdá mialegro por vos, vaá! —dijo Chema ya sin despecho, mientras secaba con los nudillos de sus dedos algunas lágrimas que no había podido contener y que habían rodado por sus mejillas curtidas por el sol y el polvo de los caminos. Luego de pasarse la manga de la camisa por los ojos que nuevamente se anegaban en lágrimas, añadió más tranquilo—: Necesito que me degolvás los cincuenta pesos aura mesmo porquiay tengo que mercarme unos aperos de jarcia yunas coyundas pa' mis bueyes. Y también tengo que pagarle a mis piones. ¿Sabés ónde puedo aincontrar a tu taita? —preguntó más calmado.

—Pues mi apá no te puede ver orita mesmo porquestá enfermo de los ñirgües.

—¿Yeso? —preguntó Chema frunciendo el ceño.

—Fijate quiace una semana ay se topó en el monte con una desas culebras gruesas y largas que les dicen masacuatas zumbadoras yal pogre liá pegado una gran pijiada ¡di'avemariyapurísima! —mintió Olaya de nuevo; tratando de evitar que se descubriera su nexo familiar con el pobre sacristán y que Chema llevara la noticia del trágico encontronazo de su padre con los esbirros de la dictadura. Así, pensó ella, se evitarán futuras represalias de parte y parte y en las que sus hermanos indudablemente saldrían malparados, sino torturados, muertos o encarcelados.

—¿Diadeveras, vos? —preguntó el despreciado galán un poco incrédulo—. Siguro que desa berguiada ha quedado jodido por un buen rato, creybo yo.

—¡Pues como no! —afirmó la joven—. Siay mesmuastado con friyos y calenturas, yastado malo de los ñirgües por la pijiada y el tamaño susto que se yevó.

—¿Peruél estáquí con vos? —preguntó Chema.

—No, él está con un familiar de nosotros que vive ayá más arriba, ay poronde le dicen La Chácara —mintió nuevamente Olaya señalando un monte cercano a la villa—. Mirá, ay venite dentro diún par di'horas porque tengo que pedirle el pisto a mi patrona. Ay te vua dar los cincuenta pesos diuna vez yasta te vua pagar réditos, vaá; paquiay no te vayás a quedar corto, vaá —sugirió dulcemente para apartarse del aciago tema del enfrentamiento.

El infortunado romeo, sin embargo, siguió insistiendo.

—Pues aura ya no me vuir hasta que nuayga vistu'a tu apá… A ver *siés verdá* lo que me estás diciendo.

—¿Y vos por qué no me crés? —preguntó Olaya enojada—. Yo siempre te he dicho la verdá; yanque te duela, ¡vos no tenés razón para crerme mentirosa!

—'Tá bien, pué, te vuá crer y ay le vuir a contar al Mateyo pa' qui'ay lo vengan a ver —prometió el frustrado enamorado con aire de vencido y convencido.

—¡Dios te lo pague! Pero deso tampoco hay necesidá, vaá, porque yo mesma les mandé razón, —volvió a mentir Olaya para evitar que sus hermanos se enteraran de la verdad.

—Vaya pues; ay vengo más tardecito por el pisto ¡Yojalá te vaya bien con el autro! —dijo con amargo despecho embozado en una falsa sonrisa.

La neófita ama de llaves regresó al comedor tratando de mofarse del ridículo augurio de su antiguo romeo. *¡Cómo si yuenrialidá estuviera enamorada di'algún otro hijuepúchica!*, se dijo con amargura. Luego buscó a su patrona en todos los sitios habituales, incluyendo la mustia biblioteca donde la condesa gustaba de sentarse a leer frente al retrato de su difunto esposo y a escuchar música clásica en la radio nacional. Pero no la encontró en ningún lugar dentro del recinto del castillo. Luego la buscó en el dilapidado jardín. Allí la encontró, con la falda doblada y metida entre las piernas a manera de *culotte*, acurrucada y aparentemente cavando una pequeña fosa.

—¿Enterrando una guaca con sus ahorros? —preguntó riéndose muy a pesar suyo.

—¡Mujer insolente eres! —la riñó María Teresa con voz amable—. Estoy trazando las líneas divisorias que habrán de separar los almácigos de flores de los de las hortalizas.

—¡Todo sea por el amor de Dios, señora! Y ¿qué piensaser con toduese montón de bejucos secos, pué? ¿Mandarlos a pintar de verde? —preguntó con ironía.

—¡No, señorita Olaya! Tendremos de aprovechar que estamos en la estación que vosotros llamáis *invierno* y que es en realidad la *estación lluviosa* que ha llegado milagrosamente en forma tan prematura… Hay que empezar a limpiar este huerto y a plantar lo antes posible.

—¿Es que ya se liolvidó quiusté mesma despidió a don Chicho, el viejo jardinero, un par de meses después que me recebió? Paroy, el pobre viejito yastarásta muerto.

—No, señorita, estoy más que segura que aún vive. Le vi en la iglesia en la misa del gallo, si mal no recuerdo.

—Ah, pues; siusté está segura que lo vio en la iglesia.

—Mañana temprano subes a La Chácara y le dices a Jacinto.

—¡Narciso! —corrigió Olaya—. Se yama Narciso; por eso le dicen don Chicho.

—Bueno, pues, dile a Narciso que venga a verme ¡inmediatamente!

* * *

Cinco días después, mientras Leandro descansaba acostado sobre el estómago y con el rostro hundido en la almohada, Rodrigo, el hosco diácono a quien había conocido en días recientes se apareció por su humilde cuarto.

—Conque ¿es usted el nuevo sacristán? —preguntó sin más ni más.

Leandro reconoció la voz inmediatamente pero no encontrándose en condiciones de contestar adecuadamente ni tampoco deseoso de continuar la bronca, se limitó a admitir:

—Sí, soy yo mesmo, Liandro Beltrán yay me tiene a sus órdenes, vaá.

—¡Mucho gusto! —replicó el joven seminarista—. Supe que tuvo un serio quebranto de salud. Pero lo importante es que salió con vida. Ay le pediré a Dios en mis oraciones porque se recupere prontamente. ¡Ay nos vemos, pues! —dijo despidiéndose.

—¡Adiós! ¡Que le vaya bien! —le auguró el campesino mecánicamente, añadiendo con voz adolorida—: ¡Que Dios le pague por la vesita y por sus oraciones!

Estaba claro, pensó el paciente, que Rodrigo no lo había reconocido pues no le había visto sino la espalda, las posaderas y las *piernas*, todas cubiertas por esparadrapos. *¡Ese aprendís de cura nués nada de fiar!*, murmuró para sí el baldado sacristán.

Esa misma noche, Santiago Castelar, falso cura y abogado verdadero, se detuvo a la puerta de la habitación donde yacía Leandro Beltrán. Después de tocar, entró sin esperar la invitación.

—¿Cómo te sientes ahora, hijo mío? —preguntó con su acostumbrada afabilidad mientras se acomodaba en la única silla que había en el cuarto.

—Pues ay me'siento bastante mejorcito, vaá —dijo Leandro con cierta dificultad—. Perueso sí, ya me'stoy cansando d'estar acostado ansina pansa'bajo. Gracias a mi Dios, me puedo sentar anque tuaviya me duele el fundiyo… Y'ay perdone usté la vulgaridá…

—No tengo nada que perdonarte y me alegra mucho el progreso de tu recuperación.

—La pior crueldá que micieron esos desgraciaos no jueron los riatazos que me dieron en el trasero sinuel dejarme ansina que no puedo abrazar a mi panzoncita pa' trinarla.

—Tu comentario es una buena señal de que también tu espíritu está recobrando la alegría perdida —dijo Castelar sentenciosamente.

—Ansina mesmo lo creibo yo, padre —replicó Leandro—. Ay utualito vino a verme el padrecito Rodrigo Delgado, pero como sólo me vio el fundiyo pues no creibo que miayga reconocido.

—Creo que no, pero ya no tienes que preocuparte pues ya se regresó a Santimonio. Quiero decirte que me siento responsable por haberte empleado y también que por eso tuviste que quedarte en Cayaguanca, exponiéndote a los peligros que ya conocemos. Te quedarás aquí hasta que te sientas completamente recuperado —dijo Castelar.

—¡Ay, padrecito, que Dios le pague su bondá! —exclamó Leandro agradecido.

—De ninguna manera —le aseveró Santiago—. Gracias a ese incidente horroroso de tu dolorosa tragedia he comenzado a comprender muchísimas cosas que hasta ahora habían permanecido ocultas a mi conocimiento. Era como si hubiera estado viviendo en una torre de marfil, ajeno a los ingentes problemas que afectan a mi grey. Antes que se me olvide, si Rodrigo vuelve, aunque no lo creo, no le menciones lo que te sucedió ni le digas los nombres de los que te hicieron daño.

—Pierda cuidado, padre —dijo Leandro mientras trataba de cambiar la posición de su cuerpo en la cama—. Siay güelve y me pregunta le vua decir qui'ay tuve una caída cuando meapiaba de la camioneta de Santimonio.

—¡Buena idea! —aplaudió Castelar—. A raíz de tu accidente tuve que llamar al seminario para pedir un seminarista que me ayudara en la parroquia. Y aunque yo había especificado que no quería a Delgado, me lo enviaron de nuevo. Pero tan pronto llegó, recibió un telegrama de su familia en Ilodeoro, informándole que su padre se encontraba grave y se marchó en el primer bus que salió.

—¿Y por qué no yamó a los cipotes quiantes serviyan de monaguiyos?

—Lo intenté, pero los padres no les permitieron venir a la iglesia y tampoco quisieron explicarme la razón de su negativa. Sin embargo, los he visto a todos asistiendo a misa con sus familias. Eso indica que continúan siendo fervientes católicos.

—¿Y no será queyos yan sabido de lo del *fracaso*, digo de lo quen rialidá le pasó a Don Secundino?

—Es muy probable —dijo Castelar—. A propósito, el señor Ábrego expiró temprano esta mañana. Horas antes en la madrugada fui a darle la extremaunción y falleció unas horas después. Han programado el entierro para el lunes, después de las exequias que naturalmente incluirán una misa cantada de cuerpo presente. ¡Roguemos a Dios para que le perdone sus pecados y que reciba su alma en su Santo Seno!

—¡Quiansina mesmo seya, padre! —dijo Leandro con voz piadosa, luego añadió—: Creibo que ya pa' lunes vuestar caminando y vua poder ayudarle.

—Tal vez sí, pero, en todo caso, no quiero que te esfuerces mucho. Además, me gustaría que en los próximos días te mantuvieras al margen de las actividades de la iglesia. No sea que el tal Gonzalo quiera arrestarte de nuevo dentro del sagrado recinto.

—Pues, de veras que yo creibo que ese rufián tuaviya me sigue trayendo entre ceja y ceja, vaá, —dijo el vapuleado campesino mientras trataba de incorporarse—, peru'ay queriya preguntarle asté sianda con priesa…

—¿Que si ando con qué? —preguntó Castelar extrañado.

—Con priesa… con apuro, pué…

—¡Ah, ya! Con prisa, quieres decir. No, no estoy de prisa, ¿por qué?

—Le pregunté si teniya priesa porquiay l'Olayita me trujo una boteyite *Cañero,* vaá —dijo Leandro Beltrán con un dejo de reticencia—. Pa' celebrar con usté mi mejoriya. ¡Ah! Y también pa' celebrar de que por un milagro de mi Dios y por la bondá de mis buenos cheros, vaá; aquí'estoy tuaviya resoplando el juelgo.

—¡Excusas, señor sacristán, puras excusas! —dijo Santiago y se carcajeó—. Yo las llamo pobrísimas excusas —agregó sentenciosamente.

—Pues meramente su señoría tiene razón —convino Beltrán.

—Bueno, casi siempre tenemos motivos para beber ¿no? Bebemos porque estamos de luto por el fallecimiento de una persona querida; bebemos para celebrar el nacimiento de un hijo nuestro o porque alguien que se encontraba ausente y ha regresado…

—O porque todos nuestros enemigos ay sián áido pa' siempre pa'l extranjero —interrumpió jocosamente el sacristán—. O porque estamos bien o estamos mal.

—¡Pero lo que en realidad lo que queremos hacer es beber el maldito licor…!

Leandro trató de carcajearse, pero sus encías todavía hinchadas no se lo permitieron, pero sí pudo decir:

—Mi'agüelo me enseñó una puesiyita de los bolos, vaá.

—¿*De los bolos?* —preguntó Castelar con extrañeza—. ¿A qué te refieres?

—Pues ay cuanduno anda bebiendo aguardiente, o otro licor, vaá, puesay decimos quiuno sianda embolando, o quianda chupando o está bolo....

—¡Ah, ya comprendo! ¿Y cómo reza la *puesiyita*?

Leandro torció la boca y dijo:

—¡Ay le va!

> *"Vino que del cielo vino,*
> *Tú mi'agobias, tú me matas;*
> *Tú mi'haces andar a gatas...*
> *Pero yo ¡siempre t'empino!".*

—¡Qué verdad tan amarga encierra ese chascarrillo! —declaró Santiago—. Pero tienes razón, debemos celebrar el hecho de que hayas sobrevivido a la brutal paliza y al peligro de que pudiste haber sido ejecutado sin razón y sin contemplación alguna. Bebamos sí, pero esta vez con mucha moderación —sugirió recatadamente.

DIEZ

Llenando el vaso hasta la mitad, Leandro explicó:

—Estos tragos ansína de cholotones, poraquí los apeyidamos *puyones de carretero.*

—¡Vaya, hombre, si seréis divertidos! Y ¿por qué razón los llaman así?

—Apué, porque cuando los güeyes que van jalando el arado o la carreta comiensan a aflojar el paso, vaá, y ya nuasen caso a los gritos; el carretero les pega un puyón en el merito trasero con la puya pa' que siapuren. Yeso losase brincar al momento yapretar el caminadito. Y cuando nosotros nos echamos un trago ansina deste mesmo tamaño pues ay también ya lueguito comensamos a brincar entusasmiados.

—¡Valiente comparación! —dijo Castelar riendo entre dientes; luego añadió—: ¿Sabes que me agrada y me alegra mucho verte así de muy buen humor?

—Liagradesco, padre, y veya que yo le teniya miedo a los pijasos que me daban con la correya, vaá; peru'a lo que yo le teniya un miedo endiablado era a que me jueran a quebrar la dentadura postiza cuando me daban los puñetazos en los cachetes y'en la quijada y quiay se miatragantaran los pedazos de la dentadura en el gaznate pues diay si ya miba a morir, vaá. Y si no diay m'iba quedar cholco del todo o a lo mejor, tincuto. Ese susto no se lo deseyo a ningún cristiano, ¡ni'a mi pior enemigo! —aseveró Leandro.

—¿*Cholco* o *tincuto*? ¿Qué significan esas extrañas palabras? ¡A la verdad que nunca las había escuchado!

—*Cholco* es cuanduauno ya no le quedan dientes sino sólo algunas tres muelas; y *tincuto,* cuandu'ay uno los tiene con'hoyos entri'uno y'autro, como quien dice, relansiados, vaá.

—¿*Relansiados*?

—Esués cuanduay uno tiene los dientes, mesmo como los diuna mazorca a medio desgranar con güecos entre los granos, vaá…

—Y ¿sabes una cosa? No puedo olvidar esa fatídica tarde cuando oportunamente te arranqué de las garras de la muerte. Y no quise que te vieras en un espejo, porque, a decir verdad, teníais el aspecto de un cadáver desenterrado.

—Y ansina mesmo me sentiya yo; pero ay gracias asté y al mesmo Diosito que micieron el cachetaso, vaá, y me salvé el peyejo. Porque yo sí creibo questuve en la merita guardarraya entre la vida y la muerte y quiun meruempujoncito ay me biera mandado pa'l otro lado, vaá…

—Tienes razón —dijo Castelar con semblante pensativo.

—¿Sabe qué, padre Santiago? —continuó Leandro—. Yo mi'acuerdo qui'oyí clarito en medio de mis torturas quel maldito encapuchao que me daba los pijasos más juertes con un cincho, le preguntaba al tal Gonzalo: "¿Le damos otros bergazos más a este hijueputa, mi *coronel*?". Que se mi'hace que el tal Gonzalo nués ningún dragoniante, vaá —dijo Leandro en forma concluyente. Y luego preguntó—: ¿Por qué l'iban a decirle *coronel* si no lo juera?

—Pues yo también tuve la misma impresión que podría confirmar tus sospechas —dijo el ibérico—. Y es muy probable que lo sea. Aunque tú, por tu condición adolorida, no te diste cuenta, pero el Gonzalo se comportaba con una arrogancia tan increíble ante su comandante. Tanto que llegué a la conclusión que él no podía ser un simple soldado sino un oficial con un rango semejante al del oficial en comando. Y particularmente me parecía muy insólito que un simple soldado, gozara de tantísima autoridad para encarcelar, torturar y hasta matar con o sin justificación. Y luego mentir descaradamente sobre las razones que tuvo para arrestarte. No quiero pecar de arrogancia pretendiendo conocer su protocolo militar; si es que realmente lo tienen, aunque ya comienzo a dudar…

—'Tonces ese hijue'púchica debe ser uno desos yamados deteutives. O será uno de los jefes políticos de los secretos —concluyó Leandro interrumpiendo a su interlocutor.

—¡No tengo la menor idea! —confesó Castelar—. Pero sí

sospecho que Gonzalo tiene un rango igual o casi igual al del coronel Castaneda. Lo que significa para ti, y probablemente para mí también, que es muy peligroso pisarle los callos al falso dragoneante.

—¿Se toma el otro? —preguntó solícito el sacristán.

—Sí, pero espera un momento. Iré por una *chibola* —dijo Santiago riéndose.

—Y'ay si puede, padre, consígase también unas cuatro rodajitas de limón —sugirió Leandro con agallas; lo cual indicaba que el efecto del alcohol ya había comenzado a influir en su conducta.

—Tienes razón —convino Castelar—. Este aguardiente seguramente podría ser usado como solvente de barniz o de pintura seca. Un día de estos te daré a probar el sabor del coñac francés, —prometió al salir del cuarto de Leandro.

Momentos después, el letrado y su asistente apuraban sendos *bergazos* del prosaico aguardiente redentoreño, reducido en su robustez por la mezcla del agua soda y del zumo de limón. Incluso así, Castelar se estremeció por largos segundos luego de libar la última gota.

—¿Sabiuna cosa, padre?

—¡Dime, hijo mío!

—Anoche'stuve pensando mucho en la condesa yay pué me pusiapreguntarme, ¿qué clase diombre le gustariya a eya, pué? Porquia pesar de sus años y dialgunas arruguitas quiay se le ven por el güergüero; pues lembra se ve *güena* tuaviya, vaá.

—Supongo que vosotros le llamáis *güergüero* a la garganta —dijo Castelar mientras se tocaba con el dedo índice debajo del mentón—. En España lo llamamos *gargüero*.

—¡Parecidas las palabras, vaá! —afirmó Leandro ufano.

—¡Cierto! —convino el falso sacerdote—. Yo tuve la impresión de que esa señora está muriéndose de soledad terminal, aunque no sé si la ciencia médica o los doctores concurrirían con mi diagnóstico de médico lego. Y como tú lo dices, se ve aún muy atractiva y muy sensual. Y es muy probable que esté deseando que algún *valiente* y *muy bien* intencionado caballero le ofrezca por lo menos un poco de amor y mucho de compañía. Estoy seguro que eso la haría feliz nuevamente; curándole la soledad que la aqueja.

Pero ¿quién podría ser ese mortal? Seguramente querrá enamorarse de alguien; pero de un hombre que fuera digno de su amor y también de su compañía. Y, naturalmente, tendría que buscar y encontrar un caballero de prestancia y de alcurnia similares a las suyas, supongo yo.

—¿Qué quiere decir *prestarme lalcurnia*, padre? —preguntó Leandro un poco distraído.

—¡Me has oído mal! —dijo Castelar—. Yo dije 'prestancia y alcurnia.' Me refiero a alguien que tiene un apellido noble, como el de ella. Ya sea un conde, un vizconde, un duque o un marqués; y cuyos haberes sean iguales o mayores que los de la condesa. Además, tendría que poseer una sólida cultura y ser muy refinado...

—¿Yónde vencontrar esiombre por estos alderredores tan pobres, padre Santiago? —interrumpió el campesino en son de mofa—. Los jóvenes que ya tienen pisto no van a querer casarse con una vieja a menos que sepan que tiene más pisto queyos y queya les entregue tó lo que tiene. Yay sí eya se va joder porquiasta la podriyan matar mesmo después del casorio. No creibo que quera casarse con un pogre de solemnidá; mesmo como este su servidor, pué. Y siay luiciera pues se va a sentir muy desmejorada, vaá; pero enúltimadamente, al menos ay sí vastar muy bien protegida de los sinvergüenzas, vaá.

—¡Tienes razón en lo que dices! —dijo Castelar—. Pero al corazón, amigo mío, no se le puede mandar. Y la literatura universal está repleta de increíbles historias donde el rico enamorado prefiere a la sirvienta, o donde el príncipe heredero se casa con la cenicienta. Por cierto, recientemente falleció la princesa Luisa, hija del rey Leopoldo de Bélgica, el hombre más rico del mundo. Luisa, todavía casada con un príncipe austriaco, huyó con su amante, un teniente croata; y prefirió morir en la miseria antes que dejarlo.

—Yay más —interrumpió Leandro con cachaza—, ay dicen los sabiondos quiúna muchacha a los quinciaños puesay quiere casarse con un *príncipe* que seya alto, galán, rico, educado y romántico. Y a los veinticinco, quiere casarse con un hombre que seya galán, educado y romántico, aunque seya pobre, vaá. Ya a los treinticinco ay busca solamente un marido que seya educado y romántico; y de los cuarenta y cinco palante ay se conforma con que seya hombre pero que no seya manco pa' que pueda acariciarla y que no seya choco pa' que se pueda fijar en eya ¡vaá! —agregó y soltó una alegre carcajada. Y le dolió la boca al aplaudir su humor, aunque el alcohol consumido ya había anestesiado en parte sus mejillas.

Los dos celebraron alegremente la salida del sacristán por algunos minutos. Cuando la risa se disipó, Leandro informó cautelosamente al falso sacerdote:

—Pues, ay usté me va perdonar, padre Santiago, pero yuestado pensando mucho en María Teresa y pensando en eya menspiré y le compusiuna cancioncita que, si la quiere oír pues ay se vuá cantar peruen seco, porque tuaviya no me sirven los brazos pa'compañarme de las cuerdas de mi pansona.

—¡Claro, hombre! ¡Déjame oír tu canción!

—Y también la vos ya no me resulta como la de los cantantes de verdá —explicó.

—También lo comprendo perfectamente. ¡Vamos, cántala!

Leandro infló su pecho y anunció:

—¡Pues, ay le va! —dijo y comenzó a cantar:

> *"Teresa yeguá mi vida, inesperadamente,*
> *común rayo de sol en una tarde sombriya*
> *Y desde que la conosco una dulce melodiya*
> *va musitando mi pecho veinticuatroras al diya...*
> *La yevo en mi pensamiento, apasionadamente;*
> *ha güelto mi corazón esclavo de su recuerdo*
> *Y desde queya yegó la suerte de mi existencia*
> *Vatada sin condisión al goce de su presencia...*
> *¡Cómuatesoro su voz y las perlas de su sonrisa!*
> *La luz quirrayan sus ojos alimenta mis pupilas;*
> *Teresa es mi único amor; ¡quererla es toda mi vida!"*.

—¡Muy poética y sencillamente original! —aplaudió Castelar entusiasmado—. Temo, sin embargo, —agregó seriamente—, que te estás obsesionándote con la condesa y no quisiera que llegaras a sufrir una amarga decepción.

Leandro sonrió al escuchar la advertencia de su patrón, pero no quiso hacer ningún comentario. Se limitó a preguntar, esperanzado:

—¿De verdá que sí le gustó, padre?

—¡Sí, ciertamente! —afirmó el peninsular—. Sin embargo, tú pareces estar escribiendo las canciones del futuro. Por ahora, los de moda son los tangos filosóficos, los valses ondulantes y los boleros almidonados. Esos son la gran locura y los que están en boga. Y del famoso y vívido *charleston* ya nadie se acuerda.

—Bueno, yo deso no sé nada. Sí he óido los tangos, vaá. Pero yo compongo lo que me viene al entendimiento, vaá. Yo creibo que linspiración le yegáuno sin pensar quiay le va a gustar a todo el mundo. Pues comuay dicen que pareso ay que nacer monedita dioro, vaá.

—En efecto, el poeta escribe su tema sin pensar en el resultado final. Como cuando se escribe un libro, se planta un árbol o se engendra una criatura, solamente Dios sabe cómo terminarán. En todo caso, tu canción es muy bonita y me gustaría escribírtela en solfa.

—Dios le pague, padre, perusté mestuvo contando unistoria muy, pero muy defícil de crer, vaá; pero quiay mia dejado como gato sobriun entejado caliente.

—Ah, sí, bueno, lo que pasa es que tuvimos que suspender el relato por tu increíble tragedia, por llamarla así, y luego no habíamos tenido tiempo para volver a hilvanarla. No recuerdo, exactamente, en qué punto nos quedamos…

—Pues si no me etivoco, usté áiba porónde la Amelia y el Emilio se casaron y se jueron pa' España secretamente.

—¡Exactamente! ¡Te felicito por tu excelente memoria!

—Dios se lo pague, padre… Pero siga, por favor…

—Bueno, pues, en esas circunstancias, no me quedó otro recurso que acceder a su pedido de suplantarle. El problema mayor que confrontábamos era mi alergia a mi propio pelo y por ello nunca había usado ni barba ni bigote. Emilio, como ya te mencioné, lucía una frondosa barba, muy similar a la postiza que yo llevaba ese día en que tú y yo nos conocimos. Y como ves, hasta mi tonsura está ampliándose más allá de lo normalmente requerido y temo que pronto voy a quedarme completamente calvo.

—Perueso le va yevar mucho tiempo, creibo yo, vaá.

—Sí, es muy probable. Pero volvamos a mi trágica historia. Siendo que yo poseía mucha experiencia en las funciones tradicionales de la iglesia no me fue en extremo difícil el desenvolverme en mi nueva vida y profesión. Aunque constantemente añoraba a mi adorada, María Olinda Pertierra, mi prometida; una hermosa madrileña salerosa a quién, estoy más que seguro, los ángeles le tenían mucha envidia por su exquisita hermosura. Ella nunca supo la causa de mi larga e inexplicada ausencia ya que, por razones muy comprensibles, yo no se la podía explicar, aunque hice muchos esfuerzos para comunicarme con ella y calmar su justificada cólera y desencanto por mi supuesta traición y abandono. Viví un verdadero infierno. Sentía también una inmensa nostalgia por todos mis amigos, por mi amada España y en el silencio de las noches me consolaba cantando mentalmente *La Golondrina* de Aben-Ahmed. Pero como te decía, a pesar de mis fracasos iniciales, me volví tan eficiente en el desempeño de mis deberes sacerdotales que pronto fui elevado al canonicato. Emilio y su esposa, se habían instalado ya en Madrid después de unos meses de estadía en Méjico y Francia y, finalmente, él se había acostumbrado a su domesticidad. Me aseguraba en sus cartas que era muy feliz con su esposa y con su pequeño chaval a quien llamaron Santiago, en mi honor. Pero, aunque nunca me lo confesó, supe por otras personas que no todo le había salido a pedir de boca. Su mayor tropiezo se debió a que mi hermano, como ya te lo he dicho, no era abogado; y por lo tanto no podía ejercer esa profesión con la eficiencia que se suponía tener. Aunque Emilio presentaba mis credenciales y diplomas como suyos con la esperanza de obtener pronta experiencia; sus empleadores, sin embargo, no podían comprender cómo un profesional de la escuela de abogacía más prestigiosa del mundo desplegara una crasa ignorancia, tanto de las leyes como de las doctrinas legales y de los diferentes sistemas de procedimiento criminal, constitucional, civil y comercial. Por esa misma razón, perdió todos los empleos y su vida se tornó agudamente insoportable. Sin él saberlo y sin que yo me enterara, don Aníbal Pertierra, el padre de mi novia, me buscaba asiduamente para obligarme a limpiar el deshonor que mi incumplimiento de la promesa formal de matrimonio le había ocasionado a su familia. Una tarde don Aníbal sorprendió a Emilio, afeitado y vestido a mi usanza, del brazo de su querida esposa por el Paseo de la Castellana, una importante avenida de la ciudad de Madrid. Sin mediar palabra le descerrajó un balazo que lo dejó muerto al instante. El asesino creyó haber matado a Santiago Castelar y en cambio había matado a Emilio, mi malhadado hermano. Y no pude asistir a sus funerales porque me estaba vedado salir de Guatemayán.

—¡Qué barbaridá, padre! —exclamó Leandro, anonadado por el trágico final del verdadero excura Castelar.

—Cuando recibí la infausta noticia, no supe qué hacer. Después de mucho pensarlo, decidí confesar toda la verdad, al superior general de la orden. Y él comprendió mi necesidad de renunciar al sacerdocio, pero tenía que obtener primero el visto bueno de los dirigentes de la congregación. Mantuve el dedo sobre la raya hasta que por fin obtuve la autorización.

—¿Pa' salirse de cura? —interrumpió Leandro.

—Sí, en efecto, con ese fin. A los pocos meses se me permitió abandonar la parroquia de Xelajú y discretamente me ofrecieron algunas opciones. La primera fue una coadjutoría en la parroquia de Ocotal en la provincia de Nueva Segovia en Nicaragua. Desgraciadamente, en esos días, las tropas norteamericanas bombardeaban diariamente esa área porque allí estaba la base mayor del ejército nacionalista de Augusto César Sandino. Por supuesto, el peligro de morir allí durante esos bombardeos era de suyo inminente. La segunda opción era la parroquia de Trinidad, una villa en el noreste de Bolivia que, por cierto, es la capital del departamento de Beni. Y la tercera, la parroquia de la pequeña villa redentoreña donde estamos. Y como ves, preferí la famosa cuna del añil natural: ¡Cayaguanca!

—¿Y porque no la de Trinidá?

—Porque oportunamente se me informó que allí también había amenaza de guerra entre Bolivia y Paraguay por la región del Chaco donde se alegaba habían descubierto enormes yacimientos de petróleo. Además, esa población es extremadamente calurosa y húmeda todo el año. Como ya estaba acostumbrado al clima fresco de Xelajú, me decidí por algo intermedio. Es decir que se me obligó a escoger *entre el infierno* y *el purgatorio* —añadió riéndose de su hilarante comparación.

—¡Tonces usté es el Santiago y el que mataron era el padre Emilio!

—¡Valiente deducción, amigo mío! —aplaudió Castelar mofándose irónicamente.

—¿Y nunca se lian atravesao los nombres?

—Ocasionalmente, sí; por suerte, muy raras veces —admitió Castelar—. Ahora que ya sabes mi verdad, espero contar con tu discreción y tu silencio con respecto a estas confidencias secretas que te hecho, aunque ya de antemano estoy convencido de tu lealtad y sobre todo de tu gran sensatez. Dentro de un par de meses retornaré a España a recobrar mi verdadera identidad. Para entonces ya habré encontrado una buena excusa para congraciarme de nuevo con María Olinda y finalmente casarme con ella si decide olvidar mi huida y perdonarme. Como comprenderás, tu silencio es muy esencial para que yo pueda continuar como cura.

—Ya le dije que primero me caye el cielo encima pa' que yo suelte su secreto. Y ¡cómo lo vamos astrañar, padre! —añadió Leandro pucheroso.

—¡Te creo, hijo mío! ¡Mil gracias por tu silencio! —agregó emocionado—. Ahora, ¡vamos a descansar! —dijo, dándole una palmadita en el hombro.

***

Chema Serrano llevó la noticia de la enfermedad de Leandro a Mateo, el mayor de los hijos de Leandro. Al ser enterados del falso vapuleo de la culebra masacuata, todos ellos, con excepción del primogénito, alegaron no poder viajar a Cayaguanca por razón de sus ingentes trabajos agrícolas a las que no podían esquivar debido a la prematura llegada de la estación lluviosa. Su actitud no era ni egoísta ni reprochable sino perfectamente justificable, tomando en cuenta particularmente que, de acuerdo a la versión de Chema, el progenitor ya estaba en vías de recuperación. Más aún, las siembras no podían ser demoradas si había de evitarse que las cosechas, antes de llegar a su punto maduración y recolección, se pudrieran por las lluvias copiosas que suelen caer de setiembre a octubre. Muy sabido es que el labrador vive de sus cosechas pues sin ellas lo único que le espera es la miseria económica la cual se traduce en hambre para su familia y para sus ganados. Además del acoso de los acreedores y la pérdida de respeto entre sus semejantes. Mateo siempre había demostrado un acendrado cariño filial por su padre que rayaba en la devoción. Discretamente tapaba sus vicios y múltiples errores; minimizándoles o achacándolas a su prematura senilidad. El resto de sus hermanos eran críticos acérrimos del viejo. Siendo el hijo mayor, Mateo había compartido con él la mayor cantidad de su vida y experiencias, tanto buenas como malas, así como también aciertos y desilusiones. Aunque había heredado la tez morena de su madre, sus ojos eran azules como los de su padre.

—Mirá, Carmeló —dijo Mateo a su esposa, mientras se desnudaba para meterse en la cama—, este domingo ay me vuir a Cayaguanca a ver a mi tata, anquiay tenga quirme solo.

Carmen ya estaba sentada en el lecho marital con la espalda contra la pared.

—Pero si vas —le respondió—, tenés quiaprovechar el viaje pa' que te merqués un quintal de frijoles. Y si no luasés, vamos a tener que comernos los quiay tenemos apartados pa' semiya.

—Peruesquiún quintal es mucho peso pa' cargarlo yo solo y mesmo en el lomo desde Cayaguanca —dijo el esposo poniendo las manos detrás de su cabeza.

—Puesentonces, yevate al Joaquín, pué. Yay se reparten dos arrobas caduno —sugirió sabiamente la esposa—, anque vos no debiyas cargar nada en esiombro quiay tiastado doliendo por mucho tiempo —agregó compadecida.

—Esués por lumedá deste condenado ibierno —trató el marido de justificar y a la vez minimizar la causa de su dolencia—, quiay miastado jodiendo, pero ya desde antier ya no mia dolido mucho que digamos…

—Y siésués por l'humedá ¿porquiay no te resguasdás en ese ranchito de la milpa cuando está yoviendo, pué?

—¡No, mujer! Porque no tengónde guareser los bueyes y me da miedo meterlos debajo de los palos porquiayí los rayos me los pueden matar diún centellazo.

—¿Y por qué no me dejás que ti'haga faumentos y te ponga unas ventosas, pué? —preguntó Carmela con cariñosa solicitud.

Mateo reclinó su cabeza en la almohada sin responder a la sabia sugerencia de su esposa.

—Acordate mañana de lavarme y de plancharme la mudada dominguera —le ordenó para cambiar de tema—, y también ay tiacordás diavisarle al Joaquín que no se vayir a dar serenatas el sábado por la noche porque el domingo se vir con yo pa' Cayaguanca y a buena madrugadita para que podamos ir a la misa yaver a su tatita; orita quél dicen que esténfermo.

***

Llegó por fin el domingo. La nueva alborada ya se perfilaba en el oriente. Su luz, tenue aún, se agrandaba paulatinamente detrás del horizonte y al escaparse de los negros y errantes nubarrones definía el perfil de los abruptos desfiladeros de Cayaguanca suroriental. A su débil reflejo, Mateo Beltrán y Joaquín, su primogénito, comenzaron a percibir con preocupación las ubicuas piedras que, anguladas y afiladas, hacían más cruel los pasos sobre el angosto sendero, eufemísticamente llamado *Camino Real*. Mientras tanto caía una llovizna, inusual al comienzo de la estación lluviosa, que mientras refrescaba sus hombros, saturaba de agua la paja trenzada de sus sombreros y les cegaba los ojos.

—Estos caites, apá, ay mestán hasiendo ampoyas entre tos los jengibres —dijo Joaquín quejoso y malhumorado. Era éste un simpático y corpulento mozalbete, aún en la mediana pubertad y quien, a pesar de sus tiernos años, ya espigaba por encima de su progenitor. Su piel blanca y pecosa, sus ojos zarcos y sus cabellos rojizos contrastaban con el cutis moreno de su padre.

—¡Peruay va a tener quiaguantárselos, carajo! —gruñó el padre—, porque si se los quita orita mesmo, ay se le puede sampar una espina de ixcanal en las patas... Como le pasó a su tiyo Gaudencio y qui'ay tuvieron que mochársela.

—¿Y pa' qué se la mocharon, apá? —preguntó el hijo con sorpresa—. ¡Siay hubiera sido más fácil que le sacaran lespina, vaá!

—¿Pues porquibaser? Porque seliabiya encangrinado, pué.

—Perueso le pasó a mi tiyo, ¡por bruto! Porque yo creibo que nuiso nada pa' curarse l'erida; yay la dejó que se lencangrinara.

Yanque l'estuvieron dando las calenturas no se cuidó tampoco ¡Anantes que no se murió másantes! ¡esque mi tiyo siés un bruto, vaá!

El progenitor detuvo el paso.

—Ansina nunca siabla diuna persona mayor ¡carajo! —lo recriminó acerbamente—. El Gaudencio, anquiaiga sido bruto como usté dice que jué, yanque yestuviera difunto, sigue siendo su tiyo. ¡Y tiene que respetarlo! ¿Miá óido?

—Sí, apá —respondió Joaquín contritamente cabizbajo, avergonzado de su irrespetuosa insolencia con sus mayores—. Pero yo nunca 'biera hecho una babosada comuesa, anque estos caytes, por el lodo quiay se mete entre los jengibres, ya mestán hasiendo roncha y dejándome patojo de las dos patas.

—Ya le dije que se los deje puestos par'evitar una espinada qu'es pior. Ay 'pérese a que yeguemos al camino empedrado del pueblo yay se los quita. Yojalá que nuesté tan lodoso.

—Pero como yastamos casi al fin de la cuesta y yuestoy entumido por lumedá; ¿por qué no nos arrinconamos a la puerta del camposantue Techoncho a sestiar un ratito, apá? —imploró el mozalbete—. Mesmuaura, que ya mermó la pringuiada.

—¡Ay descansamos cuando yeguemos a Cayaguanca! —dijo Mateo—. Es que quiero agarrar a su tiya Olaya de mañanita, antes que la vieja cascarrabias de su patrona se levante. Mateo y Joaquín continuaron su camino en silencio.

—Papó —dijo el joven de repente, tratando de rehacer la conversación—, ¿yusté por qué ya nuá guelto a ir al mar a pescar chacalines a la Costel Bálsamo?

El progenitor no contestó la pregunta de su hijo porque estaba pensando en la respuesta.

Pero Joaquín insistió con una pregunta más que inocente, absurda.

—¿Es qui'al mar ya se li'acabaron los chacalines?

—No sea sonso, mijo. ¿Cómo se le van a acabar los chagales al mar? —preguntó Mateo enfadado—. Si la mar es tan grande, tan grande… que siunestreya le cayera encima, a la mar no le pasariya nada. Poreso cuando usté veya unestreya cayéndose, esté segurito que vir a quer al mar, porque Nuestro Señor, está siempre velando desdiayarriba por todos sus hijos, pué, vaá. Y no la va a dejar quer sobre la tierra.

—Peruesque el cielo estayá bien arriba y yo creibo questá muy lejos, apá —filosofó el mancebo con aire incrédulo—, y poreso es que Dios ya desdiay desde esas lejuras tan altas ya no nos alcansa ver… Y menos cuanduay nubes muy tupidas como las dioy. ¡Pues es pior, vaá!

—¡Ve pué, quiatravesao miaresultadasté! —exclamó el padre con exasperación; pero luego pontificó—: Dios nunca, mióye, nunca va a dejar que caiga una desas estreyas sobre la tierra mesma porquiay se nos quemariyan las milpas, los cañales y la güerte' los guineyos… Yastel mesmo rancho en que vivimos, pué… ¡Que nos libre Dios!

La sabiduría de su humilde progenitor era para el imberbe mozalbete un compendio de verdades incuestionables. Así que se cuidó de no refutar sus enseñanzas, pero sí volvió a insistir:

—Pero tuaviya no mia dicho poruques que ya nuha vuelto a la costel sur.

—Pues la merita verdá es que ende que siaogó mi tiyo Bernabé Erazo, por el lado diay de Zacatelazunca ya los cheros no quisieron golver, vaá. Y comuay ya no se pudo aincontrar el caráver dél, vaá, pues ¡pior por ay! vaá…

—¿Y por qué, apá? ¿Es quiustedes ya teniyan miedo diogarse? —preguntó Joaquín. Sus preguntas llevaban doble intención. Prestándole atención a las historias de su padre olvidaba la llovizna y el frío entumecedor que abrumaba en particular los dedos de sus pies.

—¡No! Nuera por miedo diogarnos, vaá, sino porque el alma de mi tío Berna ay se nos aparecíya yespantaba los bagres y ya nu'agarrábamos nada ni de noche ni de diya pué.

—Perusté nunca nos dijo nada deso a nosotros, ni a yo, ni a mi amá ni a ninguno de mis hermanos, —le reprochó humildemente.

—Porque sigún ay nos desiya mi compadre Tancho Menjívar, esas son cosas del mesmo Maligno, vaá, —dijo Mateo santiguándose con la mano izquierda—, quiay siempre nos andaba toreando y buscándnos el pierde a nosotros pa' que reneguemos contra la voluntá devina que protege a todos los cristianos como nosotros y comusté mesmo. Perueso, no se lo vaya a contar a nayden porqui'al diablo le gusta mucho oír quiablan dél.

—¿Yusté mesmito vio el alma del tiyo Berna? —preguntó el hijo.

—Pues con estos ojos que se va a tragar la tierra, pa' que le vu'a mentir pues no, yo nunca lo vide, vaá —confesó Mateo cándidamente—, pero cuando los otros cheros ay nos deciyan quiay mesmuaiba pasando el alma del tiyo Berna pues a yo ay se me paraban los pelos del cuero y me daban los calofriyos de los difuntos. Y'ay me santiguaba con la mano ñurda paspantar al diantre quialo mejor era él, el que nos queriyuyentar del mar. Y no nuera el alma del finado, que mi Dios en la gloria lo tenga. ¿Güeno, yusté porquiay miha hecho esa pregunta? ¿Es quiay se querir con algunos de sus cheros porayá por l'Herradura?

—No. Pero cuand'usté siba pa' la costa a yo y a mi amá también nos daba miedo, unqueya nunca se lo deciya asté, vaá.

—Ve pué ¿Yesquiusté nués hombre pa' defenderla, pué? —replicó Mateo enojado como si dudara de la hombría de su primogénito.

—Orita mesmo sí, perueso jué cuando yuestaba cipotiyo, vaá —explicó el muchacho—, tubún percance bien feyo, vaá. Eya mesma no se lo quiso contar, vaá, yay nos sentenció a todos los bichos que si se lo contábanos, nos iba a dar bergasos por cabo y rabo.

De repente, Mateo se acurrucó para sacarse un pedrusco que, incrustado entre el caite y la planta del pie laceraba cruelmente la base de sus dedos. Levantando la cabeza, preguntó con voz áspera:

—Y'usté ¿porquiastaura me lo viene a contar, pué?

—Porquiorita ya soy hombre yay me duele quiusté nunca luhaiga sabido —replicó el joven con voz y aire altaneros—, y también porquiustés el mero jefe de la familia, vaá, y debe de saber tó lo que pasa en la casa cuando nuestá, anquiay mi mama me matia palos…

—Y ¿qué pasó, pue?

—Miacuerdo que jué en una nochioscura; sin luna, vaá —comenzó Joaquín su relato con voz solemne—, ay mesmual ratu'e que nosabíyanos acostado, los chuchos se pusieron a latir como siubieran vistua la siguanaba o al cadejo o al cipitiyo. O mesmo a los tres juntos, vaá. Nosotros, los cipotes, nos abrasábanos temblando con culiyo y nos echábanos encim'e nosotros el perraje y di'ay nos engolvíyanos hasta la cabeza, pues pascondernos, vaá...

Mateo Beltrán sonrió, secretamente orgulloso de la arrogante manifestación de hombría de su hijo Joaquín.

—¡Ve, pué, yusté mespantó las pulgas, carajo! —dijo ufanamente—. Cuénteme orita mesmo, cómo juése percance que dise que tubo la Carmela. ¿Y de qué teniyan miedo, pué? —preguntó intrigado el padre.

ONCE

—Y ¿a qué le teniyan miedo, pué? —volvió a insistir el padre.

—Pues aunas voses diombres quiay oyíyamos entre los latidos y gemidos de los chuchos y también oyíyamos los bergasos que les daban porque les latiyan bien bravos. Miamá nos dijo bajito que no nos asustáranos porquia lo mejor eran algunos ladrones y diay se jué a ponerle dos trancas a la puerta. Y diay apaguel candil, pero dejuencendida la lamparite manteca que siempre le mantiencendida a San Caralampio pa' quiay nos protegiera de los temblores. Diay por fin los chuchos huyeron gimiendo por la cachimbiada que les'habiyan dado. Diay las voces pues ya no sioyban, vaá. Mi amá abrió la ventana y en un grito preguntó: '¿Quiénand'ay?' Nayden le contestó. Pero los chuchos ay seguiyan gimiendo doloridos peruen suavecito, pué, como si se estuvieran cagándose de culiyo.

—¡Ah pues! A lo mejor síera la Siguanaba quiandaba buscando a sus criyos, vaá —comentó Mateo—. En ese caso, mijo, —le aconsejó seriamente—, unuay sespera a verla y cuando la ve, lamenaza: '¡Alejate o te caigo con la Santa Cruz de mi Redentor Jesucristo!'

—¿Yeso sirve, puyentarla, apá? —preguntó el joven con cierto escepticismo.

—¡Que, si sirve, tatas de mialma! —aseveró el padre convencido de su método.

—Siayí mesmuel espanto de los espantos que seyan ay salen bolados; porquionde oyen el Santo Nombre de Dios, se les cayen los ánimos y las ganas de seguir la jodienda, vaá.

—Peruapá, es qu'esos nu'eran espantos. Asté no me dejó terminar. Esera la mesma poleciyadiacienda, a la que le disen la *chichera* porquiay se la pasan buscando cántaros de chicha y sacaderas dialcohol.

—¡Ve pue! —dijo Mateo incrédulo—. Y ¿cómo supieron ustedes queran los chicheros?

—Ellos mesmos nos dijieron a gritos qui'abriéramos la puerta porqu'estaban buscando guaro de contrabando y pisto clasificado.

Mateo montó en cólera.

—¡Ni yo ni Carmela andamos metidos en esas cochinadas! —protestó airado. Yo siempre ago trabajonrado y ¿por quiay tu mama no les diju'eso, pué?

—Mi'amá les dijo todueso y a gritos, vaá; pero los cuilios no le creyeron ná, ni tampoco licieron caso, vaá. Y comuo no les abrió la puerta, ay la tumbaron a culatasos de fusil.

—¡Quiabusivos son esos hijos de puta! —rugió Mateo rudamente—. Siaprovecharon quel hombre de la casa estabusente, —agregó altanero y con amarga impotencia.

—Y'ay más, tuaviya —añadió Joaquín—. Ni siquiera se compadecieron de mi pogre amacita que'staba preñada y ya se le notaba bien la pansa. Diun empujón, uno deyos l'aventó contrel larguerela cama diustedes yel otro hijueputa le dio un culatazo en el puro ombligo. Miamá queduayí tronchada de dolor y cayó al suelo. Y diay los malditos agarraron el vasito ónde ella guardaba monedas diacentavo y diacuartiyo y se lo vasiaron en los propios bolsiyos deyos, vaá, disiendo quera *proybido* tener monedas en vasos de vidrio…

—¡Maldita l'ora en que se mescurrió dirme a la costa, dejándola ay sin proteusión! Y ¿por quéya nunca me lo dijo, pué?

—Porque por el golpe perdió el chichí. Perueya no quiso quiusté lo supiera pa' que no se pusiera bravo y tuviera pleitos con los cuilios de San Luís y juera a parar a la penitenciaria o al mesmo camposanto. ¿Ya no siacuerda queya le dijo que siabiya cáido de l'hamaca y quiansina habiya perdido el cipote? Endentonces yue venido maldiciendo a esos hijueputas chicheros. Y no se miolvidan yálgún diya ¡me las van a pagar! —añadió encolerizado.

—Mialegra que miaiga contado ese bolado, vaá, porque yo mero nuentendiya cómo la Carmela sibacáir de l'hamaca y que por eso habiya perdido la criatura. Anqueso ya li'a pasado áutras, vaá… Pero siun diya destos ve a uno desos hijos de puta, ay me luenseña y le juro, por esta cruz, que no golverán aincontrar ¡ónde poner el culo!

La cólera y la proferida venganza del progenitor sacudieron el alma del adolescente. Se alegró, sin embargo, de haber efectuado esa catarsis que él había considerado necesaria para que su progenitor se enterara de toda la verdad. Padre e hijo continuaron su camino cuya senda se hacía paulatinamente más visible a medida que avanzaba la claridad del nuevo día.

***

Sobre el Camino Real que conducía a la Villa de Cayaguanca, y a unos cuatro kilómetros de distancia, existía un puente de hamaca tendido sobre el río Tamulgasco. Cabe mencionar que para la época en que se desarrollaba nuestra historia, dicho puente se encontraba ya seriamente deteriorado por el continuo uso y por las inclemencias del tiempo que paulatinamente pudrían los gruesos cables de henequén y a la vez herrumbraban las partes metálicas. Cercano al punto donde terminaba la salida hacia el norte de dicho puente, una pareja de soldados desvelados vigilaba el estratégico paso desde ambos lados del sendero. Ambos se guarecían de la llovizna pertinaz bajo sendos abrigos impermeables de grueso hule que despedía una hediondez similar a los vahos fecales. La pareja la conformaba un cabo de agrio semblante y con el alma curtida por odios artificiales hacia todos sus semejantes sin uniforme, y un soldado raso, recientemente reclutado por la fuerza en el oriente del país.

Durante la noche que ya se había esfumado, sin luz de luna y sin estrellas, los soldados se habían acurrucado a ambos lados del camino contra dos enormes peñones de estrato arenoso y calcáreo, escondidos por los arbustos que delineaban el sendero. Cada cuarto de hora el cabo soplaba con fuerza su silbato de dotación. El soldado le respondía al instante con un silbido corto de sus labios para indicar "no hay novedad", a menos que el humilde recluta se hubiese rendido ya a las implacables huestes del sueño. Dos silbidos largos e intermitentes del cabo indicaban que era menester reunirse para conferenciar y consultarse sobre novedades reales o imaginarias. Al encontrarse, se acercaban el uno al otro para discutir sentados en cuclillas y a media voz el tema urgente del encuentro.

Con el fin de crear en la mente de los reclutas una actitud de total dependencia de la voluntad de los comandantes y oficiales inferiores, la presencia constante del peligro desconocido era el tema favorito y recurrente de los jefes, desde el comandante hasta el más novato dragoneante.

De repente, el silbato del cabo sonó dos veces.

Yes l'hora de volver al cuartel, se dijo el bisoño con los ojos alegres y el corazón esperanzado. Caminó velozmente, casi a gatas, para no ser detectado por el invisible enemigo. Arrastrando la culata del rifle contra el fango arenoso del camino llegó hasta donde se encontraba el hosco superior. Una vez frente a él, se le acercó tanto en borrega solicitud que pudo aspirar el nauseabundo hálito, hediondo a vapores sulfurosos de aguardiente barato. Sus oídos se pusieron atentos al mensaje o a las órdenes que le daría su jefe. Éste, sin embargo, se mantuvo callado con el ceño áspero y en actitud de atención como si tratara de escuchar algo más que la música cantarina y repetitiva que la corriente de agua improvisaba al rozar y deslizarse incontenible sobre las piedras y rocas grandes de la madre del río.

—¿Yes lora, mi cabo? —preguntó ansiosamente el adormitado recluta en un susurro de medio lado, tratando de esquivar su aliento fétido.

—¿Lora de qué, pendejo? —preguntó el cabo hoscamente.

—¡Ah, pué! Lora dir a echarnos al catre… A dormir, vaá…

—Mirá, Brito, no tiagás elusiones de que ya nos vamos a regresar pal cuartel. Tuaviya nuemos rialisado la misión importante que nos han dado —replicó el cabo muy orondo.

—¿Y cuál es esa misión, pué, mi cabo?

—Esta madrugada tengórdenes de yevar buena carne pal caldo, —respondió el cabo con aire de misterio.

Brito se carcajeó de lo lindo.

—Ve, pué, mi cabo ¿y diónde vusté a sacar esa carne, pué? —exclamó en alta voz—. Siaquí por estas malditas chiburnias de Cayaguanca ya no siayan ni palomas, ni cuches de monte, ni mapaches, ni tacuazines ni cusucos; sólo pijuyos y sopes. Y ¡contimás un cabrón pitero! —se quejó amargamente.

—Y diay dionde vos venís ¿tuaviya siayan piteros? —preguntó escéptico el cabo.

—¡Y mesmo de los cholotones! —respondió orgullosamente el oriental—. Ay mero por lasajueritas del pueblo de Jocorócoro y Comacarácaran —agregó—, ay mesmo sí'hayan liebres diasta dies libras paserlas en caldo con repoyo, loroco, papas, yucas, pipianes y los güisquiles peludos. ¡Ay, Dios Santo! ¡Si'ay mesmo siento el olor de lorocos y ceboyas! ¿Cuándo, cuándo los golveré a comer, mi cabo? —preguntó con voz plañidera; nostálgico y deseoso de las delicias culinarias de su inolvidable y lejano lar familiar.

—¡Bajale al güergüero, pendejo! —lo reprendió el cabo con la acostumbrada actitud soez y despectiva hacia los infelices reclutas—. ¿No ves quiay el enemigo podriyaoyirnos y mesmo por tus alharacas podríyamos pereser ¡aquí mesmo! —luego le susurró—: Vos, nuentendés quioy nos toca yevar uno o dos *comunistas* pa' la chirona del cuartel.

—¿Y cómo sabremos quiénes son comunistas y quiénes no lo son? —preguntó Brito.

—Y a vos, pendejo, ¿qué timporta si son o no lo son? —preguntó el cabo—. A yo y a vos —añadió sin rodeos—, nos toca cumplir las órdenes precisas que mian dado y si no el comandante Gonzalo nos va a quebrar el culo a los dos ¡por haraganes y flojos!

—Yo meramente nuentiendo pué —comentó Brito con seria extrañeza—. ¿Por quésquiay toduel mundo en el cuartel, vaá, siagita, con lo quiordena el tal Gonzalo?

El cabo escuchaba incrédulo al enojado e inocente recluta. Éste continuó con desdén:

—Y'ese maje con cara de desgraciado ¿nués otro comemierda dragoniante, pué? ¡Ni siquiera una rayita tiene en la mangue la camisa! ¡otro pinche soldado mesmo como yo, mi cabo!

—¡Cómo se ve que vos sos un recluta inorante! —dijo el cabo colérico—. Eso de qu'es un dragoniante es pa' los diajuera, pa' los cagados ceviles. Ese comemierda, como vos le decís, es nada menos quiun *coronel de verdá*. Yél no se yama Gonzalo sino Osmán Aguirre; unquiay sus cheros le dicen *el Chacal*. Perua mi coronel ese apodo luencabrona.

—¡Puta, mi cabo! 'Tonces ese baboso tiene los güevos más rayados que los del tigre.

—Yes más, ay mian dicho que mi general Martínez lo mandó a él al Chile con su' hermano Osmón pa' quiayàprendieran el voladuese de comuandar husmiando en secreto a tó el mundo paveriguar quienes son los enemigos del güebierno, vaá. ¡Y diay jecutarlos! O seya que pa' cuando mi general botó al presidente diantes, yeyos ya yebaban dos años preparándose pal golpe destado.

—¿Ansina jué, pué? —preguntó maravillado el recluta.

—¡Ansina mesmo como l'oyís! Y'orita mesmo este coronel Aguirre y suermano son los meros cheros de mi general Martínez yay entran a la Casa Parda como Pedro entren su casa. Yesues, sigún mian'dicho los que saben cómo son las cosas de la política, vaá.

—¡Puta! Mi cabo. 'Tonces ese Gonzalo nues de fiar. Ay lo puede mandar á'uno al calabozo o al paderón.

—¡Ansina, mesmues! —aseguró el jefe—. Yay mero sencabrona, también, cuando no le yebamos comunistas. Yase dos semanas que nue agarrado niuno d'esos hijos de puta culicolorados. Y'ay tengo culiyo de que me van a bajar las rayitas de cabo y vua ser otra ves Pastor Romero, el comemierda dragoniante. ¡Si'es que no me bajan otra ves a ser un vil soldado como los reclutas! —confesó con amarga premonición.

—No se descorasone, mi cabo —dijo Brito con adulador optimismo—, porquiay a lo mejor ay pronto lo van'asender a sub-sargento.

—Pue'sí, esés mi esperanza —respondió el cabo Romero sonriendo más animado—, porquiay acabo dioyir voces diayá del'otro lao del riyo. Y yo sé quiay vanatener que pasar poreste camino. Y cuando pasen ¡zuás! los'agarramos, los'amarramos y di'ay ¡pa'll'oya!

—Mire, mi cabo, yo diusté no me confiaba desas voces que dise quiajóido, vaá, porque yo las hestadoyendo ende que yegamos, vaá. Pero diay colegí quesuera el ruido delagua cuanduay pasa raspando los talpetates. Yuno ay cré ques la vos dialgún viajante, vaá. Y yo creibo que diay salió esa leyenda de la Siguanaba, vaá. ¿Usté ya la óido, mi cabo?

Romero asintió con la cabeza. Luego la levantó y puso su oído en dirección del otro lado del río. El locuaz soldado continuó relatando la mítica leyenda.

—Ay disen que por las noches ese espanto que se presenta comuna mujer alta, feya, flaca yojerosa, que yora y yora y diay canta endechas como de tiernitos, vaá; paber si susijitos loyen, pero ellos ya no la pueden oyir, porque están hogados y la corriente ya se los'ha yevado pa' la mar, vaá...

—Pue'sí, yo también he óidu'eso; pero a yo me parece que todas esas historias son un atajue pendejadas; cosas de locos y haraganes que nunca han tenido ná qui'haser. Yo no las creyo, vaá, porque son puros *cuentos de camino rial* —afirmó despectivamente el cabo.

—¡Tenga cuidado, mi cabo! —le advirtió seriamente el subalterno—, que yue conocido a hombres valientes que sian güelto medio terengos de la cabeza porque después de rirse de la Siguanaba, ay se les apareció. Poreso, nuay quiablar sin saber sies listoria es verdad o sies mentira.

—¡Ya cayate! —ordenó Romero al lenguaraz—. Mirá, andate ayá pa' la salida del puente. Ay parás bien loreja y si vos crés que los que vienen son tres o menos me das tres chiflidos cortos y si son más de tres, ay me das dos chiflidos largos, ¿mias entendido?

—¡Sí, mi cabo! —dijo Brito después de dar el saludo de rigor—. Pero siay los comunistas oyen el chiflido ay se van a poner ariscos y sevan a regolver...

—D'eso no te priocupés. Esos jinchos pendejos van a crer qui'ay son las chicharras que chirreyan porque ya sestan muriendo. ¡Andate ya y dejate de tanta mierda! —le ordenó.

***

Mientras tanto, Mateo Beltrán y Joaquín, su primogénito, descendían muy despaciosos pisando cautelosamente sobre el barro resbaladizo y pegajoso del sendero. Las tinieblas de la madrugada ya se habían disipado y los numerosos charcos llenos de lodazal y barro se hacían cada vez más visibles y más evitables para nuestros peregrinos. Conociendo el carácter recto pero severo de su padre, el jovenzuelo hizo de tripas corazón para hacerle una confesión personal que él la había considerado de suma importancia para su vida futura. Aunque comprendía que, por su condición de adolescente, tal vez era demasiado prematuro el hacerlo. Después de una breve reflexión, el joven habló con voz firme y decidida.

—Papó —dijo trémulo—, yase rato que le querido decirlialgo, pero no queriya haserlo enjrente de mi amá y ni de mis hermanos, porque estoy siguro todos sé siban a rir de yo.

—¡Pues dígalo di'una vez, carajo! Orita qu'estamos aquí por estos montes éngrimos solos —ordenó con voz paternal el progenitor—. Usté sabe que las 'portunidades las pintan calvas y yo no me vua rir de lo que me diga… Y ¡nu'importa lo qui'usté me diga!

—Es que, pues… Es qu'estoy enamorado de la Chenta, lija de don Venancio Abarca, vaá —balbució Joaquín cabizbajo y a sabiendas de que su padre sabía de quién se trataba—. Y'eya mi'ha dicho que también me quere, vaá —agregó en voz baja y temerosa—, pero la mama deya me odeya y me detesta comua los mesmos miados de los sorrillos, vaá. Y ya me sentenció que siay me ven o mihayan platicando con eya, o si miagarran ay rondiándole la casa deyos, me van aescuartizar y que por los meros sopes me van aincontrar picado a machetazos…

—¡Apuesentonces, olvídese deya, carajo! —aconsejó el padre indignado—. Mujeres son las que sobran en este mundo —añadió convencido—, y ¿pa' que se metionde no lo tragan, pué? Váyase ay pal Portiyu'el Norte, arribe Cantasque, ay mesmo por el valle de l'Hondurita. Quiayí jué ónde miaincontré con su amá. La Carmela tiene muchos parientes que tienen hijas chulas, chelitas, y cholotoncitas; mesmo como nos gustan a nosotros, vaá.

—Peruesque… —trató Joaquín de interrumpir a su padre; pero éste ignoró su objeción y prosiguió imperturbable—: Ayí las muchachas están bien criadas y todas son muy jacendosas que saben coser y remendar trapos, cocinar, lavar, planchar, ordeñar las vacas; yademás ellas saben agarrar un arado, un asadón o una cuma cuandués menester payudarle al marido en las tareyas del campo. Yasta sabenerrar los terneros y ordeñar las vacas y las cabras, vaá. Yalgunas deyas hasta saben ayudar a las vacas y a las marranas a parir, vaá.

—Puesí, vaá —dijo Joaquín tratando nuevamente de interrumpir al padre. Pero éste a su vez continuó impertérrito:

—¡Esas sí son las hembras de las meras buenas, carajo! No comuestas putiyas haraganas, empolbiadas y caripintadas, como la Chenta Abarca que lúnico que saben haser es chismear con la mama deya y las viejas de El Pedregal…

—Puesí, apá, usté tiene mucha rasón, vaá. Peruesque yo no puedo vivir sin la Chenta. Se miace que vua tener que robármela, porqueya ya mia dicho que tiene voluntá dirse con yo si yo miatrevo a yevármela pa' la Cost'el Norte.

—¡Calmado, m'hijo, qui'usté si'apenas ha cumplido los… quinciaños!

—Ya casi tengo los diesiséis, apá —corrigió orgulloso el enamorado mancebo.

—Bueno, pué, digamos *diesiséis*. Un año más, un año menos nuase ninguna dijerencia en la vida, mesmo cuand'uno estansina de joven comusté. ¡Oiga la voz de l'experenca miya, mijo, porque yo tengo más del doble de su'edá! —le aconsejó y advirtió con voz paternal.

—¡Apá, asté no me quierentender! ¡Yo ya no miaguanto más sin la Chenta! —exclamó el mozo compungido, impaciente y molesto por la continuada testarudez del padre. Éste entendió la angustia irreductible de su vástago y contra su propia costumbre no le recriminó la voz altanera con que había desechado su bien intencionado consejo.

—Unqui'usté no me lo creiba, m'hijo —repitió con voz tiernamente paternal—, yo también tuve suedá.

—Pueseso ya me luabiya afigurado yo —lo interrumpió Joaquín con sorna.

Mateo continuó rememorando:

—Y mesmo comusté, yo también anduve soñando con los ojos despiertos los mesmos sueños diamor y de pasión, como dicel tango de Cartel. Yo también estuve bien enculado conunembra, antes que conosiera a su amá, pué. Pero tuve quiolvidarla porquia yo tampoco me queriyan los de su raleya. El mesmo tata de la muchacha me lo dijo bien clarito que no me queriya ver por sus alderredores. El viejo desgraciao mechuencara que yuerijo del Liandro Beltrán Erazo, un lana haragán, un comemierda mañoso, que nuasía más que componer canciones lloronas parengañar y preñar hijas de familias desentes y que siasiera el palo ansina mesmo seriya lestiya. Ay me mandó que me juera a la mierda y que le dejara lija en paz. Y diay miamenazó quentrél y susijos miban a picar paserme chanjuaina.

—¿Yusté quiso, papó? ¿Se la yevó pa' la Costél Norte? —preguntó Joaquín.

—¡No, mijo! En ese tiempo se deciya quiba ver guerra contra los catranchos.

—¿Y quisusté, pué? —inquirió impaciente el mancebo, intrigado por el relato paterno.

—Pues no, no me la yevé, vaá; unqueya también me deciya lo mesmo quiay la Chenta le dise asté; que s'iba con yo paronde yo quisiera y queya ya no podiya ni queriya vivir sin yo; que yuera súnica rasón pa' seguir viviendo y todas las cosas bonitas que nos dicen lasembras. Yanqueso miasiya sentirme muy hombre, muy pencón y muy arrecho, no se miolvidaban las palabras del taita que miabiya herido en el mero orguyo de varón cabal porque yu'era ansina mesmo como asté, reito y'honrado. Yo no mereciya que me putiaran sólo porqu'er'el hijo del Liandro Beltrán. Y di'ay me juí pronto pa' l'Hondurita a trabajar en los frijolares de don Lencho Guardado, que Dios en la gloria lo tenga. Ayí jué ónde me conosí con su amá. Eya miso olvidar lautra mujer y comusté sabe, Carmela y yo ay nos hemos querido diadeveras por diecisietiaños y nos seguimos queriendo, vaá, igual si no más quial prencipio, vaá.

—Pues yo no voy A abandonar a la Chenta. Yel guevón que me la quiera quitar ¡va tener quiagarrarse a machetazos con yo! —amenazó con resoluta insolencia.

El padre observó de reojo el rostro alterado de su hijo, pero fingió no haberlo notado.

—El mesmo Santuevanjelio lo dice bien clarito —agregó con voz mesurada—, que nuay mal que dure cien años ni cuerpo que luaguante y quel bocado que nues diuno de la mesma boca se le caye. Yeso hay que considerarlo muy seriamente, vaá. Tiene quiaserme caso, mijo —insistió con acento paternal.

El joven suspiró hondamente pero no comentó sobre el último consejo.

—¡Olvídese de la Chenta Abarca! —continuó Mateo—. Haga la cacha por olvidarla; por el bien diusté mesmo, pué; de sus papases y de sus hermanos. Yay le convendrá.

—Me vua presentar al cuartel paser la platada; antes que me yeven a la juerza.

—¡Vaya que cabesidura me saliusté! —dijo Mateo desilusionado—. Yay ¿qué necesidá tienusté —agregó visiblemente enojado—, dirle a choleriar a ningún catrín uniformado. ¿No sabe mijo quen el cuartel losúnicos quiasienden son los que se rebajan a lamberle las botas a los ofisiales yayudantes? Es desir los questán listos pa' robar y matar cristianos…

—Puesí, esues lo que mian dicho los que ya sihan presentado, vaá. Peruesque, apá, cuanduno está enamorado no piensa más que en el amor y'en l'embra amada —respondió el joven, convencido de la certeza y de la vehemencia de su pasión.

—Ay, m'hijo, el amor es unelusión muy chula y muy caliente, mesmo como la tusa en yamarada. Y comuesa yamarada ay le puede quemar la mano, pero si uno la aprieta duro con una mano y con lotra se aprieta los güevos; ay mesmo se liapaga. Yasté no lia pasado ná. Yaura, agárrese del corvo porquestamos empesando a bajar la cuesta del Tamulgasco. Joaquín decidió concluir el tema sobre amoríos. Luego zafó del cinturón la vaina donde guardaba su arma y comenzó a usarla como bastón cada vez que se deslizaba sobre el barro del camino.

—Si'oye juerte la corriente, como siubiera yena —dijo el adolescente, tratando de sacar de su mente la emoción provocada por su confidencia amorosa.

—Cuando yo teniya su'edá —comentó Mateo, evocando su lejana adolescencia—, mi acuerdo que mi aguelo me deciya que si el Gualteza estaba yeno el Lempariyo iba'star pior. Yay mesmo asi'és, ¡nuay pierde!

—Puesí que los del Gualteza estaban tan rejondos —convino el joven—, tanto que yo mibaogando, vaá. Siasté no juera buen vadiador miubiera tenido quenterrar al pie de la cuesta.

El padre celebró la broma del hijo diciendo:

—Y'eso quiusté yastá más grande que yo —dijo con velado orgullo—. Por esuay dicen quel dianche es más dianche por lo viejo que por lo dianche. Yay mero tienen razón.

—Poresués que yo miatengo asté, apá, porquiasté es más diablo quel dianche mesmo —aseveró Joaquín orgullosamente.

Ambos cables del puente de hamaca chirriaron adoloridos por el peso de los transeúntes. Allá abajo, a quince o veinte metros, los cristales del agua brillaban vertiginosos e inconstantes que, en veloz huida, se quebraban en las duras rocas y en los lisos, verdosos y carcomidos talpetates que cubrían parcialmente el lecho madre de la quebrada. Las aguas se escapaban quejumbrosas como si huyeran de la noche en agonía. Las profusas nubes de luciérnagas que pululaban sobre las márgenes del río brillaban fugaces e intermitentes y luego se perdían en los rayos incipientes del sol matinal.

—No siaga tan aloriye l'amaca —le aconsejó Mateo—, quiay se le puede reventar el cable yay vir a parar a la mesma terbulencia questamos tratando desquivar… Agárrese bien diaquí de mi brazo con una mano y con lautra del cable mayor —agregó con voz paternal.

Joaquín obedientemente envainó su arma y se aferró del brazo de su padre. Tan pronto sus pies tocaron tierra firme, un grito ronco y amenazador congeló sus pasos.

—¡ALTUAY! ¿QUIÉN VIVE? —rugió una voz que parecía provenir de entre el tupido follaje que bordeaba el camino.

—¡Semos gente de bien! —respondió Mateo, más que atemorizado, aprehensivo.

—¡Echen las armas al suelo! —ordenó la misma voz.

—Sólo yevamos armas de filo envainadas pa' la proteisión personal —explicó Mateo con la serenidad del que nada teme y sabe lo que se debe responder en esas circunstancias.

—¡Que boten las armas les he ordenado! ¡O me los trueno ya, par de cabrones!

—¿Y quién me lordena, pué? —preguntó Mateo ya con voz temblorosa pues no podía ver al que daba las órdenes mientras se escondía detrás del matorral.

—¡Lutoridá mesma, carajo!

Dos guarizamas envainadas cayeron sordamente sobre los guijarros y el barro pegajoso del camino. Padre e hijo permanecieron quietos y angustiados a la espera de nuevas instrucciones de la *autoridad*. El cabo que daba las órdenes se apareció de repente con rostro hosco y áspero y un soldado a su lado, ambos apuntando con sus rifles a los aterrados campesinos.

—Aura boten las alforjas y los sombreros al suelo y póngansen las manos sobre la cabeza —ordenó el cabo con voz agria y severa.

—¡Ay, señor! —dijo Joaquín—, si las tiramos al suelo ay se nos van a enlodar.

Romero hizo caso omiso de la imploración del muchacho.

—Aura siacuestan bocabajo y se ponen las manos sobre la nuca y ¡luasen ya! —rugió con voz chillona.

—Óigame, señor utoridá —dijo el padre en voz suplicante—, nosotros ay vamos pal pueblo yestos son los únicos trapitos limpios que llevamos parir a la Santa Misa.

—¡Yayó qué mimporta tu cabrona misa, gran pendejo! —replicó el cabo con blasfemo desprecio—. ¡Échense al suelo ya, como se les ha ordenado o aquí mesmo me los trueno ¡A estos malparidos jinchos, ay que domarlos a culatazos! —aconsejó a su subalterno.

Obedeciendo la caprichosa orden del carnicero voluntarioso y arbitrario que se disfrazaba de agente de la autoridad se echaron de bruces contra el lodo. Una vez ya tirados en el suelo, los valientes militares colocaron las bocas de sus rifles contra las sienes humedecidas por la lluvia y el sudor del pánico. Mientras los encañonaban, el desalmado esbirro le espetó una pregunta al padre, por demás capciosa, que lo hizo temblar por dentro y por fuera.

—Aura mesmo me vas a decir ¿cuántos comunistas más veniyan con ustedes?

—¿Cuáles comunistas, papó? —preguntó el hijo, sorprendido y angustiado.

—Nosotros semos gente de bien, señor utoridá —respondió el padre, ignorando a la vez la pregunta del muchacho.

Un brutal puntapié hundió las costillas de Mateo. El cruel dolor y la náusea del vómito le hizo retorcerse bajo la hostigante bota del cabo.

—Testoy preguntando: ¿cuántos comunistas más veniyan con ustedes? —aulló el cruel mandamás mientras hundía su talón contra la sección sacrolumbar de la columna vertebral, prensando aún más el cuerpo de Mateo contra el fango—. ¿O es que te querés quedar sin costiyas, grandijueputa? —preguntó soez y con rabia procaz.

Brito, sospechando que el muchacho trataría de levantarse abruptamente para ir en auxilio de su padre durante la fase del interrogatorio, colocó su dedo índice en el gatillo de su rifle. La boca del arma se hundió cruelmente en la sien izquierda de Joaquín, mientras éste se mantenía lo más quieto posible, rogando silenciosamente a todos sus santos conocidos que el soldado no disparara su arma, voluntaria o accidentalmente.

DOCE

Mateo Beltrán se estremeció violenta y dolorosamente por la asquerosa náusea que le espesaba su saliva y le atoraba la garganta. Además, el angustioso dolor en su lado izquierdo y en la columna vertebral le causaba agudísimos espasmos en el torso y en las extremidades. Con el fin de zafarse de la gruesa bota del cabo Romero que cruelmente se ensañaba contra sus costillas ya magulladas y contra su espalda; Mateo se alzó de repente, en esfuerzo violento y sobrehumano. Al hacerlo causó que el cabo perdiera el equilibrio y cayera de espaldas contra el soldado Brito y éste, a la vez, sobre el cuerpo del adolescente. El rifle del recluta se disparó, segando al instante la vida de Joaquín Beltrán. Mateo, sin saberlo, se incorporó inmediatamente y luego, arrebatando el arma del cabo quien aún yacía tirado sobre el suelo lo disparó una y otra vez sobre su cabeza y luego contra la cabeza del soldado. Ambos militares fallecieron tras breves estertores de agonía.

Cuando todo retornó a una aparente calma y la brisa, en complicidad con la pertinaz llovizna, había dispersado el acre olor a pólvora quemada; creyéndolo solamente herido, el padre trató de levantar el cuerpo inánime de su hijo para cargarlo en sus brazos hacia algún lugar alejado pero indeterminado. Sin embargo, el trauma resultante del brutal puntapié sufrido en las costillas y la cruel taconeada en su espina dorsal le impidieron realizar su ingente propósito.

Alicaído por su repentina impotencia, se limitó a arrodillarse frente al cuerpo de su amado hijo. Creyendo que éste simplemente sufría un ligero desmayo, decidió levantar su cabeza para ayudarlo a volver en sí. Al presionarla con sus manos, accidentalmente hundió unos de sus dedos en el orificio causado por la bala fatal. Percibió al instante el coágulo sanguinolento que ya lo cubría y por ello concluyó que su hijo también había fallecido. En ese instante no podía percibir por completo las terribles consecuencias de su repentina e insólita tragedia. Sin embargo, de pronto montó en súbita y violenta cólera. Después de alejar el cadáver del hijo de los soldados fallecidos, con los ojos desorbitados por el rencor y espoleado por un apremiante deseo de vengar la muerte de su primogénito, Mateo arrancó, con furor rayano en la enajenación, las dos cananas que atiborradas de balas cruzaban los pechos ensangrentados. Tomó los rifles, uno a la vez, y los vació con furia contra los cuerpos inertes de los uniformados. Luego continuó la danza macabra de fuego hasta ver que los cadáveres de los victimarios quedaran reducidos a un macabro picadillo de pelos, carnes, masas cerebrales y huesos envueltos en sangre.

—¡Malditas bestias, malditos chafarotes! —rugía enloquecido, y con voz estentórea, al compás del ritmo de muerte que los fusiles aullaban a través de sus cañones ya enrojecidos. Una vez agotó la dotación de municiones, extrajo de sus vainas ambas guarizamas y con igual furia cercenó pulgada a pulgada lo poco que aún quedaba de los cadáveres, como si de alguna manera temiera una imposible resurrección.

Una vez terminada su obra, por demás macabra, pero comprensible y hasta justificable dentro del contexto de su extraordinaria tragedia, arrastró como pudo, aunque suave y laboriosamente, el cuerpo exánime de su hijo con todo el cuidado y el respeto posible mientras le hablaba con voz suave y dulzona como si aún estuviera vivo, hasta sentarlo contra el tronco de un prominente y frondoso amate que, vestido de follaje verde oscuro, daba su nombre al llano que lo circundaba.

—Aquí vas'estar bien, mi Quinchito, aquí vas'estar bien —le susurró con voz cariñosa al oído ya ensordecido por la muerte—. Aquí vas'estar bien; alejado de'sos malditos caráveres apestosos; lejos desas fieras inmundas; lejos desas bestias del Mal quengendró Satanás y los parieron las demonias del injierno. Aquí ya podés descansar la caminada; aquí sí vas a descansar tu corazón. Aquí descansarás en pas… mi chichí… mi' adorasión —añadió Mateo con acento melindroso y entrecortado por el dolor físico y síquico que abrumaba su pecho y las profusas lágrimas que bañaban sus pálidas mejillas. Luego se sentó al lado y como el rey enajenado por la muerte de su amada, le relató la inmensa alegría y el enorme orgullo que había sentido en su pecho por su llegada al mundo casi dieciséis años atrás—. Teniyas los ojitos… chiquititos, vaá, pero gonitos yespabilaítos, —le dijo con voz balbuciente entre intermitentes sollozos—, y teniyas la narisita fina y aguileña yel cuerito chele como de fina losa, igualitas a las de tu tatita Liandro. Y tu pelo era coloradito como la yamarade la tusa. Y miagarrabas el dedo gordo con tus deditos regorditos, ansina tan juertemente como siagarran las garrapatas al mesmo cuerue los terneros. Ydiay te conté los deditos de tus manecitas y también los de tus piesesitos pa' ver si teniyas seis como los hijos del tiyo Lencho. Y cuando tiabrí las ingles ay mesmo te vid'el… el piripipiyo… Lo teniyas tan gonito, tan puntudito y tan rosadito, igualito a un capuyitue rosa a puntuereventar… Yay cuanduempesastia caminar, yo mesmo tise un par de caitiyos diún cuerevenao quiabiya matado el tiyo Chano. Y diay thise una cumite palo pa' que jugaras que tiaibas al monte a cortar leña pa' que tu amá nos cosiera las tortiyas y los frijolitos de castiya.

Apagó su voz y luego suspiró largamente mientras se aferraba al cuerpo del hijo. Ya no le quedaban lágrimas en el lago disecado de sus lagrimales enrojecidos. Su cuerpo trémulo se había empapado totalmente de sudor y de llovizna; le temblaban las piernas y su tronco, y la piel se le había erizado por el frío matinal. Puso sus labios resecos y pastosos contra el pecho desnudo y ensangrentado de su hijo y lo besó paternalmente apasionado. Le quitó el pantalón y la camisa y sacó los zapatos embetunados de la alforja del muchacho; luego los colocó lentamente en los pies cadavéricos con emotiva ceremonia. Después de atar sus cordones, les dio reluciente brillo con la manga húmeda de su propia camisa. Luego, flemáticamente, colocó los brazos inertes cruzados sobre el pecho del cadáver.

Cojeando, Mateo se encaminó hasta la orilla del Tamulgasco. Sin despojarse de sus ropas ensangrentadas y embarradas de grueso lodo, se metió hasta donde la corriente se tornaba turbulenta, rauda e incontrolable. Lavó también las prendas del hijo. Su sangre se diluyó en la incontenible vorágine de las aguas turbias y arenosas. Su flujo violento se llevó inexorable el rojo vital de su amado primogénito hacia el Lemparrío, hacia la mar.

Sollozando y deplorando angustiado, y a porfía, la pérdida irreparable de su Joaquín, le puso la ropa aún mojada y luego se calzó sus buenos zapatos sin importarle enlodarlos por el camino; pero se dejó encima la ropa mojada, con la certidumbre de que el calor de su cuerpo y el del sol matinal que ya había repuntado en el horizonte las secaría. Precavido, Beltrán lavó el lodo que enfangaba las alforjas y los sombreros para borrar todo vestigio de su fatídico encuentro con los soldados. Para confundir a los investigadores, arrojó las armas de filo y las de fuego a la rauda corriente del Tamulgasco. Intentó de nuevo cargar a cuestas el cadáver, pero el hombro herido, el cruel dolor en su espalda y las punzadas que lastimaban sus costillas, una vez más se lo impidieron. Después de darle un último beso, le colocó el sombrero sobre su cabeza.

Se alejó con paso tan apresurado como su maltratada condición se lo permitía y continuó la interrumpida marcha sobre el ancho sendero, sin agacharse ni esconderse entre los matorrales que se volvían escasos. Caminó por el centro del sendero, no como un criminal en escurridiza huida sino como el hombre íntegro que él todavía se consideraba ser. Y caminó rumiando la idea de que de alguna manera su humilde persona sería juzgada y no tardaría en ser encontrado culpable; y más temprano incluso si él mismo se delataba. Era probable, pensó esperanzado, que nadie, excepto el poderoso Dios que todo lo ve y todo lo oye, hubiese presenciado el trágico episodio.

No podía comprender ni tampoco hacerse una lúcida idea de la grave y enorme dimensión de los cambios trascendentales que su tragedia fraguaría ineluctablemente en su futuro, y más aún, en el de los suyos. No obstante, claramente comprendía que, si por un aciago revés del destino su persona llegara a ser procesada, su existencia muy pronto terminaría frente a los fusiles contra el fatídico paredón, si no era prematuramente eliminado por la tortura en la ergástula militar.

Su mirada se proyectaba vacía y distante y su mente saturada de negrísimos presagios. Una terrible y cruel angustia le martillaba el cerebro, aturdido ya por la carga de preguntas cuyas respuestas eran difíciles de predecir o de precisar. Miraba de reojo y escudriñaba con cuidado absoluto tras los arbustos que bordeaban el camino con el objeto de asegurarse que ningún testigo pudiera ubicarlo con certeza judicial en esa hora crítica en el Plan del Amate o en los alrededores.

Atribulado, Mateo concluyó que, aunque nadie lo hubiera visto no podría retornar más a su humilde pero dulce hogar; ni ver a su mujer ni a sus cipotes sin antes encontrar una razón lógica que explicara la súbita desaparición y el deceso de Joaquín. Una explicación que lo justificara no sería suficiente; sería esencial encontrar una premisa que satisficiera y disminuyera la horadante angustia de la madre y a la vez contestara los interrogantes de sus parientes y vecinos. Huir hacia Hibueras no era posible; lo mismo que esconderse en la Costa del Norte, a dónde solían escapar los que huían de la persecución política y judicial. Pero esa opción también le estaba vedada pues una huida inexplicable forzosamente crearía un cúmulo de dudas y de bien fundadas sospechas sobre su persona, tanto entre los suyos como entre las mal llamadas autoridades que lo buscarían por todas partes sin importarles dónde se refugiara.

Dedujo correctamente que el cuerpo de su hijo sería descubierto muy pronto y que su esposa juraría que el muchacho había partido temprano en la madrugada en compañía de su padre. Por lo tanto, era él la última persona en haberlo visto con vida. Y esa declaración, además de ser cierta, suscitaría nuevas interrogantes cuyas respuestas señalarían a su humilde persona. No había duda alguna que estaba irremediablemente perdido, fue su escalofriante dictamen final.

Le consoló, sin embargo, su fe grande e inquebrantable en la imponderable justicia divina y su esperanzada certeza de que Dios era poderoso y justiciero y sus designios inescrutables. Se consoló al pensar que Él sabía que Mateo, su humilde hijo, era inocente de los crímenes que pesarían sobre él y que su propósito al terminar con la vida de esos criminales uniformados era vengar la preciosa vida de su hijo como Él mismo, según la Biblia, había vengado la muerte de los israelitas en las tierras de Egipto.

Sintiéndose absolutamente seguro de que Dios nunca permitiría que él sufriera una injusticia mayor, Mateo se dedicó a encontrar una solución inmediata a su lastimosa situación. ¿Podría, acaso, refugiarse, aunque fuese por unos pocos días, en el castillo de la condesa?, se preguntó, obsesionado por la duda hostigante. ¿Sería posible obtener la ayuda de su hermana Olaya? Pero a escondidas de la patrona, por supuesto.

Ciertamente, se dijo cavilosamente, esa era una alternativa viable y razonable. Pero ¿tendría que contarle a Olaya toda la verdad sobre la absurda y horrenda tragedia a cambio de su protección y silencio? Seguramente ella no le creería ni una sola palabra. Entonces ¿qué le diría? ¿Qué explicación podría darle que fuese completamente creíble y convincente? Y ¿qué pasaría si por desgracia la *Condesa Cascarrabias* lo descubría en su escondite? ¿Llamaría ella misma a los agentes de la guardia nacional o a los soldados para entregarlo y luego maniatado fuese llevado al patíbulo? ¿O simplemente lo echaría a la calle? Y ¿qué haría entonces con respecto a su salud? ¿Cómo podría consultar un médico sin dinero y sin una causa creíble que explicara lógicamente la causa de sus heridas? Aunque no era amigo de quejarse de dolencias imaginarias, continuaba sintiendo a cada paso que daba algo punzante en su interior que parecía rasgarle constantemente sus órganos. Tan pronto escupía la saliva espesa y amarga la examinaba minuciosamente con el temor de descubrir en ella algún coágulo de sangre o por lo menos de alguna mancha roja que indicara su presencia. Suponía que, si sangraba en su interior, el fluido vital se escaparía por la boca. Para su gran desconcierto, no logró comprobarlo a lo largo del camino.

Ignorante como era de su anatomía y fisiología corporal, Mateo no lograba determinar qué órganos perjudicados por el puntapié del cabo eran los causantes de sus agudos dolores y de su náusea agobiante. Aun así, sospechaba que los agudos filos de sus costillas fracturadas estarían horadando o quizá rasgando uno o varios de sus órganos, pues el martirizante dolor se tornaba cada vez más agudo y más insoportable. La náusea continuaba ahogando su garganta. Pero el vómito catártico que aligeraría su quebranto nunca llegaba a efectuarse, a pesar de los vehementes esfuerzos que él hacía para lograrlo. Para su fortuna, la llovizna había cesado. Continuó su camino, pero de vez en cuando se sentaba brevemente sobre algunas de las rocas que bordeaban el Camino Real para recobrar su aliento, aunque mentalmente anhelaba alejarse lo más pronto posible de aquel siniestro lugar donde había sufrido la tragedia más horrenda de su vida. Sintió de repente que sus párpados cansados trataban de cerrarse y al hacerlo nublaban su visión. Tomó con la punta de sus dedos los vestigios frescos de la llovizna que todavía quedaban sobre las hojas de la hierba y con ellos refrescó sus párpados cansados.

Para su fortuna, no se encontró con persona alguna en el camino. Sin embargo, vio una que otra proviniendo de otras veredas vecinas que continuaban caminando delante de él después de ingresar al Camino Real. Con la debida cautela se mantuvo a prudente distancia de ellos mientras paulatinamente se acercaban a la villa. Como era domingo, pensó con una pizca de regocijado optimismo, la mayoría de la gente se levantaría tarde y ello reduciría las probabilidades de ser visto en esos alrededores por testigos potenciales en su inevitable juicio. Una pareja de ancianos, emperifollados en sus trajes domingueros, desembocaron de pronto en el camino. Prudentemente, Mateo se agachó hasta arrodillarse, pretendiendo atar los cordones de sus zapatos. *Esa pareja*, dedujo él, *van de camino a la iglesia, seguramente a la misa de siete.* Para su fortuna, el castillo de la agria condesa apareció por fin al doblar una esquina.

Tocó suavemente el portón del castillo condal y esperó unos pocos minutos, aunque, en su aguda impaciencia, a él se le tornaron como si fuesen horas. Su hermana Olaya, vestida en bata levantadora, abrió la puerta e inmediatamente se llevó la mano a la boca para acallar un grito de espanto. No podía creer que fuera real lo que veía, aunque sabía, naturalmente, que era su hermano mayor el que había aparecido a la puerta del castillo.

—¡Mateyo! —exclamó finalmente, pero con voz apagada y con genuina sorpresa reflejada en el rostro—. ¿Y quiandás haciendo solo y a estas horas por Cayaguanca? —preguntó y luego dio un bostezo y se frotó los párpados para lograr despabilarse por completo—.¿Y qu'és lo que tenés, pué? ¿Qu'és lo que tia pasado, pué, questás tan tembloroso yay se te ve la cara más cherche quiuna jícama pelada? —inquirió Olaya, observando angustiada la cadavérica lividez en el rostro del hermano y el discernible temblor que demostraba su cuerpo.

Mateo no contestó y se limitó a preguntar con voz suplicante:
—¿Puedo dentrar?

Olaya no contestó su pregunta de inmediato pues continuaba mirando detenidamente su rostro exangüe; todavía asombrada por su semblante espectral; sin poder decidir si en realidad era su pariente íntimo o una grotesca materialización de ultratumba.

—¡Dentrá, pué! —dijo ella por fin decidida, aunque cautelosa—. Yay sentate en ese sofá. Pero nuablés muy duro, no vayaser que la condesa se despierte y tioyga —le advirtió en voz baja y precavida.

—Estoy mal herido —susurró Mateo. Luego, haciendo una mueca dolorosa, se tocó con la punta de los dedos su costado izquierdo como para indicar el lugar donde sentía las punzadas y a la vez justificar su súbita aparición y su insólito aspecto cadavérico.

—¿Y qué te ha pasado, pué? ¡Decime! —insistió la afligida hermana. Le desabrochó la camisa y al hacerlo la sintió húmeda, pero, extrañamente, no detectó olor a sudor.

—Yo creibo que tengo rompidas una o dos costiyas —se limitó a decir mientras hacía un nuevo gesto de acerbo dolor.

—¿Te cosió uno de tus bueyes o te peliaste con algún baboso? —preguntó suspicaz.

—¡Nombre! Es que jué… quiay me cái del puente diamaca del Tamulgasco —mintió él mientras se reclinaba dolorosamente sobre el pequeño sofá. Aunque sabía que su mentira sonaba increíble, era la única excusa que pudo ocurrírsele para esquivar la inevitable inquisición de su hermana.

—Per'hombre, ¿cómo te pudo pasar'eso, pué? —preguntó incrédula pues la explicación dada por Mateo le había parecido absolutamente inverosímil. El herido observó de reojo la obvia reacción en el rostro de su hermana y percibió en su sonrisa la sombra de la duda.

—Ay más tarde te vua contar el volado de la cáida —prometió Mateo con voz débil—. Orita, andá a buscarmi'un dautor, pero apurate, ¡andate ya, pué! —la urgió. Luego se estremeció violentamente por el aguijoneante dolor en el costado.

En ese preciso instante la condesa apareció inesperadamente.

—¿Quién es este hombre y qué hace sentado en *mi* sofá?

—Es mi hermano, Mateo; y está herido —alegó la novicia ama de compañía en correcto lenguaje—. Y me ha pedido que vaya a buscarle un doctor.

—¡Pues ve, mujer! ¿Qué esperas? ¡Corre, corre! —ordenó agitadamente la condesa.

La inusitada preocupación de su ama por la salud de su hermano enfermo sorprendió a Olaya, pero no hizo comentario al respecto. Obediente, corrió a cambiar su bata por ropa de calle y en un santiamén se fue a realizar su urgente cometido. La condesa, mientras tanto, se quedó de pie observando el estado de decaimiento y la evidente palidez de Mateo.

—Sería mejor que usted venga conmigo al cuarto de huéspedes —dijo ella en clara actitud solícita y con voz maternal. Luego colocó suavemente la palma de su mano sobre la frente del tosco labriego—. Y creo que también tiene un poco de fiebre, *don* Mateo —añadió, convencida de su diagnóstico.

—¡Dios se lo pague, señora condesa! —dijo él, adolorido y muy sorprendido por la piadosa disposición de la condesa, de la cual siempre había oído decir que era dura y arrogante. No queriendo causarle problemas a la hermana, hizo el intento de ponerse de pie mientras decía—: Ya me va a pasar toduesto, señora; ¡por favor, no se moleste más!

—¡No, señor! —replicó ella seriamente—. Venga conmigo, ponga su brazo derecho aquí sobre mi hombro y camine despacio apoyándose en mí.

La voz de la noble, aunque le sonó grave y severa, era a la vez tierna y convincente. En ese instante su benévola actitud le recordó la inmensa ternura de su difunta madre en aquellos días lejanos cuando había sufrido de viruelas. La textura aterciopelada de la bata de seda y el sutil perfume que emanaba de su cuerpo lo hizo sentirse acariciado. Como en su niñez, Mateo obedeció lo que con tanta solicitud le ordenaban. Al apoyarse en el hombro y la nuca de la dama advirtió su fuerza física, su calor corporal y el aroma sutil que exhalaban sus cabellos. Como un niño mimado se dejó llevar a paso lento hasta el borde de la cama.

Mientras se despojaba de sus ropas húmedas, María Teresa fue a su alcoba y le trajo una vieja bata de seda que había pertenecido a su difunto Terencio. Mientras Mateo se mudaba, la condesa le preparó una taza de leche caliente azucarada, mezclada con esencia de café, a la usanza cayaguancateca; acompañándola con un par de aspirinas para mitigarle la fiebre.

Ella lo observó intrigada por el terrible estado en que se encontraba su huésped fortuito y mientras tanto se preguntaba por qué este musculoso hombre se hacía pasar por un hermano de Olaya. Le intrigaron aún más sus ojos azules, recordándole aquellos del sacristán. Después de enseñarle la forma de cerrar la bata, decidió averiguar la verdad.

—Usted se ve muy cansado, ¿habrá caminado mucho? ¿A cuántos kilómetros o leguas de Cayaguanca está situada su casa? —preguntó con fingido desinterés.

—Mire, siñora —respondió Mateo mirando al cielo raso porque le dolía la nuca al tratar de mirar de frente a su interlocutora—, yo nuentiendo eso de los quilómetros, vaá, pero mi tatita ay nos desiya quentre el pueblo de Santa Teresa y la villa de Cayaguanca habiyan po'ay unas cuatro o cinco leguas.

—¿Su tatita? —preguntó intrigada.

—Pues, sí, el apá de mi apá, vaá…

—Ahora entiendo, usted llama tatita a su abuelo.

—Eso mesmo, mi agüelo…

—Y su papá ¿también vive en Santa Teresa?

—Mi apá no. Él ya no vive porayá. Bueno, en rialidá, haciun tiempo él viviya en el pueblu'e San Luís.

—Ah, él ¿ya murió? ¡Cuánto lo siento! —exclamó la condesa con sincera empatía.

—No, no, no —dijo Mateo—, miapá, ¡gracias a Dios! Tuaviya está vivo. Pero como ya no tiene las obligasiones de hijos que mantener; puesay se la pasa bendingando diún lado palotro, a veses trabajando en las milpas diautros. A su merualberío, vaá.

—Y visitando los nietos, supongo, —insinuó la condesa.

—Puesí, vaá. Unquiora ay vastarse sosegado porquiay mandaron avisar quiuna culebra zumbadora le propinó una buena sarandiada quiay lua dejado casi muerto yen cama. Pero no creibo que mi viejo se nos vaya a morir algún diya. ¡Qué va! ¡Dejaría de yamarse como se llama el viejito!

—Y ¿cómo se llama ese hombre *inmortal*? —preguntó la condesa con cierta sospecha.

—¿Quién? ¿Mi apá?

—Sí, sí, su *apá* —dijo ella sonriendo.

—Pues su gracia es Liandro Beltrán Erazo.

—¿*Leandro Beltrán Erazo,* dijo usted? ¡Entonces usted y Olaya son hijos del sacristán!

—¿Hijos diún sacristán? —preguntó Mateo sorprendido y escéptico—. No, siñora, asté debestar hablando diotro Liandro. Hay muchos Beltranes y Erazos por estos lados de Cayaguanca, vaá. Y mi tata nués, niasido, ni será sacristán en su cristiana vida.

—¿Está usted seguro que su padre no es el sacristán de la parroquia de Cayaguanca?

—Bueno, que yo sepa, mi tatasido abricultor, de vez en cuando, vaá; cantaor, cuentero, guitarrista, pueta, enamorado; mujeriego *siempre*; sastre, sapatero, albañil y reparador de carretas algunas veses, pero ¿sacristán? ¡Nunca! Es más, no creibo que miapá haiga metido los caites en liglesia a no ser que pa' casarse o pa' bautisar los hijos. ¡Perueso sí, mentiroso, siés! Eses la mejor de sus virtudes, vaá, pero nuncatrabajado de sacristán. —Mateo decidió hacer a un lado el recuerdo de su tragedia y celebrar con una carcajada la larga lista de *virtudes* que le atribuía a su legendario progenitor, pero desistió cobardemente—. ¡Ayayay! —se quejó lastimero. Luego, con una mueca de dolor, añadió—: ¡Cómo me duele este laduel pecho cuando tratuerirme! —agregó poniendo su mano sobre el costado izquierdo.

—¡Cálmese y descanse, señor Beltrán! —sugirió solícita la condesa—. Le prometo que ya no lo importunaré más con mis preguntas. Creo que, antes que nada, usted necesita mucho reposo y para eso debe estar callado un buen rato. Trate de dormir mientras llega el médico.

La compasiva dama cerró la puerta tras de sí y se marchó al jardín a realizar su gimnasia matinal que por tanto tiempo había postergado y eventualmente olvidado aún en contra de su propia convicción de que el ejercicio diario de los músculos era la mejor receta para obtener y mantener una vida saludable y placentera. Mucho antes, es decir, cuando su esposo todavía vivía, esa gimnasia la había practicado antes del baño matinal; aunque ciertamente, solamente en muy raras ocasiones él la acompañó en la diaria rutina. Por razón de su excesivo peso, el conde se fatigaba rápidamente y tan peligrosamente que su médico le prohibió realizar ejercicios fuertes hasta tanto su cuerpo no se hubiera despojado de una buena cantidad de grasa.

La condesa, eterna Eva, se había deleitado oteando a su esposo mientras él observaba cada uno de sus voluptuosos ejercicios gimnásticos, por demás sensuales y provocativos, y hasta probablemente libertinos. El sugestivo movimiento de sus senos firmes y ampulosos, la dureza erecta de sus pezones excitados por la fricción del corpiño hacía brotar en sus ojos las miradas de deseos eróticos. Aquel fue siempre el preludio, grato y excitante, a la comunión carnal apasionada. Pero esos recuerdos pertenecían ya al lejano pasado. *¿Quién podría llenar ahora ese enorme vacío de soledad en el que zozobra mi pobre alma?*, se preguntó nostálgica, mientras que, por alguna razón incomprensible, se disponía a realizar de nuevo la gimnasia que por años postergó y que prácticamente había olvidado.

Al comenzar su ejecución se dio cuenta que, extrañamente, su mente no podía sustraerse al recuerdo de ese hombre apuesto e ignorante que había descubierto en Leandro; quien, aunque hablaba con dejo y lenguajes incultos, era por demás muy simpático. Su otro yo, más racional y sensato, trataba de prevenirla contra el campesino que de alguna manera insólita tenía cautivado su corazón y quien, necesariamente, era la antítesis personificada del hombre que ella siempre soñó encontrar y conquistar para llenar el vacío que su Terencio dejó al morir. Le intrigaba, sin embargo, que Mateo, aunque tenía ojos tan tiernamente azules como los del sacristán y martirizaba el idioma con el mismo denuedo se negara a creer que era hijo del Leandro que ella conocía. Seguramente, se dijo finalmente con cierta esperanza, su padre debe ser realmente otra persona con el mismo nombre.

María Teresa, sin embargo, cerró las puertas de su mente a cualquier objeción razonable que su culto intelecto pudiera presentarle. *La vida es tan corta*, se dijo filosóficamente con el claro propósito de convencerse a sí misma, *y mientras una busca el amante idealizado o el esposo perfecto, nuestros otrora alabados encantos se tornan día a día en grotescos y repulsivos defectos que luego tratamos de encubrir o disimular con afeites artificiales. Pero no se puede ocultar el cruel y destructivo paso* de los años y debemos aceptar agradecidos lo que la vida nos ofrece generosamente. Tembló al sospechar que ese tosco campesino le atraía con una fuerza insólita y extraordinariamente irresistible que la hacía anhelar, con inusitada vehemencia, ser estrechada por sus brazos musculosos.

Los arcanos imponderables se perseguían unos a otros dentro de la dimensión de su cerebro posmenopáusico. Su cuerpo, imperturbable, continuaba el acompasado ritmo de la gimnasia que le agitaba ambos senos, al borde ya de la flacidez otoñal, y los cabellos lacios y largos como la melena de un potro en carrera desbocada. *¡Pero aún estoy viva y fuerte y felizmente el amor es todavía posible!*, se dijo a sí misma, entusiasmada por el prospecto, imposible tal vez, de volver a ser amada.

Luego se preguntó si los dos Leandros eran la misma persona ya que Mateo rehusaba creer que su padre se hubiera convertido de repente en sacristán. Además, la ropa fina que don Leandro vestía esa noche cuando llegó acompañando al confesor no era el típico atuendo de los labriegos, como éste que alegaba ser el hermano de Olaya. *Más aún,* se dijo optimista, *estoy más que segura que ella me hubiera dicho que se trataba de su padre cuando éste fue violentado por la soldadesca. No creo que tuviera motivo alguno para mentirme. Y no sé también si debiera preguntárselo. No,* decidió finalmente, *dejaré que sea ella misma quien, oportunamente me entere de la verdad.*

Olaya, mientras tanto, estaba hablando con la sirvienta del doctor Peña Trejo que en ese momento salía rumbo al mercado.

—El dautor nuestá —respondió bruscamente a la pregunta de la afligida muchacha—. Ay lo vinieron a buscar en la madrugada y tuaviya nu'ha vuelto. Si quiere, ay güelva mañana porqui'hoy es domingo y'el dautor solo atiende de lunes a sábado, vaá.

—Se trata di'una emergencia de verdá y nu'és pa' yo —apuntó Olaya—, es par'ún familiar que tub'un acsidente —añadió con aire ofendido por la actitud indiferente de la sirvienta.

—Puesiay lo quiere esperar, ayusté verá, vaá; peruay lo va a tener quesperar aquiajuera porque no se niaqui'horas va a regresar el dautor, vaá.

Olaya comenzó a caminar impaciente de una esquina a otra sin importarle la llovizna que continuaba cayendo sobre sus hombros y su cabeza desnuda. En la urgencia por conseguir alivio y ayuda médica para su hermano había olvidado llevar consigo un paraguas o por lo menos su negro rebozo. El tejaroz de la casa del médico por su limitada estrechez no ofrecía protección contra la llovizna. Al buen rato de estar en un extenuante ir y venir sobre la acera, la mollina cesó. De pronto escuchó las órdenes marciales de un oficial gritón que dirigía un pelotón militar marchando sobre la calle contigua, paralela a la de la residencia del galeno. Al verlos pasar, la joven observó con extrañeza que todos los miembros de la tropa no solamente vestían ropa de faenas, sino que todos portaban rifles con yataganes calados. Más aún, cananas atiborradas de balas cruzaban sus pechos. Cargaban mochilas abultadas, supuestamente llenas de vituallas y vestían verdes cascos de acero, ajustados con barbiquejos debajo de sus quijadas. Era, sin lugar a dudas, pensó ella, otra repetición del ritual grotesco de despliegue militar que la Villa de Cayaguanca sufría a diario y en silencio impotente. Olaya nunca había podido comprender su propósito.

La joven ama de llaves concluyó con indiferencia que no habiendo guerra que pelear, ese movimiento de tropas era simplemente una maniobra de fogueo. Luego sus ojos súbitamente se encendieron de rabia y su corazón comenzó a palpitar con violencia al ver que su *dragoneante* marchaba detrás de la tropa. Caminó apresuradamente hacia la esquina opuesta para evitar ser descubierta por él. *Nuestoy dispuesta a cruzar ni una sola palabra con ese maldito torturador*, se dijo enardecida por la engorrosa aparición del verdugo y con el pecho saturado de odio y deseos de impotente venganza.

Desafortunadamente para Olaya, el militar ya la había reconocido desde su ubicación y vino hasta ella apresurado; no llamándola en forma agradable sino gritándole órdenes con la altanería de un comandante:

—¡Olaya, detenetiay! ¡Esperate! —rugía con voz estentórea.

La joven continuó caminando, fingiendo que no era a ella a la que ordenaban detenerse. *Si cré que lo vu'a perdonar, ¡pues se jodió!*, se dijo decidida y furiosa. Su pobre corazón, sin embargo, se estremeció al escuchar la detonación de dos disparos hechos a su espalda. Una de las balas, después de impactar en una pared rebotó y cayó a sus pies. Olaya se paró en seco, quedándose inmovilizada como una estatua.

Conocedora de la alevosía del villano, supuso, en un paroxismo de consternación, que el próximo disparo impactaría nada menos que en su espalda. *Echar bala para este maldito patán,* pensó, *es como ofrecer su tarjeta de presentación.* Pronto oyó el taconeo de sus botas sobre la calle empedrada, rápidamente acercándose a ella

—¡Olayita, mi amor! —gritó melindroso—. Mi muchachita, ¿es que tuaviyestás 'nojadita con yo? —preguntó suplicante, afectando voz infantil.

La *muchachita* hizo el propósito de acallar su corazón pues de sobra sabía que el torrente de invectiva que emanaría de su boca y de su amargado pecho le daría la excusa al tosco militar para acribillarla a balazos allí mismo y en ese instante. *¿Qué puedo hacer o qué puedo decirle,* se preguntó angustiada, *para no provocar su ira y su predilección por las salidas violentas?*

—¿No me digás que tuaviya estás enojada por las trompadas que le sampé a ese viejo cagado del sacristán? —preguntó altanero, pero con la voz de una falsa contrición—. Vos sabés que jué él el que mi'atacó y me quiso matar... —agregó pretendiendo inocencia.

—No —mintió ella aparentando tranquilidad—, si yo nuestoy enojada con vos por eso no más... Si no por todas las groseriyas que me dijiste delante de toda Cayaguanca. Bueno, que yuera una india cholera, chata, negra y trompuda.

Gonzalo fingió alegrarse.

—Vaya, pues ¿y tenojaste *sólo* poreso, mi amor? Sí, es cierto, tiablé golpiado; perueso jué porque teniya mucha rabia —dijo a manera de disculpa.

—Puesí, pero yo tengo razón, ¿o no?

—Claro que vos tenés toda la razón, mi amor —respondió zalamero—. Pero también tenés quentender que cuanduno está encabronado ay dice mierdas quiay después luasen áuno sentirse arrepentido porquiuno las dijo sin pensar, meramente, vaá. Mirá, si vos me perdonás, te prometo que te vua yevar al cine de Suchindondo.

—Está bien —dijo Olaya, queriendo morder su lengua y maldecir su propia voz—, ay te vuá perdonar, pero sólo por esta vez… Perueso sí, ¡que no se güelva a repetir! —La joven no lograba explicarse por qué alentaba sus malvadas intenciones cuando lo justo y lógico era cortar de raíz esa relación funesta y enfermiza.

—¡Ansina me gustan a yo las hembras! —se vanaglorió el falso Gonzalo—, quianque seyan chúcaras como las potrancas sin domar; también seyan rasonables y consecuentes, vaá. Aura me tengo qu'ir—, agregó tomándola por los hombros con obvia intención de besarla e la boca. La joven, precavidamente, mantuvo su rostro tan alejado de sus labios como le fue posible.

—¡Que te vaya bien! —le auguró hipócritamente—. ¿Y paronde van tós ustedes, pué? —preguntó Olaya, fingiendo interesarle su destino.

—Ay miacaban de reportar —dijo pomposamente—, quiayaron tres muertos entre las tropas liales al supremo gobierno y los subversivos en el Plan del Amate, ay mesmo a las oriyas del Tamulgasco. Ay por el camino que viene del pueblo de Techoncho pa' Cayaguanca, vaá. No mestrañariya que más tarde hubiera más enfrentamientos con esos malditos comunistas —añadió falsamente.

—¿Y cuando golvés, pué? —preguntó Olaya prosiguiendo su farsa; secretamente deseando que nunca volviera.

—¡Pues ojalá que pronto! Esués si vos le rezás a tu santo patrón pa' que tu *caramelo* regrese vivituicoliando —agregó Gonzalo, mientras le daba una insolente palmadita en sus húmedas y firmes posaderos.

—¡Que te vaya bien! —repitió la joven en voz baja, mientras mentalmente lo maldecía y le deseaba una muerte pronta, pero más que pronta, después de una prolongada agonía.

¡Traigo diún ala a esta putona!, se dijo él felicitándose vanidosa y silenciosamente, con la absoluta confianza que le daba su largo currículo de amoríos fáciles con incautas campesinas. Se alejó con paso apresurado para alcanzar la tropa.

Después de la despedida, Olaya se puso a cavilar seriamente. *Si lo que miacaba de decir es verdá; me gustariya saber si el Mateyo vio o talvez oyó el tiroteyo y por eso jué que se tiró al río.*

Pero ¿por qué no me lo quiso decir? Y ¿siubiera tenido algo que ver en eso? Sí, el Mateyo es muy, muy aventado y duro diamansar; pero que yo sepa ¡nunca sia metido en ná!, se dijo finalmente.

Después que el falaz romeo hubo desaparecido de su vista, Olaya continuó sus ires y venires sobre la acera de la casa del médico, absorta una vez más en sus cavilaciones. Algunos minutos después, llegó Peña Trejo montando una mula tordilla, inquieta, sudorosa y huraña. Al ver a la joven, el médico la reconoció.

—¿Qué le pasa ahora a tu patrona? —preguntó sin rodeos y sin apearse de su montura—. ¿O se trata de tu *amigo,* don Leandro?

—No, doctor —dijo ella—, esta vez es mi hermano Mateo. Tuvo un serio percance y, según dice, teme que se haya quebrado una o dos costillas.

—¡Ojalá que no! —dijo el galeno mientras se bajaba de la mula—. Porque aún no tengo ni quirófano ni equipo para cirugías que no sean simples cesáreas. Para ese tipo de problemas habría que llevarlo a Santimonio.

—¿Y en el hospital de Cayaguanca no pueden hacer cirugías? —preguntó Olaya.

—Niña mía, no sé cuánto tiempo habrás vivido aquí pero ya debías estar enterada —dijo Peña Trejo con obvio enfado—, que lo que tenemos en esta villa y que el Ministerio de Salud y Asistencia Social tiene el descaro de llamar *hospital* no es más que un dispensario de aspirinas, purgas, lavativas y lavados de heridas con permanganato…

—Pero Santimonio está lejos, doctor; y llevarlo hasta allá costaría mucho dinero —dijo Olaya.

—Ciertamente. Aunque tal vez en el hospital de monjitas de Suchindondo lo puedan atender y hasta allí hay solamente veintidós o veinticuatro kilómetros…

—Bueno, por ahora lo que mi hermano necesita es que usted lo examine y nos indique que se podría hacer yo por él —apuntó Olaya.

—Ah, sí, naturalmente, habrá que examinarlo primero. Vete que yo iré enseguida. Ah, se me olvidó preguntarte ¿dónde está hospedado tu hermano?

—En la casa de la condesa, doctor…

—Voy para allá tan pronto me dé una ducha y me cambie esta ropa lodosa… Pero, por favor no le menciones a nadie que iré a la casa de la condesa…

—No hace falta que me lo diga, doctor —dijo Olaya muy ufana—, yo soy una persona muy discreta… Por favor, apúrese que mi hermano está retorciéndose de dolor.

TRECE

Olaya prácticamente voló a la mansión condal. Estaba segura de que su cáustica patrona estaría gritando como energúmena pidiendo su desayuno. Pero esta vez estaba dispuesta a enfrentársele si llegaba a recriminarla por su tardanza involuntaria. No se extrañó, pero le dolió en lo profundo de su corazón, ya de por sí angustiado, no encontrar a Mateo sentado en la antesala. *¡Seguro que esa maldita bruja ya sacó a patadas a mi pobre hermano!*, concluyó con amargura.

El chirrido del portón al abrirlo sacó a la condesa de su concentración en la gimnasia y en la evocación de mejores días. Salió presta al encuentro de Olaya que parecía estar a punto de marcharse de nuevo a la calle.

—Y ahora dime, ¿a dónde vas? —preguntó intrigada.

—¡A buscar a mi hermano! —respondió malhumorada.

La condesa se sintió ofendida por el tono de voz de su ama de llaves, pero comprendiendo su estado de ánimo no le hizo reproche alguno. Simplemente preguntó:

—¿A buscarlo en la calle?

—¿Yónde más, pué? —gritó Olaya en un insólito tono de reproche—. Luego ¡usté ya no luechó pajuera, pué —agregó con voz angustiada.

—¿A tu hermano, niña? ¿Crees tú que mi corazón es tan duro y tan perverso?

—No, propiamente, vaá —dijo casi arrepentida de su conclusión—, pero eso es lo que todo el mundo haría con jinchos brutos ¡como nosotros! —Las palabras se le agolpaban en la boca por la rabia que se le anudaba en la garganta. Quiso llorar de tristeza, pero se resistió al agudo impulso mordiéndose los labios.

—Da la casualidad, *señorita* Olaya —dijo la condesa con aire molesto—, que *yo* no soy como todo el mundo. Y hazme el favor de no acortar las palabras, se dice *verdad,* y no *vaá*…

—¡Sí, señora, no volverá a suceder! —prometió el ama de llaves, compungida y a la vez avergonzada por haber dudado de la bondad de su patrona. Pero el corazón le palpitaba también sorprendido por haber sido llamada *señorita* nada menos que por la condesa.

—¿Y qué pasó con el doctor? ¿Por qué no vino contigo? —pregunto su patrona.

—¡Ay mesmo viene! —replicó Olaya sin pensar.

—¡Acabáramos! —exclamó desilusionada María Teresa—. No se dice *ay mesmo viene* sino *vendrá pronto* o *está por llegar.* ¿Está claro?

—¡Sí, señora, muy claro! Pero ¿dónde está mi hermano, señora?

—En el cuarto de huéspedes… durmiendo…

—¡Santo Dios, qué hombre tan abusivo! Por favor, señora condesa, yo le aseguro que…

—¡No es ningún abusivo! —interrumpió la condesa—. Yo misma lo conduje al cuarto y a la cama, naturalmente. Se veía tan mal el pobre hombre y luego de palparle la frente decidí que tenía fiebre y le di un analgésico. Parece que le surtió efecto porque ya se durmió…

—¡Que Dios le pague su gran bondad, señora! —exclamó Olaya con genuina gratitud y dobló su rodilla arrepentida.

María Teresa la tomó por la mano diciendo con firmeza y dulzura:

—Lo que hice, lo hice, *hija mía*, porque me nació del corazón hacerlo y no tienes que agradecérmelo arrodillándote.

—Aun así, señora, que ¡Dios se lo pague! Iré a ver si ya está despierto para avisarle que el doctor está por llegar.

Cuando abrió la puerta, la claridad despertó al paciente.

—¿Qué tal te sentís?

—Pues'ay parece que la medecina que me regaló tu patrona miayudado, vaá —replicó el enfermo con voz menos adolorida—. Yay pudecharmiun sueñito de chucho carretero.

—Mi'alegro, vos, qui'haygás dormido —dijo Olaya poniendo su mano sobre la frente de Mateo—. Peru'el dautor ya va a venir a ensaminarte pa'ver si tenés alguna rompidtura.

—Pues'ojalá que'se dautor si'apure, hermanita —dijo Mateo quejumbroso—, porqu'el dolor aquí mesmo me sigue jodiendo —agregó palpándose el lado izquierdo del estómago—. Y ya casi me llega hast'abaju'e las ingles. Y'ora que mi'acuerdo; te queriy'aser una pregunta: ¿Y vos por qué siempre te quejabas de que tu patrona eruna vejuca más tetelque que los mangos tiernitos?

—Porque siempre lu'hasido —respondió su hermana—. Hastayer mesmo luera y en un santiamén cambió de sopapo. Y yo nu'entiendo qué mosca li'ha picado, vaá. O s'está poniendo más chocha, o a lo mejor ¿siabrá enamorado? —preguntó riéndose.

Mateo quiso celebrar también el imponderable romance de su protectora. Pero en vez de reír se apretó las costillas del lado izquierdo y trató de incorporarse sobre el mullido lecho.

Olaya corrió a ponerlo de nuevo en posición supina y luego se sentó en la orilla de la cama.

—¿Y vos no viste nada chueco ay mesmo por el caminue Techoncho, ay por el paso del Tamulgasco? —preguntó, bajando la voz en tono conspirativo.

Mateo permaneció callado y en vez de contestar la pregunta fingió que trataba de nuevo de incorporarse y encontraba difícil hacerlo. Olaya concluyó que su hermano escondía algo importante.

—¿Que *jué lo que viste* ayí mesmo por el Plan del Amate, pué? —insistió.

—¿Que vide de *qué*? —contestó Mateo molesto—. ¿Y qués lo quia pasado ayí, pué? —preguntó pretendiendo enfado e ignorancia de lo que podría haber sucedido en el sitio nombrado.

—Pues yo no sé quiabrá pasado o qué estará pasando, vaá. Peruay aiba la tropa, ¿qué digo? ¡La mera mitá del batayón iben camino a enfrentarse a los comunistas!

—¡Pues yo no vide ná nioyí ná! —aseveró Mateo en tono irritado—. Es más, nuabiyun alma por toduel camino; contimás un contingente de comunistas. ¿Estás sigura que jué por esos lados del Tamulgasco?

—¡Sí hombre! Jué ayí mesmo en ese lugar que yaman el Plan del Amate; ay mesmo por ese camino que viene de Techoncho, pué. Hace un ratito me dijieron quiubo una gran matasón entre los los melitares y los subversivos, vaá —aseveró Olaya—. Y mesmun oficial o comandante que yo conozco —agregó sonrojándose—, me dijo todueso y yo estoy segura que me lo dijuen serio.

—Pues ha deber sido después que yo pasé —dijo el paciente con apariencia tranquila y se dio vuelta hacia la pared para esquivar la mirada inquisitiva de Olaya.

—Y vos veniyas solo ¿cargando *dos* alforjas? —preguntó y Mateo advirtió en la voz de la hermana un claro acento de duda y de sospecha.

—Puesesquia yo —explicó sin volver la cara—, me gusta más quiay me sobre campo pa' meter las compras quiaga y no que miaga falta, vaá. —Tratando de olvidarse del peligroso tema, luego preguntó—: ¿Y qué liabrá pasado al dautor?

—Orita mesmo viene —prometió Olaya y en seguida explicó—: es quiay andaba ajuera en uno de esos cantones quiay por ay serca… Dormite yay te despierto canduél yegue.

Peña Trejo estaba a punto de levantar el aldabón para tocar a la puerta del castillo condal cuando la noble dueña la abrió en camino a la iglesia.

—¡Buenos días, mi distinguida señora! —la saludó el médico, quitándose el sombrero y al inclinar su cabeza respetuosamente descubrió la prematura calva. Luego agregó con voz zalamera y orgullo profesional—: Me parece que mis tratamientos y medicinas le han devuelto a usted la salud por completo; por lo cual me felicito y la felicito.

—En efecto —respondió ella sonriente—, le asiste motivo para felicitarse, aunque…

—¡Gracias por sus palabras de encomio! —interrumpió el galeno, sonriendo ufanamente.

—…no debemos restarle importancia a la misericordiosa voluntad de Dios —se apresuró a agregar—. No puedo negar que su ciencia y sus cuidados me han devuelto no solamente la salud sino también el inmenso deseo de vivir al máximo.

—¡Maravilloso, señora, maravilloso! —exclamó complacido Peña Trejo—. Pero, según yo entiendo, usted tiene una persona enferma en su casa…

—Sí, ciertamente. Uno de los parientes de la *señorita* Beltrán, mi ama de llaves y dama de compañía, ha sufrido un mal percance y necesita de sus servicios.

—Ya la señorita Beltrán me puso al corriente del problema de su hermano...

—Entonces, pase usted, y por favor no escatime gastos que todo lo que sea necesario y hasta sus mismos honorarios corren por mi cuenta. Ahora tengo que irme a la iglesia. Está sonando el último repique y no creo prudente hacer esperar a mi ángel de la guarda —añadió sonriente y con voz apresurada.

—¡Que le vaya muy bien, señora! —le auguró el médico. Recordó al instante que jamás en sus años de vida profesional había visto a la condesa lucir tan radiante u oírla hablar tan efusiva como en ese momento, hasta el punto de haber querido hasta hacerle un chiste.

Mientras cavilaba y aspiraba la estela perfumada que la condesa había dejado a su paso, la vio venir apresuradamente y luego detenerse casi frente a él.

—Olvidé indicarle que el paciente está recluido en el cuarto de huéspedes —dijo en voz baja y volvió a tomar su camino.

—Vaya usted a sus obligaciones y yo me encargaré de ir a las mías —apuntó Peña Trejo, mientras se alzaba el sombrero.

—Por aquí, doctor —dijo Olaya con voz solícita, señalándole el camino.

—¡Permítame felicitarla, señorita Beltrán! —dijo el galeno mientras la seguía a lo largo de los corredores del castillo condal.

—¿Felicitarme? —preguntó Olaya fingiendo extrañeza—. ¿Y a cuenta de qué?

—Por tu merecido ascenso, por supuesto. ¿O es que todavía no te habías enterado?

—Bueno, sí. Eso es lo que la señora me ha ofrecido, pero todavía no he aceptado y no sé si lo debo hacer —replicó la campesina, dándose ínfulas.

—¿Y qué esperas, niña? —preguntó el médico al momento que se acercaban al cuarto de huéspedes—. ¿Es que no sabes que las oportunidades las pintan calvas? Tú eres muy joven y eres también muy inteligente. Ya me di cuenta de que has ampliado tu vocabulario y también que has mejorado tu dicción, lo cual indica que tienes la capacidad de aprender y de asumir cualquier posición de responsabilidad.

—Gracias por la flor —dijo Olaya sonriendo—. Pero ese es precisamente el problema…

—Y dime, ¿hay algo malo en hablar correctamente? —le espetó Peña Trejo.

—Es que me da vergüenza hablar correctamente porque la gente se burlaría de mí… Dirían que yo me quiero dar postín, como dice la señora condesa…

—Los que se burlarían de ti —pontificó el galeno—, serían los imbéciles haraganes que nunca han querido hacer el esfuerzo de educarse; y también los que envidian a los que teniendo sueños de superación han aprovechado las oportunidades que se les ha brindado. La vida, hija mía, es como un largo río donde los camarones que se duermen son arrastrados hacia atrás por la corriente y se les impide avanzar. Los haraganes siempre continuarán en ese estancamiento y en el retraso de la miseria moral y económica.

—Que Dios le pague por su consejo —replicó Olaya con voz agradecida mientras abría la puerta de la alcoba de huéspedes—, le prometo que lo tendré en cuenta…

—Ahora, hazme el favor de abrir la ventana para que entre la luz del sol tan necesaria para la salud y también para que podamos vernos las caras —explicó el médico mientras hurgaba en su negro maletín buscando sus instrumentos profesionales—. ¿Cuál es su gracia, amigo? —preguntó dirigiéndose al paciente.

—Mateyo Beltrán Navarrete, pa' servirlia Dios yasté, siñor dautor —respondió el paciente mientras apretaba sus costillas con la mano derecha.

—Trate de hablar lo menos posible y manténgase quieto mientras lo examino. Cuénteme brevemente, ¿qué fue lo que le sucedió?

—Él dice que se cayó de la hamaca del Tamulgasco —se apresuró Olaya a contestar.

—Por favor, niña, deja que el paciente me relate su propia versión del suceso para que yo pueda hacerme una idea cabal del problema —Peña Trejo sugirió pacientemente.

—Como dice l'Olaya... —dijo Mateo—, ay me cái del puente diamaca del Tamulgasco.

—¿En el paso del Plan del Amate? —preguntó el médico con aire de duda.

—¡Sí, dautor, ayí mesmo! —afirmó el paciente dolosamente.

—¿Y no se mató? —preguntó impensadamente Peña Trejo—. ¡Pues claro que no se mató! ¡Ah qué torpe estoy esta mañana! —agregó, riéndose de sí mismo—. Quise decir, que una caída desde esa altura y contra las rocas o el talpetate significa la muerte instantánea.

—¡Hermano, qué suerte tuviste! —exclamó la hermana sorprendida y regocijada.

—Más que suerte, fue un milagro; aunque yo no creo en ellos, —aseguró el galeno—. En los diez años que llevo ejerciendo aquí, allí han ocurrido tres accidentes, ¡todos fatales!

—Es que comuel riyo estaba bien jondo, vaá; el porrazo que me di no mizo perder el sentido, creibo yo —alego Mateo, tratando de hacer más creíble su espurio relato.

Después de varias auscultaciones en diferentes zonas del torso y en el silencio requerido, el facultativo se quitó los auriculares y mientras los guardaba preguntó al enfermo:

—¿A qué hora, más o menos, fue que sufrió el accidente?

—Pues yo no sé lora —dijo Mateo—, pero yabiya repuntado lagrora, vaá, yel cielo ya sestaba coloradiando y miacuerdo quiay oyí cantar los gayos de por esos lados, vaá...

—Entonces, usted se perdió de la balacera —le aseguró el médico.

Súbitamente, Mateo trató de incorporarse, pero pronto desistió adolorido.

—¿Cuál balasera? —preguntó tratando de disimular su interés.

—La desta mañana —apuntó la hermana.

—Bueno, como yo nunca cargo arma de juego, vaá —se disculpó blandamente Mateo temiendo revelar la verdad.

—Pero ¿usted vio a los que estaban disparando, doctor? —preguntó Olaya.

—No, yo solamente oí los disparos. Venía en compañía de dos cipotones que trabajan de mozos en las haciendas de los Alvergue y de los Santos de Guarjilanga. Ellos, como yo, venían de El

Cicahuital, y me estaban ayudando a sacar la mula del vado lodoso del Lemparrío. Primero oímos un disparo, luego dos y enseguida algo así como una andanada de balazos de fusilería.

—¿Quiénes serían? —preguntó intrigada la futura ama de llaves.

—¡No tengo la menor idea! —respondió Peña Trejo—. Pero los disparos se interrumpían por segundos y luego se reanudaban. Creo que se trataba de una batalla campal entre varios porque no creo que alguien bote tanta munición para matar un conejo.

—¿Y no escuchó ninguna voz de mando o alaridos de muerte? —preguntó Olaya.

—Realmente no. Aunque sí algunos ruidos de voces que se confundían con el murmullo de la corriente. Como dije, yo creo que eran soldados gastando parque… ¡por puro gusto…!

—Sin embargo —interrumpió la joven—, cuando lo estaba esperando frente a su casa, pasó un pelotón de soldados armados hasta los dientes. Su dragoneante me dijo que iban para el Plan del Amate; que allí los comunistas habían atacado a la tropa y dos soldados y un comunista habían muerto.

—¿*Comunista?* —preguntó Mateo sobresaltado.

—Sí. Eso fue lo que me dijo el dragoneante y agregó que el comandante temía que ocurrieran más enfrentamientos por esos lados…

—Realmente no puedo imaginarme —comentó el médico con escepticismo—, qué podría haber ocurrido. Pero sospecho que fueron algunos soldaditos borrachos que estaban celebrando el día de pago. También puede ser que el ejército quiera crear un falso temor de enfrentamientos para mantener a la población en un estado de permanente zozobra.

—Pero ¿y los muertos? —preguntó Olaya.

—Efectivamente; esa es la pregunta para la cual no tenemos ninguna respuesta, por ahora —admitió el galeno. Luego se dirigió a Mateo—: Amigo mío, la buena noticia es que no creo que tenga alguna costilla fracturada —dijo dándole una palmadita en la rodilla.

—¡Qué suerte tenés, hermano! —No tenés ¡ni una costiya rompida! —exclamó la hermana, traduciendo regocijada el término médico.

Mateo permaneció impasible muy a pesar de la magnífica noticia. El súbito recuerdo de su vástago asesinado le había constreñido el corazón. El doctor, ignorante de la tragedia, continuó:

—Aunque es muy probable que algún nervio haya sido afectado y eso es lo que le produce ese dolor agudo que usted siente por ahora. Le aconsejo permanecer en cama por unos diez días. Mientras tanto deberá tomar todos los días las medicinas que le voy a recetar y continuará tomándolas hasta que las termine. Si el dolor persiste sin merma, entonces sería aconsejable llevarlo a una clínica de Santimonio o de Suchindondo para que le tomen unas radiografías. Ojalá que no sean necesarias porque son muy caras. Esperemos unos cinco días para ver cuál será el efecto de las medicinas. Y por mis honorarios no se preocupen...

—¡Que Dios le pague! —interrumpió la hermana agradecida.

—No, no, no, Dios no me los va a pagar. Tu patrona me dijo que todos los gastos corrían por su cuenta. De manera, pues, que es a ella a la que tienen que agradecer.

Después de estrechar las manos de los hermanos Beltrán, el médico se marchó muy campante.

***

Como simple feligrés, Leandro Beltrán asistía esa mañana invitado a la misa dominical que don Eduardo Recinos, párroco de la vecina parroquia de San Antonio, concelebraba con el seudo-canónigo Castelar. A instigación de Castelar y con el objeto de apresurar el entrenamiento del sacristán, Leandro había sido sentado en una banca baja sin espaldar, casi escondido entre el púlpito y el baptisterio. Con el *Manual Práctico del Sacristán* sobre sus rodillas, seguía atento, paso a paso el proceso litúrgico. Ocasionalmente, el aprendiz trataba de repetir mentalmente los intercambios de arcanos latinajos gorgoriteados tanto por el celebrante como por el anciano cantante de coro.

Leandro, de repente, descubrió la augusta y ciertamente gratísima presencia de su adorada condesa, arrodillada y contrita en su reclinatorio personal; recordándole inmediatamente la dulce imagen de Santa Bárbara en actitud penitente. *Ansina como se ve, con los cachetiyos rosaditos y finos, siay mesmo se parece a la mesmísima sant'e los rayos y las centeyas cuando yestaba cincuentona*, se dijo gratamente maravillado. María Teresa vestía esa mañana toda de negro, lo cual realzaba la ebúrnea blancura de su cutis, la aureola de su larga cabellera matizada de plata y ébano y sus claros ojos azules. Ella, al detectar que Leandro la miraba fijamente, le sonrió discretamente y le guiñó el ojo derecho. Él, sintiéndose honrado por ese gesto de la noble ibérica, correspondió con un atrevido guiño que, aunque muy fugaz, tampoco pasó desapercibido a la atenta mirada de la condesa.

A Beltrán, sin embargo, le extrañó sobremanera que su Olaya no la acompañara, aunque no estaba realmente seguro si era bien visto que la servidumbre se arrodillara a lado de los patrones en el templo de Dios. *La santa misa y liglesia*, pensó él, *son ansina como la mesma muerte, vaá; quiay le caye a toduel mundo; así seyan justos o pecadores, pobres o ricos, negros o blancos. ¡Pa' Dios y pa' la güesuda nuay cochinas digerencias!*

Pero su Olaya no estaba allí, ni al lado de su empleadora, ni visible en el recinto del templo. Ya había buscado su carita de luna entre la heterogénea colección de rostros, muchos luciendo todavía adormitados y cabizbajos, pero el suyo, el de su amada hija no se encontraba entre ellos. Tampoco recordaba haberle oído decir durante la corta visita de la tarde anterior que estaría fuera de Cayaguanca o que no se encontraba bien de salud. *¿Cuál será, pues, el motivo de su ausencia?*, se preguntó preocupado. Por supuesto, al terminar a misa se lo preguntaría a la condesa y esa sería la mejor excusa para verla más de cerca y conversar un poco con ella.

El sacerdote visitante hizo un sermón inusualmente corto pero saturado de vívidas, tajantes y contundentes y severas advertencias y amenazas de castigos infernales para todas *las mujeres* que pecaran por asistir o participar en los bailes festivos. Las advertencias eran ciertamente gratuitas e innecesarias pues dado el clima de represión política imperante cualquier reunión de más de dos personas alertaba a los sabuesos militares y los conminaba a arrestar a los alegres danzantes. En consecuencia, no existían ocasiones de pecado en ese sentido pues no se realizaba ningún baile ni aún en la celebración de las bodas. Esos antros de perversión y perdición, según el exegeta criollo, habían sido creados por el mismo Satanás para incubar en ellos las malditas semillas de la lujuria morbosa, la infidelidad conyugal y la concupiscencia. Con vehemente furia denunció esos antros diabólicos donde se permitía la proximidad pecaminosa de los cuerpos; la cual les conducía, primero, a los deseos impuros y luego a la infame comunión del placer sexual.

Para terminar, conminó a todos los católicos, débiles de espíritu, a implorar del Espíritu Santo el fortalecimiento de sus almas para evitar convertirse en pecadores lujuriosos; instándoles a la reflexión sobre las calcinantes llamas del Averno y a encomendarse con fervor a los milagrosos santos para finalmente alcanzar la bienaventuranza eterna.

Tan pronto el cura Recinos cantó con voz chillona el *Ite, Missa est*, que el Manual traducía como *Idos, se acabó la Misa*, Leandro levantó presto el dedo índice y lo puso contra la punta de su nariz aguileña. Al constatar que la condesa lo miraba fijamente, concluyó, aunque con duda, que ella había comprendido el significado de su extraña señal.

María Teresa, intuyendo el significado del silente mensaje, decidió salir por una puerta lateral. Ella también quería oír una vez más el timbre aplomado e iletrado del rudo campesino. Vino hacia él sonriente, aunque con la frente en alto, con el orgulloso donaire de su alcurnia. *Le falta algo, pero no sé qués*, pensó el aprendiz de sacristán. *¡Ah, sí, ve pué, se liolvidó el bordón! ¿Olvidado? ¡Jú!* Y se preguntó con cierto recelo: *¿No será que ya no lo necesita?*

—¡Muy buenos días le dé Dios, don Leandro! —susurró ella con voz pausada y coqueta. Luego puso su mano abierta al lado de su boca y preguntó con voz queda y solícita—: Y ¿cómo se siente usted hoy, amigo mío?

—¡Buenos días le dé Dios, siñora condesa! —dijo el sacristán respondiendo el saludo cortés de la dama. Puesay mucho mejor quiayer, vaá. Y que Dios le pague por su interés en mi salú… Y la niña Olayita ¿por qué no vino a la misa conusté?

—Me dijo que no se sentía bien —mintió la condesa con voz sedosa. Había decidido muy de antemano no revelarles que sospechaba de su engañoso juego. Después de observar fijamente los rasgos faciales del sacristán, concluyó que a pesar de las marcadas diferencias en los colores de la tez y de los ojos, el parecido entre ellos era obvio.

—¡Qué lástima que nuayga venido! —se quejó él—. Es que yuestoy tan agradecido con eya, vaá, por las vesitas que miáecho y por su ayuda el diya en que… bueno pues, ya'sté sabe, supongo —añadió tratando de justificar su interés por la joven fámula.

—Sí, claro, comprendo perfectamente —mintió ella de nuevo—. Pero usted tiene que volver a circular; todos mis *santos* lo siguen esperando *desesperadamente* —agregó; luego le sonrió con exquisita afabilidad.

Leandro sintió en ese momento el ferviente deseo de estrujarla entre sus brazos.

—Yo creibo que talvez mañana ay vuá yegar a su casa —prometió con las mejillas encendidas por un rubor poco acostumbrado y que, para su fortuna, la penumbra del templo lo ocultó discretamente—. Ay le vuá cáir después del entierro —añadió con voz ligeramente temblorosa.

—Así lo espero —respondió la dama sonriendo coquetamente. Luego de hacer una breve genuflexión, dio marcha atrás—. ¿Quién se murió? —preguntó curiosa.

—Don Secundino Ábrego —respondió Leandro—, el sacristán *di'antes* —añadió con aplomo un poco altanero para enfatizar su sacristanía en propiedad.

—¡Que Dios lo haya perdonado! —dijo la condesa piadosamente. Y tomó el camino con rumbo hacia su castillo.

***

La tropa había llegado por fin al Plan del Amate.

—Mi señor coronel, estos dos cipotes son los que hayaron los cadáveres —dijo a media voz el comisionado municipal señalando a dos imberbes adolescentes que, sentados sobre una roca de talpetate, se mostraban afligidos y callados; pareciendo más que oportunos informantes sobre el suceso de esa mañana, acongojados y temerosos prisioneros—. Y dicen, —agregó—, que corrieron a darles el parte a las 'utoridades y 'pecíficamente al mesmo juez de paz de Techoncho.

Los muchachos aparecían justificadamente amedrentados, particularmente por el obsceno despliegue de armas mortíferas a su alrededor y por la ruda chabacanería que los soldados y suboficiales mostraban hacia ellos.

—¿Y por qué este par de hijos de puta no jueron a dar parte a las autoridades militares? —preguntó el falso Gonzalo con su habitual lenguaje soez—. Según yuentiendo, del Tamulgasco pal norte es jurisdisión del municipio de Cayaguanca y mucho me temo questos desgraciados se jueron pa' Techoncho, pa' darles tiempo a los comunistas pa' quiuyeran y no cayeran en nuestras manos. ¿No le parece, señor comisionado, que yo tengo razón? —preguntó ufanándose de su lógica.

—Pues a lo mejor su señoría está en lo cierto, vaá, porque yo a estos cipotes cagados ni los conozco y a lo mejor son de los culicolorados, vaá —mintió cobardemente el funcionario civil, haciéndole eco e imitando el crudo lenguaje del tosco militar.

Gonzalo se dirigió a los dos jóvenes.

—¿Qué putas andaban haciendo ustedes a esas horas de la madrugada y por estos lados? —les preguntó a gritos.

Los atemorizados muchachos se miraron a los rostros sin saber quién de los dos debía responder o cuál sería la respuesta adecuada.

—¡Yévese a ese cabrón palotro lado del camino! —ordenó el militar al complaciente y servil comisionado municipal mientras señalaba al que parecía el mayor de los dos—, porque quiero interrogarlos a ambos, pero por separado.

Una vez estuvo a solas con el más joven, el falso dragoneante se quedó viendo fijamente al aterrorizado testigo.

—No mian contestado la preguntita que les hise —dijo secamente y luego se dibujó en su rostro una sonrisa burlona—. A lo mejor, cabroncito, ya como que testás arrepintiendo de ser el correveidile de los malditos comunistas.

—Mire, señor, yo… le… juro… —comenzó a balbucear el muchacho.

—¡A mí no me jurés nada, hijueputa! —le interrumpió recriminándole groseramente—. Simplemente decime ¿qué putas andaban haciendo ustedes por estos matorrales, en un día domingo y en la madrugada? ¡Ah! Y también quiero que me digás el nombre de tu cómplice.

Tembloroso y con la quijada hundida, horadándole el pecho, el pobre muchacho comenzó a hablar en voz baja y temblorosa:

—Puesesquiay un par de terneritos, ya casi toritos, vaá, de la manada quíbanos arriando ayer por la tarde se nos estrabiaron y no sabíanos aónde, vaá, cuanduay los íbanos arriando en manada pa' la feri'e ganado de Guarjilanga. El patrón, don Juan Alvergue, se puso bravo y me órdenes de sabaniárselos y diay trérselos pal poste la feria, vaá. Yesiotro muchacho, él nués ningún cómplice miyo; él es mi primo y su gracia es Danilo Abarca Lara que vino ayudarme en la sabaniada, vaá.

—¡Ajá! —exclamó triunfante el interrogador—. Y vos, papito chulo, ¿cuál es tu gracia? —preguntó Gonzalo, fingiendo ternura.

—Agustín Lara Beltrán y'esa es la puritita verdá.

—¡Ajá! Así que confesás que vos sos el jefe de los mensajeros que pretenden ser arrieros.

—Pues sí, vaá —respondió ingenuamente el adolescente—. Yuera el que lo mandaba porque jué a yo que me contrató el don Juan Alvergue pa' yevarle las reses a la feria, vaá; y como juí yo el que perdió los terneros, vaá, puesay miordenó sabaniarlos y juí yo el que jué a buscar a mi primo Danilo pa' que mi'ayudara… Yesués todo… ¡palabra!

—¿Y'ónde estaban ustedes cuando oyeron la balacera?

—Ay veníyamos cruzando el vado de La Chacra, cuando el dautor Peña Trejo nos pidió le sacáramos la mula que se liabiya pegado en el lodazal cuandóimos la balacera y diay nos venimos corriendo a ver quiabiya pasado pero los toritos no se dejaban jalar yeso nos demoró mucho pa' llegar hast'aquí.

—¿Y cuánto les pagó ese medicucho comunista para que dijieran esta sarta de mentiras?

—¿Quién? —preguntó Agustín inocentemente.

—Ese médico comunista, el tal Peña Trejo ese, ¿cuánto les pagó?

—Nosotros licimos el trabajito de choto, vaá y diay nos venimos al puente diamaca.

—¿Cuántos comunistas participaron en lemboscada de la tropa?

—Nosotros no vimos a náiden. Cuando yegamos ay mesmo encontramos a los soldados ya hechos picadiyo y al muchacho sentado contrel tronco del amate, ya muerto también, vaá.

—O seya que los soldados se picaron el uno al otro a machetazos y el otro muertecito voló a sentarse contrel amate, y di'ay se puso los zapatos… Y diay los lustró como si juera a entrar a la iglesia o a un salón de baile —rugió Gonzalo con mordaz sarcasmo.

—Pues, hasteso yo no lo sé, vaá —dijo el joven con voz amedrentada—. Perues la merita verdá. Cuando yegamos ese muchacho yastaba muerto y con los sapatos ya puestos.

—Quedatiay calladito y no te movás diay que voyir a ver siese otro comunista que vos decís ques tu primo, me cuenta las mismas mentiras que vos mi'acabás de decir.

—Pero señor, si ni yo ni él semos niemos sido nunca comunistas —chilló Agustín sin levantar la cabeza.

El militar se dio vuelta y con el revés de la mano de donde colgaba su látigo le asestó un violento golpe en la mejilla y la nariz. El agredido perdió el balance y cayó al suelo. Frotando su cara adolorida y limpiando la sangre de su nariz miró con odio al grotesco uniformado.

—¡Te dije que te mantuvieras callado! —le gritó—. ¡Conmigo no se juega, cabrón!

Gonzalo atravesó el camino esquivando los pozos de lodo para no ensuciar el brillo de sus botas. Danilo, tembló acongojado luego de observar el trato inhumano a su primo.

—¿Vos ya conociyas al comunista muerto? —preguntó de sopetón.

El interpelado no tuvo tiempo para pensar en una respuesta adecuada.

—Sí, señor, ya lo conosiya. Su gracia era Juaquín Beltrán Vides, vaá —dijo mientras imploraba al cielo que su respuesta satisficiera al tosco militar y les permitiera a ambos marcharse.

Las esperanzas de Danilo Abarca de verse pronto liberado del hostigante interrogatorio se desvanecieron cuando Gonzalo continuó haciéndole preguntas capciosas.

—¿Y diónde era el Juaquín? —preguntó seguidamente en tono suspicaz.

—Pues diay diabajo mesmo; es decir diay de los alderedores del cantón Santa Teresa, vaá —contestó el joven, tímidamente señalando hacia el suroeste con el dedo índice.

—¿Y de quién erhijo?

—Del Mateyo Beltrán…

—¿Y vos y tu *camarada* eran amigos del muerto? —preguntó el inquisidor con la malsana intención de hacerlo caer en una trampa de la que no pudieran escapar tan fácilmente. La imberbe inmadurez e ignorancia del acobardado muchacho, además del acostumbrado afán de satisfacer la supuesta autoridad del falso dragoneante, le hicieron contar más de lo que debía.

CATORCE

—¿*Amigos*? No, meramente, vaá —respondió Danilo—. Ay el Juaquín, ay liandaba arrastrándole el'ala a mi hermana Vicenta, vaá. Pero mis tatas no lo podiyan ver; es decir, pué, que no lo queriyan pa' yerno, vaá. Así que con mis hermanos mayores ya lo teníyanos alvertido, vaá; que, si se volvía acercar a la Chenta, o si la seguiya buscando, ay luíbanos echar picadito al Lemparrío. Pero ya nu'habrá quiacerlo porque ay mero yastá muerto, vaá.

—¡Ah! Aura comprendo —dijo Gonzalo socarronamente—. Cuando tus meros *cheritos,* los malditos comunistas, comenzaron la criminal emboscada a nuestros valientes soldados, ustedes ay siaprovecharon pa' deshacerse del Juaquín y diay lo dejaron sentado contrel amate pa' que nosotros lecháramos la culpa de l'emboscada a él y a su familia y eyos le cargaran el muerto a los miembros de la tropa. ¿O no jué así?

El falso dragoneante se dio un pequeño latigazo en la pantorrilla derecha para celebrar el rápido desenlace de su pesquisa.

—Comisionado —dijo ufanamente—, ya tengo resuelto el misterio del cadáver recostado contra el árbol. Véngase conmigo pa' Techoncho a echarnos un par de boteyas de guaro y si su señora tuviera por ay una gayina medio muerta o medio viva… pues que le dé el tiro de gracia y ¡que nos la sirva di'almuerzo!

—¡Pues comusté ordene, mi señor coronel! —respondió el funcionario rastreramente.

—Ay por el camino le contaré lo que sucedió aquí con este par dijos de puta. Pero me vuir en su garañón porque ya mestáciendo falta un trancaso de carretero pa' quitarme la goma que traigo desde dianoche…

—¡Encantado de poder servir a su señoría! —respondió el cipayo, agregando—: Y mi señora se sentirá honradísima con su presencia y con muchísimo gusto le preparará un buen almuerzo para que se reanime ¿Y qué vamos haser con este par de muchachos? —preguntó mientras se quitaba las espuelas para dárselas al hosco oficial.

—Ah, sí, se miabiya olvidado. Sargento, afusíleme a ese par de desgraciados yescriba en el parte de novedades que jueron sumariamente condenados y 'jecutados por su peligrosidá y por su complicidá confesa con los comunistas; y también por asesinato en primer grado del joven don Juaquín Beltrán Navarrete, del cual ambos ya se declararon culpables. ¡Yesues todo!

—¡Comusté ordene, *mi coronel!* —gritó el sargento. Enseguida se recriminó asustado y en voz baja: *¡Qué bruto juí!* Luego se achicó hasta casi desaparecer.

Aguirre, iracundo, forzó al caballo a dar tres vueltas rápidas y después de la tercera agachándose le gritó:

—¡Imbécil! —Y luego asestó un latigazo en la espalda del indiscreto suboficial. Hundió de nuevo sus espuelas en los ijares del corcel, prestado a la fuerza, y éste salió al trote, resollando rebelde por la agobiante tirantez del freno en su hocico.

***

—Esta mañana, después de la misa —anunció Leandro Beltrán con obvia fruición—, ay la condesa me dijo que los santos deya tuaviya mestaban esperando.

Castelar había invitado al sacristán a sentarse a la mesa del comedor a la cual también había sido invitado el cura Recinos con el propósito de degustar el *gallo en chicha*, un típico plato redentoreño y el cual Delfina sabía preparar con la pericia de un chef profesional.

El cura visitante se extrañó al escuchar que la *anciana* todavía estaba viva.

—¿Todavía no se ha muerto esa señora? —preguntó maravillado.

—No, ¡qué va! —exclamó el sacristán con velado regocijo—. Siay parece que yasta siá recuperado bastante. Hoy mesmo la vide en misa y ya ni carga el bordón. Yay mesmo ayba caminando con el mesmo briyo diuna potranquita, vaá —añadió alegremente.

—¿Es que había estado muy enferma últimamente? —preguntó el anfitrión.

—Realmente no sabría decir si estaba enferma o no —respondió Recinos—. Pero según yo he oído, después de la muerte del conde se encerró en su castillo y no volvió a salir sino en rarísimas ocasiones para asistir a la iglesia. En su capilla privada, el padre Santofimio le celebraba misas y allí mismo la confesaba cada quince días. Él mismo me informó recientemente que ya no se levantaba de la silla de ruedas sino para meterse en la cama. Y además había perdido el apetito y lo peor del caso: hasta el deseo de continuar viviendo.

—¿Qué mal aquejaba a esa dama tan noble y tan desdichada? —preguntó el letrado.

—Según yo entiendo, ella sufría o sufre aún, de una profunda depresión melancólica. Creo que el doctor Peña Trejo le aconsejó viajar al extranjero, a Viena específicamente, a ponerse en manos del psicoanalista Freud quien es por ahora el más recomendado para los pacientes con esos graves problemas depresivos; particularmente para los que tienen los medios económicos —añadió socarronamente el sacerdote invitado.

—¿Y la condesa no quiso seguir las instrucciones del médico tan responsable como lo es el doctor Peña Trejo?

—Obviamente no…

—A lo mejor porque no tenía suficientes fondos para hacerlo —comentó Castelar—. Al fin y al cabo, tanto los médicos como los sanatorios en el extranjero son muy costosos, ya sea que el tratamiento se realice en Nueva York, en Berlín o en Viena.

—Pero no para la condesa —afirmó el cura Recinos—. Esa mujer quedó muy rica al morir su esposo, según dicen las buenas y las malas lenguas. Yo sé que ella siempre ha sido muy generosa con la iglesia y que ha realizado varias obras filantrópicas. Sin embargo, desde hace unos cuatro años se ha vuelto un poco tacaña y se comenta que maltrata a su joven sirvienta con mucha saña. Y aquí entre nos, el padre Santofimio me contó que la condesa lo comisionó para llevarle dinero a una tal Prudencia Ayala, una mujer muy conflictiva y de pelo en pecho, a quien el presidente Bosco ya había calificado de *loca*.

—¿Y, aun así, la condesa le envió dinero a esa enajenada, dice usted? ¿A cuenta de qué, o por qué se puede saber? —preguntó Castelar extrañadísimo.

—Esa Prudencia —respondió Recinos con voz despectiva—, siempre ha andado gritando a los cuatro vientos que las mujeres redentoreñas carecen de los derechos ciudadanos de los que gozamos los hombres y que esa crasa injusticia es producto del machismo tradicional del que adolecemos. Por ejemplo, y eso sí es muy cierto, las mujeres en este país no pueden votar ni ser elegidas. Ella quiso postularse para las elecciones pasadas y no se le permitió por ser mujer. Sin embargo, la Prudencia parece que tuvo o que tiene todavía muchos seguidores, especialmente entre muchas mujeres de la clase media y entre algunos de los notables intelectuales redentoreños, tales como el famoso Masferrer, un conocido escritor y seguramente un *comunista* solapado.

—A mi juicio, esas declaraciones tienen sobrada razón; no veo por qué el presidente la pudo haber tildado de *loca*, en vez de apoyarla. Y si la condesa le ha brindado ayuda monetaria, eso demuestra que mi noble paisana es de armas tomar —comentó el ibérico, a todas luces orgulloso de su paisana.

—Volviendo al antiguo tema —acotó Recinos un poco malhumorado—, no veo por qué la señora no quiso seguir los consejos del médico.

—Hay que tomar en cuenta, amigo mío —dijo el letrado—, que las finanzas en el mundo actual son tan inestables que la hubieron podido forzar a actuar con mayor prudencia.

—Es muy probable —convino el visitante.

—Después de todo —prosiguió Castelar—, ¿cuántos *pobres* millonarios han preferido el suicidio a una vida de privaciones inacostumbradas? Y es bien sabido que lo más doloroso para un rico venido a pobre es convertirse en el escarnio de sus nuevos vecinos.

—Ayusté tiene toda la razón, padre Santiago —opinó Leandro—, porque yué óido quel qués rico ya no se conforma con golverse pobre, vaá; mientras quel quiasido pobre toda su vida, pues como yastácostumbrado, puesay siaguanta la miseria yay sigue viviendo seya como seya, yay como se pueda, vaá.

Los ensotanados comensales asintieron en silencio y con sendos movimientos de cabeza. Leandro continuó:

—Yay como la religión nos enseña que'ste cochino mundo nues más uiun vayelágrimas, vaá, onde mesmo nos ganamos o perdemos la glorieleternidá, vaá…

—¡Muy cierto! —convino su patrón. Recinos asintió en silencio con un leve movimiento de cabeza.

El sacristán prosiguió:

—Peroy la condesa se veya bien rechula, saludable, contenta y yenita de vida; yusté, padre Santiago, que la vido con yo hace poquito, ay también laincontró alegre y dicharachera.

—Sí, en efecto —dijo el aludido—, yo la encontré sana y vital, aunque debo admitir que me pareció un poco flaca, quién sabe si desnutrida. Pero como no la había visto antes, no podría decir si se ve mejor o peor.

—Pues, gracias a Dios ya se ha realizado el milagro —comentó el cura Recinos con evidente regocijo—, porque estoy seguro que no se curó por los cuidados del médico o por la farmacopea moderna solamente sino por uno de esos arcanos designios del Todopoderoso. Sin embargo, hay muchos entre las personas de estos tiempos que ya no cree en los milagros —agregó quejumbroso.

—Sí, es muy doloroso constatar que hasta esas personas que se hacen llamar religiosas y que son practicantes dudan de la eficacia de la oración y de la fe en Dios —comentó Castelar y luego preguntó con inusitada vehemencia—: Pero ¿qué más podemos hacer nosotros los pastores de almas que no sea martillar enfáticamente en nuestros sermones que la fe es capaz de mover montañas y que el cielo siempre escucha nuestras plegarias?

—Cambiando de tema —dijo el cura de San Antonio—, permítame contarle que tomé bajo mi tutela un joven muy inteligente. Mientras mi coadjutor y yo almorzamos o cenamos, él nos lee en voz alta las noticias importantes que traen los periódicos del día. También nos lee algunas de las biografías de santos que me dejó el antiguo párroco; y tan pronto me llega la última entrega de la revista *Digesto para Lectores* de Madrid, le ordeno que nos la lea de principio a fin...

—Mi enhorabuena, padre Eduardo —dijo el íbero—, pero no estaba enterado que ya hubiese una edición en español. Aunque yo la he leído varias veces en inglés, encontré que sus artículos son muy interesantes y eruditos. En cada número presenta variados tópicos sobre los problemas políticos, sociales y económicos del acontecer mundial al presente. Sin embargo, me di cuenta que algunos de sus artículos tienen matices claramente anticatólicos.

—Ah, ¿sí? ¿Por ejemplo? —preguntó Recinos con asombro.

—Hace unos dos años leí en una de sus ediciones un extenso comentario crítico sobre la encíclica *Casti Connubis* de Su Santidad Pío XI. Me pareció que el autor mostraba una actitud en extremo negativa sobre su verdadero significado. Recuerdo que me afectó mucho el ver que tergiversaba los propósitos tan claros y cristianos del Santo Padre.

—Le creo —dijo el cura visitante—, pero parece que ya rectificaron su posición pues en las últimas ediciones, la crítica ha sido muy elogiosa de las encíclicas *Quadragesimo Anno* y *Nova Impendent*. Realzan especialmente las muy sabias advertencias del Sumo Pontífice a todas las naciones cristianas sobre el terrible peligro que representan las ideas marxistas que son, sin duda alguna, fundamentalmente ateas. Estoy seguro de que *mi* General Martínez, después de haber sido bien recibido en la Casa Blanca, comprendió la magnitud de esa terrible amenaza y fue ello lo que lo conminó a derrocar el régimen pro-comunista que nos gobernaba...

—De la política nacional de El Redentor no estoy muy enterado —interrumpió Castelar—. Sin embargo, me gustaría ponerme al día conversando con la gente del país.

—¡Muy buena idea! —aplaudió Recinos.

—Recientemente, tuve una charla muy amena con el doctor Fernando Peña Trejo y él me hizo comprender el porqué de recientes eventos trágicos que me habían dejado confuso y también estupefacto.

—¡No, no, no, padre Santiago, por Dios! —interrumpió el visitante horrorizado—. Usted no debe escuchar las sandeces mal intencionadas de ese doctor; quien, según dicen los que han departido con él, que es un comunista solapado que lanza su veneno rojo contra nuestro valeroso ejército cuandoquiera que encuentra la ocasión. Déjeme decirle que ciertamente hay muchas opiniones en conflicto. Por ejemplo, se rumora que muchos jerarcas del clero metropolitano no apoyaron abiertamente el golpe de estado de diciembre pasado, especialmente nuestro propio arzobispo, monseñor Belloso. Y así se lo hizo saber al Vaticano. Pero luego que Washington reconoció a Martínez y los buques de guerra británicos cercaron nuestros puertos para brindar apoyo al nuevo gobierno, la Santa Sede le tiró las orejas al arzobispo y lo conminó a aceptar que el golpe de estado contra los comunistas era un hecho consumado e irreversible, además de ser altamente beneficioso para la iglesia católica.

—Yo también soy enemigo acérrimo del comunismo —declaró Castelar—, en particular por sus prédicas ateas y extremadamente materialistas…

—¡Muy de acuerdo con usted! —afirmó Recinos fervorosamente.

El español continuó sin agradecer la afirmación de apoyo de su colega:

—Pero eso sí, no estoy de acuerdo de que, en nombre de un anticomunismo mal entendido, se otorgue pleno apoyo incondicional a las torvas dictaduras que torturan y asesinan a personas inocentes; o que se repriman y persigan a los trabajadores por el solo hecho de demandar salarios y condiciones laborales justos y que se le nieguen las reivindicaciones legítimas logradas por sus sindicatos.

—Desafortunadamente —interrumpió el cura de San Antonio—, los comunistas utilizan esa bandera de las reivindicaciones laborales para alborotar a los trabajadores y a los campesinos y luego enfrentarlos a las autoridades legítimas que no tienen otro recurso que imponer el orden a costa de muchas vidas y de mucha sangre…

—El problema laboral es extremadamente complejo —dijo Castelar con voz mesurada—. Y no me parece justo tratar de encontrar soluciones crueles y simplistas que solamente tapan el problema en vez de resolverlo. Mientras haya injusticia contra los que trabajan, habrá rebeldía entre ellos y lucharán contra la opresión. El mandamiento divino de "amaos los unos a los otros como yo os he amado" parece haberse perdido en las mentes de los que lo único que les interesa es la ganancia, el lujo sibarítico y el poder omnímodo.

Al llegar a este punto, Leandro decidió cambiar el tema candente de la conversación, pues no deseaba que su buen amigo se pusiera en peligrosos aprietos de las discusiones políticas que pudieran terminar en el argumento de los asesinos que se amparaban en uniformes militares.

—'Tonces, ¿usté sí sabe hablar inglés, padre Santiago? —interrumpió abruptamente el viejo campesino.

—Sí, hijo mío —lo hablé por un tiempo mientras realizaba un curso largo sobre legislación laboral en una universidad de Inglaterra.

—¿Y no se le resecó la lengua? —inquirió Leandro.

—¿Por qué habría de resecárseme? —preguntó Castelar haciendo un gesto de extrañeza.

—Porquiayó me deciya mi tatita que comuel inglés yotras lenguas de poray son bien trabadas, vaá; a los que las hablan se les va retorciendo la lengua hasta que se les pega a los cachetes y diay se les enjuta y se les caye.

—¡Ah, Dios mío! —se quejó el cura Recinos—. La gente de estos alrededores tienen unas ideas tan absurdas sobre idiomas extranjeros y sobre las culturas de otros pueblos y de otras naciones.

—Es un mal universal —acotó Castelar—, y desgraciadamente no muy fácil de eliminar pues los intercambios de personas están limitados por las circunstancias económicas. Como todos sabemos, solamente los acaudalados pueden darse el lujo hasta ahora de viajar por barco o por avión.

—Estoy completamente de acuerdo, pero... —trató Recinos de interrumpir.

El falso cura, sin embargo, continuó impertérrito:

—...esa es en sí la barrera mayor; pero no estoy hablando de la gente de Cayaguanca solamente. Cuando llegué a Londres, una de las ciudades más cosmopolitas del mundo y con mayores accesos a la información, me extrañó sobremanera la ignorancia que los ingleses tenían con respecto a mi amada España. De

Londres a Madrid hay una distancia de mil cuatrocientos kilómetros a vuelo de pájaro. A través de la historia, nuestras naciones han estado estrechamente ligadas de alguna o de otra manera. Bueno pues, era tal el crudo desconocimiento de mi patria demostrado por los británicos con quienes estuve en contacto, que de pronto temí que me preguntarían si los españoles éramos *todavía* antropófagos. Aunque en algunas ocasiones yo tuve la tentación de preguntárselo a ellos —agregó riéndose.

—Me gustaría hacer un breve paréntesis —dijo Recinos—, para reconocer que este vino de Jerez que nos acaban de servir es muy exquisito; aunque yo nada sé de enología ni tampoco tengo idea de qué tipo de cepa va con cuál manjar, se me ha ocurrido que debíamos *casar* este delicioso gallo en chicha con este néctar jerezano.

—Me alegra comprobar que mi vino le ha gustado. ¡Gracias por el elogio! —dijo Castelar, En cuanto a su pregunta yo diría que, por lo general, el jerez no suele acompañar a ningún plato principal sino al postre. Pero como este almuerzo —añadió sonriendo—, no se está ofreciendo en una casa señorial sino en una humilde casa parroquial, no debemos preocuparnos por el hecho de que sea apropiado o no el tomarlo mientras nos deleitamos con este delicioso plato redentoreño. Nunca antes lo había probado, pero me parece delicioso, sabrosísimo.

—Pues yo mialegro que liayga gustado —dijo Leandro muy orondo—, porque yo juí el de la ideya de mercar el gayo y decirlia la Delfina que luiciera en chich'e tomate, vaá.

—¡Se le agrrradece el detalle, señorrr sacrrristán! —dijo el cura Recinos arrastrando sus erres—, porque yo también lo prefiero hecho en chicha de tomate pues mi estómago ya no tolera la salsa de chile. —Aunque acostumbrado al vino de consagrar, que es por lo general de bajo contenido alcohólico, el jerez le había subido el color de sus cachetes y le hacía arrastrar las sílabas al hablar.

—Amigos míos —dijo el ibérico—, dejadme contaros una anécdota que alguien me relató en Guatemayán y que me parece muy a propósito al tema que comentábamos antes.

—¡Somos todos oídos! —apuntó Recinos.

—¡Mesmo yo también! —afirmó Leandro con aires fatuos de gran señor.

—Pues bien, con ocasión de una cena diplomática que ofrecía la embajada guatemayana en Washington, una dama estadounidense le preguntó al anfitrión si aún quedaban caníbales en su país. El diplomático le respondió que ya no; que ya no quedaba ninguno porque el último se lo *habían comido* el año anterior con motivo del aniversario de la independencia.

La ocurrente y graciosa respuesta hizo que los comensales se carcajearan de lo lindo. Y para celebrarla decidieron consumir el resto de la botella. Leandro, animado por el hechizo del jerez, decidió contarles unos de sus chistes favoritos.

—Como deciya el padre Eguardo —comenzó el novato sacristán—, el gayuenchicha ay se puediacer en chiche chile ques bien picante, vaá, o en chiche tomate que no lués. Pues'ay dice unistoria quial cura di'un pueblo le yevaron un gayo de regalo y'el cura liordenó a su cocinera que se luisiera en chicha y se jué a celebrar una misa cantada, pero se liolvidó decirle en qué clase de chicha lo queriya, vaá. Ya eya se li'olvidó preguntarle. Al rato cuando sicordó, le pidió al sacristán que le preguntara peruél dijo que no podiya hacerlo porqu'era una misa cantada. Pero quiayibablar con el cantante del coro pa' pedirle que se lo preguntara cantando. El cantante ay se lo preguntó en latín pa'que los jeligreses no luentendieran ná. *"Señor curorum, pregunta cocinerarum como quiere gayorum sin en chilorum o en tomatorum"*. Y el padre le contestó: *"Dígale cocinerarum que luaga en tomatorum porque el chilorum quema el secula seculorum"*.

No es necesario remarcar que los presentes celebraron el picante chascarrillo a mandíbula batiente pues los efectos del jerez habían disminuido considerablemente las inhibiciones y el sentido de propiedad entre ellos. Luego prosiguieron la amena conversación por un buen rato. Variados temas fueron abordados. Finalmente, el párroco de San Antonio se puso de pie con la intención de marcharse.

—Creo que voy a coger camino —dijo apresurado y luego explicó—: El padre coadjutor se desespera cuando mi ausencia es por más de seis horas. Y por esta vez no quiero causarle un patatús.

—Pero el calor a esta hora del día es canicular y no es aconsejable que usted se exponga al sol después de haber ingerido vino —aconsejó amablemente el peninsular—. ¿Por qué no se da una corta siesta en el corredor? Allí hay una hamaca de lona muy cómoda y corre una brisa fresca.

—¡Cómo le agradezco su hospitalidad! Pero, tengo que marcharme —insistió Recinos.

—Bueno pues, en ese caso no haré más por detenerlo.

—Pero antes de partir quería preguntarle a don Leandro a qué era que se dedicaba antes de... ¿cómo diría?... de convertirse en sacristán porque yo no creo que él se encuentre realmente calificado para los sagrados menesteres.

—Pues yuera abricultor, vaá —replicó el aludido con su habitual desenfado—. Y como dicen poray, también haciya siete oficios porque teniya ocho necesidades. Pero ya miabiya retirado, vaá —añadió muy campante.

—Bueno —dijo Castelar, injertando su propio comentario—, lo que nos sucedió fue que yo necesitaba urgentemente un sacristán y como Leandro me pareció tener la suficiente inteligencia y la necesaria disposición para ser entrenado, lo contraté y estoy absolutamente segurísimo de que no hice una mala elección.

—Pero señor canónigo, este *señor* se expresa como puro labriego y además de inculto es... absolutamente ignorante y a veces hasta grosero —rezongó el párroco de San Antonio con obvio menosprecio hacia Leandro—. Me temo que muy pronto todos sus feligreses se mofarán de él y de usted y lo que será peor, ¡de la Santa Madre Iglesia!

—Talvez usted tenga mucha razón —dijo fastidiado el falso sacerdote—. Pero debe recordarle que Nuestro Señor Jesucristo escogió sus doce discípulos no entre los grandes doctores del Sanedrín sino entre las gentes más humildes, pescadores, pastores y hasta buhoneros. Más aún, en las mismas Bienaventuranzas, Jesús dijo claramente: *"Bienaventurados serán los humildes porque de ellos es el reino de los cielos"*. ¿Usted las recuerda, padre Recinos?

—¡Por supuesto que las recuerdo, señor mío! —afirmó el cura visitante con aire ofendido—. Es más, —añadió con indignada petulancia—, también me sé de memoria los cuatro Santos

Evangelios y puedo recitarlos de cabo a rabo ¡con todos sus pelos y señales!

—Recitarlos de cabo a rabo no basta, amigo mío —dijo Santiago Castelar con voz y actitud moderada—. El mandato de Nuestro Señor es *practicar* sus sabias enseñanzas. Y esa evidente predilección que manifestó nuestro Maestro y Salvador por los humildes, los menesterosos, los enfermos y los desamparados es una clara indicación de cómo debemos nosotros comportarnos con nuestros semejantes menos afortunados. ¿No concuerda usted conmigo, padre Recinos?

—Pues sí —dijo el visitante, disculpándose a medias—, yo no me opongo a que los humildes tengan acceso a los bienes materiales y espirituales. Yo solamente objeto la forma tan impropia con que este señor aquí presente hace uso del idioma. Y ese defecto en su forma de hablar tiene que cambiar si queremos evitar que la iglesia se convierta en el hazmerreír de sus enemigos y hasta de sus feligreses. Mi sugerencia sería que su señoría buscara y empleara una persona más idónea es decir... ¡más culta...!

Castelar no se dio por vencido.

—Si el manso Jesús se sometió al escarnio de sus enemigos ¿por qué nosotros no podemos tolerar que se burlen de nuestra buena voluntad? Pero déjeme decirle, padre, que Leandro me dijo exactamente lo mismo que usted me acaba de decir: Que estaba consciente de su propia ignorancia, la cual debemos aceptar con el debido respeto porque él nunca tuvo ni siquiera una oportunidad de estudiar y cultivarse en su niñez por la absoluta carencia de programas educativos para los campesinos pobres en este su país. Leandro me dijo que se sentía acomplejado por su incapacidad para expresarse con la misma propiedad y dicción con que hablamos nosotros los que hemos nacido afortunados. Yo le contesté que su forma de hablar no era lo más importante para mí, pero sí lo era su corrección y honestidad en su diario proceder; que yo comprendía que su carencia de educación formal era el resultado de su pobreza económica. ¡Ah! Y, parentéticamente, la historia nos enseña que hasta hace doscientos años la iglesia ordenaba sacerdotes que eran analfabetos; y ello no causó el derrumbe de sus instituciones ya que ha continuado vigente.

—Comprendo su punto de vista —replicó Recinos con aire contrariado—. Pero a mí me parece extraño que una persona tan culta como su señoría no ponga reparos en sentarse a la mesa con gente tan... ¡tan inculta!

Santiago Castelar respiró profundamente.

—Todos, todos somos criaturas de Dios, padre Recinos —abundó él en forma didáctica y serena—. Nadie es más ni es menos ante la Mirada Divina. Son las personas ignorantes las que se ufanan de su alcurnia y de su lugar de nacimiento; como si ellos mismos hubiesen elegido dónde nacer, por cuáles parientes ser engendrados y criados y en qué clase de cuna nacer.

—El tema es realmente fascinante —interrumpió el visitante con sonrisa agridulce—, y ya tendremos tiempo para discutirlo a porfía... Ojalá que Leandro sepa corresponder a su bondad y a sus nobles sentimientos. ¡Adiós, pues! —agregó tras montar su jamelgo ya entrado en años.

Mientras le veían partir, Leandro dijo en tono agradecido:

—Sabe que li'agradesco de todo corasón que miaiga defendido con esas palabras tan gonitas. Yo nunqubiera sabido cómo contestarle sus insultos, vaá.

—Vamos, hombre, no tienes nada que agradecerme. ¡Vaya, sí que me dio gusto bajarle los humos a uno de estos que se hacen llamar nada menos que *sacerdotes*! Me choca que actúen como si ya estuvieran sentados a la diestra de Dios Padre, listos para juzgar. —añadió Castelar indignado.

—Peruay mesmo no para la cosa —dijo Beltrán—. Yo yestaba con culiyo de quel padre Recinos siacordara cuándo y'ónde nos habiyamos conocido haciunos cuantos años, vaá.

—¿Ah, pero ya se conocían? —preguntó el falso cura extrañado—. Si mal no recuerdo tú me habías dicho que eras de la parroquia de San Luís ¿o no fue así que me dijiste?

—¡Sáitamente, padre! Pero haciunos cuatro años yuestaba aporcando unas milpas del don Simón Vides, ay por el pueblo de Potonilo, vaá; yay mesmo me yeguel patrón a decirme que me pagab'un rial y medio si miba hasta San Antonio a yamar al párroco pa' que le juera a confesar a la Sofía, su cuñada, vaá, que yestaba cerca destirarlas.

—¿*Destirarlas?* —preguntó Castelar extrañado.

—Pue'sí, muriéndose pué, vaá. Yuay me juí pa' San Antonio y cuanduaiba subiendo la cuesta que le dicen de Los Gramales, ay mesmo mencontré con un viejo chero de l'Hondurita questaba de comandante de la patruya en El Alto yandaba con dos de los patruyeros dél. Yo les dije mesmo a lo quiáiba, vaá; y el comandante me prometió que me vendriya a buscar a liglesia pa' yevarme a su casa a almorsar. Cuando yegué a la puerteliglesia, ay mesmo me di cuenta que la misa yabiyan comencipiado. Yo me quediajuerita, vaá, porque mi tatita me deciya quiay cunduno yega tarde a la misa, puesay debe quedarsiajuera pa' nuestorbar la devosión de los jieles; yademás yuandaba con los trapos ensuciaos por el trabajo, vaá. Yay estaba yo parado a un laditue la puerte liglesia cuando siapareció un curita cipotón yay mero me preguntó con malas pulgas: '¿Y vos quiasés aquí ajuera de liglesia?' Pues'ay esperando que salgan todos pa' cumplir el mandado, vaá, le dije yo. El curita se puso requetebravo y me dijo que me juera al carajo con mi mandado. Y diay se vino onde yo y sin desir más me dio un empujón. Yo me le calenté y luempujé también. 'Tonces él me gritó que yu'era un desgraciado *protestante* quiay veniya a robarme las ánimas pa' llevárselas al demonio. Como ya miabiya calentado le dije que yo no teniya por qué darle razones a ningún hijueputa ensotanado, anque ya juera cura. "Puesay mesmo estate", me dijo, "porquiaquí a los protestantes metiches ay los huyentamos a pedradas. Ya verás, que mansito te vas poner ay cuando el padre Recinos salga". Y'al ratito salió el mesmo cura ese questaba aquí almorsando con nosotros yel curita cipotón le dijo que yuera un enviado de los protestantes y que yuandaba tratando de robarme las almas de su parroquia. Yo le quise esplicar la verdá, vaá, pero el padre ay se me quedó viendo con ojos de cadejo y ay mesmo le dijo a la gente que yo mereciya una tetuntiada porque era lo único que los malnacidos protestantes entendiyan.

—¿*Tetuntiada*?

—Pue'sí; una apedriada con piedras chiquitas como del tamaño diun güevegayina, vaá.

—Comprendo, prosigue…

—"¡Un momento!" Grituna vos diatrás del gentiyo, "ese suidadano questay nues ningún protestante. Él es mi amigo y sólua venido a pedirle al padre que vaya a Potonilo a la casa de don

Simón Vides a confesarle a la cuñada que'stá agonizando". Al cura se le pusieron los cachetes colorados de la vergüenza, y dijo: "Mira, Romeo, andate pa' dentro a preparar todos los volados para una estremunsión, vaá' yay después del almuerso nos arrancamos pa' Potonilo".

—¿Y quién fue el personaje que te salvó de morir apedreado?

—¡Ah pué! ¿Quién iba'ser? El mesmo comandant'e la patruya que, gracias a mi Diosito Santo, yegó mesmua tiempo o si no ay me bieran matado a tetuntazos *por protestante*. Y yuay después me he preguntado ¿porquesque los católicos y los luteranos siodeyan tanto? ¿Es que eyos son rialmente como dicen los curas los mandaderos del Maligno?

—¡Qué coincidencia! —dijo Castelar sarcásticamente—. Yo siempre me he preguntado lo mismo y nunca me he logrado responder adecuadamente...

—¿Ya qué viene tantenquina, padre? ¿Es que no se sienten hermanos, siendo que tós son hijos del mesmo Dios, pué?

—Obviamente no. Sin duda ese odio malsano que ellos sienten se debe a una religiosidad mal entendida o mal interpretada, hijo mío. ¿Sabes que tu pregunta me recuerda una anécdota que Víctor Hugo nos ofrece en su famosa obra *Los Trabajadores del Mar*? Cuenta el novelista que, en cierta época, el gobierno municipal de Heidelberg, una ciudad del suroeste alemán, obligó a los ministros católicos y protestantes a realizar sus ceremonias religiosas dentro de un mismo templo. Un mes después, sin embargo, el burgomaestre o alcalde tuvo que mandar a construir una alta barricada de gruesa madera en mitad del templo para separar a los dos bandos *cristianos* que se atacaban mutuamente a palos y a pedradas.

—¿Y por eso miban a matar a yo a pedradas? —preguntó con sorna el sacristán.

—No precisamente, hijo mío. Simplemente porque todas esas gentes llevan la religión por encima de la piel como se llevan las máscaras en los carnavales. Para ellos su cacareada fe es la careta que oculta la perversidad y la podredumbre que palpita en sus corazones. Entre más gruesa es la máscara, más corrupto tienen el espíritu.

—¡Ansina mesm'ués! —comentó Leandro con un suspiro cargado de tristeza.

—Déjame decirte que un amigo mío que se ufanaba de ser incrédulo o agnóstico, me aseguró que las religiones han causado más muertes y más miseria en el mundo que todas las catástrofes naturales conocidas. Al principio, yo me resistí a aceptarlo, pero ahora ya comienzo a pensar que a lo mejor mi amigo tenía razón.

—Yo creibo que los humanos usamos la religión pa' sacar ventajas con los vecinos…

—¿En qué sentido?

—En el sentido quia veses gritamos cuanduestamos rezando no pa' que Dios o los santos nos oigan, pué, sino pa' que la gente alderredor nos oiga yay sialmire de nuestra devosión.

—¿Sabes que acabas de decir una gran verdad? —dijo Castelar.

—¿De veras, padre Santiago? —preguntó Leandro con una extraña mezcla de vanidad y de curiosidad.

Santiago Castelar no escuchó la última pregunta de Leandro, pero éste, luego de trancar el zaguán, lo siguió a grandes pasos hasta la oficina. Tenía algo sumamente siniestro que decirle sobre el cura Recinos; aunque lo asaltaban serias dudas si sería correcto hacerlo. Mientras tanto, el falso clérigo sacó un viejo y ajado breviario de las gavetas de su escritorio y comenzó a buscar algo dentro de sus páginas de bordes dorados. Luego lo lanzó con enfado a la cesta de la basura sin hacer comentario alguno.

—¿Porquésque su mercé bota ese libro? ¿Es que ya no le sirve? —preguntó Leandro haciendo un gesto de extrañeza.

—¡Ya no me sirve! Lo he leído tantas veces para salvar las apariencias y además ya tengo la certeza de que muy pronto no lo necesitaré más, porque ya presenté mi renuncia formal al señor obispo. Ese era mi breviario; es decir, el que heredé de mi desdichado hermano Emilio junto con este viejo y hermosísimo crucifijo que siempre llevo colgado al cuello. Aunque me duele conservarlo pues me recuerda su trágico final Y además este crucifijo es como las gargantillas con que se adornan el cuello las mujeres. El breviario no te lo regalo porque tú no podrías leerlo ya que está escrito en latín A menos que quisieras aventurarte a leer una lengua muerta —agregó en tono de mofa.

—No —replicó Beltrán, también riéndose—. Ay mian dicho quesa lengua ya jiede mucho porque sigún dicen, ha estado bien muerta desdihase mucho tiempo.

—Y bien que sí, ¡muy muerta! —afirmó Castelar—. Pero tengo la impresión de que me querías hablar de otro asunto, ¿de qué se trata?

QUINCE

—Es que yue óido un chisme bastante feyo sobre ese padre de San Antonio pero que ya luanda repitiendo toduel mundo, vaá. Es algo bien bergonsoso, vaá. A yo me da bergüensa repetirlo, vaá; porqueso sí, vaá; a yo nunca mia gustado andar regando los chambres de las viejas chismosas peru'esto que mi'han contado sí es cosa bien seria, padre...

—Y tú me lo quieres decir, ¿o no?

—Pues, sí...

—Entonces, ¡dilo!

—Bueno, es que me dijieron quial padre Recinos le gusta acostarse tanto con mujeres como con hombres y que tiene dos hijos con dos mujeres diferentes. ¡Ah! Y que también siacuesta con ese cipotón que nos dijo quiay les leye los libros mientras comen.

—Aunque ambos actos son en extremo repugnantes, ninguno de los dos me sorprende —dijo Castelar y agregó—. Las relaciones sexuales, como tú debes saber, son totalmente prohibidas para los sacerdotes, ya sean realizadas con hembras o con varones. A mí ambas relaciones me parecen normales pues la sexualidad es una parte inherente al ser humano y a los animales. Se ha tratado de eliminarla reprimiéndola o prohibiéndola, pero ha resultado realmente inútil.

—¿Perusté *no* lo condena, padre Santiago? —preguntó Leandro frunciendo el ceño.

—Si alguien me confesara ese tipo de pecado, yo lo absolvería porque nuestra naturaleza es obra de nuestro Creador. Aunque la iglesia lo reprueba, la historia universal claramente nos indica que el homosexualismo, el bisexualismo, y los casos donde la persona se siente confundida porque, aunque haya sido criada como hembra o como varón, cree pertenecer a un sexo opuesto, son más comunes y más extendidos de lo que antes se creía y no solamente dentro de las sociedades cristianas sino entre todas las denominaciones.

—Pues viéndolo ansina, parece quiusté tiene razón —dijo Leandro. —Sabe, padre, quiay me quedao bastante preocupado, porquesta mañana l'Olayita no jué a la misa con la condesa como lu'a hecho siempre, —se quejó, aunque evitando revelar su íntima relación consanguínea.

—Cuando hablaste con la condesa ¿no te dijo por qué Olaya no la había acompañado?

—Bueno, sí, eya me dijo que no se sentiya bien, vaá; pero no me dijo sáitamente quera lo que le doliya o lo que le pasaba.

—Me extraña que tú —dijo Castelar en tono de reproche—, con tantos años de vida y tanta experiencia vivida todavía no sepas todavía que la mujer es un *cólico ambulante*. Y que conste que no lo digo como una ofensa hacia ellas. Siempre he creído que las mujeres son más sensatas y mucho más valientes que nosotros los… los *cachimbones* hombrecitos, como tú llamas a los valentones. Tú debes saber que ellas sufren mensualmente sus ciclos menstruales o de la regla. Me entiendes, ¿o no?

—No, padre, de verdá que no lu'entiendo —confesó Leandro humildemente.

—Las mujeres, y eso ya lo sabe, o debería saberlo todo el mundo, comienzan sus períodos menstruales alrededor de los trece años de edad y continúan sangrando cada mes hasta que les llega la menopausia; por lo general, en la cuarta o la quinta década de su vida. Ese proceso natural se llama *la regla* porque ninguna mujer y ningún animal mamífero femenino pueden sustraerse a ese martirio periódico que es, naturalmente, inevitable…

Leandro se tornó serio y pensativo como si recordara una experiencia vivida.

—Yuna vez le pregunté a mi nanita que por qué mis hermanas teniyan algunas veces los calzones manchados de sangre. Yeya pa' responderme me diuna pescosada que miaventó al mero suelo. Yo me paré y le pregunté porqué miabiya pegado tan duro. Yeya me respondió que los hombres de verdá nunca hablaban desas cosas o porquesas son cosas del mesmo dianche quiay siaprovecha cuando ellas están durmiendo pa' meterles la punt'e la cola entre las piernas pa' seriarlas y calentarlas. Yay endentonces yo me preguntado ¿y cómuace el Maligno pa' yegar hastese lugar tan escondido; ¿si todas las hembras lo yevan siempre muy bien guardao, vaá?

Castelar se rio pensando en su propia experiencia.

—Mira ¡qué casualidad! A ti te engañó la abuela y a mí una de mis tías.

—Su tía le dijuasté lo mesmo y también le dio una pescosada ¡Ah pué, 'tonces tiene que ser verdá! —concluyó el sacristán.

—No precisamente… En ese entonces yo tenía unos siete años de edad…

—Ah, todaviya estaba cipotiyo —interrumpió el campesino.

—Sí —afirmó Santiago riéndose—, todavía era un churumbel.

—¿Churumbel? ¿Ansina les dicen a los cipotes en España?

—¡*Sáitamente! Ansina mesmo* —respondió Santiago, remedando guasonamente el lenguaje vernáculo de Leandro—. Pero déjame continuar con la historia…

—¡Siga, pué!

—Recuerdo que Filomena, una linda prima nuestra de apenas unos doce o trece años de edad, nos había llegado de visita desde Bilbao. Mi hermano estaba castigado en su alcoba por alguna de las habituales travesuras que solíamos hacer. Pero yo, sintiéndome solo y aburrido, la invité a que jugáramos los dos juntos con mi carrito de cuerda, pero ella me dijo, con cierta brusquedad, que no podía porque estaba sufriendo en ese momento de una terrible jaqueca y quería recostarse un rato. Yo no le creí una sola palabra y al rato fui a espiarla por la cerradura de la puerta. En ese preciso instante se estaba cambiando la braga, o calzón, como vosotros llamáis a esa prenda íntima de las féminas. Con horror descubrí que se le veía manchada de algo que parecía sangre. Preocupado por ella, fui luego a preguntarle a mi tía por qué un dolor de cabeza le hacía sangrar entre las piernas. Me respondió que *Filita* había viajado en tren desde Bilbao, una ciudad del norte de España y muy distante de Madrid y que la vibración del tren la había hecho sangrar. Naturalmente, yo acepté la explicación porque me pareció lógica ¡hasta que supe la verdad!

—¿Y cuál es la verdá, padre?

—La verdad es lo que la ciencia nos enseña que todas las mujeres sufren esas aflicciones comunes entre ellas, de las que nosotros los hombres, afortunadamente, estamos siempre exentos. Es decir que mis conocimientos sobre la mujer están basados en la ciencia médica…

—¿Y quiay sensia que estudeya a las mujeres, pué? —preguntó curioso el sacristán.

—¡Claro! Esa ciencia se llama *ginecología*. Pero también hay libros de biología que describen la anatomía, o sea las diferentes partes del cuerpo humano; y la fisiología, que describe cada una de las funciones de las diferentes partes del cuerpo y cómo se integran. Otros libros tratan extensamente sobre los problemas que aquejan o que afectan al hombre o a la mujer, desde la infancia hasta la vejez. Esos libros enseñan a los médicos a definir, diferenciar, diagnosticar y curar nuestras enfermedades.

—Perusté nués médico, ustés abogado.

—Los abogados —aclaró Castelar—, también debemos poseer algunos sino muchos de esos conocimientos médicos y científicos. Y no solamente conocer los nombres de los órganos sino también cómo sus funciones se relacionan y se integran. Si los abogados ignorásemos esos aspectos importantes de la ciencia, ¿cómo podríamos entonces comprender los problemas que son elementales para el ejercicio de la profesión legal? Y claro está, para poder comprender lo que el médico nos informa, digamos cuando está describiendo los resultados de una autopsia.

—¿Utopsia? Y ¿quéseso, padre?

—Dije *autopsia*. Ese es el examen que se hace a un cadáver para determinar cuál fue la causa de su muerte. En el caso de un asesinato, por ejemplo, es menester saber qué ocasionó el deceso; si fue un balazo o una puñalada al corazón o en órgano vital como los pulmones, un golpe contundente a la cabeza, o si fue un veneno; para poder acusar o defender a la persona que pudiera estar involucrada o acusada de ese crimen.

—Ve, pué y yo que creiba que los abogados sólo teniyan que saber de las leyes de cómo sacarluáuno de la chirona… O de la cárcel como se dice en buen cristiano.

—Pues ¡claro que no! Pero nos estamos alejando del tema principal del momento, o sea la *regla* de las mujeres. Este es un tema un poco complejo, ¿sabes? Sin embargo, trataré de hacerlo simple, breve y muy claro. Como tú debes saber, el bebé se forma en la matriz, útero o vientre de la mujer. Una vez la mujer llega a la adolescencia, el útero se prepara cada mes para la posible eventualidad de que un nuevo ser humano sea concebido y comience a formarse dentro de él. Para este propósito, el útero almacena cierta cantidad de nutrientes, o alimentos, en los tejidos de sus paredes. Al final del ciclo mensual, si la concepción no ha ocurrido, los tejidos uterinos se rompen y la sangre que brota de ellos empuja hacia fuera y a través de la vagina los nutrientes ya innecesarios. Ese proceso le causa a la mujer la hemorragia o pérdida de sangre que conocemos; además de dolores de cabeza, dolores musculares, cólicos intestinales e irritabilidad. En el caso contrario, si la concepción hubiera tenido lugar, el bebé que en ese momento es del tamaño de un ajonjolí, absorbe los nutrientes para crecer y la menstruación no vuelve a ocurrir hasta algunos meses después de que el niño ha nacido. Es por eso que la mujer que no desea salir embarazada, cuando la regla se le atrasa se aflige sobremanera, pues sospecha que hay embarazo.

—Yal revés —interrumpió Leandro, haciendo gala de su nueva erudicción—. Siay quisiera tener un chichí puesialegra de nuaberla tenido, vaá…

—Vamos, hombre —aplaudió Castelar, orgulloso de su discípulo—, me es grato constatar que estás entendiendo todo perfectamente.

—Puesí, se luentendí todito —dijo el sacristán vanidosamente—, menos eso de quel cipote es del tamaño diun ajonjolí puesay me parece meramente defícil de crerlo, vaá. Pero siusté me luasigura, pues yo se lo creibo a pié junto, vaá, ¡porquiansina tiene que ser!

—Comprendo tu escepticismo… Pero déjame explicarte. Una vez la semilla que da el varón al final del acto sexual penetra el huevo, u óvulo, que proporciona la hembra, se forma la célula madre. Esa célula, llamada también *cigoto,* es tan pequeña que el ojo humano no puede verlo sin la ayuda de un aparato que se llama microscopio.

—Pero yo sí puedo ver un granito di'ajonjolí…

—¡Claro que lo podemos ver! Pero el cigoto es muchísimo más pequeño…

—Entonces esués lo que nosotros yamamos en *redentoreño* una cosa *requetechiquitita*.

Castelar volvió a reír al escuchar el superdiminutivo favorito de su sacristán. Luego continuó su explicación:

—Como te decía antes, la menstruación causa muchos malestares y es probable que sea eso lo que está sucediendo a Olaya.

—Peruesque yo sé que l'Olayita no puede tener matrís porque yostoy siguro queya tuaviya está virgen —protestó Leandro con jactancia paternal.

—*Todas* las mujeres nacen con una matriz en su vientre, amigo mío. Y no dudo que ella todavía sea virgen. Sin embargo, como te decía antes, todo cuerpo de mujer hasta tanto no llega a la menopausia, se dispone cada mes a concebir. Y no importa que el padre de la criatura sea un canalla como el desgraciado que conocemos. ¡Y que Dios perdone mi falta de caridad! —añadió el falso cura, elevando las manos al cielo para no perder la costumbre.

En ese instante, Delfina entró a la oficina con una grave palidez en su semblante moreno.

—¡Ay, padre Santiago —gimió casi llorando—, la guerra yempesó porestos lados! ¡¿Qué vamos' hacer, padre?! —Su rostro reflejaba claramente el genuino terror que sentía.

—¿De cuál guerra me estás hablando, Delfina? —preguntó intrigado el peninsular.

—¿Y cuál diotriba ser, padre? Pues de la guerra contra los comunistas. Yay no traiban pué a dos soldados muertos en un enjrentamiento de mucha balasera quiubo esta madrugada mesma, a loriye la quebrada del Tamulgasco.

—¿Enjrentamiento? —preguntó Leandro sorprendido, pero con tono escéptico—. Que se miase, quesués un embuste más de los puercos melitares pacobardarnos ¡más de lo que yastamos, padre!

—Muy probable —comentó Santiago también con aire de duda—. Pero, ¿y los muertos?

—Disque los mataron con dosenas de balazos de jusil y diay mesmo los picaron ¡a puros machetasos! —agregó la cocinera.

—¿Usté se va crer todesa basura, padre? —preguntó encolerizado el sacristán.

—Pues a lo mejor no hubo enfrentamiento militar —sospechó Castelar—. No te parece, Leandro, que si los que mataron a los soldados fueran guerrilleros, ¿para qué desperdiciarían tanta munición en dos soldados?

—¡Sáitamente, padre! Porquiuna vez el soldado yesterido, yes una baja, vaá. A lo mejor jué un delito de vengansa, vaá. Talvés jué por alguna sinvergüensada que l'hicieron a algún cristiano, ¡mesmo comuel que micieron a yo!

—Disen que ayiagarraron a dos jovencitos ceviles —agregó Delfina—. Y quiay después que confesaron queyos luabiyan jecho, yay mesmo los 'jecutaron. Peruantes de morir dieron los nombres los questán contrel güebierno, yay los andan buscando pa'jecutarlos también.

—¿Y dónde averiguasteis todo eso? —preguntó el letrado.

—Ay mesmo en la plas'e mercado Yay nuandaban los soldados dando el parte por bando pué; pa' que toduel mundo sepa lo quiastado pasando en Cayaguanca —informó la ingenua y crédula campesina con voz entrecortada. Antes de marcharse a la cocina, agregó—: Yuay les viniavisar pa' que no siagan cruses cuando loygan de la boca diotro cristiano. Aura ya tengo miedo de quiaygan tiroteyos por estos laos y yo ya nuestoy pandar corriendo pa' escabuyirme de las balas, vaá... Mesmo porque las patas ya no miobedesen comuantes...

—Sí, tienes razón —dijo Santiago—, es mejor mantenernos alejados del peligro. Eso me recuerdo el refrán de que *el que anda entre la miel ¡algo se le pega!* Dios quiera que el padre Recinos no haya encontrado problemas en el camino —agregó.

—Yo liasiguro quia ese cura no le va pasar nada —pronosticó Leandro—. Él es autro de los quiapoyean al mentado general Martínez. ¿No vio como selespabilaban de gusto los ojitos cuanduablaba de *su* general?

—Sin duda alguna —ratificó Castelar con visible disgusto—. Pero no puedo comprender —agregó con voz amargada—: ¿Cómo es posible que haya gente que se hacen llamar seguidores de las enseñanzas de Cristo y predicadores de su doctrina y continúan aferrados a las mismas ideas y prácticas malvadas contra las cuales Jesucristo predicó?

—Ay padre —dijo el sacristán—, es qui'usté no sabe qu'es el mesmo dianche el que los tiene adormitados y'agarrados con sus mesmas garras pa' que no piensen sino en haser pisto.

—Ciertamente —convino el ibérico. Luego agregó con sonrisa cínica—: Como decimos en España, ¡*Poderoso caballero es Don Dinero!*

—Ansina mesmués —comentó Leandro.

—Para serte sincero, yo ya no creo ni en los dogmas ni en postulados de la religión, ya sea la secta católica o de otra variedad de las miles que hay en el mundo.

—¡No luentiendo, padre! —dijo el sacristán confundido—. Usté las ha predicado y deso soy testigo pues yo se las he óido en los sermones y mesmo en las pláticas quemos tenido.

—Tienes razón, pero recuerda que yo suplantaba a mi hermano y tenía la obligación de hablar y de predicar como él lo hubiera hecho. Mis opiniones y creencias tenían que permanecer ocultas mientras yo lo sustituía. De lo contrario, el dar mis opiniones personales hubiera confundido a los feligreses.

—Antonces ¿usté no creye lo que predican los otros curas?

—¡En absoluto! Y te voy a decir porqué. La religión católica está basada en lo que dice o alega la Biblia. Por ejemplo, los temas del cielo y el infierno. Estos conceptos son mitos basados en la creencia que tenían nuestros antepasados primarios, que eran completamente ignorantes de la realidad. Es decir, como la historia de la creación de Adán y Eva y lo que la Biblia enseña que el planeta Tierra era plano y no redondo. La iglesia siempre ha mantenido que el cielo está *allá arriba*. Pero como el planeta se mantiene en constante rotación el concepto de *arriba* es relativo al instante. ¿Ves este globo que tenemos aquí sobre mi escritorio? Ese globo representa la Tierra y si lo giras de izquierda a derecha el arriba es también *abajo*. ¿Lo ves? —inquirió Castelar; mientras giraba el globo.

—¡Eso sí está clarito! —afirmó Leandro.

—Pero no para nuestros antepasados primarios. Y la iglesia católica se ha negado a aceptar esa verdad indiscutible. Si los que escribieron la biblia eran tan ignorantes de todas las realidades, cómo podríamos darles crédito a sus fantasías del cielo para los justos y el infierno para los injustos.

—Peruentonces ¿a ónde se van nuestras ánimas cuando nos petatiamos?

—¡A ningún cielo o infierno! El alma es el conjunto de nuestras capacidades corporales como el poder ver, oír, sentir placer, sentir miedo, y gozar el sabor o repudiar lo amargo. Cuando nos hemos *petatiado*, como tú dices, ya no podemos ver, ni oír ni gozar el sexo ni de los sabores de los alimentos o repudiar las cosas amargas. El alma está muerta para siempre junto con el cuerpo y ninguno de los dos va a ningún lado, a menos que sea a la sepultura donde los cuerpos se pudren, los gusanos ingieren esa podredumbre y el cuerpo entero se funde con la tierra que lo abraza. Y ese es el final de nuestras vidas, sea que lo creamos o no. Me duele desengañarte, pero no podía largarme a España sin habértelo dicho. Como dice Barba Jacob el poeta colombiano en su *Canción de la Vida Profunda*, refiriéndose al día de nuestra muerte que ese es *"cuando levamos anclas para ¡jamás volver!"*.

—Peruentonces, ¿por qué los curas siempre nos están amenazando con las llamas eternas del infierno y las del purgatorio? ¿O prometiéndonos la promesa diuneternidá en el cielo?

—Porque esas amenazas vanas son las que proveen buenas limosnas, es decir que son ideas *rentables*; lo mismo que las promesas de un cielo maravilloso y eterno.

—Y la *pogre* de la condesa de Cayaguanca que da mucha limosna pa' que San Pedro la deje entrar al cielo seya que se muera de día o de noche.

—¿Ella misma te lo ha dicho? —preguntó Castelar.

—No, pero se lo dijo a una persona muy ayegada a eya que me cuenta todo.

—Olvidaba darte un ejemplo de los engaños de la religión católica. Tú habrás oído hablar de lo que llaman *La Virgen de Guadalupe*, ¿o no?

—¡Pues claro, padre!

—¿Sabes la historia de su mentada aparición?

—Si mal no me acuerdo, un indio de nombre Juan Diego se topó con la virgen María en la cumbre diun monte en Méjico y le pidió que llevara al obispo un ramo de rosas envueltas en un manto. El señor obispo desdobló la manta y no se encontró con un ramo de rosas sino con un retrato deya. Algo ansina, vaá.

—En efecto, la leyenda dice que cuando el obispo, Juan de Zumárraga, desdobló la manta se encontró con el retrato de una santa que él creyó que era la de María, la madre de Jesús. Inmediatamente lo publicó por bando y obligó a los feligreses de su parroquia a que le mostraran a los indígenas incrédulos que María quería que abandonaran sus creencias idólatras, diabólicas o herejes y que aceptaran el catolicismo. Pero lo extraño del caso fue que Zumárraga murió varios años después y en su autobiografía *nunca mencionó la fascinante aparición* de María a Juan Diego. ¿No te parece extraño que Zumárraga se haya olvidado por completo de su encuentro con la tal Guadalupe, el evento más emblemático de toda su vida? ¡Ahora entiendes mis razones para mi escepticismo!

—¡Sí, padre, jué muy estraño! —convino el sacristán.

—Y luego nunca se supo de la existencia o del final de Juan Diego, ese hombre tan afortunado. Pero, por favor, no le digas nada a tu condesa de lo que te he dicho sobre la religión. Deja que ella sea feliz en sus pueriles creencias y mitos. ¿Me lo prometes?

—¡Sí, señor, se lo prometo! ¿Pero me gustaría saber siay más gente que piensa comusté?

—Por supuesto que los hay, pero ellos son los eruditos a quienes la iglesia ha mandado a callar, prohibiendo la publicación de sus libros y persiguiéndolos con inusitada saña. Como es el caso de Nietzsche, el que la condesa nos mencionó cuando la visitábamos. ¿Lo recuerdas?

—¡Claro que miacuerdo! Perusté le dijo que lo habiya leydo para estar mejor informado.

—Le dije eso para evitar una polémica que no nos llevaría a ningún lado. La gente en todas las áreas de mundo se siente feliz asumiendo, realmente creyendo que Dios y los llamados santos los protegen y al morir los llevan a ese mítico cielo inexistente, y para asegurarse de su salvación del fuego eterno le entregan buenas sumas de dinero. De que estaban equivocados nunca lo sabrán porque al morir han perdido para siempre la percepción de la realidad. ¿Me lo crees?

—Le creibo, señor, y a pie junto. Pero me siento cansado y me quiero ir a dormir un rato. Ay nos vemos más tardecito, pué.

—¡Claro, hombre! Vete a descansar. Ya hemos tenido un día muy lleno de emociones y nuestro descanso es bien merecido.

***

Mientras tanto, Carmela Vides de Beltrán, fiel esposa de Mateo por casi diecisiete años, con el rostro visiblemente preocupado se acercó a un grupo de mozalbetes que concentrados jugaban *a la taba* en el patio trasero de su humilde casa de adobe crudo.

—Camiló, andá prestale el macho a tu tiyo Lolo —ordenó a su hijo mayor—. Y diay te vas con el Chente a incontrar a tu apá y al Quincho quiay vienen de Cayaguanca.

—¿Es queyos ya no siacuerdan del camino? —comentó el hijo con ironía.

—¡No siás respondón, carajo! —lo riñó la madre—. Ay los pogresitos vienen cargando en el mero lomo un quintal de frijoles —explicó angustiada—. ¡Peruandá ya! Tienen quirse ya antes de que empiese la yovedera —le insistió perentoriamente.

—¿Y por qué no manda al *valiente* del Chente solo? —preguntó el adolescente con mayor enojo—. Yay nuanda janfarroniando que yes todun hombre porque ya sabe montar a cabayo, pué —añadió mofándose de las bravuconadas infantiles de su hermano menor.

La reacción de su angustiada madre no se hizo esperar.

—¡Andá ya, te digo! —le ordenó de nuevo, esta vez con voz tajante—, que si los frijoles se les mojan ya no nos van a servir ni pa' comerlos ni pa' sembrarlos…

—¡Amá! —gruñó el hijo en tono quejumbroso—, orita mesmo cuando ya mestaba ganando mi primer *veintiuno*, ¡ay vieniusté a mandarme que me vaya con el Chente!

—¡Ese jueguepuerca lo podés seguir jugando ay cuando yestén de güelta —razonó la madre y luego añadió amenazante—: Si no miacés caso ya; ay le vua pedir a tu papa que te diuna buena sarandiada ¡por desobediente!

La vehemente firmeza de su voz delataba la zozobra que le causaba el extraño retraso en el regreso de su marido y del primogénito. Camilo se levantó de su cuca enfurecido al tener que dejar abandonado el excitante juego de la taba.

—¡Ay nos vemos más tarde, muchá, ustés yoyeron lo que dijo mi amá, que tengo quirme ya —se disculpó malhumorado y luego corrió al patio frontal a buscar a Vicente.

Dormía éste en una hamaca de pita trenzada, colgada entre las ramas de dos amates vestidos de hojas verdes. Su sombra llenaba de frescura el patio frontal, liberando del calor canicular a todos los que se refugiaban bajo ella. Rayo, el fiel cachorro de Vicente, dormía y roncaba apaciblemente bajo la hamaca mientras montaba guardia por su amo favorito. Al acercarse a su hermano, Camilo, pisó cruel y deliberadamente la cola del gozque y éste al instante emitió un alarido de dolor. Su dueño se despertó sobresaltado.

—¿Qué liciste a mi Rayo, gran baboso? —preguntó a su hermano con voz airada.

—Ay sólo le puse la punt'el caite en la puntela cola, pero jué sin querer —mintió el hermano, fingiendo arrepentimiento; luego le gritó—:¡Levantate diay, pedazo diaragán, y ponete ya los calsones, yel sincho, y los caites y el sombrero! —Mientras hablaba le alborotaba juguetonamente los negros rizos que poblaban su frondosa cabellera.

—¿Y pa' qué dianches me tengo que poner todos esos volados, pué? —preguntó Vicente mientras se desperezaba lentamente—. Sioyés tuaviya domingo y nuay quir nia trabajar niay quir a lescuela —dijo bostezando.

—Nuay quir a trabajar peruay quir a incontrar a mi apá yal Quincho quiay vienen ende Cayaguanca cargados de frijoles y di'otras babosadas, vaá —explicó Camilo.

—¿Yastónde tenemos quir? ¿Hastayá a Cayaguanca?

—¡No siás bruto! Sieyos ya deben venir más acá de de la quebrada de Gualteza, o ay por el Barro Colorado. Pero primero vamos a ir onde mi tiyo Lolo a prestarle el macho; y diay *yo* me vuir montadito y vos me seguís a pata hasta toparnos con ellos, vaá.

—¡Puesay mesmo te jodiste, baboso! —exclamó feliz el chiquillo con aire de triunfo—. Porque te vas a tener quir montadito en tus mesmas patotas y mesmo yo también.

—¿Ah sí? ¿Es que mi tío Lolo ya lo vendió? —preguntó Camilo descorazonado. Su deseo de montar, aunque fuera en un mulo, se había frustrado de nuevo.

—No peruayer luerró y así no lusa contimás prestarlo pa' ponerle carga. Ansina que olvídate dirte montadito, ¡jajajá! —se mofó el chiquillo de los planes irrealizables de su hermano mayor.

—Puesseya como seya ¡tenés que venirte con yo! —le gritó Camilo, furioso—. Porqueses lorden de mi amá y si no la obedesés, mi apá te va a dar una pijiada cuando venga. Eya ya menseñó la verga con que nos van a pijiar a los dos —mintió de nuevo para asustarlo.

—A lo mejor mi papa se mercó una boteye guaro yay se la vienen chupando por el camino con el Quincho —supuso Vicente con la franqueza de su edad.

—¡Cerrá el hocico, baboso! —lo reprendió el hermano—. Que no te vayoyir mi amá hablando mal de mi apá... ¡porquiay si te va'garrar a sopapos!

Los dos hermanos partieron y se dirigieron a la casa del tío Lolo.

—Ve, pue, yo creibo ques poreso mesmo que no les ha rendido el camino —insistió el pequeño una vez estuvieron fuera del alcance de Carmela—. Mi apá ya debiya diaberse mercad'un cabayo parél yuno pa' cadáuno de nosotros pa' que nuandemos a pata toduel tiempo.

—Si mesmo no tiene pa' comprarsiun macho, contimás para un cabayo —comentó Camilo con realismo—. ¿Y diónde va a sacar tanto pisto pa' comprar cabayos?

—Mi tiyo Lencho que yes capatás de lacienda de los Cibrián en San Isidoro, ay nos podiya dar fiado uno de sus cuatro potriyos a mi apá —sugirió Vicente—. Yo ya ya los estuve montando y los anduve corretiando cuando estubiayá en la cas'e mi tiyo. Mi primo Toño es el quiay les da de comer y cuando los yebábanos al riyu'e La Paterna a brebar, ayí los montábanos, uno tras diotro pa' que se jueran acostumbrando al freno, a las riendas ya las espuelas. Y él me dejaba montarlos y corretiarlos con solo una pata en el estribo, vaá...

—Peruesque mi apá no quiere recibir nada quél mesmo no siayga ganado —dijo Camilo, orgulloso de que su padre ni pedía ni aceptaba limosnas.

—Y ¡poreso tenemos que jodernos tós nosotros, vaá! —rezongó Vicente con insolencia.

Al penetrar bajo el alero de la casa del tío materno, los sobrinos se quitaron el sombrero en señal de respeto. José Dolores Vides, o don Lolo, como todos lo llamaban en la aldea ni siquiera se dignó a levantar la mirada para indagar la identidad de los visitantes. Estaba empeñado en no dejar un solo grano de maíz pegado al olote. Aunque ya había reconocido la presencia de los muchachos, esperó a que ellos entonaran el saludo de rigor.

—¡Tardes le'diós, tiyo Lolo! —gritaron los dos al unísono.

—¡Tardes le'diós, muchá! —respondió el tío—. A pué ¿y'aura que los traye por aquí?

—Es que manda decir mi amá —dijo Camilo manteniéndose cabizbajo—, que li'haga el favor de prestarnos el macho par'ir a incontrar a mi papa y al Quincho que vienen cargados con semiy'e frijol y'otros volados, vaá.

—¡Ve qué fregada, muchá! Per'hoy no puedo prestarles al Deluvio porqui'ay lo tengo recién estrenando herraduras y tuaviya está patojiando, vaá. Como tuaviya están frescas ay que dejarlo quiamanse los caites de fierro por una semana, vaá —explicó el tío como Vicente lo había anticipado—. Peru'ay que vaya el Casimiro acompañándolos, —agregó seguidamente y en voz suficientemente alta—, pa' que les ayude con la carga.

Casimiro, su único hijo, era un joven de escasos veinte años, hosco, y huraño como el padre y con cara de pocos amigos. Habiendo escuchado la decisión de su progenitor, colgó la guitarra de un clavo incrustado en la pared; prontamente se vistió de su camisa dominguera de seda blanca y de un par de pantalones azules de mahón. Luego metió sus pies en sendos caites negros y nuevos de hule de llanta. Le gustaba llevar su sombrero de ala ancha al estilo arriscado, la mitad caída y la otra mitad levantada para alborotar, sutilmente, a las muchachas de Santa Teresa y sus contornos.

Aunque no había desobedecido el mandato de su padre; acompañar a sus primos en esa jornada no era exactamente su forma de disfrutar del merecido descanso dominical. Y así se los hizo saber groseramente tan pronto estuvieron lejos de los oídos de su padre, mientras comenzaban a escalar la primera colina hacia Cayaguanca por el sendero de El Gramal.

—¡Óiganme bien, par de carajitos! —les gritó con actitud prepotente—. Con yo la coses bien meniada si'ustedes no pueden seguirme al paso miyo, no me voy a detener un segundo esperarlos. O ay mialcanzan más alante, o no nos volvemos a ver, ¡nunca jamás!

Y diciendo esto trató de darle una patada al trasero de Rayo que caminaba tras los pasos de Vicente. El animal logró esquivar el golpe, pero gruñó furioso al malvado Casimiro.

—¿Qué me li'ás hecho a mi chucho, gran baboso? —preguntó el pequeño, enfurecido por la crueldad gratuita de su primo contra el diminuto canino.

—Ay sólo traté diacerliun cariñito por el laduel culo —dijo carcajeándose—, pero parece que al condenado chucho no lia gustado porquiay sia puesto a chillar de pura rabia —añadió disculpándose cínicamente. Luego agregó—: Pero si te vas a poner bravo sólo por eso. ¡Pues'ay mejor me regüelvo pa' la casa, vaá!

—¡No, carajo! —dijo Vicente—. Nos tenés quiayudar porque mi apá está muy malo del hombro y si vos no nos querés ayudar, se lo vua contar a mi tiyo Lolo pa' quiay te dé una buena chirrionada, hasta por debajuel culo —agregó con su seriedad acostumbrada. Era innegable que el ingenioso chiquillo le conocía el lado flaco al primo grandullón y sabía cómo explotarlo.

—Y siay sián venido por Piedras Gordas, ay vamos a perder el tiempo iyéndonos por este camino del Gramal —argumentó Casimiro sin dar réplica a Vicente.

Camilo se enfureció.

—¿Y vos crés que mi apá es tan bruto de venirse a pasar el Gualtesa por ónde el río está tuaviya más jondo? Ti'olvidás qui'andan a pata y que no se les pueden mojar los frijoles porque se joden para la siembra —explicó con aire de sabelotodo.

Los tres muchachos continuaron animadamente por el estrecho camino que ascendía a echarse zancadillas. Además de su íntimo nexo sanguíneo, los unía el hecho de que los tres muchachos crecieron juntos a pesar de las diferencias de edades. Casimiro los había visto nacer; los había chiniado y cargado *a caballito* cuando eran niños de brazos.

Convertido en adulto, sin embargo, gustaba de jugar al bravucón con todos ellos, sin olvidar que habían jugado juntos, en compañía de Olaya y de Juaquín y se había gastado las mismas bromas inocentes.

La quebrada de Gualteza serpenteaba al pie de varias colinas que nacían de un estrecho valle cuya accidentada topografía perfilaba y limitaba el cauce que definía el curso fluvial. El camino real que conducía a la villa de Cayaguanca atravesaba la quebrada nueve veces antes de iniciarse en la cuesta de El Gramal. Su paisaje mostraba los perfiles típicos de toda la región meridional de la provincia: Numerosos y empinados desfiladeros; arroyos y riachuelos, raudos y cortos, a menudo apacibles, se vertían sonoros y violentos a veces, especialmente durante y después de caer las lluvias. Era una algarabía de cerros de variada conformación tectónica y topográfica, con faldas muy escarpadas y abruptas. Los parcos valles era simplemente estrechas rendijas sinuosas, esculpidas entre las bases de las colinas por el continuo horadar del agua por donde se movía y desplazaba la quebrada.

Una vez los tres muchachos hubieron vadeado el último paso de Gualteza, don Casimiro, como se hacía llamar por los más jóvenes, se sentó sobre una lustrosa piedra negra cuya cúpula, amplia y llena de estrías, guardaba arenas húmedas dejadas por la crecida del río en la noche anterior. La brisa en esa hora se sentía más fresca bajo la frondosa arboleda.

El pelambre de Rayo, después de haber atravesado nadando la quebrada, lucía totalmente empapado. Actuando juguetonamente como su dueño, el travieso animal solapado y muy silencioso se acercó a Casimiro. De repente, se sacó el agua con una violenta sacudida, bañando la cara y la ropa del mocetón. Éste, para vengarse, le lanzó una piedra a su trasero con certera puntería. Rayo chilló de dolor, pero Vicente se quedó callado pues él había observado la cruda insolencia de su mascota que parecía manifestar una evidente ojeriza contra Casimiro.

—¡Ya quítenme ese maldito perro pulgoso diaquí o le quiebro el hocico diuna patada! —amenazó furioso el bravucón.

El chiquillo tomó calladamente a Rayo por el collar y lo alejó del furibundo pariente. Pero la animosidad, aunque disimulada, no cesaba.

—¿Ya se cansó la *señorita* Vides del *esjuerzo* quiso pa' mover las patas cuest'arriba? —preguntó Vicente con su habitual agudeza. El aludido no se dio por enterado y continuó arrojando pedruscos al agua arenosa de la inconstante orilla. Los dos hermanos, sin embargo, se carcajearon celebrando la ocurrente mofa. Camilo, luego de ver la actitud calmada del primo, decidió comenzar a subir la última cuesta sin sus acompañantes.

—¿Parónde vas, Camiló? —preguntó Vicente.

—¡Y parónde, pué! Aincontrar a mi papa; ¿nues eso a lo que venimos, pué?

—Mejor los esperamos aquí mesmo —sugirió Casimiro—. Poraquí por juerza tienen que pasar, nuimporta a lora que vengan. Estoy muy cansado porquianoche me juí a bailar en una fiesta de cumpliaños en el Portiyuel Norte yay estuve bailando con unas bichas rechulas diay de Cantasque. Por eso ay tengo las patas demasiado cansadas pandar subiendo cuestas.

—Ay nos vamos despasito yay descansamos por ratitos —propuso Camilo.

—¡Tá bien, pué! —gritó el grandullón indolente bajándose de la roca con obvio desgano. Luego, poniendo su musculoso brazo sobre los hombros huesudos de Vicente, le dijo con voz zalamera—: Siay quir pues nos vamos hasta Techoncho… Y si vos me prometés cargarme a cabayito hastayá pues nos vamos hasta la mesmísima Cayaguanca. Yayá mesmo nos mercamos una boteyeguaro pa' ponernos ¡bien arriata!

Vicente se deshizo violentamente del pesado brazo de su primo.

—Mesmo poreso nué áido a la guerra pa' no tener que cargar mochila, —dijo seriamente—. Yademás, sólo tengo onciaños y si vos me seguís ofreciendo guaro pa' embolarme le vuá dar la queja a mi amá pa' que se lo diga a mi tío Lolo y'él te di'una cachimbiada.

Cuando los tres jóvenes llegaron a las primeras casas del pueblo de Techoncho el sol ya estaba escondiéndose tras la sierra de Cayaguanca. El reflejo aún intenso de la luz solar pintaba variados arreboles multicolores sobre los vaporosos cúmulos que el céfiro vesperal disipaba velozmente. Un grupo de hombres toscos y ebrios, sentados frente a la única cantina del pueblo, destrozaban sus gargantas con canciones chillonas y desafinadas ya por el alcohol y el tabaco, mientras cantaban corridos mexicanos sobre mujeres traicioneras o amores mal correspondidos. Uno de ellos, empeñado en divertirse a costillas de los tres mozalbetes santateresinos, se levantó presto del asiento y se acercó a ellos. Haciéndose más borracho aún de lo que realmente estaba; con voz melosa se dirigió a Casimiro:

—Vos ya te ves hombrecito, cariño. O sea que ya tenés los cojoncitos llenos de ricura.

—¡Sí, señor! —replicó con sorna el aludido—. ¡Y, con los dos güevos bien cholotones, hijueputa culero, desgraciado! —agregó soezmente con su acostumbrada pedantería mientras enmarcaba sus órganos genitales con las dos manos extendidas.

—¡Ay, no, *cariño*! —protestó el beodo hablando una vez más con voz fingidamente afeminada—, si yo sólo testaba tantiando, —añadió con risa burlona.

—¡Puesandate a tantiar a la puta que te parió! —rezongó Casimiro furioso y soez.

Los camaradas del borracho celebraron la cruda respuesta con un coro de carcajadas. Camilo, sin embargo, se mantuvo serio y tomando a su primo por el codo, le aconsejó con voz hombruna:

—¡Ya dejá la mierda, hombre, y no le hagás caso! Estos hijueputas están buscando pleito pa' divertirse con los pendejos que les hacen caso. Venite ya, vamos a la casa del Toño Sermeño a preguntarle sia Visto pasar a mi apá; porquiay es ónde él sesteya a veces, cuando viene cargado.

***

Sermeño movió la cabeza negativamente.

—Pues yase más de dos meses que nue visto a su apá por aquí, y ¿por qué lu'andan buscando?

—No, si no los andamos buscando. Ay venimos aincontrarlos porque vienen cargando un quintal de frijoles de semilla pa' la siembre julio —explicó Camilo, agregando—: Y mi amá está muy

— 266 —

priocupada, vaá, porque mi apá dijo que golveriyan a más tardar al mediodiya y nuan yegado.

—Pues a lo mejor jué que los melitares no los han dejado salir de Cayaguanca —replicó Toño, y añadió—: Porquiay la tropa sospecha de toduel mundo y no dejan salir a náiden que no pueda probar que nuestuvo esta madrugada por ay por el mesmp paso del Tamulgasco en el Plan del Amate.

—¿Y qué pasó poray, pué? —preguntó Casimiro.

—Ay disqui'hubo un enfrentamiento de la tropa con muchos comunistas o enemigos del mesmo güebierno, vaá —respondió Serrano—, mesmo entre la media noche y la salidel sol, sigún dicen los del cuartel. Algunos diaquí de Techoncho mián dicho quioyeron la balasera y tós están seguritos que jué merito al amanecer.

Camilo palideció.

—¡Esés lora mesmen que mi apá y el Quincho debiyan diaber yegado al Tamulgasco! —exclamó con voz temblorosa—. ¿Y hubo muertos? —preguntó ansioso, con la angustiada esperanza de escuchar una respuesta negativa.

—Sí, sí hubo varios muertos —afirmó Antonio Sermeño ante Camilo, Vicente y Casimiro—. Dos uniformados y un jovencito diay diunos diecisiete años aparecieron muertos ay mesmo después de la hamaca, en esa parte que llaman el Plan del Amate, sigún ay me dijo el comisionado municipal esta mañana.

—Pero aparte desos dos ¿no murió niuna persona mayor? —preguntó Vicente.

—No que yo sepa —dijo Toño—. Pero parece quiayí tuvieron quiaber habido más personas engüeltas en el tiroteyo. O en la confrontación, como la yaman, vaá.

—Y ¿cómo se yamaba el cevil que murió? —preguntó Casimiro.

—Pues náiden lo sabe, vaá. Peruay dicen quera un cipotón chele, pelicolorado, vaá, bastantialto, vaá; yansina pecosuelacara, mesmo comustedes, pué. Ah, y dicen que teniya un balazo aquí en el mero sentido —agregó Toño señalándose su propia sien izquierda—. Y quialguno, no saben quién, lo yevó ya muerto hasta dejarlo sentado en el tronco del amatón. Peruay un misterio quia dejado despistaos a los investigadores melitares. El cipotón calsaba sapatos burros limpiecitos y'hasta lustrados, vaá; y no teniya ninguna güeya de lodo ni de barro en la suele los sapatos ni en los trapos, como si mesmo alguno lhubiera cargado en brazos hasta dejarlo ayí sentao, vaá.

Los tres muchachos se quedaron maravillados por el misterio, pero ninguno de ellos hizo comentario alguno.

—¿Y quhicieron con él? —preguntó Camilo con inquietud rompiendo la pausa—. ¿Con el cuerpo del muchacho, pué? —La descripción del joven muerto coincidía con las características de su hermano mayor. Aunque las tripas se le retorcían de gran temor y angustia, y también de hambre, el hermano calló prudentemente sus temores para no asustar a Vicente.

—Sigún dicen, los soldados luarrastraron por toduel camino hasta el cementerio de Cayaguanca pa' quiay lo vayan a pedir sus taitas penterrarlo, vaá —dijo Serrano—. ¡Siesquesos siatrevieren siquiera asomarsen, vaá! —añadió incrédulo.

Vicente había permanecido junto a la puerta que daba a la calle con la expectativa de ver a su querido padre aparecer cansado y jadeante pero todavía vivo. Desde ese lugar se veían los transeúntes que atravesaban el pueblo.

—¡Mirá vos! —gritó el menor con obvio regocijo—. Ay va el Prudencio Benítez con dos bestias cargadas...

—¡Corré, baboso! —le ordenó Camilo—. Preguntale si vio a mi apá o al Quincho ayén la plaze Cayaguanca o, a lo mejor pues, ay por el camino.

El chico regresó al instante con los ojos bajos y llorosos y con todas sus esperanzas frustradas. Prudencio no había visto ni al padre ni al hijo ni en la mañana ni en la tarde y juró haber estado todo el día en la plaza vendiendo sus cargas de maicillo desgranado y de panela. Además, había dicho, que por la lluvia de la noche anterior no había habido mucha actividad en la plaza comercial.

Los muchachos se despidieron de Antonio Sermeño. Al salir, se reclinaron contra la pared. Sus rostros tristes denotaban la horrible angustia que horadaba sus almas. Ninguno de los tres se atrevía a sugerir un curso de acción inmediata. Se miraron a las caras con miradas inquisitivas por unos cinco minutos.

—¿Y qué putas vamosaser orita, muchá? —preguntó Camilo de repente y con agravada desazón mientras hacía pucheros.

—Pues, regolvámonós pa' la casa, vaá —aconsejó Casimiro.

—¡No! ¡Sin mi apá y sin el Quincho no me voy! —replicó el menor con vehemencia.

—A lo mejor el Mateyo y el Quincho ay sestán jartando todos los chicharrones en la casa y nosotros aquí… ¡muertos diambre y sin pisto! —refunfuño Casimiro.

—Yo tengo dos riales —dijo Camilo—. Y vos, Chente, ¿cuánto tenés en la bolsa? —le preguntó al hermano.

—Pues yo en la bolsa del estógamo tengo muchas ganas de comer —dijo y se rio a medias de su propia hilaridad.

—Merquémenos unos tamales ayónde la señora Rajáila Menjívar queya los da a cuartiyo caduno yasta con café anque seya de cushusha. —sugirió el hermano mayor.

DIECISÉIS

Casimiro se molestó al observar que Vicente compartía parte de su sabroso tamal con Rayo.

—¡Esués pecado, baboso! —lo increpó duramente—. A los chuchos sólo se les da los güesos pelados. ¡No la comida diun cristiano! —explicó con voz de sabelotodo.

—Yua mi chucho le doy de lo que tenga y de lo quiay me dé la gana darle —replicó el chiquillo con el semblante brusco y malhumorado—. Porqueste chucho es miyo de yo, pues pareso ay me lo trajo mi apá desde el otro laduel Lemparrío… Diay del mero Llano Largo onde nasió, pué. Ay se luabía comprado por un rial al don Elviro.

Rayo se paró en las patas traseras para lamer varias veces los cachetes de su amoroso amo olorosos a tamal.

—¡Dejen ya la jodedera, pendejos! —les ordenó Camilo—. ¡Terminen ya de comer y caminen! No se les olvide quiay quir aincontrar a mi apá yal Quincho y antes que siaga de noche —agregó impaciente.

Una vez hubieron terminado de devorar los suculentos tamales y bebieron sendas tazas del café adulterado, tomaron de nuevo el camino hacia Cayaguanca.

Entretanto, Antonio Sermeño, mientras atisbaba por entre las blancas cortinas de su ventanal a todos los transeúntes que pasaban frente a su casa, le decía a su esposa, con tardío arrepentimiento de conciencia:

—Hombre, ay se miolvidó de plano decirles a los muchachos que no se jueran pa'l lado de Cayaguanca porqui'ay los pueden detener a la salida del pueblo… Ay han puestun retén dizque para impedir el paso de los comunistas. Anque yo no creibo que los bayan arrestar, vaá, y los manden pa' la chirona, vaá, porque como son cipotes y comuandan desarmados… Peru'és mejor evitar que lamentar…

—¡Ya venite a comer! —lo urgió Etelvina.

Antonio ignoró la invitación de su cónyuge.

—¿Par'ónde agarrariyan esos cipotes, pué? —se preguntó preocupado.

—Ellos seguro ya se jueron de güelta pa' su casa. Vení a comer porqui'ay se te está infriando el caldo —insistió Etelvina y luego agregó con acento de reproche—: ¡Vos te priocupás más por los hijos ajenos que por tu propia mujer!

—¿Y de quién es la culpa? —la recriminó Antonio—. ¿No juiste vos la que dijiste que no quería tener hijos, pué?

Etelvina hizo una mueca de disgusto y se sentó sola a la mesa.

Apenas los tres muchachos habían pasado frente a las últimas casas de Techoncho se toparon súbitamente con dos parejas de soldados al mando de un cabo lampiño de rostro agrio.

—¡ALTUAY! —les gritó. Los jóvenes campesinos se detuvieron helados en medio del estrecho camino—. Pónganme una mano sobre el sombrero y con l'otra se sacan los papeles y di'ay los tiran al suelo —ordenó.

Los tres obedecieron la orden de poner las manos sobre sus sombreros. Solamente Casimiro tiró su la cartera a los pies del cabo antes de hacerlo.

—Aura se ponen en cuatro patas y no se me levantan di'ay hasta que yo mesmo se los ordene. ¡Obedecen o ay se mueren, hijos de puta! —rugió el cabo con actitud prepotente

—Yo no tengo papeles, señor —gimió Vicente—, porque yo sólo tengo diez años… Bueno ya casi once y por eso no tengo ni'uno, vaá… —agregó tembloroso.

—Yo tampoco tengo cédula —dijo Camilo con voz entrecortada—. Y no tengo papeles porqui' 'apenas acabo de cumplir catorci'años…

—¡Acuéstensen ay mesmo, bocabajo contrelsuelo yay sestán quietos y con el pico serrado! —gruñó el mandamás mientras sus cuatro soldados encañonaban silenciosos a los tres infortunados muchachos. Rayo se sentó sobre sus patas traseras, pero se mantuvo alejado del grupo. Pronto comenzó a emitir gruñidos leves y cortos, aunque obviamente amenazantes. Debido a su exiguo tamaño los militares lo ignoraron.

Muy a pesar de que la luz del día todavía iluminaba el ambiente, el cabo encendió una lámpara de mano y enfocó la billetera de Casimiro con tal fastidio como si se tratara de una candela de dinamita. Luego la recogió parsimoniosamente del suelo y la abrió. Al encontrar dos billetes de banco se los guardó en su bolsillo.

—¿Cómues que te yamás vos? —preguntó mientras observaba los datos que ofrecía la cédula de vecindad.

—Casimiro Vides Orellana.

—¿Los nombres de tu papa y de tu mama?

—José Dolores Vides y Eleuteria Orellana, alma bendita qu'en el cielo esté...

—¿Por qué nuiciste servicio militar?

—Porque soy hijo único.

—¿Fecha de nacimiento?

—¿La miya?

—Sí, la tuya... y ¿de quién más, pué?

—15 de setiembre de 1912...

—¿Vos y tus subalternos son comunistas?

—¿Mis quééé?

—Tus ayudantes, cabrón, tus compinches... ¡tus camaradas... pué!

—Eyos no son ni mis compinches, señor, ni son mis camaradas ¡eyos son mis primos miyos de yo señor!

El cabo se hinchó de ira por la falta de respeto a su rango militar.

—¡Se dice "no, mi cabo", cabrón! —Y dirigiéndose a sus subordinados, agregó—: ¿Cuándo vanaprender estos cagados ceviles a hablar correitamente ya respetarnos a nosotros, los melitares, sus superiores? Luego se dirigió a Casimiro—: Entonces ¿ustedes no son comunistas?

—¡No, mi cabo *cabrón!* —respondió obedientemente el interpelado.

Los soldados soltaron una carcajada. La espontánea mofa irritó aún más las pulgas del engreído cabo. Se acercó por detrás del acobardado mancebo que dócilmente se mantenía en la posición horizontal ordenada por el militar. El infeliz Casimiro, para no enlodar su ropa, se sostenía sobre la palma de sus manos, tocando el lodoso suelo con las puntas de sus gruesos caites de hule.

—¡Abrí las patas, hijueputa! —gritó el cabo mientras le separaba las piernas con la punta de su bota. Luego, sin haber justificación alguna, le propinó un brutal puntapié en los testículos. Casimiro, debilitado por el cruel golpe a sus gónadas, cayó de cara al suelo fangoso retorciéndose de dolor. El cabo caminó orondo alrededor de su víctima en busca del próximo blanco de su cuerpo para asestarle otra patada.

—¡Todos estos culeros son comunistas y todos los comunistas son culeros! —opinó el valiente cabo—. Este cagado no traye la foto de mi general Martínez en la cartera como lordena la ley constitusional de la constitusión del páis. ¡Amárrenlos ya con las manos atrás pa' que liagan bendito al hoyuelculo! —añadió soez e insolente.

Los soldados, diligentemente y con la acostumbrada saña, pasaron los varios hilos de cáñamo por las bocas de los infelices para humedecerlos con su saliva y luego los ataron apretadamente a los tres jóvenes.

—Rojas, andate con Viscarra —ordenó orondo el cabo—, yay se llevan estos hijos de puta comunistas pa' la cárcel de Cayaguanca. Cuanduay pasen por el retén del Tamulgasco, le piden al sargento Armijo que me mande dos remplazos.

—¡Sí, mi cabo! —respondió Rojas con voz altanera, cuadrándose militarmente.

Casimiro se había levantado. Sin embargo, el intenso dolor en sus gónadas le causaba gravísimas náuseas al más leve movimiento. La pareja de soldados que se quedaba lo levantó en vilo mientras el prisionero aullaba y se retorcía. Quiso dar un paso con los pies separados para no lastimar sus testículos y cayó de bruces nuevamente.

Los soldados lo levantaron de nuevo mientras el malvado cabo ponía el cañón de su pistola contra la sien que sudaba frío. Para demostrar su firme intención de liquidar allí mismo al infeliz mancebo, el cabo chasqueó el gatillo dos veces.

—¡O caminás ya o te morís aquí mesmo, grandhijueputa! —le rugió entre dientes—. ¡Ya me cansaron tus yoriqueyos de virgen recién pisada!

Rayo, quien se había mantenido sentado sobre sus patas traseras observando callado, corrió veloz y se abalanzó contra el brazo del cabo. La pistola cayó al suelo disparándose. El diminuto pero valiente gozque, sobresaltado por el repentino disparo se echó a correr en dirección hacia el pueblo de Techoncho, pero se detuvo a observar desde lejos el trágico drama de sus amigos.

El militar recogió presto el arma y disparó dos veces contra el osado animal, pero no acertó ninguna vez.

—¡Maldito chucho! —exclamó furioso; y luego añadió—: ¡Ay debíamos diacabar diuna vez con este atajo de comunistas hijos de puta! —Su impotente furia la continuó contra el infeliz Casimiro.

Los soldados le quitaron el apoyo y Casimiro comenzó a tambalearse de nuevo. Un súbito y violento empellón del cabo forzó al atribulado mozalbete a perder de nuevo el balance. Pero Camilo, quien de antemano se había parado firmemente frente a él, logró detener su caída.

Prisioneros y captores caminaron silenciosamente como fantasmas huyendo hacia el fondo oscuro de la noche ya casi envolvente. Su paso era lento debido al cruel trauma sufrido por Casimiro que le impedía caminar al paso de los demás. De vez en cuando los mechazos efímeros de las lámparas de mano que portaban los soldados se mezclaban con los ínfimos destellos intermitentes de las luciérnagas alígeras y ubicuas.

Arriba, el arcano firmamento se veía límpido, pero se mantenía ciego, sordo y mudo a la tragedia de los humanos sobre la tierra. Azul y estrellado, parecía más un claro cielo del frío enero. Su luz incrementaba el resplandor titilante de los astros lejanos e indiferentes. Venus brillaba en esa hora vespertina con su extraordinario esplendor.

Rayo, mientras tanto, fiel a su dueño, seguía al grupo a prudente distancia. La brisa fresca y húmeda se colaba por entre las ropas de los entristecidos caminantes, haciendo titiritar levemente tanto a las víctimas como a los esbirros. Al acercarse al Tamulgasco, el soldado Rojas, presumiendo ya de su calidad de dragoneante, ordenó a su colega:

—Ay nos vamos ir por lamaca, vaá, porque a yo no me gusta vadiar ese maldito riyo. ¡Yesas son *mis órdenes*, soldado Viscarra!

—¡Ve pué que vaina! —respondió el supuesto subalterno—, yayó nunca mia gustado caminar sobre esa puercamaca, porque casi todos sus durmientes yestán podridos, vaá. Yúnuay mesmo peligra de muerte siuno se cái sobre los filudos talpetates; más aura que ya pasó la yena del riyo. Y como yestá pachito, vaá —agregó—, pues ay lo podemos pasar saltando sobre las piegras y sin tener que mojarnos los trapos y las botas…

—A yo los trapos no m'importan tanto, vaá —dijo Rojas con aire orgulloso—, pero las botas sí, porque siay se nos mojan, los clavos serrumbian, vaá. ¡Y adiós, botas! Y si'ay las polainas se nos mojan también, ay mesmo se nos van a aturrar porque se les vir el almidón, vaá —objetó con sobrada lógica el compañero.

—Sí, vos tenés razón —asintió Viscarra—. Yo mialegrariya que envés de botas ay nos dieran caites diule porque las botas a los dos meses diuso las suelas ya'stán sacando la lengua y en la casamata las cobran más caras ¡Y con la mierdesueldo que nos pagan!

—Yué óido que las botas y las polainas las da el supremo güebierno pa' que nos las den de choto como dotación del equipo, —se quejó Rojas—. Pero los oficiales jefes que son un ataj'ue malditos ladrones nos las descuentan del miserable pago y'ay se lu'echan en su propio matate.

—No mestrañariya quiansina juera —dijo Viscarra—. Todos estos hijos de putas oficiales siasen ricos con lo que les roban a los pobres soldados, es decir, ¡a nosotros mesmos, vaá!

—¡Me vua cagar, me vua cagar! —exclamó Vicente de repente y con voz angustiada, interrumpiendo con intencionada vehemencia las quejas financieras de sus captores—. Yo creibo quiay micieron daño los condenados tamales. ¡Por amor de Dios —añadió, gimiendo adolorido—, suéltenme ya los dedos pa' poderme limpiar el hoyuelculo! ¿O es quiay me lo van a limpiar ustedes mesmos, pué? —preguntó en tono desesperado. Y seguidamente soltó una larga andanada de viento a través de sus labios fruncidos fingiendo un repentino ataque de grave flatulencia, aprovechando que la oscuridad impedía descubrir el origen del grave pedorreo y la pretendida condición enfermiza del ingenioso muchacho.

—Dejalo quiay se cague en los calzones —aconsejó Rojas con cruel indiferencia—.¡Con lo quiayó mimporta, vaá! —agregó, insensible a la fingida congoja del cautivo.

—¿Ah, sí, *comandante* Rojas? —rezongó Viscarra ironcamente, sin importarle la presumida autoridad de su compañero—. ¡Vos sí sos bien bruto! ¿Yay nos vamosir oliéndole la mierda y los pedos deste cipote güebón por toduel camino hasta llegar al cuartel? —preguntó enardecido.

—¡Pues, sí, vaá! —convino el aprendiz de dragoneante un poco arrepentido de su precipitada decisión—. Ay soltalo, pué, peruay lo mantenés encañonado mientras caga.

—¡Hacelo vos! —refunfuñó Viscarra—. ¿Por qué tengo quiaserlo yo? —preguntó seguidamente muy indignado.

—¡Porque *yo* te lo mando, carajo! ¿Quenoyistes al cabo quiayo me poniya de jefe tuyo? —preguntó Rojas dándose ínfulas de mandamás.

—¡Apúrensen, por favor, señores tenientes! —suplicó Vicente de nuevo con grave impaciencia—. ¡Ya no miaguanto más! ¡Tengo diarreya y me vua cagar yaquí mesmo en mis calsoniyos! —añadió fingiendo voz desesperada. Luego se oyó de nuevo otra muestra sonora de su fingida flatulencia.

—¡Si son cristianos, por favor tengan piedá del pobre cipote! —imploró Camilo en la creencia de que el dolor y malestar estomacal de su hermano menor eran genuinos.

Mientras Rojas alumbraba, Viscarra, conteniendo la respiración para evitar inhalar los gases nauseabundos que supuestamente exhalaría el pequeño prisionero, desató apresurado el nudo del hilo de cáñamo mucho más pronto de lo que había pensado.

—No te vayas'ir muy lejos, pendejito, porque te quiebro el culo a balazos ¡cagado o no, güevón! ¿Mioyís? —lo amenazó Rojas. Rayo, habiéndolos alcanzado, se mantenía a prudente distancia del grupo con el que iba su amo.

Al verse liberado, el astuto muchacho se internó profundamente en el monte tupido y corrió zigzagueando a lo largo de un cerco de frondosos árboles, pero perversamente entreverado por un ixcanalar que los propietarios del terreno habían sembrado para que sus agudas púas impidieran el paso de los animales ajenos; dejándole crecer como lindero natural protector de su propiedad. Rojas le gritaba que se detuviera o de no hacerlo lo mataba, pero el fugitivo no hacía caso y continuaba corriendo desesperado.

De repente, al tomar puntería contra la figura que presuntamente era la del valiente muchacho, Rayo corrió veloz y de un salto empujó con su hocico el rifle amenazante.

Una bala se disparó al caer el arma. Viscarra la recogió inmediatamente y apuntó de nuevo hacia la entraña oscura del matorral; pero Vicente, con el habilidoso deslizamiento de una ágil serpiente, pudo esquivar las balas que silbaban a su alrededor.

Rayo, poniendo sus patas en polvorosa corrió fielmente tras de su dueño. Ayudado por las tinieblas que ya se habían apoderado de la noche, el cuerpo ágil de nuestro pequeño héroe prontamente se esfumó de las garras mortales de sus despiadados captores.

Ciertamente, era una carrera contra la muerte. En la limitada experiencia de su vida el muchacho así lo intuía. Corrió veloz como alma perseguida por el diablo, pero cuidando de mantenerse siempre paralelo al cauce del Tamulgasco. Sabía que muy pronto llegaría al paso del camino que conducía a la aldea de Piedras Gordas y lograría gozar del calor del hogar y del reconfortante regazo de su madre. Mientras libraba su desesperada carrera, imaginaba a su amada progenitora rezando llorosa y suplicante por el pronto regreso de su esposo y de su prole. Estaba seguro de que al verlo regresar, su madre lloraría lágrimas de júbilo y al escuchar el relato de su intrépida fuga agradecería al Todopoderoso por verlo vivo. Pero también preguntaría por su padre y por los otros dos hijos. Vicente se angustió al no saber qué podría responderle. Con los ojos bañados en lágrimas prosiguió su veloz huida con la esperanza de que antes de llegar a su hogar, Dios iluminaría su mente con una respuesta adecuada. De repente, tropezó su pie desnudo contra un guijarro y cayó al suelo retorciéndose de dolor.

Rayo prestamente se sentó su lado y comenzó a lamerle sus dedos magullados. La oportuna presencia de su mascota y el calor sedoso y reconfortante de su tibia lengua le permitieron olvidarse un poco el dolor. Luego, incorporándose, le ordenó:

—¡Andate ya pa' la casa! Yay ves comuasés pa' que mi amá entienda que los tres tuaviya estamos vivos...

El astuto animal obedientemente tomó carrera hasta llegar al hogar de los Beltrán-Navarrete. Carmen oyó y reconoció sus ladridos y gruñidos y se figuró que su esposo e hijos estaban a punto de llegar. La presencia oportuna de Rayo calmó temporalmente la angustia de su corazón.

Mientras Vicente corría tan veloz como le permitían sus piernas y las piedras sueltas que tapizaban el estrecho sendero; al otro lado del Tamulgasco, veinticuatro soldados bajo el mando del sargento Armijo se preguntaban asombrados y temerosos sobre las posibles causas del intempestivo tiroteo escuchado en la ribera opuesta.

—¡Ay meritu'están vez esas sabandijas comunistas! —gritó el suboficial entusiasmado.

Los soldados se pincharon las costillas para cerciorarse de que no estaban soñando. Armijo se emocionó de tal manera que ya se veía promovido y vistiendo su uniforme y su estrella dorada de subteniente.

—¡Pongan ya las *Thompson*! —les ordenó con su ronco gruñido de energúmeno, refiriéndose a las ametralladoras que el gobierno de los Estados Unidos había facilitado al ejército usurpador por un precio, por supuesto, y de las cuales se alegaba que podían disparar trescientas balas por minuto.

—¡Ay barran con ellos; mesmo como si jueran cucarachas mal nacidas! Disparen primero hasiel oriente; diay pal centro y diay pal poniente, vaá. ¡YA! No los dejen que pasen la trinchera estratégica del riyo. ¡Muchá, estes la gran oportunidá de bañarnos en la gloria melitar; dándole una recia batalla al cobarde enemigo! ¡No dejen ni'uno solo vivo! —gritó con voz estentórea.

Las ametralladoras comenzaron a vomitar balas como una mortífera esquiladora de pelar corderos. Una vez la magra dotación de municiones se hubo terminado, sargento y soldados esperaron temblando varios aciagos minutos antes de tratar de contactar a los que, supuestamente, habían logrado sobrevivir a la desigual batalla. El suboficial pasó una lista rápida de sus hombres y todos contestaron '¡presente!' al llamado de su nombre, reportándose en perfecta salud; excepto el cabo Cibrián, quien, durante la gloriosa y épica escaramuza contra los supuestos agentes de Moscú, había accidentalmente caído sentado sobre una rama colmada de agudos y filosos ixcanales, pinchándose dolorosamente su patriótico trasero.

Las voces se apagaron y el Plan del Amate retornó a su silencio habitual. Sólo el suave murmullo de las aguas del Tamulgasco y el croar de sus ranas perturbaban la calma de la ribera fluvial. El suboficial esperó ansioso por las voces que desde la otra ribera del río implorarían misericordia a cambio de una rápida rendición incondicional. Pero las voces suplicantes de las huestes supuestamente vencidas no se materializaron. A través de las tinieblas solamente se adivinaban dos pequeñas luces inmóviles, a corta distancia la una de la otra. Pero nadie ni nada parecía moverse a su alrededor.

—¡Dispárenles otra granada ayí mesmo onde están esas luces! ¡Alautro lado del riyo! —ordenó Armijo.

El disparo rompió el ominoso silencio de aquella noche siniestra. Pero nada ni nadie daban señales de vida. Más insólito aún, las dos lucecitas continuaban alumbrando inmóviles como las brasitas de cigarrillos encendidos. Y nadie enarboló la ansiada bandera blanca de la ignominiosa entrega.

—¡Achís, pué! —gruñó el sargento, perplejo por el silencio sepulcral—. ¿Será que ya nos tronchamos a *todos* los comunistas? —se preguntó en voz alta. Solamente un leve murmullo incoherente de las voces de sus hombres respondió a su pregunta.

—¡Muchachos! —ordenó el sargento con su habitual vehemencia—, cálense ya las bayonetas porquiay semiace questo va terminar en un combate diacuerpoacuerpo. ¡A matar o a morir, mis valientes, por la patria y por su salvador, nuestro glorioso Napoleón criollo, nuestro benemérito líder, nuestro generalísimo Martínez! —los arengó.

Los soldados, de mala o de buena gana, llevaron a cabo justamente lo ordenado.

—Ay mesmo acérquense bien, pero bien, bien despacito —los aconsejó a media voz el osado estratega—. Yal yegar alautro laduel riyo cualesquiera que se mueva o me lo truenan o ay luasen picadillo… O lo que más les convenga, vaá. ¡Yuay mesmo los sigo detrás! —añadió el valiente, pero precavido suboficial.

Midiendo cautelosamente sus pasos, los soldados bajaron al cauce del río, más tensos que antes. Luego de arrastrarse agazapados y temerosos del invisible enemigo lograron escalar el borde superior, constatando con gran sorpresa que las luces emanaban de dos lámparas de mano que habían caído precisamente de las manos de sus dueños cuando sus cuerpos fueron partidos por la cintura por el mortífero fuego *amigo*, ordenado por el ambicioso sargento. La sangre fluía aún caliente de dos hombres en uniforme y de dos jóvenes civiles, con sus manos atadas a las espaldas. Armijo llegó de últimas y luego dirigió la luz de su lámpara a los primeros. Estupefacto, no pudo ocultar su asombro ante la insólita y macabra escena.

—¡Achís, pué! ¿Y qué putas jué lo que pasuaquí, pué? —preguntó confundido—. ¿Y qués lo quiacen aquí estos malditos comunistas en uniforme melitar?

—Matamos a dos de nuestros soldados quiay veniyan con un par de prisioneros —dijo el cabo con un poco de tristeza—. Ese es nada menos qu'el *Chapín* Rojas, añadió señalando uno de los cadáveres—. Yesiotro es el del tal Viscarra, al que le decíyamos el *Catrín* porquiay se la pasaba lustrando las botas, y almidonando las polainas.

—¿Y por quéstariyan disparando? —preguntó el suboficial—. No seriya ¿que se les habiyáido algún prisionero? Cabo Romero, mandiúna pareja a hablar con el cabo del retén de Techoncho y que lespliquen que jué lo que pasuaquí, pué.

—¡Sí, mi sargento, enseguida! —replicó el cabo. Cuando se disponía a seleccionar los soldados mensajeros, Armijo lo llamó aparte y le dijo en voz baja—: Espérese, cabo, ¡no mande a náiden tuaviya! ¡Semiaencurrido una ideya meramente briyante!

—Y ¿qué se liá encurrido, mi sargento?

—Queste *penoso* incidente, vaá, se puede convertir en una victoria de las meras depopeya pa' nuestro glorioso ejército contrel maldito enemigo. ¡Ay, hombre, si no juera porque mi coronel Aguirre está bebiéndose toduel guaro quiay en Techoncho!

El cabo Romero se quedó viendo a su misterioso superior con aire intrigado.

—Yo no sé de qué mestáblando; ni lentiendo ná, mi sargento, —dijo él—. ¿Quéseso quiusté me está diciendo diuna victoria del ejército? ¿Y de qué putas mestáblando, pué?

Armijo le susurró al oído:

—Que nuay que admetir que juimos nosotros los que les dimos chicharrón a este par de babosos, sino que estos ceviles muertos eran parte diun batallón enemigo que nosemboscó y nosotros los hicimos juir despés diuna encarnizada bataya. Y queyos, los comunistas, ay tuvieron muchísimas bajas pero que solamente dos deyos quedaron abandonados, pué. Y que nosotros perdimos a dos valientes soldados qui'ay vertieron su sangre por la patria y por la gloria y el honor de su Salvador ¡*en la gloriosa Bataya del Plan del Amate...*!

—Puesí, sargento, aura sí ya mero luentiendo bien clarito, vaá, —dijo el cabo riéndose cínicamente—. Peruesque los *soldados enemigos* muertos tuaviya están *amarrados* de los pulgares con cáñamo y con las manos a la espalda —apuntó con sorna.

—¡Pues soltálos ya, gran pendejo! —le ordenó el taimado suboficial—. ¡Antes que se lesentuma la marquel cáñamo en los dedos!

***

Vicente llegó por fin al paso de Piedras Gordas. Faltándole el aliento por la larga carrera entre los arbustos, enfiló hacia el sur, hacia su querido hogar y a los protectores brazos de su progenitora. Carmen, mientras tanto, había mantenido encendido el candil de kerosén y la lamparita dedicada a la Virgen del Carmen, llamada la *patrona de los casos desesperados*. Como prudente medida, había asegurado la puerta con doble tranca, tanto para su protección como la de sus dos pequeñas que dormían apaciblemente. Dentro del susurro del viento, ella percibió el sonido de pasos apurados que pisaban la hojarasca del patio frontal del bohío. Su alma le volvió al cuerpo. Las horas de zozobra y desesperante angustia parecían a punto de terminar, concluyó esperanzada. Seguramente eran los suyos los que llegaban pues Rayo, en vez de ladrar como ladran los perros a los extraños, gemía y arañaba impaciente la hoja de la puerta mientras se empinaba sobre sus patas traseras como si quisiera salir por entre una de sus numerosas grietas. Su dueña abrió y el can se abalanzó sobre Vicente que se aprestaba a tocar.

—¡Hijito mío! ¡Bendito sea Dios que ya *regresaron*! —gritó Carmela llena de alborozo y llorosa de alegría—. ¿Y tu papa y el Joaquín, pué? ¿Y el Camilo, óndestán?

—No sé, mama, pero yo creibo quiay se los yevaron presos a todos…

—Y ¿porquiátós? ¿Quicieron? —inquirió Carmela con renovada angustia.

—Amá —dijo Vicente desconcertado—, yo no le puedo contestar tantas preguntas a la vez, ay pregúnteme diuna enuna, vaá.

La madre secaba sus lágrimas, pero sus lagrimales continuaban vertiéndolas profusas y amargas lágrimas.

—¿Es que no te das cuenta, hijo miyo, quiay yuestado con el alma en vilo desde el mediodiya? Ay cavilando ¿qué púchicas les podía haber pasado a todos eyos y que los estaba deteniendo en Cayaguanca? ¡O por ónde juera! —Los sollozos ya no la dejaron hablar. Vicente permaneció mudo y estático ante la zozobrante angustia de la madre. No sabiendo qué hacer o qué decir se abrazó tiernamente al cuerpo de ella.

Después de secarse nuevamente las lágrimas y recobrar su compostura, preguntó con voz suplicante:

—¿Vos viste a tu papa y al Quincho?

—¡No, no los vimos ni tampoco los hayamos!

—Entonces ¿cómo sabés que se los yevaron presos?

—Mama, déjeme contarle. Ay nos juimos hasta Techoncho buscando a mi apá y al Quincho y no los aincontramos. Diay seguimos pa' Cayaguanca, pero nos detuvo un retén melitar a la salida de Techoncho. Al Camilo y al Casimiro se los yevaron pa' la cárcel de Cayaguanca, creibo yo.

—¿A Casimiro? Y ¿quiandabasiendo el Casimiro por ayá?

—Mi tío Lolo lo mandó que se juera con nosotros pa' que nos ayudara a cargar los frijoles porquel Deluvio está resién herrado.

—¿Y por qué los arrestaron? Siguro que el bravucón del Casimiro siagarró a trompadas con algún baboso —Carmela supuso conociendo el carácter conflictivo de su sobrino.

—Ay, mama, usté siempre'tivucada —dijo el valiente muchacho—. ¡Si ni el Camilo ni el Casimiro nuicieron nada malo! Yastayó miapresaron y miamarraron de los dedos. gares. Ay tengo la seña entumida del cáñamo. ¡Pero yo me les volé antes de yegar a Tamulgasco!

—¿Y cómo luiciste? —preguntó la madre con cierto escepticismo a sabiendas de la fecunda imaginación del muchacho.

—Les dije que teniya diarreya y pedorrera y quiay miba a cagar en los calsones si no me soltaban las manos y me tiré pedos de mentira pasustarlos. Pero como estaba tan escuro, vaá, pues ay me creyeron ¡y ay jué que me les volé! —Carmela quiso reír ante el tragicómico e increíble relato de su hijo, pero la débil risa se quedó atrapada entre las cadenas de la angustia que asfixiaban su garganta.

Madre e hijo se adentraron en la enorme maraña de detalles que el lector ya conoce de sobra. A medida que el muchacho relataba lo ocurrido con pelos y señales, Carmela más se acongojaba por las desgracias e infortunios que habrían podido sucederle tanto a su esposo como a sus hijos. Vicente ya comenzaba a bostezar y a dar señales de cansancio cuando Rayo comenzó a ladrar excitadamente.

—¿Será mi tiyo Lolo? ¿O serán los mesmos soldados quiay miandan buscando pa' 'jecutarme? —preguntó Vicente metiéndose debajo de una cama.

—¡Cayate el hocico! —le reprendió la madre a media voz, luego preguntó en voz alta ante la puerta—:¿Quién and'ay?

—Soy yo, José Dolores —respondió—. ¿Es que mi cuñado y los cipotes nuan güelto tuaviya? —preguntó desde afuera.

Abriendo la puerta, dijo ella tímidamente:

—¡Dentrá, pué! —Y se arrojó a los brazos de él. Los sentidos sollozos se calmaron eventualmente y Vicente volvió a relatar lo que les había ocurrido, aderezando su relato con una buena dosis de su imaginación. Al final, el tío Lolo movió la cabeza con incredulidad.

—A yo me gustariya crerle al Chente, vaá; peruesque está por demás que lutoridá mesma ande arrestando a gente que ni siquiera andarmada. ¡Y menos a tres muchachos, niños, vaá; como los de nosotros! 'Maginate lo quiubiera dicho la Leuteria, ¡que Dios en gloria la tenga!, si'ay tuaviya estuviera viva, ¡ay mi'hubiera echado la culpa a yo! ¡Bendito siá Dios que ya se la yevó con Él pal cielo!

—¿Y qué pensásacer? —quiso saber la llorosa hermana.

—Puesay me vu'esperar ¿qué más puedo hacer? Si mijo y los muchachos nuan cometido un crimen… Ay será solo un mal entendido, creibo yo. Ay los veyo venir libres de mañana a pasado mañana.

—¡Que Dios tioiga! —exclamó Carmela llena de esperanza mientras miraba hacia el ennegrecido tabanco—. Pero si me lo preguntás, ¡yo mestoy miando de miedo! Es que oygo aquí entruel pecho una voz que me dice que ¡jamás los vua volver a ver!

—Vos, Carmeló —la riñó el hermano con fraternal dulzura—, *siempre has sido* la mesma aflisión andando. Mirá, tomatiún par de cafiaspirinas con un té di'hojas verdes del naranjuagrio yay vas a dormir a pierna suelta; mesmo como yo. ¡Buenas noches te dé Dios! —agregó para despedirse.

Carmela no respondió a la frase habitual de despedida nocturna. Se limitó a cerrar la puerta, atravesándola con las dos trancas protectoras. Con el pecho lleno de la esperanza que las palabras del hermano le habían causado se durmió tranquila, al lado de sus tres pequeños que dormían apaciblemente.

DIECISIETE

A eso de la medianoche de ese aciago domingo el coronel Aguirre regresó a su cuartel en Cayaguanca. Luego de que los centinelas guardando la entrada observaron extrañados sus torpes ademanes típicos de una extrema beodez y escucharon su voz aguardentosa e incoherente; sin decir palabra lo ayudaron a bajarse del sudoroso corcel. Sus pasos, por demás vacilantes, les convencieron de su condición inestable. Tal era su borrachera que parecía haberse convertido en un fideo sancochado. Solícitos lo cargaron en vilo hasta depositarlo sobre un colchón desnudo que cubría el catre de tijera de lona que el coronel mantenía en un rincón de su oficina.

El comandante del batallón fue inmediatamente notificado del arribo de su subalterno y, como era de suponer, de su estado de absoluta embriaguez. Después de un par de horas, durante las cuales Castaneda meditó sobre las advertencias que le haría al Chacal, ingresó a la oficina de Aguirre sin siquiera tocar a la puerta. El golpe seco al cerrarla sacó al beodo de su sueño. Permaneció despierto, sin moverse, con la cara contra la pared esperando escuchar la invectiva de su jefe. Tomando en cuenta la extremada furia que reflejaba el rostro del comandante, sería correcto decir que su visita era obviamente de cruda descortesía.

—La tropa está muy alborotada, Chacal —vociferó el comandante—. Temen que, por haber fusilado a un par de cipotes sin justificación alguna, lo único que vamos a conseguir es que la gente de Cayaguanca nos deteste aún más…

—Y a yo ¿qué m'importa lo que piense la tropa o ese atajo de cagados ceviles? Lo que a yo mi'hase hervir la sangre es saber que el propio comandante del batallón es un pobre güegüecho qui'ay si'ha puesto de parte del enemigo para sabotear mis esfuerzos por controlarlo.

—Y ¿qué me vas a hacer, papacito? —preguntó Castaneda encendido en justa cólera por insinuar que él era un traidor—.¿Me vas a tirar pedos hasta que muera asfixiado?

—¡Te vuaser fusilar por tu infame deslialtad! —le gritó Aguirre furibundo, luego de darse la vuelta y señalarle con su dedo índice—: Y créme lo que te digo: lo vuaser, carajo; y ¡sin ninguna contemplación! —añadió con un rictus de furia reflejada en su rostro que no dejaba a dudas que su amenaza no era vacía.

Castaneda lo desafió.

—No creo que tengás los güevos lo suficientemente peludos ni tampoco quiayga suficiente gente que te apoye —le dijo con voz y actitud de desprecio—. Pero eso sí ¡tenés que escucharme!

—¡No, no, no! —replicó Aguirre obviamente calmando su furia—.¡Vos sos quien tiene que oírme! Ayer el güevón de Armijo me yamó *coronel* delante de la tropa y todos esos cabrones reclutas me miraron como disiendo que ya lo sabiyan… Yuay *tiordeno* que hablés en la mañana con todos los suboficiales y les ordenés que s'inventen una historia pa' que le hagan crer a la tropa que Armijo estaba equivocado… o algu'ansina… parecido… vaá…

—¡Ah, eso sí no, *mi* coronel! —exclamó Castaneda en tono irónico—. ¡Esa es mierda es tuya! Y ¡sólo tuya! ¡O la lavás vos mismo o te la seguís oliendo! ¡Ya me cansé de continuar siendo tu lavandera de pañales cagados! —añadió con determinación.

Aguirre se puso de pie tambaleante. Acercó amenazante su dedo índice al rostro colérico del comandante.

—¡Te doy ocho horas exactas pa' cumplir mis órdenes! Y algo más: quiero que cuando yegue el periódico, que leygás listoria de nuestra gran bataya del *Plan del Amate*.

—¿En cuál de todos los periódicos va a aparecer esa otra pendejada, tuya, apá? ¿En *La Verdad*? —preguntó Castaneda mofándose y haciendo alusión al periódico clandestino, órgano del *Partido Comunista Redentoreño*, subrepticiamente publicado pues la dictadura lo había declarado ilegal.

—¡No, cabrón! Nada menos que en el *Pro-Patria*. Y tan pronto venga con ese notición lo mandás a repartir a los suscritores y diay lo mandás a tamboriar por bando; haciendo alarde del heroísmo, del coraje y de la gran capasidá guerrera de nuestro glorioso ejército y las numerosas bajas del enemigo.

—Supongo que entre las víctimas de la *gran batalla* habrás incluido a Secundino Ábrego, el sacristán setentón que vos descuartizaste sólo por satisfacer tu hambre de chacal y tu estómago de hiena, ¿o no? —preguntó Castaneda con airado sarcasmo—. ¡Ah! Y ¿sabés Chacal que el entierro será esta mañana y según se me ha informado, el féretro irá acompañado de toda la gente de la villa de Cayaguanca?

—¡Maldita mica polveada; te vuaser tragar todu'eso que mi'has dicho! Y algo más: No quiero en ese entierro sino a la viuda y a sus hijas.

—¿Cómo vas a impedir que la gente de la villa los acompañe?

—¡A pura bala, si es necesario! —replicó el Chacal con determinación—. Pero te lo repito, no quiero a nadie más en ese entierro quia los cochinos deudos. Como dicen, "nadie más tiene vela en ese entierro". Y si no cumplís mis órdenes, vuaser que tiarresten y que te sampen en el calabozo a pan y agua —dijo y se sentó en el camastro.

—¡Uy, Chacal! ¡Qué miedo! —dijo Castaneda mofándose—. Vos y tus malditas amenazas me provocan terror. Tendré que *pedir cacao* como amparo judicial.

—Y si *vos* no impedís esa manifestación política, que es lo qu'en realidad es; ¡lo vua'ser *yo*! —prometió Aguirre—. Pero a ese entierro no va nadie ¡se muera el que se muera!

—¿No te das cuenta, grandísimo pendejo, que nos echaremos a todo el pueblo encima? Y que también perderíamos el tuquito de buena voluntad que alguna vez nos tuvieron.

—¡Mimport'un pedo su buena voluntad! —dijo el Chacal despectivamente—. Los rifles sonlos que mandan, y nosotros los tenemos por la cacha. ¡Nunca podrá ningún cagado cevil levantars'en armas! —pronosticó convencido de su invencible poderío.

—Y si a pesar de todo lo hicieran ¿qué harías vos, pedazo de alcornoque?

—¡Los mataríamos a todos! —respondió el Chacal con glacial indiferencia—.¡A toda la nación si juera necesario! —añadió con crueldad prepotente.

—Supongo que tampoco te importaría la reacción internacional, ¿no es cierto?

—¡A la mierda con la reacción internacional! —gritó soezmente el Chacal—. Aquí yasta en la Cochinchina los que mandan son los que controlan las armas. Y nosotros las tenemos y no las vamos a soltar tan fácilmente ¡caiga quien caiga! —Al decir eso se arrojó a lo largo sobre la tijera de lona.

Castaneda maldijo a media voz y se marchó después de cerrar la puerta con un golpe más violento que el que había dado al entrar.

***

Tan pronto el viejo reloj de la torre de la iglesia tañó ocho campanadas, las cuatro sonoras campanas del templo comenzaron a doblar lastimeras. Probablemente, el monótono y lúgubre taclán-ta-clán-ta-clán de los dobles hizo erizar los vellos en la piel de muchos cayaguancatecos al traerles a su mente esa hora ineluctable cuando el bronce tañería por ellos; *"un día en que discurren vientos inexorables; un día en que ya nada nos puede detener",* como escribiera el poeta suicida, Porfirio Barba-Jacob en su famosísimo poema, *Canción de la Vida Profunda.*

Algunos serios, otros simplemente taciturnos, los feligreses ingresaban a la iglesia; mejor dicho, se deslizaban hacia su interior crepuscular por sus puertas laterales, imperceptibles y anónimos. Tal vez se consolaban pensando que su deuda al prójimo fallecido no tenía que ser saldada con ostentaciones de hipócrita sensibilidad.

Parejas de reclutas con sus cabezas rapadas habían sido apostadas frente a cada una de las puertas de la iglesia, pero en la acera de enfrente. En amenazante silencio, la soldadesca llevaba cómputo cabal de las personas que entraban o salían del templo. En ese lunes, según la esquela luctuosa distribuida por los deudos, se oficiaría una misa de cuerpo presente por el alma de don Secundino B. Ábrego, Sacristán Mayor y Vitalicio de la Parroquia Mayor de la Villa de Cayaguanca.

Cuando las campanas comenzaron a tocar el último repique, un sargento de mediana edad, pero de abultadísimo vientre, tocó a la puerta de la casa cural. Delfina se apresuró a abrirla. Al ver al corpulento militar de bigotes hirsutos y caídos sobre los labios, la cocinera palideció de temor. Su presencia era funesta, pensó ella, temblando interiormente.

—¡Quiero hablar con el párroco *orita* mesmo! —anunció el visitante con atrevido apuro.

—El padre ya, ya sestá vistiendo pa'... pa' la misa —balbució amedrentada—. Mesmo yastán dando el último re...

—¿Es que no mias óido, gran puta? —la interrumpió groseramente—. ¡Te dije que quiero hablar con el cura orita mesmo!

—Pero ya le dije... —comenzó a responder la sirvienta temerosamente. Con un repentino empellón el paquidérmico suboficial abrió la puerta de par en par, forzando a que el cuerpo de Delfina perdiera el balance y cayera redonda al suelo y contra la pared lateral. El sargento, sin inmutarse por la caída violenta de la cocinera y sin ofrecerle una mano caballerosa para ayudarla a levantarse, corrió veloz hacia el interior buscando la sacristía. Leandro, vistiendo sotana negra y blanco sobrepelliz, salía en ese mismo instante del cuarto donde se guardaban las vestimentas ceremoniales de los funerales. Llevaba una casulla negra extendida sobre sus antebrazos. Al cruzarse en el camino se suscitó un encontronazo en el que el desmedido peso del militar ganó la partida y el sacristán cayó al suelo de espaldas contra un pilar del corredor. Sin proferir la más leve excusa, el violento sargentón le espetó:

—¿Óndestá el cura ese; el español, ¿pué?

—Aura mesmo, el padre Castelar está en la sacristiya; vestiéndose pa' la Santa Misa que ya va a comensar —respondió Leandro con mucha prudencia mientras se levantaba del suelo con sumo cuidado para no estropear la sagrada vestidura.

—Y ¿óndestá esa *maldita* sacristiya? —preguntó sacrílegamente el intruso.

—Venga con yo; ¡sígame pué! —dijo el sacristán con voz temblorosa.

Tan pronto el sargento pisó el umbral; el párroco vino hacia él.

—¿Qué le pasa, señor oficial? Y ¿a qué vienen esos gritos? ¿No sabe usted acaso que esta es parte de la casa de Dios y que se le debe respeto? —preguntó sumamente indignado.

—Vengo a informarle —dijo el sargento un poco amilanado pero ignorando la protesta del sacerdote—, que las manifestaciones políticas cayejeras están proybidas por el estaduesitio decretado por mi general Martínez y también a ordenarle que les diga aura mesmo a los questán ayí adentro en liglesia que por órdenes de la mesma comandancia militar no podrán acompañar al muerto los que no seyan deudos inmediatos y que los que desobedescan —agregó señalando hoscamente al cura con el dedo índice—. ¡Quiay e siatengan a las consecuencias, vaá!

—Perdone, señor oficial, ¿Cómo es su gracia? —preguntó Castelar cortésmente.

—Sargento González —respondió secamente el suboficial.

—¿De qué manifestación me habla usted, señor sargento? —inquirió el cura con extrañeza.

—¿Pues de cuál va a ser? ¡De la quiusté vaser después de la misa, pué!

—Pero esa será una procesión fúnebre que no tiene carácter político, señor sargento —dijo el falso cura frunciendo el ceño—. A mí los deudos me han encargado celebrar una misa por el alma del difunto Ábrego y luego acompañar su féretro hasta el cementerio. Y allí le rezaré un responso y pronunciaré una oración fúnebre ante su tumba como corresponde a un fiel católico quien, además, sirvió como sacristán en esta parroquia por treinta y dos años…

—Bueno, pué, yo sólo cumplo órdenes, vaá —interrumpió González.

Santiago continuó:

—…Yo no le veo ningún cariz político a esa procesión fúnebre que es no solamente de estricto carácter religioso, sino que es perfectamente legal y permitida por las leyes de todos los países de mundo; incluso, supongo yo, las de El Redentor. ¿O es que en este país la única ley es la dictada por los militares? —preguntó irónico.

—Mire, señor cura —dijo el sargento a manera de disculpa—, yo tengo órdenes presisas de mis superiores parimpedir a toda costa y a *cualquier precio* esa manifestación quiusté ay quiere haser. Yo no sé nada de leyes, vaá. Lo único que sé es que tengo quiobedecer las órdenes de mis jefes o atenerme a las consecuencias de la desobedencia.

—¿Cómo se llama el jefe que le dio esa orden? —preguntó el peninsular.

—Me va a perdonar, pero eso ¡asté no le importa! Le repito quiay tiene que decirle a la gente questá ayí adentro quiasté ya canceló la manifestación y ¡sansi'acabó!

—Vuelvo a repetirle, señor sargento —dijo Castelar con manso enojo—, que no será ninguna manifestación política sino una procesión fúnebre que son dos cosas absolutamente distintas, como lo son el cielo y la tierra. Ahora, si usted quiere, yo lo autorizo a subir al púlpito para que sea usted mismo quien les comunique a los feligreses las órdenes que ha recibido de su jefe…

—¡Yo nunque sermoniado! —interrumpió iracundo el suboficial.

—¿Nunca? —dijo Castelar con aire sorprendido—. Supongo que, por lo menos, usted se dirige a la tropa bajo su mando una vez cada día ¿o no? Haga de cuenta que esta es una ocasión como cualquier otra. Simplemente súbase al púlpito y dígales a los feligreses que sus jefes han prohibido las procesiones fúnebres. ¡Y eso es todo!

—Eso no jué lo que yo dije, ¡yacabemos ya con esta jodedera! —rezongó González soezmente—. O hase lo que yo le digo quiaga o ay se espondrá ¡a que lu'echen del páis!

El falso canónigo, con su blanquísima alba puesta se cruzó de brazos al escuchar la amenaza. Esa actitud de aparente reto enfureció aún más al sargento.

—¡Ningún *juereño*, ensotanado o no, va a venir a decirnos qués lo que debemos haser!

—Déjeme pensarlo —dijo Castelar desapasionado y dio la vuelta para terminar de vestirse para la misa.

—¡Ya nuay tiempo pa' pensar niay ná pa' pensar! Lo que tiene quiaser y decir ¡ya se lo dije bien clarito! —gritó el suboficial deteniéndose a la puerta de la sacristía.

Santiago trató de comprender en su plenitud real el obvio peligro al que exponía, tanto a su grey como a sí mismo, si se decidiera a desafiar las órdenes absurdas de los militares. Su situación le pareció tal como si en ese momento tuviera entre sus manos una candela de dinamita con la mecha ya encendida. Y la única disyuntiva era claramente obvia: *Claudicar o morir con valentía*, se dijo a sí mismo temblando interiormente. Pero ¿cómo podría él, el pastor de las almas en el que todos sus fieles confiaban, desafiar la orden arbitraria y permitir que los esbirros, sedientos de sangre, se ensañaran con todo su mortífero arsenal contra un pueblo, de suyo muy noble pero totalmente indefenso? *¿Cuál es lo más importante para mí y mi condición de pastor de almas?*, se preguntó en silencio y con vehemente angustia, *¿la seguridad de todos los miembros de mi feligresía o mi dignidad como representante de la iglesia?* Obedecer la orden militar, de por sí, absurda e injusta, equivaldría a claudicar ignominiosamente ante la abierta injusticia, pero el no obedecerla pondría su propia existencia y la de su grey en mortal peligro.

Tomó la decisión que le pareció la más acertada y más prudente. No permitiría que hirieran o mataran a sus feligreses; tampoco se arrodillaría ante la arrogante mafia de criminales uniformados, aún si ello representara la expulsión del país que ya había comenzado a amar y a compadecer. Saldría al frente de la procesión funeral como si nunca hubiera escuchado las órdenes y las amenazas del tozudo sargento. *Si es preciso morir ante mi grey*, se dijo en el pensamiento, *moriré ante ellos. Talvez mi osadía al exponerme a la muerte segura antes que los demás sacie la sed de sangre de los esbirros, les tocará el duro corazón y mis feligreses se salvarán de ser masacrados. Pero ¿habría una alternativa mejor?*, se preguntó en su desesperación, pero no pudo vislumbrar ninguna. Sintiéndose abrumado por la falta de una solución práctica y honrosa decidió, valerosamente, que no claudicaría.

El sargento continuaba de pie en la puerta esperando impaciente la respuesta del sacerdote. Con la ayuda de Leandro, Castelar se puso morosamente la negra casulla adornada de listones dorados. Luego, pretendiendo ignorar la presencia del suboficial, juntó las manos frente a su rostro y con paso medido y pausado se encamino hacia el altar.

—¡Usté va ser el *responsable* de que la sangre corra como riyos por las cayes de Cayaguanca! —le renovó el militar su ominosa advertencia con voz amenazante.

¡Dios mío!, oró Santiago Castelar en silencio, con voz temblorosa y acongojada. *¡Haz que mi humilde sangre caiga sobre esta vil jauría de asesinos! ¡Haz que la humilde sangre de mi cuerpo martirizado abone el surco donde habrá de nacer una nueva esperanza de paz y de justicia sin ejércitos asesinos y ladrones! Este humilde hijo tuyo postrado ante Vuestra Faz os suplica. ¡Hazme, Señor, ¡instrumento de tu paz y tu justicia! Ayúdame a evitar la masacre de tus nobles e inocentes criaturas*, añadió en tono solemne.

De repente su mente recordó las palabras de James Joyce en su obra *Retrato del Artista Adolescente:* "*El sacerdote que no instruye a su grey sobre la diferencia entre el Bien y el Mal, no merece llamarse sacerdote*". Al llegar al pie del altar, Castelar ya había cambiado de opinión. Dirigió sus pasos hacia la derecha y se encaminó hacia el púlpito con la frente baja y en actitud meditativa; luego subió a él con la frente erguida y la mirada serena.

—Hijos míos —dijo con voz sonora, casi estentórea—. Os debo hacer una advertencia en extremo importante. Hace un momento, un emisario militar vino a informarme que su comandante ha decidido prohibir la procesión fúnebre que tenemos programada para que pudiéramos escoltar a Secundino Ábrego y a sus deudos hasta el camposanto. Nadie, sin embargo, debe sentirse obligado ni tampoco forzado a acompañarnos; pues al hacerlo expondríais vuestras vidas al peligro de ser masacrados. A decir verdad, yo no puedo prohibíroslo. Cada uno de vosotros debe hacer lo que su conciencia y su voluntad les dicten.

Un sordo pero respetuoso murmullo se suscitó y se propagó entre los feligreses. Castelar lo ignoró y continuó con voz más estridente.

—Como sacerdote oficiante, acompañaré a la viuda y a sus hijas hasta el cementerio, porque al fin y al cabo esa es mi obligación; la cual acepto sin objeción alguna. Espero que la prudencia y la reflexión influyan en la decisión final de los jefes militares y que no manchen su nombre y su pundonor con la sangre de gente inocente. Ahora, acompañadme a celebrar la Santa Misa y a rogar por la salvación de Secundino Ábrego Mena.

Al salir de la iglesia, el oficiante tomó la delantera, cubierto por el dosel que portaban silenciosas cuatro amigas de las infelices muchachas condenadas a la orfandad por la sevicia militar. Leandro, llevando el pesado incensario colgado de ambas manos, lo mecía levemente, perfumando el aire callejero con el profuso y blanco humo y los gases olorosos y astringentes que de él emanaban.

Cuatro sobrinos cargaban el negro ataúd en el que reposaban los restos mortales de su tío. A lo largo del camino al cementerio y en cada una de las esquinas de la villa, toscos soldados en uniforme de campaña y armados hasta los dientes vigilaban la procesión. Obviamente, estaban listos a masacrar a los infelices e indefensos vecinos de Cayaguanca.

En cierto momento todos los acompañantes del féretro percibieron un vaho nauseabundo de carne putrefacta, traído y diseminado por la brisa que ni el humo profuso del incensario había podido neutralizar y mucho menos eliminar. Rápidamente cubrieron sus rostros para reducir la repugnancia que la mefítica hediondez les causaba en sus estómagos. Pronto descubrieron el verdadero origen de la fustigante pestilencia. A lo largo de la ruta, varios cadáveres desnudos y en diferentes estados de descomposición habían sido abandonados sobre las aceras y contra las paredes por alguien que intentaba hostigar a los fieles marchando en la procesión fúnebre. Sus rostros y el resto de los cadáveres estaban cubiertos por negras nubes de moscas, haciendo imposible su identificación a primera vista.

Olaya, con la condesa colgando de su brazo, caminaba detrás del féretro; de repente exhaló un grito de horror, al creer que había reconocido el cuerpo inerte de su sobrino Joaquín. Su fuerte alarido, aunque prontamente sofocado por el temor y la prudencia, alertó a su augusta patrona. Ésta, queriendo conocer la causa del intempestivo grito, preguntó en voz baja:

—¿Has reconocido acaso algún pariente tuyo o algún amigo entre los cadáveres?

—No, no, no, señora —respondió temerosa la joven, mintiendo cabizbaja—. Creí haber visto a un compañero de mi escuela. Pero no, no era él; él era mucho mayor y no tenía tantos colochos como éste.

—¡Qué país tan salvaje es el vuestro! —se quejó la noble contra su pañuelo de seda—. ¡Ni siquiera enterráis vuestros cadáveres! Y, además, tenéis el descaro de exhibirlos ¡macabramente desnudos! —añadió con voz y actitud despectiva.

—Señora, los ciudadanos civiles no somos los salvajes —comentó Olaya con su sentimiento patriótico herido tan cruelmente—. Los salvajes aquí son esos militares que han tomado el poder por la fuerza y no entierran a los muertos para que todos nosotros los podamos ver y al verlos nos sintamos acobardados.

La condesa sonrió detrás de su pañuelo al escuchar la airada perorata de su joven ama de llaves ya enardecida por sus palabras y por las circunstancias oprobiosas en que vivían. Y le llamó la atención su lenguaje culto y bien pronunciado. Mientras tanto, la procesión fúnebre continuaba acercándose cada vez más al derruido portón del cementerio. Cuando los fieles que caminaban en el centro del grupo comenzaron a ingresar al camposanto, se escuchó de súbito el ronco tableteo de las ametralladoras detrás de ellos. Como era de esperarse, los que estaban rezagados en la procesión fueron los primeros en caer abatidos por la soldadesca. Algunos de los que iban delante de ellos cayeron también, algunos fenecidos otros gravemente heridos. Muchos otros corrieron despavoridos a guarecerse en los umbrales de las casas adyacentes de la constante y apremiante lluvia del fuego mortífero. Otras víctimas al caer al suelo baleadas fueron aplastadas por el peso de la turba horrorizada y presa del terror visceral engendrado por el ataque genocida. Los más débiles del grupo, tanto niños como ancianos, quedaron destrozados sobre el lodoso empedrado. Al escuchar el sordo estruendo de las ametralladoras y la fusilería, Castelar, quien ya se encontraba en la puerta del cementerio junto a su fiel sacristán y a los cinco deudos principales, al instante se percató del pánico emocional de sus feligreses. Sin medir el gravísimo peligro al que se exponía, dio marcha atrás, tratando de llegar al centro de la procesión. Al lograrlo comprobó que muchos de sus fieles ya habían sucumbido al cobarde ataque de la soldadesca o escapado de él en desesperada estampida.

Las armas del ejército fratricida, sin embargo, continuaban vomitando intermitentemente su enrojecida baba de plomo. Al momento que traspasaba el umbral del cementerio, un proyectil impactó contra el borde de su negro bonete, desviándose milagrosamente hacia arriba; otro rozó su brazo, dejándole un agujero en las mangas de su alba y sotana. Tras percibir los golpes secos de las balas, Castelar sintió mucho temor por su vida. Pero observó con horror que algunos de sus feligreses, vehementemente sobrecogidos por el pánico, se habían levantado del suelo sin pensar que al hacerlo imprudentemente exponían sus cuerpos a las balas. El párroco, desechando sus propios temores, prontamente los empujó a caerse, gritándoles con patética vehemencia:

—¡ARROJAOS AL SUELO! ¡ARROJAOS AL SUELO! ¡PERMANECED ACOSTADOS! ¡NO OS LEVANTÉIS!

Mientras tanto, él no acataba sus propias órdenes, permaneciendo de pie; moviéndose de un lado a otro; tratando de salvar a los que aún no habían perecido. De repente, una gruesa bala de ametralladora atravesó su corazón. Se desplomó de bruces sobre un macabro hacinamiento de cadáveres y de heridos agonizantes. Santiago Castelar murió instantes después, pero mantuvo apretado contra su pecho el crucifijo que su hermano Emilio le había obsequiado antes de regresarse a España. Escapando del ataque fratricida, la viuda y sus hijas corrieron hacia el extremo sur del camposanto. Poseídas todavía del pánico lograron ponerse a salvo escondiéndose detrás de un mausoleo derruido ya por el tiempo y por la inclemencia de los elementos.

Leandro, mientras tanto, había sabiamente conducido a su hija y a la condesa al extremo oriental de la necrópolis sin percatarse que su amigo y patrón había sido asesinado por las huestes apátridas de la dictadura militar. Mientras corrían, se fue despojando de sus vestiduras ceremoniales y luego de escurrirse por debajo del alambrado que terminó sustituyendo al viejo muro derruido, ayudó a las dos damas a pasar debajo de él. De pronto advirtió la presencia de cinco mujeres enlutadas apretujadas y escondiéndose detrás de otro mausoleo. Les silbó febrilmente y ellas, tan pronto lo reconocieron, corrieron a unírseles con el terror evidenciado en sus rostros mustios y lacrimosos.

—Tenemos miedo de que los soldados nos vengan persiguiendo para acabar con nosotras también —dijo la viuda con voz angustiada y semblante lloroso.

—¡Por favor, cálmensen ya, señoras y señoritas! —imploró Leandro en voz baja y precavida—. Yestamos a salvo, creibo yo, —agregó con la esperanza de poder calmar los ánimos de la viuda y de las huérfanas y por supuesto de la condesa y de su adorada hija.

—Después de lo que acabamos de ver, ¿qué más podríamos esperar? —dijo compungida la mayor de las muchachas.

—En efecto —dijo furiosa la condesa—, nada de lo que esos miserables criminales hicieran me sorprendería.

—Y el padre Santiago, ¿dónde estará? ¿Se habrá salvado de las balas? —preguntó Olaya con evidente preocupación—. Ah, ¡qué angustioso es no saber nada de él!

—Yo lo vi cayendo sobre un montón de heridos y muertos —reportó la huérfana más joven con voz apesadumbrada—, y diay ya no lo vi más.

—Pero María del Carmen, ¿viste si estaba sangrando antes de caer? —preguntó su madre.

—No, amá, solamente lo vi caer —replicó la hija—, pero no sé si se tiró al suelo para poder esquivar las balas o porque ya había sido herido mortalmente.

—A yo se miase quiay quir a buscarlo —dijo Leandro mientras levantaba el cerco de púas con la intención de reingresar al cementerio—, porquia lo mejor pues soluestá herido, vaá —agregó esperanzado. Su voz quejumbrosa denotaba claramente su atormentado estado de ánimo y su vehemente desasosiego por lo que podría haberle sucedido a su protector. El desconocer la verdad sobre su destino final hacía más cruel su angustia.

María Teresa tomó súbitamente al sacristán por el brazo y lo alejó suficientemente de las otras mujeres. Leandro se extrañó del insólito gesto de la noble dama, pero sintiéndose halagado no pronunció palabra de rechazo.

—Yo conozco perfectamente —dijo ella a media voz, pero en tono firme—, la ferviente lealtad que usted le profesa al padre Santiago. Pero ya no tiene necesidad de hacer el papel de héroe suicida con toda esa monstruosa lluvia de balas que los soldados podrían reiniciar de un momento a otro… Dígame, don Leandro, ¿quién podría sobrevivirla?

El campesino permaneció silencioso y obviamente pensativo

pues todavía no parecía muy convencido del fallecimiento de Castelar. La condesa continuó su razonamiento con mayor énfasis.

—Si es el tal Gonzalo el que está detrás de toda esta barbarie, él querrá verlo a usted ya *muerto* y ¡de una vez por todas! Y yo, don Leandro, lo *necesito* a mi lado; por favor se lo imploro, ¡quédese conmigo! Es decir, con nosotras, ¡por amor de Dios! —agregó un poco arrepentida de demostrar un marcado interés por su presencia y compañía.

El manifiesto énfasis en sus palabras produjo consternación en su interlocutor. Compungido y preocupado por la suerte de su único y verdadero amigo y por la cruenta tragedia que acababa de presenciar, Leandro consideró por un instante la vehemente súplica de la condesa y concluyó que su argumento era tan válido pues nada realmente se podía hacer por Castelar.

Anquél no lo jué, razonó Leandro para sus adentros, *y como él mesmo me luabía confesado que nunca había sido cura, hizo más el Bien que muchos que sí habían sido ordenados.*

Con el pecho agobiado por la pesadumbre creada por la desconocida suerte de su empleador, Leandro concluyó también que la condesa parecía sincera en su petición y luego pensó que él también necesitaba de su compañía y de la compañía de su hija. Aunque esa conclusión reñía con su hombría, la decisión tomada por el campesino venido a sacristán fue hecha, en verdad, no por un interés ulterior y materialista sino en virtud del sabio consejo de María Teresa de que el exponerse al peligro mortal en esos aciagos momentos no resolvería nada ni salvaría la vida de nadie y sí era más probable que en vano perdiera la suya.

Espero quiay no luaygan dejado perecer, se dijo esperanzado con ojos enrojecidos y lacrimosos. *Anque como dice la señora condesa, ya meramente, ¡nada nos sospriende!*

Luego se dirigió a las mujeres que le observaban silenciosas.

—Véngansen ya con yo, pué —sugirió—, ónde la tropa no nos pueda hayar. Ay nos bajamos hasta la quebrada de Los Anonos y poray podríyamos escondernos en los matorrales en el camino de Guarjilanga.

—Don Leandro tiene razón —dijo María Teresa—, tenemos que buscar un lugar más seguro; ¡y qué mejor que mi castillo! ¡Acompañadme, pues, todos vosotros! —exclamó la dama con su habitual imperio. Luego arrepintiéndose de su brusquedad altanera, agregó compungida—: Por supuesto, si no tuviereis algún inconveniente.

—¡Muy amable de su parte; que Dios se lo pague! —agradeció la viuda, entusiasmada y encantada ante el grato prospecto de que tanto ella como sus hijas pudieran departir con una integrante de la nobleza española y en un lugar probablemente más seguro.

—Pues me alegra mucho que aceptaras venir conmigo —dijo la anfitriona—. Al fin y al cabo, hay que encontrar un refugio seguro donde podamos calmar los nervios.

Con Leandro Beltrán a la cabeza, las siete mujeres caminaron apresuradas y calladas entre los arbustos reverdecidos por las tempranas lluvias hasta llegar a orillas de un pútrido riachuelo que recogía las aguas negras de la villa. Prosiguieron su camino a lo largo de la acantilada y estrecha ribera. Al llegar al Camino Real que conduce a la aldea de Guarjilanga tomaron rumbo hacia el castillo condal. Poco tiempo después, ingresaron en él.

Sin embargo, les extrañó sobremanera no haber visto un solo soldado apostado en las calles que recorrieron. Era más, no habían observado un alma, con o sin uniforme, y ni siquiera un perro que les hubiera ladrado durante todo el trayecto, aunque sí constataron que tanto las ventanas como los zaguanes, por lo general abiertos de par en par durante el día para dejar entrar la brisa y mitigar el calor canicular, estaban cerrados, tal vez para impedir el ingreso de la muerte que rondaba sus hogares. Apenas acababan de ingresar al castillo condal cuando la lluvia comenzó a caer con sorprendente furia. El viento rugía azotando amenazante mientras torrentes de agua mecidos por su poderío inclemente se vertían copiosos sobre los techos, los patios y las calles.

Pronto, las vías se transformaron en raudos riachuelos urbanos mientras los rayos, fulminantes y repentinos, se sucedían como el fuego rápido de ametralladoras, seguidos segundos después de estentóreos truenos. Eran tan inmediatos los unos de los otros que parecía como si la furia eléctrica del cielo machacara con vengativa violencia los patios y los techos tanto del castillo como los de las casas circunvecinas.

DIECIOCHO

Los seis visitantes se refugiaron en la elegante sala de estar de la condesa. Olaya sirvió tazas de humeante chocolate de cacahuete acompañadas de numerosos trocitos del sabroso marquesote. A pesar de la horrenda tragedia recién vivida y del duelo acentuado que embargaba sus espíritus, el grupo conversó animadamente sobre todas las variadas peripecias de la macabra y genocida masacre acaecida en esa trágica mañana.

La lluvia torrencial que siguió a la horripilante matanza lavó piadosamente la sangre copiosa y vilmente derramada. Aguirre había ordenado se trajeran cinco reos forzudos de la prisión civil para que, bajo supervisión militar, recogieran todos los cadáveres y los quemaran. El de mayor edad de los penados observó con velado asombro que una de las víctimas, además de vestir sotana blanca, también llevaba encima las vestiduras propias de un sacerdote en el momento de ejercer su ministerio. Dio inmediatamente la voz de alerta al comandante de la patrulla militar y éste, a su vez, al despiadado coronel Aguirre.

—¿Y qué tiene eso de particular? —contestó despectivamente el nuevo comandante—. ¡Es otro jediondo muerto, esu'és todo! ¿O qué? La orden que yo les he dado es de quemar a *todos* estos hijos de puta tiesos. ¡Seyan quienes seyan qu'estén en pelota como putas en ejercicio o envueltos en vestiduras de santos!

—Es que comuay se trataba mesmo di'ún menistro de Dios, vaá —trató de explicar amedrentado el cabo encargado de la cremación colectiva—. Pues yo creiba… que…

Aguirre pretendió no haber escuchado la humillada objeción del subalterno.

—¿Quieren que nos mate a todos la peste bubónica que podría resultar de dejar tanto muerto insepulto? —preguntó, hipócritamente preocupado por la salud pública—.¡Echen encima del montón ese ataúd también con todo y el maldito muerto! —ordenó—. Y'usté, señor fotógrafo, ya no tome más fotos. Con cinco ya tenemos suficientes.

Varios galones de kerosén fueron rociados sobre la enorme masa informe de carne humana. La llama fue encendida enseguida y pronto se propagó de un lado a otro. Mientras los cuerpos de las víctimas ardían en una macabra algarabía de chispeantes lenguas de fuego vivo y el olor nauseabundo de carnes en proceso de calcinación se esparcía a los cuatro vientos, el juez de paz de la Villa de Cayaguanca levantaba una totalmente dolosa acta de defunción colectiva.

En ella se hacía constar oficialmente, que los cadáveres incinerados pertenecían a algunos bandidos desconocidos quienes habían sucumbido en una violenta asonada comunista instigada por sus perversos líderes radicados en Méjico y Moscú, e inspiradas por sus doctrinas ateas, extranjerizantes. Especificaba que los muertos eran enemigos tanto de la libertad como de la democracia representativa; que la *prolija y exhaustiva* investigación efectuada en el escenario mismo de los hechos delictivos fue realizada por expertos forenses y peritos bajo la sabia supervisión de investigadores judiciales de la *Scotland Yard* de Londres quienes ayudaron a ejecutar la detallada pesquisa; que no había sido posible recabar ni ofrecer datos fehacientes para esta investigación con el objeto de establecer la identidad real de los occisos; y que en virtud del patriótico empeño del ejército nacional en su afán de proteger, defender y mantener la salud integral de la población en general, la judicatura había ordenado en forma categórica la pronta incineración de los cadáveres insepultos de los fallecidos en la artera refriega de los subversivos cuyo número, de acuerdo a los reportes militares sobrepasaba de los ochenta.

—¿Quiere usted firmar el acta como testigo mayor del *incidente*, mi coronel? —preguntó el cipayo judicial haciendo profunda venia—. O ¿prefiere usted poner su rúbrica como el principal investigador de los hechos? *¡Su señoría es el que manda!* —agregó.

—Su labor no ha terminado —respondió Aguirre—, pues todaviya nua contado las armas, los tipos de amuniciones y las granadas que se les capturaron a los maleantes.

—¡Ve, pué! ¡Mil perdones, mi coronel! —dijo tembloroso el servil juez—. ¡Qué ineficiente me golvido esta tarde! —agregó, humillándose a sí mismo.

—Ya no se priocupe en hacerlo —dijo el coronel ásperamente—, nosotros ya nos tomamos el trabajo de contarlas todas. Ayestá el total —añadió ofreciéndole una lista escrita a mano—. Vea: Cuarenta y dos rifles, cuatro escuadras, veinte pistolas, dos docenas de granadas de mano aún sin explotar, veinte docenas de municiones y veintidós yataganes y una cuma.

—Y ¿para qué les serviría esa cuma? —preguntó el juez cipayo sonriendo nervioso.

—¿Para qué más, señor letrado? ¡Para descuartizar a nuestros pobres y patrióticos soldados! —respondió el Chacal con el mayor cinismo.

Los ojos del *letrado* se trataron de escapar de sus órbitas, pero no lograron hacerlo. Su dueño se santiguó hipócritamente escandalizado.

—'Magínese todu'el daño que nos hubieran hecho todas estas malditas sabandijas si es que yo nubiera tomado la 'niciativa de disparar primero. ¡Poreso jué que no tubimos niuna sola baja entre los *defensores*! —agregó desfachatadamente.

—Creo que ese es un dato muy importante para incluirlo en el acta —recalcó el juez—. Tan pronto luaga escribir a máquina, se la mando al cuartel para quiay la firme como testigo principal y director de la investigación exhaustiva que acabamos de realizar. ¡Con su permiso, mi coronel! —se despidió después de hacer otra reverente venia.

—¡Espere! —dijo Aguirre extrayendo un papel del bolsillo de su camisa—. También haga constar quiún extranjero alegando ser sacerdote español y haciéndose yamar *Santiago Castelar*, murió en la refriega y que todos los testigos afirmaron quera él, el mesmo quiay dirigía el motín comunista. Este telegrama del obispo de Xelajú en Guatemayán y que recibí antier certifica que en su diócesis nunca tuvo un cura con ese nombre. Eso indica claramente que se trataba de un agente secreto de las Rusias. Mande el telegrama junto con el reporte, en caso que lembajada española pregunte por alguno de sus suidadanos.

—¡Me asombra su inteligentísima astucia y su marcada predilección por el detalle! —le aseguró el cipayo juez y se marchó.

Aguirre llegó a la entrada del cuartel y tan pronto los soldados, obedeciendo las órdenes de su cabo de presentar armas, se pusieron de pie, ordenó en voz alta:

—Mande inmediatamente un mensajero al Capitán Cibrián y al Sargento González para informarle que esta misma tarde el coronel Castaneda tiene que ser puesto bajo el Código 5-0. ¡Ah! y dígale al sargento que es él el que llevará a cabo esta misión sin la ayuda de ningún auxiliar.

—¡Comusté lordena, mi coronel! —respondió el cabo mientras se cuadraba y rendía el obligado saludo militar mientras con fuerza bramó el consabido—: ¡TEEEENNNSHION! ¡FFFIIIIIRRRR! ¡ADISCRESHOOOOOON!

Los soldados retornaron inmediatamente a sus bancas, a sus cuchicheos, a sus bromas habituales y a sus chistes soeces y de mal gusto. El cabo de los vigilantes, sin embargo, presto y acomedido, mandó inmediatamente el mensaje a Cibrián y a González; haciéndolo por escrito para asegurarse que le llegaba completo y con cada una de las palabras del nuevo jefe del batallón. De sobra sabía que no era saludable ni aconsejable tergiversar las instrucciones del coronel Aguirre.

Dentro del cuartel, los secuaces del sanguinario Chacal ya tenían órdenes específicas para ser ejecutadas inmediatamente. Julio Cibrián, el capitán mayor abrió la puerta del dormitorio de Castaneda con un brutal puntapié. El crudo golpe despertó al comandante y éste se puso de pie súbitamente con un gesto de rabia y perplejidad en su semblante.

—¿Qué demonios les pasa? —preguntó furioso.

—¡Entréguenos su escuadra, mi coronel! —dijo el capitán mientras lo encañonaba con su revólver de dotación—. ¡Con todo y chuspa! —añadió hoscamente—. Ay queda detenido por órdenes del nuevo comandante, mi coronel Aguirre, por desobedecer sus disposiciones y también bajo cargos de alta traición.

—Dos soldados mal encarados, apostados a la espalda de Cibrián, apuntaban también con sendos revólveres.

—Capitán Cibrián —dijo Castaneda riéndose y sentándose

tranquilamente detrás de su escritorio y luego poniendo sus botas sobre él—, usté para convertirse en un buen payaso tiene que matricularse en una escuela de comediantes donde le enseñen a echar chistes divertidos ¡Váyanse todos a la mierda! ¡Ya! ¡Y déjenme en paz! —les gritó groseramente.

El coronel vio la chispa roja escapar del cañón de la pistola y escuchó simultáneamente el impacto de la bala contra la pared a su espalda.

—¿Siá vuelto loco? —preguntó furioso.

—El próximo plomazo —le contestó tajante el capitán—, se lo vuá meter entre ceja y ceja, mi coronel, si no me entrega el arma por las buenas. Y deje ya diacer chistes pendejos, ¡que la cosa va en serio! —añadió con frente ceñuda.

Mirando fijamente al capitán y sin parpadear, el comandante se aflojó el cinturón con su escuadra y lo lanzó sobre el escritorio con el arma aún metida en su funda.

—¡Ay la tiene! ¿Qué más quiere? —refunfuñó altaneramente.

—¡Espósenlo y llévenselo al calabozo! —ordenó Cibrián a los soldados acompañantes que continuaban apuntando al coronel.

—¡Un momento, capitán! —protestó Castaneda—. Yo soy un alto oficial del ejército. Como tal, tengo derecho a ser alojado bajo arresto en mi propio domicilio y no en un miserable calabozo. Además, ¿por qué ese *coyoludo* del coronel Aguirre no vino en persona a arrestarme en lugar de mandar un contingente de cipayos cobardes? —preguntó en tono irónico.

—Porque mi coronel Aguirre —explicó Cibrián, en tono similar—, mientras usted estaba ay muy sentadote y orondo rascándose los coyoles y oyendo corriditos mejicanos, él estaba ayá ajuera dirigiendo las tropas que luchaban contra las malditas turbas comunistas a la entrada del cementerio. Las mesmas turbas quiusté mandó avisar diantemano pa' quiay se vinieran juertemente armadas al mentado funeral en desafiyo de las órdenes dadas por mi coronel Aguirre.

—¿De qué demonios está usté hablando, capitancito? —interrumpió Castaneda mientras los soldados le ponían las esposas.

—Es que comusté estaba encerradito, con la radio a todo volumen, oyendo embelesado y cantando corridos llorones, noyó las descargas cerradas de fusileriya de los comunistas cuando comenzaron el ataque; ni tampocoyó las metrayas de las tropas patriotas.

—Todos, todos ustedes están ¡locos de remate! —les gritó el excomandante—. Tan pronto pueda comunicarme con mi general Menéndez haré que los encierren de por vida, pero no en la cárcel, no, sino en el *Asilo Redentor* con toda la caterva de criminales chiflados que allí residen. Haré que los dejen encerrados ¡de por vida, atajuecabrones! ¡Ya lo verán! —agregó amenazante.

—Usté, *mi coronel,* no vivirá ni para contarlo —dijo Cibrián riéndose y enseguida agregó sentenciosamente—: ¡Ya pusimos loya al juego y prontito lo vamos a tener bien sancochadito y blandito! —Y diciendo esto soltó una sonora carcajada.

—¡Se va a arrepentir, capitancituemierda! —le gritó Castaneda furiosamente—. Ustés uno de esas bestias analfabetas que los elevaron a oficiales porque siempre han sido los secuaces lacayos enajenados como Aguirre, aunque ni siquiera saben leer ni escribir. Pero nosotros, los oficiales de escuela ¡nos avergonzamos de tanto hijueputa igualado com'ustedes mismos!

—Coronel —contestó el capitán mintiendo y con voz burlona—, ustiay puede tirarse tós los pedos que quiera, pero désta no lo libra náiden; es más, ya le tenemos listuel consejueguerra pa' qu'esta mesma noche ay li'hagan juicio sumario. Y mañana vamos a venderle sus lindos *güevitos de codorniz* a las cocineras del mercado pa' qui'ay los friyan y diay los vendan estrellados ¡y más baratos que los de las gayinas! —añadió y volvió a carcajearse cruelmente.

***

Al poco rato el coronel Castaneda salió en compañía del sargento González por el portón del garaje, montando una vieja volqueta. Los puños de las mangas de la camisa escondían las esposas que ataban las manos al alto oficial.

Cuando ya se habían alejado del cuartel un par de cuadras el suboficial detuvo el vehículo y apagó el motor.

—Déjeme quitarle las esposas, mi coronel —dijo secamente.

Castaneda se sintió más consternado que sorprendido ante la súbita decisión de González de devolverle la libertad, aunque fuera solamente de sus manos. Temiendo realmente por su vida, se quedó sentado y quieto donde estaba.

—¿Aquí es que me va a liquidar? ¿Dentro del pueblo? ¡Tenga cuidado, sargento, que lo pueden a ver! —su pregunta críptica y su mordaz comentario indignaron al corpulento suboficial.

—¡No joda, mi coronel! ¿Cómo se lescurre esa gran barbaridá, pué? —preguntó irrespetuoso el sargento—. ¿Usté creyba que liba aplicar la ley fuga aquí mesmo en la calle?

—Conociendo ya los hígados negros de hiena del hijueputa de su jefe —respondió su excomandante exaltado—, y más sabiendo lo leal quiusté liá sido siempre, no creo que haya un crimen cometido por él o por alguno de sus secuaces que pudiera sorprenderme. Los que no los conocen ¡que los compren! —añadió seriamente, ya un poco más calmado.

—¡Nada d'eso! —dijo González—. Mi coronel Aguirre quiere quiusté miacompañe a dar un paseíto. ¡Un paseíto corto y na' má!

—¿Ah sí? Y ¿adónde me va a yevar? ¿A pescar ballenas al Lemparrío, o talvez a cazar tigres o elefantes desos quiabundan en las selvas *tupidas* de Cayaguanca? —se mofó el alto oficial con mordaz ironía; sospechando acongojado que el tal *paseíto* indudablemente involucraba un propósito ominoso.

—Más alante lesplicaré y con lujo de detalles, vaá. ¡Nomás ay no se miapure, mi coronel, por favor!

—¿Y hasta dónde me va a llevar a *pasear*? —preguntó seriamente.

—Al otro lado del Lemparrío.

—¿Y a qué putas, pué? —le interrumpió furioso—. ¿Es que el Chacal tiene alguna sacadera de chicha o de chaparro ay por esos lados?

—¡No, popriamente vaá! Usté sabe que mi coronel Aguirre tiene gustos muy refinados... —dijo González a punto de carcajearse.

—¡Vaya que sí los tiene! ¿Él sólo chupa *con dones*, ¿no? —preguntó el depuesto comandante con intención soez.

—Pues sí, ansina mesmu'és —afirmó González—, y cuando chupa con los *dones*, sólo bebe guaro del de patente y güisqui del mero caro. No se priocupe quiaura lesplico. ¡Tranquilícese, mi coronel, quiay nada le va a pasar! ¡Se lo juro! —dijo y le dio una sonora palmada en la hormigueante espalda. Castaneda no objetó la conducta atrevida del suboficial porque consideró que no estaba en condiciones para poder hacerlo.

—Pare un momento, entonces. Quiero comprarme unos cigarrillos. La cajetilla que compré ayer me la fumé anoche para espantar los mosquitos…

—Vaya, pues —dijo el sargento amigablemente—, pero píquese las espuelas, mi coronel, porque no tenemos mucho tiempo…

Castaneda hubiera querido increparle por el lenguaje descortés e insolente del sargento, pero decidió ignorarlo. Los amigos, al fin y al cabo, estaban muy escasos, se dijo, mientras se dirigía con paso rápido a la humilde pulpería pueblerina.

***

Mientras los invitados al castillo condal se deleitaban con el sabroso chocolate de maní y el delicioso marquesote, Olaya se marchó a la alcoba de huéspedes donde Mateo, su convaleciente hermano, se escondía de la justicia mientras recobraba su salud. Lo encontró extendido en el lecho cavilando por su suerte, contemplando el cielo raso con aire de tristeza.

—¿Y cómo te sentís hoy? —preguntó secamente la hermana para no darle ningún indicio de la angustia punzante que horadaba su corazón. La repulsiva imagen del cadáver de su sobrino le había asaltado la memoria una vez más y esa visión, por demás funesta, le dibujó en su mente algunas preguntas que solamente su hermano podría responder.

El interpelado no replicó y se limitó a suspirar profundamente. Al hacerlo, volvió a sentir la punzada en la costilla afectada.

—Mirá vos ¿no crés que yes tiempo de que liavisemos a la Carmela questás aquí con nosotras? Esa pobre mujer debiandar con las tripas retorcidas di'angustia y de miedo porque vos tuaviya nuas regresado. Si tubieras acompañado del *Quincho* pues ansina ya liubiéramos mandado razón de tu percance; pa' que'ya supiera lo que te ha pasado y deje de estar preocupándose. —Al mencionar el nombre de su sobrino Joaquín, Olaya sintió nuevamente un enorme nudo en la garganta y estuvo a punto de llegar al fondo de lo ocurrido y confesarle que había visto su cadáver desnudo y amontonado sobre los cuerpos inertes de otros infelices, pero se quedó corta de valor para hacerlo. No sabiendo qué contestarle a su hermana, ni que agregar a sus comentarios, por demás acertados y lógicos, Mateo continuó callado y pensativo—. Ya no mestrañariya —prosiguió ella con la firme intención de sacar a la luz las verdades ocultas—, quel Quincho ay viniera buscándote o preguntando por vos. Y si lo encuentro poray en la plaze mercado... ¿Qué querés que le diga, pué?

El silencio fue la única respuesta a su persistente inquisición. Pero ella continuaba fija en su sospecha de que su hermano callaba la verdad por alguna razón muy poderosa, probablemente ominosa. Sin embargo, no pudo continuar hablando porque las sílabas se le apelmazaban en lo estrecho de su garganta y comenzó a llorar quedamente. Para que su hermano no se percatara de los gruesos lagrimones que sus ojos vertían en el silencio de su llanto reprimido, pretendió que doblaba una y otra vez algunas ropas de cama y luego las transfería una y otra vez de una gaveta a la otra del mismo armario. Mientras tanto, el convaleciente luchaba tratando de acallar el cúmulo de agobiantes verdades sobre la tragedia de su hijo y la suya propia, a la vez que la del ajusticiamiento de los dos uniformados. En algún momento hasta llegó a pensar que Olaya ya lo intuía, o ya sabía algo, y con mañas trataba de sacarle la verdad que él guardaba celosamente con agobiante temor. Se preguntó a la vez por cuánto tiempo podría callar si no podía evitar que se divulgara lo sucedido en el Plan del Amate. Se llenó el pecho de coraje y por fin espetó su verdad a borbotones.

—Ya mi Juaquincito ¡no vendrá más, pué! —dijo Mateo con voz entrecortada mientras luchaba por reprimir el llanto—. ¡Y nuay me lo mataron, pué, esos malditos soldados que yo maté después y quiojalá sus almas sestén orita achicharrándose en el mesmo infierno! Y como ya no teniya juerzas no podiya trérmelo por la picada en la costiya, vaá y también porque ya no teniya juerzas; ay me tocó dejarlo sentadito contrel amatón —confesó e inmediatamente comenzó a llorar quedamente.

—Ve pues ¿y por qué no me dijiste eso cuando yegaste? —preguntó Olaya con enojo.

—¡Ah, pué! Porque teniya miedo que tu patrona me juera a chiviar con los del cuartel yay mesmo ¡mentregara…¡vaá!

—Bueno, pues en eso sí teniyas razón —asintió la hermana—, uno ya no se puede confiar en nayden… ¿Pero vos tiaseguraste de que estuviera muerto?

—¡Seguro que mi muchacho estaba muerto y los otros dos desgraciados también! Mi pogre muchachito ya no teniya nada de juelgo yademás teniya un gueco de bala en el mero sentido ñurdo. Y como te deciya, yo me lo queriya trer, pero ya no teniya más juerza yansina era imposible hasta pa' levantarlo del suelo. Porque el Quincho yestaba muy grande y'alto pa' suedá. Y yo teniya que caminar agachado porque me sentiya jodidue'las costiyas, vaá…

Alguien tocó a la puerta.

—¿Quién es? —preguntó Olaya.

—¡Soy yo, su apá y quiero hablar con usté…y ¡aura mesmo!

Olaya miró a los ojos de Mateo por un instante como pidiendo instrucciones.

—Abrile —le ordenó Mateo secándose los ojos—. Anque me va a doler hastel alma ya mi apá también, vua tener que decir la verdá. Ya me cansé destar mintiendo toduel tiempo.

—Pues vos tenés toda la razón. Al fin y al cabo, ya nada nos sospriende —dijo Olaya resignada mientras secaba sus ojos—. Si hasta mi tata ay tuvun quemón mesmo con esas fieras uniformadas, pero yo no se los quise contar para que no se sintieran obligados a venir. Luego, abriendo la puerta dijo con voz nasal—: ¡Pase adelante, apá; mire quién está aquí!

El sacristán al traspasar el dintel fue tan impactado por la presencia de su primogénito que por poco se le escapan los ojos de sus órbitas.

—¿Y diay? Yasté ¿quéstaciendo ay en esa cama, pué? —preguntó más que asombrado, patidifuso.

—'Toy un poco enjermo, tata, peru'ay ya mestoy reconvaleciendo, vaá —respondió Mateo con aire serio y distante.

—Vaya m'hijo, ¡eso si meramente mi'almira! ¿Y de qu'estás sufriendo, pué? Si yuhabiya créido que vos teniyas cueredanta Porque nunca tiás enjermado ni de chiquito ni de grande, vaa.

—Es que los centinelas melitares del puente di'hamaca del Tamulgasco me dieron una pijiada pior que la verguiada que le dió asté la zumbadora —explicó Mateo sin saber que la historia de la serpiente era un ardid de su hermana para ocultar la verdad de lo ocurrido.

—¡Discúlpenme! —interrumpió la joven a punto de abrir de nuevo la fuente de sus lágrimas—, yo tengo quiacer... ¡ay nos vemos más tardecito!

Padre e hijo se abrazaron con ternura y cariño como no lo habían hecho en décadas y se contaron una a una las horrendas peripecias vividas y las escenas de dolor observadas en las dos últimas semanas, incluida la masacre ocurrida esa misma mañana en Cayaguanca. Mientras tanto, Olaya participaba en la triste y lacrimosa tertulia en compañía de su patrona, la viuda y las huérfanas de quien en vida fuera el sacristán, Secundino Ábrego.

—¿Qué será de nosotras, Dios mío? —preguntó angustiada doña Gertrudis mientras colocaba su rostro lloroso sobre el opulento pecho de la hija menor—. ¿Qué será ahora que mi pobre Cundi, ya no estará más con nosotras? ¿Cómo podremos ganarnos el sustento, pagar los impuestos prediales de la casa, comprar la ropa y la comida? —su voz fue apagada finalmente por un largo sollozo.

—Dios proveerá, mamá, ¡tengamos fe! —sugirió la joven frotando tiernamente la cabellera materna ya pintando canas.

Después de un momento de silencio la madre continuó en tono de reproche:

—¡Ya debías de haberte ido a Santimonio a poner la queja en el ministerio de guerra!

—Ay mamá, eso sería un solemne disparate, más que nada una pérdida de tiempo —dijo la hija—. Allá en la capital no tenemos ni conocidos ni palancas y encima d'eso ¡somos nada menos que de Cayaguanca! La provincia *cenicienta* de El Redentor. ¿Usted no sabe que en Santimonio la gente y el gobierno creen que esta provincia en rialidá pertenece a la República de Hibueras? —preguntó con mordaz ironía.

—¿Y no has oído el refrán que dice que *el que no llora, no mama*? —preguntó la madre.

—¡Sí lo he oído, amá! —dijo la hija impacientemente—. ¿Pero usted cree que las tropelías y matazones las cometen solamente aquí en Cayaguanca? —preguntó seriamente—. ¡Por favor, mamá!

¿Es que no ha oído que en los pueblos de occidente la jauría de asesinos que controla Martínez llamó a todos los indios dizque que para repartirles tierras y avíos y cuando ya estaban todos en la plaza, los militares los acribillaron a balazos y mataron miles de ellos? ¿A quién podrían haberse quejado los deudos y los heridos? En este desgraciado país los militares son amos y hacen los que les viene en gana ¡sin temor a ser castigados!

—Ciertamente. Y yo lo sé —dijo la viuda con voz desconsolada—. Pero lo que le hicieron a tu papá no fue una simple tropelía. ¡Fue un crimen horrendo, una aberración inhumana que indignaría a cualquier persona decente y que clama al cielo por justicia! Imagínese, señora condesa, que a mi pobre Secundino lo torturaron, después le cortaron la lengua, le quebraron las muñecas de sus manos y le arrancaron sus partes íntimas. El pobre logró sobrevivir de milagro porque la lluvia lo mantuvo vivo. Con las manos entablilladas y con mucho dolor, a duras penas pudo escribir y contarnos las barbaridades que le hicieron ¡esos asesinos!

—Me enteré —dijo la condesa—, que algo le habían hecho a uno de los sacristanes, pero supuse que se lo habían hecho a don Leandro. ¿Cuál pudo haber sido el motivo y el propósito de toda esa barbarie?

—Ahora que don Leandro no está presente les puedo decir por qué esa jauría de asesinos se ensañó con mi papá —confesó en voz baja la menor de las huérfanas—. Y eso fue porque no quise entregármele al tal coronel Aguirre que se hacía pasar por un simple dragoneante. Ese maldito rufián trató de violarme en nuestra propia casa sobre el sofá de la sala; y cuando papá llegó y nos encontró forcejeando, lo echó de la casa. El tal Gonzalo se puso mansito porque en ese momento no estaba armado como de costumbre.

—¡Ese desgraciado es un cobarde cuando no lleva su pistola al cinto! —interrumpió con furia la dama de compañía de la condesa.

DIECINUEVE

—Pero al momentito de haberse ido —continuó la joven—, llegó una pareja de soldados alegando que tenían orden de captura para mi papá. Pero él los oyó, a tiempo, diría yo, y se escapó por el zaguán y se fue a la casa parroquial. El padre Eduardo lo escondió dentro de la sacristía. Luego, cuando los soldados llegaron buscándolo, el padre primero lo negó y luego, después que lo encontraron, trató de impedir que se lo llevaran. Los soldados golpearon al pobre sacerdote con la cacha de sus fusiles como si fuera un costal de maicillo. Más tarde, se llevaron al cura al hospital de Santimonio y cuando ya logró reponerse; no quiso volver más a Cayaguanca y ya se embarcó para Colombia, su patria.

—Ahora comprendo el porqué de su partida tan repentina como misteriosa, diría yo —dijo la condesa—. Me extrañó mucho que no hubiese venido a despedirse pues siempre fuimos excelentes amigos, además de que fue mi confesor y confidente por largos años; a tal punto que yo le sentía un cariño fraterno o tal vez filial. Pero ahora ya no me puedo sacar de la mente lo que su hija dijo: que vio cuando el padre Santiago caía sobre los cadáveres. Yo no me atrevo a salir a la calle, pero daría mi alma por saber qué fue del padre Castelar ¡de mi malhadado compatriota! —añadió compungida.

—Se comportó tan valientemente —dijo Gertrudis—. Y creo que tenía toda la razón al decirle a la gente que, si querían acompañarlos, esa sería la decisión de cada uno. Y todas nosotras estuvimos de acuerdo que si nadie nos acompañaba nosotras comprenderíamos su decisión de no arriesgar sus vidas e iríamos solas íngrimas hasta el cementerio. Hasta cierto punto me siento culpable por la tragedia que ha ocurrido,

—¿De qué podría ser usted culpable, señora mía? —la interrumpió la condesa y luego se contestó a sí misma—:¡De nada, señora, absolutamente de nada! ¡Ah, Dios mío, pero ¡qué torpe he sido! —añadió reprochándose con inusual severidad—. Llevamos ya casi dos horas charlando y todavía no le he preguntado por los nombres de sus lindas chicas.

—¡Ah no, no, señora condesa! —replicó Gertrudis viuda de Ábrego, disculpándose muy avergonzada—. ¡La torpe he sido yo! Debí habérselas presentado desde el principio. ¡Por favor, perdónenme todas! En todo caso, señora, esta niña es María Isabel —agregó la madre, señalando a la mayor de las hijas, quien estaba sentada a su lado derecho; una mujer robusta, rolliza y ya madura, de aspecto *cuasi andrógino*, como la hubiera descrito Vargas Vila, el famoso y vilipendiado escritor. A esta otra niña —continuó la orgullosa madre—, la llamamos cariñosamente *Sequi*. Su nombre real es María Secundina y la bautizamos con ese nombre porque mi esposo esperaba un varoncito. Pero ya ve, ¡ay nos salió una hembrita! —La hembrita, crecida ya, naturalmente, era un exquisito espécimen de mujer. Lucía un par de ojos bellísimos que, aunque entristecidos por la reciente tragedia familiar, brillaban serenos, muy embrujadores e inquisitivos. Escondidos por una malla de largas y negrísimas pestañas, eran dignos de ser elogiados por los versos inolvidables de Cetina—. Esta niña a mi izquierda es María Gertrudis… Mi esposo la llamó así para que yo no me sintiera celosa, pero a ella siempre la hemos llamado Maruca, o Maruquita. —La joven era diminuta, de tez blanca como el de una muñeca de fina loza y de frondosos cabellos que enmarcaban un perfil clásico, dulce y afable. Parecía una copia viviente de algún retrato de Santa Teresa del Niño Jesús. Sus formas esbeltas y delicadas, ceñidas por el delgado tafetán de su negro y largo vestido, acrecentaban su sensual y exótica feminidad—. Y esta es la Cubita; se llama María del Carmen, pero nosotros la llamamos cariñosamente, Maricarmen. —La Cubita ostentaba una atracción extremadamente sensual, casi salvaje. Parecía mayor de los veintidós años declarados. Su exuberante belleza y simpatía, su donaire efervescente y casi frívolo, daban la razón al patán uniformado que había puesto en ella su mirada lasciva.

—Y María del Carmen ¿fue llamada así en honor de alguna de vuestras antepasadas? —preguntó la anfitriona.

—No, realmente —replicó la viuda—. Secundino nació precisamente en un dieciséis de julio y como usted sabe, en ese día la iglesia honra a Nuestra Señora del Carmen. Pero sus padres, o sea mis suegros, no quisieron bautizarlo con el nombre de *Carmelo*. Él, en su edad adulta, se convirtió en devoto carmelita.

—Tiene usted, señora Gertrudis, una linda familia de chicas bonitas y admirables; y, a todas luces, encantadoras. Estoy más que segura que todos los majos de Cayaguanca andarán corriendo tras de ellas —dijo la condesa afablemente.

Seguidamente, la noble española se puso de pie y luego de colocar su brazo derecho sobre los hombros de su ama de llaves, agregó seriamente:

—Como yo realmente ya no tengo familia biológicamente mía, he decidido adoptar a Olaya Beltrán, esta niña que tenemos aquí presente, como justa recompensa a la genuina devoción que me ha demostrado. Por ese excelente comportamiento en el desempeño de sus labores diarias se ha ganado mi absoluta confianza y no solamente eso sino también todo mi cariño maternal. O sea que, desde este momento, y ante vosotras como testigos, declaro a Olaya Beltrán Navarrete, mi hija adoptiva. Por supuesto, mientras tomo su reemplazo, ella fungirá como mi ama de llaves y dama de compañía. —Y en diciendo eso, levantó por un brazo a la joven adoptada, la besó en la frente y la estrechó entre sus brazos. Las dos permanecieron apretadamente abrazadas por varios segundos mientras el quinteto Ábrego exclamaba al unísono—: ¡MUCHAS FELICIDADES, SEÑORITA OLAYA! ¡Encantadas de conocerla!

—Agradezco de corazón las felicitaciones —dijo la joven campesina sonrojándose—. Naturalmente, agradezco también con toda mi alma la excepcional bondad de la señora condesa, por esta gratísima sorpresa que me acaba de dar y por este honor tan inmerecido. ¡Ojalá yo pueda corresponder debidamente a la generosidad de su corazón! —agregó con lágrimas de alegría.

María del Carmen no pudiendo contener su curiosidad, preguntó:

—Esto quiere decir, señora condesa, que de ahora en adelante ¿debemos llamar a Olaya *señorita condesa*?

—Una vez los trámites legales de adopción estén completos, —respondió María Teresa—, esa será la forma correcta de llamarla. Aunque yo sé que en El Redentor los títulos nobiliarios carecen de validez legal. Pero Olaya, más que heredera de mis títulos de nobleza, será la heredera de mis bienes y, si así lo decide, podrá cambiarse el nombre cuando lo desee.

—En nombre de mis hijas y del mío propio —dijo la viuda—, agradezco el gesto tan noble de la señora condesa en realzar la devoción de una humilde niña cayaguancateca a su empleadora y de premiar sus servicios en forma tan ejemplar.

—Bueno —dijo la condesa—, ya que todas nos conocemos debidamente ¿Por qué no nos preparamos una cena entre todas e invitamos a don Leandro y a su hijo Mateo? El pobre se recupera de una paliza atroz que le propinaron los soldados.

—¿A él también? —preguntó María Secundina.

—Y no solamente a él. A su hijo Joaquín de quince años lo mataron allí de este lado del río Tamulgasco —informó la nueva heredera con semblante compungido.

—¿En el enfrentamiento con los comunistas? —quiso saber Maruquita.

—¡No hubo ningún enfrentamiento con comunistas! —dijo colérica la condesa—. Ya he llegado a la conclusión de que los bandidos militares de vuestro infortunado país, para justificar sus horrendas fechorías tildan de comunistas a todos los que quieren asesinar o aquellos a quienes ya han asesinado. ¿No os parece que ya es hora de que alguna valiente de entre vosotros se decidiera a darles una buena lección que no puedan olvidar por el resto de sus días? —preguntó llena de ira.

—Yo quisiera matar al desgraciado de Gonzalo porque ¡él es el único causante de todas nuestras lágrimas y desdichas! —dijo Maricarmen enrojecida de furia.

—¡Vamos, niña! Yo no me refería *a matar* a alguien —explicó la condesa—. Hay castigos peores que la muerte misma.

—¿Cómo cuál? —preguntó María del Carmen extrañada—. Yo creo que el peor castigo es la muerte o, peor quizá, que le maten a una el hombre amado.

—¡Niña, por Dios! —la riñó su escandalizada madre—. ¿De dónde has sacado esas barbaridades que decís? Vos todavía estás demasiado joven para saber de esas cosas que son de gente mayor.

La condesa intervino sutilmente en la querella encendida entre madre e hija.

—Pero ¿qué os parece mi idea de ponernos todas de acuerdo y jugarle una broma pesada, *realmente* muy pesada? Es decir, tomar venganza contra ese malvado Gonzalo.

María Isabel informó:

—Creo que ya no se llama Gonzalo. Ya se dijo que su nombre es *coronel Aguirre* y es el nuevo comandante del batallón.

—Como quiera que se llame y cualquiera que sea su rango, ese patán asesino merece una soberana lección —declaró la condesa en tono ominoso y conspirativo. Los presentes se extrañaron por su insólita, aunque lógica sugerencia; pero aún más por la vehemencia de su tono—. Mientras preparáis la cena, pensad en el castigo apropiado que merece ese maldito patán para que pague por sus horrendos crímenes.

***

El sargento Herminio González apagó el motor del vehículo. El Lemparrío fluía frente a ellos lento, crecido y undoso; sus aguas tenían el color del chocolate espeso. El coronel y el suboficial se bajaron juntos del vehículo y luego caminaron hacia la angosta playa tapizada de hojarasca, de numerosa ramitas y cogollos, y de variados desperdicios acarreados por la corriente del río.

—Ah, ¡qué bueno! —anunció el suboficial alegremente—. Ya nuabrá quesperar mucho, vaá. Mire, mi coronel, ay mesmo viene el barquero.

—Parece que ese viejo ya no le tiene miedo al río —comentó Castaneda por decir algo—, ni siquiera cuando está crecido.

—A todo nos acostumbramos, vaá —dijo González con voz aburrida—. Como cuando el trabajo diuno ay se güelve mera rutina, pué. Ay le dan ganas áuno dirse a la mera mierda, ¿no liá pasadueso asté lo mesmo, mi coronel?

—Sí, yo también he deseado ser libre, algunas veces. Pero libre de todo y de todos; de mi carrera, de mi mujer y ¡hasta de mis tres hijos! Y poder caminar y caminar errante y sin parar, sin detenerme en ningún lugar. Sin pensar en obligaciones, sin hablar con nadie, sin crear o establecer relaciones con nadie ya sea hombre o mujer. Pero no hay escapatoria, sargento. ¡Estamos jodidos, estamos atrapados, encadenados a nuestro maldito destino! —añadió con amarga desazón.

—Pues sí, vaá. Ansina mesmo pienso yo —lo interrumpió González coincidiendo.

—Y por eso me rio y me carcajeo —continuó el coronel con amargura—, cuando oigo a los ilusos hablando de la libertad. ¡La libertad! Cuando esa famosa libertad es algo más que inalcanzable. Es más, la libertad es un mito, ¡una cochina y soberana mentira!

—Pues, yo mesmo siempre dicho —comentó el sargento con ruda franqueza—, que la muerte mesma, esa sí es la liberasión final, vaá. Y por eso yo nunca me tiento los coyoles pa' despacharme a cualquiera que se ponga en mi camino porque pienso quiay onde yo lo vua a mandar, ayí sí va a ser libre... ¡libre diadeveras, vaá!

—Siempre me he preguntado —dijo el alto oficial, temblando interiormente—, ¿Qué es lo que lo que piensan o qué es lo que sienten los asesinos cuando matan un ser humano?

—Pues yo me sentí bastante mal cuando m'eché el primero —confesó González con cinismo desvergonzado—. Al principio, me remordiya la consensia, vaá. Yay teniya harto miedo de que su ánima ay se me juera apareser en las pesadiyas o mesmo en loscuridá de la noche. Pero como nunca se miaparesió, diay colegí y me convencí que los muertos ya no güelven más; que sus almas ya sevaporaron y ya ni liablan áuno. Ni pueden servir de testigos, vaá. Y diay palante se me volvió purita rutina y ya matar no me cuesta niún tantito ansina. Los que yestán muertos yastán áidos, vaá. Y ¡ya no lo joden más áuno, vaá!

El coronel tembló nuevamente en su interior al escuchar la franca confesión del tosco sargento.

¿Es posible, pensó, sintiendo fuertes trepidaciones en su pecho, *que la misión de este maldito desvergonzado sea matarme mientras estoy en la barca y luego ya muerto, arrojarme al río? ¿Y es por eso que trata de racionalizar sus fechorías ante mi*

persona?, se preguntó al borde de una amarga desesperación. Decidió, sin embargo, no demostrarle miedo al suboficial.

—Déjeme decirle que yo convengo en todo lo que usted me ha dicho —dijo Castaneda en tono condescendiente—. Bueno, casi en todo, vaá.

—Mire, coronel —lo interrumpió González—, ay tenemos por ejemplo que, si ese viejo condenado del Secundino Ábrego siubiera muerto después que lo tiramos a la puerta del cementerio, nadie hubiera sabido de lo que licimos; niónde juerido, vaá. Pero no, el viejo cagado teniya que mantenerse vivo y contar por orden de quien liabiyan dado la pijiada ¡Yay ve tó lo quiá pasado después! —se quejó cínicamente.

—¿Ah, pero entonces fue cierto que el imbécil del Chacal lechó bala a la gente que iba acompañando a la viuda y a las huérfanas? ¿Cuál será la próxima barbaridá que Aguirre va a cometer? —preguntó enfurecido.

—¿Ah, pero usted no lo sabiya, mi coronel? —preguntó González sorprendido.

—No, desde mi oficina no se escucha ningún ruido de afuera; especialmente cuando los mecánicos están tratando de reparar esas carcachas de camiones viejos que el Ministerio de Guerra le compró al ejército gringo para transportar pertrechos. ¡Hacen un ruido infernal esos malditos! Cuando el capitán Cibrián me arrestó, me contaron que Aguirre había dirigido el ataque contra las rezanderas del funeral, pero no lo creí. ¡Nunca llegué a sospechar que el Chacal fuera capaz de tanta infamia! —agregó furibundo.

—Es que mi coronel Aguirre es muy efeitivo, vaá —declaró el sargento con orgullo de sicario—. ¡Él nosianda con babosadas! Ya los hizo quemar a tós los cadáveres Yasta los güesos del cura Castelar y los del viejo sacristán.

—¿El párroco también murió? ¡Carajo! ¡Qué lío el que se nos va a venir encima! —musitó Castaneda con enojo.

—Perusté no se priocupe que ya mi coronel Aguirre luarregló todo. Ay mesmo yevó al jotógrafo que toma jotos pa' las células de vecindá en el portal de la alcaldiya.

—Y ¿pa' qué putas, sargento? —interrumpió Castaneda con asombro.

—Puesay luiso pa' que tomara jotos de los muertos y mesmo de las armas y de todas las amuniciones que nosotros les habiyamos ponido encime los caráveres pa' que el *Geraldo Pro-Patria* muestre que jue una insurreicción armada y no un funeral como van a alegar los enemigos de la patria y de mi general Martínez.

—¡Muy buenas tardes les dé Dios, señores melitares! —gritó el barquero desde la lancha. Enseguida extendió su mano callosa y enjuta para ayudar al coronel a subir a la dilapidada barcaza mientras González traía la volqueta hacia su interior. La sonrisa afloraba en los labios del barquero porque tal vez presentía o esperaba que el peaje que le pagarían por el paso del vehículo compensaría la magra cosecha de reales que había colectado ese día—. Aquí me tienen —dijo en tono eufórico—, pa' tó lo que se les ofresca, vaá... Servando Figueroa, pa' servir a los señores ofisiales y a Dios mesmo.

—¿Ya nuestá muy juerte la corriente en el centro del riyo, don Servando? —preguntó cortésmente el sargento al bajarse de la cabina del vehículo.

—Ya no, señor —respondió Servando—. Hoy lo quiay son muchos palos y pedazos de muebles viejos quiay sigún dicen vienen ende el pueblo de Ocotepezque en las Hibueras. ¿Ustedes nuan óido o leydo diuna represa que sesbordó y barrió con todo ese pueblo?

—No —dijo el coronel—, ya hace varios días que no me ocupo de leer el periódico.

—¡Ay, mi general! —dijo Figueroa sorprendido—. Pero si la noticia la traiba el mesmo *Pro-Patria* di'ayer...

—Yo soy coronel, no general —dijo Castaneda con cierto enfado.

—Ay perdoniusté, mi coronel —se excusó el barquero—, es que como ya nuay mucha luz y sestá escureciendo, vaá, pues no lialcanzaba a verle las ensinias, vaá. ¡Apurémenos, pué, antes que siescuresca del todo! —sugirió entusiasmado mientras tiraba con fuerza la soga que pendía del cable.

—¿Ya nuabrán más pasajeros hoy, vaá? —preguntó astutamente el sargento.

—No. Ya después de la cáida del sol ya nuay naiden que venga a crusar el riyo —contestó el barquero—. Diay me subo pal rancho, vaá —dijo, señalando un humilde bohío de varas entrelazadas y cubierto de paja que se adivinaba montado en la falda de un pequeño promontorio que parecía escaparse de la madre del río.

—Yay mesmo cuando yega, ya la mujer le tiene la comida, el petate y las piernas bien calientitas, vaá —dijo el sargento y luego se carcajeó morbosamente de su chiste chabacano. El barquero no intuyó que el sargento, en su criminal doblez, quería establecer si alguien más vivía con él en el bohío. La lancha proseguía su lento deslizamiento tirada por el cable que se estiraba, chirriaba y se mecía de orilla a orilla.

—¡Veya qué gonito quiansina juera, pué! —respondió Servando con voz nostálgica—. A mis años es cunduno más necesita la pierna calientita de lembra paliviarse del mal del riuma, vaá… Pero mi mujer, que Dios en su gloria me la tenga, ay se me jue deste mundo haciun par diaños, vaá; y los cipotes, después que crecieron ay se jueron tós pa' la Cost'el Norte. ¡Tós se van yuno ay se queda solito y yorando solito con las penas diuno como mesmo disel corrido del Tito Guisas…!

—Y ¿no tiene poray una boteyita de guaro, don Servando? —preguntó González con hipócrita cordialidad—. Es que mi coronel y yo, tráimos el buche bien reseco, vaá —explicó dolosamente—. ¡Y yo creibo quiay nos caidrían muy bien un par de mechazos desos de carretero, vaá!

—Pues a lo mejor, sí —rio el anciano con sonrisa promisoria; mostrando unos cuatro dientes gastados y amarillentos por el efecto de la mascada de tabaco—. Asté sabe, nu'és que yo luestile, vaá, no; yuay lo compro en el mercado del pueblo de Suchindondo. Como ya le dije esués pa' calentarme los güesos entumidos por el reumatismo.

Una vez el vehículo fue sacado de la lancha, lo dejaron a la vera del camino. Después de cancelar el peaje, subieron conversando animadamente con el anciano barquero hasta llegar a su humilde vivienda. Tan pronto abrió la puerta de varas ennegrecidas por el humo diario de las hornillas, el viejo metió una mano en un cántaro repleto de agua y mientras ésta subía y rebalsaba por los bordes, una botella llena de un líquido cristalino pero amarillento emergió entre los dedos de su mano.

—Aquí la tengo bien guardadita, vaá. Aquí mesmo en el cántaro —explicó riéndose—, porqui'ay no la buscan los desgraciaos de la poleciya di'hacienda que le dicen la chichera, vaá, y también porqui'ansina el guaro se mantiene bien fresquito como l'agua mesma del manantial. Y'ansina no se siente tan juerte como la lija cuando le pasa á'uno por el güergüero…vaá.

—¡Magnífica idea! —aplaudió inocentemente el coronel, aceptando la botella destapada. Después de beber una buena porción del infernal licor se la dio al sargento quien la bebió hasta la última gota.

Una vez terminada la botella, los militares se despidieron del barquero. Antes de salir del bohío el oficial extrajo su billetera con el fin de pagar por la bebida. Trató de poner un billete de dos pesos en la mano de Figueroa, pero éste lo rechazó enérgicamente.

—¡Nuay nada que me deban, señores! —dijo éste, agradeciendo el espléndido gesto de Castaneda—. Si lonra mesma ha sido miya de yo de poder recebir en mi humilde rancho a gente de tanta valiya mesmo como sus señoriyas. Que Dios se lo pague; pero, por favor, guárdese su pisto y muchas gracias por su amabilidá, vaá.

Al regresar al vehículo, el sargento dejó que Castaneda se instalara en el asiento lateral. Pretendiendo una decisión tardía, González preguntó con semblante de casualidad:

—¿Qué le parece, mi coronel, siay le damos al viejito unos tres o cuatro cigarros de los que compró ayá en Cayaguanca cuando venianos?

—¡Naturalmente, sargento! —dijo el coronel—. ¿Por qué no se me ocurrió gratificarlo con cigarrillos? ¡Tenga, llévele la cajetilla entera! —añadió en tono afable.

—No, mi coronel —dijo González—, cinco son más que sujicientes. Peruay se los vuayevar en la bolsita de celofán pa' quiay no se los pudra l'humedá… vaá.

Iluminando el camino con la luz de los faroles de la furgoneta, el mofletudo sargento se deslizó penosamente cuesta arriba. Mientras tanto el coronel se ahogaba en un océano de suposiciones conflictivas. *¡Vaya si es agradecido este baboso!*, pensó él, *y yo* que lo había considerado siempre como un asesino desalmado, carente de sentimientos y más perverso que el mismo demonio. ¿Será capaz de matarme ahora y aquí mismo y luego tirarme al río? Probablemente, yo lo estoy juzgando mal. A lo mejor no. ¡Ojalá que no! Bueno, ¡ya pronto lo veremos!

Pasó algún tiempo y el excomandante comenzó a sentirse impaciente. El viento húmedo y fresco producido por el flujo del río, añadido al efecto estupefaciente del tosco brebaje, lo hizo sentirse muy soñoliento. Cerró los ojos, no sin antes asegurarse de que las puertas del vehículo estuvieran cerradas y con llave por dentro. Subió los vidrios lo suficiente para que nadie pudiera abrir las puertas subrepticiamente y también para dejar que la brisa fresca circulara. Tuvo luego el extraño presentimiento de que el sargento se traía algo ruin entre las manos; ordenado, sin duda alguna, por su ya declarado enemigo, el malvado Chacal.

Esperando el regreso del sargento, se quedó dormido. Cuando despertó, González estaba tocando suavemente el cristal con la coyuntura de sus dedos. Una vez la puerta del chofer fue abierta, el suboficial tiró la bolsa de celofán sobre el asiento de en medio. Mientras tanto, Castaneda, se mantuvo observando la oscuridad del camino.

—Déjemir a lavar el yatagán, mi coronel, ¡ya vengo! —dijo el suboficial en tono apurado y se dirigió hacia el río. Castaneda levantó la bolsa de celofán cerrada por un hilo delgado. A la mortecina luz que entraba a la cabina, detectó que su contenido era algo así como oscuro, pero de textura suave y blanda, como si fuera carne metida en un líquido. El coronel sintió en su garganta la presión de la náusea. Se bajó del vehículo y con la boca abierta aspiró bocanadas de aire fresco y luego encendió un cigarrillo para calmar el asco que lo atoraba.

¿Qué diablos ha hecho este infeliz?, se preguntó horrorizado.

Cuando el sargento por fin subió al vehículo, se dio cuenta que el excomandante estaba afuera esperándolo.

—¿Nos vamos, mi coronel? —preguntó mientras encendía un cigarrillo.

Castaneda abrió la puerta del vehículo.

—¡De aquí no nos vamos para ningún lado hasta que usted me diga qué es lo que Aguirre le ha ordenado hacer conmigo! —gritó enfático.

—No se me acongoje, mi coronel, que le tengo muy buenas noticias. Nomás súbase y le voy a decir todito lo que tengo que decirle.

—Está bien ¡hable! —dijo el oficial sentándose de nuevo dentro del vehículo, pero alerta a cualquier extraño movimiento de González.

—Mi coronel Aguirre me encomendó la tareya de matarlo asté y diay tirarlo al río en mil pedacitos pa' que se lo comieran los chimbolitos del Lemparrío, vaá. Pero yuasté ay le tengo mucho aprecio, vaá, porque yo sé quiustés todun cabayero de verdá; un buen melitar y nués un hombre malvado.

—¡Gracias, sargento! —dijo Castaneda interrumpiendo.

—… mesmo como el coronel Aguirre. Créibame, mi coronel, su muerte no miapetece…

—Pero eso es fácil, sargento, déjeme ir pa' la mierda y usted le lleva la novedad a ese maldito Chacal que todo le salió a pedir de boca y que una vez muerto me hizo chicharrones y me aventó al río. ¡Y ya no habrá más que contar!

—El proglema es, no, *era* mucho más complicado. El Plan Código 5-0 es un plan ideado por el coronel Aguirre. Mesmo comuél dice, "estamos en una guerra no declarada yay que mantener al enemigo clavadualsuelo pa' que nunca siatreva a levantar la cabeza". Mire, ay lo vuá dejar en Suchindondo… Yusté, mi coronel, se me pierde por unos días porque si el coronel Aguirre yega a saber quiustestá vivo, las albóndigas de carne quiay se iban a comer los chimbolitos del riyo van a ser ¡las mesmas bolas miyas!

—¡Pero yo ando en ropa de faenas! ¿Por qué no me dejó sacar mi uniforme de gala?

—No queriya esponerlo asté y a yo y que nos mataran a los dos.

—Y ¿mi familia en Cayaguanca, sargento? Mi esposa, especialmente. Ella se va a preocupar si yo no regreso esta tarde al final del día. Supongo que irá a preguntar en el cuartel ¿y entonces? —inquirió Castaneda seriamente preocupado.

—¡No se priocupe, por eso, mi coronel! Vua pasar a contarle a su sequiñora que usté está vivo pero que tiene quiaserse pasar por muerto o desaparecido por unos días para rializar una misión secreta que lián encomendado sus superiores en Santimonio vaá...

—Pero si nadie pregunta por mí, Aguirre va a sospechar que yo todavía estoy vivo y que usted no me eliminó como se le había ordenado ¿no le parece?

—'Tonces le vuá a decir a su señora que desde mañana vaya al cuartel todos los días a preguntar por asté; fingiendo amargas lágrimas di'aflisión, vaá; que par'eso, com'usté mesmo sabe, las hembras son ¡requetepenconas!

—¡Magnífica idea! —aplaudió Castaneda—. ¡Gracias, mil gracias! ¡Algún día le pagaré este gran favor! —prometió con el alma en la mano—. Hágame también el favor de dejarme frente a una tienda de ropa en Suchindondo. Quiero comprarme un traje de civil. No quiero andar para arriba y para abajo en estas ropas.

Al día siguiente, la esposa de Castaneda se apersonó al cuartel fingiendo desesperada preocupación y con falsas lágrimas suplicó que se le permitiera hablar con el coronel Aguirre para preguntarle por su esposo supuestamente desaparecido. La súplica, sin embargo, cayó en oídos sordos, pero al coronel se le ocurrió amargarle la vida a la esposa de su enemigo con una sarta de mentiras.

—Cabo Verdugo, vaya y dígale a la señora Julia de Castaneda que *su maridito* ya la abandonó y que se jué del páis; sigún dicen, se jué bien acompañado con una hembra muy culona y bien chula, más hembra y más chula qu'eya... Que, si le urge verlo o hablarle que se vaya a... a Méjico, a Los Ángeles ¿o qué sé yo? A Nueva York tal vez o al mismo infierno. ¡Y que no me joda más con tanta preguntadera y qui'ay me deje en paz! ¿Ya m'entendió? —grito furibundo el nuevo comandante.

—¡Sí, mi coronel! ¡Enseguida le daré su mensaje! —gritó el cabo.

***

A punto de terminar la cena, alguien llamó insistente al portón del castillo de la condesa. El ama de llaves palideció y con ella, todos los demás. Dándose ánimos, Olaya decidió abrir.

—¡No, señorita! —la detuvo Leandro—, yo mesmo vuir. En casos comueste es que el hombre de la casa debe de poner la cara... ¡pa' quiayga respeto, vaá!

Todos celebraron su arrojo pues creían que el que o los que llamaban a la puerta eran los esbirros en busca de la viuda y de las huérfanas. Temían que alguien ya hubiera denunciado a la comandancia la presencia de mucha gente en el castillo, en donde solamente solían vivir sólo dos personas. Precavido, el sacristán preguntó por la identidad del que había tocado.

—¡Soy yo, Delfina! ¡Ábranme ya la puerta, por favor! —imploró. Al abrir, la cocinera se abalanzó a los brazos de Leandro—. ¡Han matado al padre Santiago! —dijo llorando amargamente—. ¡Ya me jueron avisar!

—¿Yónde está el caráver? —preguntó el campesino.

—¡Ya lo quemaron junto con los otros dijuntos! Eso jué jorrendo ¡Mesmo como si juera pesadiya de masáquer! —exclamó Delfina exaltada y añadió—: Y tan bueno quera el padre Santiago con yo y con asté y tan joven questaba. ¡Yay desapareció mesmo comu'el humo! —añadió compungida.

Las otras féminas se santiguaron, incluyendo la condesa y vinieron a la puerta al oír los angustiados gritos de María Delfina.

—¿Y cómo supo que ya lo quemaron? —preguntó doña María Gertrudis.

—Un muchacho que viviay mesmo por el cementerio vio toda linfamia desos asesinos y ay vinuavisarnos, vaá; porque él creiba quel padre teniya familia viviendo en la casa cural... Y como yuestaba sola éngrima. Tonces me dije yo no me vua quedar aquí solita. Y mesmo en esta horrible escurana. Porquiun rayo tumbó uno de los postes de la lectricidá y nuay luz por esos lados. Yo creybo que Dios está bien bravo por todo lo quian hecho los melitares. ¡Maginense, matarliauno de sus menistros, vaá! Yotro rayo cayó en el merito centro del patio y mató a dos gayinas que como teniyan pavor de los truenos siabiyan bajado diondeyestaban encaramadas, vaá.

El torrente de palabras vertidas fueron bálsamo, y catarsis a la vez, para el alma abatida y vehementemente turbada de la pobre Delfina. Como si se tratara de una inválida, la condesa la tomó por el brazo y la condujo hasta una silla del comedor. Allí le sirvieron un té caliente y un par de analgésicos para calmarle sus nervios excitados, lo cual ella agradeció con otro enorme torrente de información y conmiseración.

—Cada momento que pasa me convenzo más y más —afirmó la noble anfitriona—, que vosotros tenéis perfecto derecho a tomar una seria venganza contra esa malvada caterva de inmundos asesinos, especialmente contra ese demonio del coronel.

—Pero, señora —objetó respetuosamente su hija adoptiva—, ¿qué podemos hacer? Ellos tienen montones de armas de fuego y suficiente munición para matar a todos los habitantes de Cayaguanca y los pueblos de los alrededores si lo quisieran hacer. Y si no les alcanzaran las balas, sus jefes y aliados en Santimonio se las mandarían con tan sólo pedirlas.

—Eso es muy cierto, hija mía, pero... —comenzó a decir la condesa.

Olaya la interrumpió preguntando retóricamente:

—Y nosotros, señora, ¿qué tenemos? ¡Las uñas y los dientes y no más! —se contestó irónica y con evidente desesperanza.

Su madre adoptiva no se enfadó por la brusca interrupción y continuó pacientemente su argumento:

—Aunque ciertamente convengo que vosotros carecéis de armas mortíferas y que el enemigo se encuentra debidamente armado y apertrechado; debo deciros que vosotras, jovencitas, definitivamente tenéis mejores armas, más sutiles y más poderosas: ¡Vuestros encantos femeninos!

La viuda y el resto de las mujeres se vieron unas a las otras sin poder comprender a qué se refería precisamente la anfitriona. Ésta continuó:

—¿Recordáis, amigas mías, la historia bíblica de Judith? ¡Probablemente no! Bueno, pues, la Historia Sagrada dice que ella era una hermosa joven hebrea, quien temerosa de que el general Holofernes, comandante en jefe del ejército babilonio y quien, a la sazón, tenía sitiada a Jerusalén, pasara por las armas a todos los hebreos, decidió ofrecérsele para compartir su lecho. En el silencio de la noche, la valiente y decidida Judith decapitó al hosco general mientras éste dormía borracho. Al amanecer, salió ella de la tienda de campaña con la cabeza del general colgando de sus manos. Todos los soldados al ver lo que la joven había hecho huyeron despavoridos y el pueblo hebreo se libró de su terrible enemigo. Si es la Biblia misma *la que nos lo enseña* ¿por qué vosotros no podríais seguir el ejemplo de esa intrépida mujer?

—El problema, como yo lo veo, es que la cabeza de este gobierno asesino está muy lejos del alcance de nuestras manos —dijo Olaya.

—Ciertamente —convino la condesa—, pero si ustedes se atrevieran a hacerle algo drástico a algún oficial, los cabecillas se enterarían de los hechos horribles que están sucediendo, hasta el punto en que gente humilde como ustedes se atrevan a demostrar que el tigre está hecho de papel. Y hasta es probable que hubiera un cambio de política que mejoraría la situación.

—¡O a lo peor, podrían envalentonarlos más! —sugirió la hermosa María Secundina.

—Yo creo que la idea de vengarnos tiene méritos —observó María Gertrudis—. Y estoy casi segura que es el tal Gonzalo el que debería recibir el castigo. Pero, como en la famosa fábula del gato asesino y los ratones vengativos, la importante pregunta sería: *¿Quién de todas nosotras se atrevería a ponerle el cascabel al gato?*

A todos los presentes les cayó en gracia la pregunta de María Gertrudis que sintetizaba en su totalidad el problema que enfrentarían si decidieran llevar a cabo la venganza sugerida por la condesa. Y, a sugerencia de Maricarmen, se acordó unánimemente que su plan de acción, aunque todavía indefinido, debería llamarse *Operación Cascabel*.

Mateo se excusó de permanecer en el comedor por sentirse todavía afectado por dolores y malestares físicos y sicológicos y retornó a su lecho en el dormitorio de huéspedes.

—Ciertamente —afirmó la viuda Ábrego—, como dice la señora condesa, nosotras, aunque pertenecemos al llamado *sexo débil,* sí somos capaces de increíbles heroísmos. Y la heroína que viene a mi memoria es Santa Juana de Arco que luchó por liberar a Francia del yugo anglosajón y murió en las llamas de la hoguera a la que fue condenada.

VEINTE

—Pues yo —confesó Sequi—, creo que me atrevería a cortarle la cabeza al desgraciado que mandó torturar a mi pobre papá.

—Ya os he dicho, y vuelvo a repetirlo, que no se trata de dar muerte a persona alguna sea civil o militar —expresó María Teresa—. Dejadme, sin embargo, hacerle una pregunta muy delicada a don Leandro. Os ruego que no os sintáis ofendidas ni por el tenor de la pregunta ni por la respuesta que él nos dé, pues me parece que vosotras ya sois lo suficientemente maduras para no sorprenderos o avergonzaros al escuchar temas relacionadas con el acto sexual. Díganos, don Leandro, si lo fueran a castigar por un crimen atroz y le dieran a escoger entre estos castigos: 1) Que lo decapitaran o 2) Que le cercenaran el pene y los testículos, ¿cuál de esos dos escogería?

—Pues, señora condesa —respondió el interpelado—, el proglema es que yo nuentiendo su pregunta porque rialmente no sabo que quieren decir esas palabras de 'peine' y 'tetículos,' vaá. Y miapena que por eso no le puedo responder, vaá.

—Papá —apuntó Olaya—, el *pene* es la *paloma* o la *pija*; y los testículos son los *güebos*.

—¡Ve pué! Ya micieron coloradiar estas mujeres —se quejó Leandro—. ¿Yusté, mijita, óndiáprendido todas esas groseriyas? —preguntó y reprochó indignado.

—Colorado o no —dijo la condesa—, queremos saber ya cual castigo escogería…

—Pues yo prefeririya la muerte, pero con toduel, es decir… con todos los *aparatos* intautos, vaá —respondió sumamente avergonzado.

—Esa es precisamente la respuesta que daría cualquier hombre que valore sus… atributos masculinos —dijo doña Gertrudis—.

Me acuerdo que lo que más le dolía a mi pobre Secundino era que ya no podía amarme como hombre y una vez me escribió con un lápiz cogido por los dedos de los pies las siguientes palabras: *"¿Para que querría vivir si ya no soy hombre completo? Esos desgraciados me convirtieron en un eunuco y ya ¡quiero morirme de una vez!"*.

—¡Que Dios l'uaiga perdonado! —dijo Delfina, consternada por el vehemente deseo de morir del ahora difunto sacristán.

—O sea pues —razonó la condesa—, que podemos concluir que el castigo más cruel que se le puede infligir a un hombre no es la muerte sino la *castración*. Lo mejor del caso es que no es un delito ante las sagradas leyes del Señor. Acordaos que el quinto mandamiento reza muy claramente: *¡No matarás!* Pero ninguno de los diez nos dice: *¡No castrarás!*

Cubriéndose con las manos sus sonrisas mojigatas, todas las jóvenes asintieron al postulado de la anfitriona y ella continuó:

—Y la historia humana está repleta de estos malvados castigos; tanto que hasta la iglesia los ha aprobado, desafortunadamente, para sus propios fines, e intereses, naturalmente.

—Pero ese es un acto terriblemente cruel —refutó Maruca—. Yo no sería capaz de hacer una cosa de esas…

—Aún no hemos decidido y ninguna de nosotras se ha ofrecido para ponerle *el cascabel al gato* —dijo Maricarmen—. ¿Permitirían que yo lo hiciera? —preguntó la Cubita seriamente.

—¡Niña! —la riñó severamente su madre—. Sos demasiado joven para hacer *esas* cosas.

—Pero, mami —protestó la Cubita—, en parte yo tengo la culpa de que el tal Gonzalo se haya enamorado de mí.

—Me duele decírtelo, hija mía —dijo Teresa—, pero ese rufián nunca se ha enamorado de ninguna mujer; pues al tiempo que fingía pretenderos andaba enamorando a mi Olaya.

—Bueno, yo me voy —anunció Delfina—. Ay si don Liandro miacompaña; porque… ¡cómo vamos a dejar sola la casa cural! Perueso sí, yo sola no me voy ¡anquiay tenga que dormir en el suelo! Esués si me dan posada, vaá.

—Sería mejor que se quedara, señorita Delfina —aconsejó la condesa—. Ya son casi las nueve y el toque de queda va a entrar en vigor. Hay dos alcobas al fondo del pasillo que están listas para la familia Ábrego. En la alcoba Olaya podemos agregar una tijera para usted.

Un fuerte golpeteo hizo vibrar las tablas del portón.

—Yo voy —anunció Olaya antes que su padre se opusiera. Al abrir la puerta, su boca se abrió de oreja a oreja. La ingrata sorpresa que le dio la presencia del visitante, más que atónita, la dejó completamente estupefacta.

—¡*Gonzalo*! ¡Dichosos los ojos que te ven! —exclamó fingiendo alegría de verlo.

—¿De verdá que tialegrás de verme? —preguntó el militar con cierta perplejidad.

—¡Ve, pué! —exclamó la joven hipócritamente—. ¿Es que ya no te acordás que me has invitado al cine, pué? —preguntó con amanerado contoneo de sirvienta coquetona.

El coronel, por primera vez, vestía su uniforme de oficial del ejército. Olaya pretendió no darse cuenta de ello y, como nunca lo había hecho, le coqueteó a la luz mortecina que llegaba desde la calle y la claridad que se translucía desde la sala.

—¡Pues claro! —respondió el coronel, halagado por la insólita receptividad de la joven—. Lo prometido es deuda y ¡cómo te ves de chula esta noche! —añadió zalamero.

—¡Gracias, mi *amorrr*! —murmuró ella con voz suave y estudiado remilgo—. Y vos también te ves muy galán y tan apuesto —dijo y se apretó contra su pecho festoneado con un enjambre de medallas inmerecidas. *¿Cuántas docenas de muertos colgarán de ellas?*, pensó amargamente.

—¿No juiste al entierro? —preguntó el militar de improviso.

—¿Entierro? ¿Entierro de quién? —preguntó con aparente sangre fría—. ¿Y quién se murió, pué? —curioseó fingiendo despreocupada ignorancia.

—¡Ah! ¡Quimporta! Lo que sí es importante es que nunca tiabiya visto con trapos tan… tan elegantes. Y la verdad es que te quedan ¡requetebién!

—¡Gracias, amor! ¡Sos tan galante! Es questa noche tenemos unas visitas muy importantes en el castillo —declaró con mañosería—. Y además me acaban de promover al puesto de dama de compañía. —La engañosa declaración sobre las visitas sirvió para ocultar la identidad de los que estaban en la sala; en caso que al Chacal se le ocurriera preguntar.

—Ah, pues, ¡te felicito, mi chata! —dijo Osmán fingiendo cariño y familiaridad—. Y ¿por qué no nos vamos a celebrar orita mesmo dando un paseíto por ayarriba por La Chacra?

—No, esta noche no, cariño —se disculpó Olaya—. Pero mañana si podré ir a quedarme *a dormir* con vos *tooooda* la noche, vaá, porque estaré libre —mintió en un susurro seductor.

—Te vengo a recoger a las seis en punto —prometió el farsante enamorado; felicitándose en silencio por el seguro éxito en la conquista de Olaya.

—Pero tenés questar aquí a las seis, porque si venís más tarde, ¡no voy! —aclaró enfática.

El oficial se agachó para besar su mejilla y ella lo tomó por el cuello y lo besó en los labios con fingida pasión. Él se rindió inerme y receptivo a la caricia seductora. La frenética intensidad de la hembra lo sorprendió sobremanera y luego la besó en la nuca, en la frente y los hombros con vehemente frenesí. Ella sintió asco de sus besos y también sintió repulsión de ella misma, pero se felicitó por el éxito de su doloso teatro. Esperó a que llegara hasta su carro y cada vez que él se daba vuelta ella lo despedía con besitos almibarados, lanzados desde su boca. Cerró la puerta suavemente y se dirigió al comedor a reunirse con las visitas. Una pícara sonrisa se adivinaba en el fulgor de sus ojos y en su rostro sonrojado por los besos libidinosos del coronel.

—¿Quién era, niña? —preguntó ansiosamente su madre adoptiva.

—¡Nada menos que *el gato*! —gritó Olaya con voz de triunfo.

—¿EL GAAAATO? —preguntaron en coro todos los presentes.

—Sí, señoras y señores, ¡el mismo que maúlla y asesina! —confirmó la joven. Y agregó con furia—: Ese desgraciado viste ahora uniforme de oficial con una colección de medallas y cruces colgándole por todo el pecho.

—Eso de las medallas me recuerda un pícaro chascarrillo de origen italiano muy en boga en España en el siglo pasado —dijo la condesa—. ¿Queréis que os lo recite?

—¡Háganos el favor! —dijo Leandro entusiasmado.

—Pues dice:

"En tiempo de las bárbaras naciones
De las cruces colgaban los ladrones;
Pero hoy, en el siglo de las luces,
¡Del pecho del ladrón cuelgan las cruces!".

Todos los presentes aplaudieron.

—¡Cuán cierto! —exclamó la viuda Ábrego.

—Y ¿qué quería ese desgraciado? —preguntó Maricarmen.

—Nada menos que invitarme al cine en Suchindondo. Y yo le dije que sí. Me prometió que pasaría a recogerme mañana a las seis.

—¿De la mañana? —preguntó Leandro sobresaltado.

—No, apá, a las seis de la tarde —explicó la hija—, no ve que el cine solamente lo abren por la noche. Y comués al aire libre…

—¡Puesusté no va pa' ninguna parte seya a lora que seya y menos con ese malnacido! —gritó Leandro en súbita cólera y en ejercicio de su ya enmohecida autoridad paterna.

La condesa intervino inmediatamente.

—Perdóneme, don Leandro, que me inmiscuya en sus… en vuestras discusiones y desavenencias de familia —dijo con voz suave pero firme—, pero creo que ésta es una magnífica oportunidad para darle una lección inolvidable al Gonzalo o como quiera que se llame.

—Peruesque… —comenzó a decir el enardecido padre.

María Teresa lo interrumpió sin pedir excusas:

—Ese canalla nos ha causado tantas penas, lágrimas y sinsabores a *todos* nosotros; a usted especialmente y a doña Gertrudis que han perdido miembros queridísimos de vuestras familias. Y, por simple justicia, debemos cobrarnos nosotros mismos ya que el gobierno bastardo que sufre vuestro pueblo impide que sus horrendos crímenes se hagan conocidos y castigados.

—Ay, apá, la señora condesa tiene toda la razón —comentó la hija con humildad, pero con la firmeza inequívoca de una persona madura—. Éste es, sin duda, el único chance que tenemos de acabar con los crímenes de ese maldito que ¡tanto daño nos ha hecho!

Sin ofrecer comentarios, Leandro escuchó el argumento de su hija con la debida atención. Aun así, tenía dudas muy graves. La mayor de ellas, por cierto, giraba sobre la capacidad de su Olaya para ejecutar con éxito su peligrosísimo papel de vengadora colectiva. La joven continuó:

—Por culpa de ese maldito, a usté mismo, apá, lo torturaron; y si no hubiera sido por la rápida intervención del padre Castelar, que Dios en su gloria lo tenga, a usté ya lo hubiéramos enterrado y antes que a don Secundino. Joaquín, Camilo y Casimiro perecieron por órdenes de ese infame de capturar a gentes inocentes, acusarlos de ser comunistas y luego ejecutarlos. Al pobre Mateo lo trataron de matar rompiéndole las costillas; amén de los asesinatos del señor Ábrego y del padre Castelar. La horrenda masacre de hoy y la golpiza que le dieron al padre Santofimio y miles de crímenes más son suficientes para merecer la pena de muerte. Y ¿usted, apá, se opone a que le demos un castigo ejemplar? —preguntó con desazón.

—Es quia la verdá, yo miopongo y no miopongo —contestó confundido el sacristán—. Yo mesmo mestoy hogando en mi sé de venganza, vaá... Peruay miatreveriya a perdonarlo, sólo pevitar quiusté juera a cáir en sus garras asesinas... Porquese maldito es capaz de violarla y de matarla sin ningún miramiento...

—Concuerdo en todo con don Leandro —comentó Gertrudis—. Ese infame chafarote es realmente un tipo de cuidado y no me extrañaría de él cualquier barbaridad.

—Volviendo a la metáfora del ratón y el gato —dijo la noble anfitriona—, convengo con la opinión de vosotros de que este asunto es de suyo extremadamente delicado y, no hay duda, de que llevarlo a cabo será ciertamente muy peligroso. Pero ¿estáis de acuerdo en que vengaros es algo necesario? —preguntó categóricamente.

—¡Pues claro que sí! —respondieron todos al unísono, incluyendo el padre de Olaya.

—Entonces vosotros debéis encontrar el modo de realizarlo. Quizá yo pueda ayudaros en la planificación —prometió la condesa—. Y vosotros os encargaréis de su ejecución. ¿Qué os parece la idea? —preguntó seriamente.

—¿Usted, señora condesa? —preguntó Gertrudis con incredulidad.

—Sí, señora, yo misma, —dijo María Teresa con manifiesto entusiasmo—. Nunca en mi vida he hecho algo de innegable importancia. Esta es una oportunidad única de servir a vuestra causa y a vuestra amada patria, lo cual me hace sentirme muy útil, aunque sea por última vez. Dejadme, pues, consultar con mi almohada y mañana mismo, después del desayuno, os trazaré un plan de acción colectiva. En cuanto a dónde podéis alojaros para pasar la noche, mi hija os llevará a las alcobas vacías. Y *Leandro* se quedará en la alcoba donde se repone don Mateo.

Las féminas, incluso la hija adoptiva, no dejaron pasar por alto la familiaridad que hacia el sacristán demostraba la condesa.

—Muchísimas gracias, en nombre mío, de mis hijas y de la señorita Delfina —dijo la viuda Ábrego—. Que tenga una feliz noche y felices sueños, señora.

—Lo mismo les deseo a todas —dijo María Teresa—. Esperadme un momento, por favor —agregó de repente—. Había olvidado deciros que estoy necesitando una sirvienta de adentro y una cocinera. Si alguna de vosotras conocéis una chica o chicas que quieran tomar las dos plazas, por favor, díganmelo mañana y las entrevistaré tan pronto se pueda.

Las huérfanas se quedaron mirando unas a otras. María Isabel se levantó de pronto y dando un paso al frente, declaró:

—Si la señora condesa me aceptara, yo con gusto tomaría el puesto de cocinera… Siempre me ha gustado cocinar y también puedo seguir las instrucciones de cualquier recetario de cocina, ¿verdá, mamá?

—¡Así es! Mi hija es una excelente cocinera y puedo recomendársela sin reservas.

—El salario es de dos reales por día, más las tres comidas —agregó la patrona—. La semana es de seis días de trabajo; es decir, de lunes a sábado. Yo proveeré los uniformes y los delantales. ¿Estáis dispuestas a tomar el empleo en esas condiciones?

—¡Lo tomo! —anunció María Isabel. Luego se dirigió a su progenitora—: ¿Está bien, mami? —preguntó con respeto filial.

—Claro que sí, hija mía. Al mal tiempo buena cara, como dice el dicho. Vos sabés que estamos en una situación desesperada. Dos reales diarios nos caerán de maravilla.

—Bueno, pues, si la señora me acepta, con gusto serviría de criada de adentro —anunció la hermosa Sequi—. Pero quisiera saber si me pagaría el mismo sueldo.

—¡Ciertamente! Y permitidme que os haga algunas aclaraciones. El horario es de siete de la mañana a ocho de la noche, para ambas, en caso de quieran regresar a casa juntas. Como sé que ambas sois asiduas asistentes a la Misa Dominical, no haré hincapié en hacerlo un requisito indispensable. Pero sí exigiré que se confiesen y comulguen una vez al mes.

—¡Aceptamos! —corearon ambas con decidido entusiasmo.

—Yo también quisiera trabajar todos los días —dijo Maricarmen—, pero en la *Farmacia Alvergue* no me dan empleo sino para los fines de semana —agregó quejumbrosa.

—Los jóvenes diaura están tan yenos dempacencia, vaá —comentó Leandro—. ¡Todo lo quieren hacer orita mesmo!

***

El coronel Castaneda, excomandante del distrito militar paracentral con sede en la villa de Cayaguanca, se presentó en el edificio que albergaba el Ministerio de Guerra en Santimonio, la ciudad capital. Un colega suyo le había facilitado el uniforme y las insignias correspondientes a su alto rango. Con justa razón, el coronel había temido seriamente la posibilidad de que el señor ministro de guerra se negara a concederle una audiencia tan intempestiva. Conocía de sobra tanto los absurdos como los lógicos vericuetos del enrevesado protocolo militar. Y, claro, los conocía a extrema perfección porque él mismo los había observado e implementado con vehemente celo. Especialmente el requisito que obligaba a un subalterno a pedir autorización a su jefe inmediato antes de dirigirse a un oficial de rango mayor. Esa exigencia protocolar permitía que los altos dirigentes estuviesen exentos de considerar problemas menores, o los frívolos e irrelevantes a sus funciones. El ministro de guerra en esos días; quien otrora había sido su instructor de *Teorías Generales de las Estrategias del Combate Bélico* durante sus años en la academia militar; había aceptado recibirlo y escuchar su queja sin tener que obtener permiso previo del inspector general del ejército.

Luego de los consabidos saludos protocolares, Castaneda fue al grano. Sin rodeos relató con lujo de detalles cada una de las atrocidades cometidas contra la población civil por el coronel Aguirre bajo su mando, aunque nunca como resultados de sus directivas. Explicó la peculiar situación que existía en ese preciso momento en el cuartel de Cayaguanca y las insólitas y, por cierto, muy extrañas circunstancias que lo llevaron a realizar su súbita desaparición. Luego abogó vehemente por una investigación exhaustiva de la conducta y desmanes del coronel Aguirre y suplicó encarecidamente que para evitar futuras tragedias bajo su mando ese oficial fuese relevado inmediatamente de la jefatura de la comandancia del batallón a la que había ascendido a través de maquinaciones ilegales prohibidas por el código militar. Sugirió también que se le detuviera y encarcelara y luego se celebrara un consejo de guerra a la mayor brevedad posible contra su antiguo amigo y subalterno para salvar el honor y el buen nombre de la institución castrense. La agitación y arrebato del coronel acusador hizo que el anciano general se alisara los encanecidos bigotes más de tres veces.

—Coronel —dijo por fin el ministro, luego de carraspear nerviosamente—, en primer lugar usted ha olvidado una de las principales enseñanzas que sus profesores en la academia militar trataron de inculcarle; a saber, la fidelidad irrestricta a la institución armada y la lealtad a sus compañeros de armas. Usted está haciendo gravísimas acusaciones en contra de un colega suyo sin requerir su presencia para que se defienda de esos cargos. A la vez, usted está abusando de la buena voluntad que tuve de escucharle. Además, tengo informes fehacientes que usted se *fugó* del calabozo donde lo tenían arrestado preventivamente mientras se realizaba una indagatoria previa a un consejo de guerra en contra suya.

—¡Mi general! —interrumpió Castaneda con obvia furia—. ¿Quién le ha transmitido a usted esas perversas falsedades?

—¡Por favor, déjeme continuar! —dijo tajante el ministro—. Aquí tengo precisamente un telegrama que llegó esta madrugada y en el cual se me informa que usted, en violación del código militar y de sus obligaciones como comandante del batallón, alertó a un nutrido grupo de facinerosos de conocida filiación comunista para que acudieran armados a una manifestación ilegal, poniendo así en mortal peligro a nuestras tropas. A propósito, ¿conoce usted a un sacerdote de nombre Santiago Castelar?

—¡Sí, mi general! Lo conocí cuando recién se había hecho cargo de la parroquia de la Villa de Cayaguanca. Me dijo que había estado en Guatemayán y que era ciudadano español. Creo que uno de sus sacristanes o acólitos tuvo un altercado con el coronel Aguirre y éste lo arrestó y fue interrogado, y fue torturado salvajemente. Porque ese es el método habitual de interrogación implementado por el propio coronel Aguirre.

—Y usted dejó libre al sacristán, ¿no es cierto?

—Sí, mi general. Lo consideré justo hacerlo porque su acusador no ofreció evidencia alguna en contra de los alegatos que hacía el acusado.

—Bueno, pues, resulta ser que ese *sacristán* que se hace pasar por campesino analfabeto es en realidad un astuto y curtido agitador del campesinado y antiguo servidor de *Agustín Farabundo Martí*, ¡que Dios en el infierno lo tenga! Y el *padre* Castelar no *era* cura sino abogado graduado en la famosa escuela de leyes de la Universidad de Bolonia. En los años cuando él estudiaba allí, esa facultad de abogacía era un reconocido nido de comunistas y agitadores profesionales, a la cual frecuentaba el tristemente célebre Palmiro Togliatti, fundador del Partido Comunista Italiano, para dar sus charlas subversivas. Ese falso cura también asistió por unos meses a un centro de capacitación laboral en Inglaterra que era, en realidad, una institución sufragada por el Partido Comunista Británico. ¿Qué le parece, señor coronel?

—Mi general, yo no tenía idea de todos esos datos que usted me acaba de dar. No existía ninguna evidencia de que el sacristán y el cura fueran otra cosa que lo que aparentaban ser. ¿Pero cómo obtuvo usted toda esa información tan detallada?

—Ese es un secreto que yo no puedo revelar; y ¡mucho menos a usted! —dijo el ministro con aire severo—. ¡Ah! Y aquí tengo un telegrama del obispo sufragáneo de Xelajú donde declara que en su diócesis nunca ha tenido un sacerdote español con el nombre de Santiago Castelar. ¡Léalo para que se entere! —añadió entregándole el mensaje telegráfico.

—¡Esto es increíble! —expresó Castaneda sintiéndose descorazonado después de leerlo.

—Prosiguiendo con mi respuesta a sus cargos contra el coronel Aguirre —continuó ceñudo el ministro—, déjeme decirle que yo he sido informado que una vez se sospechó de su traición, por demás vergonzosa, a la fuerza armada y a su epónimo líder, nuestro bien amado General Max Eterno Martínez, es decir a lo más sagrado de nuestra amada patria; usted fue detenido y recluido en una celda del cuartel mientras se realizaban las pesquisas pertinentes. Usted logró sobornar a uno de sus guardias y escapó sin dejar rastro.

—Mi general… —comenzó a decir el coronel.

—¡Aún no he terminado! —interrumpió el ministro—. Usted ha violado los cánones de procedimiento militar. Y le explicaré por qué. Tan pronto usted se enteró o comenzó a dudar o a sospechar de la legitimidad de todas las actividades del coronel Aguirre, su deber primordial fue llamar y consultar con el Inspector General del Ejército sobre el procedimiento investigativo que podía ser autorizado por la institución. Pero usted, coronel, ¡nunca, NUNCA lo hizo! Cierto, el coronel Aguirre goza de magníficas conexiones con los altos mandos, pero las violaciones que usted ha mencionado hubieran sido suficientes para enjuiciarlo y procesarlo y, sin lugar a dudas, para castigarlo con todo el peso de la ley. Ahora que su propia credibilidad está en entredicho ¿quién, dígame, quién diablos le va a creer cualquiera de sus acusaciones?

—Pero mi general, yo soy completamente inocente de todos esos cargos de alta traición que se me imputan —dijo Castaneda tratando de explicar.

El general, sin embargo, lo interrumpió con visible enojo:

—*Coronel* —dijo agria y despectivamente—, que a usted le asista la verdad ¡ya no tiene importancia alguna! Si usted valora su carrera y su vida misma, le sugiero que se dirija en este instante a Casamata y se entregue allí al sargento de armas. Dígale que me notifique la hora en que hizo su entrega. Tal vez así podamos encontrar una solución favorable para usted que a la vez salvaguarde los sagrados intereses de nuestra institución. ¡Puede retirarse! —añadió tajante.

Castaneda concluyó en ese momento que mientras Aguirre le había jugado con doblez, el ejército, a juzgar por los argumentos expuestos por el ministro, estaría dispuesto a crucificarlo como conveniente chivo expiatorio en aras de una lealtad mal entendida.

Cuadrándose militarmente, chilló con voz estentórea:

—¡Mi general! Haré ahora mismo lo que usted me ha ordenado. Mil gracias a su excelencia por haberse dignado escucharme. ¡Tenga usted muy buenas tardes, mi general! —agregó secamente y luego de brindar el saludo de rigor dio media vuelta y se dirigió hacia la puerta del despacho ministerial.

—¡Un momento, coronel! —gritó el ministro.

—¡A sus órdenes, mi general! —exclamó Castaneda, girando rápidamente. Un breve rayo de esperanza le había iluminado su doblegado pensamiento. Pronto se enteraría ¡cuán equivocado estaba!

—Quería simplemente informarle que este ministerio que yo dirijo ha recomendado otorgarle al coronel Osmán Aguirre y Sardinas la Medalla de la Gran Cruz Gamada General Manuel José de Arce, en el grado de Gran Caballero por los meritísimos servicios prestados a la patria en la conducción táctica y estratégica de nuestras tropas durante la ya famosísima *Batalla del Plan del Amate,* donde el enemigo comunista fue derrotado y probablemente aniquilado para siempre.

—No sé de qué batalla me está hablando su señoría —balbuceó el coronel perturbado por su inhabilidad en recordar ese evento, a todas luces épico.

—Usted todavía recuerda aquellas famosas batallas que estudiamos en el curso de la historia militar como las de Jericó, Waterloo, Puebla, Gettysburg, Lepanto, Boyacá, Pichincha, Junín, Ayacucho, Samarcanda y Carabobo, etcétera, etcétera, ¿o ya las olvidó?

—¡Por supuesto que las recuerdo todas! Recuerdo que, en la Batalla de Lepanto, las tropas otomanas al quedarse sin municiones decidieron atacar al ejército cristiano con las naranjas, los limones y los huevos que tenían en sus alacenas. —El anciano general sonrió ligeramente. Castaneda continuó—: Quiero respetuosamente traerle a su memoria que yo era el alumno más aventajado en todas sus clases.

—Nunca lo he olvidado —convino el antiguo preceptor—. Pero de acuerdo con los datos que el coronel Aguirre, los heroicos oficiales y las tropas participantes nos han aportado, esas legendarias batallas que he mencionado fueron miserables escaramuzas comparadas con la *Batalla del Plan del Amate* que dio al traste con las aventuras de conquista mundial de la Rusia atea y comunista.

Castaneda enmudeció pensando que las numerosas décadas vividas que pintaban nívea la poblada cabellera del general habían convertido al otrora lúcido instructor de historia militar en un ingenuo chiquillo que se tragaba con gusto toda la cursi bazofia patriotera que le servían sus perversos secuaces.

El octogenario general continuó entusiasmado mientras se alisaba nuevamente su nevado bigote:

—¿Recuerda usted, coronel, que la Biblia nos relata que Josué, durante la batalla de Jericó detuvo el sol para poder terminar con los defensores de Canaán? Pues nuestro máximo estratega, el coronel Aguirre y Sardinas, y quien pronto será promovido a general de brigada, superó a Josué; porque él, en las tinieblas de la noche, pasó a cuchillo a todos los malditos comunistas.

—Y ¿en qué fecha y dónde tuvo lugar esa *famosísima* batalla? —preguntó Castaneda en tono irónico. Quería reírse a carcajadas hasta que le brotaran las lágrimas.

—*Usted*, coronel, el comandante del glorioso batallón ¿no lo sabe? ¡Increíble! Bueno —agregó el ministro obviamente enfadado—, tuvo lugar hace algunos días…

—Esa ridícula batalla nunca ha ocurrido, mi general. ¡Esa es una burda mentira! ¡Es una patraña más de ese maldito Chacal! —gritó el coronel en un paroxismo de furia. Luego pidió disculpas por el tono exaltado de su exabrupto.

Aunque el ministro estuvo a punto de llamar al centinela que custodiaba la puerta de su despacho; comprendiendo que el coronel estaba sufriendo de una grave condición sicológica, se limitó a preguntar, frunciendo el ceño—: ¿Es que usted no lee periódicamente la crónica militar en el *Heraldo Pro-Patria*?

—¡Claro que sí, mi general! —mintió el excomandante—. Pero últimamente no he tenido tiempo —se disculpó secamente.

—Es increíble que usted no esté enterado de lo ha sucedido bajo sus propias narices —se quejó el funcionario—. Bueno, pues, búsquelo y léalo, ¡se lo recomiendo! Es más, coronel —añadió abriendo una de las gavetas de su enorme escritorio—, aquí tengo una copia extra para que se la lleve y la lea de cabo a rabo durante su permanencia en la Maestranza…

—En *Casamata*, mi general —apuntó Castaneda.

—Eso es, en Casamata —se corrigió prontamente—. Cuando uno ya está viejo como yo, la memoria nos falla muy a menudo, —se disculpó y luego agregó en tono casi paternal—: Vaya y repórtese allí inmediatamente. ¡Buenas tardes!

—Por favor, mi general, hágale saber mis más calurosas felicitaciones al coronel Aguirre y Sardinas por su brillante victoria —dijo Castaneda mordiéndose los labios para no soltar una sonora carcajada y diciéndose a sí mismo: *Ese es nuestro glorioso ejército, barato oropel, pura mentira y pura chatarra y… ¡un enorme chorro de pura jedionda mierda!*

Tan pronto salió, buscó donde deshacerse del mamotreto periodístico. *No, no, no*, se dijo muy hastiado, *mejor me lo llevo para limpiarme el… ¡No, no, mejor no, porque me lo voy a ensuciar más!*, agregó irónico, lanzándolo al primer cesto de basura que encontró.

***

La mañana de ese martes se presentó calurosa, húmeda y nublada. El sol se aparecía brillante y abrumador a través de los claros ocasionales que separaban enormes cúmulos, semejantes a enormes montañas de algodón ennegrecido. Entre las angostas calles de la villa de Cayaguanca, los transeúntes se desplazaban rápidos y silenciosos, como ladrones huyendo furtivamente de la ira de sus víctimas. El miedo a lo desconocido, mayormente al peligro de ser detenido y acusado de ser comunista o agente de Moscú, o de apoyar la intimada conspiración internacional, sin poder presentar pruebas de su sólida lealtad a la patria y a la tiranía, hacía que la gente caminara agazapada, a menudo mirando hacia atrás y a todos lados para constatar que no eran seguidos por los secuaces del martinato. Hasta los habituales *Buenos días le dé Dios a usted*, acostumbrados en mejores épocas entre los pobladores, eran silenciados para evitar que los numerosos orejas, como el pueblo apodaba a los espías de la dictadura, mal interpretaran sus palabras. Nadie se atrevía a sonreír y mucho menos reír y nadie silbaba ni mucho menos cantaba tonadas alegres. La Villa de Cayaguanca después de la masacre se había convertido en una colonia de difuntos sin mortajas, de miles de cadáveres ambulantes ansiosos de evitar y esquivar las malignas alimañas inhumanas que se agazapaban bajo los balcones para escuchar las conversaciones de las familias. Los *orejas* se escondían tras los umbrales para espiar todos los movimientos de la acobardada ciudadanía. ¡Se sospechaba de todos y de todo! Nadie, por lo tanto, se atrevía a mencionar en público y, mucho menos en alta voz, los trágicos eventos ocurridos en los días pasados. Los que habían perdido familiares, íntimos o lejanos, se alegraban interiormente de la oportuna decisión de los victimarios de incinerar los cadáveres de las víctimas pues con ello evitaban los peligros de identificarse con cualquiera de ellas. Temían, con mucho acierto, que el reclamar un cadáver de un pariente, así fuera esposo, hermano, hijo o cuñado, automáticamente los convertiría en sospechosos de alentar y fomentar la subversión.

Paradójicamente, para tranquilidad de muchos vecinos de Cayaguanca, el acta levantada por el cipayo juez de paz había efectivamente condenado a las víctimas fatales de la masacre a un absoluto y benevolente anonimato. Aunque ésta no fue propiamente la intención del juez ni del Chacal, ese acto liberó a los deudos de la necesidad de identificarse como tales y de la obligación de saber quiénes murieron y quiénes continuaban sobreviviendo. Algunos heridos se habían refugiado en casas vecinas y los dueños se habían dado a la tarea de notificar con gran sigilo a los parientes, si era que estos habían logrado sobrevivir la sangrienta matanza del día anterior. En otras palabras, estar vivo era un gravísimo delito que merecía la muerte.

—Yes'ora de levantarse, apá —dijo Mateo en voz alta desde su lecho de enfermo. El viejo se desperezó lentamente sobre el colchón que le servía de cama.

—¿Y quioras son ya, pué? —preguntó Leandro frotándose los párpados con los nudillos de sus dedos.

—No sé, apá —respondió el hijo—, porque desdiaquí no se puede ver el sol y los gayos diaquí no cantan como los diayá del vaye, vaá. Anque ya oyí a las mujeres hablando en la cocina. Peruabra la ventana yay veremos. Ah, se miolvidaba decirle que detrás desa puerta hay un chorro y una letrina desas de porcelana en caso de quiera miar, vaá.

—¡Yastáura me lo decís, carajo! Yo luayé anoche cuanduay ya mestaba ya miando mero en los calzoniyos y ya no sabiya ni parónde agarrar.

Al avanzar por el amplio corredor interior, Leandro tropezó con María Teresa que en ese momento regaba las plantas colgantes de las vigas laterales del techo.

—¡Buenos diyas le dé Dios, señora condesa! —recitó efusivamente su saludo matinal—. Yo quiusté miorraba el trabajo de regarlas todos los diyas poniendo la macetas juera del techo pa' que le caiga laguae la yuvia —agregó el campesino con aire didáctico.

—Déjeme decirle que no es una mala idea —comentó sonriente la dama—. El problema es que mucha lluvia o mucho sol las queman, especialmente cuando como el día de hoy que el sol está en canícula como estuvo en días anteriores.

—Puesay sí meramente tiene razón, vaá —coincidió Leandro.

—Además —continuó la condesa—, estas pequeñas faenas me hacen mucho bien porque me mantienen mental y físicamente activa. El ejercicio es siempre muy saludable ¿no es verdad? —preguntó dulcemente.

—En eso siestamos diacuerdo seriamente —dijo Leandro—, poreso yo me mantengo con las manos ocupadas pa' que el Maligno no me les dé malos quiaceres.

—Perdón —se excusó la dama—, pero no comprendí lo que dijo sobre el maligno.

—Bueno, pues, usté habrá óido el dicho que dice qui'al que Dios no le da hijos el diablo le trái sobrinos.

—Sí, lo he óido —contestó María Teresa riéndose.

—Pues estés uno muy parecido, peruestés de mi propia cosecha, vaá —dijo Leandro orondamente—, quial que Dios no le da trabajo, el diablo le da travesuras paser…

—Muy bien dicho; muy lógico y muy elocuente —comentó ella con amable encomio—. Sabe usted —agregó ella dulcemente—, que usted *se parece tanto* a mi difunto esposo y que su presencia siempre me lo recuerda. Desde hace unos días se me ha metido en la cabeza que usted podría beneficiarse de la ropa que él dejó; algunas de ellas están aún sin estrenar.

Leandro se sonrojó ante el inesperado giro de la conversación y también por la insólita oferta. Sin embargo, viejo astuto como era, no se dejó amedrentar por las palabras de la dama; aunque el ofrecimiento podría tener una velada intención de menospreciarlo; no parecía, sin embargo, que la condesa se propusiera aparecer generosa para ofenderle.

—¡Que Dios le pague su bondá! —respondió él con genuina gratitud—. Pues sí, comusté sabe —agregó humildemente—, ay miacabo de quedar sin chamba, vaá; y ansina no podriya comprárselos. Pero si el nuevo cura párroco quiay venga a remplazar al padre Santiago no me deja cesante puesay mesmo hacemos trato. El padre Castelar ya miabiya pagado un mes adelantado quia lo mejor me tocará regolvérselo al nuevo párroco.

—Espero que no lo haya ofendido —dijo la condesa bastante contrita—. Mi única intención es *regalarle* toda esa ropa que está apolillándose en los armarios y que a usted le luciría muy bien. Terencio los compró en su último viaje a Madrid; cuando todavía estaba delgado y esbelto, así, exactamente como está usted.

—¡Gracias por la flor, más chula y más perjumada porquiay viene de los labios diuna mujer tan preciosa yermosa comusté mesmo! —respondió el campesino galantemente, aunque con el rostro sonrojado. Luego, para disimular su rubor, agregó—: Yo miacuerdo diaberlo visto del brazo con usté cuanduáiban pa' liglesia. Pero ultimadamente yastaba bien barrigón; es decir que yastaba más ancho que largo.

—*Leandro* —dijo la condesa riendo alegre—, usted tiene una forma tan graciosa de decir las cosas que *no me canso* de escucharlo. Pero, en efecto, Terencio se engordó tan rápido que cuando quiso meterse en muchos de sus trajes comprobó que ninguno era de su talla. Pero como mantenía la esperanza inútil de volver a ser delgado, nunca quiso deshacerse de ellos.

—Pues comuay dice que lesperanza alimental tonto, vaá; y'ojalá que su difunto me perdone si mis palabras lian ofendido.

—Venga ya conmigo —dijo ella poniendo la regadera vacía en el suelo y tomando por el brazo al sacristán—, preferiría que sea usted mismo quien escoja los ternos y se los pruebe ahora mismo. Ya saqué algunos esta mañana para que fueran perdiendo el olor a naftalina.

Leandro frenó a la puerta de la alcoba. Ella lo conminó a entrar tirándole suavemente por el codo.

—¿No me diga que tiene miedo de mí? —preguntó la viuda con picardía.

—El mismo miedo que le tengo a los ángeles es el que le tenguasté —replicó el desempleado sacristan guasonamente.

—No comprendo qué es lo que me quiere decir —dijo ella fingiendo inocencia.

—Pues vaya, que siun ángel miagarrara del brazo, pues ¿parónde quedriya yevarme, pué? —respondió con vos melosa.

—¿Para dónde? —preguntó ella con pícaro interés.

—Pues, ¡pal cielo, pal paráiso! ¿Y parónde más, pué?

—¡Ah! Desafortunadamente —respondió Teresa con voz apesadumbrada—, mi alcoba en nada se parece al paraíso terrenal o al celestial. Como usted verá, es un cuarto triste, húmedo y frío *desde* que mi Terencio se fue para siempre —añadió con un largo suspiro.

—¿Tuaviya lo sigue queriendo, vaá? —preguntó Leandro, sintiéndose secretamente abatido a la vez que aguijoneado por un ataque de celos todavía injustificables.

La condesa no respondió a la pregunta directa y, ciertamente, muy indiscreta de Leandro. Sin embargo, entregándole un elegante traje de paño fino le dijo con una familiaridad inusual que más sonaba a condescendencia:

—Llévalo al cuarto de huéspedes y pruébatelo allí, querido. Si éste te llegara a quedar bien—añadió dulcemente—, estoy segura que los demás te quedarán lo mismo. Déjame darte ahora mismo otras prendas que harían juego completo con ese traje.

Los ojos del campesino se humedecieron con lágrimas de gratitud.

—Es usted *tan* buena y *tan* generosa con yo, y mesmo con misijos también —susurro titubeante por la emoción—. Yuay no tengo *ná* con que pagarle tanta bondá.

María Teresa ignoró las palabras del campesino.

—No, no; he cambiado de opinión —dijo—, prefiero que no vayas a la alcoba de huéspedes porque tu hijo al ver tus ojos llorosos podría... ¿Qué podría pensar el pobre muchacho? No quiero que sospeche que te he golpeado o que te he dicho algo desagradable que te ha hecho llorar —concluyó guasonamente—. Así, pues, cerraré la puerta para que te los pruebes aquí mismo; dentro de la alcoba.

—Que Dios se lo pague —dijo Leandro tratando de encontrar otras palabras adecuadas para expresar su agradecimiento.

Minutos después, los ojos de la condesa trataron de escaparse de sus órbitas al contemplar al campesino saliendo de su alcoba, metido en un traje azul marino, camisa blanca de puño, chaleco a cuadritos, corbata roja con puntitos azul oscuros y un elegante pañuelo al bolsillo que hacía un buen juego con la corbata. Le sorprendió el acentuado parecido que Leandro tenía con su difunto Terencio. El más remilgado varón de noble alcurnia lo hubiera confundido con cualquiera de sus pares, excepto por los zapatos desmerecidos, pensó ella emocionada.

—¿Por qué no te calzaste las zapatillas? ¿Porque no te gustan las de charol? —preguntó.

—No, nués por eso, vaá; es que no tengo escarpines secos —dijo sonrojándose—. Bueno es quianoche, ay les pegué unenjuagadita, vaá, porque yastaban oliendo a puro cuere cuche. Ay cuando me bañe ya vua tener las patas limpias yay sí me las vua poner.

VEINTIUNO

—¡Buena idea! Aquí en las gavetas del baño encontrarás diferentes prendas de ropa interior. Puedes llevártelas ahora mismo para el cuarto de huéspedes.

—¿De las que dejó su marido? —preguntó con velado disgusto.

—¡Por supuesto! Pero él ya no puede hacer uso de ellas. En cambio tú las necesitas en este momento porque estoy segura que tienes toda tu ropa en la casa cural.

—Puesí, ayá tengo algunos calzones, camisas y calsoniyos yunos escarpines que me poniya cuando teniya que servir en liglesia, vaá.

—Señor mío, si vamos a ser buenos amigos, tenemos que dejarnos de tantos remilgos. Como te dije en el cementerio, yo te necesito a mi lado y me hace sentirme feliz el verte feliz… Muy a pesar de todas las tragedias que hemos vivido en los últimos días.

—¡Dios se lo pague, señora condesa! —repitió por enésima vez el campesino.

—¡Y por favor, déjate ya de tantos *dioselopagues*! —dijo ella fingiendo enfado—. Porque podrías mandar al Todopoderoso a la bancarrota —luego añadió seriamente—: Y de hoy en adelante quiero que me llames María Teresa, o mejor, Teresa, a secas.

—Perusté me tiene que decirme *Liandro*; también ¡a secas! —indicó él, sorprendido por el abrupto cambio de la noble española—. ¿Y qué quiere quiaga o que le diga p'agradecerle sus bondades, pué?

—¡Nada, absolutamente nada! Me bastaría con que me dijeras ¡*Gracias*! Lo que hago por ti me hace a mí tan feliz como a ti agradecido. De manera, pues, que estamos en paz. Ahora vaya a bañarse; digo, *vete* a bañar ya; y luego vienes al comedor a desayunar.

—¡No me tardo! —prometió el exsacristán, corriendo hacia la alcoba de huéspedes.

La condesa fue a la cocina a revisar el menú y a constatar que su hija y María Isabel, la nueva cocinera, estuvieran ya terminando los preparativos para la comida matinal. Sequi se encontraba atareada preparando la mesa y sus utensilios. Luego la dama se dirigió al cuarto de huéspedes a invitar a Mateo al desayuno. Cuál sería su sorpresa que estuvo a punto de silbarle y espetarle un piropo cuando, al abrir la puerta, se encontró de sopetón con un Leandro recién afeitado, bañado y, ciertamente, muy elegante.

—¡Te ves cautivador, querido! —exclamó ella y añadió—: Pasemos al comedor que ya están sirviendo el desayuno. ¡Y usted también, don Mateo, venga a desayunar!

El campesino no agradeció la adulación de la condesa, limitándose a decir:

—¡Qué güeno, señora! Porque las lombrices en mi estógamo sestaban comiendo las unas a las otras.

Leandro se sentía como si ya estuviera en el séptimo cielo. Pero le apenaba muchísimo no poder comprender los giros bruscos que la suerte jugaba con su persona, con su vida y con la vida de los suyos. *¿Por qué tantas desgracias, tanta malevolencia y tanto odio en un medio donde existía tanta gente de corazón bondadoso?*, se preguntó en silencio mientras sacaba y ofrecía la silla principal a la generosa anfitriona.

Acabando el desayuno, doña Gertrudis llegó con sus hijas y un fornido mancebo de unos veinticinco años de edad. Fue presentado como Oscar Ábrego, sobrino y ahijado del difunto sacristán.

—Está dispuesto a colaborar con nosotros cien por ciento en la *Operación Cascabel* —informó la viuda—. Tiene licencia de conducir todo tipo de vehículos y creo que eso podría ser útil a la causa —agregó.

—Bienvenido, señor Ábrego —lo saludó la anfitriona ofreciéndole su mano—. Sin duda alguna, su colaboración nos será muy útil, pero, para incluirlo a usted, habría que hacer algunos cambios en el plan que preparé anoche.

—Encantado de conocerla, señora condesa —replicó el joven con entusiasmo—. Yay le reafirmo lo dicho por mi tía. De todo corazón estoy completamente a sus órdenes.

La condesa invitó luego a todos a reunirse en el mustio despacho del fenecido conde. Los visitantes se hicieron miraditas de sorpresa al ver a Leandro tan exquisitamente ataviado. Discretamente, sin embargo, se abstuvieron de hacer comentario alguno.

—Yo creo que sería más conveniente que la señorita Delfina estuviera presente en estas deliberaciones sobre el plan —sugirió la condesa, como si se tratara de una junta de directores de empresa a punto de tomar una decisión trascendental para el futuro de la firma—. Ella ya está enterada de nuestras intenciones, y no es prudente no enterarla de los pormenores.

Todos asintieron con simultáneo gesto de cabezas. Pero Leandro fue más allá:

—Pues, siusté quiere, yo mesmo vuir a yamarla aura mesmo —se ofreció amablemente, aunque con segunda intención. Estaba ansioso de lucir su nueva vestimenta en la calle. Anhelaba ser visto por toda la gente de la villa; aunque se sentía incómodo metido en su elegante traje. El ajustado chaleco le aumentaba el calor corporal y lo hacía sudar sin haber realizado esfuerzo alguno.

—Váyase, pues, apá —dijo Olaya—. Pero ¡vuelva pronto! — le instó dulcemente.

Con paso rápido el sacristán se dirigió a la casa parroquial. Al abrir la puerta, la soñolienta cocinera se topó con un elegante y muy apuesto caballero. Creyó reconocerlo, pero no estaba muy segura. Abrió los ojos desmesuradamente como si hubiese visto un muerto resucitado.

—¿Qué? ¿Ya no me conoce? ¡Soy yo, Liandro, pué! —dijo él, sonriente y vanidoso.

—¿Y quioy es el casorio, pué? —preguntó Delfina con asombro.

—¿El casorio de quién? —inquirió el campesino, fingiendo extrañeza.

—¡Pues de quién vaser pué! El diusté con la señora condesa.

—¡Veya, pué! —protestó él afectando indignación—. ¿Y quién liá dicho asté o liá metido en el tuste que Liandro Beltrán

Erazo sestá casando? ¿O queya se quera casar con yo? ¿O que yo me quera casar con eya? —preguntó con fingida ira. El ilusorio prospecto, aunque ciertamente remoto, no dejaba de agradarle y de deleitar su ego.

—¿Es que yuestoy choca de los dos ojos, don Liandro? ¿Qué cré que no le vide los ojitos de chivenamorada de la señora condesa? —pregunto Delfina con voz de ofendida.

El sacristán suspiró y movió incrédulo la cabeza de un lado para el otro. Delfina continuó imperturbable su amarga perorata, saturada de celos impotentes.

—Siay mesmo yo vide como se luestaba comiendo enterito con miraditas dembrapasionada... Ay se ve clarito que esa mujer tienunhambre diombre, ¡que se le sale por los ojos!

—¡Por amor de Dios, Delfina! —dijo Leandro con velado regocijo y pretendido enojo—. ¿Cómo va crer quiuna señora tan, tan destinguida, mesmo como la señora condesa, vaá; ay se venamorar diun jincho, pogre y mal hablado, mesmo como yo, ¿pué? Esués mera calumnia lo quiusté está pensando y diciendo. Yesues un pecado quel Señor castiga por lo menos con un siglo de yamas en el mesmo Purgatorio —añadió sentencioso.

—¡Qué pecado ni quiocho cuartos! —protestó la cocinera—. Poreso mesmo es queya luestá vestiendo ansina, mesmo como señorito pa' verlo más galán y pa' desiarlo más, vaá...

—Asté setivoca, niña Delfina —se atrevió a balbucear el aturdido enamorado.

—Porquiasté ansina catrinudo comuestorita —continuó la cocinera—. Ya meramente no tiene ná quenvidiarle al dijunto conde, que Dios en la gloria lo tenga. Yo lo conocí ay cuando yuestaba cipota, algo macucona ya, vaá. Yay se me caiban los ojos pal suelo cuando lo veya caminar derechito comun merito chirrión de bambú... Yay hasta me temblaban las caniyas dialmirasión cuanduay lo veya montaduacabayo, caminue los obrajes del añil.

—Yo también mi'acuerdo haber visto al conde —apuntó Leandro, tratando de detener la verborrea de la celosa sirvienta.

—¿Nuera bien galán y bien distinguido, el tal conde, ¿no? De verdá quiustedes dos sí que se parecen meramente como si jueran chachos —afirmó Delfina.

—Dese volado vamos hablar más tarde —dijo el mensajero con impaciencia, a la vez que fingiendo no estar interesado en el escabroso tema o por los piropos directos e indirectos de la frustrada cocinera—. Aura lo queyos quieren ayá en el castillo, pué, es quiusté se vaya payá, vaá, pa'questé presente cuando siable del volado de la venganza, vaá.

—Pues yo, francamente, ya no me quiero meter en esos liyos peligrosos, vaá. Porque orita yu'estoy éngrima sola en este mundo. Y si'a'yo mi'agarran, ay me van a matar sin ninguna compasión, vaá; mesmo como mataron y quemaron a los qu'iban pa'l entierro…

—Peru'es'que nosotros nesesitamos saber si'usté tien'intenciones d'ir a chiviarnos, vaá; porqui' usté sabe qu'esos volados son muy serios y meramente muy delicaos, vaá.

—Por yo pierdan cuidao —replicó Delfina—. ¿Cómo voy a chiviarlos astedes, pué? Si'astedes son los mesmos queran los amigos del padre Santofimio y del padre Castelar y, porende, mesmos amigos miyos de yo, también. Dígales que mi boquestá y estará cerrada comuna tumba y que por yo no siaflijan Que yo ¡nunca los voy a chiviar!

Leandro regresó al castillo condal. No pudo imaginarse que la condesa había sugerido la visita a Delfina para que él no se enterara del peligrosísimo rol que su hija desempeñaría en la *Operación Cascabel*.

—Sigún me dijo, la Delfina nuestá interesada en venir —informó parcamente el elegante mensajero—. Pero sí miasiguró que no tenemos por qué priocuparnos por ella, vaá, porque no nos piensa chiviar.

Mientras la condesa hacía variadas anotaciones en los papeles que cubrían su escritorio, los conjurados comentaron sobre asuntos ajenos al tema sobre el tapete.

—Se ve muy elegante —glosó Gertrudis, dirigiéndose a Leandro—. ¿Se puede saber cuál es la ocasión que usted está celebrando? —preguntó sonriente.

—Ah, pues locasión que celebro —contestó riéndose—. Es quiay me regalaron estos *gayos* tan pintosos.

—¡Tan ocurrente, el señor Beltrán! —aplaudió Sequi.

La perspicaz condesa fue más allá:

—Seguramente, tú eres el sacristán mejor vestido que ha tenido Cayaguanca; éste es ya el *cuarto* traje de paño inglés que *te* conozco —añadió pretendiendo sorpresa para ocultar el origen de los *gayos*.

A los Ábrego les maravilló que un ratón de sacristía se diera tanto postín vistiendo tan elegante; considerando particularmente que apenas había comenzado su sacristanía. Y más aún, les sorprendió la familiaridad con que la condesa lo trataba. Leandro intuyó el significado de las palabras de la condesa y calló sabiamente. Olaya le acolitó en su silencio.

—El éxito de la Operación Cascabel —comenzó diciendo la anfitriona y conspiradora en jefe—, depende, como es lógico suponer, de que el malvado Gato venga esta tarde tal como le ha prometido a Olaya. He aquí el plan final de la operación con sus mínimos detalles. Me gustaría que cada uno leyera su parte y luego la parte de los demás para ver cómo se integran. Esta operación, indudablemente, es muy peligrosa, y como es una acción combinada, con un elemento que falle, ello significaría la muerte para todos.

En seguida, María Teresa distribuyó a todos las instrucciones escritas, excepto a Leandro. Después que los neófitos conjurados terminaron de leerlas, Oscar preguntó secamente:

—¿Esto es todo, señora?

—Sí, eso es todo —dijo la condesa en tono concluyente. Luego agregó—: Quiero pediros que, si alguno de vosotros no se encontrara dispuesto a participar, nos lo haga saber ahora mismo. —Luego dirigió la mirada hacia cada uno de los presentes. Con afirmativos movimientos de sus cabezas todos ratificaron su decisión de participar.

—Debéis releer las recomendaciones que puse al final —añadió con voz firme—. Y quiero recalcar, enfáticamente, que es menester mantener un silencio absoluto sobre nuestros planes de venganza. Ese silencio es el factor fundamental que asegurará el éxito de la *Operación Cascabel*.

Seguidamente, doña Gertrudis pidió un minuto de silencio por todas y cada una de las víctimas de la crueldad de Osmán Aguirre y de los sádicos esbirros que lo acolitaban. También sugirió elevar una corta oración implorando la ayuda de la Justicia Divina en la ejecución de su proyecto y la protección de las vidas y la salud de todos los conjurados. Realizados los deseos de la viuda, los neófitos conspiradores se dispersaron cada quien para su casa o a su empleo. Apenas les quedaban cinco horas para preparar y llevar a cabo su misión de justa venganza.

***

El sargento González toco a la puerta de la oficina del comandante del batallón. La abrió un soldado que había estado recibiendo instrucciones del nuevo comandante, el coronel Osmán Aguirre y Sardinas. El soldado abandonó la oficina y González ingresó en ella y cerró la puerta.

—¿Me mandó llamar, mi coronel? —preguntó.

—Sí —dijo Aguirre sonriendo complacido—. Queriya que me contaras cómo te jué con el *señor* coronel Mica Polveada. ¿Se puso arisco o se puso a yorar?

—Se puso un poco arisco al prencipio, vaa, pero sí me dio limpresión que ya sinmaginaba que luiba eliminar al sólo yegar al riyo, vaá. Se puso un poco nervioso cuando yo le dije quia yo mera bien fásil matar a cualquiera sin tener remordimientos y que ya no le teniya miedo a los dijuntos, aunque los hubiera matado yo mesmo.

—Y ¿l'esplicó el significado del código de la misión 5-0? —preguntó el Chacal.

—Sí, se lo dije, pero después que ya liabiya tasajeado los coyoles y lorejal barquero. Yay sí que se puso requetebravo, pero yo lo calmé disiéndole quera lúnica forma de salvarle el peyejo y que se juera tranquilo paronde quisiera irse.

—Ese pendejo siempre está dándoselas de santurrón. Miacuerdo que en el primer año de la Escuela Melitar, ay nos traiban indios de las cárceles para que ensayáramos los rifles en ellos. El Mica Polveada se negó a dispararles al cuerpo y los demás cadetes luagarraron a culatazos para castigarlo por su *cobardiya*. Yo me metí a defenderlo y me cayeron un par de golpes en la espalda. Los jefes, para evitar que los cadetes lo mataran, o lo lincharan le consiguieron una beca pa' que se juera a la academia melitar champina por un par daños cuando Estrada Cabrera estaba de presidente vitalicio.

—Ah, pué, con razón me preguntó qué se sentiya cuando nos echábanos el primero. O seya quél nunca si' había echado a ninguno. Y ¿por qué luan promovido, pué, si es un güevón tan cobarde?

—Sigún mian dicho, su tata fue administrador general por mucho tiempo diuna de las hasiendas del Quiñones Molina. Y don Alfonso luiso su protegido. Anquiay se rumoraba también que en rialidá, el Mica es su hijo ilegítimo y quel viejo Castaneda luiso pasar como hijo dél para evitar el escándalo de la familia Quiñones y de sus suegros.

—Orita entiendo por qué mi coronel sianduvo con paños tibios con él —dijo González con sonrisa pícara.

—Y ¿cómo te deshiciste del güevon?

—Lo yevé a una tienda en Suchindondo pa' quiay se comprara unos trapos de cevil.

—No te pregunto si lo viste montarse en la camioneta para Santimonio porque ya recibí un telefonazo de mi general Menéndez. Me dijo que lleguayá al ministerio, lloriqueando yablando pestes de yo yay disiendo que debiyan diarrestarme yacerme juisio sumario.

—¿Y qué le respondió el señor menistro, mi coronel? —inquirió el sargento.

—Lo que mi hermano le habiya dicho que le dijiera: Que su denuncia la debiya dihaber jecho muchuantes y quiaura ya su palabra nadie se la creriya porque él mesmo siabiya puestuen entredicho al volarse de la prisión. Diay lo mandó para Casamata a quél mesmo se entregara. Y ya mi hermano me prometió que va a conseguir que alguno de los nuestros le caye el pico pa' siempre. ¡Pa' que no siga jodiendo más!

—¡Mi'alegro por'usté, mi coronel! —dijo González felicitándolo.

—¡Gracias por el *trabajito*! —añadió el Chacal secamente—. ¡Puede retirarse!

***

A la hora acordada, los conspiradores se reunieron por última vez en la *cueva de los ratones*. Todos se veían muy ansiosos y esperanzados. Además, se sentían segurísimos de que les asistía el derecho a hacerse justicia por sus propias manos, considerando que la dictadura militar que asolaba su diminuta patria no solamente se mostraba complacida con los horrendos crímenes de sus secuaces, sino que los alentaba a cometer sus sangrientas fechorías y les proporcionaba todos los medios para realizarlas.

—Anque no conozco bien el plan de l'Operación Cascabel cabalmente; ay quiero pedirles quiay que felisitar, primeramente, a la señora condesa por ese plan queya lua dejado tan bien jecho y cosinado, vaá… Peru'hay algo que meramente me priocupa mucho —explicó Leandro con voz afligida—. Yes que tós cremos quiay nunca vamos a tener ningún trompesón, vaá. Pero ¿qué vamosaser sialgo sale mal? Es qués como si juéramos a sembrar ajonjolí, quiuno no sabe si va yover mucho o siel sol vastar de canículas y quiay se queman las matitas cuanduapenas han salido del suelo. Yay se pierde tó porque nuay cosecha que levantar o vender, vaá. Yay sia perdido toduel trabajo pa' siempre…

—Pues yo creo que don Leandro tiene razón —opinó Oscar, y agregó seriamente—: Por mi parte, si yo pudiera ahorcar a todos esos hijos de puta asesinos, y perdonen la grosería, ¡a todos los mataba! Es decir, pues, quianque vengo ya preparado para hacer mi partecita en la operación; es prudente suponer, sin embargo, que no todo nos va a salir a pedir de boca. Y ¿qué hacemos entonces, señora condesa, sialgo nos sale chueco?

—Usar la imaginación, la lógica y la inteligencia —respondió María Teresa a la tajante pregunta del rudo muchacho, quien se quedó viendo a la noble dama con mirada inquisitiva y desconcertada como si no hubiera comprendido la respuesta.

—No te preocupes, Oscarito —dijo la viuda Ábrego—, cuando eso nos ocurra, entre todos decidiremos lo que se habrá de hacer.

Era este joven el único herrero de oficio en la villa de Cayaguanca. Sus corpulentos músculos hercúleos se habían desarrollado a plenitud con el constante uso del martinete metálico contra el yunque, aplanando gruesos eslabones de hierro enrojecidos por el fuego. Era tan grande su fuerza física y su aspecto de poderoso luchador que sus amigos lo apodaban cariñosa (y ¡*respetuosamente!*) *el Carnero*, por su enorme parecido al entonces famoso pugilista, Primo Carnera. Excepto en la estatura, pues el boxeador, quien un año después lograría coronarse campeón mundial de los pesos pesados en Nueva York, medía la friolera de más de dos metros de altura.

—Como dice mi apá —dijo Olaya volviendo al tema de la odiosa posibilidad del fracaso—, cuando se siembra ajonjolí, o cualquier otra cosa, uno no se pone a pensar si habrá sequía o si el sol va a ponerse más ardiente. Porque eso no se puede saber de antemano y, sin embargo, confiando en la voluntad de Dios, uno siembra con la esperanza de que todo nos va a salir bien.

—Ese es precisamente, hija mía, el espíritu de fe que se necesita para comenzar cualquier empresa —aplaudió la madre adoptiva—. El fracaso, sin embargo, es siempre un factor en todas y cada una de las ecuaciones de la actividad humana y debe ser tomado en cuenta —agregó ponderadamente.

Un sordo cuchicheo se suscitó entre los conspiradores. La condesa tosió contra su puño para acallarlo. Una vez la atención fue restablecida, María Teresa les exhortó con fervoroso celo:

—Son en este momento las cuatro y media. ¡Vamos, pues, cada quién a su puesto!

—¡Un momento, por favor! —imploró Oscar con vehemencia—. Hay algo quiay se me acaba diocurrir y quia lo mejor seya muy importante. Ni yo conozco al famoso Gato, ni él me conoce a mí. Pero sialguna vez conoció a mis primas; yo creibo quial verlas él talvez podriya sospechar di'alguna deyas, vaá; y más si las ven en compañía de l'Olaya, vaá.

—Tenéis mucha razón, amigo mío —dijo la condesa—. ¿Qué nos podrían decir al respecto, Sequi, Isabel, Maruca y María del Carmen?

Dando claras muestras de su vanidad herida, la menor de las huérfanas fue la primera en dar la respuesta con su habitual brío y desenfado:

—Gonzalo vino a nuestra casa sólo dos veces. Por cierto, la primera vez fue en un sábado por la noche cuando, después de salir de mi trabajo en la *Farmacia Alvergue*, se ofreció a acompañarme hasta la puerta, pero no entró. Una semana después, me acompañó de nuevo hasta la casa. Esa noche, mi mamá y mis hermanas se habían ido a preparar los ramitos de palmas para el Domingo de Ramos y no había nadie en casa. Yo, precavidamente, le mencioné que mi familia estaba a punto de regresar y le mostré el retrato de la familia que tenemos en la sala. Esa fue la única vez que Gonzalo las vio, pero como digo, fue solamente en un retrato. No creo que pueda acordarse de todas o de alguna de ellas.

Las otras huérfanas no recordaron ninguna ocasión en la que el Chacal pudiera haberlas visto, y mucho menos juntas, para poder reconocerlas. Sequi sugirió pensativa:

—Si me peino como campesina, con trenzas y chongas, pues pensará que *somos* campesinas.

—¡Magnífica idea! —dijeron al unísono la condesa y la viuda y luego celebraron con alegres risas su acoplamiento mental.

El elegante sacristán, sin embargo, parecía un poco preocupado.

—¿Y'es quese Gato nunca asistiya a l'iglesia? —preguntó y al instante, avergonzado ya por lo insulso de su pregunta, se respondió más que desconcertado—: Pero ¡qué bruto soy! Si'eso, seriya mesmo como poner al Maligno a ¡haser las hostias!

Todos celebraron con carcajadas la jocosa ocurrencia de Leandro. La reunión enseguida se disolvió y cada quien tomó su puesto acordado.

***

Exactamente a las dieciocho horas, como suele decirse en la consabida jerga castrense, el coronel Osmán Aguirre y Sardinas se apareció a la puerta del castillo condal; recién bañado, pulcramente afeitado y hasta perfumado; su grueso bigote muy esculpido; y para sus adentros, completamente preparado para efectuar el capítulo terminal de una nueva conquista lujuriosa disfrazada de romántica. Vestía pantalones de lino azul oscuro y una camisa de mangas cortas con fondo blanco y a grandes cuadros que realzaban sus musculosos bíceps, abultados y firmes.

La hermosa Sequi, con sus trenzas sujetadas por gruesas chongas multicolores y vistiendo un atrevido atavío, típicamente campesino, que podría haber sido más apropiado para el cuerpo de su hermanita menor, abrió la puerta ceremoniosamente.

—¿A quién busca el cabayero? —preguntó con dulce e inocente picardía brillándole en sus ojazos negros.

—Busco a l'Olaya. ¿No sabés si yestá lista? —preguntó impaciente.

—¿Y cuál es su gracia, cabayero? —preguntó la falsa arcataguense con pícara sonrisa.

—Gonzalo Aguirre —dijo sin quitar su mirada insolente del opulento busto de Sequi.

—Un momentito, señor Aguirre —respondió la fámula coqueta—. Voyir a decirle a la *señorita* Olaya quiusté la busca, vaá.

—Haceme ese favor —dijo el coronel, mostrándose un poco desconcertado por tan inusual protocolo—, pues yo en rialidá lo que queriya saber era si yestaba lista, vaá. O siay tengo quesperarla ayájuera, en mi carro.

—Sí, yuentiendo —respondió Sequi, impresionando un suspiro mal disimulado—. Voy a avisarle orita mesmo, vaá. —Caminó para atrás como los cangrejos hasta la puerta de la sala sin quitar su traviesa mirada de los ojos del coronel y desde allí llamó con voz afectada—: Oiga, ¡señorit'Olaaayaá! Aquistún guapo cabayero que dice que viene a buscarlasté —canturreó astutamente para que el romeo creyera que nadie en el castillo condal estaba enterado de los planes románticos de la nueva ama de llaves y su galán.

—Decile que mesperiún tantito; quen un momento salgo —respondió Olaya desde adentro.

Aguirre, mientras tanto, pasaba lista de los encantos de la bella doméstica. Hasta creyó ver y adivinar en su coqueta mirada el significado exacto de la metáfora gardeliana que hablaba de unos ojos que *"miran a veces tan promisores en el sentido de la pasión"*. Se embelesó tanto con los juveniles encantos y la persistente coquetería de Sequi que hasta pensó llevársela de una vez y dejar a Olaya con los colochos hechos. *Pero habrán más 'portunidades*, pensó. Además, el tiempo le sobraría para sus aventuras románticas una vez la situación política se estabilizase. *Definitivamente*, se dijo a sí mismo, *esta putona está muy galana y parece todaviya más calentona que l'Olaya y vaser la próxima que meche al catre*, pensó lleno de esperanza. Mientras su imaginación se sumergía en mares promisorios de futuras conquistas, su tierno *amor* apareció intempestivamente. Con pasión lujuriosa y fingida le plantó un apasionado beso en sus labios carnosos que lo dejó atolondrado y sin aliento.

El beso de Judas, pensó ella sin reprocharse en lo más mínimo. Más aún, se felicitó por su habilidad como actriz. Era obvio que el galán, impulsado por su afán de obtener conquistas fáciles, se tornaba presa fácil del engaño.

¡Ya se l'está derritiendo toda la melcochita por mí!, se dijo el cuarentón, felicitándose vanagloriosamente por su triunfo anticipado. Se sentía tan seguro de su atractivo irresistible para todas las hembras.

—¿Mesperás un par de minutitos más, cariño? ¿Sí? —preguntó la presunta amada; y con la dulzura que es habitual entre los que ya son amantes, le pinchó la mejilla azulada. El Chacal no titubeó un instante en responder afirmativamente. Había inhalado el perfume embrujador que emanaba sutil de sus cabellos húmedos y del revés de su oreja diminuta y eso le bastaba para convertirse en manso corderillo. *¡Se lestá derritiendo la melcochita!*, se repitió, convencido aún más de su triunfo inequívoco e inaplazable. Desde ese momento en adelante, el incauto seductor ya no pudo pensar en otra cosa que no fuera la apasionada cópula carnal que Olaya seguramente le brindaría esa misma noche después del cine, o a lo mejor, antes y después dentro del vehículo o sobre un mullido lecho. *¡A las buenas o a las malas!*, se prometió en silencio. Mientras tanto, Sequi observaba con aires de gazmoña sorprendida, la fingida romántica escena. Olaya permanecía pegada apasionadamente al hirsuto pecho del Chacal, ¡perdón! del *Gato*.

—Tespero en el carro —dijo el galán, separándose de ella—. Porquiay lo dejé con el motor encendido y me lo pueden robar —explicó dulcemente.

—¿Trajiste carro, amorcito? —preguntó Olaya fingiendo extrañeza mezclada con regocijado entusiasmo—. ¡Sos un verdadero primor! —dijo y agregó—: Y yo que creía que me ibas a llevar en ese carretón con motor en que pasás por aquí todos los días…

—No, señorita Olaya, aura ando en carricoche, ¡pa' servirl'asté! —dijo guasonamente—. ¿Por qué no mesperás aquí adentro y mientras tanto te tomás una chibola? ¡Ya buelvo! —prometió llanamente y atravesó la calle a grandes pasos. Olaya experimentó el amargo presentimiento de que el plan comenzaba a fallar. Para asegurarse de que la presa no cambiaría de parecer y retornaría, lo esperó de pie, reclinada contra el portón hasta que él regresó rápidamente, jugando con las llaves del auto y silbando una alegre tonada.

—Pasádelante, vos, y sentate —lo invitó ella de nuevo con sonrisa envuelta en ternura.

—¡Gracias, presiosa! —dijo el coronel. Y sin quitar sus ojos del frondoso cuerpo de Sequi se sentó en el sofá de la antesala. El ama de llaves fingió no haber visto la fascinación del cuarentón picaflor por los encantos de la nueva criada.

—Mirá, Gonzalo —dijo zalameramente la pretendida novia—, esta niña se llama Victoria, pero la llamamos *Toyita* y está recién llegada de Arcatago. Es la nueva *diadentro*.

—Mucho gusto en conocerla —dijo el Chacal mientras disimuladamente le hacía un guiño pícaro que su amada pretendió no haber detectado. La falsa Victoria le replicó el osado gesto con embrujadora picardía y Olaya la observó haciéndolo.

—Poné cuidado, Toyita —dijo Olaya fingiendo amor celoso y posesivo mientras movía su índice en tono amenazador—, Gonzalo es mi novio, ¡*mi novio,* que no se tiolvide! Y no te hagás ilusiones con él. —Y diciendo esto, hizo mutis hacia el interior del castillo.

—¡Qué gusto me da conocerlo, señor Aguirre! —murmuró la falsa arcatagüense. Con una remilgada, casi burlona, coquetería, se inclinó frente al oficial mientras halaba las esquinas de su delantal que escasamente cubría su fina cintura y un poquito más. Sus piernas y muslos cubiertos con sedosas medias blancas se mostraban bellamente contorneados e insinuantes. El muy crédulo *Gato*, mientras tanto, sentía que galones de saliva le atoraban su garganta y en silencio culpable la desnudaba con la mirada ojos. Ella se acercó a él zalamera y descaradamente provocativa.

—¿Gustariya tomarse una taza de chocolate de maní con trositos de marquesote, o una tacita de leche *bien caliente*? —inquirió en voz baja y gutural mientras, osadamente proyectaba hacia adelante sus potenciales y opulentos veneros de leche y miel.

—¡Muchas gracias! Pero no creo que hayga tiempo —se disculpó el romeo. Enseguida preguntó en voz alta—:¿Ya vas a salir?

—¡Ya casi! Decile a Toyita que te sirva una taza de chocolate con leche. Ahora, salgo; ¡Y no siás tan impaciente! —añadió reprochándolo dulcemente desde adentro.

El chocolate de maní, como es de suponer, había sido preparado con anterioridad siguiendo las instrucciones de la condesa. Sequi lo acompañó con una generosa porción de marquesote, oloroso a canela, a vainilla y a nuez moscada. Aprovechando que el Chacal tenía ambas manos ocupadas con la taza de café y el platillo de golosinas, la recursiva huérfana fue quebrando el marquesote en pequeñísimos cubos y con exquisita zalamería se los colocó uno a uno sobre la lengua del esperanzado íncubo. Gonzalo creyó ilusamente que la sirvienta trataba desvergonzadamente de ganarse su atención e interés. En realidad, Sequi solamente trataba de camuflar el amargo sabor del somnífero e impedirle que percibiera su ominosa presencia disuelta en el conspirativo brebaje.

Olaya emergió minutos después luciendo un atractivo combinado de blusa roja y falda azul celeste luego que el paso inicial de la *Operación Cascabel* había sido realizado con éxito. Venía en compañía de María Isabel quien, vistiendo un genuino hábito de monja, cargaba un pequeño y negro maletín de mano.

—Mirá, Gonzalito —dijo la hija adoptiva de la condesa con voz acariciante—, quiero presentarte a sor Agapita del Sagrado Corazón. Ella es la asistente principal de la superiora del Convento de las Hermanitas de la Caridad en Suchindondo.

—¡Mucho gusto! —dijo el coronel, cortésmente poniéndose de pie y ofreciendo la mano. La falsa religiosa, sin decir palabra, la estrechó suavemente.

—Sor Agapita vino a visitar a la condesa —informó Olaya—, y perdió lúltima camioneta para Santimonio y ella solamente va para Suchindondo, vaá. ¿Tendrías inconveniente en llevarla y dejarla frente al convento? Bueno, te lo pido como un favorcito personal, vaá.

—¡No faltaba más! —contestó Gonzalo—. Encantado de llevar a la hermanita a su convento. ¡Gracias, Toyita, por tu delicioso marquesote! Un día destos pasaré por otro *pedacito* — añadió, picándole nuevamente el ojo; aunque soslayadamente.

—Usté será siempre bienvenido a esta casa, señor Aguirre. ¿Nues verdá, señorita? —preguntó Sequi con voz melosa.

—¡Pues, claro, cuando vos querás venir, amor! —afirmó Olaya con fingida dulzura.

Partieron inmediatamente. La falsa monja pidió sentarse en el asiento de atrás, explicando que no estando acostumbrada a viajar en auto temía marearse sentándose en el asiento delantero. Oscar esperó impaciente varios minutos antes de comenzar a seguirlos a prudente distancia. Al pasar frente a las últimas casas de la villa, Gonzalo comentó con aire extrañado:

—No sabía que hubiera convento de monjas en Suchindondo. Yuestuve destacado ayí hace ya un par diaños —agregó con el ceño fruncido.

—Prácticamente se acaba de fundar —respondió María Isabel con voz serena—, gracias a la inmensa generosidad de la señora condesa que no solamente ha donado grandes sumas de dinero para la construcción del edificio, sino que ya lo escrituró a nombre de nuestra Santa Sociedad. Y también donó veinte mil pesos para amueblarlo y abrir una sala cuna para niños que sean inválidos o que se hayan quedado huérfanos. Por eso, precisamente, mi visita de hoy fue para traerle la invitación a la señora condesa para que vaya a colocar la primera piedra de la sala cuna. Por ahora ya tenemos veinte niños, todos alojados y alimentados en la casa adyacente a la parroquia…

—¿Y la condesa va a costear *todos* esos gastos? —preguntó Olaya fingiendo curiosidad.

—¡Ah! ¿Pero usted no lo sabía, señorita? —preguntó María Isabel con simulado asombro—. Esa señora tiene un corazón de oro, tan noble y tan cristiano que estoy segurísima de que irá derechito al cielo sin tener que pasar por el Santo Purgatorio…

—Lo que pasa es que como ella es una señora muy discreta —comentó Olaya seriamente—, no le gusta exhibir su generosidad y siempre realiza sus numerosos actos de caridad en el más estricto anonimato; tanto que a mí nunca me ha mencionado ninguna de sus donaciones.

—Pues yo nunca creí quesa vieja cascarrabias tuviera tanto pisto —dijo el coronel con voz malhumorada—. Porqués tan miserable, que se tardó un mes en pagar un peso por la suscripción al *Pro-Patria*. Yuay miaguanté porque mimaginaba que comuera tan vieja que yastaba punto de estirarlas, vaá.

—Lo que pasa —dijo la falsa monja—, es que hay personas que son tacañas para unas cosas y muy espléndidas para otras. Además, cuando ya se sienten cercanas a entregar su alma al Creador, no solamente tratan de enmendarse sino en hacer méritos para su salvación eterna. Por eso hacen actos de caridad con el prójimo y con las instituciones benéficas.

—¡Qué *putas* mestá pasando! —exclamó súbitamente el libidinoso Chacal con voz angustiada al mismo tiempo que frenaba violentamente el vehículo. El motor se le apagó y él se disculpó diciendo—: ¡Perdóneme, hermanita, por la groseriya! —Y enseguida, se bajó a darle manivela al vehículo. Lo encendió al instante y lo puso de nuevo en marcha.

—¿Qué te pasó, mi amor? —preguntó Olaya, fingiendo solicitud y sorpresa.

—¡No sé en rialidá qué jue lo que me sucedió! —respondió el oficial seriamente alarmado—. Peruesquiay vide de pronto como siuna nube negra y gigante siubiera tragado el monte ¡con todo y carretera!

—Tenés una gran imaginación —dijo la presunta amada riéndose. Y enseguida volvió al tema de la muerte; pretendiendo no interesarle las visiones del coronel—. Por eso yo siempre le he dicho a mis amigas quiay questar preparados para bien morir ¡no vaya ser el demonio!

—¡Ave María Purísima! —exclamó María Isabel mientras sacaba una pesa de báscula del maletín y se la aseguraba en la mano izquierda pues era zurda.

—¡Sin pecado concebida! —respondió Olaya a la trillada jaculatoria para darle un aire de más casualidad a la conversación.

—En todo caso —dijo el confiado Chacal—, yo soy diopinión que caduno debe gastarse su pisto como a uno le dé la rial gana. ¿Yónde tienen la casa, como digo, el centro prencipal de l'Orden? —preguntó curioso, aunque no con aire suspicaz.

—En Amberes, un puerto de Bélgica —contestó María Isabel con aplomo.

De repente, el carro frenó y se apagó de nuevo. El militar, asustado, dobló la nuca hacia atrás y comenzó a respirar profundamente. Olaya, fingiendo de nuevo grave preocupación, le preguntó solícita:

—¿Qué te pasa, mi amor? ¿Qués lo que te duele? ¿Qués lo que vos sentís? Enseguida colocó la palma de su mano sobre la frente de su *amado*—. ¡Uyuyuy! ¡Estás sudando helado! —exclamó ella pretendiendo sentirse asustada.

—¡Creo ques la goma! —gimió él dolorosamente.

—Pero ¿goma de qué, mi amor? —preguntó Olaya—. Anoche no estabas bolo y ya era bien tarde. ¿O es que bebiste licor después que hablamos?

El Gato asintió con movimiento afirmativo de su cabeza; mientras mantenía los ojos cerrados. Luego dijo:

—Es que después que nos vimos ay me sampé una boteye guaro pa' poderme dormir. —Enseguida abrió sus fauces de par en par en un largo y ruidoso bostezo.

—¿Por qué no te recostás aquí en mi hombro, cariño, yay te dormís un ratito? —sugirió la amada en afectuoso susurro. Levantando la cabeza, le hizo un guiño rápido a María Isabel para indicarle que el momento crítico se acercaba.

—No me dejen dormir mucho —ordenó el coronel en tono de súplica mientras obediente y muy confiado ponía la cabeza sobre el hombro de su Olaya—, porque… nos perderíyamos el comienso de… la… pelícu…laaa… —añadió, terminando la última sílaba adormecido.

—No, cariño; solamente te dejaré dormir un ratito nada más —le susurró su falsa amada al oído mientras con la mano libre le masajeaba las sienes y los músculos de la nuca.

Pasados algunos largos minutos, Olaya le hizo cosquillas debajo de la nariz. El dormilón, sin abrir los ojos, levantó la mano y con el revés espantó dos veces lo que imaginaba era una mosca impertinente. Inmediatamente, su cuerpo se relajó completamente y su cabeza cayó de medio lado sobre el hombro izquierdo. La moderna Judith pasó de nuevo la punta de su dedo índice por encima del frondoso bigote, pero el Holofernes criollo no se mosqueó. Luego, con mucho cuidado, Olaya introdujo la punta de su dedo meñique en una ventanilla de la nariz. El Gato continuó durmiendo, insensible a toda fricción. Su aliento se había tornado pausado y cadencioso. Las puntas rizadas del bigote se mecían al acompasado ritmo de la respiración.

Con un movimiento de su mano, previamente convenido, Olaya le indicó a María Isabel que la Operación Cascabel había llegado a su punto crucial. Con la adecuada destreza de sazonadas asistentes de un quirófano, las conspiradoras aplicaron una fuerte dosis anestésica, apretando contra la boca y la nariz del coronel una pequeña toalla saturada de cloroformo. La falsa monja extrajo de su cartera un grueso paquete de gasa quirúrgica; y de un envoltorio grande, dos pares de guantes y dos pares de bisturís, todos esterilizados. Procedieron inmediatamente a realizar la venganza tal como había sido programada por la condesa.

Al cabo de diez minutos, Olaya tocó la bocina en tres larguísimas pitadas. Era esa la señal convenida que la fase quirúrgica había concluido exitosamente. Doña Gertrudis, vestida también de religiosa, corrió al vehículo del coronel llevando consigo una bolsa grande conteniendo una sotana blanca, *herencia* del padre Castelar, y un bonete sacerdotal, y unas toallas impregnadas de alcohol; además de algunas sustancias de tipo casero para contener la hemorragia. Y una garrafa grande, llena hasta el tope de agua hervida y enfriada.

—¿Masticaron bien las hojas de escobiya? —preguntó Olaya.

—Sí —contestó la viuda—, las dejamos bien ensalivaditas. Y también nos aseguramos que el café no estuviera demasiado molido y que se sintiera bien chanco, como lo recomendó su mamá.

Minutos después se escuchó de nuevo la bocina del auto indicando que las heridas del Gato habían sido suturadas y su cuerpo disfrazado de *reverendo* sacerdote. Oscar encendió el motor y puso el engranaje en marcha. Después de rodar escasos diez metros, el vehículo se apagó. Con desesperación, el Carnero trató de encenderlo nuevamente, pero al hacerlo una y otra vez inundó el carburador. Se bajó maldiciendo improperios y luego de levantar la capota, succionó con la boca el combustible superfluo. Luego giró la manivela con toda la fuerza de sus músculos y el motor arrancó, pero el engranaje de las velocidades se estancaba cada vez que trataba de reanudar la marcha.

El sol ya se había escondido tras la lejana y azulada sierra de Cayaguanca; pero su luz, aún radiante, aunque paulatinamente atenuándose, pintaba arreboles caleidoscópicos y fugaces en selectos ámbitos de un cielo por demás límpido.

En la distancia, apareció de pronto un vehículo rodando en dirección hacia Cayaguanca. Las tres conspiradoras se llenaron de pánico y comenzaron a rezar en voz alta implorando que el carro de Oscar por fin funcionara.

—Si ese carro llega primero que el de su sobrino, —dijo Olaya con los nervios crispados—, seguramente nos preguntarán si necesitamos ayuda o qué estamos haciendo aquí íngrimas solas. Pero viéndolas en esos trapos de convento se apiadarán de nosotras y tratarán de ayudarnos y vendrán a espiar dentro del carro del Gato. Y allí mismo ¡estaremos perdidas!

—¡Ay, Dios mío! ¿Qué hacemos, *Padre Eterno*? ¿Qué hacemos?

—Salgámonos y caminemos despacito —sugirió la viuda—. Y si al llegar nos preguntan si necesitamos ayuda, les diremos que no porque atrás viene nuestro mecánico.

—¡Genial idea! —aplaudió Olaya.

Exactamente como doña Gertrudis lo había anticipado; la volqueta, con varios hombres de pie y sentados en la parte trasera, disminuyó su velocidad. El pasajero sentado en la cabina delantera preguntó si necesitaban ayuda y si planeaban pasar al otro lado del Lemparrío.

—¡Dios le pague por su oferta! —dijo doña Gertrudis—, pero nuestro mecánico —explicó—, ay nos viene siguiendo. ¡Que Dios los lleve a ustedes con bien! —agregó cortés.

—¿Por qué quiere saber si vamos para el otro lado? —inquirió María Isabel.

—Porqui'ay una cola bien larga de carros y camiones esperando por la lancha a *ambos* lados del río —fue la respuesta.

Uno de los pasajeros señaló el borde de la falda azul claro de Olaya, exclamó:

—¡Mire, señorita! Ay se le ve una mancha fea en su falda y ¡parece que juera de *sangre*!

El súbito descubrimiento de huellas de sangre en la falda del vestido de Olaya produjo en su espíritu, de por sí ya traumatizado por la tensa ansiedad sufrida durante el proceso de la venganza cumplida, una abrumante mezcla de temor y horror. Sus nervios se crisparon aún más y su tez se tornó lívida. Hábilmente, sin embargo, logró mantener una compostura ecuánime. Respirando profundamente, volvió su rostro hacia María Isabel.

—Sor Agapita, ¡Mire, lo que me hicieron sus famosa aceitunas negras! —gruñó levantando el borde inferior de su vestido—.¡Ay me mancharon la falda! —añadió pucherosa.

Sor Agapita captó la onda inmediatamente.

—¡Claro, señorita! —comentó la falsa monja con el ceño fruncido—. ¡Tenía que sucederle; pero yo se lo advertí! Le dije que no las comiera hasta que llegáramos a Santimonio —agregó reprochándola para salvar su pellejo.

—Bueno, no importa ¡estaban tan ricas! —dijo el ama de llaves con fingida indiferencia—. Ay traigo otro vestido de repuesto. Y luego se dirigió al observante pasajero—: ¡Que Dios le pague, señor, por señalarme esta horrible mancha! —dijo sonriente.

Afortunadamente para Olaya y la Operación Cascabel, ninguno de los tres recordó que las aceitunas criollas nunca maduran antes de agosto y que aún estaban en el mes de junio.

VEINTIDÓS

—¡Que Dios los acompañe y los lleve con bien! —exclamó la *hermana* Agapita agitando su mano. Los adioses se sucedieron uno tras otro. Una vez la volqueta desapareció tras una loma, las vengadoras respiraron aliviadas. La *Operación Cascabel* prosiguió su curso inexorable. Oscar logró finalmente poner en marcha su vehículo y pronto lo llevó hasta dejarlo a la par del elegante carro del Chacal. La comitiva vengadora se sentía en vilo pues temían que si algo les fallaba sus vidas estarían en mortal peligro.

—¿Todo listo? —preguntó la viuda.

—Sí, señora —respondió su hija.

—¿Ya se los… apiaron? —inquirió Oscar.

—Sólo uno —respondió Olaya secamente.

—¡Queeeeé! —grito furioso el Carnero—. ¡No me digan que no tuvieron valor de cortarle la pareja! —las increpó airadamente.

—No —dijo la aprendiz de cirugía—. Es que decidimos hacerle más cruel el castigo. O sea que aunque sentirá ganas de *lo que sabemos*, vaá, ya nunca más podrá realizarlo. A menos que le vuelva a crecer —añadió con sonrisita gazmoña.

Doña Gertrudis, juntando las manos, elevó su voz mirando al cielo:

—Secundino, amado mío, por fin te hemos hecho justicia. Ahora, querido, ¡ya puedes descansar en paz!

Luego de transferir el *paciente* al vehículo de Oscar, limpiaron con alcohol las huellas en el revólver de dotación y después lo arrojaron al monte. En la chuspa del revólver metieron los dos órganos amputados y luego la colgaron del cinturón del anestesiado Chacal.

Mientras proseguían la marcha, aplicaron varias dosis adicionales de anestésico cada vez que el Gato se movía y parecía estar a punto de despertar. Pronto se encontraron detrás de una larga cola de vehículos, camiones principalmente, que impacientemente esperaban su turno para cruzar el Lemparrío. Era tan larga la fila que desde el final no se alcanzaba a ver el cauce fluvial. Tanto Oscar como las damas comenzaron a sentirse temerosas por el inesperado retraso, aunque ya se lo había advertido el pasajero de la volqueta.

—Piensen, por favor, cómo encontrar una salida a este maldito contratiempo —dijo el rudo Carnero con voz afligida. Sus compañeras calladamente apoyaron la sugerencia.

Minutos después, María Isabel anunció sonriente:

—¡Ya tengo la solución! Como mami y yo vamos vestidas de monjas y el Gato va disfrazado de sacerdote, podríamos pasarnos por el lado y cuando lleguemos a la orilla del río le explicamos al barquero que este es un caso de vida o muerte pues llevamos a un sacerdote malherido a un hospital de Suchindondo ya que en Cayaguanca no hay hospital para darle servicios médicos de urgencia.

—¡Tenés razón, querida primita! —dijo Oscar aplaudiendo la inteligentísima sugerencia de la avezada huérfana. Olaya y Gertrudis la felicitaron calurosamente, dándole muchos besos en las mejillas como premio a su ingeniosa chispa. Su primo condujo inmediatamente el vehículo hacia el lado izquierdo de la angosta carretera y prosiguió su marcha sin importarle los insultos soeces que a gritos iracundos les lanzaban los conductores rezagados.

Al llegar a la orilla, el agente de la Policía Nacional de Hacienda que dirigía el acceso de los vehículos a la barcaza fue rápido hacia el carro de los vengadores mientras soplaba sin cansancio el pito de dotación y con la palma de su mano ordenaba un alto.

—¿Parónde se crén que van? —preguntó hosco.

La viuda Ábrego se había mojado los ojos con saliva para hacerlos aparecer llorosos. Salió inmediatamente del vehículo y después de levantar la falda del hábito para no enlodar su ruedo, se enfrentó decididamente al policía.

—¡Señor agente, por amor de Dios, tenga usted piedad de un pobre moribundo! —imploró plañidera.

—¿Cuál moribundo? —preguntó agriamente el agente con obvia incredulidad.

—El padre Santiago de Cayaguanca se cayó esta tarde desde la torre del campanario y aquí lo llevamos para el hospital de Suchindondo porque está gravemente herido. Si nos detenemos a esperar turno —explicó Gertrudis en lenguaje convincente—, ¡se nos podría morir por el camino o aquí mismo! ¡Por amor de Dios, ayúdenos a salvar la vida de este santo varón! —suplicó con vehemencia lacrimosa.

Tan pronto el tozudo *chichero* comprobó la presencia del presunto sacerdote a través de la ventanilla y observó su aspecto a todas luces cadavérico, se condolió de su suerte.

—Puesay mesmo los vuá poner alante en este viaje pa' quiay lleguen a tiempo al hospital ¡yojalá que no se les muerantes de yegar! —dijo ceñudamente.

Con su silbato en acción detuvo una volqueta que se movía hacia la orilla del río. ¿Y qué corona tienen esas viejas putas? —preguntó con justo enojo el chofer detenido en su marcha.

—Aquí lutoridá soy yo, ¡carajo! —respondió el agente furioso—. Y si no se caya, luecho pal culuela cola. ¡Yayí se va quedar pa' que no me joda más! —agregó amenazante.

Oscar movió su carro hasta el frente de la fila. Mientras esperaban el retorno de la lancha, María Isabel por la ventanilla le habló al hosco pero compadecido policía:

—¿Y por qué hoy la cola está tan larga, señor agente? —preguntó.

—Porquianoche *los comunistas* mataron al pobre viejo barquero —respondió el policía con evidente enojo—. Y los malditos asesinos no se conformaron con matarlo a puñaladas, sino que hasta le cortaron una oreja y los *compañeros*. ¡Yay perdone la groseriya, vaá!

La *monja* se santiguó asombrada por la espeluznante información recibida del agente.

—Me pregunto si en realidad fueron comunistas los que cometieron esa barbaridad o fue otro de los *milagros* de ese maldito ejército de asesinos —comentó Olaya y sus acompañantes estuvieron de acuerdo.

Pronto lograron cruzar el apacible río.

—Estos treinta y cuatro kilómetros a Santimonio van a ser los más largos de mi vida —dijo Oscar al tocar tierra firme.

A lo largo de la tenebrosa carretera todo parecía inmutable. La endeble luz de los faroles del vehículo apenas horadaba las tinieblas y las luciérnagas, a pesar de su enorme número, no podían neutralizarlas. Algunas de ellas, como los kamikazes en la guerra, se suicidaban violentas contra el parabrisas del vehículo. De vez en cuando, por entre la maraña de los arbustos y sus ramajes, se vislumbraban las minúsculas luces de los candiles a queroseno alumbrando el interior de los humildes bohíos aledaños a la carretera de tierra lodosa y pegajosa por la lluvia y el paso del tráfico vehicular. Los retenes militares, tanto a la entrada como a la salida de Suchindondo, se tragaron el ficticio argumento de la tragedia tan perfectamente actuado por las falsas religiosas.

Al pasar frente al caserón en cuyo patio se exhibían los filmes extranjeros, los temerosos vengadores escucharon las risotadas y los silbidos del público. Adheridas a las paredes exteriores observaron grandes pancartas anunciando para esa noche la exhibición de *El Circo* con Chaplin.

—¡Qué lástima, coronel Gonzalito! —dijo Olaya mofándose del anestesiado chafarote—, que esta noche no podrás ver la película de tu artista favorito; ni tampoco gozarás la inmunda sarta de porquerías que tenías preparadas para mí.

Todos celebraron el comentario burlón de la joven, menos el aludido por supuesto, quien continuaba sumergido en su profundo sueño artificial. La risa de los conspiradores, suscitada por la habilidad histriónica de Olaya sirvió de piadoso bálsamo para aliviar la tensión agobiante que los atormentaba. Tan pronto traspasaron los controles militares que vigilaban el ingreso a la ciudad capital, María Gertrudis y su hija se despojaron de sus respectivos disfraces.

Luego de quitarle la sotana al Chacal, arrojaron todos los disfraces utilizados a un predio baldío. Al llegar al Hospital Manfredo Rosado detuvieron el coche frente al portón principal. Pidieron instrucciones precisas para llevar al paciente a la sala de urología. Mientras sus colegas conspiradoras lo esperaban frente al nosocomio, Oscar cargó a cuestas al coronel y lo colocó en el suelo frente a la estación de las enfermeras. Una de ellas salió apurada, gritando que no podían abandonar un paciente en esas condiciones.

—¡Señor, señor! ¡Oiga! ¿Dónde están los papeles del médico de admisión? —preguntó.

—¡Orita mesmo se los traigo! —prometió el Carnero en un grito desaforado y continuó corriendo hacia el portón de salida.

Tomaron la ruta del regreso que la condesa les había indicado pero el paso del Lemparrío era inevitable. Llegaron a su ribera temprano en la madrugada y se pusieron en el primer puesto de la fila que se formaría más tarde con el arribo de nuevos vehículos y viajeros.

Aprovechando la oscuridad del paraje y del momento, el Carnero se alejó de sus primas y compañeras y después de despojarse de su ropa manchada de sangre, la arrojó al río; luego se dio un baño en su orilla para que el agua fría le quitara el sueño postergado y la modorra causada por el desvelo. Se vistió con la ropa que había traído en el baúl del auto y luego se unió a sus lindas parientas y a Olaya. El barquero llegó al amanecer y fueron los primeros en hacer la travesía.

Las osadas mujeres se quedaron dormidas durante el trayecto a Cayaguanca. Llegaron al castillo condal o *cueva de los ratones,* todos cansados y adormitados pero satisfechos de haber realizado la *Operación Cascabel* con la loable pericia de conspiradores profesionales.

María Isabel se fue a la cocina a preparar un delicioso y típico desayuno cayaguancateco a base de frijoles refritos, majonchos fritos, revoltillo de huevos con tomatitos cereza y café negro de esencia con leche y azúcar. Durante el desayuno, los autores de la venganza relataron uno a uno los pormenores de su odisea, incluyendo los momentos de angustia y la ingeniosidad de las jóvenes conspiradoras. Oscar se disculpó por su apetito desmedido y por haber pedido doble ración, pero lo justificó alegando que su peso de ochenta y cuatro kilogramos requería una dieta rica en proteínas animales y vegetales, así como de vitaminas.

—Usted se lo ha ganado, amigo mío —dijo la condesa. Luego felicitó calurosamente a todos los conspiradores y enseguida trajo a colación el papel extraordinariamente bien actuado por Sequi en su fingida seducción del Gato—. Un trabajo tan inmejorablemente realizado como el vuestro —añadió, poniendo su servilleta sobre la mesa—. Ciertamente merecéis el más opíparo banquete para celebrarlo. Se debe tomar en cuenta que nuestra cocinera es un as de oros en la cocina y este desayuno podría catalogarse como un banquete, aunque modesto en sus ingredientes.

La rolliza cocinera se limitó a agradecer los elogios hechos por su patrona. Mientras tanto, Oscar no pudo acallar su desasosiego:

—El carro del Gato —dijo él—, ya nuestaba ónde lo dejamos ayer. ¡Yeso me priocupa, señora condesa! —agregó con el ceño fruncido.

Las mujeres asintieron con sendos movimientos de cabeza. María Teresa también se sintió preocupada. Se levantó de la mesa y caminó pensativa.

—¿Estáis absolutamente seguros de que el vehículo ya no estaba donde lo dejaron ayer? —preguntó.

—Pues yo creo que sí —dijo María Gertrudis recordando que ella había sucumbido a las huestes del sueño durante el trayecto del retorno.

—¡Nada de *creo*! —exclamó María Teresa—. En estos menesteres tan delicados hay que estar absolutamente seguros. ¿Se encuentra muy lejos ese lugar? ¿Habría que ir en automóvil? —preguntó con voz angustiada.

—Queda como a seis kilómetros desde la salida de Cayaguanca —dijo el Carnero—, pero mi camioneta se está recalentando mucho y por eso es que siapaga de repente. Hasta que no le haiga cambiado la bomba del radiador no podré usarlo. Y lo peor es quiay tengo que esperar a que me manden la pieza desde Santimonio.

—Tampoco sería prudente —añadió la condesa—, ir a pie a husmear a ese lugar; o viajar en un auto que se apaga cuando menos pensado. Si los militares lo han decomisado y ya han puesto vigilancia, nos podríamos meter en camisa de once varas. Acordaos que las novelas policíacas reiteran que por alguna razón "el criminal siempre retorna a la escena del crimen".

—Entonces ¿qué hacemos, señora? —preguntó Olaya con voz desesperada.

—Alquilaremos uno de los autos de don Jacobo Saca —sugirió María Teresa. Habrá que ir inmediatamente.

—Buena idea —dijo Oscar—, pero no estoy seguro de que el *Turco* me lo quiera arquilar a yo, a menos que…

—Ve y dile que yo os envío y que te lo alquile por unas dos o tres horas porque también no creo que lo alquile por menos tiempo y que el pago correrá por mi cuenta,

Dos horas más tarde, la patrona y Oscar regresaron. El mensaje implícito en su silenciosa compostura anunciaba un presagio claramente ominoso.

—¿Luencontraron? —preguntó el desempleado sacristán refiriéndose al carro del capado Chacal y reflejando en su rostro una justificada ansiedad.

—No —replicó la condesa—. Estoy segura de que lo robaron —explicó a punto seguido—. Las huellas dejadas por las llantas revelan que el carro fue encendido y luego guiado pues no existe evidencia de que fuese arrastrado por una grúa.

—De regreso —indicó el Carnero—, pasamos varias veces frente al patio de los motores del cuartel y el carro de ese maldito nuestaba ayí. Yo creo que alguno se lo robó porque si los militares l'hubieran encontrado y'hubieran comenzado a investigar y efectuar las pesquisas por la desaparición del coronel. Y'esos carritos son tan fáciles di'arrancar que cualquier persona con un poquito de maña y algún conocimiento de mecánica los puede encender y llevárselo.

—¿Y p'avenderlo o registrarlo, comuasen? —quiso saber Leandro.

—Como no le pueden sacar placa legal, primero lu'esconden en un lugar aislado como una finca y di'ay lo van desarmando pieza por pieza y las venden como repuestos…

—En todo caso, hay que mantenernos con el ojo al Cristo —aconsejó Olaya y en seguida anunció—: Yo estoy muriéndome de sueño y necesito dormir un rato. Si la señora no tiene algún inconveniente, me iré a la cama inmediatamente.

—¡Claro que no hay inconveniente, hija mía! —respondió dulcemente la condesa—. Es más, idos todos a descansar. Leandro y yo iremos a hablar con Delfina.

Aunque tanto María Teresa como Leandro parecían estar muy calmados y aparentemente muy descansados, habían pasado una noche llena de angustiado insomnio. Y, muy a pesar de ambos, en su propio lecho, como era de esperarse ya que su romance no había prosperado tanto como para convertirlos en cónyuges y, mucho menos, amantes sobre cama y colchón.

El campesino, preocupadísimo por la suerte de su hija, no había logrado conciliar el sueño, ni había podido pensar en otra cosa que en el peligro mortal al que ella voluntariamente se había expuesto al involucrarse en la venganza contra el perverso militar. Le dolía en el corazón al lograr comprender que él, siendo su propio padre, no podía volar a dondequiera que Olaya se encontrara para darle su protección si fuera necesario. Cierto que su pequeña se había convertido ya en una mujer adulta, tanto por su edad como por su conducta formal. Y más aún, era muy independiente pero muy circunspecta en su forma de actuar. Llamarla desobediente hubiera sido más que inapropiado, en extremo injusto. Ya no era la macilenta cipotiya que corría veloz a su lado cada vez que algún muchacho vecino pretendía vengarse con pellizcos, burlas o picardías. Ya no era más aquella tímida adolescente que se sonrojaba cuando algún muchacho insolente le espetaba un piropo. Vino a su memoria un incidente ocurrido cuando Olaya ya tenía doce años. La suegra había comprado un par de marranos recién nacidos y le había pedido a Leandro que los capara para ponerlos a engordar. Su hija nunca había presenciado una castración de cerdos o de otros animales domésticos y se había indignado al ver como su padre hacía una incisión en el escroto del animal y extraía los testículos con sus propias manos. El animal, chillando de dolor, había pataleado inútilmente para zafarse de las manos y de los dedos huesudos de la abuela que lo mantenían apretado contra el suelo.

—¿Qué mal les ha hecho ese pobre animalito? —Olaya preguntó llorosa.

—¡Ninguno! —respondió la anciana—. Pero si no los capamos orita mesmo ay se van a pasar corriendo detrás de las marranas y ansina nunca van a engordar —explicó para calmar la objeción de la nieta.

—¿Apá, y pa' qué lechan criolina en lerida?

—Pues ¿pa' qué vaser, mija? ¡Pa' quiay no le dé uninfeyción y le sane rapidito! —le respondió él—. Mire mija, aquí le reyenamos la bolsa de los cojones con un poco descobiya mascada yun puño de café molido pa qui'ay se le tanque la sangrada… Y diay lo cosemos bien pa' que no se nos vaya a morir desangrado, vaá. Aura mesmo voy a capar el otro yusté miayuda a reyenarlo y a coserlo, ¿quere o no? —le preguntó, a pesar de que el semblante de su hija aún mostraba muecas de asco y de obvio disgusto.

—Sí, apá, lo vuaser… ¡quiero aprender! —contestó Olaya. *¡Y luaprendió!,* se dijo Leandro con irónica sonrisa. *Peruaura en lugar de capar marranos se jué a capar un chacal,* se dijo orgulloso. Para bien o para mal, la niña de antes se había convertido en toda una mujer; aunque él ya consideraba que había sido para su propio bien y también para el bien de los suyos. Después de la muerte de su esposa, Olaya siempre quiso que él fuera para ella padre y madre a la vez; aunque, prácticamente, la abuela materna se hizo cargo de su crianza y de cada uno de sus momentos difíciles. Era justo admitir, con cierto remordimiento, que él no siempre estuvo al pendiente ni de la salud de la hija ni de su progreso escolar.

—Esas obligaciones —le aconsejaron sus cheros de juerga—, son de tu mesma suegra y de la máistra de Olaya.

Para su conveniencia egoísta, él observó fielmente el desaguisado consejo; a tal punto que, al quedar viudo, sus hijos varones fueron recogidos por algunos de sus parientes; exceptuando Mateo, el primogénito que, siendo ya casi mayor de edad, se marchó para La Hondurita de donde regresó ya casado.

Tampoco podía negar que sintiéndose libre nuevamente de las ataduras matrimoniales, había compartido el lecho con "viudas y solteras y alguna quiotra casada", como se jactaría el cantor de *Mil amores.* Y por andar en esos apasionados ajetreos se había descuidado de su pequeña. Al morir su abuela, Olaya se marchó a Cayaguanca sin requerir el consentimiento paterno. Pronto se empleó con la condesa y fue allí donde, después de una dolorosa y persistente búsqueda, la encontró. La hija, sin embargo, no quiso que su imperiosa patrona lo conociera para que no lo humillara. La generosidad de Olaya había sido muy patente, rememoró. Bastaba un ejemplo: Con el dinero de sus sueldos le costeó una reluciente dentadura que él continuaba luciendo muy orgulloso; utilizándola a su vez como arma efectiva para las conquistas amorosas, ya que sus blanquísimos y parejos dientes realzaban su gentil y cautivadora sonrisa. ¿Cómo no se iba a sentir orgulloso de su única hija, convertida ya en una mujer guapa, como la veían sus ojos paternales? En esos momentos se sentía más satisfecho de su conducta porque al obtener un empleo, aunque de clase humilde, había roto las barreras tradicionales impuestas a la mujer, particularmente a la mujer campesina. Independizarse era en sí un acto de rebeldía, especialmente para una joven con escasa educación y habilidades comunes a todas las mujeres de su época y región.

El tema de la rebelión de su hija le trajo a la memoria los recuerdos de su humilde y tan distante niñez, aunque casi ocultos por la gruesa bruma de los años. Sin embargo, recordó fielmente aquel momento cuando, contando apenas cinco o seis años, había observado con curiosidad a los herederos de la acaudalada familia Santos en la feria de Guarjilanga. Esos ricos cipotes, probablemente tendrían la misma edad que él, pero ellos vestían lindos zapatos de negro charol brillante y trajecitos de seda y algodón. Sus pies desnudos, su pantalón hecho de plebeyo mantadril y su camisa de percalina barata le habían parecido sucios y tan desmejorados junto al vestuario lujoso, limpio y nuevo de los herederos. Con tristeza e, indudablemente, con mucha envidia, le preguntó a su padre, Mateo Beltrán Guardado, por qué él vestía tan mal y los niños Santos vestían tan bien; y más aún, por qué ellos estaban gorditos y de cachetes sonrosados y él flacuchento y paliducho.

Por un corto tiempo, su progenitor había ponderado tanto la pregunta como la respuesta que debía darle.

—Mire, mijo —le dijo con seriedad—, ustestá muy cipote tuaviya, vaá, pa' quentienda destas cosas que tuaviya son cosas de mayores, vaá; pero sí le puedo decir, pa' quiusté luentienda, vaá, que Dios es el criador de todas las cosas que podemos ver y güeler, ansina como de las cosas que no podemos ver ni güeler.

Leandro se sintió abrumado al no poder comprender la premisa de su padre. Pero se sentía seguro que él podría explicárselas.

—¿Y cuáles son esas cosas que no podemos ver ni güeler, apá? —preguntó extrañado.

—Fíjese, m'hijo, qui'hay la luz no la podemos güeler, pero sí la podemos ver. Dios crio a los hombres y a los animales y a la tierra y la luna yel agua que corre por los riyos y la questá en la mar; y crió los pescados y los pajaritos; el máis y los frijoles. Pero todas esas cosas se pueden ver y'algunos hasta se pueden comer, vaá. Pero Dios crio varias otras cosas que no se pueden ver ni güeler y tampoco se pueden comer, ni comprar ni vender comués la fe, lesperanza y el miedo. Y como Él mesmo las crio pues es el dueño de tó, vaá. Yes Él el que deside a quién le va a dar todas las riquezas y a quien le va a dar sólo l'esperanza. A los señores Santos, Dios ay les dio el pisto, las haciendas y'el ganado, pero ansina también les dio ese miedo amargo de perderlo tó y'a quedarse un diya chulones, es desir con una mano atrás y lotralante. Yese miedo no los deja ni dormir a pierna suelta como luacemos nosotros mesmos; ni a confiar en náiden, vaá, ni en ellos mesmos, pué. Pareyos todos nosotros somos sospechosos de la envidia y cuando los hijos se quieren casar pues ay buscan compañeros o compañeras que ya seyan tan ricos y tan platudos mesmo comueyos, vaá. Yo no sé sieyos sian merecido esas riquezas o ese castigo; solo el mesmo Dios lo sabe a sensia cierta, vaá. A nosotros, los Beltrán ya tós los demás pogres, Dios nos dio solamente la pas, la fe y lesperanza de conseguir tó las cosas que necesitamos pa' vivir anquiay seya humildes, vaá. Perueso sí, trabajando de sol a sombra. Pero como no nos dio ese miedo de perder lo que no tenemos, ay podemos dormir bien tranquilos, vaá. ¿Ya mentendió? —preguntó su padre, no muy seguro de su razonamiento.

—No, popriamente, vaá —contestó él.

—Algún diya lo va yegar a entender —le prometió y continuaron gozando de las fiestas.

En muchas ocasiones, Leandro había cavilado sobre la intrincada respuesta de su padre y aunque nunca le pareció tan clara como el agua de los ríos, considerando los eventos principales en su vida, siempre había llegado a la conclusión de que el viejo tenía razón. Era pobre, sí, pero vivía, en cierta forma, una vida feliz; vistiendo ropa humilde, gayos, siempre; comiendo más que todo de máis, arroz y frijoles. Cierto que sus amigos le reprochaban su indolencia y su aparente carencia de ambición. Sus enemigos, sin embargo, se valían de su amor por la música de su guitarra, por la poesía y los brazos ardientes de mujeres acomodaticias para denigrarlo, llamándole miserable vagabundo, un lana sin planes ni propósitos serios y, por ende, sin fondos ni propiedades.

En esos precisos momentos, el destino parecía ofrecerle la sorpresa de un nuevo y, tal vez, el último romance de su vida. Claro, él no estaba muy seguro de que la condesa estaba realmente enamorada o interesada en obtener su amor. Las celosas palabras de Delfina vinieron a su mente y sonrió esperanzado al pensar que él también había adivinado un cierto y apasionado destello en las tiernas miradas de la encopetada dama. Lo más sorprendente de todo, sin embargo, era el hecho de que María Teresa trataba por todos los medios de conquistarse el cariño de su hija, y esa actitud le ayudaría algún día a consolidar la relación si por fin se decidiera a confesarle su amor. Sería, entonces, un triángulo de amor y no de enemistad. La duda le asaltó a mansalva. ¿Les ponía el destino a los dos, al padre y a la hija, al amparo y voluntad de ese ser tan ajeno a sus vidas, y por demás extranjera, para su bien o para su mal? Si bien la condesa parecía haber abjurado últimamente de su habitual forma altanera con los demás; no era menos cierto que sería absurdo pretender que a su avanzada edad abandonara, de la noche a la mañana, su prepotente imperiosidad, su orgullo de ibérica adinerada y la certidumbre de ser y de sentirse superior a todos los que la rodeaban. Aunque Leandro se sentía atraído por sus encantos físicos, que el inexorable paso del tiempo había menguado, pero no extinguido; también se negaba a convertirse en un apéndice conyugal, en un simple y vacío títere catrín. ¿Podría él soportar convertirse en un gallo *agallinado*? ¿Y si su hija se lo pidiera, estaría él dispuesto a sacrificar su hombría y su independencia con tal de verla feliz?, se preguntó indeciso.

Ya Leandro había observado, con cierta sutil incomodidad, como todas las personas en su entorno escuchaban cada palabra que la condesa decía como si fueran palabras divinas. También había constatado cómo todos se mostraban dispuestos y prestos a obedecer sus órdenes y caprichos. Y él, Leandro Beltrán Erazo, era el más fiel y, sin ninguna duda, el más sumiso de todos ellos. Su inequívoca lealtad tenía, obviamente, un motivo ulterior. Aunque su amor lo sabía indigno, él ciertamente amaba a María Teresa con todas las fuerzas de su corazón. Cierto que nunca se lo había manifestado y ni siquiera insinuado; y no por no estar decidido a hacerlo, sino por saberse, precisamente, indigno de su amor. Y, además, porque ser el más pobre entre los pobres le causaba un agobiante complejo de inferioridad. Pero ¿qué sucedería si se decidiera a confesarle su amor por ella y ella, no solamente se mofara de sus agallas, sino que también lo mandara al diablo? Pues se iría al infierno, porque, al fin y al cabo, sin ella la vida para él sería eso: ¡un infierno! Y si ella aceptara su humilde amor como él anhelaba, ¿qué podría ofrecerle que balanceara la ecuación de riqueza versus pobreza material? Sus haberes tangibles se reducían a una vieja guitarra y los intangibles a su gran capacidad de amar intensamente.

Ciertamente, pensó Leandro, ninguno de esos bienes era valiosos o depositables en cuentas bancarias ni tampoco podrían servir como garantía para obtener un préstamo. Pero la vida no era solamente un cúmulo de balances bancarios; la vida para merecer ser vivida debía ser una densa amalgama de sentimientos profundos y de esperanzas lógicas. A fin y al cabo, en la búsqueda de un cariño verdadero, el más presumido y acaudalado caballero debe reducirse al nivel de simple y humilde pretendiente. Su innegable y agobiante penuria, desde ese punto de vista, no parecía tan denigrante, ¿o sí? Pero ¿lo vería también así la condesa? No le quedaba otra opción que esperar que los hechos se sucedieran uno a uno hasta el momento menos esperado cuando, como él solía decir, *saltase la liebre*.

Al salir a la calle, la elegante pareja formada por la dama ibérica y el plebeyo redentoreño se topó de repente con un nutrido grupo de niños y mozalbetes curiosos que rodeaban a una pareja de soldados. Uno de estos cargaba un enorme tambor y lo tongoneaba produciendo un atronador estruendo; el otro llevaba en sus manos un legajo de páginas enrolladas. El torpe torturador del escandaloso instrumento se detuvo frente a una mesa vacía del mercado, cesando su ofensivo tongoneo. Su compañero se subió a la mesa y comenzó a leer con voz chillona un bando público por el cual se notificaba a la ciudadanía que su bravío ejército nacional había vencido a las huestes comunistas en la gloriosa y decisiva *Batalla del Plan del Amate*. También instaba a la ciudadanía a mantenerse siempre vigilante; a delatar a todos los enemigos de la patria y de la democracia; a continuar dando su abierto e incondicional apoyo a la sabia y noble política de conciliación, paz, justicia, progreso y libertad del excelentísimo, benemeritísimo y generalísimo Max E. Martínez, salvador y preservador de la patria redentoreña. Subrayaba al final que la última edición del *Heraldo Pro-Patria* acababa de ser recibida por la comandancia de Cayaguanca y se distribuiría a todos los lectores para que, en el seno de sus familias, se leyeran sus sabias y patrióticas enseñanzas.

Leandro y su bella acompañante siguieron de largo una vez los soldados propaladores del bando continuaron su camino.

—Tan pronto regresemos, ordenaré a Olaya que lo lea —dijo la condesa.

A Leandro le extrañó la insólita idea.

—¿Y pa' *qué*, pué? —preguntó frunciendo el ceño.

—Para que continúe mejorando su dicción y enriquezca su vocabulario. Porque tú debes saber, si tu hija no te ha enterado, que ella ya no es mi sirvienta…

—¡Ah, pué! ¿Y por qué me la botó, señora? —preguntó plañidero y secretamente molesto—. Pero siusté mesma me dijo queya era buena trabajadora y responsable. Yeso mesmo le dijo al padre Santiago. Nuentiendo o no lentiendo, mi señora —dijo anonadado.

—Ciertamente, no habéis entendido, *cariño* —dijo María Teresa sin pensar—. Olaya ya no es mi sirvienta sino mi ama de llaves y ama de compañía; y también, mi hija adoptiva. Para que ella se pueda expresar correctamente y de acuerdo con esas posiciones debe mejorar su idioma y la lectura de ese pasquín, en cierta forma, la ayudará a conseguirlo. Yo entiendo que sospeches que quiero indoctrinarla en las barrabasadas de ese generalote; pero eso nunca ha sido mi propósito y nunca jamás lo será. Yo aborrezco a los rufianes de esta nefasta dictadura tanto como vosotros. ¿Pero es que no te has dado cuenta de lo bien que Olaya se expresa últimamente?

—Sí, ya me di cuenta de que ya nuabla mesmo comuablaba antes; es desir, mesmo como yo. Y que Dios le pague por enseñármeliablar como los catrines, vaá. Peruayó ay me gustariya saber, siay nosotros nos casáramos, o seya mesmusté con yo, vaá; ¿tendriya yo también que lerle las porqueriyas del *Pro-Patria*? —

preguntó desafiante, esperando una respuesta categórica y negativa, pero a la vez definitiva.

La dama se detuvo al instante. En lugar de contestar la pregunta de su amigo; respondió con otra pregunta no menos desmoralizadora, mirándole fijamente como si quisiera escudriñar la mente del osado campesino y descubrir sus verdaderas intenciones:

—¿De dónde has sacado *tú* esa idea *nefasta* de que yo me quiero casar? ¿Y *contigo,* precisamente?

Leandro quiso preguntarle por qué razón entonces lo había llamado *cariño* en numerosas ocasiones, pero supuso con gran desazón que se trataba de un simple error causado por la edad de la condesa. *En todo caso, el tiempo lo dirá*, se consoló.

Ella volvió a insistir con una pregunta menos aplastante:

—¿De dónde has sacado tú esa idea, peregrina, *por cierto,* de que yo me quiero casar contigo?

Al momento, el sacristán pensó en pedir disculpas por su impudente pretensión, pero pronto recapacitó y cambió de opinión. Concluyendo que el amor era como una corrida de toros en la que, para evitar ser embestido y corneado por el bovino, había que tomarlo de frente y cogerlo por los cuernos, decidió cambiar de táctica.

—Bueno —dijo él con picardía y amargo desenfado—, yo le podriya contestar con la letra diun tango.

—Ah, ¿sí? ¿Y qué es lo que dice ese tango? —preguntó sonriente y luego añadió con voz severa—: Espero que no te atreverás a cantarlo ¡aquí… en la calle!

—No, presiosísima señora, sólo se lo vua recitar, vaá. Peruste tiene que prometerme que ventender el mensaje de la canción, vaá.

—¡Prometido! —dijo María Teresa decididamente.

—Pues ay le va:

"Si yo sé que me querés; si yo sé que miadorás
Y si no me lo decís es porque no tianimás…
Porque siempre que te miro con los ojos vos miablás
Y pensás que con suspiros todo se puediarreglar…
Decímelo al oyido tan solua mí;
Que naiden sentere lo que me querés decir;

Decímelo al oyido tan solua mí
Que guardar'él secreto ¡lo juro por ti!
Una vez me enamoré y por tener cortedá
Me quedé con mi cariño par'otr'oportunidá; ...'
Es mejor que te decidas, ¡no esperés ni un rato más...!".

—¡Suficiente! —dijo la condesa interrumpiendo la recitación del enamorado—. Su mensaje es claro.

Leandro la tomó por la mano y la forzó a que lo viera de frente.

—¡Y'esués lo que mian dicho *tus* ojos! Ya miedá —añadió con voz entrecortada—, puesuno ya no setivoca tan fásilmente, vaá.

—¡Qué valiente ocurrencia! —exclamó María Teresa blandamente, añadiendo—: No puedo negar que la letra de la canción es muy bonita. Cantada seguramente deberá oírse mejor. Y te felicito por lo apropiado del tema. Ya te dije que de *eso* hablaremos esta noche ¡a solas! A menos que a ti te guste enamorar a *tus mujeres* en la calle —dijo trayendo a la memoria que su hijo Mateo había dicho que su apá, entre otros atributos, era un mujeriego.

—Parel amor, miermosa Teresa, nuay niun lugar bueno ni tiempo apropeyado, vaá —susurró meloso Leandro al oído de su amada—. Ay sólo bastan dos miradas y dos sonrisas ¡encopladas por el mesmo deseyo! —agregó parafraseando a su inolvidable preceptor, su difunto abuelo.

—¿No crees que ya somos demasiado viejos para hacer estos atrevimientos apasionados que son propios de los jóvenes? —preguntó avergonzada de la impetuosidad de su pretendiente.

—Las montañas son mucho más viejas que nosotros, vaá —filosofó el sacristán con justa persistencia—, yay año tras año reverdecen yasta se revientan enflorecidas.

—Parece que sabes *todas* las respuestas —le reprochó ella dulcemente.

—¿Yusté no siaprendió *todas* las preguntas? —inquirió sonriendo pícaramente.

—Sí —dijo la condesa después de un largo suspiro—, me las aprendí todas de memoria, pero la muerte me arrebató al *único* varón que me las hacía junto con las respuestas.

—Los muertos yastán muertos y ya no güelven —razonó el pretendiente—. ¡Dejémoslos quiay descansen en paz! Pero nosotros tuaviya no tenemos derecho al descanso eterno.

—¿Así lo crees tú? —quiso interrumpir la dama. Leandro continuó impertérrito—: ...y nuestra prencipal obligasión mesma es vivir la vida diaentero y de gozar de todo de lo que eya tuaviya nos pudiera ofrecer...

—Este hombre tan inculto, sin embargo, organiza sus conceptos tan correctamente dentro el complicado laberinto de sus pensamientos —se dijo y luego se preguntó cautelosa—: ¿Lo moverá el verdadero amor o solamente el mezquino interés?

—...Además —prosiguió Leandro—, la yama del amor tuaviyestá viva en las horniyas de nuestros corazones. Yanque mi pobre sueldo de sacristán pues tal vez ay no seya sujiciente, vaá; puesay mesmo nos podríyamos acomodar ¡como seya! Luego la miró a los ojos fijamente como si después de haber quemado los últimos cartuchos de su arsenal romántico aún temiera una respuesta negativa.

Ella rehusó responder al instante, aunque el deseo de hacerlo espoleaba impacientemente su corazón.

—Ya te dije, cariño —musitó con vos seductora—, que de eso hablaremos esta noche.

Delfina salió prontamente a abrir el portón. No hizo esfuerzo para aparecer sorprendida de verlos juntos.

—¡Buenas tardes les dé Dios, a la señora condesa y al señor sacristán! Pasen ya adelante, miasen el favor —saludó fingidamente amable, pero con ceño serio—. Ya ese *gato* bandido ¿ya lo caparon? —preguntó enseguida con impetuosa curiosidad.

—Pues ansina mesmo parece —respondió Leandro secamente.

—Don Liandro, como quiusté nuestaba muy diacuerdo, vaá —dijo la cocinera.

—Pues de verdá, nuabiya quiacerlo, pero ya sizo, váa Ay ojalá y no pase a más, vaá. Peruaquí estamos pa' pedirle un favorcito —dijo el sacristán.

—Pues ay ustedes dirán. A ver ¿qué se les ofrece? —preguntó Delfina caminando detrás de la pareja.

—Bueno —dijo la condesa entrando a la sala—, venimos a suplicarle que vaya al cuartel y pregunte por el coronel Aguirre. Aquí esperaremos su regreso con la respuesta.

—Y si quieren saber por qué luando buscando, ¿qué les digo?

—Les dice que usted es la cocinera de la parroquia y que ya muchas personas han venido a preguntar si habrá celebración de *Corpus Christi* el próximo jueves o no. Y que le han informado que el padre Santiago está arrestado en el cuartel. Suplíqueles que la dejen hablar con el coronel para que lo deje libre para que pueda oficiar la santa misa.

—¡Tá bien, ayá voy pué! —prometió Delfina y luego añadió con adolorida picardía—: Pero mientras voy y güelvo ustedes se me portan bien que par'eso yestán bastante… macuquitos, vaá, —agregó con amarga insolencia.

Luego de escuchar el ruido del portón al cerrarse, Leandro tomó la mano de la condesa.

—¿No deseya conoser mi elegante alcoba, preciosa señora? —preguntó en tono de mofa.

—¿Y no será muy peligroso meterse en la jaula con una fiera, es decir sin un látigo y sin revólver? —preguntó María Teresa riéndose.

—Esuayo no me priocupa —dijo el tardío enamorado guasonamente—, porquiay mesmo tengo la mejor arma pa' tranquilizar a la fiera —añadió, señalando a su guitarra que colgaba de un clavo incrustado en la pared.

María Teresa no comentó sobre lo dicho por Leandro, limitándose a sonreír jovialmente.

Después de ingresar al pequeño cuarto que le había servido de alcoba y de señalarle la única silla a María Teresa, Condesa de Cayaguanca; Leandro Beltrán Erazo, el otoñal galán, bajó su *arma mortífera*, como él llamaba a su fiel guitarra. Luego se sentó al borde de la cama desplegando un insólito rictus de tristeza.

—Esta canción quioy te quiero cantar —dijo a media voz—, ay te la compuse mesmo pa' cantártela en una serenata que yuabiya pensado yevarte, vaá. Peruesa maldita ley marcial yel toque queda del estadue sitio nos mandó a tós acostarnos con las gayinas. Yay mesmo pué, ya nunca tuve loportunidá, vaá…

—¡Cómo agradezco tu galantería! —interrumpió María Teresa.

—...Perual mesmo tiempo —continuó el enamorado—, eso miayudó pues a darliuna güena pulidita, vaá... Eso sí, pa' que lo vuá a negar, con layuda del disionario y del padre Santiago, que Dios en su santa gloria lo tenga, vaá... ¿La querés oyir?

—¡Claro que quiero oírla! —dijo ella sonriendo entusiasmada por el inusitado regalo—. Es decir, soy toda oídos; pero por favor, cariño, ¡ahórrame el preámbulo!

—Usté abla tan gonito quiayó me gustariya 'prender ablar ansina mesmo comusté.

VEINTITRÉS

—Nunca es tarde para hacerlo —dijo la dama con aire didáctico—. Sin embargo es menester ponerse de una vez a la tarea. ¡Pero canta ya, hombre, que me estoy muriendo de curiosidad! —agregó impaciente.

Leandro carraspeó para limpiar su garganta mientras buscaba la nota concordante de su voz con la del instrumento musical. Seguidamente comenzó a cantar suave y pausadamente, aunque con algunos gallos inevitables:

"Suena, mi guitarra, suena;
Vibra con las notas de mi cansión;
Questa noche detrás dese balcón,
Miamada sueña; ¡sueña con mi amor...!

Arrúyala con tus ritmos de sirena;
Has que tus cuerdas ecsiten su pasión,
Questa noche estival de luna yena
Liso Dios par'el goce del amor...

Cuando abra su ventana, cayarás...
Yescucharás su vos...
Yen mi pecho ansiosamente sentirás
Latir el corasón...

Esta nochestival, beya y serena,
Cuelga el sielo un farol plenilunar
Paralumbrar mi serenata a la Teresa
Yen su embrujo las penas olvidar...

Cuando abra su ventana cayarás...
Yescucharás su vos;
Yen mi pecho ansiosamente sentirás
¡Brincar el corasón...!".

—¿Dices que esa preciosa canción la escribiste tú, y sólo para mí? —preguntó ella después de aplaudir emocionadamente.

—¡Sáitamente! —respondió el cantautor con envanecido orgullo—. Comuay mesmo yo no teniya sujiciente pisto pa' mercarle flores, vaá; pues ay lice este ramiyetiyo de palabras gonitas y bien amarraditas con las hebritas delgadas de mis sentimientos sínseros y las notas de mi guitarra, vaá —agregó, todavía poseído por su vena poética, y, haciendo a un lado su panzona, fijó su mirada en los ojos zarcos de María Teresa.

—¡Eres verdaderamente increíble, admirable y maravilloso! —exclamó la condesa mientras se acercaba de a pocos al lecho—. ¡Qué *lástima*, amor mío, que nunca tuviste la oportunidad de educarte! —dijo suspirando y poniendo sus manos sobre los hombros del campesino. Y se fue acercando más y más a él y de repente le tomó el rostro entre las sedosas palmas de sus manos. Después de contemplarle con arrobamiento por unos instantes; intempestivamente besó sus labios con apasionado frenesí. El galán, sin romper el ardiente ósculo, la ciñó por el talle con sus brazos y se apretó a ella como un náufrago se aferra desesperado a su única tabla de salvación. Así se mantuvieron unidos por un largo rato, sin quebrantar el augusto y elocuente silencio con la prosaica cacofonía de las palabras superfluas. Luego ella se acostó al lado de su amado, quién la apretujó de nuevo entre sus brazos y la acarició apasionadamente hasta consumar la cópula carnal, tan ansiosamente anhelada por ambos. Los despertó el insistente repiqueteo en el portón de la casa cural.

—¡Es la Delfina, estoy seguro! —afirmó Leandro con apuro. María Teresa se levantó al instante y comenzó a vestirse rápidamente.

—¡Dios mío! ¿Qué hemos hecho en la santa casa del Señor? —preguntó la condesa con remordimiento tardía. Leandro sonrió disimulado ante la insólita pregunta de su amada.

—Lo quiacen tós los que siaman de verdá —contestó él en tono dulzón y por demás didáctico mientras terminaba de meter las faldas de su camisa en el pantalón—. Espresar el amor que los une con besos y caricias —agregó acelerado, pero con aire convencido.

La condesa se había cubierto el rostro avergonzada de lo que ella consideraba una liviandad imperdonable y de su inusitada excitación y satisfacción carnal. El sacristán la miró de reojo y se sintió un poco incómodo. Sin embargo, comprendiendo que era necesario mantener la apariencia de irrestricto carácter moral, le sugirió muy apresuradamente:

—¡Ándese ya, ay pa'l comedor yayí ponga en la mesa dos vasos medios yenos diagua!

María Teresa obedeció en silencio la astuta directiva de su galán. Al abrirse el portón la cocinera ingresó apresuradamente, llorosa y compungida.

—Esos desgraciaos del cuartel ay me dijieron que miolvidara del padre Santiago porque yabía pasado a *mejor* vida. Y del coronel Aguirre quiay cuanduáiba pa' Santimonio, los comunistas luasaltaron y lo mataron. Pero tuaviya nuan encontrado niel caráver, niel rególver. El carro ya luayaron a loriya del Tamulgasco —añadió más calmada—. Pero ya luabiyan 'esvalijado. Peruabiyan dejado muchos trapos chucos con mucha sanguasa. En rialidá no saben quienes jueron los asesinos, vaá; pero están seguros que está muerto y que jueron los comunistas, los asesinos.

—¡Esto me huele muy mal! —dijo la ibérica con aire preocupado—. Y hay que hacer algo al respecto ¡y pronto!

—¡Yayó me güele pior! —convino Leandro—. Perua lo hecho ¡pecho! —añadió con resignación.

Las noticias sobre el capado gato eran ciertamente preocupantes, aunque no daban indicio de que se sospechara de un acto de venganza ni de sus autores. Después de agradecerle a la cocinera su pronto y amable servicio, se marcharon presurosos.

Delfina, como ya sabemos, sospechaba el oculto romance entre la acaudalada condesa y el pobretón sacristán. Observando que la puerta del cuarto del sacristán había quedado abierta, fue inmediatamente a husmear. Constató al instante el desarreglo que la cama presentaba y que ella misma había tendido esa mañana con tanto amor y esmero y con la esperanza de que su amado platónico viniera esa noche a hacerle grata compañía. Con el alma entristecida, verificó amargamente lo que ya suponía. Al estirar las sábanas, percibió con gran amargura el vaho sutil del perfume de la condesa mezclado con las huellas húmedas del coito adulterino esparcidas sobre ellas.

—¡Vaya pué! —se dijo herida pero con estoica resignación—, y yo que lo queriya pa'yo solita, pamarlo con todo mi corasón y con toda mialma… Peruel cochino pisto es más juerte quel amor de verdá yes el que manda más quel sentimiento. ¡Ay que les aproveche! —agregó decepcionada y a la vez resignada.

Al partir de la casa parroquial, la condesa comentó con tristeza:

—Nosotros dedicándonos a cometer un horrendo pecado en la misma casa de Dios, Nuestro Señor, sin recordar que todavía no hemos rezado un solo rosario por el alma del padre Castelar.

—Ay mesmo le doy la rasón, —admitió Leandro ruborizándose—. Pero lo quemos jecho ni jué pecado ni tampoco jué jorrendo. ¿Cómo puede ser pecado que dos cristianos siamen siese amor es puro y de verdá? —preguntó filosóficamente.

—Lo que hicimos es *adulterio*, cariño —aseveró la dama—. Es pecado mortal porque viola el sexto mandamiento ya que tú y yo no estamos casados. Acuérdate que San Agustín aconsejó —agregó, recordando el consejo del canónigo Castelar—: "que es preferible arder en las llamas de la pasión *dentro* del matrimonio cristiano que en las llamas del infierno…".

—¡Pue'sí, vaá…! —respondió cautelosamente y luego agregó—: Pero mientras tanto, ¿para quiay quesperar tanto tiempo, vaá? Esues mesmo que perder el tiempo, mi adorada siñora! 'Yel tiempo perdido los santos lo yoran,' yeso lo dise ¡el mesmísimo Santu'Evangelio! —agregó para justificarse.

Su tierna enamorada, observándole de reojo, prefirió no responder a la pregunta ni al insidioso comentario de Leandro, a toda luz sacrílego o, por lo menos, irreverente.

***

Abrumado todavía por el efecto del éter aplicado sucesivamente en cantidades excesivas antes, durante y después de la clandestina intervención quirúrgica, el medio castrado coronel

Aguirre hacía un hercúleo esfuerzo por distinguir claramente las escenas que en una larga y penumbrosa pesadilla desfilaban lentamente frente a él, sin poder comprender cabalmente ni su confusa realidad ni su enigmático significado. Las dosis de morfina administradas por el personal del hospital le habían calmado el dolor general, permitiéndole gozar de un profundo sueño. Le parecía como si una tenue neblina se interpusiera entre sus pupilas cansadas y varios objetos de aspectos aparentemente deformes y algunas figuras humanas de fisonomías fantasmagóricas que en forma ocasional pasaban lentas y silenciosas, sin verle o interesarse por su presencia; como si su cuerpo fuese etéreo e invisible y su existencia misma enteramente subjetiva. Algunos de esos vaporosos fantasmas parecían deambular frente a su postración sin rumbo definido y sin otro propósito que mantenerse ambulantes. Su mente deambulaba también medio adormitada y sin rumbo fijo por los caminos imprecisos de su secuela de borrosos recuerdos.

El postrado coronel cavilaba a veces sin saber por qué y sobre qué y de pronto se detenía vacilante para ver si encontraba la razón de sus cavilaciones erráticas y amorfas. Pero no podía llegar a una conclusión lógica y sus pensamientos se trenzaban en la enredada y espesa telaraña de su pasado inmediato y oscuro. Se sentía aturdido y atado a ella como una mosca rebelde se queda irremediablemente atrapada en la urdimbre de su destino; imprecisa, pero ciertamente final. Anhelaba vehementemente poder mover sus extremidades; dar tumbos y vueltas, lanzar violentas patadas y manotazos contra los alambres y las varillas de hierro del camastro que lo confinaban y así, tal vez, el dolor le permitiría un rápido retorno a la realidad. Un río vertiginoso de preguntas incontestables ahogaba su mente y lo hacía sentirse flotando sobre una marea de aguas pútridas y mefíticas que lo compelían pero que no lograban realizar el vómito catártico.

Finalmente, dándose por vencido, el coronel decidió esperar hasta que hubiese recobrado sus sentidos en forma completa para ordenar sus pensamientos. Después de un largo rato de abrir y cerrar los ojos, alternativamente, advirtió la presencia de un nutrido y heterogéneo grupo de fantasmas aparentemente ataviados con ropajes blancos, (*¿mortajas, quizá?,* se preguntó) que se aproximaban a él en una parsimoniosa procesión. Aún en contra de su más que nublado razonamiento, esos fantasmas parecían tener formas corporales; a veces cuadrados, alargados; a veces verticales y ondulados, como las imágenes reflejadas por espejos convexos; ridículamente distorsionadas y tambaleantes que se detenían por unos momentos y luego continuaban su lento y pausado caminar mientras se acercaban paulatinamente al lugar donde yacía su cuerpo adolorido e inmovilizado. Las voces se oían roncas, disímiles, inciertas; y formaban un bisbiseo de sonidos imposibles de definir y comprender. Algunas veces los extraños fantasmas reían alegres y en otras ocasiones parecían discutir animadamente entre ellos. Al acercarse más, el Chacal concluyó que sus blancas vestimentas no eran mortajas sino batas de hospital sobrepuestas a la ropa de calle y que todos vestían gorras verdes, aunque sus cabezas parecían huevos enormes cuyas puntas se alargaban y movían en todas las direcciones. Sus brazos parecían ser elásticos y se estiraban y encogían, aunque no podía ver si tenían manos en las extremidades porque se lo impedían los bordes de las camas ordenadas en dos hileras, una a cada lado de un ancho pasillo que parecía no tener fin.

Uno de ellos, cuyo rostro Aguirre no pudo distinguir por más que trató de lograrlo, movió lo que parecían ser hojas de papel atadas a una tabla negra que había soltado de la barra anterior de su propia cama.

—Este paciente —dijo el extraño personaje con voz ronca y didáctica—, fue ingresado a este pabellón a primeras horas de anoche y presenta un caso verdaderamente excepcional de mutilación genitourinario parcial. Conserva todavía una de sus gónadas y aproximadamente cuatro milímetros de su falo. Ambas partes fueron seccionadas quirúrgicamente; seguramente hecho por un aprendiz de cirugía o a lo mejor, si no me equivoco, por un *capador de marranos*. Extrañamente, el corte preciso indica que fue hecho con un bisturí. El escroto fue rellenado con una mezcla medicinal casera muy conocida, compuesta de escobilla molida o masticada y de café tostado y molido. Obviamente, el autor o los autores de este atropello atroz no deseaban que su víctima muriera desangrándose pues esas sustancias son utilizadas por nuestros campesinos para detener o contener la hemorragia, tanto en los animales como en los humanos. Con el cuadro clínico que tenemos a la mano, por demás incompleto, solamente se puede teorizar que se trata de una cruel y ferocísima venganza, pues los órganos extirpados fueron colocados dentro de la chuspa del revólver que, probablemente, colgaba del cinturón de la víctima. Se le ha aplicado un catéter desde la vejiga a través de las porciones proximales que quedaba de la uretra y el pene. Tanto la glándula prostática como la glándula de Cowper fueron removidas de un solo tajo. Podemos concluir con certeza que la ciencia médica ya nada podrá hacer por este paciente; amén de una complicadísima cirugía reconstructiva que le sane y le cicatrice los tejidos adyacentes para evitar la contaminación con las evacuaciones fecales y urinarias. Sin embargo, el catéter urinario debe permanecer allí hasta la muerte, como les sucede a todos estos infortunados que ustedes pueden ver deambulando por este pabellón; y quienes han perdido sus órganos reproductivos a través del chancro sifilítico. ¿Alguna pregunta?

—¿Cuál podría ser la complicación más impactante en este caso particular, profesor? —preguntó un hombre de mediano tamaño cuyos rasgos faciales el coronel no pudo determinar, a excepción de sus gruesas gafas que reflejaban la luz mortecina del magro bombillo que colgaba de una viga desnuda.

El galeno profesor contestó la pregunta diciendo tersamente:

—Yo le aseguro que será el impacto sicológico el que habrá de ser el más devastador. Aunque mi especialidad no es la siquiatría, me atrevo a pronosticar, con un alto grado de certidumbre, que una vez este paciente evalúe lo que representa para él su malhadada e irreversible condición física y sexual llegará pronto a sufrir de locura, la cual podría desembocar en el suicidio. Es digno de señalar que la función puramente seminal no será arrestada ni tampoco la emisión hormonal, especialmente la de la testosterona. No hay duda de que las características sexuales secundarias no sufrirán daño alguno, aunque su habilidad reproductiva ha quedado ya aniquilada para siempre. A propósito, leía yo recientemente en una revista estadounidense que en la Universidad de Iowa en Ames, se han realizado ya, y con mucho éxito, algunas inseminaciones artificiales en vacunos, equinos y hasta porcinos. Ese paso gigantesco, sin duda, se dará cuando se pueda realizar también en los varones humanos. Volviendo al caso presente, me inclino a pensar que el autor de este delito tiene muchos conocimientos de biología y anatomía del cuerpo humano, principalmente del masculino. A la vez, su mentalidad criminal pudo visualizar el irreversible daño que le hacía a este pobre infeliz. Y esto, señores míos, no pudo ser el fruto de un simple accidente sino de una venganza con intención malévola y calculada y con perfecto conocimiento de causa y efecto.

—¿A qué se refiere el señor profesor, específicamente? — preguntó otro alumno bajito que se escondía detrás del grupo. El militar se molestó porque esos mequetrefes, quien quiera que fuesen, no respetaban ni tomaban en cuenta su augusta, aunque aprisionada presencia.

—Me refiero específicamente —respondió el profesor—, al hecho insoslayable de que, al dejarle solamente una gónada funcional, esta víctima sentirá o, mejor dicho, *sufrirá* el impulso natural y la necesidad físico-biológica de efectuar la cópula carnal. Careciendo de un pene de tamaño normal ni siquiera podrá masturbarse.

La honesta conclusión del profesor hizo que los alumnos cuchichearan disimuladamente. El preceptor tosió un par de veces contra su puño para indicar su gravísimo disgusto por el crudo despliegue de impropiedad profesional. El Chacal trató de incorporarse para ordenarles que no dijeran más idioteces en su presencia. Sin embargo, no pudo mover ni la cabeza, ni las manos, ni los pies y el apagado clamor de su airada protesta pasó inadvertida a los presentes. Sus gritos e imprecaciones soeces se quedaron atoradas en el estrecho túnel de su garganta afiebrada. Se dio cuenta por fin que se encontraba completamente inmovilizado, probablemente atado de pies y manos a una cama. *¿A una cama de hospital?*, se preguntó acongojado. Se agolpaban en su mente un cúmulo de palabras que él quería enunciar con desesperación pero que en definitiva no podía. Peor aún, se repetían esas voces calladas una y otra vez, como ecos incongruentes y absurdos repetidos hasta el infinito. Finalmente, llegó a preguntarse si esos locuaces fantasmas ataviados de blanco eran ya doctores o tal vez pasantes de medicina, y él, el coronel Aguirre, un paciente. *Paciente, pero ¿de qué putas, pué?*, se preguntó mentalmente, más intrigado que furioso. Y si realmente era un paciente de alguna enfermedad ¿en dónde diablos estaba recluido?

Mientras se dirigía a la cama contigua, con su grupo de futuros galenos a la zaga, el profesor continuó su perorata didáctica. Ellos parecían escucharle con tan dedicada atención como si de sus labios esperasen recibir el agua misma de la vida. El adolorido Gato, o Chacal, o como el lector prefiera llamarlo, no se daba por vencido y trató nuevamente de incorporarse, pero obtuvo el mismo resultado negativo.

—Estoy más que seguro que algunos de ustedes al graduarse —continuó el catedrático—, se interesarán por la medicina forense. Permítanme recordarles que los detectives suelen preguntar al patólogo que ha efectuado la autopsia o el examen médico de la víctima sobre su propia teoría del crimen basada en la evidencia obtenida y sus determinaciones. En este caso mi hipótesis sería que este delito tuvo por simple móvil la venganza, como ya lo he mencionado antes, ya fuera por motivos pasionales, políticos o financieros. Pero la premisa básica de mi teoría es que el autor material de esta atroz salvajada, y de ello no me queda ninguna duda, es alguien que posee algún conocimiento médico, anatómico y fisiológico y quien ha recibido un entrenamiento mediocre o rudimentario en el difícil arte de la cirugía. Y así se lo haré saber a los detectives que vengan a preguntarme durante la indagatoria. Estoy más que seguro que ese dato les servirá para encontrar al o a los culpables de este crimen tan cruelmente atroz.

—¿Ya se conoce la identidad del paciente? —preguntó otro estudiante curioso.

—No; es decir, todavía no. Sus botas, sin embargo, parecen ser de las que se venden a todos los oficiales en la cooperativa del ejército; lo mismo que la chuspa del arma. La calidad de su ropa exterior, así como la interior, indica que se trata de una persona con medios suficientes para comprar prendas relativamente caras. Yo sospecho que se trata de un rico hacendado de oriente, probablemente alguien con algunos nexos familiares con algún oficial del ejército. Su cuerpo presenta, en general, un cuadro clínico que es muy indicativo de una deshidratación incipiente; además, el examen de orina reveló un potencial hidrógeno sumamente ácido, obviamente causada por la falta de líquidos y por etiología alcohólica. ¿Alguna otra pregunta?

—Perdón, señor profesor —dijo otro estudiante—, ¿no es probable que la hemorragia que causó la cirugía haya sido realmente excesiva y que haya contribuido a presentar ese cuadro de deshidratación?

—¡Buena pregunta, joven Merino! —aplaudió el profesor—. En efecto, olvidé añadir que el hemograma indica que el hematocrito y la hemoglobina, aunque están dentro de los parámetros normales, son significativamente bajos y, lógicamente, también podríamos atribuirlos a la prolongada hemorragia que debe haber sufrido, aunque las venas y las arterias femorales no fueron afectadas por la lesión en el área adyacente. Sin embargo, y esto es de suyo alentador, el recuento de leucocitos dio un resultado normalmente alto pero sus recuentos diferenciados nos indican que su cuerpo está respondiendo al trauma; lo que nos hace pensar que su prognosis de supervivencia es altamente favorable. ¿Alguien tiene alguna otra pregunta?

Todos los acompañantes permanecieron callados y continuaron moviéndose hacia el próximo paciente. Las voces se fueron alejando cada vez más y más, y por fin el Chacal logro quedarse dormido. Despertó de su profundo letargo muchas horas después y se felicitó porque al fin su mente podía pensar más claramente.

La visión del coronel también había recobrado acuidad suficiente para distinguir a todas las personas y tanto ellas como todos los objetos en su entorno físico aparecían en sus formas y dimensiones reales. Concluyó, no equivocadamente, que se encontraba confinado a la cama de un hospital. Por su aspecto, por demás tétrico, y por la pobreza de sus paredes de toscos ladrillos desnudos; además del aspecto y la apariencia miserable de los pacientes ambulatorios y del hedor nauseabundo a revoltijo de orina, heces, cloroformo y carne humana en putrefacción, concluyó que era un hospital de los escasísimos que subvencionaba el gobierno. *Pero ¿en cuál de todos?*, se preguntó; aunque no era muy difícil adivinarlo, teniendo en cuenta que su número en todo el país podía contarse con los dedos de una mano y le sobrarían muchos dígitos.

Mientras su mente bogaba a la rauda deriva en un voraginoso océano de preguntas sin respuestas y cavilaciones irrazonables, incongruentes algunas, incoherentes otras, desde su incómoda posición supina su vista perseguía hasta desaparecer a todos los pacientes, los visitantes y los empleados del hospital que pasaban frente a su lecho. Trató de atraer la atención de algunos de ellos mediante ruidos que hacía con sus dientes apretados y sus labios abiertos. Intentó silbar, pero su posición horizontal se lo impidió. Su empeño en entrar en contacto con alguien se hacía más difícil por el hecho de que sus compañeros de infortunio caminaban rápidos y con la vista endilgada hacia el frente para no ver las repugnantes llagas abiertas en los cuerpos semidesnudos que yacían sobre las hileras de camas. Todos parecían caminar con indiferencia a la suerte de otros infelices que, como él mismo, habían tenido la mala fortuna de caer en tan horrendo nosocomio.

Por fin, un hombre de cuerpo descarnado y muy amarillento se deslizó frente al coronel a la velocidad aproximada de diez metros por hora.

—SHSHSHSHSHSH —sopló Aguirre entre dientes, haciendo un ruido parecido al de un profuso chorro de líquido quebrándose contra una roca; mientras rogaba al cielo que el esquelético paciente no sufriera también de sordera. Para su fortuna, ese órgano aún le funcionaba, pues volvió presto sus ojos hacia el Chacal.

—¿Meeeeee llamaaaabaaa? —preguntó con voz afeminada y espectral.

—¡Veeeenga! —imploró Aguirre con voz afónica.

El esqueleto ambulante se llegó hasta la cabecera de su extraño invocador con el lento paso de una tortuga milenaria, lo cual irritó la paciencia de su compañero de infortunio.

—¿Óndestoy? —preguntó, estirando el cuello para aumentar el volumen de su voz pues comprendía que era casi inaudible.

—¿Yónde más, pué? En el Manfredo Rosaldo —respondió el demacrado paciente imitando la voz apagada del militar—. Usté ya puediablar duro todo lo que quiera, mesmo hasta gritar, vaá —continuó en voz alta el espanto humano—, porquia a esos hijos de puta orejas del *Pro-Patria* ya los sacamos diaquí y los mandamos a la mierda. Y les dijimos que, si no siaiban los íbanos a matar pa' que no nos siguieran chiviando con los melitares, vaá.

El castrado Chacal se olvidó de su alto rango, de su profesión y hasta de sus predilecciones políticas.

—Yuestoy afónico —musitó angustiado.

Justo acababa de darse cuenta de que estaba fuertemente atado al lecho ya que sus pulmones no podían aspirar suficiente aire para hablar en voz alta. Además, le agobiaba una atroz carraspera que le hacía sentir seca la garganta como si se hubiera tragado arena.

Inmediatamente comenzó a sentir ardores y escozores hostigantes en sus partes más íntimas, aunque no se había enterado de su pérdida y se desesperaba por frotarlas o rascarlas. Empezó a retorcer su cuerpo y a desear con vehemencia que alguien del personal del hospital se acercara a su lecho para poder preguntarle el motivo por el cual había sido internado en ese pestilente antro, repleto de enfermos nauseabundos. Una vez alguien viniera a hablarle, pensó muy esperanzado, encontraría la paz que ansiosamente anhelaba porque obtendría las respuestas que demandaban su extensa letanía de preguntas.

Sin agregar una sola palabra, el enfermo ambulante volvió a retomar su paso lento. Tras él pasó otro paciente más animado al caminar, pero igualmente macilento y encorvado, vistiendo una bata de color indescifrable, abierta al frente y tan corta que apenas cubría la base de sus nalgas desnudas. Aunque Aguirre no se inmutó ni se escandalizó por ese obsceno despliegue de cruda inmodestia masculina; le llamó la atención el hecho, a todas luces repugnante, de que de la parte anatómica de donde suelen pender los órganos sexuales del varón, solamente se atisbaba un hueco profundo, de cuyo interior asomaba una delgada caña que parecía de bambú.

¡*Carajo!*, pensó el militar con asombro. *O se la mocharon o ay se le pudrió por andar putiando. ¡Bien merecido lo tendrá!*

Súbitamente recordó, aunque en forma vaga, que el sujeto de bata blanca que había hablado frente a su cama lo había hecho en forma elocuente y profesional. *¿Era ese hombre un profesor de medicina? ¿Se referiría a mi persona cuando hablaba de un hombre que había sido mutilado? ¿O de quién putas estaría hablando?*, se preguntó preocupado. Luego su mente tejió una nueva y enredada malla de preguntas incontestables, aunque, por un momento, tuvo miedo de saber las respuestas, a menos que alguien con autoridad se las contestara adecuadamente.

Después de varias horas de agobiante hastío y de sufrir ráfagas de gases nauseabundos, una linda joven de mirada y porte angélicos, vistiendo el uniforme clásico de una enfermera, se acercó al impaciente militar. Portaban sus manos una pequeña bandeja metálica con dos jeringas, sus respectivas agujas y algunas bolas de algodón, olorosas e impregnadas de alcohol metílico.

—Le va a doler un poquito —dijo la enfermera con etérea dulzura—, pero estas inyecciones le mitigarán el dolor y le ayudarán a sanar la herida, vaá. —En su voz tierna y afable y en su mirada compasiva se adivinaba un claro rictus de conmiseración.

—¿De cuál herida mestablando? —carraspeó el Chacal con aire atormentado.

La enfermera, acostumbrada a lidiar a diario con esa clase de dolorosos traumas, adivinó el significado implícito de la pregunta y tuvo piedad.

—Bueno —musitó sonrojándose mientras apuntaba a las ingles del paciente—, de la herida que tiene allí abajo entre las piernas.

Ante la respuesta enigmática, el coronel trató de incorporarse para ver por sí mismo la lesión mencionada y que la enfermera, por discreción profesional o por simple recato gazmoño no había querido precisar.

—Tiene que mantenerse quieto y trate de dormir lo más que pueda para que sane pronto y pueda regresar a su casa y a su familia —le aconsejó maternalmente—. Hasta ahora ni siquiera sabemos su nombre y domicilio.

Aguirre estuvo a punto de decir su nombre, pero pronto se abstuvo de hacerlo por miedo a descubrir prematuramente su identidad. Para su fortuna, la morfina llegó rápida al cerebro. Cerró los ojos y se quedó profundamente dormido.

***

María Teresa, en compañía de Leandro, se dirigió a la Oficina de Telecomunicaciones.

—¡Muy buenas tardes, don Prudencio! —dijo la condesa saludando al anciano empleado que atendía detrás de una ventanilla enrejada. La oficina cumplía las funciones de telégrafo, teléfono y correo postal—. Me urge en extremo hacer una llamada a Tesucigalpa. Pero debo enfatizarle que se trata de una llamada muy urgente —agregó en voz alta por encima del tableteo del transmisor de Morse.

—¡Muy buenas tardes, señora condesa! —respondió Prudencio con similar afabilidad—. Se ve usted muy bien; muy alegre y radiante. Supongo que querrá llamar a la embajada española; ¿no? —preguntó, recordando que algunas veces la habían llamado desde allí.

—¡Mil gracias por sus bellos elogios! —respondió ella batiendo sus pestañas—. En efecto —agregó con su acostumbrada ceremonia—, quisiera hablar con mi primo, el conde Enrique de Largaespada, segundo embajador y ministro consejero en Tesucigalpa.

Leandro se rio en silencio ante el desnudo despliegue de ostentación de los títulos de nobleza de la familia. Algunos momentos después el empleado se disculpó anunciando que el conde de Largaespada no se encontraba en la capital hibuerense.

—¿*Cómo* que no está? —rezongó enfurecida la dama. El sacristán puso su mano sobre la de ella y su María Teresa se calmó un poco—. ¿Podría entonces preguntarle —agregó con voz ya sedosa—, si puedo hablar con el embajador, el marqués de Piedrasanta?

—Señora condesa —anunció Prudencio minutos después—, el señor embajador está al aparato y listo a escucharla.

—¡Mi adorado marqués! —vociferó la condesa con voz efusiva—. ¿Cómo se encuentra vuestra señoría? Bueno, sí, me urgía hablar con mi primo, pero me informan que él no se encuentra en la embajada. ¿Me haría vuestra excelencia el favor de darle un mensaje? ¿Sí? ¡Muy agradecida por vuestra asistencia! Quiero avisarle al conde que mi hija adoptiva, Olaya Beltrán, llegará por avión a esa ciudad, mañana o pasado mañana, en compañía de algunos amigos íntimos y me complacería que los atendiera como si se tratara de mi propia persona. Estarán allí algunos días y luego continuarán a Francia por barco. Bueno, son cinco damas y un caballero. Necesitarán alojamiento en un buen hotel. Que se haga cargo de todos los gastos necesarios. Yo llegaré a Tesucigalpa dentro de unos días con mi esposo y los reembolsaré. Tan pronto aterrice, mi hija se comunicará con el conde. En efecto, mi querido marqués, me casaré muy pronto con un *rico hacendado* de la región. Sí, excelencia, mi prometido es redentoreño, y también oriundo de esta provincia de Cayaguanca. Agradezco sus enhorabuenas. Pronto le conoceréis. ¡Os lo aseguro!

—Con muchísimo gusto le daré vuestro mensaje al conde —dijo el embajador—. Tengo entendido que vuelve de Madrid mañana por la tarde.

—En extremo agradecida por vuestra ayuda, señor marqués —exclamó delirante la condesa y luego añadió—: Recientemente he leído en la prensa que el gobierno de Alcalá-Zamora y Azaña particularmente, está empeñado en retirar a los miembros del cuerpo diplomático que ostenten títulos de nobleza. ¿Es esa noticia realmente cierta? —preguntó.

—Efectivamente, mi querida condesa. Pero esa amenaza no nos preocupa —respondió el embajador ufanamente.

—Ah, ¿no? ¿Y por qué razón, mi querido marqués?

—Porque el gobierno republicano no tiene diplomáticos suficientemente capacitados para sustituirnos inmediatamente; aunque están afanosamente entrenando a algunos de sus partidarios. Tanto Enrique como este servidor estamos a punto de pasar a retiro. Además, esta embajada no tiene prioridad política como, digamos, las de Londres, Berlín, París, Pekin o Washington o Moscú. Por lo tanto, nosotros seríamos los últimos en ser reemplazados. ¡Que tenga un feliz día, mi señora condesa!

—Lo mismo deseo a vuestra señoría. ¡Adiós!

María Teresa había hablado en voz alta solamente con el propósito de ser claramente oída en la capital hibuerense ya que las conexiones de ese entonces eran muy rudimentarias. Pero sus palabras confirmaron a Leandro que ya había decidido casarse con él en cuestión de unos días. Claro que Leandro Beltrán Erazo no era *ningún rico hacendado de la región*, ni mucho menos, pero él no sabía de nadie más que estuviera proponiéndole matrimonio a la encopetada dama. Aunque se felicitó por su excelente fortuna, no dejó de sentirse incómodo por la decisión unilateral de su amada condesa y concluyó que era de él de quien hablaba con el embajador.

Sin embargo, la noticia estuvo lejos de sorprenderle, aunque había llegado a sus oídos en una forma tan oblicua. La breve ausencia de Delfina había servido para cimentar aún más la relación amorosa con María Teresa. Sus ardientes expresiones de cariño, aunque hechas al fogoso calor de la ardiente cópula carnal, lo convencieron de que ya habían traspasado la meta final del romance y la amada condesa difícilmente podría dar marcha atrás.

Salieron de la Oficina de Telecomunicaciones y tomados del brazo se dirigieron a la sucursal del Banco Redentoreño y allí, con el debido sigilo, ordenó ella una gruesa transferencia bancaria en libras esterlinas a nombre de su primo, el conde de Largaespada. Al mismo tiempo, obtuvo una suma sustancial de dinero en efectivo.

—¡Estamos de suerte! —exclamó la novia al salir del banco.

—¿Por qué lo dice? —preguntó Leandro; olvidándose, de nuevo, del tuteo acordado.

—Porque según yo entiendo, al marqués ya lo botaron de su puesto de embajador, aunque me lo negó —dijo ella y agregó—: Pero supe anteriormente que mi primo Enrique será dejado en funciones interinas hasta que se nombre nuevo embajador. Y esa fue la razón por la que tuvo que viajar a Madrid.

—O seya pué, quiusté le cayó a tiempo…

—Para *nuestra* fortuna; porque por de pronto tendré su apoyo, estoy segura. Ahora me tienes que acompañar al bufete del doctor Gonzalo Miranda Peña. Quiero que comience a preparar mi testamento inmediatamente…

—¡Vaya! —interrumpió Leandro riéndose alegremente—, hastaura vua conoser un bufete de verdá.

—No le encuentro el chiste a visitar una oficina de abogados —dijo la condesa.

—Es quel padre Santiago me dijo quél habiya montado un bufete en Madrí y yo, inorante como soy, creiba quesuera una bestia para montar… vaá.

—¡Qué extraño! —dijo María Teresa con un gesto de sorpresa—. ¿Por qué tendría el padre Santiago que montar un bufete? Luego, él ¿no era sacerdote? —preguntó suspicaz.

—Puesí, vaá —dijo el sacristán, secretamente avergonzado de su indiscreción—. Es quél era cura, vaá; peruantes diordenarse yabiya sido abogado.

—¡Vaya un cambio de carrera! —comentó la ibérica más extrañada todavía—. Si hubiera continuado en su profesión jurídica se hubiera evitado de morir asesinado por los militares redentoreños —agregó.

—Que gonito juera quiuno supiera lo que le va a pasar mañana —apuntó él filosófico.

—Sería ideal, ¿no es cierto, cariño? —dijo la noble suspirando—. Pero no te olvides que solamente una parte mínima del presente nos pertenece —agregó en la misma vena—. El pasado pertenece al pasado y el futuro le pertenece exclusivamente a Dios.

—Pues yo diriya quel presente *casi* nu'existe, vaá, porqués como un hilito tan delgadito en medio del pasado y del porvenir que casi ni lo podemos destenguir, vaá —ponderó Leandro mientras observaba que dos campesinos humildemente vestidos detenían su paso y lo miraban como si quisieran reconocerlo. El afortunado caballero los reconoció inmediatamente, pero se negó a cruzar palabra con ellos porque al instante concluyó que tendría que dar explicaciones sobre su nuevo rol de novio comprometido a casarse con la condesa. Continuó su marcha como si nunca los hubiera conocido. Para disimular su sonrojo, preguntó a su amada—: ¿Y pa' qué quiere que liagan el testamento? —preguntó—. Sieso siace cuanduno yestá al punto final; o seya cuanduno yestá listo parestirarlas, vaá. Yustéstá tuaviya joven y poyona —añadió lisonjero.

—¡Mil gracias por la flor! —dijo María Teresa—. Siempre es aconsejable y prudente adelantarse a las circunstancias, amado mío. Hoy estamos vivos, pero no sabemos si lo estaremos mañana. En todo caso, pienso dejarle aseguradas a nuestra hija mis propiedades inmuebles en Cayaguanca. Así, cuando ella regrese tendrá suficientes fondos con qué comenzar una nueva vida…

—La verdá que nuentiendo —se quejó Leandro con aire frustrado—. ¿Y diónde se va regresar mija, pué; si tuaviya no siáido, ¿vaá? —preguntó desconcertado. Pero al momento recordó las instrucciones de la condesa a su primo el embajador español en Tesucigalpa.

VEINTICUATRO

—Déjame explicarte, amor mío. Olaya partirá mañana temprano para Santimonio junto con la viuda, sus hijas y Oscar. Allí tomarán un avión para Tesucigalpa. Y desde allá se embarcarán lo más pronto posible para Estados Unidos o para Europa.

—¿Y mija y los demás ya lo saben yestán diacuerdo?

—¡Todavía no lo saben! —replicó la condesa en forma tajante—. Pero esta misma tarde los convenceré de que permanecer en El Redentor, particularmente en Cayaguanca, es peligrosísimo para todos nosotros, y convendrán que mis planes son la única opción a la mano y por lo tanto tendrán que partir para Santimonio, esta noche o mañana muy temprano.

—Pues ojalá que les vaya bien, vaá —dijo Leandro y luego añadió preocupado—: Pero mi niña nunca sia montado en aigrioplano yay podriya enjermarse del susto, vaá.

—Señor mío, siempre hay una primera vez. Yo tampoco he viajado en avión, pero si mi vida dependiera de ello, no vacilaría en arriesgarme.

Luego que el abogado y notario fue impuesto de su urgentísimo cometido, la pareja de enamorados regresó al castillo condal, convertido en un nuevo nido de amor; aunque no sin antes pasar por la tienda de don Jacobo Saca, el comerciante palestino.

—Quisiera alquilar de nuevo su taxi —anunció la condesa—. Pero esta vez necesitaré un vehículo donde quepan seis personas con sus maletas…

—Antonces yévate al gamioneta —aconsejó el comerciante en su castellano arabizado—, que diene al cubo paracho bersonas y un maledero bor encimas bara echar el balijas. Bero le diene que bagar dose riales bor diya al chofer ¡y bor adelandado!

—Eso no es problema —le aseguró la noble que ya se había acostumbrado a escuchar e interpretar su peculiar idioma cervantino—. Le voy a pagar dos pesos diarios con tal de que podamos salir al amanecer. Por favor no la alquile porque yo le voy a dejar pagado todo desde el día de hoy... Incluso si pudiéramos viajar esta noche se lo haré saber inmediatamente.

—Bero al chofer diene que gomer todos los días, señora —afirmó el astuto palestino.

—También le pagaré su salario por esta noche, aunque no trabaje —replicó la dama un poco enfadada por la insaciable avaricia del comerciante.

A eso de las cuatro de la tarde, los conjurados tuvieron una reunión de suma urgencia en el castillo. Todos se encontraban ansiosos por escuchar alguna buena nueva a la vez que temerosos de que las noticias pudieran ser malas. La condesa tomó la palabra y fue al grano sin preámbulos innecesarios.

—Quiero pediros os dignéis escucharme con mucha atención y sin interrumpirme —suplicó la anfitriona—, porque lo que voy a deciros es algo extremadamente serio, tanto para vosotros como para mi persona. He llegado a la conclusión de que actué mal en dejarme llevar por mi deseo de que vuestros seres queridos fuesen vengados. Aun así, os felicito por haberlo hecho, aunque me felicito a mí misma con arrepentimiento. Y me arrepiento solamente porque no hay ninguna duda que nuestras vidas están ya expuestas a un peligro mortal. El coche del malvado *Gato* ya fue encontrado por los militares y ahora sospechan que fue asesinado por venganza, aunque no han podido encontrar su cadáver. Parece que, inicialmente, alguien se llevó el coche abandonado y luego de encontrar huellas de sangre en su interior, decidió abandonarlo.

—Pero no sabemos realmente si los militares ya han establecido un nexo entre nosotros y su desaparición —dijo Gertrudis.

—Nuestra situación se nos haría mucho más difícil si el Gato hubiera confiado sus planes románticos de anoche con alguno de sus camaradas o de sus fieles esbirros —apuntó Olaya con intensa preocupación reflejada en su rostro.

—Ciertamente, no hay evidencias de que los militares sospechen de alguno de nosotros, por ahora —dijo la condesa—, pero sería el colmo de la estupidez que nosotros esperáramos hasta saber si ellos realmente sospechan de nuestra intervención. Y, por supuesto, esa absurda espera equivaldría a un suicidio colectivo.

—Los muchachos que nos vieron paradas frente al carro en la carretera podrían ir al cuartel y asegurar que nos pueden identificar —dijo María Isabel con voz angustiada—. Yo no los había visto antes, pero creo que trabajan en la carretera que están construyendo hacia Las Güeltas. Yo observé que en la parte trasera de la volqueta llevaban muchas palas, picas y muchos azadones.

—Sí —dijo María del Carmen para darse importancia—. Yo los observé cuando pasaron frente a nuestra casa y luego doblaron hacia esos lados.

Oscar se acordó de algo serio.

—Olaya, ¿qué hiciste con el vestido manchado de sangre? ¿Ya lo botaste? —preguntó consternado.

—No te preocupés por eso. Ya lo quemé enterito y eché todas las cenizas al fregadero.

—Bueno —dijo la condesa—, volviendo a lo problemático de nuestra situación. Yo les sugeriría *unas largas vacaciones* en el extranjero.

Todos se miraron atónitos sin saber qué responder a la insólita sugerencia de la condesa. Finalmente, la viuda Ábrego, ruborizándose abochornada por la extrema penuria de su familia, dijo con los ojos llorosos:

—La sugerencia de la señora, aunque es realmente tentadora para nosotras, es totalmente irrealizable porque estamos sin un centavo. Lo poquito que teníamos ahorrado antes de la tragedia que sufrió Secundino, que Dios en su Santa Gloria lo tenga, se tuvo que gastar en el médico y las medicinas para él y luego en los gastos del entierro y la fábrica de la sepultura que ¡ni siquiera pudo usar! —Su voz se quebró en un mar de sollozos. Sus cuatro hijas, rodeándola, se abrazaron piadosamente a ella tratando de consolarla.

—Estoy enterada de vuestra situación, mi querida señora —dijo María Teresa con voz firme pero amable—. No debíais apenaros por ello. Ser o quedarse pobre no es un motivo de vergüenza; especialmente conociendo las razones valederas que vosotras tenéis. Yo os pagaré vuestros pasajes desde Santimonio hasta París… Si vosotros preferís quedaros en Hibueras, con el dinero que os ahorraríais podríais comenzar un negocio en ese país. Además, yo os adelantaré un préstamo para pagar los gastos de seis meses. A Oscar le proporcionaré una suma adicional para que abra un negocio de herrería como el que tiene aquí en Cayaguanca. Mi primo, Enrique de Largaespada, es el nuevo embajador de España en Hibueras. Él les brindará ayuda en lo que sea necesario. Es de suma importancia que *todos* salgamos de El Redentor lo más pronto posible. Pero vosotros deberéis partir para Santimonio esta misma noche si fuera posible o mañana antes del amanecer.

—¿Y por qué a Tesucigalpa y no a Guatemayán? —preguntó Oscar.

—Como ya os dije antes, mi primo es el nuevo embajador en Hibueras y él os ayudará a instalaros en esa ciudad. La alternativa de permanecer en Cayaguanca o en cualquier lugar de El Redentor es exponerse a la furia vengadora del Chacal y a la colaboración de sus crueles esbirros. No creo necesario explicarles lo que ello significaría para todos y cada uno de nosotros. Yo les sugeriría que nos esperaran en Tesucigalpa para juntos planear lo que se va a hacer.

—¡Pero yo no me voy sin mi papá! —Olaya protestó llorosa. Luego preguntó—: ¿Y qué vamos a hacer con mi hermano?

—De todo eso hablaremos más tarde, hija mía… Y en compañía de tu padre. ¿No era eso lo que habíamos acordado, Leandro? —preguntó la dama hecha toda ternura.

—¡Sí, asiés! —afirmó seriamente el interpelado—. Ay tenemos quiablar largo y tendido con usté, señorita Olaya —agregó.

—Además —dijo María Teresa con brío—, que vosotros tenéis derecho a saber que Leandro y yo acabamos de comprometernos y nos casaremos al llegar a Tesucigalpa.

—¡Felicidades! —gritaron todos en colectivo alborozo, menos el novio que no podía salir de su asombro de saberse tan secretamente comprometido que hasta para él mismo era un gran misterio o una gran sorpresa. Mas, como esposo previamente entrenado en las lides del matrimonio, se cuidó de no contradecir a su futura esposa frente a extraños. Además, las palabras de la amada habían llenado de júbilo su corazón y no podía hacer el ridículo ante los presentes, en especial ante su hija, alegando que no se le había consultado la decisión oportunamente.

—¡Gracias, muchas gracias! —contestaron los novios.

—Ahora quiero escuchar vuestra respuesta. ¿Aceptáis, sí o no? —preguntó María Teresa tajantemente.

—Es tan repentino el viaje —protestó dócilmente la viuda Ábrego—. Ni siquiera hemos comenzado los rezos de novenario para mi Secundino —añadió quejumbrosa.

—¡Pero mami! —exclamó la irreprimible Maricarmen—. ¿No nos ha dicho usted que Dios está en todas partes? Pues allá en Hibueras se los rezaremos… ¡en *hibuereño*!

A pesar de la angustia y la desazón que les embargaba, la insólita ocurrencia de la Cubita hizo reír a todos.

—Pues si estáis de acuerdo, idos en este instante a alistaros para el viaje. No olvidéis llevar con vosotros vuestras cédulas de identidad. Sin ellas no podréis obtener pasaportes. Es necesario que ninguno de vuestros vecinos se entere de vuestros planes de viaje. Traed la ropa que piensan llevar metida en fundas y aquí las trasladaremos a las maletas que he mantenido guardadas por muchos años.

—¡Caramba! —exclamó Oscar con admiración—. Usté, señora condesa, piensa en todo. ¡Un millón de gracias por su bondad, por su gran prudencia y su increíble previsión!

Todos aplaudieron las palabras sentidas, sinceras y elocuentes del Carnero.

—Bueno —dijo María Teresa—, fui yo la que os metió en esta camisa de once varas y me siento en la obligación ineludible de ayudaros a salir de ella, ¡cueste lo que me cueste!

Terminando de cenar, alguien tocó al portón del castillo. Leandro fue a ver quién tocaba. Su sorpresa fue mayúscula. Su nuera Carmela, acompañada de tres niños, incluyendo el travieso e intrépido Vicente y Rayo, su mascota, estaban a la puerta. Su hermano Lolo venía también con ella cargando una guitarra a la espalda.

Carmela rompió en profuso llanto.

—Náiden mia dicho —dijo entre amargos sollozos y en palabras entrecortadas—, ¿ónde está el Mateyo o los cipotes?

Yuay los he estado esperando, sin poder dormir y viéndolos que ya yegan ¡pero nunca yegaron!

—El Mateyo estáquí con nosotros. Véngasen con yo y tráigase a los tres cipotiyos —dijo el suegro—. Yusté, don Lolo, pasiealante también; siéntase mesmo como siestuviera en su mesma casa.

—¡Que Dios le pague, don Liandro! —dijo agradecido el cuñado de su hijo.

—¿Y trajo la guitarra? —preguntó extrañado sabiendo que Lolo nunca había sido aficionado al bello arte de tocar ese instrumento.

—Es la de Casimiro —dijo él, ignorante del deceso de su hijo y esperando todavía volverlo a ver con vida—. Y comuaél le gusta trinarla, pues'ay se la traje, vaá.

El sacristán, ya enterado de la horrenda verdad, sintió que un nudo se le había atorado en la garganta. Pero no se atrevió a destrozar en ese instante las esperanzas de su viejo amigo. Pronto, sin embargo, tendría que ser enterado, ineluctablemente.

Los recién llegados se apersonaron a la alcoba de huéspedes. Mateo se llevó una enorme sorpresa. Entre llantos adoloridos, Carmela y Lolo fueron impuestos de las horribles tragedias sufridas y de la pérdida irreparable de sus hijos a manos del sangriento régimen.

Leandro, mientras tanto, regresó al comedor. Él también presentaba ojos llorosos y ello atrajo la atención inmediata de su prometida.

—¿Qué es lo que te sucede, cariño? Te veo como lloroso y haciendo pucheros.

—Mi nuera yegó con sus tres muchachitos y con el Lolo —dijo con voz plañidera—. Ay vienen a buscar al Mateyo y a sus cipotes más grandes. Ay los dejé solos con mijo pa' quél les cuente lo que rialmente pasó y se desatoren de sus lágrimas. Yo creibo que los debiyamos de dejarlos solos un rato —agregó. En diciendo eso, tomó a su prometida por el brazo y la condujo al estudio—. ¿Por qué no les deja esta casona al Mateyo y al Lolo pa' que se la cuiden y pa' que vivan aquí? Y cuando la Olaya güelva que se lentreguen a eya —imploró Leandro con nuevas lágrimas fluyendo—. Es que me da tanta lástima porquial cuñado de mijo se liaogó la mujer en el Lemparrío cuando la traiban pa' Suchindondo a pedir remedios parel colerín, vaá. Y esuizun año justo el mesmo diya en que los melitares li'asesinaron a Casimiro, su hijo. Eso se lo pido con el corazón en la mano, vaá —agregó mirándola suplicante.

—Si me lo pides tú ¿cómo podría decir que no? —respondió ella tiernamente—. Pues que se queden. Pero tendré que hablar con el doctor Miranda esta noche para que redacte un codicilo al testamento antes de firmarlo. En cuanto a nosotros, tenemos que alistarnos porque mañana nos iremos a Hibueras.

Vicente de pronto se puso de pie detrás del escritorio donde había estado escondido.

—¿Y por qué no me yevan a yo también pa' qui'ay l'enseñe hablar en cayaguancateco a la señora condesa? —preguntó esperanzado.

—¿Y este jovencito de dónde apareció y como se llama? —preguntó su futura abuela.

—Este es el Vicente, el último varón del Mateyo —dijo orgulloso el abuelo—. Yaura el único hombrecito que les queda —añadió con voz resentida.

—Agradezco tu ofrecimiento, chicuelo —dijo la condesa, alborotándole los rizos—, pero tu abuelo se encargará de enseñármelo. Además, tú estás aún muy chico y tienes todavía mucho que aprender en la escuela.

Vicente no se dio por vencido.

—Tatita —suplicó juntando las manos—, déjem'ir hasta Flores con ustedes y di'ay mesmo me regüelvo pa' Cayaguanca.

—No, muchacho —respondió Leandro con voz severa—, usté tiene que quedarsaquí pa' quiayude a su apá en la milpa… y también pa' que vaya a lescuela.

Vicente no replicó a la negativa. Se limitó a doblar el testuz desconsolado. Luego se marchó en busca de sus padres. Los abuelos lo siguieron porque Teresa quería conocer a los recién llegados. Una vez Olaya los había presentado, la patrona dejó a Leandro con Lolo y Mateo y se llevó a su hija adoptiva en compañía de Carmela con sus dos niñas, Casianita y Conchita, de cuatro y dos años, respectivamente.

—Leandro, querido —dijo la condesa antes de salir del cuarto de huéspedes—, quiero que le expliques a don Lolo y a tu hijo

Mateo, en qué condiciones se van a quedar por de pronto en el castillo. Pero antes de hacerlo, traedlos al comedor para que cenen algo, si es que tiene hambre.

Carmela y sus pequeñas se sentaron a la mesa y María Isabel les sirvió de comer. Tanto la madre como las hijas se sentían cohibidas por el cambio drástico en sus vidas y también por lo extraño y el lujo de su nuevo entorno. La madre, más que ninguno, se sentía incómoda pues siempre había oído decir que la condesa era malhablada, gritona y altanera con todos los que la trataban. Se propuso preguntar a Olaya qué había causado ese cambio tan brusco en su patrona.

—Querida —dijo la madre adoptiva a su hija—, quiero que lleves pronto a tu cuñada a la alacena y le indiques dónde están almacenados los cereales, las harinas, la manteca y todos los utensilios de la cocina. Recuerden que mañana temprano entre todas prepararán el desayuno. Pero de allí en adelante, Carmela tendrá que hacerse cargo por completo de la preparación de los alimentos para su esposo, su hermano e hijos.

Leandro se sentía apenado por no poder complacer los deseos de su nieto.

—Chente —le dijo—, véngase con yo mañana. Ay le vua a comprar un sombrero nuevo.

Al día siguiente los dos volvieron de la plaza de mercado. El chiquillo lucía con garbo un lindo sombrero de paja trenzada y lo mostraba complacido a toda la familia.

—Este es un regalo de mi tatita Leandro —decía muy orgulloso y agradecido.

Antes de que rayara el día, tan pronto desayunaron los viajeros partieron para Santimonio. Los adioses tuvieron que hacerse en silencio y con mucho sigilo para no incitar la curiosidad de los vecinos y la probable alerta a los secuaces de la tiranía.

Más tarde, María Teresa, acompañada de Carmela, visitó la plaza de mercado para comprar algunas vituallas, pero también con la segunda intención de escuchar lo que se decía entre la gente sobre los acontecimientos recientes. Se mantuvieron alertas a todos los comentarios de los compradores y de los parlanchines vendedores; especialmente de las féminas, las que, a través de la historia universal han sido las mejores fuentes de información local.

Cuando Carmen regateó el precio de unas papayas, enormes y maduras, la vendedora alegó que la única forma de resarcirse financieramente del robo de sus frutos por soldados que custodiaban los caminos era subiendo los precios de los que le habían quedado.

—¿Dónde tuvo lugar esa rapiña? —preguntó muy curiosa la condesa.

—¿Ah? —contestó la vendedora sin poder comprender por qué la señora hablaba como los curas en los sermones. Sin embargo, sí había entendido la pregunta—. Ay mesmo por esa salida del riyo del Jobo, vaá —dijo enrojeciendo de furia—. Hay un pelotón de melitares que no dejan pasar a náiden porquiay dicen que sian echado al hoyo a un tal goronel, vaá.

—¿*Coronel*, querrá decir, ¿no? —preguntó María Teresa.

—¡Coronel o goronel! Güeno, uno desos quiay yeban oro en las chalupas —explicó la vendedora de frutas.

—¿Y qué más *le* dijeron? —preguntó de nuevo la dama; tratando de amortiguar su lenguaje altisonante.

—¡Ay Dios! Siay todos mestaban platicando mientras se comiyan los guineyos, las papayas, las guayabas y los tamarindos. Peruéstas no me las tocaron porque yo me las habiya ponido mesmu'entre las piernas de yo, vaá.

—¿Y qué más decían los soldados? —insistió la ibérica.

—Quiay aiban a poner tapones ay por la salida pa' Suchindondo y por la salida parese pueblo de Quezaltepulgas.

La dama se comportó espléndidamente al pagar por la fruta adquirida. Al decírsele que podía quedarse con el vuelto, la vendedora trató de incorporarse para besar la mano generosa pero la papaya que aún guardaba celosa entre los muslos se deslizó hacia el suelo y la brisa se llevó el beso de agradecimiento.

Al llegar al castillo, María Teresa fue a buscar a su prometido, encontrándolo por fin en el cuarto de huéspedes en compañía de su hijo y Lolo.

—Perdone, don Lolo —dijo ella—, pero anoche olvidé preguntarle si habían visto algún retén militar en el paso del Tamulgasco.

—Sí —dijo el campesino—. Ay mesmo a la salida de lamaca estaban dos soldados íngrimos solitos. No nos pidieron papeles ni nos preguntaron ná; nomás nos vieron con caras de pocos amigos y no nos contestaron niel saludo niel adiós.

—Gracias por la información. Dígame, ¿Es suyo ese mulo que está amarrado a un pilar de mi portal? —preguntó la condesa.

—Sí, señora. ¿Quiere que lo quite di'ay? —preguntó levantándose de su asiento.

—No, no, nada de eso. Pero sí quiero que lo monte y me haga el favor de darse un corto paseo hasta la salida de Guarjilanga. Vaya a constatar si allí hay o no algún retén militar. Vuelva pronto a informarme y yo le pagaré por el servicio. ¡Ah! Y aquí tiene dos reales para que compre heno para ese pobre animal que se ve muy desnutrido.

—¡Dios se lo pague, señora, peru'eso nuasiya falta! —dijo el campesino agradecido.

—Yo vuir con Lolo —dijo Leandro.

Al salir del castillo, Dolores detuvo a Leandro en seco.

—Miriusté, ¿yusté sabe qués ese volado al que la señora condesa le dice *eno*?

—Pues yo creibo qui'así le dicen los españoles al sacate jaraguá o sacate verde, vaá.

—Pues yo no creibo que el Deluvio se pueda comer dos riales de zacate en tres días. Y poreso sólo le vua comprar medio rial yay lo demás lo bebemos en chibola. ¿Qué me dice, don Liandro?

—No, amigo, yo tampoco lo creibo. Pero ¿por qué le pusieron *Deluvio* a su macho?

—¡Ah! —dijo Lolo riéndose—, porque tan pronto nació comensó a miar y por cuarenta diyas no paró diaserlo. Tonces la finada Eleuteria dijo quese animal era comuel deluvio del mesmo quiabla la Biblia, vaá… Y diay palante ansina lo yamábanos, vaá.

—Y ¿diónde sacaba tanta agua pa' miar tanto?

—Es que se bebiya las oyadas diagua que mi mujer tráiba del riyo pa' lavar los tarantines.

—¡Eso si nunca luabiya óido! —dijo Leandro maravillado y añadió—: Pero yo tengo una ideya mejor. Usté se compra las chibolas y yuay me vua comprar una boteya de *Alma de Caña*. Ay pa' darnos la despedida porque mañana me van a tocar las golondrinas a yo y a la Teresa.

Dolores tomó la jáquima de su cuadrúpedo y comenzó a halarlo. El animal se desplazaba lentamente, advirtiéndose una incipiente pero no restrictiva cojera en la pata frontal derecha. Su dueño le dio poca importancia al impedimento del asno; principalmente porque estaba más interesado en conocer la verdad sobre el anunciado matrimonio de Leandro con la condesa. Al doblar la esquina, no pudiendo resistir más la curiosidad, preguntó sobrecogido de admiración:

—El Mateyo me dijo quiusté se va a casar con esa señora encopetada y platuda ¿yesués verdá, pué? —preguntó escéptico.

—Pues ansina mesmo parece —contestó el flamante novio muy ufanamente—, y diay nos vamosir en aigrioplano pa' Tesucigalpa… Dizquia a empesar la lunemiel.

—¿La lunequé? —preguntó Lolo intrigado pues nunca había oído ese extraño concepto.

—La lune miel —repitió Leandro—. Anque yo mesmo no sé a cuál es a la que le dicen la lune miel, vaá. Siés a la luna yena; a la de cuarto menguante, o a la de cuarto creciente o será la media luna. Yasté don Lolo ¿cuál siafigura qués? —preguntó interesado en saber.

—Puesayo se miafigura que debe ser la mesma luna yena, vaá… Porqués cuanduay está clarita, mesmo como la miel de mesa de la caña.

—Aura que miacuerdo, mi tatita deciya que muchuantes a la pareja de novios les regalaban un comalito de plata untadue miel pa' que lo lambieran durante la primera noche de bodas. Y yo creibo que diay es que vien'el dichuese de la lune miel.

—Pues, bien pué ser —dijo Lolo, bajándose de un salto de su mulo—. Perueste macho condenado estotra vez patojiando. ¡Yo creibo qui'ay lu'hase de puro vicio! —agregó enfadado—. Lo vu'a dejar amarrado a este poste; y'ay lo recojemos cuando golvamos. Pero si se van a ir en aigrioplano —preguntó extrañado—, ¿pa' qué quiere saber la condesa siay retenes en el camino de Guarjilanga?

—Pues meramente no sé —dijo el novio—. Peruesque la señora condesa es pior quiun mayordomo diacienda; tiene la narís metiden tó.

Una hora más tarde, regresaron con una botella de aguardiente y un par de chibolas. Fueron al cuarto donde yacía Mateo y lo invitaron a celebrar el matrimonio de la condesa y su padre y llorar la pérdida de sus hijos y la inexorable partida de los enamorados.

María Teresa los oyó canturrear el tango *Adiós, muchachos* que cantaba Carlos Gardel y *La Barca de Oro*, popularizada por Tito Guízar. Los acompañaba Leandro con la vieja guitarra que había sido el instrumento del difunto Casimiro. Luego vinieron los corridos mejicanos y aquellos tangos que solían cantarse en las despedidas. Ella recordó las suyas con nostalgia y comprendió la causa del extraño jolgorio lleno de lágrimas y sentimientos.

—¿Qué nuevas me tiene de la salida para Guarjilanga? —preguntó la condesa a Dolores fingiendo indiferencia ante los ojos enrojecidos de su prometido.

—Amorcito —dijo Leandro adelantándose—, ayí nuay nada que reparar, vaá. Ay hasta hablamos con la gente con la que nos aincontramos —añadió con voz aguardentosa—, y quiay veniyan di'Arcatago y nos dijieron que nuabiyan visto niún sope uniformado por toduel camino.

—¡Enhorabuena! —aplaudió María Teresa alegremente—. Tan pronto terminemos de cenar empacaremos maletas porque mañana en la tarde viajaremos hasta la frontera de Hibueras.

—¿Peruesque ya no nos vamos a ir en aigrioplano desde Santimonio? —preguntó el novio un poco extrañado.

—Así lo planeé inicialmente —respondió la amada—, pero luego concluí que ya sería muy arriesgado viajar a Santimonio. En cambio, el viaje por tierra hasta la frontera se puede realizar sin mayores problemas. Con la ayuda de Dios, por supuesto —añadió llena de esperanza.

—¿Y cómo vamos a cargar las valijas, cariño? ¿En el lomo? —inquirió Leandro con aire molesto—. El machue Lolo está patojo yay tuvimos que dejarlo amarrado a un poste porquia veces áiba caminando como derrengado, vaá.

—No importa. No lo necesitaremos —dijo María Teresa—. Nosotros alquilaremos dos caballos para nosotros y un mulo fuerte para las maletas.

—¿Y por'ónde mesmo nos vamos'ir, vida miya? —preguntó morosamente el prometido.

La dama lo tomó por un brazo y lo condujo discretamente hasta el umbral.

—No quiero que te preocupes, amor mío —le dijo en voz baja, poniendo su mano en la nuca de su amado—. Mi plan es viajar a caballo hasta Arcatago; luego de pasar la frontera nos dirigiremos al pueblo de Valladolid. Según entiendo, allí hay pista de aterrizaje y también hay vuelos diarios a Tesucigalpa.

—Pues'eso yo también lu'he oído —dijo él en voz alta.

María Teresa puso la yema de su dedo índice sobre los labios de Leandro.

—Pero no hay que publicarlo. Hay que mantener en secreto nuestro plan de huida, cariño. ¡Por favor —susurró con un leve guiño—, no lo comentes con nadie; absolutamente *con nadie!* ¿Me has entendido, cariño?

—Si *tú*, amor mío, me lo pedís; ay mestaré con el pico bien cerrado, vaá —prometió el enamorado sacristán—. Yojalá que Dios siapiade de los dos nosotros y nos acompañe hast'el mesmo fin del camino —imploró anhelante y preocupado.

—¡Nos acompañará! ¡Tengamos fe en Él! —exclamó ella, exhalando un largo suspiro—. En todo caso —añadió esperanzada—, lo más difícil será hasta llegar y cruzar la frontera. Una vez fuera de El Redentor no creo que se nos presente problema alguno.

—¡Que Dios loiga, amorcito! —suplicó Leandro con vehemencia.

—¡Amén! —dijo ella haciendo mutis.

—¡Vamos, caballeros! —dijo la condesa sonriendo al reingresar a la alcoba de huéspedes—, dadme un pequeño sorbo de ese licor que libáis y que tanto os place…

—¡Dios nos libre, señora! —dijo Lolo Vides—. Esti'aguardiente es de los meros baratos, vaá, y'es muy juerte pa' las mujeres ¡perdón, pa' las señoras…!

—¿De veras? —preguntó ella en tono irónico—. Entonces ¿por qué vosotros lo bebéis como si fuese un refresco almibarado?

—Nosotros no lo bebemos por el sabor —confesó Mateo un poco beodo—. Lo bebemos por el efeito de purita ujoria, vaá, qui'hay lu'haci'auno sentirse sabroso. Y porque lu'hace sentir a'uno más hombre y más pencón, vaá…

—Bien, dadme, pues, una copa de ese elixir de felicidad. Yo también quiero sentir y saber cómo se sienten los hombres cuando lo beben.

—¡No, no, no! —se opuso Leandro con firmeza, pero con segunda intención—. Ay mejor envítenos a un trago dese juerte yamariyito quiay nos dio a yo yal padre Santiago en esa noche cuando la venimos a confesar.

—¡Magnífica idea! —dijo la encopetada novia evocando su primer encuentro con *don* Leandro—. Pero me temo que mezclando licores os emborracharéis aún más. Sin embargo, como éste será el último brindis de despedida de nuestra amada Cayaguanca, ¡no nos importará si nos emborrachamos en demasía!

Una vez terminada la botella de fino brandy, Lolo se dirigió a Leandro:

—Compadre, ¿usté si'acuerda di'aqueya cansión qui'usté l'hizo a don Luis Navarrete pa' su novia, la Consuelo Abarca, ¿cuandueya siayba pa'l extranjero?

—¡Sí, señor! Y nunca se mi'ha olvidao —replico Leandro muy orondo—. Esa cansión se yama *Cuando tú güelvas*. Quiay miacuerdo que miayudó a escrebirla la mesma máistra de l'Olayita; la Niña Lidia Guardado, querun hembrota muy gonita ¡pero no tan gonita como mi Mariya Teresa!

—Vamos, cántala, amor mío —sugirió la condesa sonrojándose—, que no me pondré celosa porque fue compuesta para otra mujer…

—Bueno —dijo el enamorado sacristán trinando la panzona ajena—, siusté mesma me lo pide, pues ¡ay le va…!

"Cuando tú güelvas cantará la primavera
Los himnos del amor y de la vida;
En mi jardín florecerá l'enredadera
Y'olvidaré el dolor de esta partida…

Cuando tú güelvas mis anhelos prisioneros
Libertará el talismán de tu presencia;
En mi jardín alborosados los jilgueros
Darán a Dios gracias por tu existencia…

Y ya nunca más te dejaré partir;
Mi'aferraré a tus brazos ¡hasta morir...!".

El cantautor paró de cantar porque se sentía emocionado en extremo.

—La canción es más larga —dijo con voz entrecortada—, pero ya se me olvidó. ¡Ay perdonen! —añadió. Los aplausos entusiasmados de los presentes no se hicieron esperar. Sin embargo, los ojos de la condesa también se habían inundado de lágrimas.

—No sé, verdaderamente —dijo ella después de un largo suspiro—, si es el efecto del licor o es la emoción de la partida, o son ambos los que me han inducido al llanto y al sentimentalismo. No obstante, no hay duda de que la canción de Leandro es muy bella, muy sentida y posee un matiz poético realmente vibrante que ha penetrado hasta lo más profundo de mi alma. —Su voz se desvaneció en sollozos y su amado con una mano le secó dulcemente las lágrimas mientras con la otra la apretujaba tiernamente contra su propio cuerpo.

—¡Gracias, amor mío, por'esas palabras tan gonitas! —exclamó Leandro.

Una vez hubo recobrado la calma, la condesa agregó sonriente:

—Felicito de corazón tanto al compositor como al cantante; quienes, afortunadamente son la misma persona... Como sería muy difícil decidir con cuál de los dos me quedo —agregó con actitud seria y jocosa a la vez—: ¡Envuélvanmelos porque me los llevo a los dos!

Todos celebraron la simpática ocurrencia de la gentil anfitriona. Después de agradecer sus atenciones, se fueron distribuyendo por el castillo condal, buscando un lugar quieto para dormir la borrachera.

María Teresa, al llegar a su alcoba, tuvo por un instante la repentina tentación de buscar a su Leandro para invitarlo a compartir su lecho aprovechando que Carmela estaba ya acostada con sus pequeños y los demás inquilinos estaban intoxicados y menos predispuestos a juzgarla mal. Pero esa lúbrica invitación, pensó, podría suscitar críticas acerbas al día siguiente si alguno de ellos se enterara de su liviandad. El temor a poner su honor en entredicho la conminó a resistir la lujuriosa tentación. Cierto que ese era su castillo y su autoridad era suprema sobre todos los que pernoctaban bajo su techo. Pero el arraigado sentido de propiedad le impedía dar rienda suelta a sus anhelos lúbricos por muy intenso que fuese el deseo del placer carnal. Además, dentro de pocas horas partirían para el extranjero y, lógicamente, se harían pasar por marido y mujer. Eso implicaba que dormirían juntos en el anonimato sin preocuparse por el qué dirán. Por otra parte, no sabía exactamente qué excusa inventar para evitar que su *esposo* abriera la boca y comenzara a hablar en su lenguaje habitual. *Bueno*, se dijo esperanzada, *mañana se me ocurrirá algún método para impedirlo, pero lo haré diplomáticamente y con mucha maña para no provocar resquemores en su orgullo y dignidad de hombre*. Le sorprendió el súbito cambio que la sola presencia de ese hombre sencillo pero carente de recursos económicos había efectuado en su conducta. Pero no podía engañarse con respecto a su personalidad agreste pero respetuosa. Eran indudablemente todos sus parientes en España los que se horrorizarían al saberla casada con un hombre pobre y tan atiborrado de defectos superficiales. Era lo más seguro que no lograrían percibir sus virtudes interiores que, a su juicio, le hacían totalmente merecedor de su cariño y respeto y, sobre todo, de su intenso amor. *Sería absurdo pensar*, se dijo precavida, *que a Leandro no le anima un poco de interés mezquino*. Pero ella ya no era una pollita que pudiera provocar locos deseos en hombres jóvenes que no fueran realmente motivados por el mezquino interés de vivir una vida holgada y la esperanza de heredar su fortuna al morir ella. *¿Morir? ¡Qué palabra tan horrible!*, exclamó en voz alta. Ambos tenían más o menos la misma edad. Él había demostrado ya una saludable capacidad física para el amor sexual; además, había manifestado sus verdaderos e íntimos sentimientos de cariño y de lealtad. Esos bellos sentimientos habían labrado ya en su corazón un nicho lleno de cariño tranquilo que, aunque nunca probablemente se convertiría en amor apasionado, sería lo suficientemente placentero para que los dos fueran felices por el resto de sus vidas. En una breve y serena introspección sobre lo que ella buscaba en su Leandro concluyó que lo que ella más necesitaba de él era su comprensión, su dulce cariño y su compañía. Evocando la grata experiencia vivida con Leandro en la sencilla y diminuta alcoba de la casa parroquial, se quedó dormida.

A la mañana siguiente, tras levantarse y desayunar, del brazo de su amado la condesa fue a visitar el almacén del hacendado y comerciante, don Juan Alvergue.

—Necesito dos caballos: uno con silla nueva, otro con galápago y un mulo aparejado y que sea suficientemente fuerte y resistente para cargar dos maletas grandes —dijo ella sin rodeos.

—Con mucho gusto los tendrá. Pero ¿para qué necesita una bestia de carga? ¿Es que piensa llevarse todos sus tesoros para otra parte? —preguntó don Juan burlonamente.

—No, no, no —dijo María Teresa riéndose también—. Es que nos vamos de luna de miel a los altos de Santa Ignacia y La Palmera.

—¡Mis felicitaciones! —interrumpió Alvergue extendiendo la mano hacia Leandro Beltrán. El *novio* la estrechó sin decir palabra.

—Y como no he montado en muchos años —añadió la condesa con su habitual franqueza—, o sea desde que falleció mi difunto esposo; tendremos que detenernos a menudo a descansar las piernas y las posaderas.

—Entiendo perfectamente —dijo el comerciante sonriendo sonrojado.

—Por mucho tiempo yo también he querido realizar ese periplo por esos lindos parajes de la cordillera de Cayaguanca. Mi Terencio, a quien Dios tendrá es su santa gloria, me lo había prometido pero su larga enfermedad y su muerte nos lo impidieron.

En cierto modo, el silencioso prometido se sintió ofendido por la persistente presencia del marido fenecido en la mente de su prometida. Pero decidió callar para no alborotar el avispero. Al fin y al cabo, pensó, él también recordaba a su difunta Emeteria, aunque ya no con tanta asiduidad como la condesa, pues suponía que los muertos se sentirían aún más tranquilos si una espesa maleza de olvido cubría sus tumbas.

—Yo he hecho ese viaje varias veces —comentó Alvergue—, algunas por negocios y otras por placer. Me alegra mucho constatar que usted, señora condesa, se siente todavía con suficientes bríos para hacerlo. Esas montañas son ¡tan preciosas y tan rejuvenecientes! Allí se respira un aire puro, fresco y sano que lo hace a uno sentirse intoxicado de vida y de frescura —agregó inspirado.

—Pues nos felicitamos por nuestra sabia decisión de visitar esos bellos parajes —dijo María Teresa fingidamente entusiasmada.

—Estoy seguro de que volverán encantados —afirmó el comerciante; preguntando enseguida—: ¿Para cuándo quiere las bestias?

—Para hoy al mediodía. Y dígame ya, por favor, ¿cuánto nos costará por diez días?

Alvergue recurrió al amarillento ábaco de pequeñas esferas que colgaba sobre el mostrador y ayudándose con una varita de madera hizo el cómputo—. Son cinco pesos por el alquiler y un peso de seguro por cada bestia; o sea ocho pesos en total.

—¿Un peso de seguro? ¿Seguro de qué? —preguntó extrañada.

—Yo tengo una póliza de seguros —dijo don Juan—, que me cubre la pérdida en el caso de que alguna o todas las bestias no sean devueltas por el cliente o en el caso de que se las roben o sufran un accidente mortal.

—Está bien, pagaré el seguro —dijo ella y puso sobre el mostrador ocho billetes de a peso—. ¡Nos veremos pronto! —añadió dolosamente.

VEINTICINCO

Después del mediodía y luego de efectuar algunos cambios de carácter doméstico, la condesa y Leandro, en compañía de Lolo, salieron de Cayaguanca con rumbo al oriente, es decir hacia Arcatago.

—Nos hace el favor de acompañarnos solamente hasta La Lagunita —dijo la patrona—, porque no quiero que su mulo se enferme nuevamente de sus patas.

—Ansina lu'habiya pensado yo —dijo Lolo—, anquioy ya nuestá patojiando comuayer. Es queste animal es muy caprichudo, y cuando le da por no caminar sinventa sus patojeras o nuabrel hocico pa'que no le pongan el freno. ¡Siempre me saca de quicio, el condenado!

María Teresa y Leandro celebraron a carcajadas la bribonada insólita del cuadrúpedo que negaba la creencia tradicional de su falta de astucia. El novio se hallaba muy confundido por las palabras dichas por su amada ante Alvergue. Pero decidió no preguntar el motivo de los cambios abruptos de itinerario. Al pasar por una fuente pública, Lolo se detuvo a dejar que su mulo abrevara.

Intuyendo la confusión de Leandro por la falsa información proporcionada al comerciante, María Teresa le dijo en voz baja:

—Si alguno le preguntara al señor Alvergue por nuestro itinerario, él dirá que nos fuimos para el norte de la provincia. Esa información despistará a los secuaces del Gato que nos estén buscando y nos dará más tiempo para llegar a salvo a la frontera.

—Amorcito —dijo el amado con ironía—, yo creibo quiusté cuando siacuesta en la noche yastá pensado por qué lado de la cama se vapiar al día siguiente... Pero ¡poreso mesmo la quero más mejor! —añadió dulzonamente y le plantó un beso en la mejilla.

Lolo, uniéndose a ellos en ese momento romántico, pensó, sonriendo interiormente, que su amigo y compadre aún no había perdido su merecida fama de picaflor.

Muy a pesar de haber hablado en voz baja, el acompañante había escuchado las palabras del intercambio de los enamorados.

—La señora condesa no tiene un pelo de lela —comentó Lolo sonriente—, yusté, compadre, coneya mesmo ¡sia sacado la loteriya!

—¡Exagera, amigo mío! Pero ¡mil gracias por la flor! —exclamó la dama, agradecida por el cumplido—. Solamente me propongo ver siempre más allá de mis narices —agregó.

Al llegar al punto indicado, los tres viajeros se detuvieron.

—Ya diaquí en'alante, yay nos podemos ir solitos —dijo Leandro a Lolo, abriendo los brazos para darle la despedida—. Tenés quiapurarte, compadre, pa' que podás yegar antes del toque queda —le aconsejó con voz fraternal—. Esos puercos melitares primero te matan y diay te preguntan —añadió sin exagerar.

La dama, a pesar de conocerlo solamente por un par de días se bajó del galápago y abrazó afablemente al amigo de su amado, diciéndole:

—Aunque lo he tratado brevemente, me parece usted una persona muy seria pero sumamente agradable. Como le dije ya, usted podrá vivir en el castillo hasta que Olaya regrese. Los impuestos prediales es lo único que tiene que pagar en compañía de su cuñado. Si no lo hicieran, la alcaldía podría embargar la propiedad para cobrarse el impuesto y Olaya la perdería. Muy pronto les enviaré instrucciones como comunicarse con nosotros. ¡Adiós, pues! —añadió y subió a su montura.

Se despidieron con una sincera profusión de lágrimas y encarecidas recomendaciones. Lolo siempre había admirado al padre de su cuñado y le guardaba especial predilección y gran respeto. Lo había conocido cuando Leandro, en compañía de su hijo Mateo, se había presentado ante él a pedir la mano de su hermana Carmela. Siendo que él era su hermano mayor y habiendo quedado huérfanos desde la infancia, por tradición le había correspondido el derecho a conceder o a negar la mano de su hermana en matrimonio. Y nunca se arrepintió de su decisión afirmativa ya que Mateo había resultado ser un hombre cabal y trabajador; dedicado a dar a su esposa y a sus hijos la mayor felicidad posible dentro de sus limitaciones. Las vicisitudes y las circunstancias propias de los campesinos sin tierra limitaron pero no destruyeron esa felicidad.

Al comprender que el claro día se les escapaba, la pareja de enamorados aceleró el paso de sus cabalgaduras. Pasadas unas horas, llegaron al pequeño y mustio pueblo de Flores todavía con luz diurna, aunque el astro rey ya se había ocultado tras las cumbres de la lejana cordillera de Cayaguanca. Los montes circundantes, todos abruptos, y los valles estrechos y oblicuos se vestían paulatinamente con gruesos mantos de las sombras que producían los cúmulos, aparentemente listos a derramarse sobre el humilde caserío, en voluptuosa fiesta de lluvias torrenciales.

A la condesa, el pueblecito le pareció tétrico en extremo. Era sin duda un poblado muy rural y aletargado; la mayoría de sus casas construidas de crudos adobes prensados de maleza y sin repellar parecía estar saturado de ruinas muy a pesar de su florido nombre.

La única posada aceptable que encontraron allí, a la orilla del pomposo Camino Real y frente a un cuadrilátero mustio y carente de vegetación, amén de árboles y arbustos, fue un caserón que, por su elegante aunque ya vetusta fachada, parecía haber conocido tiempos mejores. Era la única estructura con dos plantas cuyas paredes frontales estaban adornadas con sucios azulejos negros y blancos alternados. Eso le daba el aspecto de un gigantesco tablero vertical de ajedrez. El piso de ambos, dentro y fuera de los cuartos, ostentaba el mismo espartano diseño, pero sus azulejos eran rojos y blancos. Su último dueño, recién fenecido, según informó la locuaz gerente, lo había habilitado superficialmente algunos años antes de fallecer, para alquilar sus habitaciones amobladas, por días, por semanas y hasta por meses, bautizándolo con el pomposo nombre de *Hotel Sueño del Viajero*.

Como mejor pudieron se acomodaron dentro un cuarto grande de la planta superior. Más tarde, en la compañía silenciosa de un anciano caballero de cabellos níveos y de vestimenta modesta pero decorosa, esperaron pacientemente y en silencio a que la cena les fuese servida y el segundo diluvio universal comenzara. Una vez la cena de escasos ingredientes fue consumida y los platos sucios retirados, el anciano comensal se dirigió a ellos con una parca salutación de ¡Buen apetito! Para satisfacción de la locuaz condesa y martirio del desempleado sacristán, el caballero era amante de las conversaciones inteligentes, del buen humor, del arte, de la Historia y de la buena literatura.

—Supongo que ustedes van de paso para Arcatago ¿o no? — fue la primera pregunta del comensal que ansiosamente buscaba un interlocutor avezado y abierto a las ideas con quien se pudiera conversar inteligentemente; pero, más que nada, alguien con quién derrotar el pertinaz aburrimiento.

—Sí, en efecto —contestó María Teresa—. Pensamos partir muy temprano; es decir, tan pronto amanezca. Y usted ¿reside aquí o también está de paso?

—Resido. Tengo treinta y dos años de vivir en Flores. Fui maestro de escuela por treinta años y desde hace dos estoy retirado.

—¡Qué interesante! —exclamó ella—. Entonces usted debe conocer este pueblo por dentro y por fuera con todos sus vericuetos.

—Naturalmente. Todas las semanas, en los días jueves, conducía a mis alumnos a zonas diferentes del campo, tanto para que allí respiraran aire más puro como para que conocieran la flora y la fauna de la región. Todos los años hacíamos colecciones de aves, de arácnidos y mariposas disecadas; y también de hojas y ramas de plantas silvestres y de semillas que luego sembrábamos para prevenir su extinción.

—¡Dichosos los rapaces que lo tuvieron por educador y guía! —dijo la condesa con efusiva admiración. Y enseguida preguntó—: ¿Cómo se llama usted, señor maestro?

—¡Cómo se ve que la señora no es cayaguancateca! Su acento me suena extranjero; usted es española, ¿no es cierto?

—Sí, soy madrileña —respondió ella con su habitual desenfado—. Pero ¿qué quiso decir con eso de que se ve que no soy de Cayaguanca?

—Fácilmente. Nosotros siempre preguntamos "¿cuál es su gracia?".

—Y ¿cuál es la suya? —pregunto sonriendo afablemente.

—Mario José de Paz, para servir a Dios y a vuestras mercedes. Pero ustedes también tienen nombres, ¿no es cierto?

—Por supuesto. Este caballero es *mi esposo* y su nombre Leandro Peñafiel *y* Erazo. El mío, Teresa del Castillo de Peñafiel —mintió la condesa deliberadamente y por obvias razones—. Nos tenéis a vuestras órdenes, señor de Paz; por lo menos por esta noche —añadió cordialmente.

Don Mario extendió la mano y estrechándolas mutuamente se saludaron formalmente; pero Leandro no expresó palabra alguna. Esa actitud silenciosa sorprendió muchísimo al maestro. Sin embargo, disimulando su sorpresa, no se atrevió a preguntar si el muy acicalado caballero era realmente mudo o simplemente sordo. Decidió esperar a que la dama explicara y lo sacara de la duda.

Adivinando la perplejidad de su interlocutor, la condesa explicó mintiendo:

—Mi esposo sufre desde anteayer de una severísima laringitis. Por ese motivo no puede hablar, muy a pesar suyo. Por cierto, Leandro es un gran conversador y consagrado erudito en materias de ciencia y literatura; y especialmente en el área de historia española y americana. ¡Le ruego lo disculpe! —mintió de nuevo.

Leandro, serio como una estatua, asintió con la cabeza para evitar que se supiera que él era un simple campesino metido en los *gayos* elegantes de un caballero ya fenecido. La condesa premió su forzada discreción y su brillante y callada actuación con una palmadita en el muslo de su prometido.

Los tres solitarios huéspedes del hotel no tardaron en hacer buenas migas; tal vez por la soledad del paraje o simplemente porque congeniaron en muchos aspectos. Al rato la tormenta comenzó a caer en caudales medidos por cantaradas, saturando de tenue rocío el interior del hotel. Al empuje brutal y violento de un viento huracanado, paredes, vigas y ventanas crujían dolorosamente y parecían prestas a caerse en pedazos. El vaho frío que se colaba hacia adentro por entre ellas, se metía también hasta los huesos, después de erizar los vellos de la piel.

—Esta es ya la segunda noche de terribles vendavales y profusos diluvios —informó don Mario, añadiendo—: Aunque creo que la de anoche fue peor. A uno de mis exalumnos le cayó un árbol encima. Afortunadamente, cuando el árbol se desplomó, él estaba debajo de su carreta sacando una rueda que se había caído dentro de un hoyo de barro pegajoso.

—¡Un verdadero milagro! —la condesa exclamó maravillada.

—En efecto, señora, un verdadero milagro —dijo don Mario, haciéndole eco.

Mientras el cielo se vertía copioso, la conversación giró, ineluctablemente, hacia el tema de los conflictos políticos de la convulsionada época en que vivían. Luego de asegurarse que *nadie* más estaba presente en el ámbito del comedor, don Mario confesó:

—Durante toda mi vida, incluso en los tristes años del gobierno de Regalón, siempre gozamos de irrestricta libertad de prensa y del derecho de expresar abiertamente nuestras opiniones sobre cualquier tema.

—¿Y qué pasa ahora? —preguntó Teresa fingiendo ignorancia.

—La vida me ha enseñado a no demonizar a ninguna persona ni tampoco a generalizar mis opiniones. Pero desde el golpe de estado de diciembre pasado, ya no podemos ni expresar ni leer opiniones o informaciones diferentes a la línea mendaz trazada por la dictadura militar. Ese burdo e inmundo pasquín, mal llamado *Heraldo Pro-Patria*, no es más que una ensarta de basura seudo-ideológica que trata de imponer los aberrantes postulados del nacionalsocialismo de Hitler y del fascismo de Mussolini. Y los demás periódicos obedecen complacientes todas las directivas que la tiranía les impone, hasta el punto de que ya no sabemos a quién creer. Es más, ¡ya no tenemos en quién creer!

—Debe ser horrible vivir bajo un régimen tiránico —comentó Teresa neutralmente, con la intención de hacer hincapié en su alegada condición de extranjeros—. Como usted sabe, en ningún país los turistas tienen derecho a opinar con respecto a la situación política del país anfitrión, y ¡Dios nos libre! inmiscuirnos en ella. Es como si visitando vuestra casa nos diera por criticar la forma en que están distribuidos los muebles, cómo están colgadas las cortinas o cómo castigáis a los chicos. En cierto modo me alegra que mi esposo se haya resfriado porque él es muy vehemente en sus convicciones políticas y filosóficas. Y, lo peor, se cree que tiene derecho a expresar opiniones sin percatarse que ellas pudieran ser peligrosísimas para nuestra condición de extranjeros en viaje de turismo.

—¡Vaya si lo sabré, señora! —exclamó el maestro—. Por lo menos, los extranjeros están obligados a mantener el pico cerrado mientras están aquí, pero una vez hayan escapado de esta enorme mazmorra podrán contarle al mundo lo que han observado de nuestra desgracia.

—En ese aspecto tiene usted mucha razón —acotó la condesa.

—Nosotros en cambio —prosiguió Mario José—, sufrimos la ineludible necesidad de vivir y morir en nuestra patria, soportando toda clase de infamias. Es difícil creer que este gobierno despótico quiera terminar con todo, hasta con nuestro acervo cultural e histórico. Han llegado hasta el punto de prohibir en forma descarada las reuniones periódicas de las cofradías laborales, religiosas o ancestrales. Por ejemplo, los directivos de la cofradía indígena de la *Pachamama* han sido a menudo encarcelados, vapuleados y amenazados con mayor violencia si continúan sus reuniones y prácticas que son de carácter ecológico y cuyo objetivo primordial es la defensa del medio ambiente. Parece ser que el martinazgo ha decidido resolver el problema de los últimos vestigios ancestrales asesinando a decenas de millares de aborígenes, olvidando que el noventa y cinco por ciento somos descendientes de los primitivos pobladores de El Redentor...

—¿Ha viajado usted al extranjero? —interrumpió la dama, al darse cuenta de que el anciano maestro se había enardecido y su semblante indicaba el exaltado grado de su indignación.

—Bueno, yo, desafortunadamente, nunca he salido del país —dijo el maestro ya un poco sosegado, pero también un poco avergonzado. Y enseguida añadió—: Es decir, que nunca he salido de América Central. Porque yo, como muchísimos de mis compatriotas, considero que los centroamericanos solamente tenemos una patria; y esa es, precisamente, nuestra América Central que se extiende desde la frontera de Méjico hasta la mitad de Panamá.

—¡Qué raro! —exclamó Teresa, exhibiendo una genuina sorpresa—. Ese concepto de una patria grande con respecto a Centroamérica nunca lo había oído mencionar. Nosotros en España también tenemos el problema del regionalismo secesionista, lo cual hace rabiar a todos los que creemos en una patria unificada.

—Precisamente —dijo el profesor—, hace unas dos semanas terminé de leer el libro titulado *España Invertebrada*, una magnífica obra de Ortega y Gasset. El libro y el tema, además de ser en extremo interesantes, y de ser escritos en una prosa exquisita, reflejan los problemas de vuestra patria. Me hizo pensar que se podría decir lo mismo de los líderes que hemos sufrido ya por un largo siglo... ¡Y quién sabe por cuántos siglos más...!

—¿Y desde cuándo ha existido esa insólita idea de crear una América Central unificada? —preguntó la condesa.

—No voy a culparla que siendo usted española, desconozca nuestra historia, la cual está íntimamente ligada a la vuestra. Porque, a decir verdad, y lo digo con gran dolor en el corazón; por muchas razones, válidas e inválidas, después de la cruenta conquista de nuestra región por vuestros ejércitos, nuestros pueblos han vivido bajo la influencia y el capricho hegemónico de naciones más grandes en población y más fuertes en recursos y ambiciones imperiales. Fue precisamente el gobierno español quién nos gobernó por más de tres centurias y nos organizó como unidad política desde el istmo de Tehuantepec hasta la provincia de Veraguas dentro de la frontera panameña. Inicialmente fue llamada *Reyno de Guatemallán* y más tarde Capitanía General de Guatemayán bajo la autoridad del Virreinato de Nueva España. Años después, la provincia panameña fue puesta bajo el Virreinato de Nueva Granada. Luego de lograr la independencia de Méjico y sus interminables guerras y conflictos internos para consolidarla, se creó el imperio mejicano bajo y fue puesto bajo la égida de Agustín de Iturbide, de quien el escritor colombiano, José María Vargas Vila, escribiera en *Los Divinos y Los Humanos* que *"(Iturbide) era un torpe soldado que no sabiendo qué ponerse sobre la cabeza se colocó una corona imperial"*.

—Muy ocurrente el señor Vargas Vila —comentó la condesa sonriendo—. Pero tampoco he oído hablar de ese escritor. Continúe, por favor, que su relato es en extremo interesante...

—Entre paréntesis debo decirle que la injusta falta de notoriedad sobre ese prolífico artífice de la pluma en Nuestramérica se debe a que la iglesia de su propio país lo persiguió con saña inusitada por todos los rincones del mundo y, hasta ahora, la reproducción de sus numerosos libros continúa siendo prohibida en Colombia, o *Catalombia*, como él acerbamente llamaba a su querida patria.

—¡Qué lástima que Leandro esté afónico! —interrumpió la condesa dolosamente—. ¡Cómo me hubiera gustado que vosotros dos se enfrascaran en una charla histórica la cual sería por demás interesante! Él también toca la guitarra y lo hace muy bien. De vez en cuando me enamora con endechas románticas de su propia inspiración y así mantenemos viva la llama de nuestro amor.

—Yo también gusto de la música y toco la guitarra. A lo mejor su esposo quiera acompañarme para cantarles algo de mi inspiración; una canción que yo llamo *Verbo de admonición y de combate*, parafraseando a Vargas Vila —dijo don Mario.

—Me avergüenza admitir —confesó la condesa— que nunca he leído obra alguna de autores latinoamericanos. En cuanto a que mi esposo lo acompañe en su canción pues, ¡traiga su guitarra!

El maestro se marchó a su habitación en el segundo piso. Leandro aprovechó su ausencia para expresar su latente inconformidad.

—¡A qué *tortura* mi'ha ponido, mi Teresita! A yo también me gustariya decir por lo menos *¡esta jet'es miya!* —se quejó amargamente.

—Tu silencio tiene un propósito y te lo explicaré esta noche, pero en nuestra habitación. Por ahora, hazme el favor de aguantarte —suplicó en tono firme. Leandro alzó los hombros con resignación. María Teresa no pudo ver el gesto mudo de su amado porque su mirada estaba dirigida a la escalera por donde bajaría su interlocutor.

—Pues esta canción la compuse hace unos doce años para la conmemoración centenaria de nuestra independencia de España y la bauticé *Canto a Centroamérica* —dijo don Mario.

—Dejádnosla oír, por favor —suplicó la condesa poniendo su mano sobre el muslo de su prometido y adoptando una postura de marcada atención al cantautor.

—Es una balada libre —indicó el profesor a Leandro. Éste declaró haber comprendido con un gesto de cabeza y enseguida trinó su instrumento, dando el tono al cantor quien comenzó con voz suave y pausada:

"Nadie le canta a mi patria como le canto yo,
Con la ternura filial que nace del corazón...

Nadie le canta sus glorias ni llora su historia
Como la lloro yo; con la esperanza de ver
Que esta noche maldita termine y en oriente fulgir se adivine
La alborada de la redención...

Centroamérica, la patria real, la patria que un día
La ruin mezquindad de sus hijos parceló...
Centroamérica, la patria ideal; la patria que un día
Sobre las cenizas de las tiranías habremos de alzar...
Nadie le canta a mi patria..."

Los ojos de los tres interlocutores se habían inundado de lágrimas.

—¡Qué hermosa y qué expresiva canción habéis compuesto para vuestra amada patria grande! —dijo la ibérica secando sus lagrimales y luego los de Leandro con su blanco pañuelo. El prometido asintió con otro gesto de cabeza—. Permitidme felicitaros a nombre de ambos —añadió entusiasmada.

—¡Mil gracias! —dijo el cantautor con aire complacido—. Como ya dije antes, esta canción la compuse para cantarla yo mismo durante las celebraciones del centenario, pero no tuve el valor de hacerlo porque su rendición me emocionaba muchísimo. Temiendo no poder efectuarla sin sollozos, se lo encomendé a uno de mis exalumnos que poseía una voz apropiada para este tipo de melodía. Y el joven la cantó exactamente como yo hubiera querido hacerlo. Para fortuna mía, gustó mucho y la audiencia nos dio una ovación de pie. En estas horrendas circunstancias en que vivimos, escribir algo de esa índole sobre la unificación de nuestra Patria Grande me acarrearía años de prisión y tortura o paredón.

—Espero que algún día, un cantante con gran corazón patriótico se la pueda cantar a todos vuestros compatriotas centroamericanos. ¿Qué digo? ¡Al mundo entero si es preciso!

—Mil gracias de nuevo por sus amables palabras... Pero quería preguntarle algo que se me acaba de ocurrir. Según entiendo, el gobierno republicano tiene planes para realizar una reforma agraria. ¿Serían ustedes afectados? —preguntó el maestro.

—No. Porque mi esposo, anticipándose a los posibles desmanes de los republicanos, liquidó todas las tierras heredadas y la mayor parte de las que fueron adquiridas por él. Solamente nos queda una pequeña propiedad en San Sebastián, donde está localizada nuestra residencia; y un pequeño coto en Andalucía que está sembrado de olivos y ese tipo de propiedad el gobierno republicano no se atrevería a tocar.

—¿Y por qué no? —preguntó don Mario frunciendo el ceño.

—Porque el aceite de oliva es uno de los mayores renglones de las actividades agrícolas de España y su exportación es uno de los mayores productores de divisas. Como usted comprenderá, el aspecto económico es determinante en la política, especialmente cuando se trata de ventajas financieras para los productores de nuestro país.

—Ahora comprendo perfectamente —dijo el maestro.

—Estamos seguros de que el triunfo republicano será de suyo efímero —agregó Teresa con aires de profeta—. Los monárquicos somos muy fuertes económica y políticamente. Muy pronto recuperaremos el poder y don Juan de Borbón y Battenberg subirá al trono. Y mi amada España ¡pronto recuperará a su rey! —vaticinó esperanzada.

—Si ustedes quieren oír mi sincera opinión —dijo don Mario—. Yo creo que las monarquías ya están pasadas de moda y pronto serán reliquias obsoletas. La historia, como río incontenible, prosigue su marcha imperturbable. La concepción del hombre como individuo y como miembro de la masa, tal como lo afirma Ortega y Gasset, es la nueva pauta sociopolítica. Los títulos nobiliarios que absurdamente diferencian a los ciudadanos se están quedando a la zaga. Recuerdo haber leído que Benjamín Franklin, uno de los propulsores de la independencia de los Estados Unidos, abogó por la eliminación de los títulos nobiliarios; argumentando que el derecho natural no otorga privilegios por razón del ancestro y que los méritos deben ser obtenidos a través del esfuerzo personal.

—Es posible —dijo Teresa, desinteresada como estaba en agregar su opinión a los turbios vericuetos doctrinarios—, que usted tenga razón. No voy a contradecirle —agregó mintiendo—, porque ese es el tema predilecto de Leandro que no puede responderle.

—¡Qué lástima! —dijo Mario—. ¡Me hubiera gustado una discusión con su compañero!

—¡¿*Compañero*?! —protestó airada la condesa—. ¡Leandro, es mi *legítimo* esposo!

—¡Perdone usted, señora! Como observé que él tampoco lucía un anillo de bodas me hizo suponer que ustedes eran simplemente *amantes fugitivos*.

VEINTISÉIS

—¡Enhorabuena, señor maestro! ¡Qué estupendo observador es usted! —exclamó la condesa felicitándole y astutamente tratando de ocultar el rubor causado por la lógica sospecha del interlocutor. Luego de un delator suspiro, explicó dolosamente—: La razón por la que no lucimos anillos de bodas es porque se nos ha recomendado no hacer ostentación de nuestras joyas pues sería una abierta invitación a los amigos de lo ajeno. Y como usted supondrá las nuestras son en extremo valiosas...

—Comprendo perfectamente y le ruego perdone mi indiscreción y suspicacia —dijo don Mario de Paz disculpándose. Y luego agregó—: La pobreza extrema que sufrimos, siendo pésima consejera, ha creado más ladrones por necesidad que por falta de honestidad.

—Queda disculpado, don Mario —dijo la condesa—. A propósito, últimamente he estado cavilando sobre una cruel venganza que llevó a cabo una íntima amiga mía...

—¿Venganza? —interrumpió él—. ¿Contra quién?

—Contra un alto jefe militar que utilizaba su rango para asesinar a troche y moche sin que sus superiores, a sabiendas de sus crímenes, se ocuparan de impedirlo o castigarlo...

—¿Y en qué consistió esa venganza?

—En una castración llevada a cabo a mansalva...

—¡Ave María purísima! —exclamó el maestro anonadado por la respuesta de la condesa mientras instintivamente apretaba defensivamente sus muslos—. Pero ¿cómo lograron llevar a cabo esa fechoría?

—No estoy enterada de los detalles —mintió la noble—, pero sí me preocupa el hecho de que esa venganza, además de tener muchas consecuencias impredecibles, resultó ser muy peligrosa para mucha gente. Creo que ese delito no podría justificarse, aunque a la autora le asistieran razones de mucho peso para vengarse en esa forma tan violenta y radical.

—¿Fue ella misma violentada por el militar?

María Teresa pensó breve pero seriamente sobre la respuesta que daría al maestro.

—No en su persona. Pero los esbirros del militar habían asesinado a dos sobrinos y a un primo. Su padre y su hermano sufrieron horrendas palizas que les dejaron al borde de la muerte. Y varias personas allegadas a mi amiga y a sus cómplices fueron asesinadas por órdenes del oficial quien, subsecuentemente, sufrió la castración.

—¿Y usted cree que no hubo justificación?

—No sabría qué decir... ¿Qué opinaría usted?

—Yo diría que, en una sociedad gobernada estrictamente por las leyes, hacerse justicia por mano propia no podría ser nunca ni moralmente aceptable, ni tampoco conveniente para el país porque ello llevaría como consecuencia al caos social y político. Sin embargo, en un país como el nuestro, donde las leyes son promulgadas con el único propósito de aherrojar a la población civil para proteger los intereses de los poderosos y de los militares, cualquier acción individual se puede justificar; tal como la iglesia católica justifica las *guerras justas,* aunque ellas impliquen grandes matanzas y un cúmulo de crímenes colaterales.

—Cambiando de tema. ¿Hay alguna posta militar en este pueblo?

—¿Un cuartel querrá decir?

—Bueno, sí... Un cuartel militar o policial con agentes y oficiales.

—No propiamente. Tenemos lo que se llama una patrulla militar que dirige el comandante municipal y está compuesta de doce individuos; la mayoría de ellos andan armados de machetes. Algunos portan armas de fuego de su propiedad y las llevan consigo a todas partes y se afirma que unos cuantos hasta duermen con las armas bajo la almohada para ahuyentar las pesadillas —agregó riéndose de su propio chiste—. Pero ellos no reciben salarios ni beneficios porque simplemente están haciendo el servicio militar obligatorio sin tener que servir en un cuartel. A esa práctica se le llama, pomposamente, el *servicio civil.*

—¿Y son ellos los que persiguen a los delincuentes o a los sospechosos?

—Sí, señora. Pero solamente tienen poder para detenerlos. Luego los amarran por los dedos pulgares con hebras de cáñamo, mojadas para que no aflojen, y los mantienen vigilados hasta que agentes de la guardia nacional vienen a recogerlos para trasladarlos a la cárcel de Cayaguanca, que es la cabecera administrativa del distrito y capital de la provincia. Solamente allí hay prisión formal. ¿Pero a qué viene esa pregunta? —inquirió el maestro.

—¡Ya entiendo! —dijo María Teresa fingiendo desinterés en la pregunta—. Hace unos días nos informaron de algunos terribles hechos de sangre que ocurrieron en la capital de la provincia. Es decir, un enfrentamiento de tropas contra los sediciosos.

—Sí, efectivamente. Los áulicos de la dictadura así nos lo informaron; pero, según *las malas lenguas,* no hubo ningún enfrentamiento sino una terrible masacre llevada a cabo contra los que participaban en la procesión fúnebre de una de las víctimas de la represión. Ese maldito pasquín del martinato también nos ha traído noticias de una extraordinaria y mítica batalla que según sus mendaces escritorzuelos dejó pequeña al terrible Armagedón del Juicio Final. Acá en Flores, *todos* nos hemos reído de lo lindo mientras leíamos esas necedades porque en esta provincia ya no creemos ni en el bendito de los militares.

—Sin embargo, si las tropas pueden matar impunemente y sin tener motivos legales, ¿cómo podéis dormir tranquilamente?

—Ciertamente, mientras continuemos bajo esta dictadura militar no podrá haber ni paz ni tranquilidad entre la ciudadanía; pero tampoco los militares podrán tener paz y sosiego porque estarán continuamente sospechando la existencia de personas decididas a hacerse justicia por sus propias manos.

—¿Cómo lograron los militares imponer esta dictadura?

—Aunque los antecedentes históricos provienen desde principios de siglo, el error más egregio del candidato ganador de las elecciones de 1931 fue haber permitido que su compañero de fórmula fuera el sanguinario Martínez. Éste, como líder de una banda secreta de militares ambiciosos de poder y del dinero de los demás, planeó la toma del poder con el argumento de que el presidente, por ser un civil, no tenía ni la capacidad ni la voluntad de reprimir una revuelta violenta de los campesinos explotados por los latifundistas. El golpe de estado fue apoyado por Estados Unidos e Inglaterra mediante el envío de sus buques de guerra a nuestras costas para impedir que los alzados recibieran el apoyo militar que, supuestamente, vendría desde la Unión Soviética. ¡Como si la Unión Soviética estuviera a la vuelta de la esquina! Los dirigentes del minúsculo partido comunista fueron aprehendidos y fusilados sumariamente y algunos de ellos hasta ahorcados después de muertos. Una vez los comunistas desaparecieron en las tumbas, la tiranía se dedicó a eliminar todo vestigio de inconformidad abierta; arrestando a millares de personas inocentes quienes para evitar o minimizar la tortura habían *delatado* a otros inocentes. La prensa fue puesta bajo control militar y, como dije antes, las noticias que recibimos, aparte de que ya han sido filtradas por la censura, en su mayoría son mendaces. Y ahora gozamos de una tétrica pero verdadera paz de cementerio y que ¡me perdonen los muertos!

—Indudablemente la han logrado. Mi amiga se expresó en términos similares y yo la escuché con un poco de escepticismo porque comprendía que ella estaba muy atormentada y lastimada por los crímenes cometidos contra su propia familia. Usted, sin embargo, hablando desde un punto de vista neutral, coincide totalmente con la opinión de mi amiga.

—Me gustaría pensar que yo estoy totalmente equivocado; pero la evidencia está a la vista, como dicen los abogados.

—Sería interesante estudiar vuestra historia nacional y la de Centroamérica. ¡Lástima que hoy no dispongamos del tiempo necesario! Ojalá que cuando volvamos dentro de algunos años ya estéis gozando de absoluta paz en libertad. Creedme que lo digo con sinceridad; aunque he oído decir que, debido a las graves injusticias imperantes, la rebelión se podría agudizar y que se incrementará...

—¡Que no lo quepa duda, mi señora! La cruel matanza va a continuar; en primer lugar, porque los militares han dicho abiertamente y sin ambages que para apaciguarnos totalmente tendrán que eliminar un millón de redentoreños.

—¿Y usted cree que llevarán a cabo esa amenaza o es simplemente pura bravuconería?

—Yo estoy seguro de que esa amenaza de matar un millón no es una intimidación vana. Los jóvenes que al presente estudian el llamado *arte de la guerra* en la llamada *escuela militar* ya están siendo preparados para masacrar a la población en caso de que estallase una rebelión popular o que los mandamases decidieran que ya existe la rebelión para justificar su barbarie.

—Me deja perpleja el escuchar la denuncia de tantas atrocidades. Aunque realmente ya nada me sorprende.

—Otra razón poderosa para un eventual genocidio de proporciones gigantescas es el exceso de población que se avecina. Es más, la dirigencia del ejército y su jefe tirano están convencidos que la sobrepoblación en El Redentor es ya una de las causas de la inquietud popular y la cual podría forzar al pueblo a una rebelión que el ejército no podría ni controlar ni derrotar sin la ayuda militar de potencias extranjeras; de los Estados Unidos, por ejemplo.

—No estaba enterada de que hubiera un exceso de población en vuestro país. Y no lo imaginé porque vuestras villas y ciudades parecen ser todas poblaciones pequeñas como, digamos, Cayaguanca, que, según entiendo, con cuatro siglos de existencia tiene apenas cinco mil habitantes.

—Ciertamente, mi señora. Y la causa de que nuestras ciudades sean pequeñas estriba en el hecho de que nuestros campesinos carecen de educación y en los centros urbanos no hay fuentes de trabajo que realmente les atraigan. Y si las hubiera, la falta de una preparación académica o técnica les impediría obtener empleos. Pero hay otra razón menos palpable; y es que, aunque ellos trabajan de sol a sombra en las labores agrícolas mientras viven en un mundo de miseria, son tan orgullosos que por lo general rehúsan marcharse a las ciudades para no convertirse en sirvientes. Sin embargo, según yo entiendo, la población actual es todavía muy joven. Cuando ellos lleguen a la edad de reproducirse —agregó proféticamente—, la tierra nativa no podrá contenerlos. Se verterán a las ciudades, sea que haya trabajo o no. Por ese motivo, el ejército persigue principalmente a todos los jóvenes campesinos porque los consideran la semilla de la rebelión donde El Redentor eventualmente se quedará sin su población o sin ejército.

Roguemos al cielo que sea lo último, porque nuestro país no necesita ni puede mantener un ejército fastuoso y parasítico que nos roba el alimento y nos mata si protestamos.

—¿No cree usted que su propio interés prevalecerá en la mentalidad de los líderes militares y que muy pronto se convencerán que ninguna nación o población puede permanecer aherrojada eternamente?

—¡Lo dudo, lo dudo! A esta pacotilla de canallas se le puede aplicar la sabia admonición de Hölderlin que dice que hay grupos que sufren de un *"misterioso anhelo de marchar hacia el abismo de su propia destrucción"*. La única solución aceptable es la disolución y eliminación de ese maldito ejército de parásitos mercenarios y asesinos. ¡El Redentor *no necesita hoy ni tendrá nunca necesidad de un ejército,* mi señora Teresa! Realmente, *ningún* país centroamericano necesita ejércitos ¡Métaselo en la cabeza, señora! —dijo el maestro golpeando violentamente la mesa con el puño cerrado.

—Comprendo vuestro justificado arrebato —dijo la condesa ruborizándose por el furioso exabrupto del anciano maestro—, pero lograrlo no creo que sea tarea fácil. Estoy segura de que su saña y su crueldad se acrecentarán a medida que se perciban más poderosos. Sin embargo, esa transición paulatina hacia el genocidio provocará una emigración constante y generalizada hacia el extranjero... Más aún, los que se queden llevarán a cabo una rebelión de suyo incontenible... De tal manera que si los dirigentes del ejército no pueden ver en su futuro el abismo que ellos han cavado y al que ellos mismos se han empujado ¡allá ellos!

—De acuerdo, señora —balbuceó don Mario ya calmado—, pero hay algo que raras veces se discute porque muy poca gente podría comprenderlo y mucho menos aceptarlo. Y es el aspecto síquicosexual de los militares profesionales. Una clara señal de su latente homosexualidad es la preferencia por uniformes chillones, una profusa ornamentación dorada y brillante, de medallas resplandecientes y un lenguaje abiertamente soez que los hace aparentar más masculinos, o *más mach*os, de lo que realmente son; a la vez que su constante preocupación por portar armas más mortíferas. Obviamente, sin esos instrumentos de muerte su pretendida valentía y su masculinidad superficial desaparecerían ¡como humo azotado por el viento!

La condesa lo escuchaba con mirada atenta, reconociendo el grado de furia que demostraban las palabras del preceptor y comprendiendo además la justa indignación que las motivaban. Una vez más, amparándose en su calidad de extranjera, decidió no contestar o aplaudir el argumento tan elocuentemente presentado. Se limitó a decir:

—Es una tesis digna de ser estudiada por los expertos en sicología y patología sexual. Yo soy lega en esas partes de la ciencia, lo mismo que mi esposo, y por lo tanto me abstengo de opinar sobre ese tema de suyo tan controversial.

A pesar del cansancio causado por el largo viaje a caballo y los luengos años sin cabalgar, la condesa y su humillado prometido pasaron una velada deliciosa. El mozo que había retirado los platos sucios, después de una limpieza superficial de las mesas no se había aparecido más por el comedor. La condesa se levantó y fue a buscarlo.

—¿Tenéis vino o cerveza? —preguntó.

—Vino y se sirve solamente por botellas. Creo que solo hay una o dos de Jerez.

—Bien. Sírvenos una botella, pero ¡pronto!

—Valen doce reales y hay que pagarlo por adelantado —dijo el mozo poniendo la botella sobre la mesa.

—Toma, dos pesos y quédate con el vuelto. Esa es tu propina por el servicio de la cena y el licor —dijo Teresa poniendo en su mano una moneda de dos pesos.

Brindaron por la nueva amistad y la conversación se reanudó con el mismo brío. Leandro se limitó, en obligado silencio, a llenar los vasos una vez los percibía vacíos.

A punto seguido, los viajeros se deleitaron con el amplio repertorio de anécdotas y varias vivencias personales, algunas ciertamente vividas y otras imaginadas, que el maestro contó con gran lujo de detalles. La historia de su vida era bastante interesante y algunos temas rayaban en lo escabroso por sus implicaciones de carácter personal e íntimo. El anciano preceptor las relató sin menoscabo del respeto debido a la distinguida dama y a su circunspecto esposo; aunque la magia del licor les había liberado en cierto modo de sus habituales inhibiciones. A punto de despedirse, el maestro les aconsejó salir de Flores al alba, si planeaban atravesar el río Sumpulo antes de que bajara la crecida causada por la profusa lluvia de esa noche.

—¡Gracias mil por el consejo, señor maestro! —dijo la condesa—. En efecto, nuestros planes son de cruzar la frontera alrededor del mediodía, llegar a dormir a Valladolid y luego volar a Tesucigalpa al dia siguiente. Esperamos que de mañana en adelante nos haga buen tiempo.

—¡Vayan con Dios! —les deseó el anciano preceptor—. Espero vivir hasta el día en que ustedes vuelvan a honrarnos con vuestra presencia y podamos charlar con más calma y a porfía. ¡Adiós! —agregó con voz llorosa después de abrazar a la dama y a su callado prometido.

A pesar de la brevedad del encuentro con don Mario, los fugitivos habían quedado prendados de su simpatía a la vez que impresionados por su elocuencia y sabiduría. La falta de tiempo, un implacable enemigo de los que huyen de peligros mortales, les impedía continuar con la relación tan bien establecida.

—¡Ojalá! —dijo Teresa a su prometido, al cerrar la puerta de la habitación tras de sí—, que el Chacal todavía se encuentre imposibilitado de organizar una cacería contra nosotros.

Leandro quiso advertirle que era probable que pudieran ser detenidos en cualquier momento; y luego remitidos a Cayaguanca, amarrados y enjaulados como bestias. Calló, sin embargo, para no aumentar la cruel zozobra que ya adivinaba en la voz de su prometida.

**

El Chacal, mientras tanto, había preparado en su mente enfermiza la vengativa persecución de sus castradoras. Luego de haberse identificado ante el director del Hospital Manfredo Rosaldo, Aguirre había expresado que, por razones de seguridad personal, las cuales se reservaba, no quería ser enviado a la Clínica Militar. Lo que realmente le preocupaba era la probabilidad de que una vez allí, sus colegas y subalternos se enterarían de su vergonzosa condición sexual.

Ordenó llamar al sargento González para enterarse de las condiciones del cuartel en su corta ausencia y también para ordenarle la inmediata captura de la condesa y de sus empleados. Horas más tarde, el suboficial irrumpió en el cuarto privado del coronel, pero en el pabellón de urología del hospital. Ignorante de la naturaleza del trauma y la consecuente hemorragia, le sorprendió en sumo grado la marcada palidez que presentaba el oficial, preguntó.

—¿Y cómo se siente, mi coronel? —fue la única pregunta que se le ocurrió.

—¿Cómo cré que se sientiun güevón a quien lian metido cinco balazos en el culo? —preguntó a su vez el paciente con voz amargada y en su habitual lenguaje procaz.

—¡Ah! Pues ¡bien jodido, supongo yo, vaá! —contestó el sargento un poco avergonzado.

—¡Dejémonos ya de tanta caca de vieja biata y de tanto preángulo! —dijo Aguirre con agria impaciencia—. Ya tenés que *volar* a Cayaguanca y tan pronto yegués arréstás a esa vieja maldita de la condesa; a su puta cholera de l'Olaya Beltrán, y también a las putas hijas de ese malparido viejo de Secundino Ábrego junto con la puta viuda —le ordenó categóricamente.

—¿Y qué lian hecho esas viejas parenchironarlas, pué? —preguntó el sargento.

—Esas malditas putas jueron las que trataron de matarme y tenés quiagarrarlas ¡antes que se vayan a la mierda! ¿Miás óido?

—¡Muy claro, mi coronel! Pero ¿qué jue lo que le sucedió, pué? —insistió González.

—¿Y a vos qué mierdas timporta cómo jué lo qué me sucedió? Me trataron de matar ¡yesués todo lo que rialmente debimportarte! Yay nadie sabe quién me trajo hastesta hedionda caverna pues las enfermeras dicen que ¡náiden los vio entrar con mi *cadáver*!

—Siguramente quiay lo dejaron tirado creyendo que ya las habiya estirado, vaá... Pero… ¿cómo pudusté, mi coronel, cáir en las garras desas putas choleras?

—¡Buena pregunta! —dijo el Chacal con furia—. ¿Cómo pude cáir común imbécil en la trampa que me tendieron esas malditas? ¡Por andar de *puto* estúpido! —explicó amargamente pero cauteloso.

—¿Y de qué mestablando, mi coronel?

—Mirá, olvidate de los pormenores. Después de tó, yo no te yamé pablar babosadas... Regresate volando orita mesmo pa' Cayaguanca y las arrestás. Y diay les cortás la cabeza y les picás el resto del culo a machete hasta que parezcan una bola de chanjuaina. Diay las dejás a la puertel cementerio con las cabesas deyas ensima pa' que tós sepan quienes eran esas malditas putas.

El sargento se frotó las manos, anticipándose a las delicias que prometía la captura de las enemigas mortales de su coronel. Seguramente lo premiarían con las codiciadas insignias de subteniente. Se despidió al instante de su jefe y, literalmente, *voló* a realizar su cometido en su nuevo vehículo de dotación. Llegó a Cayaguanca hacia el atardecer. Se llevó consigo un par de soldados armados de fusiles y yataganes y se dirigió a la casa del difunto Secundino Ábrego. Nadie contestó a la puerta.

—¡Ajá! Estas putas ¡yolieron el pedo jediondo! —dijo el sargento a los soldados—. ¡Boten la puerta a culatazos y diay búsquenlas a todas hasten los mesmos escusados! —ordenó furioso. La orden fue cumplida al instante.

Buscaron a las dueñas por todos los rincones y recovecos de la casa, pero, naturalmente, no encontraron a persona alguna. González tocó a la puerta de la casa vecina. Preguntó a los vecinos por la *pobre señora viuda y sus huerfanitas*, para darles su más sentido pésame.

Le informaron que todas habían partido por la noche dos días antes y que Maricarmen se había jactado que con su madre y sus hermanas se marcharía a muchos países del extranjero para unas largas vacaciones.

—¡Vámonos pal castilluela condesa! —ordenó el sargento.

Mientras se desplazaban hacia su nueva meta, el suboficial comentó con voz amargada:

—Yo no sabiya quesas peperechas tuvieran tanto pisto. Y ¿diónde luabrán sacado, pué? A lo mejor se jueron a gastar las limosnas de liglesia quese viejo sinvergüenza del sacristán se güebiaba —dijo suspicaz—. Esas viejas ya siabrán áido pa' los Estadosumidos o mesmo pa' las Egropas, vaá. Yay cuando se les acabel pistue las limosnas van a venir a Santimonio pa' seguir peperechiando. Yay mesmo las vamos a agarrar yay mesmo las vamos a echar a loya ¡pa darle mejor sabor al caldo!

Los soldados escucharon el soliloquio de su jefe, pero se abstuvieron de preguntar de quiénes o de cuáles peperechas hablaba.

Carmela fue a abrir el portón.

—Pues la señora condesa y el señor don Liandro —le informó inocentemente—, se jueron pa' las Hibueras, creybo que a pasar la lune miel.

—¿Y a quiora se jue *mi* señora condesa con su esposo? —preguntó el sargento fingiendo respeto por la dueña del castillo y su enamorado.

—Comuay pasadituel mediodiya, vaá; talvez comua eso de las dos de la tarde más o menos —dijo Carmela, extrañada que un caballero tan fino vistiera el odiado uniforme.

—¡No te creibo ni mierda de lo que me decís, gran puta! —gritó soezmente el suboficial—. ¡Apartate diay, que vamos a entrar! —ordenó seguidamente mientras en un empellón lanzaba su cuerpo contra los de sus pequeños que la rodeaban alrededor de sus piernas. Vicente se mordió los labios de cólera, pero temiendo que a él también lo estuvieran buscando para ejecutarlo, se quedó callado. Carmela se levantó y no sabiendo qué hacer, se fue a refugiar con su prole en el cuarto donde yacía su esposo. Hasta allí llegaron los militares. Viendo que Mateo estaba fajado alrededor del tronco lo pasaron por alto.

—¿Quién les arquiló las bestias? —preguntó González, después de constatar que no parecía que últimamente hubieran tenido alguna clase de equinos en el establo.

—Creybo que se los arquiló un tal don Juan Alvergue. Sigún ay liói decir a la condesa —le informó Mateo, mientras en silencio lo maldecía.

Alvergue aseguró que la noble y su esposo o prometido habían alquilado dos caballos y un mulo y que habían dicho que se irían con rumbo a la sierra de Cayaguanca y desde allí, había dicho la condesa, se dirigirían a Santa Ignacia y La Palmera.

—Ya estarán llegando a Quezaltepulgas —dijo el comerciante y luego preguntó al sargento con extrañeza—: ¿Y para qué busca a la condesa, si se puede saber?

—Es quel güebierno de mi general ha descubierto una conjura, es decir un compló, vaá, de los comunistas estranjeros pa' darle golpe de estado, vaá. Y comueya es estranjera, vaá...

—¡Pero eso es ridículo! —opinó don Juan, sorprendido e incrédulo—. Yo no creo que esa señora se haya involucrado en algo tan serio como eso; especialmente porque ya tiene muchos años de vivir aquí. Se trata de una anciana que goza del respeto de las autoridades y de la iglesia. Bueno, como dice el dicho, *"ojos vemos, corazones no sabemos"*, vaá —agregó sin convencerse.

Los informes del hacendado fueron bien recibidos por González. Corrió veloz a la Oficina de Telecomunicaciones y llamó presuroso a todos los comandantes de las poblaciones por donde suponía que pasarían los fugitivos. Todos prometieron ayudar al instante en la captura de los conjurados.

—Por aquí nuán pasado tuaviya, vaá —dijo el comandante de Quezaltepulgas—, peruay usté pierda cuidao, mi sargento, que tan pronto los veamos pasando poracá los agarraremos, pues ¡ay merito li'aviso!

Sin embargo, el sargento era más astuto de lo que mucha gente creía.

Si'esa vieja puta de la condesa está juyendo ¿pa' qué se va a poner a pregonar como si juera por un bando con todo y tambores porónde se vir, pué?, se preguntó y se contestó al instante: *Pues eso luizo esa vieja ¡p'engañarnos, vaá! Eya cré que todos somos un atajue indios brutos. ¡Ah! Pero la cholera del cura, esa sí me puede dar nuevas direisiones.*

Con su par de soldados a la zaga, el sargento tocó violento a la puerta de la casa parroquial. Delfina abrió la puerta y casi se desmaya al ver de nuevo al tosco militar y a los soldados. Vino a su memoria la grosería del patán uniformado en días recientes.

—¡Agárrenla y pónganla contralaparé! —ordenó—. ¡Orita mesmo vamos a fusilar esta puta!

La infeliz mujer cayó de rodillas implorando por su vida:

—¡Yo nuecho nada, nada, señor goronel! Por amor de Dios, ¡no me vayan a fusilar! Por amor de Dios, ¡tenga piedá desta pobre vieja, señor goronel! Yo no tuve ná que ver con la *capada del Gato*. ¡Ay se lo juro por Diosito Santo que yo no tuve ná que ver con eso!

—¿Y de qué *Gato* mestás hablando, gran puta? ¡A mí no me vengás con esas pendejadas! —exclamó el sargento con semblante furibundo y escéptico. Al instante cambió de parecer—. ¿Es que mestás hablando del coronel que le dicen el Chacal? —preguntó.

—Ah, pues yo no sé si será el mesmo, vaá... Pero la condesa y la señorita Olaya le deciyan *el Gato* cuanduhablaban del coronel Gonzalo.

—¿Estás queriendo decirme quia mi jefe, el coronel Aguirre, lo *caparon*? ¡Desembuchá lo que sepás, vieja puta! Y a lo mejor te perdono la vida...

—Entre las niñas Ábrego y la niña Olaya le pusieron una trampa y cuanduay cayó, ¡ay mesmo le apiaron los *compañeros*, vaá —dijo santiguándose.

González rugió desternillándose en una explosiva carcajada y su hilaridad fue tal que dio puños contra la pared mientras se carcajeaba sin parar.

—El coronel de los güevos cholotones como cocos ¡*Desgüevado*! ¡Sí, señor! Mejor dicho, ¡DESCOCADO! Y descocado ¡yay pa' siempre! Sia quedado sin pija y lo qués pior, ¡sin güevos! Aura vempesar a caminar con las nalguitas juntas y con pasitos acolchonados y bien meniados. Nuncubiera créido quesas putas jueran tan, ¡tan listas y tan arriscadas! El sargento no podía dejar de reírse del infortunio de su jefe. Le sorprendía y admiraba el coraje, la astucia y la osadía de las castradoras. Sus soldados reían también aunque sin saber o comprender el motivo de la hilaridad de su mandamás.

Dejando tirada en el suelo a la infeliz y abatida cocinera, se largaron.

—Pasémenos una ves más poronde la condesa —ordenó el tozudo sargento.

Acercándose al castillo, observó un campesino desmontándose de un mulo tan enjuto como el propio jinete. Luego de amarrarlo a un pilar del portal, se dirigió a la puerta del castillo. Los chicos, Vicente y Casianita, jugaban al cinco-y-tres frente al portón.

Al verlo llegar levantaron sus manecitas, gritando:

—¡Quiay tiyo Lolo! —Y luego volvieron rápidamente a su diversión.

Este jincho viene dialgún lao, pensó el suboficial.

—¡Altuay! —le gritó.

El buen hombre ya sobre el umbral de la puerta escuchó la orden y se detuvo en seco.

—¿Miablaba a yo? —preguntó un poco nervioso y también atemorizado por la petulancia del gañán uniformado.

—¡Sí, a vos! ¿Ónde vivís? ¿Y cómo te yamás?

—Estoy viviendo aquí mesmo en la casa de la señora condesa. Y me llamo José Dolores Vides. ¿Qué se liofrece, señor capitán?

—¿Yónde sia metido la señora condesa, por Dios? —preguntó González afectando voz y gestos afeminados.

—¡Se jueron; eya y su prometido! —replicó Vides secamente mientras señalaba con el brazo hacia el oriente. Entre tanto, se preguntaba por qué tendrían un maricón al mando de la tropa.

—¿Se jueron? ¿Y parónde, *cariño*? —continuó el sargento con su farsa barata.

—Pues parondiaiban no me dijieron, vaá; ay sólo me pidieron que jueracerles compañía hastel desviyue La Laguna y que diay ya se podiyan ir solitos —replicó Dolores temblando en su interior y sospechando que el militar buscaba a la condesa con intenciones ominosas. Luego se estremeció al pensar que tal vez el mariquita no le creería y lo harían confesar con torturas como lo habían hecho ya con Leandro. González, para fortuna de Lolo, creyó su versión de los hechos y se largó apresuradamente rumbo al cuartel.

Mientras tanto, olvidándose de remover el aparejo que el mulo mantenía sobre su espalda, Vides se fue rápidamente a buscar a Mateo para informarle sobre lo ocurrido.

Viendo el portón entreabierto, un hombre vistiendo uniforme kaki de mensajero de comunicaciones y llevando un pequeño cartapacio bajo el brazo, se acercó a los niños.

—¿Ustedes viven en el castillo? —preguntó a Vicente que en ese momento sujetaba el collar de Rayo que ladraba amenazante al extraño uniformado.

—Sí —replicó el muchacho—. Nosotros semos los *ñetos* de la condesa —agregó mientras con enojo conminaba al animal a estarse quieto.

—Entregale este telegrama a doña María Teresa Alarcón, Condesa de Cayaguanca —dijo el extraño, poniendo un sobre cerrado en la mano de Vicente—. ¡Pero asegurate que se lo das *a eya mesma*! —añadió blandiendo su dedo índice, aunque no muy seguro de estar haciendo la entrega correctamente. Pero eran pasadas las seis de la tarde y tenía prisa pues su turno ya había terminado.

—¡Aura mesmo se lo llevo! —aseguró el jovencito. El empleado de telecomunicaciones se alejó sin hacer comentarios.

—¿Ya no vas a jugar? —preguntó Casianita esperanzada.

—¿Y cómo vua seguir jugando, china babosa? —le respondió Vicente—. ¿No oyiste lo que dijo ese señor que teniya questar seguro dentregarle el telegrama a la condesa? Me vuir en el machue mi tiyo Lolo. Andate pa' dentro pero no le vayás a decir a mi mama que me juí pa' las Higüeras, porque orita mesmo vua venir de güelta. ¿Mioyís? —agregó amenazante.

Casianita asintió con un movimiento de su cabecita cubierta de dorados rizos. Sabiendo que tenía que obedecer a su hermano mayor, ingresó inmediatamente al castillo.

Vicente, sin embargo, no tenía idea de cuán lejos estaba la frontera de Hibueras. Luego de montarse en el mulo, tomó las riendas de la jáquima en sus manos, espueleó los hijares con sus calcañales descalzos y el animal dio un pequeño brinco y luego comenzó un trote lento. El muchacho temió que Diluvio saliera en veloz carrera. Pero en ese momento recordó que el animal se suponía que estaba cojo. Y le sorprendió que a medida que avanzaba sobre la calle, su velocidad se incrementaba. Lo retuvo con las riendas al advertir que Rayo lo venía siguiendo.

—¡Andate ya de güelta pal castiyo! —le gritó tratando de hacerlo desistir de su empeño en seguirlo. Rayo continuó impávido, como si de repente se hubiera vuelto sordo. Vicente por fin se apiadó de su gozque y lo montó adelante, entre sus muslos.

—Vamos a aguantar hambre, vos y yo —le dijo en tono muy serio—, porque no vamos a comer hasta que yeguemos a las Higüeras; pero si vos así lo querés, pues ¡ay jodete! —Rayo, en respuesta cariñosa, le pasó la lengua por el mentón oloroso a mango y a naranja.

Una hora después, al sentarse a la mesa, Carmela le dijo a su hija mayor:

—Casianita, andá ayájuera a yamar al Chente para que venga a comer y decile que, si no viene ya, se va a quedar sin comer hasta mañana.

—Mama, ¿y cómo lo vua yamar? —preguntó inocentemente la pequeña—. Si ya el Chente se jué pa' las Higüeras, yayá estará comiendo con mi tatita Liandro y la *conesa*...

—¿Qué demonios estás diciendo, cipota? —gritó Carmela asustada—. ¿Dióndihas sacado eso? ¡Andá, decime! —la riñó, tomándola fuertemente por el brazo.

—Es qu'el Chente se jue pa' l'Higüeras con mi tatita y la señora conesa en el machue mi tiyo Lolo —reafirmó Casianita, llorosa y temerosa de la cólera de su madre.

Carmela corrió a la alcoba donde yacía su marido y Dolores haciéndole la visita. Les contó angustiada de la escapada no autorizada del muchacho.

—¡Ve, pué! Si ya mesmo estecho todun hombre el carajo del Vicente —dijo Mateo con orgullo paternal—. Y lo pior es que se lo creye. No tiaflijás, mujer, quiay cuando le diambre o se liaygan cansado las patas ay se va regolver. A menos que mi cuñado quierir a buscarlo, vaá.

—¿Yen qué bestia, pué vair? —preguntó la esposa quejumbrosa—. Si el muy bandido ay se jué montado en el Deluvio.

El dueño del mulo se rascó la cabeza moviéndola incrédulo.

—¡Ve qué cipote tan arriscado te salió el Chente, Mateyó! —le dijo riéndose—. Ay va golver cuando al Deluvio le dé por no caminar más con él encima. ¿Porquiónde vencontrar a los tatitas, vaá?

—Se miabiya olvidao —dijo Mateo—, que la señora condesa me dejó cuatro mil pesos pa' que los repartamos entre Emeterio, Néstor, usté y yo...

—¿Yese pisto pa' que lo dejó? —preguntó el cuñado.

—Pues pa' que paguemos el impuesto predial urbano y ay todos nos bandiemos mientras sacamos las cosechas diayábajo del vaye...

—¡Que mujer tan bondadosa! —exclamó Lolo—. Roguemos al cielo pa' que les vaya bien por'el camino... ¡Y que güelva pronto el cipote! —agregó con voz agradecida.

—¡Que Dios tioyga! —dijeron los esposos Beltrán al unísono.

***

El sargento Herminio González, mientras tanto, partió a la carrera de la puerta del castillo porque un astuto plan para capturar a los fugitivos había comenzado a incubarse en su pérfido cerebro. Irónicamente, esa prisa del suboficial salvó a Lolo de ser torturado para forzarlo a dar una información más detallada. Al llegar a la Oficina de Telecomunicaciones, el sargento exigió una comunicación telegráfica o telefónica con los comandantes municipales de Flores, Trinidad y Arcatago; los lugares donde él suponía los prófugos se hospedarían o buscarían alimentación para ellos y sus cabalgaduras. La respuesta del telegrafista de turno lo dejó con las orejas gachas.

—Los intensos vendavales acompañados de profusas lluvias, —explicó el empleado—, y las fuertes descargas eléctricas de antenoche quebraron muchos árboles causando la ruptura del tendido alámbrico de las telecomunicaciones. Esas tormentas han dejado todo el oriente de la provincia completamente aislada. Las poblaciones que usted desea contactar están localizadas precisamente en esa zona.

VEINTISIETE

Conociendo la irascibilidad y el poder del Chacal, González no podía quedarse con los brazos cruzados porque el hacerlo equivaldría a ponerse la soga al cuello. Concluyó al instante que la única opción a la mano era la de perseguir personalmente a los fugitivos para capturarlos antes de que lograran cruzar la frontera. Para ello tendría que recurrir al capitán Cibrián, quien fungía como comandante interino del batallón, para pedirle su ayuda. Solamente él tenía suficiente autoridad para despachar un contingente de tropa tras los malvados criminales que habían atentado contra la vida del coronel Aguirre. Le exasperaba, sin embargo, el temor de que Cibrián le exigiría toda la verdad sobre el infortunio del Chacal. Estaba más que seguro que Aguirre lo haría matar si otros se enterasen de su castración; especialmente sus colegas dentro de la oficialidad del ejército. Pero también era muy cierto que el coronel tampoco le perdonaría y probablemente lo haría fusilar por no haber actuado inmediatamente contra los conjurados fugitivos. Por tanto, negaría conocer los pormenores del asalto contra su jefe. Marchó veloz a hablar con Cibrián, dispuesto a lo que fuera.

—Capitán —dijo González—, no sé si ya lian dado el parte de quia mi coronel Aguirre lo trataron diasesinar. Ya pesar de que le metieron cinco balasos en el mero culo, puesay está tuaviya vivo. Ay lo vide esta mesma mañana en el hospital y me dio los nombres de tós los comunistas emplicados en el asalto. Yaura mesmo acabo diaveriguar que ya todos ellos se jueron pal extranjero.

—¡No me diga! —exclamó Cibrián sin inmutarle la noticia.

—Pero dos deyos posiblemente tuaviya estén en Cayaguanca yay van a cabayo a pasar la frontera por el lado di'Arcatago.

—¿Y qué quiere que yuaga, sargento?

—Nesesito quiusté miutorise a yevarme un pelotón de veinte voluntarios y cuatro cabos para darles casería a esos emplicados antes de que yeguen a la frontera. Ay usté me dirá si quiere que se los traigamos vivos o muertos. ¡Peruestués muy, muy urgente, mi capitán!

—Yusté, sargento, ¿cómo sabe que los conjurados van para las Hibueras?

—Lo sé de buena juente, mi capitán. Ay mesmo acabo dinterrogar al chaneque que jue con ellos hastel desviyo de La Laguna... Ay deben dir yegando ya a Flores y diaseguro quiay mesmo van a quedarse a dormir.

—¿Y no sería más fácil alertar por teléfono a los comandantes de esas poblaciones?

—Ya traté diacerlo, pero minformaron que las tormentas elétricas diantenoche tumbaron los postes del alumbrado y de las comunicaciones yasta que no reparen las líneas esos pueblos van a estar encomunicados por completo —dijo González con apuro y enfado—. Pero siusté me diera una manita; yo tuaviya los podriya alcanzar y venadiarlos hasta que se rindan o se mueran. Seguro quesos malditos van muy bien armados y estarán bien apertrechados y es muy probable que tengan aliados con eyos.

—¿Sabe qué? Me gustariya que me los trajiera vivos payo mesmo interrogarlos y quiay me digan quién putas está detrás desta conjura comunista o seya quienes son los que losestan ayudando a la económica. ¿Pero cuántos efectivos necesitaría, sargento?

—Ya le dije: veinte soldados y cuatro cabos serían suficientes.

—Vaya yescoja sus valientes, sargento, y dígale al encargado del establo que le den todos los cabayos que necesite.

—¡Gracias, mi capitán! Yo sé quel coronel Aguirre se vencargar de quiusté seyasendido a teniente coronel sin tener que pasar por el grado de capitán mayor —prometió González.

—¡Deso mencargo yo! —dijo el oficial muy orondo—. Usté vaya a cumplir su misión y aura mesmo lo vuá promoverasté a subteniente interino perusté asigúrese que me traye vivos a ese par de culicolorados.

—¡Mil gracias, mi coronel! Digo, mi capitán —replicó envanecido el sargento.

—Quiero que salgan tan pronto estén listos. La tropa esten lora del rancho. Ay mesmo los podrá escoger y si nuay suficientes voluntarios ¡pues ay se yeva a la juerza a todos los que usté necesite!

Al entrar Gonzalez al comedor, los soldados se encontraban afanadamente conversando y cenando con las indispensables tortillas de maíz y maicillo y los frijoles sancochados a la usanza cayaguancateca, mezclados con un arroz casi invisible. El sargento se subió a una silla para obtener mejor acceso a la bulliciosa multitud. Forzó un silencio inmediato disparando al aire su revólver de dotación.

—Tengo utorisasión de mi capitán Cibrián pa' formar un pelotón especial de soldados que seyan dial tiro cachimbones, —anunció el sargento a viva voz—. Los cagados, ay pueden quedarse miándose en los calsoniyos, pues a esos no los necesito. Que se paren sólo los quedes tienen colgando un par de güevos cholotones y questén dispuestos a morir y bañarse en la gloria melitar capturando a un par de comunistas que van juyendo pa' la frontera hibuereña con l'esperanza de burlar la justicia militar. Tienen tres segundos pa' desedirse, ¡UNO, DOS y TRES!

Un nutrido grupo de voluntarios se puso de pie como un solo hombre. El sargento luego escogió veinte fornidos mancebos, sedientos de sangre y de gloria.

—Terminen con su cena primero —les ordenó—, y diay vayan a recoger sus equipos de combate; y se van a l'armería a recoger su dotasión diamuniciones con sus cananas. Diay se me van al establo a recebir las monturas y las riendas y sus cabalgaduras. Salimos a las dosen punto; yél que nuesté listo a esaura exacta, lo meto al calaboso a pan y agua. ¡A las dosen punto, no se les olviden!

Antes de la hora indicada, Cibrián vino a darle la arenga final al corajudo grupo.

—Par'esta misión especial y a pedido de mi coronel Aguirre —mintió en un grito chillón—, ay he ascendido al sargento Herminio González al grado de subteniente interino. Todos deben darle la obedencia yel respeto que liamerita su grado anquiay sea interino. Esos dos asquerosos criminales comunistas —agregó con voz aún más chillona refiriéndose al malvado sacristán y a la pérfida condesa—, quiustedes van a ir a capturar, son muy peligrosos. Estoy más que seguro que se van a defender con todo el arsenal quiay habrán recebido desde Méjico yasta de las Rusias, vaá. Pero yo les ordeno que no los maten. A los dos eyos los quiero bien vivitos y con la lengua intáuta pa' que nos digan quienes son los malditos traydores 'pátridas que los sostienen a la económica, vaá. Les repito que no los quiero muertos; de su eleminasión nos vamos a encargar nosotros aquí, mesmo cuanduay nosotros ansina lo desidamos lo ques más conveniente haser con eyos, vaá. ¿Mián entendido?

—¡Sí, mi capitán! —respondió el grupo al unísono.

—¿Mián entendido? —preguntó el comandante por segunda vez.

El coro de soldados repitió afirmativamente y una vez más al unísono.

—¿Mián entendido? —preguntó Cibrián una vez más.

La soldadesca repitió afirmativa y unánimemente. Luego soltaron bulliciosas carcajadas.

A las doce en punto, sus corceles salieron trotando animados rumbo a la frontera hibuereña. Al pasar frente a la licorería de don Carlos Chávez, la mejor suplida de aguardiente barato en Cayaguanca, el cabo Benítez que cabalgaba detrás del sargento le gritó:

—¿Es qui'ay nos van a yevar hastel merito Arcatago con el galiyo seco, mi *teniente* González? ¿Ay no le parecieasté que estos soldados necesitan una buena razón paguantarse siete leguas de camino bajuel friyo yel aguasero quiay viene amenazante, mi *teniente*?

—Tiene razón —dijo el neófito oficial, ufanamente alisándose el tupido bigote. *¡Sioye tan gonito, teniente González*, pensó vanidoso, y luego gritó—: Abran esa licoreriya y dígales que cadáuno puede yevarse *una* boteya de lo que seya, vaá; paquiay resistan el friyue la noche y de la chischisiada. *¡Peru'eso sí, no más diuna*, carajos! —agregó, gritando a viva voz; sabiendo la afición de la tropa por el maldito nepente.

Cada soldado cargó con una botella y hubo quién, con injustificable sed de licor cargó con dos o más; escondiéndolas en las alforjas de su montura. El ofendido dueño del establecimiento licorero no dijo "esta boca es mía" ante el saqueo militar de su negocio. Luego, el infeliz mercader tuvo que pasar toda la noche en vela, cuidando a la puerta, pues se la habían derribado a culatazos y la cerradura rota a balazos.

Mientras cabalgaban, como los intrépidos Hunos de Atila en tropelía de saqueo y pillaje por los campos de Europa, sin detener sus caballos libaban el licor sustraído. Una vez poseídos por el diabólico brebaje, gritaban a viva voz que ellos sí eran hombres valientes, machos de verdad, tratando de esconder a porfía su evidente emasculación sicológica.

***

Al ingresar a la modesta alcoba del hotel, Leandro se sentó al borde de la cama. Alegrándose de haber recobrado su don de palabra, comenzó a descalzarse.

—Estas condenadas polainas ay mian estado haciendo sudar tanto las caniyas quiay mesmo tengo un chagüit'e sudor en las botas y los escarpines están tan mojados, como si mesmo los hubiera enjaguado, vaá —se quejó amargamente.

—Cariño —dijo la prometida dulcemente, compadeciéndose del sufrimiento de su prometido—, si las polainas te incomodan, no debías ponértelas. Las botas son suficientes, creo yo ¿o no?

Al poner su cabeza sobre la almohada, el sacristán de repente recordó algo que había sido importante en su vida.

—¡Carajo, se miolvidó la pansona! La dejé en el cuarto de la casa parroquial —dijo rememorando la hora en que la había colgado por última vez.

—¿Cuál panzona, cariño? —preguntó su compañera.

—Ah, pues, la guitarra, pué. ¿Y quiotra cosa podriya ser? —explicó un poco malhumorado.

—Te prometo comprarte el reemplazo tan pronto lleguemos a Madrid —dijo Teresa para consolarlo—. O a lo mejor te la compraré en Tesucigalpa.

—¡Nuabrá diotra! —contestó resignado—. Peruaqueya que deje ayá, ay se quedó con las cuerdas mudas. Y nues que quiera darle chocoliya, vaá; Perueya jué lúnica testiga de nuestro ardiente amor ¿o es que ya no siacuerda? —preguntó astutamente con la intención de traer a la mente de su amada aquellos momentos tan dulces y tan románticos que la harían desear su repetición.

Teresa, comprendiendo la intención lúbrica de su compañero, se acercó sonriente.

—Cariño —dijo sentándose junto a él sobre el borde de la cama—, ¿no te parece que deberíamos *casarnos* primero para no seguir viviendo en pecado?

—¿Yónde vamos a encontrar un cura que nos quiera casar a estas horas de la noche?

—Tenemos que aguantarnos las ganas, querido —dijo la amada poniendo su dedo índice sobre la punta de la afilada nariz de Leandro—. Además estamos cansados y ¡muy tensos!

—¿Y qué mejor medecina, mi amorcito, pa'l cansancio y pa' la tensión quiun abraso diamor yuna yubia de besos apasionados? —prescribió el enamorado.

—Lo siento mucho, *doctor* Beltrán Erazo —dijo ella sonriente mientras le acariciaba la punta de la nariz con su dedo índice—, pero esta noche ¡no habrá *jujujú*!

Las últimas tres palabras las pronunció a oscuras y en los brazos desnudos de su Leandro. Un rayo fugaz seguido por un trueno ensordecedor había impactado sobre el generador eléctrico del hotel. Flores aún no tenía servicio público de electricidad.

Cuando desapareció el estruendo del trueno, el enamorado sacristán dijo con fina ironía:

—¿Ya vio, mi dulce Teresita, que nuestros ángeles gardianes ay nos apagaron la luz pa' quaiy gosemos nuestro amor en pas yen lescurana?

Luego, el silencio en la alcoba fue rasgado solamente por los intensos gemidos y suspiros no reprimidos que produjo el goce de la pasión amorosa.

Antes de rayar el alba, Leandro bajó a los establos a ensillar sus equinos, ayudado por la débil luz de una lámpara de mano. Mientras ponía la jáquima a su mulo, oyó un leve ruido al fondo del establo. Enfocó hacia el lugar de donde provenía y se dio cuenta que era un perrito, acostado sobre las piernas de un muchacho, que roncaba apaciblemente. *Lo curioso*, pensó, *es que el muchacho tiene su cabeza puesta a la vez sobre la nuca de un mulo; y los tres duermen tranquilamente.* Le dio lástima ver que el chicuelo estaba completamente desnudo. Al instante atisbó su pantalón y camisa colgando de un clavo, obviamente para que se secaran.

Al salir a la puerta del hotel, los fugitivos constataron con sorpresa, que, aunque ya no llovía torrencialmente; caía, sin embargo, una llovizna menuda pero pertinaz. Salieron del pueblo en completo silencio para no delatar su paso de prófugos. Una vez el pueblo de Flores hubo quedado atrás, Leandro se quejó de nuevo de haber *abandonado* a su fiel panzona.

—Ya te dije que te la reemplazaré, cariño —dijo ella con aire de impaciencia.

—Muchísimas gracias, mi amor. ¡Vos sos un ángel! Pero l'echaré de menos anqui'usté me merque una más cara...

—Extrañaremos todo y a todos; tanto a los amigos que nos acompañaron como a las cosas que nos sirvieron —dijo la condesa con aire triste—. A propósito, yo tengo un reclamo que hacerte, cariño...

—¿Reclamo de qué? —preguntó deteniendo y girando su caballo para oírla de frente.

—Quiero que me digas o me expliques por qué motivo tú y tu hija siempre me ocultaron vuestro parentesco.

—Porquiay yo teniya miedo de que me la botara por mentirosa; por haberle dicho que no teniya familia, vaá. Porque si se quedaba sin chamba ¿pues de qué iba a vivir, pué?

—¡Valiente excusa! —dijo ella comprendiendo y aceptando los motivos expresados.

A pesar de su apremiante deseo de poner la mayor distancia entre ellos y sus probables perseguidores; el grueso barro pegajoso y el fino lodo profundo que cubrían los baches del camino les obligó a proseguir despacio, con mucho tiento y cuidado. Tuvieron que contener el ímpetu entusiasta de sus briosos corceles que impacientes anhelaban el trote libre y vibrante a campo abierto al que estaban acostumbrados. Una vez sosegados, la pareja reinició el diálogo.

—Ay en el establo miaincontré con un cipote como del mesmo tamaño y ledá del Chente y miacordé quél nos pidió que lo trajiéramos —dijo Leandro.

—¿No le viste la cara ni hablaste con él?

—No, porquestaba durmiendo yay pareciya questaba bien dormido. Teniya la cabeza recostada sobre el pescuezo de un macho. Yun perrito que roncaba estaba acostado sobre las piernas del cipote. Y los tres roncaban acompañándose, vaá —agregó sonriendo.

—Y ¿el perro no sé despertó?

—No. Ay mesmo siguió roncando como si yo nuexistiera.

—¡Eso me da mala espina! —exclamó la condesa.

—¿Por qué, mi vida? —preguntó extrañado

—Porque si *tu* presencia no lo despertó es porque ya está acostumbrado a verte, a sentirte y a olerte. Lo lógico hubiera sido que se despertara inmediatamente y ladrara para alertar a su dueño de cualquier peligro que tú pudieras representar.

—A lo mejor el pogre animal estariya tan cansado; lo mismo quel cipote y el macho.

—¡Ojalá, ojalá! —María Teresa se limitó a decir esperanzada.

—¿Ustiá tenido perro alguna ves? —preguntó Leandro en tono de mofa.

—No, nunca. Pero he leído muchos libros y en ellos se aprenden muchas cosas.

Súbitamente, el fino caballo que montaba Leandro metió una de sus patas delanteras en un profundo bache cubierto por el lodo. Al tratar de sacar el casco, la otra pata se dobló y se quebró su caña al nivel superior del nudillo. La infortunada bestia cayó de bruces y el jinete, luego de ser violentamente lanzado por los aires, cayó también, pero de lado contra el lodazal. El caballo trató de incorporarse; sin embargo, perdió el balance y cayó redondo al lado del cuerpo de Leandro. Fue un milagro que no muriera aplastado por el equino. La condesa descendió de su monta tan pronto como pudo y corrió a auxiliar a su prometido.

—¿Te has hecho daño, amor mío? —preguntó preocupada.

—No, no creibo —dijo levantándose y limpiando el barro que había ensuciado la pernera izquierda de su fino pantalón. Luego enjuagó sus manos con las hojas de césped cargadas de agua de lluvia—. No, ay solo me raspé la nariz y se menlodaron los calsones.

A la luz de la aurora que sutil se filtraba a través de los negros nubarrones, los viajeros comprendieron la dolorosa tragedia y el trauma irreversible del infeliz animal. La margen del ominoso río era visible al final de un recodo del camino. Parecía un riachuelo inofensivo, de aguas cantarinas que se desplegaban suavemente hacia el Lemparrío y en su curso hacia el océano. A lo lejos, sin embargo, se escuchaba un estruendo sordo, ominoso y continuo que paulatinamente se agrandaba por segundos.

—¡Cómo me gustaría tener una pistola pa' sacar a este pogre animal de su miserable agoniya! —exclamó Leandro con dejo de compasiva amargura—. Y siay tuviera la juerza y el corasón negro lo mataría ¡con mis propias manos!

—No tienes que ir tan lejos, querido. En las alforjas de mi galápago hay un revólver cargado y, bueno, tú sabes lo que tienes que hacer.

—¿*Trajo pistola?* —preguntó Leandro extrañado, aunque no muy sorprendido por la sabia previsión de su amada, pues ya conocía su insólita habilidad para adelantarse siempre a las circunstancias posibles pero inesperadas.

—Supuse que en algún momento tendríamos necesidad de un arma; aunque no para matar caballos ni cristianos sino para defendernos de un enemigo, humano o fiera. Hay seis balas en su tambor, pero creo que bastará con una sola —añadió la condesa, cubriéndose el rostro para no presenciar la forzada ejecución.

Una vez el noble bruto hubo expirado en coces violentas, el sacristán trató, pero no pudo quitarle la montura. Amarró sus extremidades traseras con las riendas y las ató al aparejo del mulo. Arrastró penosamente el cadáver del equino hasta dejarlo casi sumergido en las aguas del Sumpulo. A lo lejos se escuchaba, pero cada vez más cerca, el rumor ronco que hacía la corriente en su descenso raudo e incontenible desde las escarpadas montañas, tal como si mil caballos galoparan desbocados en desesperada estampida.

Mientras tanto, la condesa miraba impávida a su Leandro; preguntándose el porqué de sus desesperados ajetreos.

—Sialgún desgraciado viene siguiéndonos, yes segurito quiay vendrán muchos al galope; no van a ver el cabayo a tiempo pesquivarlo, vaá... Yay se van a cáir de cabesa a la corriente y los que vengan detrás pues ay mero se van a cáir encima deyos, vaá —explicó él.

—¡Genial idea! —aplaudió la condesa—. Con tal de que no sea un pobre cristiano decente el que se rompa la crisma. ¡Aprestémonos, mi amor, a pasar! Que la corriente fuerte ya parece que está por llegar... —sugirió apurándolo.

—Sí, ya viene cerca, es verdá peruabrá tiempo de sobra pa' darnos una bañadita y quitarme el lodo de los calsones, pero al otro lao del riyo, vaá —dijo montándose sobre las maletas que cargaba el mulo.

—Tienes razón, cariño. Yo también me muero por darme un chapuzón que me refresque —dijo Teresa, presionando su cabalgadura con las espuelas.

—Yo tengo las ancas yel sentadero entumido yadolorido por la cabalgada diayer. Y mesmo porque yasía años que no montaba a cabayo. Yay tengo escosido las entrepiernas.

Su futura esposa rio levemente por la incomodidad de su amado, pero volvió su mirada hacia las enhiestas montañas circundantes para que él no se enterara de su mofa. Luego se quedaron en ropas menores y, mientras ambos hacían remedos de natación, jugaban con las prístinas aguas como si aún fuesen chiquillos, lanzándose puñados de agua a la cara y a la espalda, saltando y titiritando al influjo del frío que las gotas les producían.

Mientras él la tomaba entre sus brazos con la intención de besarla apasionadamente, Teresa se tornó seria y preocupada.

—¡No, amor mío, cálmate! —dijo ella poniendo cariñosamente dos dedos de su mano en los labios de Leandro—. ¿No has escuchado un ruido sordo como el galope de un caballo? —preguntó temblando tanto por el frío como por el terror de verse prisionera.

—¡Sí! —respondió Leandro, obviamente preocupado por el mismo motivo—. ¡Yo también loigo! Salgámenos ya pajuera y vamos ascondernos detrás dese peñón blanco questáyá; y que parese que juera de queso perues en rialidá un cerro de talpetate. Ay merito nos acurrucámenos detrás de las bestias hasta que viamos pasar a los que vienen. ¡seyan de Dios o seyan del diablo!

Apresuradamente recogieron sus prendas de vestir y se dirigieron al escondite convenido. El golpeteo lejano se tornó más estruendoso y más claro. Los amantes pronto concluyeron que ciertamente se trataba de un caballo al galope.

—Si no salimos vivos destaventura —dijo el enamorado con voz compungida—, quiero pedirle quiusté, mi reina, por favorcito, me perdone el haberme hecho el igualado, pretendiendo quiusté me diera su cariño, vaá. ¡Yojalá pues quen el másayá no nos aincontremos con el dijunto Terencio!

María Teresa apretó su mejilla contra el pecho desnudo de Leandro.

—No, amorcito mío —respondió ella tiernamente y en voz baja—, soy yo la que viviré eternamente agradecida de ti por haberme enseñado que existe el amor humilde pero sincero —luego dijo en voz alta—: Y ojalá que mi difunto Terencio no se llene de celos al vernos juntos. Aunque yo lo dudo pues él ya estará gozando del estado inefable de la gracia eterna. Y, además, liberado ya de nuestras rencillas terrenales y triviales. Gracias, mi Leandro, por la enorme felicidad que me has brindado en este corto tiempo que he sido tuya. Y ya sea que estemos en el cielo o en la Tierra misma, tú y yo habíamos quedado de tutearnos.

—No se mia olvidado, siñora, peruesque yuasté la veyo tuaviya tan lejana; mesmo como las estreyas ayá en la lejura del cielo.

—¡Vamos, amor mío, no digas disparates! —le riñó cariñosamente—. Si estuviera tan lejos como dices que me ves, no podría morderte los cachetes. —Y enseguida hincó sus dientes en el mentón sin afeitar, pero recién bañado y todavía húmedo.

***

Vicente, el osado nieto de Leandro, había llegado a Flores a eso de la media noche. Medio enceguecido por la llovizna pertinaz y, a ratos, copiosa; y titiritando por la humedad y el frío, logró introducirse en el establo de la primera casa grande que encontró a la orilla de la ruta. Rayo se bajó rápido y enseguida sacudió su pelambre saturada de lluvia.

En la caballeriza y cercanos a la puerta, Vicente encontró dos hermosos caballos y un mulo; los tres echados sobre un mullido pajar sobre el que dormían tranquilamente. A las continuas ráfagas de luz que ofrecían los rayos intermitentes y una vez sus ojos se habían acostumbrado a la oscuridad del lugar, el travieso muchacho examinó superficialmente las tres bestias. *Estos cabayos mesmos y este macho*, pensó, *se parecen a los que traiban mis tatitas. ¡Qué rechulo juera quiay mesmo me los encontrara, vaá! Pa' que nos dieran algo de comer y p'entregarle el telegrama a mi nanita. Yansina ya no tendríyanos quiandarlos buscando más*, se dijo cansado.

Haló a Diluvio hasta una esquina cercana del establo donde podrían protegerse de las crueles inclemencias del tiempo. Aunque su techo dejaba filtrar una que otra gota de agua, ofrecía un lugar más seco y más seguro.

—Miren —dijo dirigiéndose al mulo y al perro con la seriedad del hombre maduro de la que hacía alarde—, aquí nos vamos a quedar hasta quiamanesca, vaá, y diay seguimos pa' las'Hibueras hasta que encontremos a mis tatitas.

Trajo un puñado de paja y lo puso frente al mulo.

—Vos sí podés comer —le dijo—, pero nosotros sólo vamos a tragar saliva hasta que los encontremos. Luego que la paja fue consumida, los tres se acostaron. Vicente puso su sombrero debajo del mulo para que su calor corporal lo secara y mantuviera seco el sobre con el mensaje para su *nanita*. Luego colocó su cabecita loca sobre el pescuezo del híbrido. El gozque pronto puso la suya sobre las piernas del muchacho. Cansados por el viaje, al momento cayeron presas del sueño.

***

Mientras tanto, los soldados involucrados en la desesperada persecución de Leandro y María Teresa no perdieron el tiempo en detenerse para libar de sus botellas. Las consumieron a grandes sorbos mientras cabalgaban en lenta carrera y obligados por la estrechez del Camino Real se movían uno tras otro, en fila india. Entre más se emborrachaban, más fuerte espoleaban los ijadas de sus briosos corceles y más alto reafirmaban su hombría; sin poder percatarse que esa súbita ratificación de su masculinidad, provocadas por el efecto estimulante y embriagante del alcohol, no era otra cosa que el grito impotente de sus hombrías emasculadas por la disciplina militar. Tomaban los rifles y los disparaban al aire.

Exaltados y eufóricos, los soldados gritaban a los cuatro vientos su impetuoso deseo de morir como héroes en la prometida batalla que darían a los malvados comunistas que huían de la justicia militar y que ellos perseguirían hasta lograr arrestarlos. En su borrachera, soñaban con ofrendar sus vidas en aras de la patria, sin comprender que esa patria que ellos pretendían defender estaba aherrojada y esclavizada por el sangriento martinato.

Faltando apenas unos diez o tal vez quince kilómetros para llegar a Flores, se suscitó una gravísima confrontación entre la tropa de voluntarios. Benítez, uno de los cuatro cabos que los supervisaban, había terminado su botella y aún no estaba satisfecho. Y peor todavía, se había emborrachado de tal manera que había olvidado los cánones de la cordura y el debido respeto hacia los demás compañeros de armas. Viendo que Ortiz, uno de los soldados bajo su mando, tenía su botella aún a medio consumir, le ordenó entregársela.

—Usté, mi cabo —dijo Ortiz con voz respetuosa— ya se tragó la diusté. Pero si quiere la miya se la vendo en un rial. Ay me lo paga cuando golvamos al cuartel.

Benítez ahuchó su caballo y lo apareó al de Ortiz. Éste se detuvo también, creyendo que ya habría trato con el cabo.

—¿Un rial decís, grandijueputa jincho? —gritó el cabo enfurecido—. Puesaquí mesmo te vua dar un par de plomazos, diamedio rial cadáuno! —añadió, sacando el rifle de la funda de la silla.

Baldomero, un soldado robusto a quién apodaban *el boxeador* y quien cabalgaba detrás de Ortiz, se dio cuenta de las malévolas intenciones del cabo; y dándole un rudo empellón le hizo soltar el arma. Luego Benítez, por tratar de recogerla sin tener que desmontarse, cayó al pie del caballo de Ortiz. Tan pronto recogió el rifle, desde el suelo Benítez disparó su arma contra el boxeador, rozándole la oreja derecha. Pero Ortiz se había lanzado desde su monta para tratar de arrebatarle el arma. Se liaron en pelea por la posesión del rifle y los balazos disparados en la lucha hirieron mortalmente a dos soldados que nada tenían que ver con la refriega en la que también pereció uno de los caballos. Tres soldados sufrieron heridas leves. Entre algunos de los que cabalgaban más atrás redujeron al picapleitos, lo amarraron a unos de los caballos sin jinete junto con los soldados muertos.

Un nuevo diluvio comenzó a arreciar sobre ellos luego de haberse terminado la fatal reyerta. Los copiosos chorros de agua, golpeándoles el rostro, les impregnaba su ropa, saturada ya de sudor y de llovizna. Las gotas de la lluvia que lanzaba el viento como microscópicas saetas contra sus ojos los enceguecían. Mientras tanto, el efecto efímero y fortificante del licor se evaporaba paulatino en sus cerebros y el frío húmedo comenzaba a calarse hasta la médula de los huesos. Cansados ya, decayeron en la velocidad de la marcha.

Los heridos continuaron sangrando profusamente y la carencia de fármacos de primeros auxilios impidió que fuesen atendidos al instante. El tradicional prurito muy machista de no manifestar miedo ni dolor les obligaba a callar el tormento que le causaban las heridas.

Los que cabalgaban delante y alejados del grupo no se enteraron ni de la trifulca ni de los soldados muertos o heridos hasta que llegaron a Flores. El sargento González, que cabalgaba al frente de la tropa, tampoco se enteró, ya que algunos de los soldados en la vanguardia también habían disparado al aire para celebrar su hombría emasculada.

—¡Hay que buscar más guaro, mi teniente! —gritaron todos al unísono—. Ya se nos están entumiendo las patas y ¡hastel hoyuel culo! —agregaron otros soezmente.

—¡Ya no se pueden embolar más! —les gritó el subteniente interino—. Porquestando bolos ya no van a tener buena punteriya —explicó.

—Temblando tampoco vamos a dar en el blanco. ¡O en el culo de los culicolorados! —gritó sarcásticamente alguno de los voluntarios. Sus compañeros aplaudieron entusiasmados su lógica, aunque grosera, observación.

—¡'Tá bien, pué! —convino el acosado oficial interino—. Pero ¡amodéresen, carajos! ¡No beban más que pa' recalentarsen los ñirgües y el celebro! —imploró en una mezcla de tolerancia y autoridad paternal.

Entrando al pueblo todavía dormido, todos dispararon sus armas y gritaron insultos a los malditos comunistas que estaban a punto de ser capturados. El cabo Osorio se acercó a González.

—Mi teniente —dijo en voz baja, escasamente audible por la alharaca de los soldados—, con la novedá de que en la retaguardia tenemos cinco bajas; es decir, dos muertos y tres heridos. Hay dos que recibieron heridas bien feyas en el pecho, ay por laria del corazón, vaá. Yo tengo miedo que se nos mueran si nuayamos un dautor que los atienda.

González llamó inmediatamente al cabo Figueroa, su asistente.

—Vaya a preguntar por ay si hay algún dautor en el pueblo —le ordenó—. O mesmo unenfermera y si disen que sí, los busca y me los traye ¡amarrados y a palos, si es necesario! —Luego el teniente volvió con Osorio—: ¿Y cómo putas pasueso, pué? —preguntó con enojo.

—Siagarraron a balazos por media boteya de guaro. Pero jué el cabo Benítez el quempesó tó, vaá; y diay siarmó la gresca. Yuay desiaba quiusté, mi sargento, digo, mi teniente, se nos aparesiera ayá atrás, vaá. Pero yo no podiya avisarle.

—Pues yóiba los disparos, vaá —dijo el comandante interino—. Pero comuay tós los dialante también veniyan disparando, ¿cómuáiba saber yo que se estaban matando? Y'el cabo Benítez ¿ónd'está?

—Ayá lo tengo amarrado a un palo de naranjo —dijo señalando hacia un pequeño predio arbolado—. ¿Se lo traigo, mi teniente?

—¡No! Vaya y busquial comandante munecipal pa' que siaga cargo dese prisionero. Aura merito vuir a cortarle los coyoles al Benítez yo mesmo, *tal como se luhicieron al coronel* yay lo vua dejar sampado en la bartolina hasta que regresemos.

Osorio no puso particular atención a la castrada del coronel porque no sabía de cuál coronel hablaba su jefe y estaba ocupado pensando dónde podría encontrar al funcionario municipal si ni siquiera sabía cómo se llamaba ni mucho menos dónde vivía.

Luego de atar sus caballos, los soldados, aún borrachos y sin control, se diseminaron por las calles el pueblo buscando un expendio de licores donde saciar su sed de alcohol. Al encontrar dos de ellas, las abrieron todas a culatazos de fusil y cargaron con todo sin escuchar las imploraciones de los dueños que llorosos pedían respeto a la propiedad privada. Luego se replegaron hacia la plaza que había sido un parque en años anteriores y se sentaron tranquilamente a libar el licor robado antes de proseguir la búsqueda de los fugitivos. Osorio trajo al comandante municipal y lo entregó al cabo Benítez para su custodia. Figueroa no aparecía con el médico así que el nuevo teniente dispuso dejar dos soldados cuidando a los heridos mientras se encontraba a alguien que les proporcionara primeros auxilios.

González se presentó en el Hotel Sueño del Viajero y preguntó al encargado de turno si una pareja de curtidos criminales había pernoctado en él. El empleado le recomendó que le preguntara al profesor retirado, que en ese momento sorbía un café en el comedor.

—Era una pareja de esposos muy bien vestidos y bien hablados. A mí me parecieron ser excelentes personas —respondió el maestro con su habitual franqueza—. Como no les pregunté para dónde iban ni de dónde venían porque eso no era asunto de mi incumbencia, pues nunca supe ni sus nombres, ni su procedencia ni su destino —agregó mintiendo el viejo zorro. Y es que no se sentía inclinado a proporcionar ninguna información fidedigna a los militares.

—¡Ve pué! —exclamó el teniente enfurecido—. Siesa pareja dijos de puta son nada menos que comunistas asesinos. Poreso es que ustedes los ceviles necesitan de l'inteligensia melitar pa' saber quiénes son los enemigos de la patria y de mi general.

—¿Y de qué crímenes se les acusa? —preguntó don Mario imaginando que cualquier cargo que les hicieran carecería de veracidad.

—De nada menos que diasaltar al mesmísimo comandante del cuartel de Cayaguanca con la malvada intensión de matarlo a sangre friya. Pero solamente luirieron en las partes... eh, bueno, posteriores, vaá. Y poresuay tengo órdenes presisas del comandante yasta del mesmo señor presidente Martínez de desoyarlos vivos ¡tan pronto los capturemos! —mintió González para darse ínfulas.

***

La alharaca formada por los soldados ebrios que entraban a Flores despertó a Rayo y éste, a su vez, despertó a Vicente con alarmantes ladridos.

—¡Cayate ya, chucho baboso! —lo riñó el muchacho en voz baja mientras se dirigía a espiar hacia la calle por las rendijas de la puerta—. ¡Maríapurísima! —exclamó el chiquillo asombrado por el susto que la presencia ominosa de tantos uniformados le causaba. —Esos son soldados y si tioyen latir —advirtió seriamente a su amigo canino—, ay mesmo van a venir a buscarnos pa' jecutarnos.

El pequeño galgo, quizá comprendiendo la angustia de su amo, se sosegó y luego de sentarse sobre sus patas traseras gimió compungido por algunos instantes. Vicente recordó al momento las preguntas del sargento a su tío Lolo. *Sí, ese bigotudo melitar quería saber sobre el viaje de mis tatitas*, pensó.

Sospechando que la tropa también viniera persiguiéndoles, el alerta cipote al instante aparejó el mulo y lo montó con Rayo sentado por delante. A pesar de sus nuevas herraduras, el híbrido salió al trote mientras se escuchaba la alborozada algarabía de los soldados que continuaban emborrachándose y cantando y gritando imprecaciones a viva voz. El osado muchacho tocó en una puerta y preguntó al dueño de la casa por el camino para las Hibueras.

—Ay mesmo siga por esa calle, quiay no tiene pierde —le informaron escuetamente.

Aunque nunca había recorrido la ruta hacia Arcatago, Vicente se figuraba conocerla pues ya había escuchado los innumerables relatos de los que habían hecho el viaje redondo a la Cost'el Norte de Hibueras y ese pueblo era la última escala de los fugitivos. Le dolía, sin embargo, que el sombrero de paja que el abuelo le regaló recientemente se le hubiera estropeado. No sabía cómo sucedió, pero sí recordaba haberlo puesto debajo del mulo para que su calor lo secara. Para asegurarse que no se le caería más durante el viaje, cerró con fuerza el barbiquejo, dejando que el sombrero le cubriera la cabeza hasta las orejas. Con ese simple disfraz se aseguró, inocentemente, que los soldados no pudieran reconocerlo, capturarlo y ejecutarlo por su fuga.

VEINTIOCHO

Acercándose ya a la orilla del Sumpulo, el muchacho escuchó el ruido de la corriente en descenso, aunque se percibía todavía distante. No obstante, Vicente se atemorizó al pensar que podía verse atrapado entre la tropa brutal y el río embravecido.

—¡Apiate ya yapurate! —urgió a su perro mientras lo empujaba hacia el suelo.

Instintivamente, el perspicaz jinete, como si llevara espuelas, apretó sus talones contra los ijares de su híbrido corcel. Éste, probablemente creyendo que las espuelas reales vendrían luego, comenzó a correr como talvez nunca lo había hecho, muy a pesar de su impedimento temporal. Rayo corrió tras de ellos con similar empeño. El descenso se tornó paulatinamente más inclinado y más peligroso para ambos, pero aún más para el pequeño jinete. La carrera se hizo más veloz a medida que Vicente, para evitar la caída, se cogía de las crines y se apretaba más y más con sus piernas a la panza del animal. Trató desesperadamente de detener la carrera manipulando las riendas y el freno, pero todo fue en vano pues el empecinado animal no obedecía. Al llegar a la orilla, el híbrido desbocado tropezó con el caballo muerto dejado allí por Leandro. Vicente voló por los aires, cayendo milagrosamente sobre una enorme formación de talpetate escasamente cubierta por el agua. Ésta y la blanda consistencia de la roca redujeron el impacto de la caída. El infortunado mulo, en cambio, se había partido las patas delanteras. Aguijoneado por su instinto natural de preservación, pataleaba desesperado tratando en vano de levantarse para no ahogarse. El río, mientras tanto, se tornaba más raudo y más profundo; llenándole el hocico, apresurando con ello los inexorables estertores de la muerte. Rayo, después de nadar contra la corriente cada vez más fuerte, llegó hasta donde yacía el muchacho inconsciente y boca arriba.

Enseguida haló frenéticamente la manga de la camisa con toda la fuerza de sus colmillos, tratando de arrastrar a su amo hasta la orilla. Auxiliado por el frío del agua y el vehemente empeño de su gozque, Vicente volvió rápidamente en sí. Sintiendo un fuerte dolor en el lado derecho de su cráneo, pensó al instante que su cabeza se había rajado. Luego volvió sus ojos al mulo que continuaba tratando desesperadamente por incorporarse para no morir ahogado. Se tapó los oídos para no escuchar más los desesperados resoplidos del animal que expiraba en dolorosa agonía. En ese momento, y por vez primera, el muchacho sintió el horrendo miedo de correr la misma suerte y quiso llamar a sus padres para que vinieran corriendo veloces en su auxilio. Al instante comprendió, sin embargo, que por más fuerte y vehemente que su voz implorara socorro o por más veloz que fuese el viento, sus gritos nunca llegarían a los oídos de los suyos.

Acompañado de Rayo vadeó las aguas que continuaban creciendo, apretándose mientras tanto el lado magullado de la cabeza y salió del río caminando atolondrado. Lo alentaba, sin embargo, la quimérica esperanza de encontrar a sus abuelos y con ello todos sus problemas se resolverían. Sin embargo, el valiente muchacho no se avenía a la idea macabra de que ya nada era posible para salvar el mulo de una muerte segura. Sintiéndose cobarde e impotente, y peor aún, culpable de su deceso, se alejó de la ribera del río con rumbo a la frontera.

De pronto, Rayo ladró y el ruidoso relincho de un caballo obligó a Vicente a mirar al lado izquierdo del camino de donde procedía el agudo chillido. Allí, escondido detrás de un blanco promontorio rocoso, observó la presencia de un mulo cargado de varias maletas y de un caballo ensillado. El osado cipote se acercó al corcel con paso cauteloso y pausado, *shushando* despacio con sus dientes y sus labios para tranquilizar el animal. Al lograr atrapar la brida, la noble bestia se alzó súbitamente sobre sus patas traseras, relinchando de nuevo, pero con mayor vehemencia.

Leandro abandonó al instante el confortable regazo de la mujer amada y poniéndose de pie, desenfundó el arma.

—¿Quién anday? —preguntó asustado y precavido.

Regocijándose al reconocer la voz del abuelo, exclamó:

—¡Soy yo, el Chente, tatita!

—¿*Vicente*? —preguntó Leandro, más que sorprendido, atónito; no queriendo dar crédito a lo que veían sus ojos—. ¿Y con quién más andás, pué?

—Yo mero solito —dijo el chiquillo muy satisfecho—. Ay viniá a buscarlos pentregarle este telegrama a mi nanita. A lo mejor yastá tó deshecho por el agua, vaá —añadió metiendo con mucho cuidado su mano en un bolsillo del pantalón.

Desde su posición supina, la condesa no podía creer la conversación que escuchaba. Después de ver al futuro nieto lanzó una alegre carcajada. Luego dijo con guasa:

—Si así como es el nieto es el abuelo, éste es un palo de la misma astilla.

—Mire, nanita, aquíestá el telegrama —dijo tendiéndole a la abuela un sobre mojado y a punto de disolverse. Teresa lo abrió con mucho cuidado y luego gritó—: ¡Maravilla! El papel del telegrama está casi intacto y se puede leer el texto.

—¿Qué dice? ¿Qué dice? —ávidos, nieto y abuelo preguntaron al unísono.

—*"LOS POLLITOS EN HIBUERAS A SALVO DEL GATO. OJALÁ QUE EL GALLO Y LA GALLINA ESTEN LEJOS DE LOS CHACALES"* —leyó la condesa con lágrimas anegando sus ojos felices—. Y lo firma, *Olaya Beltrán-Alarcón*. ¡Ah! Y está fechado ayer en Tesucigalpa, Y, además, ¡nos da el nombre del *Hotel Isabela,* donde se encuentran hospedados! —añadió.

Los tres se estrecharon en un apretado abrazo. Luego Vicente les informó que al amanecer muchos soldados habían llegado a Flores. Y que era obvio que estuvieran muy borrachos porque cantaban y gritaban a viva voz "malas palabras" que a él le daba vergüenza repetir frente a su tatita y especialmente ante su nanita. Él estaba seguro que venían en busca de sus tatitas porque el sargento había interrogado a su tío Lolo sobre el viaje que ellos hacían. También relató su larga odisea, así como su accidente a la orilla del río donde se había ahogado el Diluvio de su tío Lolo. Dijo que él, Vicente, era el culpable de su muerte por habérselo traído, en la falsa creencia de que Hibueras estaba muy cerca de

Cayaguanca. Los ojos de Leandro se llenaron de lágrimas, pero no de dolor sino de jubiloso orgullo.

—Nuncubiera créido queste cipote ay siba venir cabalgando diez leguas y mesmo bajo la yuvia yen loscuridá de la noche —dijo estrechando el cuerpo del nieto.

—¡Qué tortura tan insoportable! —exclamó Teresa de pronto, atisbando el Camino Real al otro lado del río—. ¿Cómo podríamos saber cuántos de esos soldados estarán todavía ebrios, pero en capacidad de perseguirnos, si como dice Vicente ya estaban borrachos y aún así continuaban emborrachándose? —preguntó angustiada.

—¡No se miaflija, mi dulce Teresita! —dijo Leandro con voz acaramelada—. Orita ya son dos bestias muertas a lentradel riyo. Los soldados que vengan detrás de nosotros ay se van a cáir junto con sus montas; unos sobre diotros, vaá. Yay se van a aplastar eyos mesmos. Yay van aincontrar su poprio camposanto. ¡Ya lo verá! ¡Tengamos fe! —agregó esperanzado y con la intención de calmar la angustia de su amada.

—No hay que confiarse del todo, cariño —dijo la condesa—. Una corriente fuerte podría empujar esos animales muertos y ¡adiós, obstáculo! Sería más prudente que nos alejáramos de la vera del camino y nos escondiéramos allá, entre esa arboleda espesa y a la orilla del río para que podamos atisbar a los soldados cuando lleguen.

—Tu nanita tiene razón —dijo Leandro dirigiéndose a Vicente—. Yo creibo quiusté debe yevarse el caballo yamarrarlo ayá más adentro, entre el mero monte tupido, vaá. Yo me vua yevar el macho. Y diay se va payá pa' questé con nosotros. Que si vamos a morir pues aquí moriremos los tres juntos. ¡Apúrese, mijo, porque ya sioye el galope los cabayos corriendo cuestabajo! —añadió impaciente.

**

El Sargento Herminio González había partido de Flores hacia la frontera hibuereña con un reducidísimo grupo de perseguidores intrépidos, aunque todos muy beodos. Los que se habían quedado, no por falta de valentía sino por su extrema borrachera, dormían sobre el césped y el suelo lodoso de la plaza. Los que acompañaron al subteniente interino estaban menos ebrios, pero ocasionalmente seguían bebiendo de sus botellas a escondidas del jefe. Algunos de ellos se quedaban dormidos sobre la montura y otros se tornaban víctimas del alcohol que les provocaba vómitos amargos y flojedad en el cuerpo. Éstos se bajaban de sus caballos y caían inertes sobre el césped mojado y lodoso que bordeaba el camino.

Muy a pesar de su cacareada valentía; sobrio y práctico, González se fue rezagando poco a poco hasta quedar por completo en la retaguardia. Sospechaba y temía una emboscada al llegar a la ribera del río y no quería ser el primero en sucumbir a las balas de los supuestos comunistas que defenderían a la pareja fugitiva. Contó seis soldados aparentemente hábiles pues cabalgaban todavía con las cabezas erguidas. *Ese número de efectivos son suficientes para cumplir con la misión requerida*, se dijo optimista, *siempre y cuando los comunistas se entreguen sin poner resistencia*.

Rayaba ya el día cuando el reducido pelotón se acercó velozmente al río. Acosados por la falta de sueño reparador y por la ceguera del cansancio no les fue posible percatarse que la rauda crecida del Sumpulo llegaba en ese preciso instante a su máximo volumen, incontenible en su veloz descenso desde las escarpadas montañas circundantes y aledañas a la frontera.

Exactamente como lo había previsto el sagaz campesino, las parejas de jinetes delanteros tropezaron abruptamente con los cadáveres de los equinos y uno a uno, jinetes y corceles, fueron cayendo a las aguas del río embravecido. A punto seguido, una gruesa y larga rama de algún árbol que la corriente empujaba haciéndola girar como enloquecida guadaña, destrozó todos los cuerpos de los soldados que sobrevivieron la brutal caída. La vorágine empujó inexorablemente los despojos ensangrentados hacia la confluencia del cercano Lemparrío y hacia la mar lejana.

La condesa y sus dos acompañantes vieron el dantesco final de sus perseguidores. Esa escena macabra trajo a la memoria de la dama algo que leyó en su muy lejana niñez y que, frecuentemente, le había robado el sueño con horribles pesadillas.

—Leandro —dijo ella temblorosa y melodramática—, ¡nunca hubiera creído que algún día yo misma presenciaría la recreación del bíblico milagro del Mar Rojo! ¿Recuerdas, amor mío, que Jehová separó las aguas para que los hebreos pudieran pasar y escapar a los soldados del faraón; y luego las cerró para exterminar a sus perseguidores?

—No, no miacuerdo deso, amor miyo —dijo el campesino guasonamente—. Y no creibo quiayga visto esa penícula.

—¡Vaya ocurrencia! —dijo Teresa enfadada—. No creo que haya alguien con tanto descaro como para realizar un filme de nuestras Sagradas Escrituras.

Su amado estaba a punto de contestarle cuando alguien lo empujó con tanta violencia que le hizo caer sobre el cuerpo de la condesa. Al mismo tiempo que caía, se escuchó un disparo y el silbido característico de un proyectil pasando por encima de sus cabezas. Vicente, habiendo atisbado a tiempo a un militar que parado al otro lado del río apuntaba hacia ellos, le dio al abuelo un empujón muy oportuno; salvándole la vida. Enseguida, otros proyectiles silbaron, pero para su fortuna, por encima de ellos.

—Tatita —susurró Vicente—, ay acabue ver dos cabayos ensillados quiaiban saliendo del riyo y diay corrieron pal monte. Me vuir agarrar uno deyos parirnos todos montados.

—¡No, muchacho; esues muy peligroso! —respondió el abuelo en voz baja y firme—. ¡Usté se mestaquí, junto a yo; porquiay me lo pueden coser a balazos! —ordenó al nieto.

—Me parece que el chico tiene una buena idea —musitó la abuela—. Déjalo que haga lo que él crea necesario. Al fin y al cabo, él parece tener más sensatez que nosotros los adultos.

—¡Vaya, pué! —dijo Leandro bonachonamente—. Perueso sí ¡tenga mucho cuidado!

—Peruantes tiene que prestarme la pistola —dijo el avispado muchacho, viendo que su abuelo la tenía cogida por la cacha, apuntando hacia el suelo.

—¡Ah, no, no no! ¡Eso sí que no! —masculló Leandro firmemente. Su amada carraspeó, pero no soltó opinión alguna. Rayo gruñó amenazante.

—Vos testás cayadito o te doy un par de riendazos —le dijo su amo amenazándolo. El perro, acostumbrado a obedecer las órdenes estrictas e incuestionables de su joven dueño, se echó sin gemir a los pies de los abuelos. Vicente se sentó a la par del tatita—. Es sólo pa'ver cuántas balas le quedan en el tambor —argumentó dolosamente. Luego, en un ¡zas! le arrebató el arma de las manos.

Los ojos del viejo se humedecieron.

—¿También van a matar al último cipote del Mateyo? —gimió lloroso—. ¡Y todo por mi condenada culpa! —agregó furioso consigo mismo. La sabia condesa continuó absteniéndose de hacer comentarios al respecto.

Vicente corrió agazapado hasta cruzar el camino; luego ingresó al monte tupido en el cual los caballos fugitivos se habían internado.

—No estoy muy segura —dijo ella mientras amorosamente le secaba los lagrimales con su pañuelo—, pero creí adivinar un hilo de sangre bajándole por la sien derecha.

—¿El Chentesterido en la cabeza? —preguntó el abuelo en tono preocupado—. ¡Por amordediós, tiene quensaminarlo cuando güelva! —suplicó afligido.

—No te preocupes, lo examinaré. Aunque si va de aquí para allá y de allá para acá sin dar queja, me parece que no debe ser una herida muy grave.

Pasaron unos largos minutos. De pronto, el ruido sordo de cascos de caballo desbocado cruzó los aires y un hermoso alazán corrió frente a ellos. Vieron al valeroso nieto asido con la mano izquierda de la perilla de la montura, colgando peligrosamente mientras blandía el revólver en la mano derecha. Llevaba un pie firmemente apoyado en el estribo y el otro al aire. Su cuerpo se había tornado invisible para cualquier observador estacionado al otro lado del río. Al llegar a la orilla hizo que el caballo atravesara paralelo a la corriente.

Después de descender a la margen ribereña, González descubrió la presencia de dos extraños al otro lado del río. Tratando de obligarlos a responder el fuego, disparó contra algunos que parecían esconderse dentro del monte. No habiendo tenido una respuesta, e incapaz de cruzar las aguas turbulentas, permaneció montado en su caballo, observando con dolor como los despojos de sus soldados eran arrastrados inexorablemente por la turbulenta corriente. No dio mayor importancia al atisbar un caballo ensillado que aparentemente corría desbocado sin jinete; asumiendo que se trataba de alguna de las seis cabalgaduras que había sobrevivido al macabro accidente de su tropa. Mientras rumiaba sobre la explicación que daría al capitán Cibrián y al coronel Aguirre, concluyó que el suicidio era su única salida ya que su vida y su carrera militar estaban irremediablemente perdidas. Cerrando los ojos, apretó el cañón de su arma contra su sien izquierda y disparó.

Un certero balazo le atravesó la cabeza y su cuerpo cayó al borde. Otro disparo lo impactó y rodó inerte hacia el río. Luego un disparo más cruzó los aires y el otrora brioso corcel se tambaleó y enseguida rodó hacia el río hasta aplastar a su último jinete. La correntada lavó el carmín de la sangre humana y equina y las arrastró veloz, mezcladas con su esencia.

Los abuelos no podían creer la extraordinaria hazaña del nieto. Éste se acercó a ellos y al entregar el arma a su abuelo, dijo con toda naturalidad:

—Nuabiyan sino cinco balas en el tambor. Dos jueron suficientes para vengar a mis hermanos, el Juaquín y el Camilo; y a mi primo el Casimiro. ¡Y que Dios me los tengayarriba en el cielo! —agregó y enseguida cayó al suelo desmayado.

La condesa le quitó el magullado sombrero después de que Leandro desató el apretado nudo del barbiquejo. Mientras él buscaba la cantimplora, Teresa abrió los negros y entrelazados rizos de su cabello para localizar la herida.

—¡Ajá! Aquí tiene un hematoma reventado y es obvio que ha sufrido hemorragia porque la cabeza entera está llena de coágulos —dijo la dama sorprendida—. Vierte un poco de agua en mis manos para enjuagarle la cara y luego, cuando vuelva en sí, le daremos unas aspirinas para el dolor.

El frío del agua en su rostro lo sacó del desmayo.

—Yestoy bien, tatitas —dijo con voz adolorida—. Dios se los pague —añadió agradecido mientras trataba de ponerse de pie—. Aura me quiero ir a lavar la cabeza pa' que se me pase el váguido.

Tomándole por los brazos, los abuelos lo condujeron hasta la orilla del río donde lavaron su cabeza. Luego la condesa sacó un pequeño frasco de tintura de árnica de su botiquín portátil para aplicarlo a la herida.

—Yo sé que este remedio te va a doler un poquito, querido, pero como sé que tú ya eres un chico muy valiente no me vas a llorar ¿verdad?

Vicente movió la cabeza de un lado para otro para indicar que actuaría valeroso. Sin embargo, se metió en la boca una manga de la camisa y la apretó con los dientes. Después de haberlo curado, la condesa sacó un paquete de galletas dulces y las repartió diciendo:

—Este es el desayuno. Tan pronto lleguemos a Valladolid nos daremos un almuerzo opíparo.

—¿Qué quiere decir "opíparo"? —preguntaron los dos varones al unísono.

—Cuando estemos comiendo os lo explicaré. Ahora —agregó dirigiéndose a Vicente—, quiero que te saques esa ropa sucia y la lavaré aquí mismo en el río.

El jovenzuelo rehusó diciendo lo que le había aconsejado su madre:

—Peruesque yo nunca mempeloto frente a las mujeres y ¡mucho menos frentiáuna condesa, 'unque ya seya mi nanita, vaá! —dijo serenamente.

—¡Este chaval es increíble! —exclamó ella riéndose alegremente—. Anda, cariño, dale uno de tus calzoncillos para que no se *empelote* delante de mí —añadió. Luego, con una sonrisa en los labios, se dio vuelta para respetar el pudor infantil del muchacho. Una vez la ropa llegó a sus manos, la lavó y la retorció y luego la colgó sobre las maletas.

—Es usté, mi amorcito, una mujer meramente arrecha —dijo el amante—. Yo nunca biera créido quiusté se poniera a lavar trapos porque pareso hay sirvientas lavanderas.

—La sabiduría, amor mío, consiste en saberse adaptar a las circunstancias imprevistas. Pero es más increíble aún, que, aunque todos esos bandidos hayan desaparecido ahogados, las aguas continúen su curso inocentemente. Ahora parece que la correntada ya se está atenuando pues el ruido allá arriba va cesando paulatinamente.

—Sí, mi dulce amor. Parece que la pesadiya ya sia terminado. Orita ya podemos seguir pa' la frontera sin nada que reparar.

—Pues así lo creo, mi vida, —dijo ella con aire calmado y complacido—. Pero antes de partir quiero deciros que si alguna vez habéis oído que *un hombre prevenido vale por dos*; yo os tengo otro parecido, que dice que *una mujer prevenida ¡vale por tres!*

—Yeso ¿a qué viene, mi hermosa dama? —preguntó el futuro esposo en tono lisonjero.

—Pues yo supuse que es muy normal que al viajar se sufra de accidentes como heridas leves, magulladuras y raspaduras... Por eso traje la gasa, el alcohol y la tintura de árnica que nos sobró de la *capada del gato*.

Vicente quien no perdía una sola palabra de lo que hablaban sus mayores, preguntó con los ojos desorbitados:

—¿*Usté* sabe capar gatos, nanita?

—Bueno —contestó ella riéndose—, yo no; tu tía Olaya es la *experta* en capar gatos.

—Y mesmo hasta capa *Chacales*, ¡pa' que loiga! —añadió orgulloso el abuelo.

—Tatita —dijo el cipote—, yo quiero saber si le puedo mandar una carta a mis apás pa' desirles que no siaflijan por yo porque yuestoy con ustedes.

—Pregúntele a su nanita, porqueya es la que dispone... *Por ahora*, vaá.

—Desde Valladolid les enviaremos un telegrama informándoles que tú ya estás con nosotros. Y luego al llegar a Tesucigalpa les hablaremos por teléfono para preguntarles si es su voluntad que te adoptemos y te llevemos con nosotros a España.

—Perueso si vastar bien defícil, vaá —dijo Vicente tristonamente.

—¿Difícil? ¿Por qué? —preguntó la condesa.

—Porque ni mi apá ni mi amá saben hablar por teléfono.

—¡Tendrán que aprender! —dijo Teresa.

—Poreso no se priocupe, mijo —apuntó Leandro—. Yo tampoco sé hablar por teléfono peruay su nanita me v'enseñar.

Al llegar a la cima de una loma divisaron una larga colección de techos de casas juntas.

—¡Tatita, yastamos en las Hibueras! —gritó Vicente lleno de júbilo.

—No —dijo el abuelo—, a ese pueblo le disen La Trinidá. Y es mejor que luevitemos, ¡por si las moscas! —dijo precavido—. Ay nos vamos por ese atajo que nos yevará derechito al paso de la frontera. ¡Ay síganme nomás! —agregó con aire de sabelotodo.

—¿Nues mi tatita un buen chaneque? —preguntó el nieto, orgulloso de su abuelo.

—Así espero —indicó ella acercando su caballo al de Leandro—, porque de lo contrario nunca lo hubiera contratado.

El adusto guarda-fronteras puso un gastado sello sobre una página del pasaporte de la noble y salió a levantar la simbólica tranca que marcaba la línea divisoria.

—¿Y usté parónde va? —preguntó a Leandro.

—El señor va conmigo hasta Valladolid. Él es mi guía —mintió Teresa.

—¡Ah, bueno, que les vaya bien! ¿Y el cipote también va con ustedes?

—¡Naturalmente, señor! Es el nieto de mi guía.

—Sí, señor —dijo Leandro ufanamente—, yo soy el chaneque de la señora yeste cipote es Vicente, mi ñeto, vaá, quiay nos viene hasiendo la companía.

—Yeste es Rayo, mi chucho y el más valiente de tó Cayaguanca —dijo el chiquillo con encendido orgullo mientras acariciaba la cabeza de su perro sentado delante de él.

—¡Raff, raff! —ladró el gozque, envanecido por haber sido tomado en cuenta.

Todos rieron alegremente mientras Rayo pasaba su lengua por el mentón recién bañado de su amo. El oficial se extrañó sobremanera de que un hombre tan bien vestido sirviera de chaneque a una señora igualmente ataviada y que, además, hablara como campesino inculto. *¡De todo se ve en este mundo!*, se dijo encogiéndose de hombros mientras caminaba a su caseta de techo de latón y paredes de madera ya casi podridas por las lluvias.

El sol comenzaba a colarse por entre las espesas nubes y el aire se tornaba menos húmedo, pero más ardiente. Los árboles que bordeaban el camino mecían sus ramas al ritmo hechicero del viento norte, dando la bienvenida a los intrépidos viajeros que, finalmente, podían respirar tranquilos el aire del campo sin que el temor por sus vidas aprisionara sus corazones. Aunque lo ignoraban, Hibueras también sufría el azote de una brutal dictadura oligárquica. Aun así, siendo viajeros de paso ese doloroso hecho no era de su incumbencia.

Al perder de vista al guarda, los emigrantes fugitivos, sintiéndose afortunados, juntaron sus manos agradeciendo al Todopoderoso por haberles permitido sobrevivir a la persecución de los esbirros del martinato; y por la esperanza de paz con libertad que la vida nuevamente les ofrecía, más allá de la turbulencia política del infeliz y martirizado país de El Redentor.

***

Acompañando a un soldado levemente herido y dos cadáveres, el cabo Osorio llegó mustio y alicaído al fatídico cuartel de Cayaguanca.

—¿Qué putas fue lo que les pasó? —preguntó Cibrián, el comandante interino.

—Pues, la verdá es que francamente yo no sé qué jue lo que pasó, mi capitán. Pero con la novedá que los soldados sempesaron a embolar ende que salimos de Cayaguanca, vaá...

—¿Y diónde sacaron tanto guaro pa' veinticinco cabrones? —interrumpió el capitán.

—El sargento González nos utorisó para que abriéramos el estanco de Chávez, pero nos dijo que no podíyamos yevarnos sino una boteya cadáuno porque como yastaba chischisiando y estaba hasiendo friyo necesitábamos el calorcito del guaro, vaá. Pero algunos ajambados se yevaron dos y por el camino algunos siagarraron a balazos por las boteyas de guaro. El resultado jue la trifulca en la quiubieron cuatro bajas, dos muertos, dos dos heridos y un cabayo muerto, también. Peruen yegando a Flores, el sargento les dio permiso pa' que abrieran otras cantinas y se güeviaran una botella más, cadáuno.

—¿Yóndestá ese desgraciado pendejo de González?

—Unos vecinos luaincontraron debajo diun cabayo a loriyel Sumpulo con un balaso en uno de los sentidos, y otro en la frente, vaá. Ansina, pues, con la novedá de quél yestá bien muerto, vaá, —agregó santiguándose.

—¿Y los demás?

—Ay miavisaron quiabiyan más caráveres uniformados a loriyel riyo, pero más abajo del paso de Flores y quiabiyan soldados durmiendo la pija a loriyel camino rial.

—¿Y los comunistas armados quiban persiguiendo?

—La gente de Flores dijieron que nuabiyan visto a ningún comunista ni armado ni sin armas.

—Y los soldados questaban borrachos a loriyel camino, ¿qué sisieron?

—Esos se desertaron y seguro que se jueron pa' la Cost'el Norte. Yesés toda la novedá.

—Mi coronel se va a cagar de la cólera cuando linforme que veinticinco güevones dejaron que los comunistas se les jueron de las manos. Y que veintitrés murieron o desertaron.

—Puesí, mi capitán; yuentiendo que mi coronel dial tiro se vencojonar, vaá; perueses la merita verdá, vaá. ¿Y qué más podemos hacer, pué? —Dijo el cabo con amarga resignación.

—¡Retírese, cabo Osorio! —ordenó Cibrián.

—Con su permiso, mi capitán —dijo, dando el consabido saludo.

**

Nuestros héroes en llegando al pueblo de Valladolid obtuvieron información sobre el campo de aterrizaje local y prestos se dirigieron a él. Para su fortuna, una avioneta grande de diez asientos que esperaba a siete pasajeros que no habían logrado llegar debido a sus negocios aguardaba su llegada. El piloto prometió a la condesa que despegarían tan pronto esos pasajeros llegaran y que con gusto llevaría a los tres humanos pero que Rayo no podría acompañarlos. Para Vicente la noticia le cayó como un baldado de agua fría.

—¿Por qué no puede llevar al perrito? —preguntó la abuela putativa al observar los ojos llenos de lágrimas de su futuro nieto.

—Porque no se acostumbra llevar animales —explicó el capitán de vuelo.

—Y ¿no es posible hacer una excepción, señor mío? —pregunto ella en tono suplicante.

—Déjeme hablar con el piloto que está almorzando allá en la cafetería —dijo señalando una choza de paja distante unos cincuenta metros y de donde emanaban muy agradables aromas de alimentos en cocción.

—¡Por supuesto! —dijo la condesa y preguntó—: ¿La comida que sirven allí es buena?

—A nosotros nos gusta, pero es que no hay más por estos lados, a menos que quiera volver otra vez al pueblo. Vénganse conmigo y les presentaré a la cocinera y si gustan pueden comer allí mismo.

El menú se limitaba a pupusas rellenas con frijoles refritos, o chicharrones, o flores de loroco o queso artesanal. Los tres comieron de los tres manjares y Vicente compartió su porción con Rayo, quien ávidamente la engulló y luego, agradecido, le pasó la lengua al cachete de su dueño. El piloto observó la tierna escena y decidió que incluirían al galgo entre los pasajeros, siempre y cuando el mozuelo lo cargara en su regazo.

María Teresa ofreció una cerveza a cada uno de los miembros de la tripulación en agradecimiento por su bondadosa actitud y luego les preguntó si conocían el Hotel Isabela.

—Sí, y es muy elegante —dijo el piloto—, y queda a unos diez kilómetros del aeropuerto. Pero hay servicio de transporte que ofrece el hotel. Tiene que llamar para pedir que le envíen un carro que los acomode.

—Mil gracias por la información —dijo ella. Leandro, aconsejado por su amada, sonrió complacido pero sin decir nada. Tanto él como su nieto permanecieron callados.

Pronto abordaron la nave y en menos de una hora aterrizaron en la pista de Tocotín, que pasaba por el aeropuerto, aunque ya en esa época se estaba gestando su construcción moderna.

El vehículo del hotel llegó a recoger a nuestros viajantes y al llegar encontraron a todo el grupo de conspiradores sonrientes. Luego de abrazarse calurosamente con todos ellos, la condesa llamó a su primo, Enrique de Largaespada, y éste vino inmediatamente a encontrarse con su parienta. Después de los consabidos abrazos y saludos, el conde se extrañó que Leandro no dijera una sola palabra. Teresa dio la misma excusa del malestar de su futuro esposo y los acompañantes la acompañaron callados en la mentira.

—Tengo mucha prisa, primita —dijo Enrique—, y si tuviera tiempo yo mismo lo llevaría al médico.

—No te preocupes —dijo Teresa—, yo me encargaré de llevarlo. Pero ¿qué noticias me tienes que me las puedas dar antes de regresar a la embajada?

—La primera es que no puedes llegar a tu departamento porque la oficina municipal lo ha puesto en subasta para cobrarse cinco años de impuestos prediales que tu administrador nunca pagó antes de morir hace dos semanas. Yo me encargaré de contratar un buen abogado experto en litigar problemas de bienes raíces que te represente legalmente ante la oficina correspondiente para que la subasta no se realice muy pronto y yo te aconsejaría que no fueras a España por ahora porque la situación política está que arde y se avecina la creciente amenaza de una guerra entre monarquistas y republicanos. ¡Es cuestión de tiempo!

—¿A dónde entonces, querido primo? —interrumpió preocupada.

—¡Vete a Francia! Cerca de Burdeos tengo un apartamento que solamente visito raras veces. Es un suburbio muy, muy elegante llamado *Mérignac*; es de unos quince mil habitantes y está al oeste del aeropuerto. El único problema es que me lo cuida una pareja de esposos que no hablan español. Pero tú hablas francés, querida prima, ¿o ya no?

La condesa permaneció callada y cavilante. *Tal vez esa sea la solución al problema del idioma de Leandro*, se dijo en silencio. *Allí nadie se enteraría de su origen y yo lo podría educar y mi hija y mi nieto podrían aprender el francés y continuarían sus estudios en los centros de educación de Burdeos.*

—¡Acepto tu oferta y gracias por tu ayuda y consejos! Ciertamente hace años que no lo hablo, pero puedo volverlo a recordar.

—¡Bienvenida a Francia, mi querida Teresita! —dijo el embajador—. Pero cuídame el apartamento, por favor.

—Lo cuidaremos muy bien, puedes estar seguro, adorado primo —prometió la condesa.

Se despidieron con abrazos de todos y el primo Enrique partió a la carrera.

***

María Gertrudis, sus hijas y el sobrino se quedaron a vivir en Tesucigalpa, donde abrieron una tienda de mercería. A medida que fueron estableciendo relaciones sociales, todas las jóvenes se casaron con hibuerenses; incluyendo la adolorida viuda, una vez pudo sobreponerse a la pérdida de su primer esposo. Oscar montó un taller de herrería que obtuvo muy buena aceptación entre los vecinos y negocios locales. Luego que su negoció prosperó enormemente, se casó con una joven redentoreña, también residente.

María Teresa y Leandro se establecieron en Mérignac, Francia, donde ambos jóvenes terminaron su educación primaria, secundaria y universitaria. Años después, Vicente volvió a El Redentor ya graduado de doctor en medicina en la Universidad de Burdeos. Olaya, mientras tanto, completó allá su escuela secundaria y cinco años después obtuvo una maestría en ciencias de la educación en la misma universidad. Posteriormente, contrajo matrimonio con un ciudadano salvadoreño radicado en Francia.

***

No es necesario decir que el Chacal se tornó lívido de impotente furia cuando su hijo le relató el mensaje del comandante interino. Pero más que de furia, de frustración por la ineficiencia de sus *heroicos* subalternos. Lo que más le preocupaba, sin embargo, era el hecho de que ya no podría interrogar al sargento para saber si él se había enterado del diagnóstico vergonzante de su castración o si terceras personas dentro del cuartel también habían sido informadas al respecto.

—Y vos ¿yablaste con tu mamá? —preguntó con la intención de mantener al hijo alejado del delicado tema de la pérdida casi total de su hombría. Realmente le importaba un bledo la suerte de su esposa y estaba seguro que se había marchado al extranjero para obtener allá un divorcio fácil que por motivos legales no podría conseguir en El Redentor.

—Sí, apá —respondió el joven—. Ayer mamá me llamó desde Los Ángeles para informarme que acababa de contraer matrimonio con un pintor francés de apellido Lamieux y que el tipejo ese era un verdadero encanto. Seguramente, su llamada telefónica tenía la intención de que yo se lo dijiera a usted, vaá. Aunque me dijo que no quería que usted lo supiera. Pero hasta este momento usted todavía no me ha explicado ¿cuál es la enfermedad que lo aqueja o que jué lo que le pasó?

—En rialidá, ¡no jué nada! Asidentalmente me pegué un plomaso en uno de los cojones —dijo mintiendo—. Ya me cosieron la herida que mise en la chuspa, vaá —agregó indiferente.

—¡A la puta, apá! ¡Qué mala suerte! Dioy en adelante, debe cargar el revólver colgando de la pretina del pantalón, pero sobre la nalga, vaá —aconsejó el cadete.

—¡Gracias, por el consejo! —dijo el Chacal con ironía—. Anque ¡muy tardiyo, vaá!

El coronel hablaba con voz muy cansada y realmente no quería conversar con nadie, incluso con su propio hijo. Ya para entonces había decidido que terminar con su vida era la única salida honorable para evitar ser víctima del escarnio de sus colegas. No teniendo un arma para llevar a cabo su decisión fatal, se valió de una estratagema concebida en ese mismo instante.

—Hijo, aquí no me siento muy seguro —dijo con fingida amargura—. Yo creo que los comunistas, tan pronto sepan questoy aquí postrado e indefenso, ay vendrán a rematarme diuna buena vez. Yo aquí lo único que tengo pa' defenderme son las uñas y los dientes.

—¿Quiere que le otorguen más vigilancia, papá? —preguntó el joven Osmán, sin sospechar las intenciones suicidas de su padre.

—No, mijo —contestó con voz y semblante amargados—. Ya no puedo confiar en ningún güevón. Me basto solo. Anque talvez vos me podés dar una manita, si querés.

—¡Claro que quiero y puedo, apá! ¿Cómo quiere que le ayude, pué?

—Andá al puesto de las enfermeras y les pedís unas hojas de papel rallado y una pluma. Le vua escribir a mi general pa' que me mande a un hospital de Estados Unidos.

El cadete trajo varias hojas de papel y le dio su pluma fuente.

—¿Quiere algo más, apá? —preguntó, mientras pensaba que si la herida sufrida ya había sido suturada y la operación había sido exitosa, ¿cuál podría ser el propósito de ser enviado al extranjero? Pero se abstuvo de pedir una explicación porque se prometió hacerlo al despedirlo en el aeropuerto.

—Sí —replicó el coronel—. Andate a la casa y me buscás una escuadra nueva quiay tengo escondida en la gaveta del escritorio. La yave está pegada debajo del busto de mi general. Treme el arma enseguida. Ay dejame la tuya pa' defenderme, vaá. —Antes de que el cadete saliera de la habitación, el coronel añadió—: Ay cerrame bien la puerta y decile a la jefa de enfermeras que no quiero que me vengan a molestar; ni tampoco que vengan a ponerme inyecciones a menos que yo se los pida.

—Está bien, papá, se lo diré. Vuelvo en seguida.

Una hora más tarde, el hijo regresó con el arma solicitada. Frente a la oficina del pabellón, lo esperaba un sargento de la guardia nacional. Luego de rendirle el saludo consabido, el suboficial dijo con voz grave:

—¡Estaba esperándolo, mi señor alférez! Tengo una terrible novedad que darle: Su padre ¡se acaba de suicidar!

***

Rafael ignoraba por completo las extrañas, aunque comunes, circunstancias que habían acontecido antes de su nacimiento; aunque en una ocasión le había preguntado a su madre, Sofía Andrade, por qué en su nombre no aparecía oficialmente el apellido de su padre. Ella, mintiendo, le contestó que el motivo era porque su progenitor gozaba de una posición muy alta en el gobierno y ambos temían que alguien, en un acto de venganza contra su padre, tratara de asesinar al hijo.

El joven aceptó como válida la engañosa respuesta. La verdad era que él fue el producto de un coito forzado y violento cuando ella tenía apenas quince años y que su padre, también llamado

Rafael Andrade, se había quejado ante el comandante general del ejército para que de alguna manera se castigara al abusador de su hija. Sin embargo, la victima de la violación, rehusaba casarse con el violador. Eventualmente, el general logró que don Rafael llegara a un arreglo y mediante una indemnización monetaria se terminara el conflicto entre las partes. Osmín, sin embargo, obtuvo el derecho a la visitación periódica de su hijo y a decidir el tipo de la educación que recibiría. Al terminar su educación primaria, a instancias de su padre, Rafael había sido admitido a la escuela militar. Pero el joven no sentía ninguna predilección por la vida castrense y deseaba estudiar medicina al terminar su bachillerato.

***

Luego de llegar a Merignac, la condesa y su familia se dedicaron sobre todo a aprender el francés con especial ahínco. Olaya y Vicente recibieron instrucción sobre el nuevo idioma y también sobre las costumbres de la población nativa. Después de tres meses de lecciones diarias, hija adoptiva y nieto fueron matriculados en sus escuelas respectivas. Y su instrucción fue apoyada por sus tutores. Leandro recibió clases diariamente de su esposa, empeñada en borrarle de la mente su lenguaje campesino.

—Yo no sé sieste estudeyo me va a quitar lo *jincho*, mi amorcito —dijo cansado de hacer el esfuerzo de cambiar—. Aura miacuerdo que el padre Castelar me dijo al prencipio que él me entendia y que yo no teniya necesidá de cambiar mi jorma diablar, vaá.

—Y yo también entiendo tu lenguaje, cariño, pero los miembros de mi familia son gente culta y bien hablada; pero lo peor de todo es que siempre están listos a criticar al prójimo. Ellos me reprocharán el haberme casado con un campesino inculto y no comprenderían nuestro amor sincero ni las razones valederas que tuve para decidir que me casaría contigo.

—Me duele mucho comprobar, amorcito, que yo sólo soy *un estorbo yuna güerguenza* parusté. Pero ya nuay salida, mi amorcito —contestó él pesaroso.

—¡Ni estorbo ni vergüenza, cariño! —afirmó la esposa. Luego añadió—: Tú eres mi esposo ante los ojos del Creador y eso me basta. ¡Que te quede muy claro, amado mío! Aunque por ahora no tenemos problema porque no pienso mudarnos a España hasta que esa maldita guerra que han estado anunciando haya comenzado y terminado. ¡Si es que algún día los enemigos se cansan de matarse unos con otros y se termina el conflicto!

El esposo guardó silencio ya que ignoraba los detalles del problema que se avecinaba.

VEINTINUEVE

Brigitte y Reynaud Goncourt, la pareja de antiguos cuidanderos del apartamento del Conde de Largaespada, aceptaron encantados la directiva del conde de servir a la condesa y a su familia; con la promesa de que, para los efectos de sus pensiones de jubilación, sus nuevos años de servicio serían añadidos a los ya servidos.

Teresa logró recordar, poco a poco, los conocimientos del francés adquiridos durante sus años de esposa del conde de Cayaguanca quien había estudiado en París por varios años. Y, para aumentar su conocimiento del idioma, acudió callada pero atenta a las clases de francés dadas por el tutor de Olaya, su hija adoptiva.

—El apartamento vecino, señora condesa —informó Brigitte, emocionada—, ha sido adquirido por una señora viuda de nombre Lamieux. Se acaba de mudar y ya hablé con ella. Me dijo que se llama Sofía y es colombiana de nacimiento. ¡Ah! y me contó que su hijo, Jacques, que estudia pintura en la Universidad de Berkely en California, acaba de contraer nupcias con una señora divorciada y originaria de la República del Redentor.

—¡Qué buena noticia, Brigitte! Me gustaría conocer a la señora Lamieux porque mi confesor en Cayaguanca también era de Colombia, de una ciudad llamada Medellín. Y a mi nueva vecina ¿le gustaría que nos conociéramos? —preguntó interesada.

—Estoy segura de que sí. ¿Quiere que las presente? —dijo la criada.

—¡Por supuesto! —respondió la condesa emocionada.

Mientras Brigitte iba por la vecina, Teresa reconsideró: *Lo más seguro es que la señora Lamieux se va a extrañar que me haya casado con un campesino redentoreño, no solamente pobre, sino analfabeta. Bueno, como dice Leandro, "a lo hecho pecho".*

Sofía Lamieux resultó ser una mujer sencilla y según dijo, se habría criado en la campiña antioqueña y no era una dama remilgada como la condesa había temido.

—¡Qué bueno que usted también hable español! —dijo emocionada luego de ser presentada por Brigitte.

Leandro ingresó a la sala y la condesa lo presentó, rogando al cielo que su marido no comenzara a hablar con su adulterado idioma cayaguancateco.

—Mire, pué, ¡qué gusto me da, quiable en español porque ya los cipotes, yasta mija, pué, no quieren hablar sinuen francés.

—Por allí hemos pasado todos, don Liandro —respondió Sofía—. Yo sufrí mucho cuando vine a Francia buscando trabajo y nadie mentendía. Hasta que conocí a Charles que me enseñó el idioma porque él había vivido en Argentina y había confrontado los mismos problemas que causan todos los idiomas en todas partes. Nos casamos y hace tres años falleció, dejándome viuda y con un hijo en la adolescencia.

Teresa respiró tranquila.

—Según me dijo Brigitte su hijo está estudiando en los Estados Unidos en una universidad californiana.

—Sí, señora condesa. Jacques, mi único hijo, está estudiando una maestría en pintura y artes gráficos en Berkely, una institución importantísima de la Universidad de California —respondió la señora Lamieux con orgullo maternal—. Ya muy pronto lo vamos a tener entre nosotros —agregó entusiasmada.

—¡Qué güeno! —aplaudió Leandro—. Aura ya vamos a tener un máistro de inglés. Sigún me dijo el padre Castelar, nués cierto que los que luablan se les caye la lengua.

—¡Vaya ocurrencia! —comentó su esposa de soslayo.

—A mí me habiyan dicho algo parecido, pero con respecto al francés. Y, después de veinticinco años todaviya tengo la lengua intacta.

En esos momentos, Olaya y Vicente ingresaron a la sala. La condesa los presentó:

—La señorita es hija legítima de Leandro e hija adoptiva mía. El chico es nieto de Leandro y mi nieto favorito —añadió riéndose—. La señora, doña Sofía viuda de Lamieux, chicos, es desde hoy nuestra vecina y además es bilingüe, en español y francés.

Los muchachos le ofrecieron la mano y ella las apretó efusivamente. Luego se excusaron porque tenían tareas escolares que realizar. Olaya había ganado unas libras y Vicente unos quince centímetros de estatura. Sus vestimentas reflejaban el sumo cuidado de la condesa y de sus sirvientes, siempre listos a proveerles ropa adecuada y, elegante, sobre todo, siguiendo a la moda imperante.

Al llegar la primavera, Jacques regresó a Merignac con su esposa redentoreña. La presentó como Maribel Andrade de Lamieux.

Era obvio que la esposa ya se acercaba a los cuarenta años y Jacques explicó que ella tenía un hijo del primer matrimonio, de nombre Rafael Andrade, que tenía veintitrés años y estaba a punto de obtener el grado de teniente en la Escuela Militar del ejército redentoreño. Maribel explicó que Rafael vendría pronto a unirse a ellos y probablemente a radicarse en Mermignac permanentemente si lograba que el ejército le concediera la separación legal.

Ninguno de los presentes asoció el nombre del militar con el nombre del Chacal. Dos meses después llegó Rafael y anunció que había sido dado de baja permanentemente.

**

Cuando el excadete anunció su arribo a Burdeos, la madre mantuvo en secreto la fecha de su llegada, y con justificada razón, pues ella quería que su hijo no se enterara de varios turbios secretos de familia que nunca había tenido la oportunidad para descubrirlos.

Después de los consabidos abrazos y felicitaciones por su viaje sin peligros que lamentar, Maribel invitó a su hijo a cenar en un elegante restaurante en Burdeos que servía manjares exquisitos y que ella ya había gustado en compañía de Jacques, su marido.

—¿Por qué mi padre adoptivo no te ha acompañado hoy, mamá? —preguntó Rafael con timbre de sospecha—. ¿Están sufriendo algún desacuerdo matrimonial? —inquirió.

—No, querido, no hay ningún problema entre nosotros. Yo quise encontrarme a solas contigo para ponerte al tanto de varios problemas concernientes a ese *maldito;* y que vos debías de conocer antes que te lo diga otra persona o que lo divulgues a extraños.

—Continúa maldiciendo a mi padre ¿a pesar de que ya está muerto? —preguntó el joven ofendido.

—Y ¡lo seguiré maldiciendo hasta el último instante de mi vida! ¡Perdoname, pero ¡yo no puedo perdonarlo! —afirmó decidida.

—Y ¿qué es lo que yo debo saber? Además de que mi papá y usted nunca encontraron un punto de convergencia y de comprensión. ¿Tanto fue el daño que te hizo que no puedes ni olvidarlo ni mucho menos perdonarlo?

—Dejame explicarte o relatarte la verdad y nada más que la verdad. Cuando yo cumplí mis quince años, mis padres me celebraron la fiesta de la *quinceañera* que en esa época solamente se celebraba en Méjico. Yo había estudiado allí, en Guadalajara, y me prometí conseguir que mis padres me la celebraran. Papá recién había conocido al *maldito* y lo invitó a participar en el jolgorio, aunque ya él pasaba de los treinta. Yo quedé fascinada con su elegante uniforme militar y él, todo un supuesto caballero, me invitó a llevarme al teatro a presenciar *Rigoletto*, una ópera italiana. Mi padre no tuvo ningún reparo en autorizarme para que esa noche de debut comenzara mi vida social en el Teatro Nacional recién inaugurado. Luego de salir al terminar la obra, me invitó a su apartamento en la vecindad del Hotel Astoria, el más elegante de la época y yo, inocentemente, accedí. Ya en su *suite*, abrió una botella de vino italiano y me invitó a probarlo.

—Y usted, *inocentemente*, accedió a su invitación —dijo Rafael sonriendo con disimulo.

—Como nunca había probado bebidas alcohólicas, el vaso que me dio me hizo caer profundamente dormida. Una hora después, cuando desperté, me llevó a casa y mi padre, a pesar de que estaba furioso con el maldito por el retraso en regresarme a casa, se tragó la mentira de que yo me había indispuesto por la abrumante multitud que llenaba el teatro. Yo, sin embargo, callé el hecho de que al despertar había sentido un apabullante escozor en mi vagina.

Meses después, cuando ya había perdido la regla por dos meses y sufría de mareos y frecuentes malestares, decidí consultar con una de nuestras sirvientas que ya eran madres. Su respuesta me causó vómitos y malestares y mi madre comenzó a sospechar mi embarazo.

—Y usted no quiso confesarle a mi abuela que había sido embarazada por el *maldito*, como usted lo llama.

—¡Tuve que decírselo! Porque yo nunca había tenido relaciones sexuales con nadie y ni siquiera tenía un novio platónico porque mis padres me habían declarado enfáticamente que solamente me permitirían tener novio cuando cumpliera los dieciocho.

—Y cuál ¿fue la reacción de mi abuela?

—¡Imagínate! Al principio me dijo que pensáramos en una solución secreta, pero cuando yo le confesé que ya había consultado con Cándida y Arnidia, y que ellas me habían prometido mantener el secreto, mamá decidió entonces confesarle a papá mi situación de embarazo y el nombre del padre de la criatura por nacer.

—Me imagino la furia del abuelo, mamá.

—Papá quiso golpearme, pero mamá se interpuso y lo tranquilizó. «Hay que encontrar una salida práctica, Rafa», le dijo, «y creo que debes ponerle la queja al mandamás del ejército. Mientras tanto, para evitar el escándalo de nuestras amistades debemos mandar a Maribel a la finca de tu tío Mateo en Osicala». «Tenés razón», dijo mi padre. «Mañana iré a poner la demanda contra ese desgraciado y lo obligaremos a que reconozca su delito y se case con Maribel antes de que se le note la panza abultada. Y de allí me voy a Osicala a hablar con mi tío Mateo». Al día siguiente, papá volvió del juzgado con los cachetes desinflados. «Me dijeron que a un oficial del ejército no se le puede demandar por haber embarazado a una menor. Pero me aconsejaron que hablara con el comandante general del ejército y le pusiera la queja. De allí me fui al Ministerio de Guerra y pedí una cita con el inspector general. Me la dieron para dentro de dos meses». «¡Pero eso es inaudito!», gritó mamá enfurecida. «Habrá que hablar con el teniente Aguirre», dijo papá. «A lo mejor él tendrá una respuesta sensata». El maldito propuso casarse conmigo. Pero yo dije que con él nunca me casaría. Mis papás propusieron una boda civil. Aguirre accedió, aunque se le explicó que yo no quería ninguna luna de miel o noticias de la boda en la prensa. «Está bien», dijo el maldito, «pero yo *exijo* que el chichí lleve mi apellido y se me permita controlar su educación si resulta ser un varón». Todos de acuerdo, yo fui llevada a Osicala a la finca de tío Mateo. Y vos naciste allí y también te bautizamos; por supuesto, sin la presencia nefasta del padre biológico. Luego que te graduaste en el Liceo Marista en Santa Ana, el maldito logró inscribirte en la escuela militar para que fueras como él, un malandrín uniformado.

—Pero papá ya murió y no me parece justo que continués insultándolo. ¡Déjelo que duerma en paz, mamá!

—Haciendo punto y aparte, dejame explicarte porqué él se suicidó. Lo habían *castrado* y no quería que sus compañeros de armas se enteraran y se mofaran de su desgracia.

—¿Quién lo castró, mamá, o más bien: cómo te enteraste?

—Después de que vos me avisaste que él había muerto, pero que no sabías la causa de su suicidio, yo viajé a El Redentor y antes de que lo enterraran presenté mi partida de casamiento, exigiendo que antes de meterlo en la tumba, le hicieran una autopsia general. Los cirujanos que llevaron a cabo el procedimiento me informaron que días antes de su deceso había sido castrado en circunstancias extrañas. Lo más curioso del caso fue que allí se aparecieron *nueve viudas*, quienes también dijeron fueron vejadas y embarazadas por el maldito, y luego casadas ilegalmente, porque la primera esposa, o sea la esposa legítima, era yo, por haber sido la primera. Por eso es que yo no quería que vos te enteraras de sus *milagros* por otras fuentes y los propalaras ante nuestros familiares o vecinos.

—Está bien, mamá. Si me preguntan, diré que murió en un accidente. Pero ¿no nos dejó bienes heredables a mí y a mis otros hermanos?

—Sí, pero yo renuncié a reclamarlos y preferí que los repartieran entre los nueve *medio hermanitos* tuyos. Al fin y al cabo, tus abuelos maternos nos dejaron una herencia suficiente que yo compartiré contigo. Habiéndote puesto ya al tanto de la realidad, debemos proseguir nuestro camino a Merignac.

—Pero antes de partir debo decirte que yo sospecho el motivo por el que papá, probablemente, se quitó la vida. Cuando fui a visitarlo en la mañana de su suicidio, me pidió que llamara al sargento Herminio González del cuartel de Cayaguanca para obtener noticias sobre la captura de dos comunistas que, según él, eran parte del grupo que lo atacó a mansalva en una carretera. Me informaron que el contingente que González había comandado para capturar a los fugitivos fue conformado por cuatro cabos y veinte soldados y que todos ellos resultaron siendo víctimas de una emboscada enemiga en el río Sumpulo y que por ese motivo la operación falló. «¡O sea que esos malditos comunistas se salieron con la suya!», exclamó mi papá, lívido de furia.

—No creo que tu padre se haya suicidado por ese motivo. Supongo que él temió que la noticia de su castración se hiciera pública y su nombre se convirtiera en motivo de escarnio.

—Es posible —dijo Rafael—, aunque la verdad nunca la conoceremos.

***

Mientras tanto, los hermanos y parientes de Leandro y Olaya recibían diariamente las noticias mendaces a través de el *Heraldo Pro-Patria*. Mateo las leía con mucha dificultad porque apenas había terminado el tercer grado de primaria en su lejana niñez y las comentaba con Lolo, su cuñado; principalmente las notas mendaces concernientes al *heroico* cuartel de Cayaguanca. Pero guardaba todos los pasquines con la esperanza de que algún día podría enviárselos por correo, aunque no sabía cómo hacerlo.

Lolo, su cuñado, viajaba a Santa Teresa casi todos los días a cuidar sus siembras y cosechas; y a continuar conectándose con algunos de sus antiguos vecinos. Uno de ellos, Martín Guardado, era el esposo de doña Lidia, la primera y última maestra de Olaya; y su pedazo de tierra colindaba con el de Lolo. En su primer viaje a la siembra se habían encontrado de casualidad.

—¿Qué siabiya jecho, vecino? —preguntó Martín—. Yace tiempo que no lo veya y diay colegí quia lo mejor se había áido del tó pa'la capital.

—¡Nombre! Es que aura estoy viviendo en Cayaguanca en la *casona* de l'Olaya, mi cuñada, quiay se jué pa' las Uropas junto con mi suegro; y la condesa liaseguró la casa a Olaya, suija adoptiva, vaá; y nos dejó viviendo en la casona pa' que se la cuidemos.

—Tonces l'Olaya ¿ya no trabaja pa' la condesa?

—No, siaura ella es lija adoptada de la condesa y el Liandro está casado con esa señora encopetada. Yay se jueron todos a vivir a Francia. Y se yevaron al Chente.

—¡Ve qué suertudo resultó ser el *trovador*! —exclamó Martín maravillado, pero con un tonillo de envidia.

—Venga con doña Lidia a visitarnos un día d'estos, vecino — lo invitó Lolo.

—Poray le quemos este mesmo domingo; porque la Lidia tiene quir a ver al dautor Peña Trejo el lunes por la mañana.

—¡Ay mesmo los vamos estar esperando, vecino! —dijo Lolo entusiasmado por la visita prometida y añadió—: El Mateyo ya está casi de vuelta a la vida.

—¿Es questuvo enjermo? —preguntó Martín.

—Ay se lo contamos tó cuando lleguen —prometió Lolo.

Llegó el domingo y Martín y su esposa se aparecieron mucho antes del mediodía y quedaron boquiabiertos al entrar al castillo.

—Aura entiendo por qué ustedes prefieren vivir aquí y no en los ranchitos de adobe con techos de paja —dijo Lidia.

Los moradores del castillo dieron a los visitantes un recorrido rápido del famoso castillo condal y por fin se quedaron haciéndole visita a Mateo. Éste les relató su odisea y la pérdida de sus dos hijos, a manos de los malvados secuaces del ejército. Luego sacó un manojo del diario *Heraldo Pro-Patria*, publicado por la dictadura.

—Estos perióquidos losé guardado porque queriya mandárselos a mi apá en Francia, pero no yo no sabo cómo haserlo —dijo Mateo.

—Eso no es problema —dijo la antigua maestra—, pero necesitamos un sobre bien grande pa' que quepan todos y diay lo yevamos al correo.

—Perónde vamos a conseguir ese sobre? —preguntó Carmela.

—Yo tengo una amiga aquí en Cayaguanca quialomejor todaviya siacuerda de mí —dijo Lidia—. Se llama Elena Miranda y es maestra en una escuela de aquí de Cayagunaca. A lo mejor ella nos puede ayudar a conseguirlo.

—Ah —dijo Carmela—, el otro día me encontré con eya y me dijo que viviya en Los Anonos. Eya jué la que nos sirvió de madrina de bautiso del Joaquincito.

—Vamos, Carmela, a Los Anonos a conseguir ese sobre —sugirió Lidia.

Una hora más tarde, la pareja de esposas se apareció con un sobre grande que Elena había fabricado de una hoja enorme de papel manila en el que Lidia escribió la dirección de la condesa en Merignac. Metieron en él todos los periódicos y Carmela prometió llevarlos a la oficina de correos al día siguiente.

Al recibir el paquete postal, la Condesa se admiró de la elegante caligrafía del remitente y su dirección. Más tarde, al mostrársela a Olaya, ésta inmediatamente la reconoció.

—Esa es la letra de la niña Lidia, pero el remitente es de mi hermano Mateo —dijo la hija adoptiva.

Hija y nieto se alegraron de recibir correo de su hermano y padres pues de allí en adelante podrían comunicarse más a menudo con sus familiares lejanos. Invitaron a los Lamieux a compartir la lectura de los periódicos, aunque sabían que todas las noticias allí dadas eran falsas y acomodaticias a los intereses de la horrenda dictadura que asolaba su patria.

En algún momento, Vicente leyó la historia de los veinticinco *héroes* que, según el pasquín habían perecido en una emboscada comunista.

—Mira, abuela —dijo el nieto sorprendido—, aquí hay un relato de los que os perseguían cuando tú y mi abuelo huían hacia Hibueras.

La condesa leyó frente a Leandro y los Lamieux la falsa nueva de que los *fugitivos comunistas* habían emboscado y liquidado a veinticinco valientes héroes. Se enteraron también de que el coronel Osmín Aguirre había muerto valerosamente en una sangrienta refriega orquestada por los comunistas; y que el ministro de guerra le había concedido el grado póstumo de *general* y una pensión adecuada a su doliente esposa, doña Sofía Andrade v. de Aguirre.

—¡Esa sí es una gran noticia! —pronunció la *adolorida* viuda—. Porque no estoy interesada en recibir un centavo de esa caterva de asesinos.

***

El joven Andrade, luego de conocer a Olaya, comenzó a enamorarla y pronto ambos quedaron prendados uno del otro hasta el punto de comprometerse en matrimonio.

—Me dijo tu mamá que tu papá se suicidó, aunque nunca se conocieron las razones que tuvo para terminar con su vida. Y vos, no teniendo más familia en El Redentor, decidiste viajar a Francia a unirte a tu madre y a tu padrastro.

—Sí, esa es la historia —dijo Rafael mintiendo—. Y hasta ahora no he podido comprender por qué mi papá se suicidó. Cuando me envió a su apartamento a buscar su escuadra no detecté ninguna señal de que se encontraba a punto de quitarse la vida. Yo sospecho que alguien se aprovechó de mi ausencia para rematarlo. Pero el revolver solamente tenía un casquillo de bala y las otras cinco estaban intactas. Y eso es un enigma que nunca podré resolver.

EPÍLOGO

La guerra por fin se desencadenó y regó de sangre los campos de España. Cuando las huestes del fascismo triunfaron, millones de españoles se exiliaron y refugiaron en diferentes países.

Luego de regresar a España, Teresa y Leandro se radicaron en la propiedad de la condesa en la ciudad de San Sebastián, provincia de Guipúzcoa, frente al mar Cantábrico. ¡Ah! Olvidaba mencionar que Rayo, a instancias de su adorado amo, fue llevado a Francia y allá obtuvo la ciudadanía franco-perruna y le cambiaron su nombre de pila a Rayon.

En mayo del '44, al conocerse la caída del tirano Martínez, la nostalgia de la tierra amada llenó de inspiración a Leandro, y acompañado por su segunda panzona lírica con profundo sentimiento cantó:

"Todo el encanto de mi Cayaguanca traigo en mi memoria;
Grabadas en mi alma van las páginas de su amarga historia
Y ahora que bajo un extraño sol mi ausencia lloro;
Volver al terruño es la única esperanza ¡que atesoro!
¿Dónde estará el amor que abandoné por ir tras la aventura?
¿Dónde estará la madre fiel que me arropó con su ternura?
Si un día llego allá a mi Cayaguanca querido
Bajo su cielo azul de una vez para siempre haré mi nido".

Nueva York, invierno del 2020.